EL SUEÑO DE TUTANKHAMÓN

EL SUEÑO DE TUTANKHAMÓN

Antonio Cabanas

Papel certificado por el Forest Stewardship Council®

MIXTO
Papel procedente de
fuentes responsables
FSC
www.fsc.org   FSC® C117695

Penguin
Random House
Grupo Editorial

Primera edición: noviembre de 2022

© 2022, Antonio Cabanas
Autor representado por Antonia Kerrigan Agencia Literaria
(Donegal Magnalia, S. L.)
© 2022, Penguin Random House Grupo Editorial, S. A. U.
Travessera de Gràcia, 47-49. 08021 Barcelona
© Ricardo Sánchez Rodríguez, por el mapa final
© José Luis Paniagua, por los motivos de las portadillas y las guardas

Printed in Spain – Impreso en España

ISBN: 978-84-666-7284-9
Depósito legal: B-15.432-2022

Compuesto en Llibresimes

Impreso en Liberdúplex
Sant Llorenç d'Hortons (Barcelona)

BS 7 2 8 4 9

A mi hermano Roberto, con cariño

EL LIBRO
DE LA COBRA

1

Había nacido para sufrir. Por alguna causa Shai, el inescrutable dios del destino, así lo había determinado y nada se podía hacer para cambiar sus designios. Eso era al menos lo que Nehebkau pensaba, aunque este fuese incapaz de comprender de qué forma había podido ofender al taimado dios. Que Nehebkau recordara, las penurias lo habían acompañado desde el día de su nacimiento, y muchas noches, mientras dormía al raso, había llegado a pensar que su afrenta a Shai bien pudiera haber surgido ya en el vientre materno, al haber sido concebido por una prostituta.

Sobre este particular, él poco tenía que decir. En su opinión, las mujeres que se empleaban en las Casas de la Cerveza eran tan respetables como las hijas del faraón, o incluso como cualquiera de las mil diosas que velaban por la Tierra Negra y en las que apenas creía. Sin embargo, justo era reconocer que su madre, a quien nunca había conocido, alguna culpa debía de tener en todo cuanto le había ocurrido, pues según aseguraban lo maldijo con inusitada rabia antes de que Anubis se la llevara a la necrópolis. Murió sin siquiera dejar constancia de su nombre, para que su retoño no la recordase, tal y como si nunca hubiese existido, convencida de que de este modo ambos caerían en el olvido, lo peor que le podía ocurrir a un egipcio cuando pasaba a la «otra orilla», de camino al mundo de los muertos. Su memoria se perdería, cual si nunca hubieran existido.

¿Había sido hermosa su madre? Seguramente, aunque hubiese estado muy lejos de parecer una *heset*, una cantora al servicio de Hathor, la diosa del amor y la belleza; incluso podría haber sido una extranjera.

De su padre poco tenía que decir. Quizá se tratase de un soldado, un artesano o puede que un comerciante que se encontrara de paso. Si este era docto o ignorante poco importaba, y al pensar en ello Nehebkau se encogía de hombros igual que lo había hecho la ciudad de Tebas el día de su alumbramiento. Como bien sabía, Waset, la ciudad del Cetro, no se paraba en semejantes discernimientos y él por su parte tampoco lo haría; su vida solo le pertenecía a él, y bastante tenía con haber salido adelante en una época en la que los dioses de Egipto se habían entregado al llanto.

Sin embargo, era feliz, aunque fuese a su manera, y durante las noches estrelladas le gustaba abstraerse para recorrer con la vista el fecundo vientre de Nut plagado de luceros, a fin de admirar su belleza. La diosa que representaba la bóveda celeste era la única a la que estaba dispuesto a rendir pleitesía, y en su infinito templo trataba de escudriñar, entre aquella miríada de luces titilantes, los porqués de cuanto le rodeaba y la naturaleza de su sino. Toda la tierra de Egipto le resultaba un enigma; un inmenso lienzo enhebrado con hilos de magia, bajo el que se arrebujaba todo un pueblo en busca de la protección de sus dioses. Estos se encontraban por doquier, cual si formaran parte del paisaje: entre los palmerales, en cada recodo del río, en el inhóspito desierto, en la sombría necrópolis. A Nehebkau le parecía imposible poder llegar a conocerlos a todos, mas, no obstante, llevaba el nombre de uno de ellos; por extrañas circunstancias e incomprensible suerte.

En realidad, su vida bien podría formar parte de un prodigio. Un inconcebible milagro alentado por aquellos dioses en los que apenas creía. ¿Qué otra explicación podría haber? Ninguna; o al menos eso era lo que pensaban cuantos le conocían. Sin embargo, Nehebkau se encontraba alejado de tales entelequias y a sus diecisiete años estaba convencido de que la naturaleza le había regalado el don de la supervivencia.

El joven había venido al mundo una fría noche del mes de

parmhotep,[1] en el periodo de las «aguas bajas», cuando los campos se aprestaban a ser trabajados para la siembra. Eran tiempos de penuria, pues el dios que gobernaba la Tierra Negra desde hacía seis años, Akhenatón, estaba decidido a trasladar la capital al norte, a la ciudad que había empezado a construir y que bautizaría con el nombre de Akhetatón, la ciudad del Horizonte de Atón.

El alumbramiento tuvo lugar en un lúgubre chamizo, entre horribles juramentos, con la ayuda de una vieja comadrona que asistió a la madre en el parto. Una nueva vida llegaba para cobrarse otra, y a fe que surgiría con fuerza inusitada, imparable, como de ordinario ocurría con la avenida de las aguas. Nada podía oponérsele, y cuando la partera tomó a la criatura entre sus manos no le cupo duda de que Heket la tutelaba. La diosa rana, junto a Mesjenet, tendía el símbolo de la vida a aquel hermoso niño y a su *ka*,[2] para hacer honor al título que ostentaba desde tiempos inmemoriales: «la que hace respirar». Sin duda su esposo, el divino Khnum, había moldeado a conciencia al recién nacido en el claustro materno con su torno de alfarero, pues al punto el pequeño gritó al mundo, con furia inusitada, como si Sekhmet, la colérica diosa leona, lo animara a hacerlo.

Por un momento la vieja pensó en ello, aunque al ver cómo se había producido el parto se convenció de que este se asemejaba más al del temible dios Set, que desgarró el cuerpo de su divina madre, Nut, al nacer en la ciudad de Ombos.

La matrona miró a la parturienta un instante y movió la cabeza con pesar. Había asistido a tantos alumbramientos en su vida que no le extrañaba aquel desenlace en absoluto. En realidad, ocurría todos los días. Eran tantas las madres que morían en Egipto que no le sorprendía que muchas mujeres se sintieran aterrorizadas al saber que estaban embarazadas. Esto no dejaba de resultar curioso en una sociedad en la que cualquier egipcia consideraba la esterilidad como poco menos que una maldición, y con frecuencia llegaban a introducirse dátiles en la vagina, e incluso se daban friegas con sangre menstrual en el vientre para poner remedio a la infecundidad. Así eran las cosas en la Tierra Negra.

A la vieja partera le bastó echar un vistazo para saber que no había nada que hacer, y que esa misma noche aquella pobre mujer estaría camino de la necrópolis en compañía de Anubis. Sin embargo, había traído al mundo a una criatura en verdad hermosa, como no recordaba haber visto, de más de un codo,[3] y robusta cual si fuese vástago de Montu, el formidable dios tebano de la guerra. Era un niño de pelo rojizo y piel tan clara que bien se hubiera podido asegurar que procedía del Bajo Egipto, o puede que de las lejanas tierras del norte, bañadas por el Gran Verde, el mar que nunca había visto y en el que decían habitaba el iracundo Set. La palidez del pequeño contrastaba con el tono cetrino de la madre, y la matrona volvió a lamentarse en silencio, pues la vida no se paraba en tales consideraciones, y era capaz de cruzar caminos tan distantes que en ocasiones resultaba imposible llegar a reconocer.

Al verlo por primera vez, la madre emitió un gemido quejumbroso que parecía proceder de las profundidades del Amenti.[4]

—Set está en él —se lamentó la moribunda—. Es hijo del dios de las tormentas.

La matrona trató de calmarla con palabras que alababan la hermosura del recién nacido, pero la madre negó con desesperación.

—Su cabello será rojizo, como el desierto en el que habita el señor del caos. Set, el Rojo, está en él y yo le maldigo —dijo la mujer con rabia.

—No hables así —replicó la comadrona con suavidad—. Las siete vacas Hathor le bendicen y determinarán un buen destino para el niño. Elige un nombre poderoso para él.

—No tendrá nombre, tal y como si nunca hubiese existido —se lamentó la madre sin ocultar su sufrimiento—. Jamás debió nacer. Él es la causa de mi perdición. Trajo a Anubis de su mano.

La vieja hizo un gesto de disgusto, pero aquella desdichada hizo un esfuerzo para continuar.

—¡El niño está maldito y te desharás de él! —exclamó con desesperación.

Luego, asiéndose con fuerza a la túnica de la matrona, le conminó con evidente angustia:

—Prométemelo. Jura por las diosas madre de esta sagrada tierra que te desharás de la criatura.

La comadrona la observó un instante, horrorizada por unas palabras que iban contra la misma esencia que encarnaban aquellas diosas ante las que pretendía que jurase. Neith, Hathor, Isis... Jamás aceptarían semejante atrocidad.

—Júrame que lo harás —suplicó la madre con un rictus de sufrimiento—. Solo así podré irme en paz.

La partera la miró fijamente, justo para ver cómo la vida se le marchaba. Era una joven hermosa, a la que Osiris reclamaba en aquella hora ante su tribunal, para celebrar un juicio al que nadie podía llegar tarde. Después de toda una vida en el oficio, la vieja había asistido a tantas parturientas durante su último trance que apenas suspiró con pesar cuando comprobó que la joven perdía su mirada y se aprestaba a cruzar a la «otra orilla»; al reino de las sombras.

Una luz se apagaba en tanto otra se encendía, y al observar cómo la criatura lloraba con inquebrantable ánimo, la matrona consideró la posibilidad de que Set apadrinara al recién nacido; que la semilla del caos anidara en su corazón. Mientras lo acunaba entre sus brazos pensó en todo ello, así como en el deseo desesperado de la difunta para que se deshiciera de su hijo. Todos los días aparecía algún niño abandonado junto a la orilla del río, pero nunca había oído que nadie quisiera acabar con la vida de un recién nacido. Los dioses en los que tanto creía abominarían de un acto semejante, y aun en su mísera existencia, la señora no estaba dispuesta a presentarse, cuando le llegara la hora, en la sala de las Dos Verdades ante los cuarenta y dos jueces para que estos la señalaran con su dedo acusador. Bastantes penurias había pasado ya en vida para que Ammit, la terrible devoradora de los muertos, despedazara su corazón al ser condenada por sus pecados.

Se hallaba en tales consideraciones cuando la frágil puerta del chamizo cedió, y al punto apareció un hombrecillo de exiguas carnes y mirada tan asustada que parecía haber surgido del Inframundo; o puede que se sintiera perseguido por algún genio del Amenti. El recién llegado permaneció inmóvil un momento, observando la lúgubre escena con los ojos muy abiertos, y un rictus de ansiedad en el rostro que la matrona supo leer al instante; luego, con paso vacilante, se decidió a avanzar hacia la partera en tanto señalaba a la criatura.

—Muéstramelo —dijo él sin ocultar su agitación.

A la comadrona no le cupo duda de que aquel hombre creía poder ser el padre del recién nacido. Claro que, al verlo más de cerca, pensó en las pocas posibilidades que tenía de ser su progenitor, ya que aquel individuo era tan cetrino como la difunta madre, con un cabello negro y encrespado como el de las gentes del lejano sur, que le hizo pensar que quizá se tratara de un kushita.

—Enséñame a la criatura —insistió el desconocido con voz ronca, como la que acostumbraban a tener los aficionados al *shedeh*.[5]

La señora lo observó con más atención. Había conocido a tantos tipos como aquel que no le resultó difícil adivinar cuanto necesitaba saber. Que era un hombre de pocos recursos saltaba a la vista, así como su afición a la bebida. Seguramente frecuentaría las Casas de la Cerveza, donde gastaría los pocos bienes que poseyera en trasegar todo el *shedeh* que pudiese. Allí debió de conocer a la joven difunta con quien, no tenía duda, había yacido en más de una ocasión. Así era la vida y, que ella recordara, habían sido muchos los niños que había ayudado a traer al mundo en similares circunstancias. Como bien sabía, en demasiadas ocasiones los padres iban y venían, y el que tenía ante sí esa noche formaba parte destacada del heterogéneo grupo que nada tenía que ver con sus retoños.

Sin embargo, la comadrona le prestó toda su atención. Había un verdadero interés en aquel hombrecillo por conocer a la criatura, y la señora pensó que en él podía estar la solución del problema que la difunta le había traspasado. Un feo asunto, sin duda, que no solía terminar bien, pero que quizá pudiese solucionar.

—¿Es un niño? —preguntó el desconocido sin disimular su ansiedad, al tiempo que extendía sus manos.

La vieja asintió, y al punto aprovechó aquel ademán para darle la criatura. El hombrecillo la tomó entre sus brazos mientras emitía un pequeño gruñido. Al observar su rostro pareció aún más asombrado.

—Ahora entiendo tu desazón —dijo la partera con sorprendente aplomo—. El niño tiene tu misma cara. Eso nadie lo puede negar.

El extraño la miró, desconcertado.

—¿Tú crees? —se atrevió a balbucear en tanto volvía a fijar la vista en el pequeño—. Pero... es blanco como la leche, y hasta tiene el cabello rojizo.

—Ja, ja. Qué poco sabes sobre los recién nacidos —aseguró la partera con una suficiencia que no admitía réplica—. Algunos vienen al mundo oscuros como una noche sin luna, para luego transformarse en verdaderos *akh*, seres luminosos que da gusto ver, y a otros, en cambio, les ocurre lo contrario. En pocos años la criatura adquirirá tu color de piel, y su pelo será tan negro como el tuyo. Fíjate bien; el niño es igualito que tú. Eso nadie lo puede dudar.

—¿Estás segura? —apenas se atrevió a decir el desconocido mientras estudiaba las facciones del recién nacido.

—Completamente. ¿Eres devoto de los dioses?

El extraño asintió sin ocultar su temor.

—En ese caso debes entender que es Khnum, el dios alfarero, quien nos crea en el claustro materno para darnos forma a su conveniencia. Su divino criterio nada tiene que ver con el nuestro. Él nos entrega impregnados con su luz, y luego nosotros nos encargamos de revestirnos con nuestras imperfecciones, hasta conseguir incluso que no nos parezcamos en nada.

El desconocido asintió sin mucho convencimiento.

—¿Piensas que tus pasos te condujeron aquí por azar? —inquirió la comadrona, muy seria—. Fueron los dioses quienes te guiaron; no tengas ninguna duda. Tueris, la diosa hipopótamo, nos observa en este momento con atención. Como bien debes saber ella es la que se ocupa de la buena crianza del recién nacido y la que se encarga de apartar los genios malignos de él. Ahora está bajo su protección.

El extraño volvió a asentir en tanto estudiaba al pequeño.

—¿Negarías ante la diosa que tuviste amores con la desdichada madre? —prosiguió la partera, a la vez que señalaba a la difunta.

El hombrecillo miró a la matrona, atemorizado, pero no dijo nada.

—Ya veo. Pretendes ocultar tus actos, como hacen tantos otros. Pero te advierto que no te valdrá de nada —sentenció la vieja con aplomo—. Esta noche Anubis se presentó en esta humilde casa para cobrar su tributo y tú tienes culpa de ello. ¿Qué crees que te ocurrirá cuando se celebre tu juicio en la sala de las Dos Verdades? Los cuarenta y dos jueces te señalarán con su dedo acusador y no dudarán en condenarte.

El extraño sintió un escalofrío, y al momento recordó las incontables veces que había acudido a la Casa de la Cerveza, en busca de las caricias de la mujer que ahora yacía sin vida en aquel pobre chamizo. Había desarrollado tal obsesión hacia ella que había llegado a gastar hasta su última pertenencia con tal de conseguir su favor. Ella siempre lo había tratado con desdén, e incluso se había mofado de su aspecto en no pocas ocasiones. Sin embargo, él no había desfallecido en su empeño por alcanzar sus propósitos y, al conseguirlos, había copulado hasta la extenuación. Las cuentas estaban claras, y aquel recién nacido bien podría ser hijo suyo. La partera le leyó la duda en el corazón al instante, y al punto prosiguió:

—Bien veo la sombra de la incertidumbre en tu *ba*,[6] pero recuerda quién nos observa. Si la agravias, Tueris se transformará en un ser terrible; una bestia sanguinaria que algún día surgirá de las aguas para destruirte.

El hombrecillo miró a la partera con espanto, cual si hubiese sido sentenciado a vagar por el Inframundo por toda la eternidad, y acto seguido movió la cabeza con pesar. Sabía que aquella desgraciada joven estaba a punto de dar a luz, y esa noche él había seguido sus pasos movido por una fuerza que no era capaz de comprender, que había terminado por llevarle hasta allí.

No había duda de que solo los dioses podían encontrarse detrás de aquel impulso. Sin embargo, al verse en aquel lúgubre lugar sus emociones lo habían traicionado. Apenas había sentido pesar ante el fallecimiento de su amada; una mujer que había encendido su pasión hasta el extremo de caer prisionero de una concupiscencia difícil de imaginar, que había terminado por corroer su corazón hasta anularle la voluntad. Era el llanto de aquel niño lo que le había conmovido, y al tomarlo entre sus brazos tuvo el convencimiento de que un lazo invisible lo atrapaba con un nudo imposible de deshacer; cual si Isis lo hubiese anudado con su magia. No encontraba otra explicación.

—¿Cómo se llama? —preguntó él de improviso sin dejar de mirar a la criatura.

La partera se encogió de hombros, y el desconocido hizo una mueca de asombro, ya que la madre era la encargada de dar un nombre a los hijos varones.

—Anubis se la llevó antes de entrar en esos detalles —aclaró la matrona en tanto señalaba a la difunta—. Me temo que en esta ocasión serás tú quien tenga que elegirlo.

El extraño frunció el ceño y la vieja lo miró con severidad.

—Supongo que te harás cargo de él —dijo la señora en tono conminatorio—. ¿No querrás ver a tu hijo abandonado junto al río, entre los cañaverales?

El hombre tragó saliva con dificultad, pues no entraba en sus planes tener una boca más que alimentar.

—¿Por qué crees que viniste hasta aquí? —repitió la comadrona leyendo de nuevo su pensamiento—. Ya te dije que la mano de los dioses está detrás de ello. Mira si no la criatura que ha venido al mundo. Es hermosa como pocas. Quien no vea en ella un regalo es que está ciego. Si lo desprecias te arrepentirás.

Aquellas palabras sonaron en los oídos del hombrecillo como una amenaza en toda regla. Una advertencia que envolvía una maldición como las que acostumbraban a lanzar los *hekas*[7] o las hechiceras, que tanto proliferaban en el Valle. Al escucharlas, no pudo reprimir un escalofrío, ya que era muy supersticioso.

—Ahora debes tomar al niño y marcharte; he de ocuparme de que den la mejor sepultura posible a esta pobre desgraciada.

Durante unos instantes, el desconocido pensó en lo que ocurriría si se presentaba en su casa con aquella criatura, y de nuevo la matrona fue capaz de leerle el corazón.

—Si es una buena hija de Kemet,[8] tu mujer lo acogerá con alegría, ya lo verás; tú sabrás qué contarle, pero antes de irte llévate esto —dijo la matrona en tanto le entregaba un brazalete.

El extraño extendió una mano con evidente desconfianza.

—Es el único bien que poseía la difunta —aclaró la señora.

El desconocido lo examinó, sorprendido, ya que parecía muy valioso.

—Guárdalo hasta que el niño se haga hombre. Entonces deberás entregárselo —señaló la partera con tono misterioso.

Aquel hombre la miró un momento, dejando traslucir el desconcierto que le invadía, y la comadrona le hizo un gesto de displicencia a la vez que daba por cerrado el asunto.

—Ahora vete y no vuelvas más por aquí.

Incapaz de decir una sola palabra, el extraño abandonó aquel chamizo como si fuese un autómata, con un niño entre los brazos y el convencimiento de que los dioses le condenaban a pagar su culpa por lo que había ocurrido. Que en cierto modo era culpable bien lo sabía él, así como que los padres divinos lo vigilarían para que fuese fiel al *maat*: la justicia y el orden cósmico que era necesario cumplir para alcanzar el equilibrio y la armonía. Toda la Tierra Negra se hallaba sujeta a aquel cumplimiento, y él no podía transgredirlo. Sin embargo, de camino a su casa, el extraño estuvo tentado de abandonar al recién nacido en alguno de los palmerales que festoneaban la orilla del río, pero al momento recordó las palabras de la vieja partera, e imaginó la furia de Tueris si hacía tal cosa. La diosa hipopótamo surgiría de las aguas para castigarlo con toda su furia y él jamás correría semejante riesgo, pues no en vano era pescador.

2

Como era de esperar el recibimiento no fue jubiloso, algo con lo que ya contaba aquel hombre de antemano. Presentarse con un recién nacido en brazos no resultaba algo fácil de explicar, por mucho empeño que se pusiese. Al verlo llegar con semejante regalo, la señora de la casa abrió los ojos desmesuradamente, cual si se hallara ante la temible serpiente Apofis,[9] y muchos asegurarían después que sus gritos y juramentos se llegaron a oír desde la otra orilla del Nilo. No era para menos, por muchas razones que su marido quisiera darle, pues que este se atreviera a llegar a su hogar con una criatura era más de lo que nunca hubiese podido esperar.

—¡Tueris nos asista! —exclamó la dama, espantada, al ver entrar a su esposo—. ¡No te basta con venir borracho cada noche! ¡Encima tienes la desvergüenza de presentarte con un niño en brazos! ¡Tueris me dé fuerzas! ¡Jamás vi tanta osadía!

A la mujer no le faltaba razón, ya que su marido era aficionadísimo al *shedeh*, un licor que llegaba a nublar las entendederas de forma demoledora, y como en todo lo destacable que pudiese ocurrir en su vida, la dama ponía de testigo a Tueris, una diosa por la que manifestaba particular veneración, y con la que se sentía plenamente identificada.

En realidad, todo se debía al nombre con el que la susodicha era conocida, Reret, una forma de la diosa hipopótamo Tueris que encarnaba a la constelación del Dragón, donde se hallaba Thuban.[10] De este modo la señora se sentía como un paquidermo estelar encargado de sostener nada menos que a las estrellas imperecederas; las que no conocían el descanso. Claro que Reret podía tener otro significado, mucho más mundano, y dado lo aficionados que eran los egipcios a los apodos, todos la llamaban de este modo con evidente sorna, pues dicho nombre significaba «marrana»; incluso había quien se dirigía a ella con el pomposo apelativo de Reret-weret, algo así como «la gran marrana», que la dama, no obstante, se tomaba como un cumplido.

Había que reconocer que semejante apodo estaba bien pensado, ya que la señora no destacaba precisamente por su limpieza, lo cual era motivo de permanentes chanzas entre el vecindario, siempre jocoso y aficionado al chisme. Claro que, puestos a inventar sobrenombres, el de su esposo tampoco le iba a la zaga. El aludido era conocido como Akha, un nombre que no invitaba a sentirse orgulloso, puesto que así se llamaba el demonio causante de los dolores abdominales. Se ignoraba si quien se lo puso lo hizo por este motivo, aunque en el barrio se lo tomaran muy en serio. Si a alguien le dolía la barriga, enseguida pensaban en la mala influencia de su convecino para lamentarse.

—Seguro que te has topado con Akha —decían muchos, convencidos de que aquel apodo era digno de tenerse en cuenta.

Sin embargo, a Akha poco le importaban semejantes comentarios. Que él recordase siempre le habían llamado así, y se hallaba lejos de andar en tratos con ningún demonio. Él era pescador, y de los buenos, como también lo habían sido sus ancestros y esperaba que lo fuesen sus hijos. Se sentía particularmente orgulloso de ello, y alardeaba a la menor ocasión de que no había nadie en el nomo de Waset, el Cetro, que conociese el río mejor que él. Justo era de admitir que en esto último al hombre no le faltaba razón, pues las aguas del Nilo parecían no tener secretos para él. Aunque de condición humilde, nunca le había faltado de comer, incluso en épocas de penuria, lo cual era digno de consideración dadas las circunstancias. Todos estaban de acuerdo en que Akha era una buena persona, y muy trabajador, al que, no obstante, le podían sus debilidades. Estas se hallaban circunscritas a las Casas de la Cerveza, en donde Akha se sentía plenamente feliz.

Había quien aseguraba que aquel hombre conocía todas las de Tebas, mas él quitaba importancia al asunto, como si tal cosa. Su veneración por Bes, como dios de la embriaguez, era manifiesta, y a ella se entregaba cuando se lo permitían sus quehaceres, aunque lo que de verdad le gustara fuesen las mujeres. Ellas representaban el pináculo de la felicidad terrenal, la obra cumbre de la creación, y después de trasegar la primera jarra de *shedeh* no le importaba lo más mínimo rebajarse hasta donde fuese preciso con tal de conseguir sus favores. En esto la fortuna no lo acompañaba. Físicamente Akha era más bien poca cosa, incluso muchos lo encontraban desagradable, ya que su pequeña estatura quedaba resumida en un montón de huesos recubiertos por tendones y una piel tan renegrida que parecía un pellejo.

A pesar de ello, el pescador no cejaba en su empeño, y cuando conseguía sus propósitos a un precio elevado en extremo sentía que su esfuerzo había merecido la pena y daba gracias a Bes, encarecidamente, por colmarlo de tanta dicha. Por este medio había conocido a una joven en la que Akha creyó ver a la mismísima diosa Hathor rediviva. Atendía al nombre de Nitocris, como la legendaria reina de los tiempos antiguos, aunque nadie supiese cómo se llamaba en realidad, ni de dónde procedía. Tampoco se conocía cómo había llegado a parar a Tebas, aunque se aseguraba que había tenido amores con príncipes y dignatarios antes de acabar en una de las Casas de la Cerveza más conocidas de la ciudad. El pescador acudía a verla a la menor oportunidad, aunque fuese de lejos, para observar cómo era cortejada por quien pudiese pagar su precio, el cual fue menguando con el paso del tiempo. Akha no cejó hasta llamar la atención de Nitocris, quien se burlaba de él y de su desagradable aspecto.

Sin embargo, al hombre no le importaba rebajarse cuanto fuese preciso si así recibía una simple mirada de semejante diosa. Esta encendía su pasión hasta límites insospechados, y Akha estaba dispuesto a trabajar tanto como fuese necesario para poder llegar a satisfacerla. Por este motivo se afanó de tal manera que llegó a capturar más peces de los que nunca hubiese soñado. Con las enormes percas pudo sacar un buen beneficio, que guardó íntegramente para su diosa. Esta andaba en amores con algunos oficiales del faraón, y decían que incluso la rondaba un príncipe, pero a él no le importó. Esperó su oportunidad, la cual apareció una noche de manera imprevista en la que Nitocris se mostró receptiva ante el espléndido regalo que Akha le tenía reservado. Su obsesión por ella había servido de alimento a la concupiscencia, y esta se desbordó como el Nilo en la crecida cuando por fin pudo tomarla.

Fornicó hasta la extenuación, para gran sorpresa de la joven, que no entendía de dónde podía sacar tanta energía aquel insignificante hombrecillo. Era lo que tenía la obcecación, y por eso no le extrañó en absoluto que aquel pescador la agasajara con largueza durante tres días consecutivos, algo a lo que la joven accedió de buena gana, para asombro de él.

Sin embargo, todo aquello tuvo sus consecuencias. Nitocris se quedó encinta, y lo peor era que resultaba imposible conocer la identidad del padre. Eran varios los posibles progenitores, y la mera posibilidad de que Akha pudiese ser uno de ellos sumió a Nitocris en una angustia difícil de imaginar. Intentó por todos los medios desembarazarse del feto, pero no lo consiguió. Por alguna razón Hathor, Mesjenet, Tueris, Heket, Khnum y Bes, dioses que velaban por los niños ya en el claustro materno, habían decidido proteger aquella gestación, y la joven tuvo miedo ante los acontecimientos que podría provocar si desafiaba su poder. Además, la «desviación de la preñez», como era conocido el aborto, estaba prohibida por la ley, y ningún médico o comadrona se hubiese prestado a ayudarla. Para colmo de desventuras, Akha no cejaba en sus visitas, y cuando este supo que ella se hallaba en estado se empeñó en tomar el papel de benefactor de la dama de sus sueños. De nada valía que la señora lo despidiera con cajas destempladas; a la menor oportunidad el hombrecillo aparecía de forma súbita para interesarse por el asunto, lo que disgustaba a la joven sobremanera. Esta tuvo un embarazo complicado que la llevó a un estado de depresión difícil de imaginar. De pronto Nitocris se vio sola, y se convenció de que toda la belleza que un día había poseído se había perdido, como las aguas del Nilo cuando desembocaban en el Gran Verde. Su existencia no tenía sentido y se maldijo a sí misma y también al hijo que llevaba en sus entrañas, a quien llegó a hacer responsable de su perdición.

Ajeno a tales juicios, Akha siguió a su amada la noche del parto, y cuando oyó los lloros del recién nacido se precipitó en el interior del chamizo sin poder remediarlo. Así habían ocurrido los hechos, y al presentarse poco después en su casa con la criatura en brazos, pensó que una buena parte de su obsesión por aquella mujer se encontraba en aquel niño, y que al mirarlo podría rememorar los únicos días de su vida en los que había sido feliz.

A sus veinticuatro años, Akha era ya un hombre envejecido, y sabía que a los cuarenta se encontraría camino de la necrópolis, como le ocurría a la mayoría de los habitantes del Valle. Reret llevaba diez años casada con él, aunque se conociesen de toda la vida, ya que eran primos segundos. La señora había traído al mundo cuatro hijos, de los cuales dos habían partido ya de la mano del incansable Anubis, quien solía tener una particular predilección por los infantes. Juntos había llevado la mejor existencia posible, dadas las circunstancias, pues a pesar de que Akha era muy trabajador, su afición por las Casas de la Cerveza y lo que estas encerraban había causado innumerables problemas, y un resentimiento del que su mujer nunca podría liberarse. El amor siempre había sido una palabra hueca, y la convivencia no era sino una parte de la supervivencia a la que ambos se aferraban sin importarles el precio que tuviesen que pagar.

No obstante, Reret no perdía ocasión de recriminarle su actitud; sobre todo por el hecho de que su marido estuviese en boca del vecindario más de lo usual. Sin lugar a duda, allí habladurías había para todos, pero era innegable que Akha se había ganado en ellas un puesto de privilegio por derecho propio. Eran demasiados los que aseguraban que el *shedeh* no tenía secretos para él, al tiempo que dudaban que hubiese en toda la

Tierra Negra alguien tan virtuoso como el pescador a la hora de beberlo; además, también alababan su afición por las mujeres que vendían sus favores en las Casas de la Cerveza, aunque muchos desconfiaran de su éxito a la hora de cortejarlas.

Ante los demás Reret fingía estar por encima de tales asuntos. En cuestión de chismes no había quien la superase, y se encontraba al tanto de dimes y diretes, y de cuanto ocurría en el barrio. Allí el que más, el que menos tenía su propia historia, y ella se encargaba de difundirla a la menor oportunidad. Su figura, oronda donde las hubiera, contrastaba con las exiguas carnes de su marido, lo que invitaba a determinadas burlas, muy del gusto de los vecinos. Pero era su poca afición por la higiene lo que más daba que hablar, y los maledicentes aseguraban que esa era la causa por la cual Akha huía de su casa a la primera ocasión.

En realidad, entre ambos cónyuges no existían las discusiones. Akha no daba pie a ellas, pues en verdad que era parco en palabras; un tipo callado que se limitaba a mirar a su esposa con gesto de resignación cuando esta reprobaba sus acciones, para terminar por aceptarlo como si tal cosa. Por esta razón no le resultó difícil aguantar impávido la ira de su mujer la noche que se presentó con la criatura en su casa. Era de esperar, aunque en su opinión tampoco se trataba de algo extraordinario, ya que todos los días aparecían niños abandonados.

—¡Lo encontraste junto al camino! ¿Es eso lo que quieres que crea? —gritó Reret, exasperada, a su esposo.

—No iba a dejarlo allí —dijo este encogiéndose de hombros.

—¡Tus argucias superan con creces a tus entendederas! —exclamó la señora—. Pero a mí no me engañas. ¿De quién es el niño?; dímelo.

—Mujer, cómo quieres que lo sepa.

—¡Ammit devore tu alma! ¡Nunca vi semejante cinismo! —volvió a exclamar Reret, congestionada por la cólera.

—Tampoco es para ponerse así. Hice una buena acción. No querrías que lo hubiese dejado abandonado, ¿verdad? —se atrevió a repetir Akha, muy digno.

—¿Buena acción? Y tanto; porque el niño es tuyo —rugió la dama.

Akha pestañeó repetidamente como si le relataran una historia de la que no entendía nada.

—Bes te ilumine. Siempre fuiste dada a la exageración —contestó él con un temple que era digno de ver.

—¡No pongas a Bes por testigo de lo que ni él mismo se atrevería a hacer! ¡Presentarte en tu casa con un recién nacido! Toda Tebas se reirá de tu infamia... Y también de tu familia. ¡Quedaremos señalados para siempre!

—En tal caso será por nuestro buen corazón. ¿Recoger a un pequeño abandonado? No se me ocurre un acto mejor a los ojos de los dioses —apostilló Akha con naturalidad.

Reret se encendió aún más.

—Veo que hoy el *shedeh* te ha dado más luces de las que acostumbras a mostrar, pero a mí no me engañas; ni a Maat tampoco. ¡Jura ante ella que la criatura no es tuya! —le conminó la señora.

—Puestos a jurar... lo haría ante Osiris si me lo pidieras —aseguró el hombrecillo sin inmutarse.

—¡Tueris bendita! ¡Nunca te creí capaz de tal blasfemia!

—Puedes comprobarlo por ti misma. El niño es tan blanco como las nieves que, aseguran, cubren los montes del Líbano, en el lejano Retenu.[11]

Reret abrió todavía más los ojos, pues tales juicios se le escapaban por completo...

—Míralo bien, mujer —prosiguió él —. No he visto nunca una tez tan clara. Ignoro de dónde pueda proceder.

Por un momento la señora pareció desconcertada, pero al punto frunció el gesto.

—¡Haces honor al demonio que te ha dado nombre! Ni Apofis mentiría mejor. Hathor se apiade de esta casa. ¡Dime quién lo ha parido! ¡Seguro que se trata de alguna mujerzuela venida del Delta!

—No busques respuestas que no existen y fíjate bien en el color de su cabello. Ninguna mujer de Tebas lo posee.

Reret tuvo que reconocer que en eso su marido tenía razón. En el Bajo Egipto era usual encontrarse con pelirrojos, pero en Waset... Muchas eran las mujeres que se teñían o utilizaban pelucas de ese color como signo de prestancia.

—Es un *akh*, un ser luminoso —insistió el hombrecillo en tanto señalaba a la criatura.

—Que llora como si Set lo hubiera apadrinado —protestó ella con disgusto, al reconocer que el pequeño era en verdad hermoso.

—No te costará darle de mamar, ahora que todavía estás criando —se atrevió a decir él.

—Jamás —replicó Reret, muy alterada, al ver la ligereza con la que su esposo trataba aquel asunto—. Mis hijos no compartirán mi pecho con un vástago de Set.

Akha se encogió de hombros, como acostumbraba de ordinario, y pensó que sería fácil encontrar una nodriza en un vecindario plagado de niños que mamaban en ocasiones hasta los seis años.

—Bueno, en tal caso ya me ocuparé yo de solucionarlo —continuó el pescador con calma—, pero debemos darle cobijo, Tueris se sentirá satisfecha si lo hacemos; además, parece ser un niño muy sano y podrá ocuparse de nosotros en la vejez.

Reret hizo un mohín de disgusto, pero al fin cogió a la criatura y la observó con atención. Sin duda era fuerte, y no pudo evitar pensar en las calamidades que podría enviarles la diosa hipopótamo, benefactora de los recién nacidos, si rechazaba al pequeño.

—Haríamos bien en ponerle un nombre —se atrevió a decir Akha, pues había leído el temor en el corazón de su esposa.

Esta lo miró con indisimulada inquina ante tamaña desfachatez.

—Te diré cómo se llamará —replicó Reret, desabrida—: Nemej.

Akha guardó silencio, para luego asentir con pesar. Aquel nombre no podía ser más adecuado, aunque sin duda resultase cruel. Nemej: el niño abandonado.

3

Nemej crecería en el seno de una familia a la que no pertenecía en absoluto. Fue plenamente consciente de ello desde el momento en que la razón apareció en su corazón, para con el tiempo terminar por forjar toda una pléyade de sentimientos encontrados con los que aprendería a convivir. Reret le haría comprender desde el primer momento cuál era el lugar que ocupaba, así como la deuda que el destino le había hecho contraer con ella. Su propio nombre, Nemej, se encargaría de recordárselo a diario, aunque la señora siempre estaría convencida de que aquella criatura era fruto de los amores adúlteros de su esposo. En el pequeño volcaría todo su resentimiento, sin que ello la ayudara a aliviar las penas del alma.

Sin duda todo lo anterior influyó en el rapaz, quien llegaría a desarrollar un carácter circunspecto y sumamente observador, que acabaría por convertirle en un solitario. En el vecindario pronto sería bien conocido, así como sus frecuentes peleas con todo aquel que se burlaba de su nombre. Él era distinto, y quizá ese fuese el motivo por el cual los otros niños terminarían por rehuirle. Su tono de piel lo diferenciaba de los demás, y todos lo miraban con cierto desdén, como harían con cualquier persona del norte. El Alto y Bajo Egipto, la eterna rivalidad. En Tebas solo tendría un amigo, Ipu, el hijo de un carpintero; el único capaz de compartir su mundo.

En realidad, la infancia de Nemej apenas existiría, ya que desde temprana edad tuvo que acompañar a Akha para aprender el oficio. Como ocurría con la mayoría de los niños, continuaría con la dedicación de su padre. Sería pescador, o al menos eso era lo que los demás esperaban de él. No había lugar para ningún otro tipo de planteamiento y, le gustara o no, el destino de Nemej estaría amarrado a una barca.

Aquel trabajo no era, ni con mucho, el peor que se podía elegir. Hambre pasaría poca, y además su padre siempre se las ingeniaría para sacar un buen rendimiento a su esfuerzo. Vendía la mayor parte de lo pescado a diario, y de su boca conocería los secretos que ocultaba un río que muy pronto le fascinaría. Nemej llegaría a sentir verdadera veneración por el Nilo, por lo que representaba, así como por el divino poder que ocultaban sus aguas. El río era la vida, y todas las criaturas del Valle así lo entendían al confinarse a su alrededor para alabarlo; cada una a su manera. El pequeño llegaría a conocerlas todas y forjaría una extraña alianza con ellas que terminaría por proporcionarle un nuevo nombre, por el que sería conocido.

Como era de esperar, él no pudo acudir a ningún *kap*, el parvulario al que asistían los príncipes y niños de las clases principales. Su escuela sería el Nilo y su maestro Hapy, el señor de aquellas aguas, quien por medio de Akha le enseñaría todos los misterios del milenario río. Aquel curso infatigable, nacido en el corazón del continente africano, tenía su propio lenguaje y el rapaz se impregnó con él para convertirse en una criatura más de las muchas que a diario se asomaban a las orillas del Nilo. Pertenecía a su mismo mundo, el único que le interesaba, y en el que llegaría a refugiarse en su huida de aquel otro en el que se sentía perdido.

Sin embargo, cumpliría con las funciones que se esperaban de él. Siempre atendería a los requerimientos de Reret, a pesar de su habitual rechazo, como correspondía a un buen hijo. Muy pronto sería consciente de su condición en aquella familia que lo había adoptado, del agradecimiento impuesto del que nunca podría librarse, así como de su propia naturaleza. Nemej era tan diferente a cuantos le rodeaban que no necesitaba explicarse. No obstante, él siempre consideraría a Akha como a un padre y no tardó mucho en poder leer las penas que afligían al corazón de aquel hombre; tribulaciones que se le antojaban tan pesadas como las ciclópeas piedras de los templos, de las que sabía que nunca sería capaz de desprenderse. Desde su frágil esquife, hecho de papiros, Akha le enseñaría a leer cada renglón escrito en las sagradas aguas; en qué lugar tender sus redes, dónde se hallaban las traicioneras pozas, cómo hacer frente a las corrientes. Le hizo ver el carácter caprichoso del Nilo y cómo este cambiaba con arreglo a cada estación. El río poco tenía que ver en el periodo de las «aguas altas» con el de las «bajas», y era preciso conocer sus singularidades para poder faenar, e incluso sobrevivir.

Akha se esmeró en transmitirle todos sus conocimientos, como ya había hecho su padre con él, mas al observarle no podía evitar rememorar la escena que una fría noche de invierno le había tocado vivir. Muchas veces recordaba a Nitocris, tal y como era cuando la había amado, y trataba de encontrar algún parecido con aquel vástago que Shai había puesto en su camino de manera inesperada. El pequeño no tenía ninguna semejanza con nadie conocido, y durante años se afligiría ante la posibilidad de que Nemej, en realidad, no fuese hijo suyo. El tiempo terminaría por enmascarar aquella sospecha, pues el hombrecillo se encariñaría con el rapaz, aunque fuese a su manera, de quien podía sentir la fuerza que ocultaba en su interior; un poder soterrado que formaba parte del pequeño desde su nacimiento.

En cuanto a sus hermanos... Todos fueron pasando a la «otra orilla» durante la gran peste que asoló al país de las Dos Tierras, para desesperación de una Reret que lloró desconsoladamente su pérdida. Ella nunca entendería por qué Sekhmet, la diosa leona que traía las enfermedades, no había castigado con la misma ferocidad a su hijastro. Mas así ocurrió; aquel niño abandonado crecería fuerte como una roca, ajeno a los peligros que acechaban a las gentes del Valle, como si se tratase de un ser inmortal. Semejantes pensamientos sumían a la señora en la tristeza pues, a la postre, la criatura que tanto había detestado se convertiría en su único apoyo cuando ella alcanzara la vejez. Esta se presumía próxima, y este sentimiento la hizo retraerse en sí misma hasta llevarla a un estado de pesadumbre del que nunca podría escapar.

Corrían tiempos difíciles para Kemet, ya que el faraón que gobernaba, Neferkheprura-Waenra, vida, salud y prosperidad le fueran dadas, había decidido cambiar el orden establecido por los dioses tradicionales, para crear un mundo nuevo, en los que estos no tenían cabida. Él mismo había comenzado por tomar un nombre distinto, Akhenatón, para después construir una capital de la nada, en el Egipto Medio, que consagró a una nueva divinidad, y a la que bautizó como Akhetatón, la ciudad del Horizonte de Atón. De este modo, el faraón iniciaría una verdadera revolución contra los poderes fácticos, a los que aborrecía, para sumir a la Tierra Negra en el caos.

Todo estaba calculado en el corazón del señor de las Dos Tierras. La suya era una lucha que iba mucho más allá de la religión. No era un mero cambio de orden teológico, sino una guerra sin cuartel contra los antiguos cleros, y en particular contra el de Amón. En realidad, en el Atón, el disco solar del que emanaba la vida, se encontraba la divinidad de la realeza, la recuperación de un poder que los reyes habían ido perdiendo de forma paulatina desde los lejanos tiempos de las pirámides, mil años atrás. Este era el verdadero motivo de su revolución, y Akhenatón aborrecía de tal forma a los taimados sacerdotes de Amón que decidió eliminar su poder para siempre.

Para conseguirlo llevó a cabo un plan perfectamente elaborado, que inició en la propia Tebas al erigir cuatro nuevos templos en *Ipet Sut*, Karnak, verdaderos santuarios dominados por veintiocho colosos cuya estética nada tenía que ver con las formas tradicionales, y en los que cambiaría la usual representación de Atón, con cabeza de halcón rodeada por un disco solar y protegida por un *ureus*,[12] por su nueva forma; en ella se encontraba el único dios.

El faraón divinizó a su difunto padre como parte de aquel símbolo del que emanaba la vida, y a fin de llevar a cabo su proyecto decidió construir una nueva capital en un lugar que equidistaba de las dos principales urbes del país: Menfis en el norte, y Tebas en el sur. Para ello, en el quinto año de reinado, erigió la primera de las quince estelas de proclamación que delimitarían la nueva metrópolis, e inició unas obras que finalizarían cuatro años más tarde. Así, en el noveno año de su gobierno, Akhenatón se trasladó a la ciudad recién erigida, alejado de los cleros que tanto poder habían llegado a acumular a través de los siglos, acompañado por una corte de «hombres nuevos», ansiosos de servir a su señor y resueltos a aprovechar la oportunidad que el destino les ofrecía. La vieja aristocracia quedaba de este modo apartada, y al poco de hallarse instalado en su espléndido palacio de Akhetatón, el faraón dio su golpe de gracia al viejo clero al ordenar cerrar sus santuarios.

Aquella decisión trajo graves consecuencias para Egipto. Gran parte de la tierra cultivable era propiedad de los templos que, al ser clausurados, dejaron sin trabajo a toda la mano de obra que dependía de ellos. Para un país que vivía fundamentalmente de las cosechas, semejante determinación condujo a la miseria a familias enteras de labradores que ya no tenían campos de los que ocuparse, sumiendo a Kemet en una ruina absoluta. De este modo los trigales quedaron abandonados y la mala hierba terminó por adueñarse de las feraces fincas de Egipto. Para el clero de Amón, aquel escenario se convirtió en la peor de las pesadillas. Karnak tenía tantas posesiones como la corona, y al cesar su actividad económica condenó a la hambruna al país de las Dos Tierras.

El pueblo, tan arraigado a las antiguas tradiciones, no era capaz de comprender cuanto ocurría. Para este las cosas estaban bien como estaban, y no había necesidad de cambiarlas, ni de renunciar a las múltiples fiestas que disfrutaban en honor de los dioses locales. Sin ellos se sentían perdidos, y las gentes se miraban temerosas al no entender por qué habían sido abandonadas a su suerte. En Tebas, el hambre se asomó a las calles para mostrar sus colmillos, mientras los vecinos no sabían a quién recurrir. El gran padre Amón había cerrado sus santuarios, para dejar a la ciudad santa abandonada a su suerte.

En el décimo año de reinado de Akhenatón, el terror se

apoderó de Kemet. Sus ciudades se llenaron de agentes del faraón que perseguían con saña cualquier vestigio de la antigua religión. La memoria de El Oculto, nombre con el que también era conocido Amón, fue atacada de forma particular, y en Waset, grupos de soldados nubios se encargaron de erradicar cualquier referencia al señor de Karnak. Borraron su nombre de las piedras de los templos, y en el Djeser Djeseru, el Sublime de los Sublimes, el fastuoso santuario que la reina Hatshepsut había erigido en Deir el Bahari, martillearon con saña el nombre de Amón, allá donde se encontrara. El miedo se apoderó de Tebas, pues los enviados del faraón entraban en las casas para hacer registros en busca de pruebas que acusaran a los propietarios de continuar siendo fieles a los antiguos dioses. Las denuncias proliferaron, ya que muchos aprovecharon aquel clima siniestro para saldar viejas cuentas, o simplemente para satisfacer las envidias. Todos los días había detenciones, en tanto muchos de los ciudadanos apenas se atrevían a salir de sus casas por temor a no regresar a ellas.

Con el tiempo, un manto de tristeza y pesadumbre cubrió Waset hasta convertir el aire en irrespirable. La capital no era un lugar seguro, y en los campos la rapiña y el bandidaje estaban a la orden del día. Maat se había olvidado de su pueblo y ya no había orden ni justicia en la tierra de Egipto. Aquellos «hombres nuevos» que se habían instalado en el poder se mostraron incapaces del buen gobierno, y solo se preocuparon de acumular riquezas, expropiando bienes por doquier, sin importarles el sufrimiento de un pueblo que vivía aterrorizado.

El llanto se extendió por el Valle, y hasta Hapy, el dios del Nilo, desapareció de las aguas, pues su fertilidad ya no era necesaria. Sin embargo, Akha salía con su modesta barca cada madrugada en busca de sustento. Era una época oscura de la que también los peces parecían participar, pues muchos días el hombrecillo regresaba a casa con las manos vacías. Nemej siempre recordaría cómo, durante horas, se aplicaba a golpear las aguas mientras su padre echaba las redes sin ningún resultado. En ocasiones capturaban alguna perca con sus arpones, quizá porque el río se apiadaba de ellos, lo cual era motivo de celebración y los animaba a regresar el día siguiente con la esperanza de que todo volviera a ser como antaño.

Al anochecer cenaban en silencio, en compañía de Reret, temerosos de oír sus propias voces. La señora ya no nombraba a Tueris, y su mirada, carente de luz, parecía perdida en algún lugar al que solo ella podía acceder. Su habitual espíritu parlanchín había quedado sepultado por el temor a las denuncias; incluso se había deshecho de un pequeño altar en el que honraba a la diosa hipopótamo, su preferida, y cuando de soslayo observaba a Nemej, su pena se agudizaba aún más, llegando a pensar que su vida carecía de sentido.

A la caída de la tarde, Nemej solía disfrutar del universo que le rodeaba. En compañía de su amigo Ipu, corría entre los palmerales de las afueras de Tebas en busca de aventuras, para terminar junto a los cañaverales donde abundaba la caza. Era un lugar peligroso en el que se ocultaba la muerte, pero ambos amigos se extasiaban observando cómo las especies que poblaban el Valle se aproximaban a la orilla del río para participar del ciclo vital al que se hallaban sujetas. La supervivencia tenía sus propias reglas, y atenerse a ellas era cuanto importaba pues hasta el más avezado cazador podía convertirse en presa.

—¡Fíjate! —exclamó Nemej, una de aquellas tardes, en tanto señalaba a un grupo de hipopótamos que resoplaban cerca de donde se encontraba—. Ellos no tienen rival.

Ipu asintió sin demasiado entusiasmo, pues bien sabía lo peligrosos que podían llegar a ser aquellos paquidermos. Nemej rio al ver la expresión de su amigo.

—Ya sé que mataron a un primo tuyo, y que tienen mal carácter —apuntó Nemej—, pero son los auténticos señores del río. Ni los cocodrilos pueden con ellos.

—¿Tú no los temes?

—No. Los veo todos los días y aprendo de ellos.

—Ah —respondió Ipu sin comprender bien qué era lo que podían enseñar los hipopótamos.

—Me refiero a que siguen unas pautas de comportamiento, como el resto de las especies que viven aquí. Si las conoces no tienes nada que temer.

—Lo mejor es no molestarlos —añadió Ipu volviendo a señalar a los hipopótamos.

—Ja, ja. Sobre todo si tienen crías.

Ipu asintió de nuevo, pues creía a pies juntillas todo lo que su amigo quisiera contarle acerca del río. En su opinión, el Nilo no tenía secretos para Nemej, a quien consideraba poco menos que un héroe por enfrentarse a diario a los peligros que acechaban bajo las aguas. Sin embargo, ambos compartían el mismo mundo, el amor por aquellos hermosos parajes en los que la vida y la muerte iban de la mano y, sobre todo, por la caza.

La vida de Ipu no difería mucho de la que llevaba su amigo. Él aprendía el oficio de carpintero de manos de su padre, aunque durante aquellos años de penuria apenas hubiera trabajo. El buen hombre era un reputado artesano, y antes del traslado de la corte a Akhetatón, la nueva capital, colaboraba como *semedet*, personal no especializado, para el Lugar de la Verdad, la ciudad en la que vivían los constructores de las tumbas reales, en Deir el Medina. Allí su trabajo siempre había sido muy valorado, y por ello durante años había recibido múltiples encargos. Mas la marcha del faraón a la metrópolis, que él mismo había levantado de la nada, trajo consigo el cese de las actividades de los constructores de tumbas. Los Sirvientes del Lugar de la Verdad, nombre con el que eran conocidos estos obreros, no tenían razón de ser en el Valle de los Reyes, pues Akhenatón había dispuesto que en adelante toda la familia real se enterraría en la necrópolis de la nueva capital.

Como le ocurría a la mayoría de los tebanos, Ipu y su familia se las veían y se las deseaban para poder sobrevivir. Él también había perdido a la mayor parte de los suyos y, junto a su padre, se esforzaba en salir adelante, con la esperanza de que los dioses que un día se fueron regresaran de nuevo.

—¿Por qué crees que nos abandonaron los dioses? —preguntó Ipu a su amigo mientras disfrutaban del atardecer.

—No sé —dijo este encogiéndose de hombros—. Ya sabes que no soy muy creyente.

A Ipu no le extrañó aquella respuesta, pues conocía de sobra la poca fe de su amigo. Esto resultaba inusual, dada la ancestral religiosidad de su pueblo, sobre todo por el hecho de que Nemej solo tuviera diez años de edad.

—Mi padre dice que no nos han abandonado del todo, y que, de algún modo, velan por nosotros —prosiguió Ipu—. Al fin y al cabo, Ra continúa apareciendo por el este cada mañana, y Anubis sigue siendo tan infatigable como antes; hasta Khnum, desde su cueva en la primera catarata, provoca la inundación anual como ha hecho siempre.

Nemej asintió en tanto perdía su mirada entre el grupo de hipopótamos que retozaba junto a la orilla. Él y Akha nunca hablaban de semejantes cosas y, que él supiera, este jamás había mostrado apego por los dioses. En realidad, sus conversaciones se limitaban a lo necesario para poder desarrollar bien su trabajo, o a cuanto tuviese que ver con este. Su padre siempre sería parco en palabras, y Nemej llegaría a conocer poco acerca de su persona, de sus pensamientos, aunque a veces fuese capaz de leer en su mirada algo parecido al cariño.

—Puede que tengas razón —dijo Nemej tras volver de sus pensamientos—. En cierto modo los dioses continúan entre nosotros.

Ipu miró a su amigo con evidente asombro, ya que era muy temeroso de los dioses.

—Ja, ja —continuó Nemej—. No pongas esa cara. Hasta yo soy capaz de darme cuenta de ello. Mira si no lo que nos ha deparado la ira de Sekhmet. La diosa que envía las enfermedades no ha parado de mostrarnos su cara más sanguinaria. La mitad de Tebas ha sufrido las consecuencias. No hay familia que no haya perdido a alguno de sus miembros. Nosotros mismos somos una buena prueba de ello. En nuestros hogares casi todos han muerto.

—Es verdad. Mi padre asegura que es debido a nuestra impiedad por habernos apartado del *maat*.

Nemej volvió a encogerse de hombros, ya que se sabía de sobra aquella cantinela.

—¿Qué otra causa podría haber? —inquirió Ipu, convencido de que solo existía una explicación a la terrible pandemia que había sufrido la ciudad.

—No siento ningún temor por Sekhmet. De ser como tú dices, enviaría su furia contra quien nos ha conducido hasta esta penuria.

Ipu asintió y miró en rededor, temeroso de que alguien pudiese escucharlos.

—Mi padre asegura —continuó Ipu en tono confidencial— que la ciudad del Horizonte de Atón está siendo asolada por la enfermedad. Que los dioses la castigarán con todo su poder.

Nemej hizo un gesto burlón, pero no dijo nada.

—Mi padre sabe de lo que habla —se apresuró a explicar Ipu—. Al parecer es la nueva corregente quien manda en Akhetatón. Se hace llamar Nefernefruatón, aunque en realidad se trate de la Gran Esposa Real.

—¿Te refieres a Nefertiti? —preguntó Nemej con curiosidad, ya que vivía ajeno por completo a todo lo que estuviera relacionado con el poder.

—Quién si no. En Tebas muchos aseguran que ha iniciado contactos secretos con Karnak, y que muy pronto permitirá abrir de nuevo los templos.

—Habladurías. ¿Qué te hace pensar que hará algo así?

—Te digo que es cierto. Sekhmet le ha mostrado el alcance de su ira. La princesa Maketatón ya ha pasado a la «otra orilla» y hace poco que la siguió la reina madre.

—Supongo que hablas de Tiyi —apuntó Nemej sin mucho convencimiento.

—La misma. Mi padre asegura que ella es la instigadora de todas las ideas perniciosas de su hijo, el dios Akhenatón.

Nemej rio para sí antes de continuar.

—¿De dónde saca tu padre esas ideas? Haría bien en no hablar demasiado. Mira lo que le pasó a Tuy, el alfarero, y a su familia. Un día desaparecieron todos y no hemos vuelto a saber de ellos. Dicen que opinaban más de la cuenta.

—El espíritu de Karnak se mantiene vivo —aseguró Ipu dándose importancia—. Mi padre siempre ha mantenido buenas relaciones con su clero; incluso hizo algunos encargos para ellos, igual que ocurría con los Servidores del Lugar de la Verdad. Por eso sabe que pronto todo cambiará.

—Akha y yo seguiremos saliendo a pescar de madrugada —matizó el rapaz, lacónico.

—Pero los dioses os favorecerán. Eso es lo que sucederá.

Nemej no contestó, pues semejantes consideraciones no le interesaban en absoluto. Entonces oyó un ruido entre la hojarasca y su rostro se iluminó al instante.

—No te muevas —susurró a su amigo, que se mostraba ausente de cuanto le rodeaba.

Ipu pareció sorprenderse y al momento se percató de lo que ocurría. Hizo ademán de salir corriendo, pero Nemej se lo impidió.

—No te muevas —repitió—. Solo quiere saludarme.

En ese instante volvió a oírse un suave crujido y acto seguido apareció Wadjet, la diosa del Bajo Egipto, serpenteando sinuosamente. Era una cobra enorme, y al ver cómo se dirigía hacia ellos, Ipu comenzó a gemir, petrificado.

—No te asustes —insistió Nemej al tiempo que movía con lentitud los brazos, invitando al reptil a aproximarse—. Estos son los dioses en los que creo —musitó el chiquillo.

Al ver los movimientos del rapaz, la serpiente se irguió para mostrar su poder.

—Lleva consigo la muerte, pero no temas. Solo siente curiosidad —precisó Nemej, que miraba fijamente al ofidio, con evidente fascinación.

Este volvió a arrastrarse por el suelo con parsimonia hasta encaramarse a las piernas del chiquillo con naturalidad. Nemej no se inmutó, mientras Ipu observaba la escena conteniendo la respiración, incapaz de mover un solo músculo. Todos los días moría alguien a consecuencia de las picaduras de las serpientes o los escorpiones y, no obstante, su amigo se mostraba tan confiado que parecía estar disfrutando de aquel macabro juego.

—Solo quiere bridarnos su amistad —quiso aclarar Nemej mientras permitía que la cobra recorriera su cuerpo.

Aterrorizado, Ipu pensó que sus palabras habían quedado

sepultadas en alguno de los *metus*[13] que, aseguraban, recorrían el cuerpo humano. Como cualquier habitante del Valle, él también sentía fascinación por las cobras y un miedo inconmensurable ante su mera presencia. Su imagen amenazadora conformaba el *ureus* en el tocado real con el fin de ahuyentar a los enemigos del faraón, y al observar cómo el reptil elevaba la cabeza frente a su amigo, no tuvo ninguna duda de que en aquella hora Wadjet le ofrecía su protección, por motivos que no era capaz de comprender.

Ya de regreso a casa, Ipu apenas pudo articular palabra. Se sentía impresionado por la escena que había presenciado, a la vez que afortunado por haber salido con vida de ella. Las cobras formaban parte del día a día y en ocasiones hasta llegaban a habitar en el interior de las viviendas, que dejaban limpias de roedores. Desde que tuvo uso de razón había oído tantas historias acerca de las cobras que lo mejor era apartarse de ellas cuanto pudiese.

Para él era un misterio que aquella tarde uno de estos reptiles se les hubiera aproximado para rodear a Nejmet con su abrazo. Jamás olvidaría cómo serpenteó por sus piernas, hasta alzarse para mirar fijamente a los ojos de su amigo a menos de un codo de distancia.

Si los milagros existían, aquel podía catalogarse como de los grandes, aunque Ipu estuviera convencido de que en verdad existía un vínculo entre Nemej y aquellos animales; una relación que únicamente podía explicarse a través de la magia que solo poseían los *hekas*. Mas, que él supiese, su buen amigo se hallaba alejado de tales artes, por lo que llegó a la conclusión de que la diosa Wadjet se encontraba detrás del asunto, y por algún motivo que se le escapaba había decidido tutelarle. Se trataba de un hecho insólito, y al poco tiempo la historia comenzó a correr de boca en boca por el vecindario, hasta que toda Tebas la supo.

4

Había que reconocer que Ipu no andaba descaminado. Las nubes que encapotaban el cielo de la Tierra Negra empezaban a dejar pasar los primeros rayos que invitaban a la esperanza. Desde la ciudad del Horizonte de Atón, Nefertiti gobernaba de facto el país de las Dos Tierras, mientras su esposo, el faraón Akhenatón, había terminado por convertirse en un ser elevado, entregado por completo a la adoración de su dios, el Atón. Como corregente, Nefertiti era plenamente consciente del lamentable estado en el que se encontraba Kemet, así como de la conveniencia de iniciar un acercamiento a los viejos cleros para impulsar la economía. La reina se hacía llamar ahora Nefernefruatón, y con toda la cautela que la situación política requería dio los primeros pasos a fin de llevar a efecto sus planes. Tras quince años de reinado, la corte de Akhenatón era un nido de intrigas en el que se daban cita todo tipo de intereses, y donde las ambiciones amenazaban con convertirse en un monstruo imposible de saciar. Sin embargo, la corregente se mantuvo firme y muy pronto Karnak supo que el regreso de Amón estaba próximo.

Transcurrieron los años y, en el decimoséptimo de su reinado, Neferkheprura-Waenra, más conocido como Akhenatón, pasó a la «otra orilla», como cualquier mortal, a finales de la vendimia. Fue sepultado en la necrópolis de la ciudad que él había fundado, en los altos cerros situados al este, en tanto Nefertiti tomaba el poder como señor del Alto y Bajo Egipto con el nombre de Ankheprura Smenkhara. Con ello las persecuciones de antaño se convirtieron en un triste recuerdo y, aunque no de manera oficial, se permitió el regreso a los cultos tradicionales en el interior de los templos.

En Tebas, Nemej continuó con su particular caminar por la vida mientras, sin proponérselo, alimentaba su leyenda. Cada jornada, Ra-Khepri, el sol de la mañana, le sorprendía junto a su padre echando las redes en las aguas del Nilo, y al atardecer, Ra-Atum lo observaba con curiosidad deambular por los palmerales, antes de ocultarse por los cerros del oeste para iniciar su viaje nocturno por el Inframundo. La magia que envolvía al país de las Dos Tierras parecía inmune a los avatares políticos y religiosos de aquella época convulsa, pues no en vano se encontraba allí desde el principio de los tiempos, como parte consustancial de aquel valle. La magia daba sentido a Egipto, y todas las criaturas que allí vivían se alimentaban de ella, hasta conformar un universo de dioses con aspecto monstruoso del que participaban todas las especies; cual si fuesen garantes del orden cósmico establecido por los padres creadores. Nada era posible sin la magia, y este pensamiento estaba tan arraigado entre las gentes que resultaba imposible no ver su concurso en cualquier hecho que resultara significante. Ese sería el origen de la leyenda que acompañaría a Nemej durante toda su vida; un misterio cuya explicación solo estaba al alcance de los dioses.

Nemej forjó su historia ajeno a todos aquellos juicios. Jamás se preguntaría por qué parecía inmune a los peligros que acechaban a los habitantes del Valle, o a las enfermedades que se cobraban vidas a diario. Sin proponérselo generaba una extraña conexión con otras especies difícil de entender; una suerte de empatía irracional que le llevaba a comportarse con despreocupación allí donde habitaba el peligro. Los campesinos atestiguarían verlo recorrer los campos de cultivo abandonados, donde abundaban las cobras, sin temor alguno, y muchos asegurarían que incluso llegaba a jugar con ellas, permitiendo que reptaran por sus miembros como si tal cosa, e incluso les hablaba.

El lenguaje de Wadjet les era desconocido y, no obstante, aquel rapaz era capaz de comprenderlo para asombro de todos. La diosa del Bajo Egipto así lo había determinado, y esa sería la causa por la cual aquel niño cambiaría su nombre, sin que él participase en el asunto. Nemej formaba parte de un pasado que ya no le correspondía. El niño abandonado que un día fuese recogido por Akha quedaría en el olvido, para dejar paso a un nombre poderoso al que los antiguos textos calificaban como «el indestructible»: Nehebkau.

—Supongo que ya sabrás que has cambiado de nombre —dijo Ipu a su amigo, una tarde en la que ambos disfrutaban de sus habituales andanzas junto a la orilla del Nilo.

Este le miró sorprendido, e hizo un gesto burlón.

—¿De verdad no estás enterado? —inquirió Ipu con evidente asombro—. En tal caso debes de ser el único en Tebas que no lo sabe.

Nemej se encogió de hombros, como hacía de costumbre para mostrar su desinterés, pues era poco dado a las habladurías.

—Es un nombre muy bueno, y de lo más apropiado ahora que se aproxima el día en el que hemos de pasar el *sebi* —continuó Ipu, convencido de la importancia que tenía el nombre para un egipcio.

—No veo qué tiene que ver el que me llame Nemej con el rito de la circuncisión.

—¡Todo! —exclamó Ipu con teatralidad—. Imagínate lo que significa convertirte en hombre y que todos te señalen con respeto.

Nemej observó a su amigo con perplejidad.

—Allá a donde vayas sentirán tu poder —aseguró Ipu, categórico.

—Ja, ja. Pareces uno de esos *hekas* que recorren el barrio embaucando a los vecinos con sus chismes.

—Reconoce al menos que sientes curiosidad. Piensa que estás en boca de toda la ciudad.

—Qué exageración. Todos me llaman Nemej.

—Eso es porque te temen; pero en privado...

—Está bien —le cortó Nemej—. ¿Quién se supone que soy ahora?

Ipu permaneció unos instantes en silencio para dar más emoción al asunto.

—Tu nuevo nombre es Nehebkau —dijo por fin el rapaz con tono triunfal.

—¿Nehebkau? Ja, ja. Menudo disparate.

—No te rías. Jamás escuché un nombre más poderoso.

—¡Nehebkau! En mi vida lo había oído.

—Eso es porque no crees en los dioses.

—Ahora comprendo; sin pretenderlo me he convertido en una especie de dios inmortal... ja, ja.

—Su nombre significa «aquel que enjaeza los espíritus».

—Sé lo que significa. Nunca imaginé que pudieses llegar a considerar semejante despropósito.

—Pues a mí me parece de lo más apropiado. ¿En serio que no sabes quién es Nehebkau?

—No tengo ni idea.

—Se trata de una divinidad tan antigua que ya es mencionada en los Textos de las Pirámides —aclaró Ipu dándose importancia.

—Desconozco de qué textos me hablas; aunque admito estar sorprendido por tus conocimientos.

—Bueno, yo tampoco los conocía. Fue mi padre quien me habló de ellos. Como ya sabes, mantiene buenas relaciones con algunos sacerdotes de Karnak.

—¿Tu padre me llama Nehebkau? —El muchacho se extrañó.

—Ya te dije que es el nombre que han elegido para ti. No hay nada que puedas hacer al respecto.

—Nehebkau —musitó el rapaz sin salir de su asombro.

—Eres afortunado, sin duda. Al parecer se trata de un dios indestructible al que se representa como una serpiente con dos cabezas; aunque también posee miembros humanos.

Nemej esbozó una sonrisa, ya que al fin comprendía por qué le llamaban así.

—Aseguran que Nehebkau se tragó siete cobras, y por ello

es inmune a sus picaduras —continuó Ipu, sin ocultar su excitación.

Nemej rio, divertido.

—Nunca me tragué siete cobras, y te aseguro que no pienso hacerlo.

—Bueno, esa historia forma parte del inescrutable mundo de los dioses, pero en tu caso resulta muy apropiado.

—¿Qué más sabes acerca de Nehebkau?

—Que es protector de la realeza y se encarga de que no les falte el alimento a los difuntos.

Como su amigo hizo una mueca burlona, Ipu se apresuró a matizar.

—Me refiero al alimento espiritual, lo que los textos y sacerdotes denominan «leche de luz»;[14] ¿entiendes?

Nemej hizo un gesto ambiguo, aunque animó a su amigo a continuar.

—Al parecer es una serpiente invencible que simboliza la fuerza benéfica del universo. Nehebkau es hijo de la diosa Selkis; por ese motivo también es inmune a la picadura de los escorpiones y tiene la facultad de curarlas.

—Ja, ja. Ignoraba por completo que también tuviese esos poderes. ¿Sanar las picaduras? Harás bien en cuidarte de los escorpiones.

—Eso es lo que dicen en el vecindario.

Nemej soltó una carcajada. Él conocía de sobra lo ingeniosos que eran sus paisanos a la hora de elegir los apodos, de los que por otra parte nadie se hallaba libre. Debía reconocer que el suyo estaba bien pensado ya que no había nadie en Tebas que mantuviese una relación tan estrecha con los reptiles como él. De estos parecía saberlo todo, pues distinguía las más de veinte variedades de serpientes que habitaban en el Valle, y las consecuencias de sus mordeduras, muchas de las cuales eran inofensivas. «Nehebkau», pensó el muchacho. No estaba mal aquel nombre que, había que reconocer, era mucho mejor que el que tenía.

—Harías bien en cambiártelo, ahora que te han bautizado de nuevo —apuntó Ipu, quien parecía haber leído el pensamiento de su amigo—. Un dios como ese es poco común y además no encontrarás a ningún mortal que se llame así. Mi padre dice que en la sala de las Dos Verdades uno de los cuarenta y dos jueces tiene ese nombre; imagínate.

—Nehebkau —repitió el interesado, complacido.

—No habrá magia que pueda contra ti —aseguró Ipu con alborozo—. Serás invulnerable al agua y al fuego.

—No hay duda de que tu padre es un hombre sabio. Creo que en adelante podrás llamarme así.

5

Nehebkau aceptó de buen grado el nuevo nombre que había recibido sin proponérselo. Sin duda era mucho mejor que el anterior, aunque siguiese sin comprender la verdadera esencia que se ocultaba tras él. Aquel dios, mitad hombre y mitad serpiente, se hallaba lejano a su naturaleza, pero eso solo parecía saberlo el rapaz. Ahora era capaz de leer las miradas del vecindario, e imaginar los cuchicheos acerca de sus misteriosos poderes que, al parecer, le hacían poco menos que invencible. El nuevo dios que gobernaba Kemet había ordenado la retirada de todos los agentes que, durante muchos *hentis*,[15] habían perseguido con ferocidad a cuantos se resistían a la nueva fe. Los temibles *medjays*[16] habían desaparecido de las calles, y en Tebas todos aseguraban que el aire parecía más límpido, e incluso que había recuperado los aromas de antaño. Muchos afirmaban percibir los efluvios procedentes de Karnak. Amón poseía su propio perfume, y este había comenzado a extenderse de nuevo, después de tantos años de olvido, como si se tratase de un milagro, para regocijo de su pueblo. Algo estaba cambiando, y en las estrechas callejas que recorrían los barrios volvió a oírse la risa, las voces de siempre, el rumor de lo cotidiano. Ya no había miedo en las miradas, y sí una luz de esperanza que llenaba de alborozo los corazones, tanto tiempo atribulados.

En el Nilo las cosas no eran distintas y, en los amaneceres de aquel invierno, la habitual neblina se deshilachaba para dibujar caprichosas formas que creaban un ambiente tan irreal como cautivador, que invitaba a la ensoñación. Desde su barca, Nehebkau se dejaba envolver por él, junto a su padre, como si ambos fuesen parte sustancial de aquel prodigio. Este se manifestaba en toda su magnitud al conformar etéreos cortinajes por los que se asomaba Ra de regreso de su viaje nocturno. Estos se convertían en translúcidos al tiempo que se teñían con caprichosos colores, como Nehebkau no recordaba haber visto nunca. Él se dejaba pintar por ellos hasta verse cubierto de arabescos imposibles, que terminaban por desvanecerse para crear nuevas fantasías. Era una ilusión que parecía pender de los cielos sujeta por unos dedos portentosos que trascendían lo sobrenatural. Un escenario en el que el pequeño esquife se convertía en una especie de ánima errante en busca del hálito que le devolviera la vida. Esta le llegaría de lo alto, pues cuando Ra-Khepri se alzara en el horizonte, los sutiles velos urdidos por la magia se desprenderían para dejar paso a un paisaje en el que la luz se abría camino con la fuerza del padre de los dioses. Ra volvería a iluminar su preciado Valle, y con el poder de su mirada desprendería los girones de las nubes que aún se aferraban a los palmerales, a los campos prestos a despertar, a la superficie de las aguas. Su soplo divino desharía al fin el embrujo, para mostrar la Tierra Negra tal y como fue creada: pletórica de vida y atrapada en su propio misterio, para regocijo de sus dos mil dioses.

¿Sería cierto lo que decían? ¿Que estos regresaban para prestar atención a su pueblo? Hasta el propio Nehebkau tuvo que reconocer que algo estaba cambiando, pues la pesca volvía a sonreírles como antaño. Siempre recordaría el gesto expectante de su padre al recoger las redes, así como su sonrisa al verlas repletas de peces. Probablemente eran los únicos momentos en los que se sentía feliz, ya que Nehebkau jamás le vio reír. Akha parecía imperturbable ante cuanto le rodeaba y muchas veces el muchacho pensó que su padre bien pudiese encontrarse de paso por la vida, como decían que les ocurría a los *ba* errantes,[17] que no eran capaces de encontrar su tumba para retornar al cuerpo al que pertenecían.

—Si no reconocen a su momia se perderán —le advertía Ipu, categórico, en no pocas ocasiones.

Claro que en este tipo de cuestiones su amigo aparentaba ser toda una autoridad, aunque Nehebkau no albergara dudas de que, en su familia, lo que les ocurriera a sus almas después de muertos formaba parte del misterio más insondable, ya que jamás podrían costearse una momificación; como le pasaba a la mayoría.

Sin embargo, este detalle parecía preocupar poco a su amigo, quien además en los últimos tiempos se mostraba eufórico.

—El Lugar de la Verdad vuelve a la vida —le había dicho una tarde en la que habían cazado dos patos—. El dios Ankheprura Smenkhara, vida, salud y prosperidad le sean dadas, ha encargado la construcción de su tumba en el Valle de los Reyes. Los habitantes del poblado de Deir el Medina volverán a trabajar. ¿Te das cuenta del alcance de esta noticia? Muy pronto mi padre recibirá nuevos encargos de los Servidores de la Tumba.

Nehebkau lo comprendía perfectamente, aunque no dejara de parecerle extraño pues, por lo que había oído, en Akhetatón ya existía una necrópolis real. Al rapaz le preocupaban más otras cuestiones que le atañían directamente. La proximidad de la ceremonia del *sebi* había abierto las puertas a ciertos escenarios que no le gustaban en absoluto, y que Reret decidió mostrarle una noche, durante el *mesyt*, la cena.

—Pronto serás circuncidado, Nemej, y te convertirás en un hombre con nuevas responsabilidades —dijo la señora con sequedad.

El muchacho la miró sorprendido, ya que su madrastra no solía dirigirle la palabra, y menos para llamarle por su antiguo nombre.

—No pongas esa cara —le reprendió Reret—. No pretenderás ser un niño abandonado toda tu vida, ¿verdad? Aquí ya hemos hecho suficiente por ti. Es hora de que nos correspondas.

El rapaz dirigió la vista hacia su padre, sin comprender,

pero este continuó comiendo las lentejas sin inmutarse, como de costumbre.

—No hace falta que le mires a él —continuó la señora—, solo tienes que escucharme y hacer lo que se espera de ti. Después de la ceremonia deberás pensar en casarte.

Nehebkau dio un respingo, ya que no imaginaba una petición semejante.

—Pero... Yo no amo todavía a ninguna...

—¿Amor? —le cortó ella—. El amor no tiene importancia en estos casos, y con suerte llegará con el tiempo. En cuanto a la novia... eso es algo que no debe preocuparte, pues conozco a una joven que resultaría muy apropiada para ti.

Nehebkau observaba la escena desconcertado, sin dar crédito a lo que escuchaba.

—¿Has elegido una mujer para mí? —se atrevió a preguntar el rapaz.

—Naturalmente, creo que es lo más adecuado. Tú careces de experiencia y seguro que te equivocarías si lo hicieses. Estoy convencida de que algún día me lo agradecerás.

Nehebkau se quedó boquiabierto.

—Ja, ja. Tampoco es para tanto. Además, conoces a la joven, ya que pertenece a nuestra familia.

—¿Es de la familia? —inquirió el muchacho en tanto fruncía el entrecejo.

—Prima tuya por más señas, aunque esto solo sea en teoría, como tú bien sabes.

El rapaz desvió la mirada mientras pensaba en quién podría ser la aludida. Reret lo observó, complacida.

—Se trata de Hunit —dijo ella, al fin, satisfecha de desvelar el misterio.

—¿Hunit? —repitió él, sobresaltado.

—Sí. No me negarás que es una buena egipcia, con valores arraigados en nuestras viejas tradiciones, muy apropiada para ti. Yo misma he hablado ya con su madre y todo está arreglado.

Nehebkau se quedó petrificado, estupefacto ante lo que se le venía encima. Por supuesto que conocía a Hunit, prima segunda suya para más detalles y dos años mayor que él, y que hacía poco honor a su nombre, pues Hunit significaba doncella.

—Hunit —musitó él para sí, sin dar crédito a la encerrona que le habían preparado. Él sabía que era habitual que los primos se casaran entre sí, pero aquello le parecía peor que ser condenado al Amenti.

—Cuando la tomes por esposa, ambos podréis venir a vivir con nosotros; tenemos espacio para uno más; así podrás seguir faenando con tu padre, como de costumbre —añadió la señora quien, al parecer, había planeado hasta el último detalle.

—¿Vivir aquí? —balbuceó Nehebkau como si vislumbrara la entrada al tenebroso Mundo Inferior.

—Eso he dicho —recalcó ella con severidad—, y espero que sepas valorar la generosidad que te demostramos con ello. Tus hijos podrán crecer en esta casa. Confío en que seas capaz de apreciar la gran deuda que has contraído con nosotros.

El muchacho tragó saliva con dificultad al tiempo que miraba a su padre, quizá en busca de una ayuda que este no estaba en condiciones de prestar. Akha había terminado de devorar las lentejas, y ahora se entretenía mordisqueando una cebolla con claro gesto de satisfacción, ya que le gustaban una barbaridad.

—Pero... —se quejó de nuevo el muchacho, en tanto determinaba las palabras que devolvieran el buen juicio a aquella señora—. Hunit es mayor que yo, y tiene muy mal carácter.

—Eso son tonterías. Es dulce como Hathor cuando le muestras cariño y podrá enseñarte las artes del amor; ja, ja.

En esto a Reret no le faltaba razón, ya que la joven era bien conocida en el vecindario por sus más que notables habilidades amatorias.

—Te hará muy feliz, ya lo verás —continuó la señora—, y todo gracias a mi previsión. Espero que nunca se te olvide.

Y a fe que Nehebkau no se olvidó de semejantes propósitos, pues llegó a entrar en tal estado de desconsuelo que hasta Ipu se las vio y se las deseó para animarlo.

—Thot te ampare y te dé entendimiento para resolver este asunto —le confió una de aquellas tardes en la que recorrían la margen del río en busca de gansos salvajes.

—Creo que ni el dios de la sabiduría podrá ayudarme en este trance.

—Tú rézale por si acaso. Lo que él no pueda aclarar no lo aclarará nadie.

—¡Hunit! —exclamó Nehebkau, abatido—. ¡Imagínate! Cuando fija su vista en ti, no sabes en realidad hacia dónde está mirando.

—Ja, ja. Tienes razón, aunque no me negarás que es muy capaz de encender a los hombres con su figura. Los que entienden aseguran que es hembra de cuidado.

—Conozco bien su fama, aunque eso sea lo de menos.

—Pues entonces ya tienes un problema resuelto. Piensa en los buenos ratos que pasaréis juntos en las noches de invierno.

—En compañía de mis padres —bufó Nehebkau—. No se me ocurre un escenario más aterrador.

—Ja, ja. Tampoco es tan malo.

—El Amenti ese del que tanto me hablas seguro que es mejor.

—No seas exagerado —replicó Ipu, que disfrutaba mucho con aquella situación—. Muchos vecinos aseguran que Hunit muy bien podría convertirse en una Divina Adoratriz de Hathor.

—¿En una *hesat*? Qué disparate. Eres peor amigo de lo que pensaba.

—Ja, ja. Posee sobradas dotes para ello. La diosa del amor no reparará en que sea bizca.

Nehebkau sacudió la cabeza para lamentarse.

—No pongas esa cara, hombre —le animó Ipu—. En cuanto nos circunciden podrás requerirla para que te haga ver lo que te espera.

—Eres perverso. Debería llamar a Wadjet para que te haga recuperar el buen juicio —le amenazó su amigo.

Aquellas eran palabras mayores, ya que Ipu sentía verdadero terror hacia las cobras, cuya mera presencia le privaba del habla sin remisión. Sin proponérselo, este recobró la compostura y se mostró conciliador.

—Solo quería que vieras el lado bueno de las cosas. Además, siempre podrás divorciarte de ella.

Estas palabras hicieron que Nehebkau lo mirara con un brillo de esperanza.

—¿Tú crees? —contestó, más animado.

—Naturalmente. No sería la primera vez.

Nehebkau no dejaba de sorprenderse de los conocimientos de su amigo. Parecía saber de todo, aunque su verdadera especialidad fuese el ignoto mundo en el que habitaban los dioses.

—Mejor sería no casarse, ¿no te parece?

—Solo trato de encontrar una solución a tu problema —quiso aclarar Ipu—. Conozco casos de cónyuges que se han divorciado al alegar algún defecto físico en su pareja.

Nehebkau cambió de expresión, pues por unos instantes vio el cielo abierto.

—¿Estás seguro? —quiso saber este con evidente interés.

—Completamente. Un amigo de mi padre pidió el divorcio declarando que su esposa era tuerta.

Nehebkau dibujó una sonrisa en el rostro, pues no en vano Hunit era bizca. El padre de su amigo parecía ser un pozo de conocimientos, aunque lo que el rapaz no sabía era que el juez había desestimado la denuncia al declarar que la buena mujer estaba ya tuerta antes de que se casara con el demandante, quien además tenía una amante mucho más joven.[18]

—Hazme caso y reza a Thot para que te escuche —señaló Ipu, convencido—. Él te ayudará a encontrar la solución.

6

Ipu estaba en lo cierto cuando aseguraba que el Lugar de la Verdad volvería a cobrar vida. Los Servidores de la Tumba se pusieron manos a la obra para llevar a cabo el proyecto de construir un nuevo sepulcro real. El poblado de Deir el Medina recuperaba así su antigua actividad y ello trajo consigo la necesidad de contratar personal auxiliar que los ayudara en su trabajo. Los buenos carpinteros eran muy valorados, y esto posibilitó que el padre de Ipu estrechara sus viejos lazos de amistad y recibiera buenos encargos de aquella comunidad. Así, se trazaron nuevos caminos, de los que surgirían otros, ya que nadie puede detener su andadura hasta que Anubis se anuncia, da igual hacia dónde conduzcan los pasos. En Karnak hubo una íntima satisfacción ante la vuelta al trabajo de los obreros de las tumbas reales, y en ello vieron sin duda la mano de El Oculto, quien de este modo se anunciaba con el acostumbrado misterio que siempre le rodeaba. De forma encubierta Egipto volvía a palpitar, y los tradicionales cleros despertaban de su largo letargo con extrema prudencia, pues la raíz de todos los males continuaba ejerciendo su poder desde Akhetatón.

Para Ipu todo formaba parte de lo sobrenatural, de aquello que los dioses hubiesen decidido, y estos, al parecer, le tenían predestinado una ceremonia del *sebi* acorde con la que cualquier buen egipcio hubiese deseado. Su padre había conseguido que tanto su hijo como Nehebkau fuesen incluidos en un pequeño grupo de jóvenes que serían circuncidados por un antiguo sacerdote de Khonsu, «el deambulador de los cielos», un dios famoso por su poder germinativo. Sin duda se trataba de un gran honor, pues entre las clases más bajas no todos los muchachos eran circuncidados al llegar a la pubertad, y así se lo hizo ver Ipu a su amigo.

—Imagínate —le dijo, eufórico—. Seremos purificados por un sacerdote de Khonsu, qué más podríamos desear.

Nehebkau le mostró su agradecimiento, aunque su ánimo había ido quebrándose durante los últimos meses, según se acercaba aquel temido momento que tantas consecuencias tendría para él.

A Reret la noticia la alegró de forma particular; y hasta fue capaz de sonreír a su hijastro por primera vez en su vida. Aquella ceremonia les reportaría una indudable importancia a los ojos del vecindario, ya que Khonsu era un dios tebano muy venerado, al ser nada menos que hijo del mismísimo Amón.

—Por fin tu miembro dejará de ser *kerenet*[19] para convertirse en *henen*. Ya es hora de que sigas el camino que te tienen reservado los dioses, ja, ja —le animó la señora.

Aquel destino que le anunciaba Reret lo horrorizaba, y durante muchas noches el joven había sido incapaz de conciliar el sueño. Era tal su desazón que hasta había llegado a confesar su pena a las cobras, a quienes no dejaba de frecuentar. Wadjet lo miraba fijamente, como acostumbraba, mientras el tebano le hablaba, aunque no pudiese escucharle en absoluto. Sin embargo, él estaba seguro de que lo comprendían, por muy difícil que fuese de creer.

Cuando llegó el momento de la ceremonia Nehebkau no sintió ningún temor. Si Shai había trazado sus planes, ¿quién era él para ponerlos en juicio? Ese mismo día se convertiría en un hombre, y al ver al viejo sacerdote que lo esperaba con un cuchillo en la mano, pensó que debía de llevar tantos prepucios cortados a sus espaldas que resultaría imposible contarlos. Era un cuchillo de sílex, igual al que se utilizaba para la evisceración en el proceso de momificación, y, llegado su turno, lo utilizó con tal maestría que al joven no le cupo duda de que aquel sacerdote había nacido para circuncidar miembros.

Apenas un mes después, Nehebkau tuvo la oportunidad de verse a solas con la mujer que otros habían elegido para él. El encuentro había sido auspiciado por las partes, aunque a la postre todo quedara en la familia. La cosa no había resultado fácil, ya que el joven había puesto cuantos impedimentos había podido, pero para menoscabo de sus intenciones de nada le habían servido; se casaría quisiera o no, y lo mejor era aceptar lo inevitable.

Conocía a su prima de toda la vida y, no obstante, tuvo la sensación de que se veían por primera vez aquella tarde, mientras paseaban junto a la orilla del río. Con dieciséis años, Hunit era toda una mujer, y así se lo hizo ver al joven desde el momento que cruzaron la primera palabra. A esa edad la mayoría de las egipcias tenían al menos dos hijos, de los ocho que solían llegar a procrear si Hathor las favorecía. Claro que Anubis siempre cobraba su peaje, a veces de forma desproporcionada, sin reparar en la edad o el parentesco. Hunit quiso dejar claro cuáles eran sus propósitos desde el primer instante, al asegurar que no tenía el menor temor al parto, ya que ella se consideraba una fiel copia de su madre, quien había traído al mundo siete vástagos, y todos vivían.

Nehebkau escuchaba sus razones horrorizado, y con el convencimiento de que daba igual lo que pudiera decir. Sus palabras no tenían el menor peso, y resultaba obvio que su prima sería capaz de rebatírselas una por una sin la menor dificultad. El papel del muchacho en aquella unión se reduciría al de simple comparsa, aunque ella se mostró interesada en conocer determinadas cuestiones.

—Mi madre no para de repetirme que no hay en toda Tebas un pescador que se os pueda comparar; que vuestras redes siempre regresan repletas de la mejor pesca.

Nehebkau se encogió de hombros, sin saber qué decir.

—¿Es eso cierto? —continuó ella—. Te confieso que si hay una palabra que resulte dulce a mis oídos, esa es «abundancia».

Él pareció cohibirse, y Hunit lanzó una carcajada.

—Tienes fama de tímido, primo; pero eso a mí no me importa. También dicen que posees poder sobre las cobras y que puedes sanar sus picaduras.

—Hay muchas serpientes que no son mortales, pero cuando Wadjet aparece con toda su majestad, ni el médico del faraón puede vencer su furia. Nadie en la Tierra Negra está libre de su cólera.

Hunit se mostró impresionada ante aquellas palabras.

—Al menos podrás protegerme —señaló la joven, zalamera.

Él la observó unos instantes con evidente azoramiento, y ella se sintió satisfecha. Hunit lucía sus formas sin ningún recato, como solía ser costumbre entre las jóvenes, y sin poder evitarlo Nehebkau sintió un repentino deseo de acariciarlas. Ella lo percibió al momento, pero continuó conversando con naturalidad, en tanto invitaba a su primo a sentarse junto a unos arbustos de alheña.

—La fragancia de la alheña es mi preferida, ¿sabes? —dijo ella al tiempo que exhibía una pose voluptuosa—. No puedo resistirme a su perfume que, por otra parte, tiene la facultad de desinhibirme. ¿A ti no te ocurre lo mismo?

A Nehebkau nunca se le hubiese ocurrido pensar en semejante detalle y, al ver su expresión, Hunit volvió a reír.

—Olvidaba que eres un hombre al que atrae más el peligro de las cobras. Porque ya eres un hombre, ¿verdad? —inquirió la joven con tono malicioso.

Él pareció cohibirse aún más. A pesar de su inexperiencia estaba claro que su prima disfrutaba provocándole, y que se desinhibía sin ninguna dificultad, como aseguraba que le ocurría con el aroma de la alheña.

—Comentan que no te quejaste durante la ceremonia del *sebi*, y que de forma milagrosa tu miembro estaba curado a los pocos días, ¿es cierto?

A Nehebkau se le subieron los colores.

—Ja, ja. Hathor me proteja ante tanta timidez —rio Hunit—. Mis palabras no deben avergonzarte. Ahora que vas a ser mi marido debemos tenernos confianza, ¿no crees?

—Claro —se atrevió a contestar el mozo, sin saber muy bien por qué.

—Me alegro de que pienses así. Entre nosotros no puede haber secretos y debo estar segura de que dejaste de ser *kerenet*.

Nehebkau la miró, desconcertado, al tiempo que notaba cómo se inflamaba, sin proponérselo.

Su prima parecía ir por delante de él en todo momento, y le dedicó una sonrisa pícara.

—Ahora debes mostrarme si realmente te has convertido en *henen*. Es natural que quiera comprobarlo —le requirió ella haciendo un gesto con la mano para que se despojara de su faldellín. Al ver la expresión de sorpresa de su primo, ella lanzó una carcajada.

—Vamos, no seas tan mojigato —le animó ella—. Has adquirido grandes responsabilidades para conmigo que has de satisfacer. Nadie nos ve. Despójate de tu *kilt*, ¿o prefieres que te lo quite yo?

Aquello enardeció por completo a Nehebkau, que sintió cómo su miembro luchaba por liberarse del faldellín que lo aprisionaba. Sin saber por qué su prima le pareció tan deseable como pudiese serlo una adoratriz de Hathor, famosas por su belleza, sin importarle ni un ápice el que fuese bizca. Ella volvió a reírse y él se liberó al fin de su prenda, para mostrar una erección que sorprendió al mismo joven.

Hunit observó el miembro erecto con satisfacción. Tenía buenas dimensiones, aunque no pudiese compararse con el del arquero nubio con el que había tenido relaciones ocultas. Ella había llegado a enloquecer con aquel hombre que había sido capaz de transportarla a los Campos del Ialú.[20] Hunit tenía una naturaleza ardiente, que no había dudado en atender cuando la ocasión se había presentado. Era una mujer experimentada, y plenamente consciente de que podría devorar a su primito en un pispás. Disfrutaba muchísimo al verlo tan agitado, y pensó que le resultaría sencillo conducirle hacia donde quería. Lo amarraría al placer, pero le dejaría con la miel en los labios hasta que se consumara la boda. Ahora que la veía próxima no cometería los errores de antaño, que unidos a su defecto parecían haberla condenado a la soltería. Hathor le ofrecía una buena oportunidad y ella no la desaprovecharía. Además, había que reconocer que su primo era sumamente guapo, con una piel clara que la atraía sobremanera, un cabello rojizo, y unos ojos azules como el cielo de verano. Con los años se convertiría en un hombre apuesto como un dios, y Hunit lo disfrutaría hasta que Anubis decidiese lo contrario.

Hunit se aproximó un poco más a su primo y le acarició el torso con suavidad. Este se sintió desfallecer y ella le mordisqueó la oreja a la vez que le cogía una de sus manos y se la llevaba al pecho, invitándole a que los acariciase. Nehebkau emitió un gemido que resultaba nuevo para él, en tanto tocaba aquellos senos por primera vez. Era una sensación desconocida que le hizo excitarse todavía más sin que pudiese evitarlo. Ella le condujo los dedos hasta sus pezones y le mostró cómo debía tocarlos; luego deslizó la mano hasta su miembro, y al punto lo tomó con delicadeza. Lo notó duro como el granito y caliente como las piedras de los templos que se alzaban en la orilla occidental. Era como si toda la energía de Ra se encontrase en su interior presta para fundirse. Hunit hizo un rictus de placer y comenzó a manosearlo como sabía, con movimientos calculados, con la cadencia justa. A Hunit le gustaba aquel juego; ver cómo el joven se aferraba a sus pechos en tanto emitía lamentos que ella controlaba a su voluntad. Entonces le mostró su fruta prohibida, el culmen de la creación que solo Khnum, el dios alfarero, había sido capaz de modelar para procurar la vida. Nehebkau se atrevió a acariciarla, impulsado por un resorte desconocido que de forma insospechada se abría paso a través de sus *metus*. Era algo irracional, y no obstante parecía formar parte de su propia naturaleza; un camino que se abría ante sus sentidos y se veía obligado a seguir. Su lado animal, aletargado hasta entonces, se desperezaba para mostrar su rugido, y este se adivinaba tan poderoso que al momento Hunit refrenó su ímpetu con la habilidad del auriga.

—Esto es lo que te espera —musitó ella con suavidad—. Pronto será tuyo para siempre.

Nehebkau gruñó con un gesto de contrariedad, y ella lo obligó a tumbarse mientras continuaba manoseándole con habilidad. Había llegado el momento, y Hunit se dispuso a terminar con aquel encuentro tal y como tenía previsto. Su mano aprisionó al miembro con decisión y lo agitó justo como debía, para desesperación de su primo, que se estremecía entre gruñidos inconexos. Al poco aparecieron las convulsiones y, de forma súbita, el cuerpo de Nehebkau se arqueó para dejarse arrastrar por una corriente que lo llevaba muy lejos, a un lugar desconocido en el que quedaba suspendido por unos hilos invisibles que parecían haber sido tejidos por la mismísima Hathor, la diosa del amor. Allí permaneció unos instantes hasta que un poder insospechado nació de su interior para hacerle desbordarse, como el Nilo en la crecida, igual que Min, el eterno dios itifálico, cuando fecundaba de vida los campos de Egipto. Luego todo terminó, de forma súbita, cual si se hubiese tratado de un sueño tan efímero que era preciso volver a caer en él. Shai le abría una nueva puerta y él solo había cruzado el umbral.

7

Aquellos encuentros se repitieron de forma esporádica durante un tiempo, y siempre con el mismo resultado. De regreso a su casa, Nehebkau experimentaba una extraña sensación que terminaba por dejarle un regusto amargo del que le costaba librarse. Toda la excitación y apasionado deseo por su prima se desvanecían como por encanto, para dar paso a imágenes bien diferentes en las que el joven veía a Hunit con todos sus defectos de forma desmesurada. Entonces su mirada no le incitaba a la concupiscencia, ya que le parecía más extraviada que de costumbre, con un bizqueo exagerado.

Muchas noches se veía presa de inquietantes pesadillas en las que, de forma indefectible, su prima era la actriz principal. Eran escenas turbadoras que terminaban por hacerle prisionero de un deseo que a la postre se convertía en el artífice de su desgracia. Nehebkau dejaba de ser él mismo para transformarse en un extraño; incluso su *ka* resultaba irreconocible. Era incapaz de vislumbrar su sombra,[21] y los dioses por los que tanto desapego sentía le obligaban en cada ocasión a yacer con una mujer que le repelía. Aquel sueño le producía tal angustia que se despertaba sobresaltado, con la respiración entrecortada, como si regresara de un viaje por el mundo tenebroso que, según aseguraban, habrían de atravesar los difuntos. Luego miraba en rededor, y para alivio de su alma tomaba conciencia de la realidad y también de lo que le esperaba. El joven llegó a convencerse de que su suerte estaba echada, y durante el resto del día, mientras faenaba, permanecía tan taciturno como Akha, sin apenas articular palabra. Este sabía lo que le ocurría al muchacho, lo mismo que le había pasado a él, y a otros muchos que había conocido. Había asistido a aquella obra sin manifestar la menor objeción, sabedor de que su parecer no valdría de nada. En su opinión el amor era un bien tan valioso como escaso; un tesoro que todos buscaban y que para la mayoría terminaba por convertirse en una entelequia. Él mismo lo había experimentado, aunque fuese a su manera, de la forma más sórdida, para mostrarle lo cerca que podía hallarse del espejismo. Una ilusión colosal, en su caso teñida por la tragedia, que no obstante había dejado una cicatriz en su corazón para siempre. Se trataba de una marca imborrable que le inducía a la pena, y el hombrecillo pensaba que de una u otra forma siempre se acababa sufriendo. Todo estaba decidido de antemano, daba igual lo que uno pudiese decir, y lo mejor era seguir viviendo.

Durante un tiempo Nehebkau se refugió en su soledad. Su naturaleza introspectiva se acentuó, y muchas tardes se perdía entre los palmerales próximos a los campos de cultivo, absorto en sus pensamientos, en busca de sus amigas. Al poco de sentarse estas solían aparecer, como si acudiesen a una misteriosa llamada que solo ellas podían entender. Nehebkau les daba la bienvenida y entablaba su peculiar conversación, durante la cual les contaba sus cuitas, a la vez que las hacía partícipes de su pesar. Su propio lugar en el mundo no dejaba de representar un enigma para él, pues en realidad no sabía de dónde venía, y mucho menos hacia dónde se dirigía. Las cobras lo observaban con atención, y de vez en cuando siseaban como si se hiciesen cargo de las tribulaciones del joven. Todo formaba parte de un imposible que la magia de Egipto parecía dispuesta a dar pábulo; una escena extraída de los míticos tiempos en los que los dioses gobernaban la Tierra Negra.

Si Wadjet existía, aquello no era sino una prueba más de su poder, aunque a la postre otros dioses como Shai, Shepset o Renenutet[22] pudieran estar implicados en lo que ocurrió. En

Kemet nadie creía en las casualidades y quien más quien menos tenía su propia opinión, a cuál más peregrina.

Ra-Atum, el sol del atardecer, se disponía a ponerse por los cerros del oeste cuando próximo a su casa Nehebkau vio un gran revuelo, con exclamaciones y gritos que le sonaron desesperados. Al verle llegar algunos corrieron a su encuentro, llevándose las manos a la cabeza.

—¡Qué desgracia! —chillaban—. Es Reret. Debes darte prisa.

—¿Qué ocurre? —inquirió el joven, alarmado.

—Una cobra. A Reret le ha picado una cobra.

A Nehebkau se le demudó el rostro y al punto salió corriendo para precipitarse en su casa. Allí no había más que lamentos y unas cuantas vecinas que trataban de tranquilizar a su madre adoptiva.

—Tu padre ha ido en busca de un *heka* —dijo una de las presentes, angustiada—, pero quizá tú puedas curarla.

El joven se abrió paso hasta Reret, quien se hallaba postrada en el suelo, revolviéndose de dolor.

—Madre —se apresuró a decir el muchacho—, ¿dónde te ha picado? Dicen que era una cobra, ¿de qué color era?

Reret se debatía de forma incontrolada y era obvio que le costaba hablar.

—En el muslo —balbuceó al fin—. Era una serpiente negra.

Nehebkau se puso lívido.

—Una *gany* —musitó para sí, en tanto trataba de calmar a la señora.

Las vecinas lo miraron con ansiedad, pero él negó con la cabeza. Allí no había nada que hacer. Ni todos los *hekas* de Kemet podrían curar aquella picadura. La mordedura de la *gany* era mortal de necesidad pues llevaba consigo el veneno más potente de Egipto. Anubis ya se hallaba de camino, y no tardaría en presentarse. Reret estaba condenada.

Para cuando llegó Akha con el hechicero, la señora ya había cruzado a la «otra orilla». Todo eran llantos a su alrededor, al tiempo que miraban a Nehebkau con evidente temor. Lo que había ocurrido no tenía explicación. Nunca habían visto a una de aquellas serpientes en el barrio. No había duda, Wadjet había ido en busca de la infortunada señora, pues la había atacado en la misma puerta de su casa, de forma inesperada; qué otra causa podría haber.

Como era de esperar, la noticia corrió por el barrio de manera vertiginosa, y en cada conversación se añadían nuevos elementos a lo sucedido, historias inverosímiles que terminaron por convertirse en sobrenaturales.

—Ese chico acarreó la desgracia —se atrevían a decir algunos—. Tiene el don de encantar a las serpientes.

—Seguro que fue él quien la trajo hasta aquí por medio de su magia —indicó una comadre.

—Aseguran que va en su busca cada tarde, y que habla con ellas en los palmerales —añadió otra vecina con gravedad.

—Un día mi marido presenció cómo las cobras reptaban por sus miembros, como si tal cosa. Ese joven es capaz de embaucarlas; lo mejor es apartarse de él.

—Nunca debió recogerlo —señaló otra más—. Al final solo le ha traído la desgracia. Después de tantos años soportando esa carga...

—Así es la vida, qué te voy a contar —intervino una de las voces más respetadas del barrio—. No hay justicia verdadera hasta que se llega al tribunal de Osiris.

Aquellas eran palabras mayores y no quedaba sino asentir. Para el vecindario todo era posible y pronto Nehebkau se labró una inmerecida fama de hechicero de la que ya nunca se podría librar. Algunos conciudadanos le rehuían, y la mayoría estaban convencidos de que andaba en tratos con Wadjet, así que lo mejor sería no molestarle.

—No olvidéis que la diosa cobra es hija del mismísimo Anubis, y que esta tutela al muchacho. Así pues, andaos con cuidado —aconsejó un anciano que se vanagloriaba de haber visto de todo en la vida—. Es tal el poder de Wadjet que ni siquiera Akhenatón se atrevió a eliminarla del panteón de los dioses tradicionales.

Por su parte, Akha nada tenía que reprochar al muchacho.

Eran los únicos que quedaban con vida de la familia, y si este poseía un don para encantar a las serpientes, a él le parecía muy bien. En realidad, no había derramado ni una sola lágrima con la partida de Reret al otro mundo. Nunca habían sido felices y, aunque se soportaran, no había día en el que él no se arrepintiera de haber pasado su vida junto a ella. Ahora solo le quedaba Nehebkau, y este representaba uno de aquellos fugaces momentos de su existencia en los que se había sentido vivo de verdad; en los que se había dejado arrastrar por una pasión que le había hecho vibrar por primera y última vez en su vida. En ocasiones, el hombrecillo observaba al joven en silencio. Este era fuerte y hermoso, poseedor de la luz que los dioses solo otorgan a los elegidos. Resultaba obvio que no se parecía a él en absoluto, pero este detalle apenas importaba. Para Akha, Nehebkau siempre sería su hijo, independientemente de que su simiente no hubiese terminado por prender en el vientre de Nitocris. A veces se acordaba de ella; siempre que era capaz de reparar en algo hermoso que llamara su atención; un amanecer, una puesta de sol o el río en su inmensidad. Entonces pensaba que, de alguna manera, ella se encontraba allí, pues la belleza se halla unida por hilos invisibles en todas sus formas.

El sepelio de su esposa fue tan sobrio como cabía esperar. Aunque se ganara bien la vida y nunca les hubiese faltado el pan, su familia era humilde, y no disponía de los medios necesarios para costear una momificación. Ni siquiera podía permitirse la de tercera clase, la más barata, mediante la cual se aplicaba una lavativa al cadáver que disolvía las vísceras para luego expulsarlas por el ano. El entierro sería el habitual entre los de su clase: un hoyo en la ardiente arena, y los mejores deseos para que la difunta pudiese alcanzar los míticos Campos del Ialú, el anhelo póstumo de cualquier egipcio.

Nehebkau tenía sus propios planes. Nunca había deseado la muerte de Reret, pero ahora que esta había abandonado el mundo de los vivos, su camino se aclaraba para tomar una nueva trascendencia. Ya no se sentía atado a ningún compromiso con su prima, y de ninguna manera pensaba en casarse con ella; antes abandonaría Kemet si esto fuese preciso. Sin embargo, tal extremo no era necesario. El acuerdo se esfumó como por ensalmo, cual si Reret se lo hubiese llevado consigo a la «otra orilla». El modo en el que esta había fallecido amedrentó a Hunit hasta límites insospechados, pues llegó a convencerse a sí misma de que aquel joven era capaz de hacer lo mismo con ella si lo contrariaba. Era mejor dejar correr el asunto y quedarse soltera, si Hathor así lo quería, a que una noche Wadjet la visitara para inocularle su veneno mortal.

La vida del joven junto a Akha resultaba tan monótona como cabía esperar. Ambos pasaban el día en el río, como de costumbre, para luego compartir la cena, casi siempre en silencio, absortos en sus pensamientos. Muchas noches Akha desaparecía para ir a las Casas de la Cerveza, donde se echaba en brazos de *shedeh*; el único consuelo que le quedaba. Él sabía que estaba muy enfermo, y Nehebkau también. Orinaba sangre desde hacía mucho tiempo, y el joven lo veía consumirse, ya que apenas comía y sufría frecuentes dolores abdominales. Mucha gente padecía aquel mal que pensaban se originaba en las aguas estancadas o cercanas a las orillas del río. En los hombres, el miembro podía llegar a inflamarse y adquirir un tamaño desmesurado, por lo que se confeccionaba un tipo de funda para el pene llamada *karnatiw*, que se colocaban cuando se bañaban en el Nilo, pues se creía que era por esa parte por donde se introducía la enfermedad. Todos los pescadores que conocía habían contraído el mal, pero por algún motivo que ignoraba, Nehebkau se sentía libre de él, convencido de que era inmune a dicha afección. En realidad, el joven nunca había enfermado de nada, ni sabía lo que era hacer ofrendas a Sekhmet para que le librara de las plagas que esta enviaba cuando se encolerizaba. Había crecido fuerte, y pronto adquiriría las hechuras de un hombre. Mas cuando observaba faenar a su padre le asaltaba un presentimiento.

Akha también lo tenía. Sentía que se moría, que, a no mucho tardar, el dios con cabeza de chacal, Anubis, se presentaría para llevárselo sin que mediara palabra alguna. Este siempre encontraba un motivo para realizar su trabajo, y el hombrecillo pensó que quizá le quedase una cosa por hacer antes de verse las caras con el señor de la necrópolis. Y así, una mañana, mientras lanzaba las redes al río, le contó a Nehebkau su propia historia; lo que ocurrió una desapacible noche de invierno en un lúgubre chamizo de Tebas; la pasión que le había devorado hasta conseguir yacer con Nitocris, sus dudas, y cómo esta había maldecido a su criatura entre horribles juramentos antes de fallecer después del parto. Todo lo demás había sido una farsa; una pobre escenificación de una obra que nadie sabía quién la había escrito y cuyo final ya no estaría en sus manos.

—Durante un tiempo pensé que naciste de mi simiente, pero hace ya muchos *hentis* que dejé de engañarme —confesó Akha con pesar—. Nunca te pareciste a ninguno de nosotros, ni siquiera a tu madre, aunque fuese muy hermosa. Sin embargo, siempre te consideré un hijo más y, en ocasiones, cuando te miro, no puedo dejar de pensar en Nitocris, tu verdadera madre, la mujer por la que hubiese estado dispuesto a viajar al Amenti, si así me lo hubiese pedido.

Luego introdujo la mano en su zurrón para extraer el antiguo brazalete y entregárselo al joven.

—Tómalo —continuó Akha—. Perteneció a tu madre, y durante todos estos años lo he guardado celosamente hasta que llegase el momento de dártelo. Ahora es tuyo. Es todo cuanto te dejó.

El joven lo cogió con reverencia, sabedor de que aquella pieza escondía su propia historia, un interrogante más que añadir a cuanto le relataba quien creía que había sido su padre.

Nehebkau nunca olvidaría el efecto que le causaron aquellas palabras. En cierto modo, el misterio que le había rodeado desde su nacimiento se aclaraba para dejar paso a un enigma aún mayor, y que, después de escuchar a Akha, se le antojaba impenetrable. ¿De quién era hijo realmente?

Al momento, el joven no pudo evitar dibujar el rostro imaginario de su madre. ¿Cómo habría sido Nitocris? ¿De dónde procedía? ¿Por qué terminó en una Casa de la Cerveza? ¿Qué la indujo a amar a Akha? ¿Quién era su verdadero padre?

Sin duda, aquellas preguntas no tenían una fácil contestación; sin embargo, el hecho de que Nitocris fuese una prostituta le pareció la clave que respondía a todos los interrogantes. No se sentía ofendido por ello, pero sí intrigado por la razón de ser de la vida que había llevado la mujer que lo había traído al mundo. En cuanto a todo lo demás...

Ahora entendía la mayor parte de lo ocurrido, la indisimulada animadversión que Reret siempre le había demostrado, la inexistente relación que en vida había mantenido con sus hermanos, la tristeza que en ocasiones se asomaba a la mirada de Akha. Este había vivido de forma permanente en un mundo al cual resultaba imposible acceder, pues no existían caminos que condujesen a él. Sin embargo, en aquella hora el hombrecillo le había demostrado que, en su corazón, él ocupaba el lugar reservado al hijo amado, que había sufrimiento detrás de aquella confesión, pero ni una palabra de arrepentimiento por haberse hecho cargo de Nehebkau durante todo aquel tiempo.

En realidad, el joven tuvo la impresión de que aquella confesión inesperada sonaba a despedida; como si Akha intuyera que su final se hallaba próximo y no deseara presentarse en la sala de las Dos Justicias con semejante peso sobre su conciencia. Si su corazón pesaba en la balanza más que la pluma de Maat, no sería debido a haber cruzado a la «otra orilla» con aquel secreto. Ammit no lo devoraría por ello.

Los hechos acaecidos durante los últimos meses se habían desarrollado con tal rapidez que Nehebkau se vio a sí mismo inmerso en un cambio vertiginoso que ignoraba a dónde le conduciría. Ahora que conocía sus orígenes, se preguntaba quién sería en realidad y, sobre todo, cuál sería su horizonte. Durante toda su vida se había sentido al margen de la familia que lo había acogido, y ahora entendía el porqué. Un nuevo camino se abría ante él, y pronto lo tendría que emprender en solitario.

El país de las Dos Tierras también se veía sacudido por los cambios. El dios Ankheprura Smenkhara había muerto después de haber gobernado durante poco más de dos años. Un nuevo faraón se sentaba en el trono de Horus. Se llamaba Tutankhatón y nadie sabía qué sería de Kemet bajo su mandato.

Para Ipu la cuestión estaba clara. A no mucho tardar, Ra-Horakhty se alzaría pletórico hasta su zénit para iluminar a Egipto con la luz que le correspondía, y así desterrar las épocas oscuras para siempre.

—Nefertiti decidió ser sepultada en el Valle de los Reyes, a pesar de que su tumba aún no había sido terminada, y muy pronto su sucesor dará la orden de que excaven la suya propia, para su eterno descanso, en el mismo lugar que su abuelo, cerca de los grandes dioses que le precedieron —exclamó Ipu con satisfacción.

Nehebkau asintió, ya que había sido testigo de cómo la comitiva real había ascendido por el Nilo camino de la necrópolis tebana.

—¿Te das cuenta de lo que esto significa? —añadió Ipu con alborozo.

Como en tantas ocasiones, su amigo se limitó a encogerse de hombros.

—Los Servidores de la Tumba continuarán con su labor, y mi padre recibirá nuevos encargos —aseguró Ipu sin dar importancia al gesto de Nehebkau—. Ha hecho buenas amistades en esa comunidad, y dice que existen muchas posibilidades de que yo pueda llegar a formar parte de ella.

—¡Vaya, enhorabuena! Creo que ese será el lugar más indicado para ti.

—Desde luego —señaló Ipu sin molestarse por el tono jocoso de su amigo—. Trabajar en el Lugar de la Verdad representa mi máximo anhelo. ¡Imagínate!, construir la tumba de un dios. No se me ocurre un privilegio mayor.

—Aseguran que los habitantes de esa aldea reciben una vivienda, un asno y una vaca, aunque a mí siempre me pareció algo poco creíble, por exagerado.

—Lo que dicen es cierto, y además de todo eso les corresponde una parcela de terreno y una tumba —confirmó Ipu, entusiasmado ante la idea de poder formar parte de aquella hermandad.

—Entonces no tendrás que preocuparte por tu futuro.
—Nehebkau se alegró—. Shai ha dispuesto un buen camino
para ti.

—Sé que el dios del destino me favorecerá; y a ti también.
Cuando me convierta en un Servidor de la Tumba intercederé
por ti para que puedas vender tu pesca en el poblado.

Nehebkau hizo un gesto de sorpresa.

—Así podrías convertirte en *semedet*, ya sabes, el personal
auxiliar que atiende a las necesidades de los trabajadores de la
aldea.

Su amigo le sonrió, agradecido, y luego ambos hablaron sobre lo acaecido a Reret, y todo cuanto rodeó aquella desgracia.

—Ahí tienes una prueba más del poder de los dioses; ¿no
te das cuenta? Shai es capaz de cambiar el sino a su voluntad.
Él dispuso que todo se desarrollara con arreglo a criterios que
nos sobrepasan por completo. No estaba escrito el que tuvie-
ses que casarte con Hunit; existen otros planes para ti.

Nehebkau lo miró con incredulidad.

—Ja, ja. No pongas esa cara. Como te dije los designios de
los dioses nos sobrepasan.

—¿Tú crees que Shai se encuentra detrás de la muerte de
mi madrastra?

—Naturalmente. Debes de ser el único egipcio que ignora
su poder.

Nehebkau hizo una mueca burlona.

—Ya veo, Shai se valió de una cobra para que cumpliese
sus planes —comentó el joven, divertido.

—No deberías hacer bromas con eso. Como te dije estaba
escrito que tu prima tenía que renunciar a ti, y el destino se
valió de Wadjet para llevar a cabo sus propósitos. Todos conocen tu alianza con las cobras, y así debe quedar grabado en sus
memorias; por motivos que desconocemos.

—Pero Reret...

—Sí, ya sé —le interrumpió Ipu—. Pero en mi opinión ella
ya había llegado al final del camino que tenía reservado. Shai
tan solo ordenó las circunstancias para que tanto tú como Hunit continuaseis vuestra andadura como corresponde.

Nehebkau reflexionó unos instantes acerca de las palabras de su amigo. Había que reconocer que este era capaz de ver la mano de los dioses en cualquier hecho significativo, por mucho que al joven le incomodara dicha forma de pensar. En cierto modo se sentía culpable de la muerte de Reret, pues entendía que su vínculo con las cobras podía ser la causa de que una de ellas decidiera aventurarse hasta su casa.

—Me temo que, a partir de ahora, Wadjet te acompañará allá a donde vayas —prosiguió Ipu—. Tu fama te precederá, y no podrás hacer nada por evitarlo.

—Wadjet —musitó Nehebkau.

A su amigo no le faltaba razón. No había día en el que no tuviese algún encuentro con ella, cual si existiese un nexo para el que no encontraba explicación; una relación imposible que fluía como si se tratase de magia.

8

El tiempo transcurrió como si formara parte de la corriente del Nilo; en ocasiones de forma perezosa, y las más rauda e incansable, camino del Gran Verde. Nehebkau y Akha vivían sus propias vidas igual que dos extraños cuyas sendas confluyeran cada mañana en una pequeña barca. Aquel esquife era todo cuanto los unía, y al recorrer sobre este las aguas en busca de la preciada pesca, no hacían más que cumplir con el pacto que Akha había sellado consigo mismo, y al cual nunca renunciaría. El joven rara vez visitaba su antigua casa. Tras faenar desde las primeras luces hasta mediada la tarde, gustaba de perderse en su mundo, el único que le interesaba, cazando entre los cañaverales o recurriendo a la compañía de los ofidios. Hacía ya demasiado tiempo que estos formaban parte de él, como si se tratara de una extensión de su propia personalidad. Era feliz sintiendo su enorme poder, a la vez que se dejaba envolver por él como si sirviese de alimento para su alma. En su opinión, las cobras representaban la esencia de la Tierra Negra; no había nada que se les pudiese comparar, y el simple hecho de que le hubieran bautizado de nuevo con el nombre de un dios que era mitad hombre y mitad serpiente le satisfacía plenamente. No se le ocurría un símil mejor y él, por su parte, le daba rendido cumplimiento al disfrutar de la compañía de la muerte, con quien se veía a diario. Tomó la costumbre de dormir al raso, cerca del lugar en el que guardaban el esquife, para admirar el cielo de Egipto cada noche antes de conciliar el sueño. Si los dioses de los que hablaban existían, no había duda de que se encontrarían allá arriba, entre los luceros que llenaban de vida con su luz el vientre de la misteriosa Nut. Él los admiraba antes de cerrar los ojos, aunque desconociese sus nombres, subyugado por una inmensidad que le resultaba inescrutable.

Akha, por su parte, vivía una existencia carente de cualquier estímulo que no le proporcionase la Casa de la Cerveza. Ese era su refugio, su razón de ser, pues hacía ya demasiado tiempo que había perdido el interés por todo lo demás; ni siquiera se emocionaba al conseguir una buena captura desde su barca; se hallaba entregado al *shedeh*, el licor embriagador que gobernaba su voluntad y al cual el hombrecillo rendía su vasallaje, sin importarle las consecuencias. Muchas noches terminaba durmiendo en cualquier callejuela, o en lugares a donde no recordaba cómo había ido a parar. Sin embargo, siempre aparecía antes del amanecer, ante la mirada de su hijo, quien lo aguardaba en el esquife sin que fuesen necesarias las preguntas, y aún menos las respuestas. En realidad, existían pocos motivos que le atasen al río, más allá de la rutinaria vida que había discurrido junto a este. Su interés por la pesca hacía mucho que había desaparecido, aguas abajo, como tantas otras cosas, y Nehebkau se encargaba ahora de vender todo lo que conseguían arrebatarle al Nilo.

Como una vez Ipu ya le había adelantado, este había conseguido ingresar en la comunidad de los Servidores de la Tumba, y muchos días su amigo acudía al atardecer al poblado de Deir el Medina para ofrecer su pescado, tal y como había asegurado Ipu que ocurriría. Allí siempre era bien recibido y, con el tiempo, Nehebkau terminó por convertirse en un *semedet*, para satisfacción de su buen amigo.

Pronto apreciaron la diligencia del joven pescador, así como aquella circunspección que le hacía tan enigmático, y al poco comenzó a ser bien conocido en la aldea.

A Nehebkau le gustaba aquel lugar. Un poblado levantado en un mundo de silencio difícil de imaginar, en el que se rendía culto a la diosa Meretseguer; la «misteriosa del oeste». Ella era la patrona de las necrópolis tebanas, y como tal protegía las tumbas desde la cima de la colina donde habitaba, al tiempo que dominaba el Valle de los Reyes. El joven se interesó por aquella deidad, ya que solía ser representada como una cobra con cabeza de mujer a la cual muchos invocaban pidiendo su protección contra las picaduras. Semejantes creencias le regocijaban, pues su pragmatismo y naturaleza observadora le habían llevado a buscar una idea razonada sobre todo lo que le rodeaba. Él conocía mejor que nadie a los ofidios y su comportamiento, y le resultaba curioso que en aquella aldea de constructores de tumbas consideraran a Meretseguer como una especie de serpiente justiciera capaz de picar a quienes habían cometido algún delito, y a ser clemente con los justos. En aquel valle rodeado de escarpados riscos abundaban estos reptiles, así como los escorpiones, cuya picadura era aún más temida. Por este motivo existía en la aldea un grupo de sacerdotes encargados de rendir culto a Selkis, la diosa representada con un escorpión sobre su cabeza. Los *kherep*, como eran conocidos, se encargaban de tratar los aguijonazos y pedir la intervención de la «señora de las picaduras», nombre por el que también era conocida Meretseguer, por medio de la magia y la lectura de textos arcanos. Nehebkau se hizo famoso entre los sacerdotes, ya que no en vano el dios que atendía a este nombre era hijo de Selkis, y considerado un reputado sanador de las picaduras venenosas. El joven pescador se hallaba muy lejos de ser un médico, y mucho más de provocar milagros, pero el hecho de que las serpientes parecieran adormecerse ante su presencia hasta convertirse en inofensivas hizo que algunos de los aldeanos buscaran su compañía, como si el joven se tratase de una especie de amuleto capaz de protegerlos de los peligrosos reptiles. Su mera presencia era toda una garantía; sobre todo después de que Ipu se hubiese encargado de relatar los encuentros de su amigo con las cobras, y la estrecha relación que mantenía con ellas. Cada tarde Nehebkau acudía al Lugar de la Verdad, donde vendía toda la pesca de aquel día, al tiempo que, sin pretenderlo, estrechaba sus lazos con aquella comunidad siempre dispuesta a darle la bienvenida. Así fue como, con el tiempo, llegó a convertirse en un *semedet*, de la forma más natural, cual si por algún motivo su camino tuviese que conducirle hasta allí.

Muchas noches, antes de cerrar los ojos, Nehebkau tomaba entre sus manos el brazalete que había pertenecido a su madre. Bajo el manto tachonado de luceros que Nut le proporcionaba, recorría con la yema de los dedos cada detalle de aquella joya, y cuando Aah, el dios lunar, se manifestaba con todo su poder rielando sobre las aguas, el joven admiraba aquel brazalete envuelto en la pátina plateada que le regalaba el plenilunio. Entonces las preguntas regresaban a su corazón, y él se hacía mil componendas en busca de razones que le llevasen a averiguar lo que escondía aquella alhaja. Le era muy preciada, independientemente de la forma en que su madre la hubiese conseguido.

Nitocris..., al parecer había habido una gran reina con ese nombre que gobernó Egipto hacía casi mil años, y sin poder remediarlo Nehebkau imaginaba que tuvo que ser bellísima, quizá como Hathor, y que por ese motivo su madre tomó aquel nombre. Él nunca la juzgaría, ni se sentiría avergonzado de ella, y mucho menos tendría en cuenta el que lo maldijese cuando lo alumbró, pues estaba seguro de que, de encontrarse con vida, Nitocris correría a abrazarlo cada noche para cubrirlo con el amor de una madre, aquel que nunca está en venta. Sin embargo, estaba convencido de que el brazalete poseía su propia historia. Había algo en él que lo subyugaba y no acertaba a entender. Sin duda era hermoso, pero en su opinión no era ahí donde radicaba su valor. Seguramente habría joyas mucho más valiosas que aquella, pero pocas tan enigmáticas. Nehebkau era capaz de sentir su fuerza; el misterio que emanaba de cada una de las filigranas grabadas por los maestros orfebres, que parecía transmitir un mensaje. Las pequeñas figuras que simbolizaban a Set difundían verdadero poder, y las incrustaciones de fayenza se le antojaban piedras preciosas arrebatadas a las entrañas de la tierra. Toda la composición irradiaba magia, como si hubiese sido concebida por un poderoso *heka*, y en ocasiones, mientras deslizaba las yemas de los dedos por su superficie, el joven tenía la impresión de que la joya le quemaba.

Una mañana Akha no se presentó. Por primera vez en su vida, el hombrecillo faltaba a su cita diaria con el río, y lo que en un principio fue motivo de sorpresa para Nehebkau, terminó por convertirse en profunda consternación. Ra-Khepri, el sol de la mañana, ya se alzaba en el horizonte cuando un vecino se personó con la funesta noticia; Akha había aparecido muerto en una callejuela solitaria, sin signos de violencia, como sumido en un sueño profundo del que ya nunca podría despertar. Había llegado su momento, y Anubis se había servido del *shedeh* para llevárselo a la orilla occidental, al tétrico reino desde el cual gobernaba a los difuntos. La necrópolis era su mundo y en él todos tenían cabida, daba igual de dónde procediesen, pues siempre serían bienvenidos.

En realidad, a nadie sorprendió aquel hecho luctuoso. Akha llevaba toda la vida recorriendo las Casas de la Cerveza de la ciudad como si estas formaran parte del sórdido destino que Shai hubiese determinado para él. Desde que falleciese su esposa, el viejo pescador se había convertido en un ánima errante que deambulaba en busca de un imposible, de un camino que había terminado por convertirse en una utopía a la que, no obstante, él se aferraba con desesperación; quizá para hallar sentido a una existencia que había acabado por abrumarlo. Akha había huido de ella, y solo el recuerdo de Nitocris, y la efímera felicidad que esta le había proporcionado, habían conseguido devolver el brillo a una mirada que ya llevaba muerta muchos años. Nehebkau sabía todo eso, y también que él mismo debía su vida a aquellos momentos fugaces de dicha. Ellos le habían llevado hasta aquel esquife, y decidió que haría cuanto pudiese por dar a Akha el mejor entierro posible.

Preparar un cuerpo para la otra vida no era una cuestión menor. El embalsamamiento no estaba al alcance de todos; y mucho menos el poseer una tumba. El renacer del difunto para que pudiese disfrutar de los Campos del Ialú podía resultar costoso, y de ordinario inalcanzable para la mayoría. Sin embargo, había una clase de embalsamamiento, la más barata, a la que se podía acceder no sin esfuerzo. Nehebkau estaba dispuesto a sufragarla, y por ese motivo, y tras hacerse cargo de los restos de quien siempre había hecho para él las funciones de padre, los depositó en su viejo esquife y se dirigió a la orilla oeste del Nilo, a los *wabet*, los lugares limpios, situados próximos a la margen del río, donde se llevaba a cabo la momificación de los cuerpos antes de que fuesen enterrados. Con el cadáver de Akha sobre sus hombros, traspasó los muros que aislaban aquel emplazamiento de las miradas indiscretas, para dejarlo al cargo del «canciller del dios», el jefe de los embalsamadores, responsable de aquellas «tiendas de purificación».

Tras llegar a un acuerdo, este asintió con cierto desdén, ya que el proceso que tendría lugar no requería de una habilidad especial.

—Mis ayudantes, «los niños de Horus», se bastarán para prepararlo como corresponde —señaló el sacerdote sin el menor entusiasmo—. Dentro de setenta días podrás regresar para recoger la momia.

Nehebkau asintió, agradecido, sabedor de que el trabajo para preparar aquel cadáver para la otra vida se resumiría a lavarlo y desecarlo con natrón durante treinta días. No se realizaría la evisceración del cadáver, aunque sí lo vendarían con lino de la peor calidad, ya que este era muy caro.

Al ver el cuerpo consumido de Akha, el joven pensó que el natrón poco efecto tendría sobre sus restos, pues hacía ya mucho que el viejo pescador no era más que huesos cubiertos por una piel de pergamino. Sin embargo, al abandonar aquel lugar, Nehebkau se sintió satisfecho por dar a su padre adoptivo el mejor adiós posible. El joven nunca supo nada acerca de sus creencias, aunque esto fuese lo de menos. Si el *ba* existía, no tendría que vagar eternamente en busca de la momia del hombre que una vez se había apiadado de él.

Pasado el tiempo estipulado, Nehebkau regresó en compañía de Ipu y uno de los sacerdotes de Selkis que habitaban en el Lugar de la Verdad, con quienes, era sabido, el joven pescador mantenía una buena relación. La elección no podía ser más acertada, ya que entre las muchas funciones de esta diosa estaba la de surtir de alimentos a las almas de los difuntos, así como proteger sus vísceras, para que vivieran eternamente. Junto con Isis, Neftis y Neith formaba parte de las Plañideras Divinas, que también eran conocidas como los Cuatro Milanos. Estas solían estar representadas en las esquinas de los sarcófagos, con las alas extendidas, para así custodiar al fallecido. Nehebkau tomó conciencia del verdadero poder de su nombre, ya que en los Textos de las Pirámides era considerado como esposo o hijo de Selkis, a la cual ayudaba a alimentar a los difuntos. En aquella hora no se le ocurría un aspecto mejor, y cuando junto a sus amigos enterraron a Akha, se convenció de que al menos el viejo pescador disfrutaría de un merecido descanso en los Campos del Ialú, donde no le faltaría el *shedeh*, su bebida favorita, de cuya mano había terminado por abandonar el mundo de los vivos.

Para Nehebkau siempre habría un lugar para el recuerdo de su padre adoptivo, el único que, por otra parte, estaba dispuesto a guardar de una infancia que había decidido sepultar para siempre. Solo un brazalete le ataba a él, y tras la muerte de Akha se abstuvo de regresar a la casa que un día lo acogiera. En su opinión allí no había ya sitio más que para el llanto y los malos recuerdos, y él solo ansiaba empaparse de luz durante el resto de sus días. Su naturaleza solitaria le convirtió en una especie de ermitaño de los campos, por los que deambulaba cuando abandonaba su quehacer en el río. Allí se encontraba todo cuanto necesitaba, y él se sentía dichoso de ser parte de la vida misma, como el resto de las especies que poblaban aquel valle pintado de magia. A sus diecisiete años, Nehebkau se había convertido en un joven fuerte y apuesto, dueño de su propia historia. Había comenzado a escribirla hacía tanto tiempo que pocos dudaban que terminaría por convertirse en leyenda. A menudo su nombre era tema de conversación, y en Tebas muchos lo evitaban, temerosos de despertar su inquina o desafiar su poder. Desde la muerte de Reret, nadie cuestionaba que aquel joven era diferente a los demás.

A pesar de los rigores de la intemperie en la que vivía, su

piel continuaba siendo más clara que la de la mayoría, y su cabello rojizo recordaba al horizonte en el atardecer, cuando Ra-Atum se ocultaba tras los cerros del oeste. Nada tenía que ver con el resto de los pescadores que faenaban en el río, y había quien aseguraba que en realidad se trataba de un príncipe olvidado al que Shai había condenado a vivir en una barca.

Pasaron dos años y Nehebkau terminó por estrechar aún más sus relaciones con los habitantes de Deir el Medina. Por alguna causa que no acertaba a comprender, se sentía atraído por aquella singular comunidad, tan distinta al resto, y de la que era capaz de entender el porqué de su existencia; su razón de ser. Sin duda se trataba de un universo en sí mismo, en el que cada cual cumplía una función específica en pos de un fin común: construir para el dios que gobernaba Kemet su morada eterna. Por tal motivo vivían apartados de los demás, como si conformaran un reino independiente, un estado que pertenecía al faraón, y en el que solo se rendían cuentas ante su máximo representante: el visir.

Por esta razón todo estaba organizado hasta el último detalle, pues aparte de los canteros, albañiles, estucadores, carpinteros, pintores y demás artesanos necesarios para las obras, convivían escribas, jueces, sacerdotes, médicos y agentes para mantener el orden, ya que poseían su propia policía. En el Lugar de la Verdad nada se había dejado a la improvisación, y quizá ahí radicase el motivo de la atracción que Nehebkau sentía por aquel poblado. A él le gustaba el orden en todas sus formas, y ahora se percataba de que sus andanzas por los campos y cañaverales no eran sino una forma de participar de él, al convivir con todas las especies que daban sentido a la vida, tal y como había sido creada. Su amistad con los sacerdotes de Selkis sería el principio de una nueva andadura en la que Shai había dispuesto para él caminos insospechados, como insospechado resultó el descubrimiento de una habilidad que ignoraba poseer, al haber permanecido oculta durante todos aquellos años.

De sobra era conocida la pericia que demostraba a diario con las artes de la pesca. Sin duda tenía la bendición del Nilo, pues no había tarde en la que no se presentara en el poblado con las mejores percas y mújoles para vender a la comunidad. En cuanto al don otorgado por Wadjet, poco había que decir; ver lo que el joven era capaz de hacer con las cobras resultaba difícil de creer y, no obstante, era cosa de todos los días. Sin embargo, nadie en el poblado podía imaginar que aquel encantador de serpientes poseyese el alma del artista. El hecho pareció casual, aunque nada en la vida lo sea, pues el destino desconoce el significado de dicha palabra; y cuando una tarde, animado de forma jocosa por Ipu, deslizó el pincel confeccionado con fibras de junco por la ostraca,[23] el resultado fue tan sorprendente que su buen amigo corrió a mostrarlo al momento a uno de los maestros encargados de la decoración de las tumbas. Era la figura de un gato, dibujada con tal realismo que, de haberla visto, la diosa gata Bastet se hubiese sentido satisfecha, y de seguro habría enviado sus bendiciones al artista.

—¡Los dioses te han creado para esto! —aseguró Ipu, alborozado—. Tu lugar está aquí.

Como de costumbre, su amigo se encogió de hombros.

—Soy una criatura del Nilo. ¿Qué diría Hapy si lo abandonara? —preguntó el joven pescador, burlón.

—Las aguas siempre estarán esperándote, pero Thot se ofenderá si desprecias el don que te otorgó; el dios de la sabiduría nunca olvida; lleva cuenta de todos nuestros actos.

—Ja, ja. Siempre fuiste un santurrón, aunque me alegro de que seas un devoto de nuestros dioses.

—No te rías. Thot apunta todo lo que ve. Recuerda que se encontrará presente el día de nuestro juicio para anotar el resultado del pesaje de nuestra alma. Es incorruptible.

—Me satisface que exista alguien así, aunque corramos el riesgo de ser condenados.

—No sabes lo que dices —se lamentó Ipu, quien no obstante estaba acostumbrado a los comentarios irreverentes de su amigo—. Si te avienes a ello, Thot guiará tu mano para que sirvas al faraón dentro de esta comunidad; estoy convencido de ello.

Nehebkau hizo un gesto de perplejidad y sonrió con ironía.

—No me mires así —señaló Ipu, molesto—. Egipto se está regenerando, como ya te advertí que ocurriría. El nuevo dios, Nebkheprura, ha cambiado su nombre para volver a la ortodoxia. Ahora se hace llamar Tutankhamón. ¿Qué mejor prueba hay que esa? Las obras para la construcción de su tumba ya han comenzado, y se necesitarán muchas manos para terminarla. ¿Te figuras que pudieses participar en su decoración? ¡Imagínate, ayudar a la inmortalidad del faraón a través de tu arte!

Nehebkau volvió a reír.

—Eres un buen amigo, Ipu, pero me temo que solo sea un pobre pescador, incapaz de renunciar a la libertad que me proporciona el río.

—Escucha —continuó Ipu, tras considerar un instante aquellas palabras—. Tu dibujo ha sorprendido al maestro. Aquí aprenderías todo lo necesario para que pudieses desarrollar tus habilidades. Con el tiempo te convertirías en un Servidor del Lugar de la Verdad.

—Eso significaría vivir recluido en este poblado el resto de mis días.

—Solo durante tu jornada de trabajo. Los días de fiesta somos libres de ir a donde queramos. Además, si te admitieran como aprendiz continuarías siendo un *semedet*, igual que ahora. Piénsalo bien.

Durante un momento Nehebkau pareció considerar las palabras de su amigo, y este hizo un gesto de complacencia para, al punto, cambiar de conversación.

—Tengo algo que decirte, y quiero que seas el primero en saberlo —le confió Ipu con satisfacción—. Dentro de poco voy a casarme.

Nehebkau hizo un aspaviento para mostrar su sorpresa y rio divertido.

—No sabía que anduvieses en tratos con Hathor, aunque conociéndote no me extraña que la diosa se haya avenido a escuchar tus plegarias.

—Querido amigo, cuánta razón hay en tus palabras. No he desfallecido en mi fe hasta que por fin la diosa ha aceptado mis ofrendas.

—Hablas con verdadero entusiasmo.

—No es para menos. La diosa del amor me ha favorecido con el más preciado regalo que puedas imaginar.

—Vaya, Ipu, te felicito; sin duda te mereces su bendición. Pero dime, ¿cuál es su nombre?

Ipu elevó su mirada al cielo, como para dar gracias a los padres creadores.

—Se llama Neferu, y te aseguro que es Hathor reencarnada.

9

Decían que Neferu era un rayo de luz; una centella descolgada
de los cielos que el padre Ra regalaba a aquel poblado como
prueba de su reconocimiento. Cierto era que la joven parecía
poseer luz propia, un fulgor capaz de cegar a cuantos hombres
se pararan a mirarla, a quien se detuviese a contemplar su figura, su paso cadencioso, o bien su mirada embaucadora; y su
piel bronceada se antojaba cobre bruñido, a la que el sol se
asomaba gozoso para lanzar sus destellos. Todo esto se decía
de ella, pues no había trabajador en aquella comunidad que no
alabara su belleza, o pudiese caer rendido ante el poder de
unos ojos oscuros como una noche sin luna. Su cabello, trenzado a la manera de las gentes de Kush, desprendía reflejos de
color cobalto, y sus labios carnosos y tentadores ocultaban
unos dientes tan blancos como el marfil del país de Punt. Muchos aseguraban que las calles cobraban vida a su paso, que el
Lugar de la Verdad se llenaba con el sonido de los sistros de la
divina Hathor, quien de esta forma manifestaba su alborozo.
Ella era la favorita de la diosa del amor, y también la alegría de
su padre, Kahotep, sin duda todo un personaje.

Los Servidores del Lugar de la Verdad estaban organiza-
dos en dos grupos: los trabajadores del lado izquierdo y los
del lado derecho, denominados así por la disposición que ocupaban en las labores dentro de la tumba, y eran vulgarmente
conocidos como la Tripulación del Navío. Por dicho motivo,
entre ellos utilizaban la jerga marinera, y se identificaban

como «remeros del lado izquierdo» y «del derecho». Al frente de cada uno de estos grupos se encontraba un capataz al que llamaban «grande de la Tripulación», que era responsable de la buena marcha de las obras, así como de dar cuenta de estas ante el visir. Era un puesto de gran importancia al cual se accedía como reconocimiento a su capacidad por parte del resto de los trabajadores.

Kahotep era capataz del lado derecho, y tan respetado por sus conocimientos como por su intachable moral. Era un hombre justo y equitativo, y en Deir el Medina no albergaban dudas de que, el día en el que Osiris lo reclamara a su tribunal, Kahotep acudiría sin el menor temor, ya que no se le conocían faltas y mucho menos escándalos, pues se le consideraba un perfecto cumplidor del *maat*. Fiel devoto de los dioses, procuraba honrarlos en cada uno de sus actos, y su aspecto adusto y circunspecto encerraba un corazón bondadoso en el que Neferu ocupaba un lugar de privilegio.

Como tantas veces ocurriese en Kemet, el buen capataz hacía honor a su nombre. Se encontraba particularmente orgulloso de él, y no se cansaba de recordar la figura del artesano con su mismo nombre que, más de mil quinientos años atrás, sirviese a Den, cuarto faraón de la I Dinastía, que no dudó en hacerse enterrar con él para de ese modo poder seguir sirviéndole en el Más Allá. Como sucediese con dicho personaje, el capataz estaba dispuesto a procurar la inmortalidad al joven rey que ahora se sentaba en el trono; a ello dedicaría sus esfuerzos, aunque, eso sí, esperaba morir de viejo y ser sepultado en su propia tumba.

Kahotep tenía otra hija, llamada Meresankh, que poco o nada se parecía a su hermana. En realidad, se podía asegurar que era la antítesis de esta, ya que si Neferu era la favorita del sol, Meresankh lo era de la luna. Con trece años recién cumplidos, Meresankh mostraba ya sin lugar a equívoco todos los atributos lunares propios del dios Aah, aunque en el Lugar de la Verdad estuviesen convencidos de que en ella confluían también Khonsu y hasta el sapientísimo Thot, ambas divinidades lunares asimiladas a Aah. Hacía tiempo que la joven ya era una mujer revestida en el misterio, cual si en verdad la luna le contara sus secretos, los que solo conocía el satélite en su deambular nocturno. Su mirada podía llegar a ser enigmática y tan profunda como un pozo insondable, y sus gráciles ademanes y temperamento sereno la dotaban de un indudable atractivo que la hacía parecer inalcanzable.

Su nombre no podía haber sido mejor elegido: Meresankh. Así se había llamado la milenaria reina de la III Dinastía que había traído al mundo al faraón Snefru, el mayor constructor de pirámides de toda la historia de la Tierra Negra. Su recuerdo continuaba siendo venerado, y a la difunta madre de Meresankh le pareció que no había un nombre mejor para la hija que acababa de nacer. Por algún motivo adivinó en ella el porte aristocrático que un día llegaría a poseer, y a fe que no se equivocó, pues los habitantes del Lugar de la Verdad pensaban que la elección no podía haber sido más acertada. Neferu y Meresankh, distintas como el día lo era de la noche y, no obstante, señaladas por la luz que los dioses de Egipto habían depositado en ellas; ambas poseían magia, y eso era todo cuanto importaba.

No cabía duda de que Kahotep amaba a las dos tal y como eran, aunque fuese la mayor, Neferu, quien consiguiese sacar mayor brillo a su mirada. Esta ocupaba un lugar especial en el corazón de su padre mas, no obstante, era plenamente consciente de los valores que atesoraba su hija menor, de su manifiesta espiritualidad, del misterio que parecía emanar por cada poro de su piel. En cierto modo Meresankh se parecía a su difunta esposa, la única mujer a quien había amado. Ambas poseían la misma mirada enigmática, actitud pausada y claridad de corazón, el lugar donde residía el entendimiento, a la hora de exponer sus razones. Meresankh era el juicio puro, la intuición del sabio, el orden que solo podía encontrarse en el interior de los templos y que tan celosamente cumplían sus sacerdotes; el Egipto profundo. Quizá por eso Neferu le alegraba el alma. Ella era vivaz, pícara, apasionada, terrenal... un placer para los sentidos de todo el que se detuviese a admirarla. Ella hacía sentir a su padre todo lo bueno que Ra ofrecía cada día a su pueblo; la seguridad de que el sol aparecería por el este cada mañana después de su proceloso viaje nocturno por el Inframundo, para regalarles su luz.

Sin embargo, Kahotep pensaba que había llegado el momento de que su primogénita tomase esposo. Con dieciséis años, Neferu había pasado con creces la edad a la que las jóvenes solían casarse. En no mucho tiempo, la inmensa belleza de su hija comenzaría a declinar, y él ya conocía demasiados casos de mujeres hermosas que habían terminado por marchitarse al parecer inaccesibles. A veces a Hathor le gustaba mostrarse cruel con sus criaturas más bellas, quizá para hacer ver a los humanos que solo había una diosa capaz de encarnar la perfección.

Kahotep creía haber encontrado el pretendiente perfecto, lo cual no resultaba sencillo en un poblado con poco más de sesenta viviendas. No obstante, estaba convencido de que Meretseguer, la diosa protectora de Deir el Medina, había enviado al candidato ideal; en opinión del capataz el mejor posible. Este no era otro que Ipu, un joven por el que Kahotep sentía una gran simpatía, y que, a pesar de contar ya con diecinueve años de edad, era *menehu*, o lo que es lo mismo, continuaba soltero. En Ipu, el buen hombre veía todas las cualidades que debía atesorar un egipcio: honrado, trabajador y, sobre todo, devoto de los dioses. En realidad, conocía a aquel joven desde la niñez, ya que tenía una buena amistad con el padre de este, a quien consideraba un reputado artesano. El maestro carpintero le había inculcado el amor por el trabajo bien hecho y, a pesar de su juventud, Ipu se había ganado el derecho de pertenecer a aquella comunidad, pues había sido admitido como trabajador en la construcción de la tumba del dios; un privilegio al alcance de pocos.

Sin lugar a duda estas eran buenas razones para tomar a Ipu como yerno, aunque Neferu fuese de distinta opinión.

—¿No crees que merezco un príncipe? —dijo ella, al conocer las intenciones de su padre.

—Para mí siempre serás una princesa, hija mía, pero tarde o temprano todos nos vemos obligados a despertar de nuestros sueños.

—Pero mi sueño es hermoso. ¿Por qué habría de abandonarlo?

Kahotep hizo un gesto de resignación.

—Tú, como yo, perteneces al faraón y siempre permanecerás atada a esta comunidad. No nos está permitido abandonarla.

La joven conocía de sobra cuál era su situación. Vivían recluidos en una pequeña villa que incluso estaba amurallada; sin embargo, regaló a su padre uno de aquellos mohínes con los que le solía ablandar el corazón.

—En ese caso continuaré soñando junto a ti.

El capataz gruñó, disgustado, pues bien sabía lo zalamera que podía llegar a ser su hija para salirse con la suya.

—Esta vez tus arrumacos no te servirán. Además, Ipu me parece un buen partido. Está sano y es apuesto, y ahora que se ha convertido en Servidor del Lugar de la Verdad posee casa propia y hasta tiene derecho a una tumba. Junto a él no te faltará de nada.

—Es cierto, padre, pero mi corazón no lo ama.

Kahotep soltó un exabrupto.

—Amor, amor. Aprenderás a amarlo con el tiempo. Qué mejor lugar que este, rodeado de montañas, en las que habita la mismísima Hathor. Ella os dará su bendición.

—Si tanto te gusta ese joven, cásalo con Meresankh.

El capataz frunció el ceño y perdió la compostura.

—Sekhmet me libre de su cólera —juró Kahotep—. Tu hermana cumplirá cuando le llegue el día, y tú harás lo que se espera de ti. ¿Acaso no comprendes la misión que se nos ha encomendado?

Neferu dio un respingo, pues nunca había visto a su padre tan enfadado.

—El Horus viviente, Nebkheprura, vida, salud y prosperidad le sean dadas, tiene su vista fija en nosotros. Su mirada abarca toda la tierra de Egipto, y es aquí, en el Lugar de la Verdad, donde ha depositado su confianza. Tutankhamón nos ha encomendado la construcción de su morada eterna, y tú también formarás parte del proyecto. El dios ha devuelto la vida a Deir el Medina después de muchos años de olvido. ¿Quién crees que eres? Si el faraón lo desea condenaría a este poblado para siempre, y no seríamos más que polvo del camino.

Neferu bajó la vista, impresionada por las palabras de su padre. Aquella privilegiada comunidad tenía sus obligaciones, y entre estas se encontraba la de crecer. Se necesitaban muchos brazos para llevar a cabo una obra tan colosal como aquella; *hentis* de trabajo continuado en el que todos, de una u otra forma, participarían. Los Servidores de la Tumba habían vuelto para quedarse, y tras Tutankhamón muchos otros reyes los requerirían después para construir sus sepulturas. Serían por tanto necesarias nuevas familias que tomaran el relevo para poder continuar con la sagrada misión de crear un sepulcro digno de un dios. Ser miembro de aquella comunidad significaba no carecer de lo indispensable para vivir. En la aldea nunca padecerían penurias, aunque para ello fuesen necesarias determinadas renuncias. Allí no había más voluntad que la del faraón, y el amor poco importaba.

De este modo, muy a su pesar, Neferu se avino a ser cortejada por Ipu, no sin hacer ver a este desde el primer momento que era muy afortunado por el hecho de que ella lo tratara, así como lo mucho que el joven habría de esforzarse si quería conseguir su amor algún día. No cabía duda de que su pretendiente era un hombre trabajador, e incluso bondadoso, al tiempo que sumamente devoto a los dioses y fiel seguidor del *maat*. En tales aspectos se parecía mucho a Kahotep, pero ella pensaba de otra forma. A Neferu no le gustaban los santurrones como marido, y en lo más profundo de su corazón anhelaba un hombre capaz de desbocarla, saciar la pasión que muchas noches la atormentaba, que la hiciese sufrir por conseguir sus propósitos; alguien tan vital como ella, que no tuviera miedo a la irreverencia.

En ocasiones, Neferu había fantaseado con ser poseída por alguno de los *medjays* del poblado. Eran hombres duros, de pocas palabras, pero capaces de sobrevivir donde nadie más podía. A ella le parecían auténticos, como si formasen parte del paisaje desolador que se extendía por aquel valle, aferrados a una tierra de fuertes contrastes a la que podían dominar. Esta palabra era la clave; la llave capaz de abrir el cofre en el que ocultaba su pasión, quizá por el hecho de que nunca se había dejado doblegar por ningún hombre. La figura de su padre era bien diferente. Ella lo amaba profundamente, y solo le quedaba aceptar su decisión. Él determinaría a quién entregaría su hija, pues tal era su potestad.

El universo de Ipu era bien diferente. No tenía ni idea de lo que podía esconder el corazón de una mujer, y tampoco tenía intención de averiguarlo. Su mundo era el mismo que el de su padre: trabajar de sol a sol y honrar a los dioses. Por el camino procuraría tener descendencia, para de este modo continuar con el oficio familiar, tal y como le ocurría a él. Del amor había escuchado muchas cosas, casi nunca buenas, y que él supiese no conocía a nadie que lo hubiese sabido guardar durante mucho tiempo. Hathor podía ser muy caprichosa, aseguraban los más viejos, y el joven poco había tenido que decir al respecto hasta el día en el que vio a Neferu por primera vez. Su mera presencia desató en Ipu emociones desconocidas, capaces de hacer correr la sangre por sus *metus* con el ímpetu de mil caballos desbocados, y cuando ella lo miró una tarde, como por casualidad, él se sintió desfallecer y al momento le mostró su vasallaje.

Sin embargo, aquel vasallaje era algo con lo que Neferu contaba de antemano. La mirada de Ipu era una de tantas a las que estaba acostumbrada. Poco se diferenciaba del embobamiento que le mostraba la mayoría, aunque ello le sirviera de alimento a su vanidad. Las palabras de su enamorado no eran capaces de tocar su corazón, y poco tardó la joven en convencerse de que nunca lo harían; como si el viento del norte se encargara de dispersarlas de forma misteriosa. Hathor jamás bendeciría aquella unión, por mucho que el bueno de Kahotep asegurase lo contrario.

Meresankh captaba aquel sentimiento. Ella conocía muy bien a su hermana, y sabía que en sus *metus* la sangre se agolpaba dispuesta a salir de estampida en cuanto alguien se presentase con la palabra justa. Ambas jóvenes se amaban, aunque su relación distase de ser la mejor. Para Neferu, su hermana bien podría dedicarse a la hechicería, pues a menudo notaba cómo la mirada de Meresankh le traspasaba el alma, convencida de que era capaz de escudriñar en su interior hasta leerle los pensamientos más recónditos, una *heka* con poderes que ignoraba de quién podría haber heredado y que, no obstante, formaban parte del encanto que la joven poseía y que tanto la irritaba. Su hermana representaba todo lo oculto, y ella deseaba mostrar los atributos que los dioses le habían otorgado, seguramente para sentirse adorada.

10

La vida cambiaba para Nehebkau. Sin apenas percibirlo, su barca se alejaba, río abajo, impulsada por el hálito de Shai. El dios del destino tenía sus singularidades, y una de ellas era la manera en la que hacía cumplir su voluntad. En ocasiones presentaba los caminos de forma súbita, sin oportunidad de elección, y otras veces lo hacía con sorprendente sagacidad, hasta el punto de dirigir los pasos del caminante sin que este fuese consciente de ello; así era la naturaleza del taimado Shai.

Esto fue lo que le ocurrió a Nehebkau. Una fuerza misteriosa le había llevado hasta el Lugar de la Verdad, sin proponérselo, como si él poco tuviese que decir al respecto. Su natural agnosticismo se había convertido en humo al verse en una comunidad que rendía culto a los dioses en todas sus formas. El joven ignoraba que hubiese tantos, y se sorprendió al comprobar el efecto que causaba su propio nombre entre los habitantes del poblado; Nehebkau. Para él no era más que un apodo, aunque existiese un dios antiquísimo, hijo de Selkis, que se llamaba así. La diosa escorpión era venerada en Deir el Medina, y sus sacerdotes veían en el joven pescador aspectos que los llevaban a pensar en lo idóneo de su nombre. En realidad, Nehebkau daba muestras de ello a diario, y muchos vecinos le requerían, convencidos de que su mera presencia bastaba para librarlos de las serpientes y los escorpiones.

—¡Es hijo de Selkis y Wadjet le tutela! —proclamaban algunos.

Y a fe que no les faltaba razón, pues su relación con las cobras parecía cosa de *hekas*, y con el tiempo hubo quien aseguraba que el uno no podía vivir sin las otras; que por algún extraño motivo se necesitaban de forma imperiosa, como si en realidad perteneciesen a la misma especie.

Los magos le trataban con respeto, y al poco fue admitido en la escuela de Amenaankhu, el maestro pintor que hacía honor a su nombre, pues así se llamó un célebre artista que se hizo famoso durante la lejana XII Dinastía. El viejo preceptor tardó poco en percatarse del don que poseía el muchacho, y decidió enseñarle su sagrado oficio, a pesar de que el joven fuese un *semedet* y, por tanto, no perteneciera de pleno a la comunidad. Nehebkau se aplicó a su tarea, y progresó de tal modo que pronto fue enviado a la escuela de uno de los escribas del poblado.

—Si quieres convertirte en un Servidor de la Tumba es preciso que comprendas lo que dibujas —le dijo una tarde Amenaankhu.

Así fue como el hijo de un pobre pescador se vio frente a una de las figuras más respetadas: la del escriba. Estos eran famosos no solo por atesorar el conocimiento y comprender las «palabras de Thot», sino también por su arrogancia y desconsideración hacia los que no las entendían. Solían ser altaneros y displicentes, así como muy aficionados a infligir castigos a sus alumnos. Tenían poder, y lo mostraban a la menor oportunidad.

Sin embargo, Nehebkau no era un párvulo al uso, y cuando el escriba lo tuvo frente a sí se abstuvo de menospreciarle, pues bien conocía la fama de su pupilo y el estrecho vínculo que mantenía con Wadjet. No era cuestión de enemistarse con la diosa cobra, así que se limitó a ceñirse la peluca adecuadamente y emplear su habitual tono engolado, tan característico. El tipo atendía al pomposo nombre de Menkheperreseneb, y estaba muy satisfecho de ello. Aseguraban que pertenecía a una conocida familia de rancio abolengo, venida a menos en los tiempos en los que Akhenatón persiguió las antiguas creencias. Al parecer uno de sus antepasados con el mismo nombre había sido primer profeta de Amón cien años atrás, durante el reinado de Tutmosis III, quien por otra parte le había favorecido largamente al otorgarle una espléndida tumba en el Valle de los Nobles.[24] Desde entonces todos los primogénitos se habían llamado igual, y el escriba se sentía heredero de un linaje del que se mostraba orgulloso, y estaba decidido a hacer valer ahora que se había regresado a la ortodoxia.

Menkheperreseneb sintió curiosidad desde el primer momento. Saltaba a la vista que Nehebkau poco se parecía a los pescadores que faenaban en el Nilo. Su piel clara y pelo rojizo significaban un reclamo para cualquier mirada, y resultaban inusuales en el Alto Egipto. Era obvio que aquel joven procedía del norte, aunque él ignorase de dónde y de quién. Este particular era habitual, pues todos los días aparecía en el río algún recién nacido abandonado, con la esperanza de que encontrase una familia que le diera una vida mejor que la que hubiese podido tener. Era indudable que Nehebkau poseía un porte aristocrático, y sus intensos ojos azules y profunda mirada bien podrían hacer de él hijo de un príncipe, aunque solo fuese un pescador. El escriba era sumamente perspicaz, y tardó poco en percatarse de las luces que alumbraban el corazón de su alumno.

Este poseía un don, y si los dioses le habían empujado hasta el Lugar de la Verdad, Menkheperreseneb nunca osaría desairarlos. No obstante, se sorprendió de la facilidad con la que el joven asimilaba cuanto le enseñaba, y las prodigiosas manos que mostraba con el uso del pincel. Los pintores de las tumbas no necesitaban ser amanuenses, pero sí conocer las complejas liturgias que debían plasmar en las paredes. Estas tenían que rezumar magia con el fin de ayudar al difunto a renacer en la otra vida; poderosos conjuros sin los cuales el finado se hallaría perdido.

A Nehebkau el mundo al que se asomaba le parecía ciertamente complicado. A los innumerables dioses con los que se decoraban las tumbas, había que añadir los genios y guardianes de las puertas que el fallecido debía atravesar si quería alcanzar el Más Allá. Si el viaje por la vida ya le resultaba proceloso, el que aguardaba tras esta le parecía una broma pesada. Era obvio que el paraíso no estaba al alcance de cualquiera, y ello le llevaba a considerar su agnosticismo como una especie de baluarte contra aquella desigualdad. Sin embargo, aprendía cuanto le enseñaban, al tiempo que disfrutaba al dar vida a las figuras de unos dioses en los que apenas creía. Un escenario extraño en el que sin saber por qué parecía tener un papel reservado.

El Lugar de la Verdad lo había acogido como si fuese uno de sus afortunados hijos, pero a la caída de la tarde, Nehebkau abandonaba el poblado para dirigirse al río, donde guardaba su barca. Allí pasaba la noche, envuelto en una frazada, con la vista fija en el cielo y la mirada perdida entre los luceros que salpicaban el vientre de Nut. La diosa nunca le decepcionaría y, desde su esquife, el joven le formulaba mil preguntas, convencido de que solo bajo aquel manto infinito podría obtener alguna respuesta. Estaba seguro de que ella lo escuchaba, y en ocasiones Nehebkau tenía la certeza de que la diosa le susurraba al oído para decirle que no le olvidaba; que ella cubría la tierra de Egipto y él era uno de sus hijos a quien, algún día, le haría saber cuál era su lugar.

Fue entonces cuando, por primera vez, tuvo la impresión de haber estado perdido, de desconocer cuál era su función en el gran teatro creado por los dioses. Apenas sabía de sí mismo, y mucho menos del papel que habría de representar. Su mundo había sido el río, y de repente se veía en medio de un mar sin horizonte; una extensión de agua inacabable en la que era indiferente el rumbo que pudiese tomar. Había pasado su vida refugiado en una pobre barca, la que el bueno de Akha le había proporcionado, y ahora se daba cuenta de lo anacrónico de su existencia. Por eso, al perder su mirada por entre las estrellas, Nehebkau creyó leer su mensaje. Los cielos nunca mentían, y estos le decían que él también tenía un camino predestinado, creyera o no en este; y que de una u otra forma lo seguiría. El Lugar de la Verdad le reclamaba, y Nut le hizo ver que haría mal en desoír su llamada.

Así fue como el joven perseveró en sus esfuerzos hasta asimilar conceptos en los que no creía. Miles de dioses se agolparon a las puertas de su entendimiento dispuestos a mostrarle un universo arcano, a la vez que deslumbrante, difícil de comprender. Ellos conformaban las raíces del Egipto profundo, las que constituían su auténtica esencia, las que le hacían tan diferente a los demás pueblos, y Nehebkau terminó por dejarse guiar por su mensaje, aunque en lo más recóndito de su corazón mantuviese viva la llama de su escepticismo.

Muy pronto fue requerido en la tumba que Tutankhamón había ordenado construir en el Valle de los Monos. Se trataba de un paraje majestuoso en el que imperaba el silencio y donde, aseguraban, habitaba la diosa Meretseguer, «la que ama el silencio». Las obras iban a buen ritmo, y el joven colaboraba en un sinfín de trabajos. A veces ayudaba a colocar los espejos de cobre pulido que captaban la luz solar para iluminar el interior del hipogeo, o repartía las valiosas mechas de lino impregnadas en aceite de sésamo y sal, con las que alumbrarían las profundidades de la tumba sin temor a que las paredes se manchasen de hollín. Vio cómo los canteros se abrían paso a través de la roca, y cómo los experimentados maestros excavaban el largo corredor que conduciría hasta las tres cámaras mortuorias, según los planos del arquitecto real.

Aquella labor significaba la razón de ser de los habitantes del Lugar de la Verdad, y a ella se dedicarían empleando todos sus esfuerzos hasta terminarla. Pertenecían al faraón; y por ello se encargarían de proporcionarle su morada eterna.

Nehebkau era bien recibido por los trabajadores, pues estaban convencidos de que su presencia evitaría cualquier mal encuentro con las cobras. En ocasiones hasta le llamaban para que viniera desde la aldea, pues afirmaban que el joven les daba una gran tranquilidad de espíritu. No había día en el que no hiciese alguna demostración de sus facultades, y pronto aseguraron que todas las serpientes del Valle acudían a la presencia de Nehebkau para rendirle pleitesía.

—No necesita portar el *ureus* en la frente, como el faraón. Wadjet siempre está vigilante para protegerle de sus enemigos —manifestó un día uno de los trabajadores.

Semejante impiedad fue pasada por alto, pues todos en Deir el Medina pensaban de la misma forma. Sin embargo, aquellos comentarios desagradaban al joven, que se molestó aún más al enterarse de que corrían habladurías acerca de la muerte de su madrastra.

—Sabes muy bien que nada tuve que ver con el desgraciado final de Reret —le dijo Nehebkau a Ipu una tarde, dando por sentado que había sido este quien había divulgado la noticia.

—Si piensas eso te equivocas —aseguró Ipu, ofendido—. Y emplazo al sapientísimo Thot como testigo por si ha de recriminármelo el día en que pesen mi alma en la sala de las Dos Justicias.

Nehebkau arqueó una ceja con incredulidad.

—No pongas esa cara —continuó Ipu—. De sobra deberías conocer el alcance de tu fama, y también el de mi amistad.

—¿Fama? Lo que le ocurrió a Reret es tan viejo como Kemet. La gente muere a diario por las picaduras de las cobras.

—Parece que no te das cuenta de la realidad —se lamentó su amigo—. Tienes un don en tus manos, el maestro Amenaankhu es consciente de ello, y sé que algún día decorarás la tumba del Horus reencarnado.

—Sin embargo, al parecer mi popularidad se debe a otros motivos.

—No deberías extrañarte por ello. Posees poder sobre lo que los demás temen. Toda Tebas conoce tus prodigios.

—Exageraciones —replicó Nehebkau con disgusto.

—Me temo, amigo mío, que hace tiempo que tu reputación cruzó el río.

El joven pescador hizo un gesto de desagrado, ya que odiaba las murmuraciones.

—Deberás acostumbrarte a las habladurías. Es el precio que tendrás que pagar por ser tutelado por Wadjet.

—Ya sabes lo que opino de eso.

—Los demás piensan de diferente forma, y me aventuro a decirte que llegará el día en el que toda la Tierra Negra habrá oído hablar de ti.

Al oír aquellas palabras Nehebkau se estremeció, y su amigo le dio unas palmadas cariñosas.

—Aquí eres bien recibido —continuó Ipu— y muy pronto dejarás de ser un *semedet* para convertirte en un verdadero Servidor de la Tumba. Ya lo verás.

Nehebkau se encogió de hombros y perdió su mirada entre las colinas que rodeaban el poblado. Caía la tarde, y las sombras se alargaban con rapidez bajo los cerros para crear juegos de luces impregnados de magia. Hacia el este se encontraban los primeros cultivos, cerca del río, y sin poder evitarlo sintió deseos de regresar al lugar donde guardaba su barca. Ipu le adivinó el pensamiento.

—Ningún caminante puede seguir dos veredas al mismo tiempo —dijo este, contrariado—, y la que conduce hasta aquí no tiene retorno.

—Lo sé —respondió Nehebkau mientras se aprestaba a marcharse—, y Nut me castigará por ello.

11

Aquella tarde Ipu se casaba, y toda la comunidad del Lugar de la Verdad participaba gozosa de tan señalado acontecimiento. En realidad, no era preciso ningún tipo de ceremonia. Kahotep había dado autorización de «hacer esposa» a su futuro yerno, y este solo necesitaba invitar a la novia a que conviviesen bajo el mismo techo, a la vista de todos, para que el matrimonio fuese considerado válido. Hathor bendecía a dos de sus hijos para que se amaran bajo su tutela, y en Deir el Medina sus pobladores se alegraban, ya que de este modo el vecindario aumentaría en breve, y algún día habría nuevos brazos que ayudarían en la construcción de las tumbas. Incluso Maya, el superintendente del Tesoro y responsable directo de aquella aldea ante el faraón, había enviado sus felicitaciones.

El padre de la novia no cabía en sí de gozo. Poseía una bien ganada reputación, y como capataz de los trabajadores del «lado derecho» consideró hacer extensiva la invitación al resto de la Tripulación, los conocidos como «remeros del lado izquierdo», así como a todos los que se encargaban del buen gobierno del poblado. Por tal motivo decidió tirar la casa por la ventana, y dar muestras de su generosidad en un día tan señalado. Así, hizo traer ingentes cantidades de pan blanco con diferentes formas, entre las que proliferaban las que representaban a Hathor, como diosa del amor, o al simpático Bes, sempiterno protector del hogar. Ofreció deliciosas pastas endulzadas con miel y aromatizadas con sésamo, frutas o granos de anís. Abundaban los dátiles, hortalizas y aves de corral engordadas para la ocasión, y la cerveza correría como el Nilo en la crecida. Nehebkau llevó pescado en abundancia, y el bueno de Kahotep sorprendió a sus invitados con un asado de res, algo inusual, ya que la carne rara vez estaba presente en las mesas, al ser muy cara.

Un ágape digno de un príncipe, aderezado con múltiples especias, en el que no faltaban los higos de sicómoro, tan reverenciados por proceder de un árbol sagrado y, cómo no, la lechuga. Sobre este particular se hicieron las bromas acostumbradas y comentarios picantes, ya que la lechuga se consideraba un alimento que favorecía la potencia sexual, algo que muchos de los presentes pensaban necesitaría el novio. También corrió el vino de los oasis y más tarde el *shedeh*, lo que terminó por desatar las lenguas, y al poco los comentarios procaces. La novia lucía espléndida, y había quien opinaba que era demasiada mujer para el marido con quien se iba a casar. Neferu era fuego en movimiento, e Ipu un santurrón que se consumiría sin remisión, por muchas lechugas que tomara.

Los Servidores de la Tumba disfrutaron de una celebración que sería recordada durante muchos *hentis*. Sin embargo, habría un antes y un después de aquel día. Todo se inició con la primera mirada, tan fugaz como inesperada. Un destello surgido de algún rayo perdido del sol de la tarde, o quizá de la voluntad de los dioses. No había explicación, mas los *kas*,[25] el concepto que definía la esencia vital del individuo, se aferraron a aquella luz para dejarse envolver, cual si hubiesen esperado ese momento durante toda su vida. Eso fue lo que ocurrió cuando se reconocieron, para caer rendidos sin remisión. Ambos se enamoraron perdidamente como si en aquella hora fuesen parte de un suspiro que Hathor les regalaba. La diosa del amor se manifestaba como solía, de forma caprichosa, sin lugar para la razón. Esta poco importaba, pues la diosa solo necesitaba de su misterioso perfume para embriagar los corazones. Neferu y Nehebkau apenas cruzaron palabra, más allá de las que dictaba la cortesía cuando el joven felicitó a los recién casados. No eran necesarias, pues la novia sintió cómo sus entrañas se llenaban de mariposas, y en sus *metus* la sangre se desbocaba hasta crear remolinos por los que creyó desfallecer. Una fuerza desconocida la devoraba, y tuvo que hacer ímprobos esfuerzos para mantener la compostura, mientras caía prisionera del azul inmenso que se asomaba a los ojos de aquel hombre. Sin poder evitarlo se vio cautiva de ellos, encadenada sin remisión a quien solo conocía de oídas; a un *heka* de cabello rojizo y rasgos de príncipe que parecía nacido de un imposible. Khnum, el dios alfarero, había creado un sueño y Neferu se vio atrapada en él sin ánimo de volver a despertar.

Cuando al fin se separaron ella apenas fue consciente de lo que ocurría. Solo se vio arrastrada hasta el interior de su nueva casa, donde Ipu la tomó por primera vez. Enardecido, este consumó la unión con la mujer que siempre había soñado, dando gracias a los dioses por haberle colmado de tanta felicidad. Sin embargo, mientras la penetraba, Neferu pensaba en aquella mirada teñida de azul; que con cada embate era el miembro de Nehebkau el que le quemaba las entrañas, el que la hacía galopar por campos interminables sembrados de pasión. Una pasión que la abrasaba, a la vez que la animaba a azuzar la cabalgadura. Su ímpetu la hizo enloquecer, y con renovados bríos se lanzó en pos de su propio ensueño. Entonces, súbitamente, la carrera terminó, y ella sintió que aquel entramado se desmoronaba como si formase parte de un extraño conjuro. Junto a ella Ipu yacía desfallecido, mientras hacía esfuerzos por recuperar el aliento, y Neferu le dio la espalda, todavía envuelta en la quimera, empapada en el deseo no satisfecho. En ese momento se percató de que entre ambos no había habido ni una sola palabra.

Aquel día Meresankh también comenzó a escribir su propio relato; una historia que nada tenía que ver con la de su hermana, aunque tuviese el mismo protagonista: Nehebkau. Ella también había quedado prendada del joven pescador, aunque por diferentes motivos. No era el color de sus ojos o el de su cabello lo que la atraía, sino algo más intangible que, no obstante, captaba con claridad meridiana. Su *ka* también había despertado, pero en esta ocasión para escudriñar en lo más profundo de aquel hombre hasta llegar a su *ba*, su alma inmortal. Había verdadero poder en su interior, pero también sufrimiento; un sufrimiento que formaba parte del joven y ella notaba sin dificultad. Todo en él resultaba misterioso, y no tuvo duda de que existía un enigma que lo atormentaba y le hacía parecer impenetrable. Era como ella, un hijo de la luna, más allá de que su cabello pareciese bruñido por la mano de Ra. Aah, el Disco Blanco, el Hacedor de Eternidad estaba en él, y Meresankh sabía de sobra lo que esto significaba. Aah, el señor del Cielo, no necesitaba templos en los que rendirle culto. Su influjo se hallaba en el interior de sus elegidos y esto era lo que los diferenciaba de los demás.

Ella era consciente de la impresión que el joven había causado en su hermana. La conocía bien, y estaba segura de que se había enamorado de él con el primer cruce de sus miradas, que había despertado su pasión, y que esta correría imparable hasta verla satisfecha; así era Neferu. No cejaría hasta conseguir sus propósitos, y Meresankh imaginaba sin ninguna dificultad a dónde podrían conducir estos. Los caprichos traerían desgracias y no había nada que se pudiera hacer por evitarlo.

Sin embargo, pensó en sí misma, y al punto trazó sus propios planes. Se trataba de un papiro en blanco en el que era preciso transcribir hasta el último símbolo, colocar cada uno en su lugar de forma conveniente. Aunque se considerara hija de la luna, Meresankh sentía veneración por Heka, el dios menor que personificaba el poder mágico del sol, la magia en estado puro, y considerado el Gran Ka de Ra, de entre los diecinueve que poseía el padre de todos los dioses. Ella siempre se había sentido atraída por el lado oculto de las cosas, por lo que nadie ve, pero no obstante existe. Muchas noches, desde la azotea de su casa, mientras los demás dormían, Meresankh escudriñaba los cielos para leer sus mensajes. Nut los escribía a diario sobre su vientre para todo aquel que fuese capaz de descifrarlos, y ella podía hacerlo. Durante la vigilia que siguió a la boda de su hermana prestó particular atención a la bóveda celeste. La luna se alzaba en su creciente y traía señales ocultas tras su pálido manto; palabras escondidas que llegaron como un susurro a los oídos de la joven. Estas se presentaban como una premonición, y al punto ella supo que, de uno u otro modo, se cumplirían. Eran palabras desasosegadoras que dibujaban un escenario repleto de claroscuros. Sombras tenebrosas que trataban de devorar a los rayos teñidos de planta. Sin embargo, aquella era una luz purísima en la que brillaba la esperanza, y Meresankh no tuvo dudas de que poseía el poder de mil centellas.

Aquella misma noche comenzó a escribir en su papiro. Amaba a un hombre con el que no había intercambiado ni una palabra. Alguien que ni siquiera había reparado en ella y del que no sabía nada. Un enigma al que su corazón se había abrazado dispuesto a no soltarse jamás. Él era el elegido, y la medida del tiempo apenas tenía importancia. La luna así se lo había vaticinado, y Shai cruzaría sus caminos cuando llegase el momento. Ahora veía el futuro con claridad. En este había llanto, y un dolor insoportable, que daba paso a un paisaje cubierto por la bruma. Así debía ser hasta la llegada de un nuevo día.

12

Nehebkau apenas pudo conciliar el sueño. Tumbado sobre su barca observaba las estrellas en busca de respuestas que estas no podían darle. La luna, en lo alto, tampoco le favorecía y se perdía en un cielo adornado con suaves reflejos de plata. Nut no parecía dispuesta a ayudarle, seguramente enojada con su incredulidad y obstinada ingratitud. Esta debía de ser la causa de su abandono, a la que aquella noche había que sumar la de la traición. ¿De qué otro modo podría si no calificarse? No debía engañarse. Había traicionado a su amigo, el único que tenía, de la peor forma posible, pues lo había hecho con el corazón. Solo había precisado de una mirada para que Neferu hubiese entrado en él para amarrarlo sin remisión. Se sentía prisionero de un sentimiento desconocido para el que no encontraba explicación, y que se veía incapaz de controlar. ¿Qué clase de locura era aquella? ¿En qué tipo de insensatez había caído? ¿Qué clase de hombre era en realidad?

Estas y otras muchas cuestiones atropellaban su entendimiento sin posibilidad de respuesta. Aquella tarde su razón había quedado enterrada en el Lugar de la Verdad; en un pozo tan profundo como las tumbas que construían sus pobladores. Ahora su sitio lo ocupaba Neferu, la única diosa en la que estaba dispuesto a creer hasta el final de sus días, la mujer que había encendido una llama en su interior en la que deseaba abrazarse, hasta ser reducido a cenizas. Cerraba los ojos y la veía junto a él, mirándole como solo ella sabía, desafiante, invitándole a tomarla, a amarla hasta la extenuación sin reparar en las consecuencias que ello entrañaba. Sus formas se presentaban con un poder contra el que no cabía resistirse, mientras sus labios plenos se le ofrecían como si fuesen fruta reservada solo para los dioses. Nehebkau los besaba una y mil veces mientras la acariciaba, enardecido, en una carrera desenfrenada por hacerla suya para siempre.

Su enajenación le produjo una erección insoportable que le llevó a autocomplacerse con desesperación, sin que por ello quedara satisfecho. Sentía un deseo imposible de calmar contra el que le era inútil luchar, que terminó por producirle sufrimiento. Resultaba inevitable, y cuando ya de madrugada pudo arrojar un poco de luz a su razón, Ipu se le presentó con aquella mirada franca que poseía, con la mejor de sus sonrisas, con la mano tendida, como de costumbre, siempre dispuesto a ayudarlo, a procurarle un nuevo camino que le condujera hacia un futuro distinto, al amparo del dios que gobernaba la Tierra Negra, lejos del río que había terminado por convertirle en un ser solitario que apenas se conocía a sí mismo.

Esto fue lo que vio, y sin poder evitarlo las lágrimas corrieron por su rostro, sabedor de que estas no valían de nada. Su pasión devoradora era peor que el haber podido yacer con Neferu en la realidad. Entonces se maldijo, y se percató de que durante toda su vida se había visto acompañado por el sufrimiento, desde que tenía memoria, y comprendió el porqué de su amistad con las cobras. Estas sabían que portaban la muerte y estaban malditas, igual que él, y cuando se le acercaban reconocían a un ser tan esquivo como ellas, a quien no causaban temor, que parecía entender su siniestra naturaleza, que les hablaba en un lenguaje que entendían, aunque fuesen sordas; la jerga de los condenados.

En el fondo era un igual. Él también llevaba un poderoso veneno que no había dudado en inocular a su buen amigo a la primera oportunidad. No podía engañarse, le arrebataría a su esposa si pudiese, y durante un tiempo buscó con desesperación un acto de contrición. Demandó en la bóveda celeste la mirada de la diosa; alguna palabra que le devolviese el buen juicio, la nobleza que creyó poseer un día. Por un instante pareció razonar y al momento asió ambos remos dispuesto a bogar; a alejarse allá a donde le llevase el río; lejos del Lugar de la Verdad.

Sin embargo, algo le detuvo, y de forma inconsciente dirigió su vista hacia el este. Ra ya se anunciaba de regreso de su viaje nocturno, renacido, convertido en Ra-Khepri, para acariciar los altos farallones con su luz y pintar las cumbres de suave anaranjado. Dentro de poco el sol iluminaría la necrópolis de occidente, y la aldea de los Servidores de la Tumba cobraría vida. En ese momento su imagen se presentó de nuevo, tan nítida como el peor de los espejismos. Más allá de los campos de labor, sobre los acantilados, Neferu lo miraba con fulgor, a la vez que le sonreía, pues no debía temer a la diosa del amor, para pedirle que regresara. Entonces Nehebkau soltó los remos convencido de que no era dueño de su destino. Solo Shai sabía lo que le aguardaba.

13

Ta Set Mat, como llamaban los lugareños al poblado, se despertó como acostumbraba, con ligereza y dispuesto a iniciar una nueva jornada de trabajo, para mayor gloria del faraón. La construcción de su tumba iba a buen ritmo y dentro de poco se necesitarían más manos para terminar de excavar las cámaras funerarias, antes de que los albañiles y estucadores dejasen el hipogeo listo para ser decorado.

Sin poder evitarlo, aquella mañana Nehebkau trató de pasar inadvertido, temeroso, como si todo el vecindario conociese sus sueños y lo miraran con reprobación. Ni que decir tiene que evitó a Ipu, y pasó el resto del día cuidándose de no encontrarse con él, convencido de que no sería capaz de mirarle a la cara. Se sintió como un genio del Amenti con quien era mejor no cruzarse, o puede que como la serpiente Apofis, el enemigo mortal de Ra y su arca solar. Ni las cobras se dignaron a aproximársele cuando se escabulló entre unos riscos del Valle de los Monos, a la caída de la tarde. Solo había una imagen en su corazón: la de Neferu; y a fe que resultaba imborrable.

Esta, por su parte, había despertado muy temprano, como era costumbre, sin que albergase dudas de lo que la esperaba. Todo era tan triste como había imaginado, y al mirar en rededor solo era capaz de ver un extenso páramo pintado de gris, por el que estaba condenada a vagar hasta que Anubis viniese a reclamarla. Poco se había equivocado. Su marido nunca la haría feliz, y al observar cómo este aún dormía junto a ella, tuvo la seguridad de que se trataba de un extraño que había llegado a su vida para arrebatarle su luz. Su *ka* jamás lo reconocería, daba igual las veces que él poseyera su cuerpo. Ipu no le había transmitido nada en absoluto, y sus palabras amorosas le sonaron tan distantes como las islas que, aseguraban, existían al otro lado del Gran Verde.

Sin embargo, su alma se negaba a vestirse de luto, y ya de mañana se dedicó a indagar con discreción sobre aquel joven del que se había enamorado con un simple pestañeo. Incluso se interesó por él de la forma más natural ante su esposo, por simple curiosidad, para escuchar de sus labios todo tipo de alabanzas y singularidades. Era tal y como se lo imaginaba, y cuando supo algo más acerca de su vida y el misterio que envolvía a aquel hombre, el corazón de Neferu se inflamó aún más, y su deseo se acrecentó de forma insospechada.

Sin proponérselo lo buscó por la aldea, e incluso fue a por agua en más ocasiones de lo habitual a la cisterna que abastecía el poblado, próxima al taller de Amenaankhu. Al parecer Nehebkau acudía allí con frecuencia, y en cada oportunidad el corazón de la joven se aceleraba ante la posibilidad de encontrarse con él. Estaba segura de que aquel hombre había sentido lo mismo que ella, que sus *metus* se habían congestionado pletóricos de sangre, que aquella noche tampoco había sido capaz de conciliar el sueño, y que se había inflamado hasta la desesperación al desear poseerla. Neferu había podido leer su pasión desde el primer momento, mientras se asomaba a una mirada que amenazaba con engullirla sin remisión. Cuando recibió sus felicitaciones, su esencia vital la embriagó de tal modo que tuvo que hacer esfuerzos para no desfallecer, pues hasta el aire le faltaba. Necesitaba verlo de nuevo; saber si lo ocurrido solo había sido un espejismo, una prueba que Hathor le mandaba para demostrar el alcance de sus sentimientos; hasta dónde estaba dispuesta a llegar; o puede que se tratase de una broma de los dioses.

Sin embargo, todo era tan real como el abismo al que se precipitaba, y esa misma noche, mientras su esposo la requería impaciente para la coyunda, ella volvió a caer en brazos de aquel desconocido al que se entregó de nuevo en cada acometida, como si Ipu fuese un mero ejecutor que la llevaba a cumplir su sueño.

Durante un tiempo los enamorados fueron incapaces de encontrarse, como si la necrópolis se los hubiese tragado para siempre, o quizá solo fuesen protagonistas de una de aquellas escabrosas historias con las que Hathor solía sorprender a diario a los simples mortales. Todo era posible y, desde la soledad de su barca, Nehebkau se consumía llevado de su ardor en tanto su mirada continuaba perdida en la bóveda celeste. Por la mañana acudía a la tumba del dios con renovados bríos para ayudar en lo que fuese menester, como si hubiese dejado de ser un *semedet* y se hubiera convertido ya en un verdadero Servidor de la Tumba, bajo la aprobación del resto de los trabajadores. Allí hizo amistad con uno de los elegidos para decorar la morada eterna de Nebkheprura. Se trataba de un joven mayor que él, que había llegado a maestro gracias a las innatas aptitudes que poseía. Era un profundo conocedor del *Amduat*, el Libro de las Puertas, y un virtuoso con el pincel, que tardó poco en comprobar el don que atesoraba aquel misterioso pescador a quien el viejo Amenaankhu había apadrinado. Se llamaba Neferabu, y desde la primera palabra forjaría un vínculo con Nehebkau para toda la vida, que les haría ser protagonistas de una historia que trascendería los milenios de forma insospechada. De su nuevo amigo aprendería el arte de las proporciones, el regreso a los cánones clásicos en los que se utilizaban dieciocho cuadrículas de un palmo para representar las figuras, en detrimento de los veinte que Akhenatón había impuesto durante el periodo de Amarna, la importancia y significado de los colores, y la precisa simbología que era necesario plasmar para conseguir que una tumba se convirtiese en una máquina de resurrección. Todo en su concepción estaba pensado hasta el mínimo detalle para conformar una vorágine de signos arcanos que los hacían impenetrables a los ojos del neófito. Era el lenguaje de los dioses, hermético a la vez que fascinante.

Todos estaban de acuerdo en que, a no mucho tardar, Nehebkau dejaría de ser un *semedet* para convertirse por derecho propio en un miembro de la Tripulación a las órdenes de Neferabu. Sin embargo, desde lo alto de los farallones que festoneaban el Valle, Meretseguer, la diosa que allí moraba, observaba al joven pescador con particular atención. Ella poseía la última palabra, y sabía que los corazones errantes no tenían cabida en las entrañas de aquellos acantilados; entre los trabajadores a quienes ella apadrinaba.

Por fin una tarde ambos se encontraron, de forma inesperada, y también inconveniente, pues Nehebkau fue a darse de bruces con su viejo amigo Ipu, que caminaba despreocupadamente en compañía de su esposa. El joven se sintió azorado, aunque enseguida Ipu abrió los brazos para mostrar su alborozo.

—¡El protegido de Hapy se honra a mostrarse! —exclamó aquel, jubiloso—. Creí que el Nilo había vuelto a apoderarse de tu *ba*, o que te habías perdido entre los cañaverales en busca de tu amiga Wadjet. ¿Sabes? —continuó, dirigiéndose a su esposa—, este hombre necesita la compañía de serpientes y escorpiones, como si se tratara de su alimento diario. Incluso está en buenos términos con los cocodrilos e hipopótamos. Aseguran que estos nunca se atrevieron a volcar su barca; ja, ja.

Nehebkau esbozó una sonrisa forzada, sin saber qué decir, y sin poder evitarlo dirigió su vista hacia Neferu, quien lo observaba con indisimulada turbación. Ambos cruzaron sus miradas, y el joven se vio ante un precipicio por el que estaba dispuesto a despeñarse. Una sima a la que no dudaría en arrojarse en compañía de aquella mujer por la que había perdido el juicio.

—He oído que haces grandes progresos; que Neferabu te tiene en gran estima y puede que te reclame para que formes parte de su Tripulación —prosiguió Ipu—. Ya te dije que tu lugar se encontraba aquí. ¿Creerás por fin en los dioses?

—No son más que exageraciones —se atrevió a replicar su amigo en tanto hacía ímprobos esfuerzos por apartar la mirada de Neferu.

—Ja, ja. En cualquier caso, me alegro de verte. Mañana cenaremos todos en nuestra casa. Vendrán Kahotep y Meresankh, y por supuesto tú. Somos tan felices que oraremos a Bes para que bendiga siempre nuestro hogar. ¿Verdad esposa mía?

—Nunca fui tan dichosa —mintió esta, sin apartar la vista del joven—. Nehebkau siempre será bienvenido a mi casa.

Este trató de buscar una excusa, pero no pudo. Las palabras de su amada le llegaron como parte de un conjuro contra el que le resultaba imposible luchar. Solo le quedaba entregarse.

14

Nehebkau y Neferu nunca olvidarían aquella cena. En ella sellarían un pacto de amor sin que fuesen necesarias más palabras que las que dictaba la cortesía. No había necesidad de ellas, pues ambos enamorados dejaron que sus *kas* se manifestasen libres hasta quedar embriagados por sus esencias. Estas jamás mentían, y al reconocerse mutuamente supieron el uno del otro cuanto debían, quiénes eran en realidad y el alcance de sus naturalezas. Hathor nunca hubiese podido idear una simbiosis mejor; dos almas capaces de amarse hasta la extenuación, tal y como le gustaba a la diosa, pues por todos era sabido que, más allá de las profundas connotaciones que poseía Hathor con la diosa madre y su función protectora para con los niños y difuntos, era la diosa de la alegría y el amor en todas sus formas, incluida la carnal, sin que pusiese objeción al exceso e incluso al desenfreno.

El resto de los comensales reunidos aquella noche tampoco la olvidarían, aunque fuese por diferentes motivos. Para unos significaría la antesala al Amenti, lugar infernal donde los hubiese para los egipcios, para otros un insulto al *maat* y los valores que esto representaba, y para alguno más un episodio necesario para que un día se cumpliese aquello que los dioses habían predestinado.

Sin embargo, el banquete se presentaba magnífico, con todo lo bueno que se pudiese desear, y alrededor de los cinco comensales que se daban cita en la celebración se reunió tal variedad de platos que harían las delicias del paladar más exigente, hasta el punto de llegar a ser recordado. Y es que a las diversas frutas y hortalizas había que añadir las legumbres, ocas y pichones asados, así como los platos de salsas especiadas a las que eran tan aficionados los habitantes del Valle. Para la ocasión, Nehebkau se presentó con varios mújoles, que él mismo había pescado al aprovechar que en aquella época de «aguas bajas» ascendían por el río, que fueron condimentados con cilantro, y acompañados con el delicioso *t-hedj*, el pan blanco de forma cónica tan en boga quinientos años atrás, que había caído en desuso suplantado por las nuevas modas que preferían panecillos moldeados con figuras que algunos consideraban estrambóticas.

—Es encomiable recuperar lo que siempre formó parte de nuestros hábitos —aseguró Kahotep, satisfecho al contemplar las hogazas de pan tradicionales—. Como verás, buen Nehebkau, esta noche honramos a las buenas costumbres y por ello no te verás obligado a comer carne de cerdo.

El joven hizo un gesto de sorpresa, ya que el cerdo era un alimento muy habitual entre el pueblo.

—Ya sé —continuó el capataz, mientras mostraba la palma de la mano a modo de disculpa—. Hoy en día casi todo el mundo lo come, lo que, convendrás conmigo, no es sino una prueba más de los tiempos tan aciagos que se ha visto obligada a vivir la Tierra Negra. Amón perdone al dios hereje y su locura. El consumo del cerdo siempre fue una costumbre del Bajo Egipto, pero no del Alto.

Ipu asintió repetidamente para dar la razón a su suegro, mas Nehebkau se mostró circunspecto, ya que nunca había tenido el menor interés por Akhenatón ni su revolución religiosa.

Los cinco comensales que asistían a aquella cena se encontraban sentados en pequeños taburetes alrededor de varias mesas en las que se había dispuesto el ágape, y el joven pescador hacía verdaderos esfuerzos por no fijar su atención en Neferu, situada frente a él, junto a su marido.

—No hay mayor bendición para un egipcio que su familia

—prosiguió Kahotep, a quien se veía feliz—. En ella radica todo lo bueno que un hombre puede llegar a poseer; no hay nada que se le pueda comparar y, además, es grato a los ojos de los dioses.

—Cuánta razón, Kahotep —se apresuró a decir Ipu—. Nunca he sido tan dichoso, y sueño con poder darte un día tantos nietos como Mesjenet permita alumbrar a mi esposa.

El capataz volvió a asentir, en tanto Nehebkau y Neferu intercambiaban una furtiva mirada que no pasó desapercibida a su hermana, quien observaba la escena con atención.

—¿Es cierto lo que dicen sobre ti? —intervino esta—. ¿Que Wadjet te protege y tienes poder sobre las serpientes?

El invitado pareció sorprendido, pero enseguida miró a la joven de forma extraña. Ella notó el poder de aquella mirada, así como el misterioso mensaje que encerraba, y al punto se sintió complacida, pues comprendía su significado.

—Su compañía me es grata. Ellas nunca me defraudan —contestó él en un tono enigmático que estremeció a Meresankh.

Esta se removió en su taburete y le devolvió la mirada. Su apariencia era inusual, ya que iba maquillada con *udju*, la sombra de ojos preparada con malaquita verde empleada un milenio atrás, y que apenas se usaba, al tiempo que adornaba su cuello con un collar de múltiples vueltas e innumerables cuentas conocido como *wesekh*, también en desuso. Sin duda poseía una singular belleza que parecía querer guardar para sí, como si solo estuviese dispuesta a mostrarla cuando así le parecía. Su madurez era impropia de su edad, y ella lo sabía; así como cuál debía ser su función aquella noche.

—También aseguran que el río no tiene secretos para ti —volvió a comentar la joven, sabedora de que a su hermana aquella actitud no le gustaría en absoluto.

—El Nilo conforma su propio reino, y todo en este es un milagro que nos da la vida. Sus aguas me son familiares porque soy una de sus criaturas, como lo es el cocodrilo —dijo Nehebkau en un tono inescrutable.

—Los dones que nos regalan los dioses no son sino motivo

de alabanza —intervino Kahotep, a quien no le interesaban los misterios a los que era tan aficionada su hija mejor—. Como también lo es este vino de *imet*, procedente de los viñedos que el visir posee en el Delta, cerca de Tanis.

—Un regalo enviado con motivo de mis esponsales —quiso aclarar Neferu, en un tono embaucador donde los hubiese, al que Nehebkau habría estado dispuesto a abandonarse.

—Fue una deferencia a nuestro padre —intervino al punto Meresankh, que detestaba las artes que de ordinario utilizaba su hermana para hacerse notar, y que conocía de sobra.

—Bueno, el honorable Maya me distingue con su amistad —apuntó Kahotep, que no estaba dispuesto a presenciar una de las habituales disputas a las que eran tan aficionadas sus hijas—. Dicen que no hay un vino mejor en Egipto y que hasta Horemheb le rinde vasallaje, je, je.

Nehebkau hizo un gesto ambiguo, ya que nunca había oído hablar de aquel personaje. Kahotep le miró muy serio, y al punto continuó.

—Cómo, ¿no conoces a Horemheb? ¿Nunca escuchaste su nombre?

El joven pescador se disculpó por su ignorancia con una mueca con la que reconocía que le daba igual.

—Es el general de los ejércitos del norte, y junto a Ay uno de los consejeros del dios Nebkheprura, vida, salud y prosperidad le sean dadas —señaló el viejo capataz con solemnidad—. Debemos mucho a ese hombre, y también a Maya; ambos son muy buenos amigos.

—Lástima que Horemheb ya posea una tumba en Saqqara —observó Ipu, para quien el trabajo era lo más importante.

—Así es. Sin embargo, en gran medida es el artífice de que hayamos podido retomar las viejas costumbres después de tanta oscuridad —matizó Kahotep—. Aquí trabajo no nos va a faltar. Brindemos por Horemheb.

Los allí presentes bridaron a su salud, lo que no fue sino el preludio de otras muchas libaciones en honor del faraón y una buena parte del panteón divino. Cierto era que el vino estaba delicioso, pero a no mucho tardar desató las lenguas y enturbió algunas miradas; sobre todo la de Ipu, que terminó por bizquear más de la cuenta y balbucear frases inconexas. El viejo capataz acabó por ser víctima de su propia locuacidad; en tanto Nehebkau apenas se mojaba los labios, pues aborrecía los efectos que causaba la bebida. Los banquetes eran una buena razón para olvidar la medida, y era habitual que los participantes terminaran ebrios hasta perder el discernimiento.

No cabía duda de que Bes, el simpático genio amante de la embriaguez, se encontraba presente en aquella hora para bendecir a sus acólitos, y Neferu pensó que Hathor, con quien Bes guardaba una estrecha relación, lo había enviado para que aquellos enamorados pudieran terminar por hacer coincidir sus caminos, tal y como la diosa quería.

En realidad, apenas fueron necesarias las palabras, pues sobran cuando hablan los corazones, y estos se dijeron cuanto sentían a través de la mirada, en una conversación que se antojó interminable. Había verdadera necesidad en su mensaje, y también sufrimiento, como si ambos hubiesen estado abandonados a su suerte en el inhóspito desierto occidental y se hubieran encontrado en un oasis salvador; un frondoso vergel, que los había acogido para que sus almas saciaran su sed en el agua más pura, y del que ya nunca podrían salir.

De una u otra forma habían estado perdidos, aunque no fuesen conscientes de ello, y en aquella hora se decían que el uno estaría incompleto sin el otro; que las circunstancias que los rodeaban apenas importaban.

Meresankh fue testigo directo de cuanto ocurrió. Desde su posición observaba con magistral disimulo todo lo que los amantes se decían, mientras se llevaba su copa a los labios, una y otra vez, haciendo creer que bebía. Sin embargo, permanecía serena, y con su mágica intuición era capaz de traducir cada palabra que los enamorados se dirigían en silencio. Se trataba de un escenario en el que sus *kas* se entrelazaban de manera sorprendente, dispuestos a desafiar a todo aquel que se les pudiese oponer; independientemente del precio que tuviesen que pagar por ello. Ella pudo captar la fuerza que se ocultaba en aquel hombre. Le pareció formidable, y al momento se preguntó si Set, el Rojo, el temible señor de las tormentas y el árido desierto, no tutelaba a aquel joven de cabello rojizo que, como el dios, parecía dispuesto a sembrar el caos. Meresankh pudo leer su desarraigo, la sorda lucha que sostenía consigo mismo en un combate en el que no habría vencedores ni vencidos.

Se trataba de una extraña simbiosis de fuerzas antagónicas que harían vagar a aquel hombre como si fuese un *ba* perdido, incapaz de reconocer el camino de regreso a su tumba. Un ánima errante en busca de una paz que le era imposible encontrar. Su intuición no la engañaba, y Meresankh se convenció de que Nehebkau estaba maldito, condenado al padecimiento. Ella lo percibió con claridad y vislumbró el sufrimiento que le esperaría a su hermana si permanecía junto al joven pescador. Eran sombras tenebrosas enmascaradas por un artero tamiz multicolor en el que la luz lo abarcaba todo, hasta convertirse en cegadora.

Sin embargo, había bondad en aquel corazón atribulado, una claridad que nunca se apagaría del todo, pues formaba parte de la naturaleza del joven. Khnum, el dios creador, lo había modelado hermoso en su torno de alfarero y, no obstante, Shai parecía haber concebido para él caminos que no llevarían a ninguna parte.

Esta reflexión satisfizo íntimamente a Merensankh. Allí era a donde conduciría aquella relación imposible, hija de una mera ilusión. Bien sabía lo proclive que era su hermana a la fantasía, y hasta dónde era capaz de llegar por conseguir lo que deseaba. Neferu era pura pasión contenida, y cuando esta se desbordara por completo la arrastraría sin remisión hacia límites insospechados, pues su carácter indómito nunca escucharía a la razón. Dentro de poco ambos amantes se arrojarían al mismo fuego, y de uno u otro modo arderían en una pira que terminaría por consumirlos, pues era imposible que fuesen felices.

Ahora veía con claridad lo que las estrellas le habían predicho, lo que habría de venir, y Meresankh mojó de nuevo sus labios en la copa, satisfecha, en tanto Neferu deslizaba una de sus manos por detrás de la mesa para tomar las de él. Mientras, Ipu y Kahotep yacían sobre unos almohadones en brazos de Bes, el libertino causante de su embriaguez.

15

Durante los siguientes días los enamorados hicieron coincidir sus pasos de la mejor manera posible, siempre calculada. Los farallones poseían ojos y siempre habría una mirada dispuesta a ver lo que a otros se les escapaba. No había secretos para aquella comunidad, y si los descubrían, las penas sufridas en el Amenti no serían comparables a lo que les esperaba. El adulterio estaba severamente castigado y, si caían en él, ambos amantes serían azotados públicamente antes de que les cortaran la nariz y las orejas. Dichas amputaciones representaban el mayor escarnio para un egipcio, pues durante el resto de sus días serían reconocidos como seres infames allá a donde fuesen. Era preciso extremar las precauciones, y por tal motivo la pareja se encontraba de una forma casual; tras el recodo de alguna de las veredas que confluían en la aldea, a la vuelta de una de sus esquinas, o detrás de un risco. Allí fue donde se besaron por primera vez, con un ansia difícil de imaginar, como si sus *kas* hubiesen enloquecido y trataran de convertirse en una sola esencia vital. Ambos se abrazaron con desesperación, cual si no existiese un mañana, convencidos de que ya habían perdido demasiado tiempo y su vida estaba próxima a extinguirse.

No había otra explicación posible. La pasión los azuzaba y tras despegar los labios el uno del otro, se dijeron cuánto se amaban, lo que sus corazones sentían, la fuerza demoledora que acumulaban en sus *metus* y estaban dispuestos a compartir. Parecían dos locos abandonados a su suerte en un escenario que no les era proclive en absoluto. Sus juicios apenas contaban, ya que eran contrarios a la ley, y en el mejor de los casos se convertirían en unos proscritos que nunca encontrarían el perdón. Sin embargo, ya nada podía detenerlos, y ambos se confiaron a la voluntad de Hathor, convencidos de que la diosa del amor dibujaría para ellos el camino que debían seguir pues, no en vano, ella había sido la causante de su encuentro.

Debían esperar a que la suerte les fuese propicia, y esta se presentó de forma inesperada el día en el que los Servidores de la Tumba fueron apremiados a acelerar el ritmo de las obras. Este particular era cosa corriente, y a tal fin se había construido un pequeño poblado de cabañas a mitad de camino del Valle de los Reyes, para que los obreros descansaran y no perdiesen tiempo en el ir y venir diario desde el Lugar de la Verdad. Allí permanecerían durante los nueve días semanales de trabajo, hasta regresar a sus hogares el décimo[26] para poder disfrutar de la compañía de sus familias.

Se trataba de un campamento de barracas carente de comodidades, construidas para el único fin de pernoctar bajo un techo que diera cobijo a los trabajadores. Era una vida dura, entregada por completo al faraón, quien por otra parte les proporcionaba cuanto pudieran necesitar, al tiempo que les daba amparo legal y un estatus muy superior al de la mayoría de los ciudadanos. Los obreros se sentían dichosos de pertenecer a aquella comunidad, y cuando Ipu fue requerido a trabajar bajo estas condiciones dio gracias a Amón, de quien era declarado devoto, y también a Meretseguer, que por algo era su santa patrona.

—He sido elegido por el dios Nebkheprura para ser parte de su morada eterna. Yo ayudaré con mis manos a construirla. No se me ocurre una bendición mayor —dijo a su esposa, muy excitado, al conocer la noticia.

—Pasarás nueve de los diez días de la semana fuera de tu hogar —señaló Neferu con gesto de sorpresa.

—Así es. ¿Sabes el honor que nos hace el faraón al haberme señalado con su dedo? El Horus reencarnado conoce nuestros nombres. No se me ocurre mayor ventura.

—¿Ventura? ¿Llamas «ventura» a vernos una vez cada nueve días? —le recriminó Neferu, fingiendo un enfado que no sentía.

Ipu pareció sorprendido, pero al ver la actitud de su esposa se mostró condescendiente.

—Tienes razón, amor mío, pero piensa en la gracia que se nos otorga —recalcó él de nuevo—. A no mucho tardar dispondremos de una tumba propia, como recompensa por mi esfuerzo. ¡Qué más podríamos pedir!

Ella puso cara de disgusto, mientras su corazón saltaba de gozo. No era el dios quien los había favorecido sino Hathor, quien de este modo dejaba bien claro cuáles eran sus deseos, a la vez que despejaba el camino que la conduciría hacia Nehebkau. Entonces se vio asaltada por un súbito temor, que supo enmascarar con habilidad.

—¡La aldea se quedará sin hombres! —exclamó—. ¿Qué será de nosotras? Incluso mi padre se verá obligado a abandonarla.

—No debes preocuparte por ello —respondió Ipu con evidente satisfacción, al ver el gesto compungido de su esposa por tener que separarse durante un tiempo—. Aquí estaréis bien atendidas. No os faltará de nada. Además, solo los verdaderos Servidores de la Tumba nos ausentaremos de la aldea. Los *semedet* continuarán cumpliendo con sus labores habituales. He pensado que, si es preciso, Nehebkau se haga cargo de vuestras necesidades. Él velará por vosotras; así se lo he pedido.

—¿Has hablado con tu amigo de ello? —quiso saber Neferu, sin dar crédito a lo que oía.

—Ayer mismo se lo pedí; y se prestó a hacer cuanto estuviese en su mano por ti, y también por Meresankh. Piensa que somos como hermanos.

Neferu tuvo que hacer verdaderos esfuerzos por no mostrar la alegría que la asaltaba, y se limitó a esbozar una mueca de complacencia que podía significar cualquier cosa.

—Dice tu padre que cuando llegue el periodo de las «aguas altas» y el río comience a desbordarse, las cámaras funerarias estarán finalizadas y mi concurso diario ya no será necesario. Cuando llegue el verano regresaré para poder amarte cada noche, como mereces —aseguró él, muy ufano.

—Pero faltan casi cuatro meses hasta entonces —se quejó ella con fingido desagrado.

—Pasarán como un suspiro. Ya lo verás. Sé que los dioses nos recompensarán por ello y Hathor se encargará de regalarnos nuestro primer hijo.

Neferu abrió los ojos, como si viera una aparición, sorprendida ante aquella posibilidad, y él lanzó una carcajada.

—No debes extrañarte, amor mío. Los dioses otorgan sus favores a quienes les sirven bien, y la diosa del amor se encuentra satisfecha por nuestra unión. Lo soñé la otra noche.

—¿Lo soñaste?

—Así es, sin lugar a duda. Hathor me miraba con la mejor de sus sonrisas, en tanto me aseguraba que llenaría nuestra casa de felicidad. Me prometió que para el verano estarías encinta.

Ante semejantes palabras ella se quedó perpleja; anonadada por lo que consideraba un dislate de proporciones descomunales. Era evidente que Ipu vivía en un mundo tan alejado de la realidad que no pudo sino alegrarse de haberse enamorado de otro hombre. No había nada que pudiera atarla a su marido; y menos un hijo. El nuevo escenario que se dibujaba para ella no podía ser más prometedor. Con su esposo ausente del hogar, y su padre alejado de la aldea, Neferu tendría tiempo para planear el futuro a su conveniencia y hacer realidad sus deseos. Ni en sus mejores sueños podría haber imaginado algo mejor.

—La diosa te habló en sueños —dijo Neferu con calculado asombro—. Ella nunca se equivoca.

—Tú misma eres testigo de cuanto nos ha ocurrido. Hathor fue la artífice de nuestra unión —aseguró Ipu con rotundidad.

La joven se mostró pensativa durante unos segundos.

—Tienes razón, esposo mío —continuó ella—. Nos ha colmado de venturas. Por este motivo debes honrarla como mejor sabes; con tu trabajo. Deberás ser el primero que acuda a la tumba cada mañana, y el último en salir de ella. Eso le agradará. Prométeme que lo harás.

—Te lo prometo —repitió él, satisfecho—. Nunca pensé llegar a ser tan feliz.

Aquella noche Ipu requirió los favores de su esposa y, mientras la amaba, esta dejó volar su imaginación a través de un paisaje bien diferente en el que su esposo no tenía cabida, lejos del Lugar de la Verdad, junto al hombre con quien quería pasar el resto de sus días. Ese era su anhelo, y ahora estaba convencida de poder hacerlo realidad.

16

De algún modo, Shai, Renenutet, Mesjenet y Shepset, dioses que determinaban la fortuna del individuo, se dieron cita para dibujar un mapa difícil de imaginar, salpicado de enrevesados caminos que no conducían a ninguna parte; sendas sinuosas que terminaban por perderse en parajes que resultaban ajenos a los dioses.

Sin embargo, los amantes se aprestaron a tomarlos, sin pararse en consideraciones que no fuesen las que les dictaba el corazón. Este nunca engañaba, y eso era todo cuanto necesitaban saber. Nehebkau se había transformado en un hombre que poco tenía que ver con el pescador solitario de antaño. Pensaba que había despertado de un sueño; que su vida comenzaba con la llegada de aquella mujer capaz de estimular en él sentimientos desconocidos. Todo le parecía de diferente color. Los campos, los palmerales, el río y hasta el desierto brillaban de distinta forma, con una viveza inusitada que colmaba al joven de optimismo. Neferu era todo cuanto necesitaba, y esta tardó poco en reclamarle a su lado, decidida a no perder tiempo en iniciar su viaje.

La noche se presentó más oscura que de costumbre, pues el cielo tebano se hallaba encapotado, como si estuviese carente de vida. En aquella hora Nut parecía dispuesta a no mostrar su vientre, quizá celosa de guardar los luceros para sí, como si formase parte de un presagio. Se respiraba una extraña quietud en la aldea, pues esta parecía envuelta en una atmósfera pesada que invitaba al abandono. Un inusual silencio se había adueñado del lugar, en el que ni siquiera se oían los acostumbrados aullidos que los chacales solían emitir desde la necrópolis. Todo estaba en calma.

Una sombra se deslizó por las angostas callejuelas, de forma sinuosa, como había visto hacer a sus amigas las cobras en innumerables ocasiones, alerta y sin emitir el menor ruido. Durante horas había permanecido oculto entre unos bloques de piedra, igual que haría Wadjet, a la espera de que la villa durmiera. Tras el crepúsculo esta había cerrado sus puertas al mundo que la rodeaba, para convertirla en un bastión inaccesible a todo aquel que fuese ajeno a la comunidad. Una guardia de *medjays* se encargaba de su vigilancia, y de tanto en tanto la misteriosa figura se detenía para escudriñar entre la negrura que la rodeaba, como haría una alimaña. Al fin recorrió los últimos pasos que le separaban de la casa con el oído aguzado y su pulso presto a iniciar el galope. Hacía dos días que los trabajadores habían abandonado la aldea para recluirse en los austeros barracones levantados para ellos, donde pernoctarían hasta que la tumba del dios se terminara, y el extraño sintió cierto regusto perverso al conocer este detalle, sin hallar el menor remordimiento por los irrefrenables impulsos que se habían apoderado de él. Su ansiedad lo consumía, y cuando tocó a la puerta convertido en una suerte de íncubo, tuvo la seguridad de que ya nada sería como antes.

Ambos amantes cayeron en poder de una pasión difícil de calificar. Una vorágine que los condujo a un estadio que superaba cualquier anhelo posible; un reino que invitaba a la esclavitud, y al que se entregaron con el primer beso. Bajo la tenue luz de una lamparilla, Neferu y Nehebkau cruzaron la línea que los separaba de lo racional, para convertirse en ánimas errantes que ya nunca conocerían el descanso. Si la senda que tomaban los llevaba hasta el Amenti, era algo sin importancia, pues su andadura resultaba ajena a los dioses y contraria a cualquier máxima moral conocida desde los tiempos antiguos. Sin duda, el sabio Ptahotep se sentiría horrorizado por ello, aunque hubiesen pasado mil años desde que escribiera sus admoniciones. En aquella hora sus corazones se sentían soberanos, libres de ataduras, y los dos jóvenes consintieron en dejarse llevar por ellos a donde quisiera que los condujese, convencidos de que habían nacido para amarse y ningún dios podría oponerse a ello.

Esa noche Hathor en persona se encargó de azuzar un fuego que amenazaba con convertirse en devorador. No había otra explicación, y cuando los enamorados unieron sus cuerpos por primera vez tuvieron la certeza de que su piel les quemaba, que ambos formaban parte de la misma pira en la que se incineraban como ofrenda a la diosa del amor, y que esta no cejaría en remover sus ascuas para que nunca llegaran a apagarse. Cuando Neferu sintió a su amante dentro de sí pensó que los cielos se abrían, y una fuerza desconocida la transportaba hasta el lugar donde moraban las almas para convertirla en una estrella. Era como si desde lo alto Nut la reclamara para que formase parte de su vientre, un lucero más de la bóveda celeste, y ella ascendía junto a su amor, incapaz de separarse, decidida a no regresar jamás al mundo de los hombres. Ahora sabía a dónde conduciría el camino que habían iniciado y la inmensa felicidad que les aguardaba.

Junto a Nehebkau recorrería el firmamento eternamente, como lo hacían las estrellas circumpolares, las que no conocían el descanso, y ella se regocijó por esto, al tiempo que daba gracias a la diosa del amor por haberlos elegido. Mientras la penetraba se sintió desfallecer, cual si la vida se le escapara con cada una de las embestidas y ella estuviese dispuesta a dejarla marchar. Era un placer sublime, como nunca imaginara, que la trasladaba a escenarios impensables en los que solo era posible el abandono. Nunca renunciaría a él, y al notar aquel miembro duro como el granito que le quemaba las entrañas, se sintió libre por fin de la farsa que unos pocos le habían preparado y ella había terminado por aceptar.

Nehebkau percibió aquel cúmulo de emociones sin ninguna dificultad y al momento se vio cautivo de ellas. La sangre se agolpaba en sus *metus* sin dejar espacio para el entendimiento. Este no tenía cabida, pues el corazón del joven corría desbocado presa de una enajenación imposible de refrenar. Era como si su vida anterior hubiese quedado atrás de forma súbita, sobre su vieja barca, y esta fuese arrastrada por la corriente, Nilo abajo, hasta el lejano mar, donde desaparecía para siempre. Todas las penurias y desgracias de su alma se iban en aquel esquife, y él renacía de nuevo convertido en un hombre que, por fin, encontraba sentido a su existencia. Había sufrido una transformación, y con cada uno de sus embates, con cada caricia, una parte de sí mismo que ignoraba que existiese se hacía corpórea con la fuerza de un gigante. Neferu lo enloquecía, y al ver su cuerpo desnudo suavemente perfilado a la débil luz del candil, supo que la amaría hasta que le faltase el hálito, hasta que Anubis se lo llevara para siempre.

17

Las noches se convirtieron en un inmenso templo levantado a mayor gloria de la diosa del amor, y Nehebkau en un fantasma surgido de las más insondables tinieblas, dispuesto a alimentar el fuego de una pasión que le consumía sin remisión. En realidad, ambos amantes estaban dispuestos a inmolarse en la pira que Hathor había dispuesto para ellos, sin temor a transgredir el *maat*, y mucho menos la justicia de los hombres. Por algún motivo se sentían ajenos a esto, como si Shai en persona los hubiera elegido para ser actores de un papel trascendental que ningún otro podría interpretar. Apenas eran necesarias las palabras, pues con sus miradas habían creado un lenguaje nuevo que los dos entendían muy bien, nacido de sus esencias más profundas, que por fin se habían unido para compartir un mismo perfume. Solo la magia podría encontrarse detrás de aquel portento en el que sus *kas* se habían transformado en un santuario con lugar únicamente para la luz. Un refugio para sus almas, donde no existía el temor a la condena eterna.

—Si Heka escuchara mis plegarias haría que el tiempo se detuviese —murmuró Neferu con cierto pesar una noche, después de haberse entregado a su amante con desesperación.

Nehebkau la atrajo hacia sí y ella se acurrucó a su lado.

—El dios de la magia no nos procurará la felicidad —dijo él con rotundidad—. Tiene sus propios propósitos, como el resto de los dioses.

—Olvidaba lo poco que crees en ellos. Sin embargo, qué sería de Kemet sin su protección.

Nehebkau esbozó una mueca de desdén.

—Otros ocuparían su lugar —aseguró este—, aunque dudo que nos prestaran mayor atención.

Neferu se incorporó levemente para mirar a su amante con fulgor. Se sentía fascinada ante la irreverencia que, en general, él mostraba hacia los padres creadores, cual si en verdad existiera otro universo del que surgía aquel hombre, y que ella desconocía.

—Ja, ja. No hay duda de que eres digna hija de Kahotep —señaló él—. Tu padre es fiel a unas convicciones que le hacen ser respetado e incluso tomado por santo. Su palabra es ley en el Lugar de la Verdad. Sin embargo, nada de eso podrá ayudarnos.

Ella se estremeció, aunque permaneció en silencio, arrebujada entre los brazos del joven. Había pensado muchas veces en su situación, en busca de algún juicio que arrojara luz sobre el camino que había decidido tomar; de alguna señal que la invitara a la esperanza. Nehebkau tenía razón. Ella era una digna hija de Kahotep, educada en las más sagradas tradiciones, y por ello devota de unos dioses a los que no dudaba en encomendarse. Estaba convencida de que con su intervención se le abrirían las puertas a la felicidad, hacia el mágico mundo creado con un simple cruce de miradas. Por eso rezaba a Heka, el señor de los *kas*, al que temían el resto de los dioses, el que protegía a Osiris en el Mundo Inferior y acompañaba a Ra en su barca solar.

Para Nehebkau la cuestión era diferente. Se hallaba inmerso en un torbellino del que se veía incapaz de salir; uno de aquellos remolinos que se formaban en el río, y que tan bien conocía, cuyo poder succionaba al incauto sin remisión. En su opinión no había necesidad de invocar a ningún dios. Había traspasado una línea para arrojarse a los brazos de una pasión a la que no estaba dispuesto a renunciar; un sentimiento que le había abierto los ojos a la vida para ver de un modo distinto cuanto le rodeaba, y eso era todo lo que le importaba. Ahora amaba a una mujer y sabía que para conservarla ambos tendrían que deshacerse de las ataduras que los aferraban al mundo que conocían, en busca de otro en el que tuviesen cabida sus pecados. Esa era la realidad, y de poco valía engañarse.

—Dime que nada podrá separarnos —le susurró ella al oído—. Que estaremos juntos hasta el día que Anubis se presente para reclamarnos.

—Siempre te amaré —le prometió él mientras se incorporaba para besarla—, pero debemos ser cautelosos hasta que todo se halle dispuesto.

Al oír sus palabras, Neferu lo atrajo hacia sí para fundirse en un beso que deseaba fuese eterno. Sin saber por qué aquel hombre le parecía moldeado en el misterio, como si formara parte de un enigma que le sobrepasaba y del que no podría desprenderse. Ella lo percibía en cada beso, con cada caricia, hasta sentirse invadida por una especie de fascinación que terminaba por devorarla. Estaba atrapada y cuando por fin ambos amantes separaron sus labios, ella lo miró un instante para luego invitarle a que la tomara de nuevo. De alguna forma sus oraciones habían sido escuchadas, y Heka le había enviado un emisario para envolverla en su magia.

18

Para Meresankh aquella semana resultó diferente. Con los trabajadores ausentes de la aldea, las mujeres se encargaban de la buena marcha de la comunidad acompañadas por algunos escribas, bajo la atenta mirada de los *medjays* que protegían el lugar. A diario los *semedet* acudían a ofrecer cuanto pudiesen necesitar, y Meresankh se ocupaba de adquirir lo que precisaba, así como de los quehaceres de su casa. A punto de cumplir catorce años ya era toda una mujer, muy querida por el vecindario, con fama de devota y fiel cumplidora del *maat*. Kahotep le había enseñado bien —decían—, y ella contaba las horas que restaban para que su padre regresara del campamento próximo al *Ta Set Mat*, el Gran Lugar, más conocido como el Valle de los Reyes. Meresankh le amaba sobre todo lo demás y cada día, en la intimidad, pasaba horas frente a una estela en la que estaba representada la diosa Meretseguer para pedirle que protegiera a Kahotep de todo mal. La joven estaba convencida de que sus preces eran escuchadas, pues no en vano la imagen de la patrona del Lugar de la Verdad estaba rodeada de cuatro orejas para que, de este modo, llegaran hasta ella sus súplicas. La «oreja que escucha» formaba parte de la magia de Egipto y Meresankh se sentía hija aventajada de ella.

Cada noche, como de costumbre, la joven se asomaba al mundo de las estrellas, y desde su terraza observaba el cielo en busca de sus mensajes. Nut nunca la decepcionaba, pues en su vientre podía ver el movimiento de los luceros y leer lo que habría de venir. Ella sabía lo que estaba ocurriendo, pero nada podía hacer. Shai, el inescrutable dios del destino, había decidido dibujar un escenario tan oscuro como las noches sin luna, en el que solo había cabida para la desgracia. Cuando el poblado dormía, Neferu abría sus puertas a una sombra que la llevaría a la perdición. Había verdadera fuerza en esta, un poder misterioso que Meresankh ya había captado desde el primer momento, y sabía que podía llegar a ser devastador. Él estaba envuelto en oropeles y, no obstante, se hallaba marcado por la abominación, cual si hubiese nacido maldito.

Sin embargo, Meresankh se abstuvo de decir nada a su hermana. Por la mañana, cuando ambas acudían a la panadería o se encontraban junto al pozo que suministraba el agua a la aldea, se limitaban a intercambiar las frases de costumbre, con cierta desgana, ya que su relación se hallaba lejos de ser la mejor. Eran tan distintas como distantes, y en sus corazones habían construido un Egipto que poco se parecía. No obstante, Meresankh encontró a Neferu más huidiza que de costumbre. Percibía con claridad cómo esta le rehuía la mirada, e incluso llegaba a azararse cuando sentía cómo la escrutaba. Esta era una singularidad que Meresankh no podía evitar, y por la cual era de sobra conocida. Tenía la facultad de indagar con facilidad en los corazones, que corrían a refugiarse en cuanto se veían sometidos por el poder de sus ojos, tan oscuros como impenetrables.

Pero tan solo fue necesario un cruce de sus miradas para que Meresankh supiese lo que escondía su hermana. El paisaje que esta le mostraba era tal cual se lo había imaginado, desolador al tiempo que contrario al *maat*. En él sobraban las palabras, pues la razón nunca las escucharía. Neferu la había perdido en algún lugar al que no era capaz de volver, quizá porque lo había olvidado para siempre.

Ambos amantes continuaron viéndose en encuentros fortuitos, detrás de algún risco o en el recodo de un sendero, sin poder esperar a que llegase la noche para volver a amarse. La pasión los consumía, como si se tratara de alguna enfermedad enviada por la colérica Sekhmet, para la que no existía cura.

Allí de nada valían los hechizos, y solo quedaba encomendarse a la compasión que Hathor pudiese mostrar hacia ellos.

Una tarde Meresankh se hizo la encontradiza con el joven. Ella llevaba un pesado cántaro que Nehebkau tomó al momento, dispuesto a acompañarla hasta su casa.

—Dicen que has hecho grandes progresos en el arte de decorar las tumbas —comentó ella, zalamera, invitándole a trabar conversación.

—Ya conoces lo dados que somos a la exageración —replicó él encogiéndose de hombros.

—Sé que es cierto. Y también que Neferabu muy pronto te reclamará —continuó la joven con el habitual tono enigmático que solía emplear cuando se lo proponía.

Su acompañante esbozó una media sonrisa, pero no dijo nada, pues sus planes lo llevarían lejos de allí.

Meresankh descifró sin dificultad lo que ocultaba aquel silencio, y se estremeció íntimamente al volver a sentir el poder que el tebano guardaba en su interior. Se trataba de algo intrínseco a su naturaleza, moldeado por las manos de Khnum en el vientre materno, rodeado de una penumbra extraña, como surgida de un hechizo, que ella captaba con claridad. Ahí radicaba el misterio de aquel joven, y al punto Meresankh se sintió más atraída hacia él.

—Meretseguer te muestra el camino que has de seguir —prosiguió ella mientras le observaba de soslayo.

—Dudo que la diosa de este lugar sienta interés por un hombre del río como yo.

La joven rio con suavidad antes de continuar.

—¿Quién crees, si no, que te trajo hasta aquí?

Nehebkau volvió a encogerse de hombros, pues nunca se había interesado en tales reflexiones.

—Solo he tratado con Hapy —aseguró él—. A este dios me encomiendo cuando voy a faenar, aunque ya te adelanto que no siempre me escucha.

—Ya sé que muestras poca predisposición por la devoción a nuestras divinidades.

—Ellas habitan en su mundo y yo en el mío.

—Sin embargo, puede que algún día te veas obligado a plasmar en las paredes ese mundo en el que dices que habitan —señaló ella con ironía.

Nehebkau se detuvo un momento para mirarla con atención. Aquella joven poseía el don de la palabra precisa, y empleaba un tono embaucador cuando se lo proponía. Era dueña de un indudable magnetismo que él no acertaba a comprender de dónde provenía. A su edad ya era una mujer hermosa, pero su atractivo no procedía de su belleza. Consistía en algo más sutil que ella misma exhalaba como si se tratara de un perfume. Sin duda este resultaba misterioso y él se convenció de que podría llegar a ser embriagador para quien estuviese dispuesto a entregarse a él. Se dijo que Meresankh era capaz de controlar muy bien sus emociones, aunque intuyó la pasión que atesoraba, y que ocultaba muy dentro de sí. Aseguraban que la luna andaba en tratos con la joven, y él tuvo la certeza de que no se equivocaban.

Meresankh volvió a adivinar lo que pensaba su acompañante, y se estremeció por segunda vez.

—Mañana regresarán los trabajadores del campamento y será un día de fiesta para el Lugar de la Verdad —dijo Nehebkau, cambiando de conversación, mientras reanudaban la marcha.

—Ardo en deseos de ver a mi padre. Lo agasajaré como se merece —señaló ella con cierta ensoñación—. Ipu también estará entre nosotros. ¿Crees que es posible mayor felicidad?

Al oír aquellas palabras, Nehebkau hubo de hacer esfuerzos por disimular su agitación, y al punto tuvo el presentimiento de que Meresankh sabía lo que ocurría; que conocía la apasionada relación que mantenía con su hermana, el pecado al que ambos amantes se habían abrazado.

—Tal y como aseguras, Meretseguer os otorga su bendición —se atrevió a contestar él, justo cuando llegaban a la casa de la joven.

—No lo dudes —señaló esta mientras clavaba su mirada en él—, «La que ama el silencio» todo lo dispone para quienes le sirven. Como te dije antes, algún día ella te reclamará. Recuérdalo.

Tal y como estaba dispuesto, el décimo día de la semana los Servidores de la Tumba regresaron a sus hogares tras nueve jornadas de duro trabajo. La aldea volvió a bullir de alegría y en cada casa hubo motivo para la celebración, pues los obreros habían cumplido con su labor, como se esperaba de ellos. Kahotep se hallaba eufórico por el empeño que habían puesto sus hombres, pues su cometido había terminado por convertirse en la razón de su vida. Abrazado a sus dos hijas lanzaba exclamaciones con todo tipo de venturas y alabanzas hacia los dioses, exaltando la figura de su yerno, quien había decidido renunciar a su día de descanso para continuar con su ardua tarea en el Valle.

—¡Hija mía! —exclamaba el viejo capataz para dirigirse a Neferu—. Qué gran elección hiciste. Tu esposo está señalado por Meretseguer, es un ejemplo para todos los que construimos la eterna morada del faraón. Es el primero en entrar cada mañana en su tumba y, en ocasiones, se obceca en continuar en ella cuando todos regresamos al campamento para reponer fuerzas. El *sehedy sesh*, el escriba inspector a cargo de la buena marcha del trabajo, está admirado por su comportamiento, y seguro que pasará su informe al visir para que recompense debidamente la actitud de tu marido. No hay nada que me haga sentir más orgulloso.

Neferu no daba crédito a lo acontecido ya que, como apuntaba su padre, Ipu había decidido permanecer en el campamento para continuar trabajando en su día de asueto.

—Me dijo que tú lo entenderías; que darías gracias a Meretseguer por haberlo bendecido y te sentirías satisfecha de su ejemplo.

—No podría haber recibido una noticia mejor —aseguró Neferu mientras se esforzaba en disimular la alegría que experimentaba por no tener que verse de nuevo con su esposo—. La diosa que ama el silencio nos enaltece a los ojos de todos. No se me ocurre mayor honra que esa.

Meresankh se sintió escandalizada y miró a su hermana un

instante sin saber si reír o soltar alguna inconveniencia, aunque como de costumbre terminó por disimular sus emociones y se limitó a asentir en silencio.

—Honra —repitió Kahotep con alborozo—. No se me ocurre una palabra mejor. Pero dejad que os mire. Veo que en nuestra ausencia no os ha faltado de nada. Sé que Nehebkau se ha ocupado de vuestras necesidades de forma conveniente; tal y como le pedimos. Es un buen muchacho. Lo supe desde el primer momento, aunque no sea muy proclive a exaltar a nuestros dioses, je, je.

—No ha habido ni un solo día que no se haya preocupado por nuestro bienestar —aseguró Meresankh con velada ironía.

Neferu la fulminó con la mirada, pero se limitó a asentir antes de intervenir en la conversación.

—Dime, padre —inquirió la joven—. ¿Crees que Meretseguer retendrá a mi esposo en el campamento durante mucho tiempo?

Meresankh volvió a fijar la vista en su hermana, ya que no daba crédito a tanta desvergüenza.

—Eso solo lo sabe la diosa, aunque me temo que se ausentará de venir por un tiempo. Su cometido es de la mayor importancia, ya que se encarga de apuntalar el techo de la tumba según vamos avanzando en la excavación. La sala del pozo está casi terminada, pero aún queda mucho por hacer.

—Comprendo, padre. Su labor es de una gran responsabilidad.

—Así es, hija mía. Ipu me aseguró que te alegrarías al saber que cumplirá la promesa que te hizo.

Meresankh estaba tan escandalizada que no pudo evitar romper su silencio.

—Padre tiene razón, hermana —dijo—. Eres afortunada al tener un marido como Ipu. Debes sentirte muy orgullosa de él.

—No tengas la menor duda de ello —sentenció Kahotep—. Y ahora celebremos mi regreso como corresponde. Esta noche los tres honraremos a los dioses con una buena cena y el mejor vino del que dispongamos.

Tal y como dijo el viejo capataz, la pequeña familia festejó su reencuentro con un buen banquete, en el que no faltó el vino de los oasis ni la exaltación a los dioses. Kahotep hizo libaciones en su honor hasta caer rendido en brazos de Bes, el contumaz borrachín. Luego, ya de noche cerrada, Neferu regresó a su casa para continuar conmemorando lo que para ella era un verdadero regalo de Hathor junto a Nehebkau, que aguardaba impaciente, refugiado entre las sombras. Él también conocía la buena nueva, y aquella noche ambos se entregaron con renovados bríos a una pasión que parecían no ser capaces de saciar. Aquella era, sin duda, una señal con la que la diosa del amor confirmaba que todo estaba dispuesto para ellos desde el mismo día en que fuesen alumbrados, y que no existía poder en el cosmos que pudiese cambiar su destino. De alguna manera se sentían elegidos, y no había una música mejor para sus corazones enamorados. Ahora bailaban al ritmo que les imponía una diosa a la que ya no podían renunciar. Hathor los tutelaba, y lo demás poco importaba.

19

Pasaron las semanas sin que los amantes tuvieran conciencia de ello. Kemet dio la bienvenida a *shemu*, la estación de la cosecha, en la cual la Tierra Negra reía alborozada al ver sus campos pletóricos de mies a punto de ser recolectada. Pronto las fincas se llenarían de labriegos prestos a recoger los frutos de su trabajo, acompañados por los incesantes trinos de miríadas de pájaros que acudían a participar de la abundancia que aquella tierra fértil les regalaba. El ciclo eterno se repetía, y las gentes se mostraban jubilosas ante la llegada de una cosecha que se presentaba magnífica. El orden creado por los dioses tenía su propia medida, y en Egipto todos sus habitantes se sentían garantes de él, cual si en verdad se tratara de un pueblo elegido. Nada era casual; como si existiera un designio para cada cosa, un porqué escrito en el principio de los tiempos que resultaba inexorable. Todo en Egipto estaba sujeto a la magia.

Así, un día vinieron a cumplirse los augurios que una vez dictara Meresankh, y una mañana se presentaron unos obreros en el Lugar de la Verdad en busca de Nehebkau. Hubo un gran revuelo en la aldea pues aquellos hombres hacían grandes aspavientos y daban muestras de un evidente nerviosismo.

—Nehebkau, buscad a Nehebkau —gritaban por las calles.

Por fin lo encontraron junto a Amenaankhu, el maestro pintor, que le enseñaba cómo mezclar los colores de forma apropiada para conseguir el tono que correspondía a cada registro.

—Nehebkau, debes acompañarnos. Te necesitan en el campamento —le dijeron casi atropellándose.

El viejo maestro los miró con gesto ceñudo, ya que le molestaba mucho que le importunaran durante sus clases; mas los recién llegados hicieron caso omiso y apremiaron al joven pescador para que los acompañara.

—Debes venir con nosotros. No hay tiempo que perder —repitieron con evidente desazón.

Al ver cómo lo urgían, Nehebkau se mostró sorprendido.

—¿Qué ocurre? —quiso saber.

—A uno de los obreros le ha picado una serpiente, y hay muchas más por los alrededores. Parece cosa de *hekas*, o peor: de la temible Apofis.

El joven se despidió de Amenaankhu, y al punto se encaminó junto a sus acompañantes hacia el sendero que, serpenteando por las colinas, conducía hasta el campamento. Al llegar observó un gran alboroto, y enseguida vio cómo Kahotep se le acercaba presuroso, llevándose ambas manos a la cabeza.

—¡Debe de ser cosa de Set, no hay duda! —exclamaba el capataz—. El dios del caos desea que nos vayamos y nos envía su cólera. Nunca vi tantas serpientes. Han picado a uno de mis hombres. ¡Cuánta desgracia!

Nehebkau hizo un gesto con el que se daba por enterado, pero mantuvo la calma, aunque el revuelo en el campamento fuera de consideración. Siguió a Kahotep hasta una de las cabañas y enseguida oyó gemidos, y lo que parecía un recital de conjuros. Varios *kherep*, sacerdotes de Selkis, destacados con los trabajadores para hacer las funciones de curanderos, invocaban a la diosa escorpión para que ayudara con su magia al desdichado paciente, que se debatía entre evidentes signos de dolor. Habían preparado un brebaje que se disponían a dar al enfermo cuando Nehebkau se les aproximó. Al verlo llegar se hicieron a un lado pues sentían un gran respeto por el joven, a quien consideraban un hijo de Wadjet.

Este se inclinó sobre el herido, que yacía postrado sobre una esterilla, para examinar la herida que mostraba en uno de sus pies. Al momento hizo un gesto de disgusto, ya que a la víctima la habían sometido al *ir nek nef djua*, «el tratamiento del cuchillo», para de este modo intentar extraer el veneno, una práctica que en opinión del joven no servía para nada. Este examinó con atención la mordedura en busca de la característica mancha del color de la uva pasa que producía la picadura de la cobra, pero no la encontró.

—¿Ha vomitado? —preguntó mientras observaba la inflamación que se había producido en la zona afectada, ya que sabía que el vómito era una mala señal.

—No —se apresuró a decir uno de los sacerdotes—. Por eso íbamos a administrarle esta poción. Contiene cebolla, cerveza y un octavo de natrón. Con ella vomitará.

Nehebkau negó con la cabeza. Conocía de sobra aquel preparado y la poca incidencia que tendría en aliviar al enfermo, pues en su opinión el veneno nunca afectaba al estómago.

—¿Qué tipo de serpiente le ha picado? —preguntó mientras trataba de calmar al pobre paciente, que comenzaba a temblar.

—No lo sabemos. Uno de los trabajadores que se encontraba cerca asegura que llevaba dibujado un loto en la frente —señaló Kahotep, que no perdía detalle de cuanto ocurría.

—¿Un loto, dices? —inquirió el joven—. Entonces es una *fy*.

Todos los presentes se miraron sin saber qué decir, desconcertados, ya que para ellos las picaduras de las serpientes eran mortales de necesidad.

—Se trata de una víbora, pero no es tan peligrosa como la cornuda —aseguró Nehebkau mientras esbozaba una media sonrisa.

—Entonces ¿no ha sido una cobra? —se apresuró a decir alguien.

—Por fortuna. Nada puede enfrentarse a su poder —aseguró el joven con gravedad.

Hubo murmullos entre los asistentes en tanto Nehebkau comprobaba que la inflamación no se había endurecido. Al parecer el percance había ocurrido hacía dos horas, lo cual le hizo abrigar esperanzas.

—Hay que cubrir la herida con sal y no mover a este hombre en ninguna circunstancia. Le subirá la fiebre, pero con suerte se salvará. Sus *metus* eliminarán el veneno a través de la orina, si Meretseguer así lo dispone —aseveró con velada ironía, pues ya era bien conocido su agnosticismo.

Sin embargo, aquellas palabras fueron tomadas de diferente forma, y todos elevaron loas a su santa patrona y se convencieron de que, con su ayuda, aquel desgraciado saldría con bien del caso. Rai, que era como se llamaba el infortunado, quizá se librara por esta vez de la visita de Anubis, aunque le quedarían secuelas por lo ocurrido.

Kahotep llevó al joven fuera de la cabaña para agradecerle cuanto había hecho, pues velaba en todo momento por sus trabajadores.

—No hay duda de que Wadjet te tutela, Nehebkau, y hoy te has ganado el respeto de todos los Servidores de la Tumba.

Este se estremeció, sin acertar a saber por qué.

—En confianza te diré —continuó el capataz— que nunca había visto tantas serpientes. Como bien sabes ellas suelen rehuir al hombre, y no obstante están por todas partes. Parece obra de algún *heka*.

Nehebkau asintió en tanto miraba en rededor con curiosidad.

—Supongo, noble Kahetep, que tendréis alimentos almacenados para la semana, ¿verdad?

—Al regresar al campamento, después del décimo día, reponemos todo lo que necesitamos; sobre todo el grano.

—He ahí la causa del problema.

El capataz hizo un gesto de sorpresa.

—Seguro que el lugar donde lo almacenáis está lleno de ratones. Ese es el motivo por el que acuden las serpientes. Son el manjar favorito de las cobras.

Kahotep abrió los ojos con gesto de sorpresa y al punto se palmeó la frente.

—¡Cómo no se me había ocurrido! —exclamó con cierta teatralidad.

—Pronto podrás resolver el problema. Solo tienes que invitar a venir a los gatos.

20

Los reverenciados gatos solucionaron el inesperado problema y, a los quince días del infortunado incidente, Rai volvió a sonreír, aunque de resultas de aquel episodio perdiese algunos dientes. Todo se había solucionado de forma milagrosa, pues entre la comunidad de trabajadores nadie dudaba del omnímodo poder de los dioses. Sin embargo, una figura había cobrado especial relevancia, y no era para menos. Nehebkau se había convertido en una especie de amuleto todopoderoso, del que ningún obrero quería prescindir. En el campamento se hacían lenguas alrededor de su persona y, dado lo proclives que algunos eran a la exageración, la figura del joven se convirtió en una especie de *heka* capaz de desafiar el poder de las cobras, y de mantener a la comunidad libre del peligro de los temidos ofidios. Aseguraban que su conocimiento acerca de los venenos no era de este mundo y por las noches, mientras los obreros departían amigablemente bajo las estrellas tras una dura jornada de trabajo, muchos testimoniaban que en Tebas pocos dudaban que Wadjet se había hecho cargo de Nehebkau desde el mismo momento en que había venido al mundo.

—Nadie puede causarle ningún mal —manifestaban los veteranos, junto al fuego del campamento.

—Imaginaos las consecuencias si alguien levanta la mano contra él —matizaban los más temerosos—. Si se lo propusiera, este hombre sería capaz de organizar un ejército de cobras.

—Así es —aseveró uno, que parecía llevar la voz cantante—. ¿Os imagináis mayor poder? —Los presentes asintieron en silencio—. Hace con las serpientes lo que le viene en gana. Nunca vi nada parecido.

—Dicen que curó a Rai al poner una de las manos sobre su corazón. Le liberó del veneno con su magia —declaró otro, convencido.

—Al parecer Sekhmet también está de su parte, pues quienes lo conocen atestiguan que jamás ha estado enfermo. Suerte que le tenemos entre nosotros.

Hubo un murmullo de aprobación, ya que todos pensaban lo mismo.

—Sé de buena tinta que muy pronto dejará de ser un *semedet* para convertirse en un Servidor de la Tumba como nosotros —puntualizó quien parecía ser el más respetado—, que lo ocurrido ha llegado a oídos del visir, y este obrará en consecuencia para otorgarle su bendición.

Este y otros muchos rumores corrieron por el campamento durante un tiempo, y quien más quien menos se alegraba de que el joven fuese requerido para que los acompañase durante su ardua tarea. Kahotep en persona se negaba a que Nehebkau los abandonara para regresar a la aldea, ante el disgusto de este.

—Sé que no tengo derecho a retenerte —se disculpaba el capataz—. Pero piensa en la oportunidad que se te ofrece. Podrías ver cómo progresan los trabajos en la tumba, y Neferabu te explicará el modo en que va a decorarla. ¿No te parece un privilegio? Piensa que dentro de poco serás uno de nosotros.

Para Nehebkau aquellas no eran buenas noticias. Su actual situación era la idónea, ya que se encontraba libre de ir a donde quisiera y, sobre todo, podía visitar a su amada a la caída de la tarde para entregarse a ella hasta que despertara el nuevo día.

Sin embargo, no supo negarse a los deseos del viejo capataz, y durante un tiempo accedió a formar parte de su Tripulación como si se tratase de un remero más. Así fue como tuvo la oportunidad de entrar por primera vez en una tumba real, algo impensable para la mayoría de los mortales, y ver cómo los canteros se habían abierto paso a través de las entrañas de la montaña para construir un largo pasillo, con dos tramos de escalera, que llevaba hasta una sala en la que se cavaba un pozo. Solo restaba por concluir una habitación anexa a la cámara funeraria, según constaba en los planos. Todavía había mucho por hacer, pues al excavar la roca de caliza a golpe de cincel, a menudo se topaban con nódulos de duro sílex que dificultaban mucho el trabajo, y por tanto retrasaban la obra. Era necesario salvar los obstáculos para terminar la tumba lo antes posible, pues nunca se sabía cuándo Anubis visitaría al faraón.

Neferabu le mostró algunos bocetos de la decoración final del sepulcro, y Nehebkau se sintió impresionado ante la complejidad de los conceptos simbólicos que cubrirían las paredes. Cada signo tenía un significado, y toda la composición artística obedecía a un único propósito: ayudar al difunto monarca a renacer en la otra vida.

Por las noches Nehebkau dormía al raso, como a él le gustaba. Arropado por el infinito manto tejido por las divinas manos de Nut, el joven viajaba a través de la bóveda celeste en busca del rostro de su amada. En cada uno de los luceros creía encontrar su mirada, iluminada por mil centellas, y al entrecerrar los ojos el rostro de Neferu se le presentaba en todo su esplendor, cual si se tratara de una de aquellas estrellas a las que llamaban «imperecederas», para decirle que lo esperaba, ansiosa de ofrecerle sus labios, todo su cuerpo, para que lo tomara como solo él sabía, y así viajar de nuevo juntos hacia el mundo que habían creado y al que ya no podían renunciar. Era allí donde ambos querían vivir, un lugar construido por la ilusión, mil veces mejor que el palacio del faraón.

Sin embargo, algo se removía en sus entrañas; una velada angustia que circulaba por sus *metus* y a la que tarde o temprano debería enfrentarse. De forma inconsciente había tratado de evitarlo durante un tiempo, pero era inútil; aunque todo fuese parte del engaño. Por fin una tarde Ipu vino a su encuentro, con los brazos abiertos y la sonrisa del verdadero hermano.

—¡Quieran los dioses inmortalizar este momento! —exclamó mientras abrazaba a su amigo—. ¡Cuánta alegría!

Nehebkau le correspondió, aunque nunca comprendió cómo pudo vencer su azoramiento.

—Cuando me enteré de tu llegada di gracias a Meretseguer por haber escuchado mis plegarias —continuó Ipu, que se mostraba exultante.

Su amigo no supo qué decir y forzó una sonrisa lo mejor que pudo.

—Me hablaron de tus proezas, aunque a mí poco me hayan extrañado —prosiguió Ipu—. Ja, ja. Tu mera presencia sirvió para hacer entrar en razón a las cobras.

—Fueron los gatos —se atrevió a decir por fin Nehebkau, repuesto ya de su primera impresión.

—Ja, ja. Continúas siendo tan misterioso como de costumbre, pero en cualquier caso me alegro de que hayas venido. ¿Sabes?, los hombres hablan de ti con gran respeto.

—Todo fue debido a la casualidad.

—Me imaginaba que dirías algo así, aunque yo sepa que cuanto ocurre obedece a un designio y que nada es casual.

Nehebkau negó con la cabeza, pues sabía de sobra cómo pensaba su viejo amigo.

—Te aventuré que algún día te encontrarías aquí; que los dos formaríamos parte de esta bendita comunidad. ¿Recuerdas?

—Vienes profetizándolo desde que, siendo aún niños, corríamos por los palmerales.

—Y ya ves que no me he equivocado. Dentro de muy poco te nombrarán Servidor de la Tumba; ja, ja.

Nehebkau hizo un ademán para quitar importancia al asunto, pero su amigo no le hizo caso.

—¿Te imaginas? —continuó este—. Te darán una casa, y poseerás tu propia tierra, y hasta una vaca y un asno si lo deseas. A no mucho tardar habrás de buscar esposa, ja, ja. Pero dime, ¿cómo está Neferu? ¿Se encuentra bien atendida?

Sin poder evitarlo Nehebkau sintió que sus *metus* se llenaban de hiel; un fluido espeso y tan amargo que creyó le corrompería las entrañas. Hizo ímprobos esfuerzos por mantener el gesto, y por primera vez tuvo la impresión de haberse convertido en alguien que nunca hubiese deseado ser.

—La vida en la aldea sigue su curso, y tu casa se encuentra tal y como la dejaste —se atrevió a decir al fin.

—Estaba seguro de que sería así. Que en mi ausencia te encargarías del cumplimiento del *maat*.

Nehebkau asintió, enmascarando su pesadumbre, sin entender cómo era capaz de mirar a la cara a su amigo.

—Hathor me colma de venturas —señaló Ipu—, y yo la honro trabajando en las entrañas de la montaña en la que habita. Ella nos da su sustento en el alumbramiento, y también al pasar a la «otra orilla», para que podamos renacer de nuevo. Apenas salgo de la tumba, pues es preciso apuntalar bien la labor que hacen los canteros para evitar derrumbes. Por eso no pude venir a verte antes. Pero... háblame de mi esposa, ¿pregunta por mí? ¿Sabes si me echa de menos?

Nehebkau tuvo que tragar saliva antes de contestar.

—Sé que te ama —mintió—, y que está orgullosa de tu trabajo.

—¡Cuánta fortuna! Kahotep ya me lo adelantó, pero quería escucharlo de tus labios. Mas dejémonos de sensiblerías y celebremos nuestro encuentro. Tengo una cerveza excelente. Beberemos y hablaremos de los viejos tiempos. De la Tebas que dejamos atrás y del futuro que nos espera. Nunca soñé que los dioses pudiesen llegar a sernos tan propicios.

Aquella noche ambos amigos bebieron para honrar a Bes como correspondía. Juntos recordaron su infancia y las andanzas por los campos en las afueras de Waset, su sagrada ciudad, de la que Ipu se sentía tan orgulloso, a la vez que brindaron por los tiempos venideros y las bendiciones que habían recibido de forma inmerecida.

—Si el buen Akha levantara la cabeza se mostraría satisfecho —aseguró Ipu en una de sus libaciones no sin esfuerzo, pues se le trababa la lengua.

Para Nehebkau fue su primera borrachera, hecho que por otra parte nunca olvidaría. Él, que se había jurado ser abstemio durante el resto de su vida, caía en brazos de Bes como si fuese un paisano más, de los muchos que solían frecuentar las Casas de la Cerveza. Antes de perder el buen juicio se le presentó la imagen de su padre, que yacía sin vida en un sucio callejón, sin duda para que él mismo se recriminase el haber faltado a su palabra tras haberse entregado a la bebida. Claro que esa no era la única promesa a la que había sido infiel. Había engañado a su mejor amigo de la forma más vil, sin escrúpulo alguno, mirándole a la cara como haría el peor embaucador. En el fondo eso es lo que era: un tipo taimado que no tenía ni idea de lo que significaba el *maat*; se dijo que allí era a donde le conducía su agnosticismo, aunque mucho antes de que perdiese la consciencia comprendiera que los dioses poco tenían que ver con sus actos. Sabía que volvería a caer en brazos de Neferu a la primera oportunidad, que la buscaría como si fuera un depredador en pos de su presa, y que no dudaría en fingir de nuevo frente a su amigo, colocándose la máscara que fuese precisa. Esa era su naturaleza, aunque nunca lo hubiese sospechado.

21

A la mañana siguiente Nehebkau desapareció del campamento sin que nadie supiese por qué. Durante un tiempo no hubo noticias suyas, aunque uno de los *semedet* que distribuían sus hortalizas al Lugar de la Verdad asegurara que le había visto vagar por la orilla del Nilo, antes de subirse en su barca para salir a pescar. Al parecer el río lo llamaba de nuevo, y a nadie le extrañó, pues se creía que el poder que Hapy, el señor de las aguas, ejercía sobre sus criaturas no tenía parangón. De ellas había surgido la vida, y en el campamento terminaron por encogerse de hombros, ya que no en vano aquel joven era muy diferente a los demás.

La realidad resultaba evidente para quien supiese leer los corazones. Nehebkau huía de cuanto le rodeaba, pero sobre todo de sí mismo, aunque todavía no fuese consciente de ello. Cada vez que lanzaba sus redes se aferraba a su pasado, quizá con la esperanza de devolver a su *ba* la luz que había perdido. Si la sala de las Dos Justicias, en la que todo egipcio creía, existía, su alma pesaría más que la pluma de la verdad y Ammit la devoraría. Pero no era la condena eterna lo que le preocupaba, sino el saberse capaz de repetir cuantas traiciones fuesen necesarias para saciar su pasión. No era de fiar, pero, no obstante, buscaba entre las aguas una señal que le convenciese de que no existían las culpas cuando se obraba por amor. Este le había pintado el único escenario en el que deseaba vivir, aunque amenazara con oscurecer su conciencia o hacerle perder su verdadera identidad.

Aseguraban algunos que Hapy podía escribir sus mensajes en la corriente del río, pero Nehebkau fue incapaz de hallarlos. Cuales fuesen los designios del dios del Nilo, este no estaba dispuesto a compartirlos con el joven, pues las aguas permanecieron mudas. Muy pronto estas comenzarían a subir, y Nehebkau tuvo la impresión de que, de algún modo, se vería arrastrado por ellas, abandonado a su suerte, sin saber qué sería de él.

Neferu se encontraba cercana a la desesperación, nerviosa y hasta poco propensa a razonar. Su carácter impetuoso la había llevado a abominar de los dioses en cuya fe había sido educada, y su naturaleza ardiente a martirizarla con un deseo que la reconcomía. No comprendía lo que ocurría, y se negaba a aceptar que Nehebkau hubiese desaparecido para siempre. Estaba enterada de todo cuanto había ocurrido en el campamento hasta el menor detalle, y por ende del encuentro de su amado con su marido. Imaginaba que la escena debía de haber resultado escabrosa, aunque pensaba que no tenía la menor trascendencia. Ipu no significaba nada como esposo, y tampoco lo sería como amigo. El amor era lo único que importaba, el juez supremo de una obra en la que solo había lugar para dos. Los remordimientos o la mala conciencia no tenían cabida, y mucho menos el sentimiento de la traición. Este solo era una pérdida de tiempo que conducía a la confusión o, peor aún, a extraviarse del camino que se debía seguir. Estaba segura del amor de Nehebkau, y ante su ausencia temió que algo le hubiese ocurrido. Luego corrieron rumores de que le habían visto en el río, y ella pensó que quizá hubiera alguna sospecha acerca de su relación, y que su enamorado se había alejado para tratar de protegerla. Esa podría ser la causa, sin duda, y a ella se agarró para convencerse aún más de que su tiempo en el Lugar de la Verdad estaba cumplido, que debía abandonar la aldea para siempre.

Sin embargo, los días fueron pasando, y las noches se convirtieron en una especie de pesadilla en la que Neferu terminó por consumirse. Su amante era su alimento, y sin él acabaría por marchitarse en la peor de las agonías. Los padecimientos sufridos en el Amenti no podían ser peores; ya daba igual lo que le ocurriese a su alma. Por eso, invocó a Hathor con todas sus fuerzas, ofreciéndole sacrificios hasta el final de sus días, si era preciso. La diosa del amor siempre la había escuchado, y ahora que por fin le mostraba cuál era la senda que debía seguir, estaba segura de que la ayudaría, que con su infinita magia haría que Nehebkau regresara para llevarla muy lejos de allí, donde pasarían juntos el resto de sus vidas.

Hathor no la defraudó. Como en tantas ocasiones, la diosa volvió a ser proclive a oír los ruegos de su acólita, y una mañana ambos amantes volvieron a encontrarse en el recodo de uno de los caminos que serpenteaban junto a la aldea. En realidad, el joven la había estado siguiendo en la distancia, sin que hubiese tenido necesidad de implorar la ayuda de ningún dios. Durante demasiadas noches se había entregado a los brazos de su amada mientras viajaba por las estrellas. Como de costumbre se había dejado llevar por la pasión, autocomplaciéndose hasta quedar exhausto. Tendido sobre su esquife había amado a Neferu de todas las formas imaginables para terminar por caer en una lucha sórdida contra sí mismo; en un combate en el que nunca podría vencer. La pasión y la mala conciencia se alzaban frente a él con armas que se le antojaban formidables, y a las que se sentía incapaz de hacer frente. Dos colosos entre los que se elevaba Neferu, como surgida de un sueño; un sueño en el que deseaba permanecer toda su vida.

Debía regresar para verla de nuevo caminar por la aldea con su andar cadencioso, que tanto le excitaba, para asomarse a su mirada y caer presa de su embrujo, prisionero de sus labios, de sus caricias, sin que los juicios tuviesen la menor importancia. Por eso, al volver a encontrarse en el lugar de costumbre, se dijeron cuánto se amaban, y casi atropellándose prometieron volver a verse aquella noche, pues sus *kas* se hallaban perdidos, mientras sus almas sufrían terribles padecimientos.

Esta vez la espera se les hizo insufrible. Oculto en el lugar de costumbre, Nehebkau aguardó pacientemente a que las sombras cubrieran el Lugar de la Verdad. Se encontraban en el plenilunio, y la luna se elevó bien pronto, pletórica sobre el horizonte. Sin embargo, la atmósfera se presentaba particularmente difusa, ya que una sutil bruma cubría la aldea para crear sobre ella extraños juegos de luces que terminaban por dibujar formas fantasmagóricas, producidas por el reflejo lunar. La magia parecía haberse adueñado del ambiente y, mientras se dirigía a casa de su amada, el joven pudo sentirla sin ninguna dificultad, pues no en vano él era una criatura del país de Kemet, la tierra nacida del prodigio.

Al encontrarse de nuevo, ambos amantes cayeron presa de la locura, de una pasión que hacía ya tiempo los había devorado para transformarlos en seres irreconocibles. Se habían convertido en ánimas errantes cuyo único alimento se hallaba en sus caricias, en sus interminables besos, en el ansia desmedida con que se tomaban el uno al otro. Esa noche todo resultaba exagerado, sin que acertaran a ver ninguna explicación, y juntos cabalgaron de nuevo, con brío inusitado, por los parajes que tan bien conocían y que jamás se cansarían de recorrer. Ambos parecían ser dueños de una fuerza inaudita, de un vigor inagotable que los llevaba al paroxismo, una y otra vez, como si formasen parte de una fuente imposible de secar. El placer surgía de esta a raudales, como si Khnum, el señor de la riada, hubiese ordenado inundarlos con su poder hasta anegar sus corazones con el limo vivificador, igual que hacía cada año con los campos de Egipto. Esa era su cosecha, la mejor que se podía desear, una abundancia sublime que ambos disfrutarían hasta sentirse ahítos, dispuestos a engullir cada grano nacido de las gavillas.

—Seshat, la que mide el tiempo, nos apremia —dijo ella, todavía sudorosa, mientras trataba de recuperar el aliento después de haber amado hasta quedar exhausta.

Nehebkau asintió, en tanto respiraba con dificultad.

—Dentro de dos noches regresarán los trabajadores y esta vez Ipu los acompañará —continuó Neferu.

El joven guardó silencio, y luego perdió la mirada, pensativo.

—No puedo continuar aquí —se lamentó ella—. Jamás

volveré a yacer con mi esposo, amor mío. Si Shai ha dispuesto un camino para nosotros es el momento de que lo sigamos.

—Sí, el momento ha llegado —musitó él, como para sí.

—El día que nuestras miradas se cruzaron volví a nacer. Desperté a una nueva vida en la que tú eres lo único que me importa.

—Viajaremos adondequiera que ella nos lleve —apuntó Nehebkau con ensoñación.

—Juntos la compartiremos. Sin temor a que nos azoten, o a ser desorejados.

—Eso nunca ocurrirá —aseguró él mientras atraía a su amada hacia sí.

—Tendré todo preparado para mañana. Para cuando Ipu regrese, nos encontraremos lejos de aquí.

—Pero Kahotep... creerá que ha ocurrido alguna desgracia y...

Neferu puso un dedo sobre los labios de él.

—Habré muerto para todos —dijo esta con gravedad—. También para mi padre. Es el precio que he de pagar.

Nehebkau la abrazó con fuerza, sobrecogido por la determinación que demostraba su amada.

—Tienes razón —observó el joven—. Al abandonar el Lugar de la Verdad, una parte de nosotros quedará aquí enterrada para siempre.

—Así debe ser. El futuro solo nos concierne a nosotros. Vimos la luz para amarnos. Fuimos creados para eso. Si no lo hacemos los dioses nos castigarán.

Nehebkau volvió a besarla, y al poco ambos se amaron de nuevo como si una fuerza demoledora los impulsara a ello. Todo estaba escrito con jeroglíficos que podían llegar a ser indescifrables, pues así era como a Shai le gustaba determinar el destino.

Poco antes de que Ra regresara por los cerros del este de su viaje nocturno, ambos amantes se despidieron con el propósito de huir juntos la noche siguiente.

—Te estaré esperando —le dijo Neferu, después de besarse con la misma pasión de siempre.

Él asintió antes de mirarla con inusitado fulgor.

—Lo tendré todo dispuesto.

Esa misma noche, Meresankh se sintió particularmente intranquila. La aldea parecía envuelta en una pátina teñida de plata que turbaba a la joven de forma singular. La extraña bruma creaba formas caprichosas que a veces se deshilachaban para dar paso a la luz de la luna. Sus rayos le traían mensajes, al tiempo que cubrían de misterio el cielo sutilmente encapotado. Hablaban de amor y de desgracia, de vida y también de muerte, como parte de designios imposibles de desentrañar. Sin embargo, era una señal, y Meresankh no albergó dudas de que en aquella hora Aah contaba sus secretos a quien fuese capaz de escucharlos. El dios lunar todo lo veía y tenía el privilegio de conocer lo que habría de venir, las consecuencias de cada paso. Él se adelantaba a los tiempos, pues poseía el don de escudriñar a través de la oscuridad más insondable, así como el de poder cambiar la naturaleza de las cosas, de influir sobre las criaturas.

La Tierra Negra siempre escuchaba su voz, aunque le llegara suave como un susurro. Aah no necesitaba de más, y Meresankh se estremeció al comprender que esa noche el cielo se manifestaba cubierto de símbolos, de toda una pléyade de signos con los que conformar una historia, un enorme papiro en el que quedaban registrados los avatares de toda una vida, como si un escriba se hubiera encargado de transcribirlo. Hablaba de lo que ocurriría, de los extraños sucesos que tendrían lugar, de lo intrincados que podían llegar a ser los caminos que Shai había dispuesto, de la fragilidad de quienes estaban prestos a recorrerlos, del formidable poder de los dioses. Lo que hoy se encontraba arriba mañana estaría abajo, y nada ni nadie podría evitarlo.

Antes de abandonar la azotea, la joven se detuvo a considerar cuanto creía haber visto. Ahora entendía lo que había sucedido; que nada era casual. Ella misma formaba parte de un escenario con el que pocos contaban, y vislumbraba la influencia que todo lo ocurrido tendría en su vida. Supo cuál sería su papel, y volvió a estremecerse ante su envergadura. En él estaba escrita la espera, aunque esto no la sorprendiera en absoluto. Su mundo se hallaba tejido con los hilos del misterio, y el tiempo en él tenía una distinta medida. Solo le quedaba aguardar.

22

Al día siguiente Nehebkau se vio presa de una desazón difícil de imaginar. Por la mañana anduvo arriba y abajo, junto a la orilla del río, preparando su barca y las pocas pertenencias que poseía. A cada paso que daba, el rostro de Neferu se le presentaba para sonreírle y decirle cuánto lo amaba; «Nadie te querrá igual», le aseguraba su amada, y él asentía en el imaginario, convencido de que ella decía la verdad. Estaba decidido a hacerla suya para siempre, pero, no obstante, se encontraba nervioso, irritable, y sentía cómo con el paso de las horas, un nudo en las entrañas lo reconcomía con mayor voracidad. Era una sensación que ya había experimentado la tarde que se encontró con Ipu junto al campamento; mas en esta ocasión sus *metus* parecían emponzoñados con un veneno mucho más potente, que le oprimía el corazón y no le dejaba pensar con claridad.

—Mañana ya seremos libres para amarnos —creía escuchar de labios de Neferu, cuya imagen parecía perseguirle.

Y él asentía, cabizbajo, mientras se frotaba las manos hasta estrujárselas, como jamás recordaba haber hecho.

Una vida cargada de incógnitas le aguardaba de forma inesperada, y pensó que, de una u otra forma, se vería atrapado por ella. En su esquife, oculto entre los cañaverales, tenía cuanto necesitaba, aunque a la postre se hubiese engañado, como les había ocurrido a otros muchos antes que a él. El futuro no pertenece a nadie, y por eso tiene la facultad de sorprender.

A la caída de la tarde, nuevos rostros vinieron a visitarle. Surgían de entre las plantas de papiro, de los campos de labor e incluso de las aguas. No encontraba explicación, pero tuvo la certeza de haber visto a Akha de pie sobre su vetusta barca, con las artes de pesca entre las manos, y su característico gesto carente de cualquier emoción. Sin embargo, en esta ocasión sus ojos parecían más vivaces que de costumbre mientras miraban a su hijo con indisimulado disgusto, como si hubiera de reprocharle algo.

—No es necesario creer en los dioses para conocer cuál es el verdadero camino del *maat*.

Nehebkau juraría haber escuchado eso de labios del hombrecillo que lo había recogido al nacer, por disparatado que pudiera parecer. Mas a la imagen de su padre se le unieron otras muchas, sin previo aviso, como si se tratase de un conjuro perpetrado por algún oscuro *heka* del cual el joven no tenía el menor conocimiento. Así, se le presentó Reret, su madrastra, de tan infausto recuerdo como trágico final. Su mirada le pareció tan desaprobadora como de costumbre, y en su gesto mostraba la inquina que siempre había sentido hacia él. El joven tuvo la impresión de que, en cierto modo, le hacía causante de su desgraciado final, y que de ello había llegado a quejarse en la sala del Juicio Final, ante los cuarenta y dos magistrados que dictarían sentencia.

—Si Ammit le devoraba el alma sería por culpa de su hijastro —aseguraría Reret—, pues en su corazón habitaban las tinieblas.

La señora no se había equivocado, y ahora los dioses podían ser testigos de ello. Incluso Hunit vino a unirse a la callada conversación. Su prima también parecía participar del hechizo con las peores intenciones. Esta le deseaba un futuro desgraciado, allá a donde se dirigiese, al tiempo que mostraba su disgusto por su comportamiento.

—Tu lugar está entre las cobras, pues te comportas como ellas. Eres capaz de picar sin la menor compasión.

Aquellas eran palabras mayores a las que Nehebkau no pudo responder. Si, como aseguraban muchos, la ficción y la realidad podían ir de la mano en Kemet, seguramente a Hunit no le faltara razón. En Egipto el aire podía llegar a ser tan sutil como mágico, sin que nadie fuese capaz de explicar el porqué.

También se le apareció Kahotep, con su aire de primer profeta, con su habitual expresión que le hacía parecer estar por encima del bien y del mal, siempre con la pluma de Maat entre las manos. En sus ojos no había sino condena por los actos que el joven había cometido, y por los que estaba a punto de perpetrar. Él, que le había abierto su casa como si se tratara de un hijo más, había asistido al más execrable de los comportamientos, a la traición más vil que pudiera esperar al mancillar el nombre de su propia hija, a la que pretendía llevarse sin importarle las consecuencias. El Lugar de la Verdad nunca había asistido a un ultraje semejante, y el viejo capataz le observaba en la distancia, desde los distantes farallones del oeste, con los ojos velados por la impotencia mientras su corazón imploraba justicia. Había verdadera desesperación en su gesto, que le conducía al abatimiento.

Al momento ocurrió algo insólito, pues en su paranoia Nehebkau vio cómo Meresankh acudía en ayuda de su padre para auxiliarlo, y mientras lo abrazaba clavó su enigmática mirada en aquel joven pescador que parecía haber llegado desde el Amenti para destruirlos a todos. Era una mirada indescifrable, repleta de misterio, avasalladora, cargada de mil vaticinios, capaz de llegar al alma.

Nehebkau apartó la suya al instante, pues no la podía sostener, y acto seguido la visión desapareció para dar paso al desaliento. ¿Qué clase de hechizo era aquel? ¿Qué broma había tramado Heka, el dios de la magia, en aquella hora?

El joven soltó un improperio, ya que se negaba a participar en lo que no creía. En su corazón no había lugar para dioses ni genios, mas su ánimo se encontraba tan abatido que él mismo tenía que hacer esfuerzos por reconocerse. Aquello era un disparate colosal, y no obstante el malestar iba en aumento. Tenía la impresión de que sus entrañas se retorcían como si un ofidio anidara en ellas hasta obturar sus *metus*. Al cabo se aproximó a su esquife y revolvió en su zurrón para sacar su objeto más preciado. Luego se tumbó sobre la arena para admirar cada detalle de aquel brazalete que había pertenecido a su madre. Como de costumbre percibió su enigmático poder, y enseguida pensó en Nitocris, a quien no había conocido, en cómo sería su mirada, en lo que le diría si pudiese en esa hora. Estaba seguro de que ella lo ayudaría a leer con claridad en su corazón, y le libraría de aquella congoja que tanto le hacía padecer. Sin poder evitarlo sus ojos se velaron durante unos instantes, y el joven apretó contra sí el brazalete que un día perteneciese a Nitocris; el único recuerdo que tenía de ella.

Entonces sus percepciones de la realidad volvieron a abandonarle para dar paso a nuevas visiones; imágenes que esta vez lo abocaron a la desesperación. Sin entender cómo, el joven pescador se vio ante su mejor amigo, quizá el único que había tenido, quien había permanecido fiel a su amistad desde la más tierna infancia. Ipu lo miraba fijamente en tanto esbozaba una de sus habituales sonrisas, siempre francas. Extendía los brazos hacia su amigo dispuesto a estrecharle, para decirle que siempre podría confiar en él, y que pondría la vida de los suyos en sus manos como haría con un hermano. Luego, de repente, su gesto cambió y su mirada, antes jovial, se cubrió de tristeza a la vez que su sonrisa desaparecía. Un rictus de amargura se apoderó de su rostro, al tiempo que se llevaba ambas manos a la cabeza, como si quisiera entender lo que había pasado. Parecía incapaz de asimilar lo ocurrido, cual si se tratase de un imposible que nunca hubiera ocupado un lugar en su corazón. Ni en cien vidas que viviese hubiese admitido aquel escenario, y no obstante...

Al cabo, Ipu se recompuso para dirigir de nuevo la mirada hacia su amigo. Había incredulidad en ella, así como un sentimiento de pena que la cubría con el manto de la amargura. ¿Cómo era posible?, le preguntaba, ¿por qué había sido capaz de aquella traición?

Sin embargo, no había reproche en los ojos de Ipu sino una infinita tristeza, un mensaje de incomprensión, una incredulidad hacia lo inesperado; la postración de quien se siente engañado por un ser querido. Sin poder evitarlo Nehebkau se vio en brazos de Neferu, amándose con pasión desenfrenada, mientras Ipu los observaba, impotente, desarmado ante la vorágine que Hathor había consentido en desatar ante sus ojos. Su esposa se entregaba a su mejor amigo hasta las últimas consecuencias; dispuesta a permitir que sus *kas* caminaran juntos durante el resto de sus vidas, desafiando cualquier ley dictada por la diosa Maat. Resultaba inaudito; algo imposible para el corazón del devoto; un pecado terrible para cualquier habitante del Valle.

Ipu padecía enormemente, pero sus labios eran incapaces de despegarse, de musitar cualquier injuria. Los lamentos quedaban para sí mismo, encerrados en lo más profundo de su alma, y solo era capaz de preguntarse el porqué, en qué podía haber ofendido a los dioses para recibir semejante castigo.

Nehebkau pudo leer aquel pesar, el terrible ultraje que había perpetrado. Él era parte de la infamia, aunque se hubiese intentado parapetar tras el falso baluarte que le proporcionaba el amor. Este jamás podría ir de la mano de la mentira, pues se convertiría en una farsa; una artimaña descomunal en la que esconder los instintos desbocados, en la que enterrar los escrúpulos.

Ipu desapareció sin más, y Nehebkau rompió a llorar con el desconsuelo de quien se condena a sí mismo, con la aflicción de quien nunca obtendrá el perdón.

Ra-Atum ya se anunciaba, y dentro de poco el sol se ocultaría tras los acantilados del oeste, como venía ocurriendo desde el principio de los tiempos. El cielo comenzó a pintarse con los colores del ocaso, y Nehebkau se incorporó levemente para observar el horizonte. Entonces oyó un siseo, tan débil como de costumbre, y acto seguido percibió el sinuoso sonido que tan bien conocía. El reptil zigzagueaba, lentamente, como si se desperezara de su propio sueño. Era una cobra de las que solían habitar en los campos, verde con el cuello azul, que se arrastraba sin temor, cual si aquel lugar formara parte de su reino. Ya próxima al joven, se detuvo para alzarse en toda su majestad y observarlo con curiosidad. Nehebkau se sonrió en tanto la acariciaba con la mirada. Se trataba de un ejemplar espléndido, con el poder de decidir sobre la vida y la muerte, y sin saber por qué, el joven pensó que Wadjet en persona se dignaba a visitarlo, que la diosa tutelar de los faraones acudía a él para hacerse cargo de su desazón, para manifestarle que era la única amiga que le quedaba, que siempre le protegería, y que cualquiera que fuese su camino ella lo acompañaría, pues así estaba dispuesto desde el momento en que Khnum le diese forma en el vientre materno. Toda la magia de Egipto se daba cita en aquella escena, y Nehebkau le habló en el lenguaje que sabía que entendía, para decirle que formaba parte de su mundo, como su propio nombre indicaba. La cobra se cimbreó durante unos instantes y luego se echó sobre la arena para alejarse, perezosa, y escabullirse tras unos arbustos.

Al momento el joven sintió que su corazón se aliviaba y su pesadumbre desaparecía por completo, de forma inexplicable, como si la serpiente se lo hubiese llevado consigo. Se notó ligero, lúcido como no recordaba, pues el entendimiento había regresado a su corazón para ocupar el lugar que le correspondía. Comprendió que las pasiones no pueden sojuzgar el buen juicio, que construir una vida sobre ellas aboca al desastre si no son bien dirigidas, que no sirven como excusa para el engaño y mucho menos para la traición, y que el arrepentimiento no vale de nada cuando se atropella al corazón bondadoso. No era necesario pasar a la «otra orilla» para someterse al pesaje del alma, pues la sala de las Dos Justicias se encuentra entre nosotros y solo es preciso querer mirar el fiel de la balanza para conocer el alcance de nuestras acciones. No existe juez mejor, aunque de ordinario nos resistamos a buscarlo. Así es la naturaleza humana.

La noche cayó sobre la Tierra Negra con su habitual rapidez, y el vientre de Nut se llenó, como de costumbre, de rutilantes estrellas. Nehebkau las observó durante un rato y luego se dirigió hacia su barca, pues sabía lo que tenía que hacer. Con parsimonia la separó de la orilla y acto seguido remó hacia la suave corriente que tan bien conocía. El río se lo tragaba y en la lejanía, la luna comenzó a despuntar para arrojar sus primeros rayos. Desde los cerros de la necrópolis le llegó el aullido del chacal, y el joven tuvo la certeza de que Tebas lo despedía como si se tratase de un difunto. Huía cargado de penas, como un vulgar malhechor, del ilusorio mundo que él mismo había creado, en el que solo había lugar para la amargura y el sufrimiento. Había ayudado a forjar un imposible y por ello debería cumplir su penitencia. Una penitencia que tendría que compartir junto a Neferu durante el resto de sus días, ya que él siempre la amaría.

Las aguas comenzaron a cubrirse de plata, pues al fin Aah se alzaba pletórico para alumbrar la tierra de Egipto, mientras en las orillas los palmerales se recortaban, misteriosos, para crear un escenario que aparentaba surgir del espejismo. Todo parecía formar parte del ensueño, y no obstante Nehebkau no pudo evitar que sus ojos se humedecieran en tanto remaba río abajo. El Nilo lo llevaría a un lugar donde nadie lo conociese, en el que su nombre no significara nada. Hapy, el señor de aquellas sagradas aguas, decidiría su destino; lo demás ya no importaba.

23

Neferu aguardó la llegada de la noche con el ansia del sediento y la excitación de quien se sabe a punto de cruzar una puerta que se cerrará a sus espaldas. No habría vuelta atrás, y no obstante ella se sentía deseosa de traspasarla, de enfrentarse a lo que los dioses hubiesen dispuesto, sin temor a lo desconocido. Estaba segura de lo que quería, y jamás se detendría a considerar ningún aspecto que la llevase a dudar sobre el camino que había escogido, y mucho menos sentimentalismos. Si su esposo era bondadoso haría bien en ingresar en el clero de algún templo, y si su padre la maldecía por incumplir el *maat*, ella siempre lo perdonaría. En cualquier caso, ambos podían dedicarse el resto de sus días a construir tumbas para el faraón, mas su vida solo le pertenecía a ella, y sabía muy bien cómo deseaba pasarla.

Durante la mañana anduvo realizando sus labores habituales, con cuidado de no levantar ninguna sospecha, y cuando Ra-Horakhty se alzó en todo lo alto, decidió visitar a su hermana, más para ver por última vez la casa en la que había nacido que por despedirse. Meresankh la recibió con aquella mirada capaz de enmascarar mil juicios, tan suya, que tanto le desagradaba. En opinión de Neferu, su hermana podía ganarse la vida como oráculo en cualquier barrio de Tebas, o mejor, como hechicera dispuesta a realizar amarres de amor entre el vecindario.

—Qué inesperada sorpresa —dijo Meresankh cuando la

vio, ya que era la primera vez que su hermana iba a visitarla desde que se casara.

—Ya ves. He venido para saber si necesitabas algo que te ayude a mantener la casa en condiciones —replicó Neferu mientras echaba un vistazo al habitáculo, que se hallaba muy limpio.

Meresankh le sonrió.

—Te agradezco tu interés —señaló—, pero como podrás comprobar se encuentra tal y como a padre le gusta, para acogerle mañana como corresponde.

Neferu arqueó una de sus cejas, cual si se sorprendiese, y al momento su hermana continuó.

—¡Cómo! ¿No recuerdas qué día es mañana? Es la jornada de asueto para los Servidores de la Tumba, y todos regresarán a la aldea.

—Claro —apuntó Neferu, escueta, ya que había llegado a olvidar este particular.

—Supongo que estarás contenta por ello, ¿no es así? Esta vez Ipu vendrá con ellos; seguro que ansioso por encontrarte.

Neferu hizo un ademán con el que quería quitar importancia al asunto.

—No es necesario que disimules —quiso aclarar Meresankh—. Lleváis varios meses sin veros. Seguro que ardes en deseos de dar la bienvenida a tu esposo. Imagino que le habrás echado mucho de menos; sobre todo por las noches.

Neferu arrugó el entrecejo y lanzó una mirada de reproche a su hermana.

—No me malinterpretes —continuó esta—, es lo más natural. Pero ya te adelanto que padre quiere que celebremos de nuevo su llegada con otro banquete. Ya sabes lo familiar que es.

—Agasajaremos a nuestros invitados como se merecen —observó Neferu, en un tono que a su hermana le pareció enigmático.

—Podríamos invitar también a Nehebkau. No en vano él es como de la familia —apuntó Meresankh con velada malicia.

Neferu frunció los labios para disimular su rabia. Durante

todos aquellos meses había tenido la impresión de que Mere-sankh conocía la realidad de sus sentimientos hacia el joven pescador, y que sospechaba acerca de sus encuentros. Por eso se limitó a asentir, sabedora de que para cuando Kahotep e Ipu regresaran, ella ya no tendría necesidad de rendir ninguna cuenta.

Al poco ambas se despidieron, sin que Neferu experimentara ningún sentimiento de pena por no volverse a ver. La tarde transcurrió con exasperante lentitud, mientras la joven revisaba una y otra vez las pertenencias que deseaba llevarse consigo. Estaba tan excitada que la llegada de la noche fue como un bálsamo para su espíritu, aunque ansiase el momento en que, por fin, abandonaría la aldea para siempre. Impaciente, se sentó a esperar la venida de su amado, el hombre a quien estaba dispuesta a entregar su vida, a poner su destino en sus manos.

De este modo pasaron las horas. Un chacal aulló en los cerros del oeste, y al poco salió la luna para señorear desde la bóveda celeste. El tiempo pareció detenerse, hasta perder su medida, y Neferu se agitó, nerviosa, ante la posibilidad de que a Nehebkau le hubiera ocurrido algo, ya que este siempre había aguardado a la llegada de las sombras para acudir hasta su puerta, puntual a su cita.

La noche siguió su camino, y Neferu tuvo un mal presentimiento. Pero... era imposible. Él se presentaría, para tomarla entre sus brazos y escapar juntos, muy lejos de allí, al lugar en el que ambos habían decidido pasar el resto de sus días. Hathor así lo había designado y nadie podría oponerse a los deseos de la diosa.

Con el transcurso de las horas, la noche se volvió más oscura para Neferu. Su corazón, atribulado, comenzó a llenarse de incógnitas, de preguntas para las que no encontraba contestación, de sombras que amenazaban con devorarla. De sus ojos surgieron las primeras lágrimas y sin poder evitarlo se vio abandonada en brazos de la desesperación. La angustia se apoderó de ella para sumirla en el llanto, y entonces se supo condenada a la pena eterna.

Ra-Khepri apareció por el horizonte, y las primeras luces sorprendieron a Neferu aún sentada, con el zurrón en el que guardaba sus pertenencias aferrado contra su pecho, esperando la llegada de Nehebkau, su gran amor. Pero este no se presentó. Jamás volverían a verse.

24

Nehebkau descendió por el Nilo como si formase parte de sus aguas. La corriente lo empujaba, perezosa, quizá para que el joven tomase conciencia de cuanto había ocurrido, de la magnitud de sus actos, así como del peso de la losa que debería llevar sobre sus espaldas durante el resto de sus días. Era una piedra ciclópea que, una y otra vez, trataba de arrojar al río, pero no podía. La portaba sujeta con cadenas de las que le resultaba inútil liberarse al haber sido forjadas por el ardid, el egoísmo y también por la locura. Había permitido que esta se apoderara de él para dejar marcados a los demás, a cuantos le amaban, probablemente para siempre.

Ya nada se podía hacer, y en cada recodo del río imaginaba el dolor que dejaba tras de sí, así como el sentimiento que él mismo se había encargado de ahogar en aquellas aguas. Lo había arrojado a las profundidades, y nadie lo podría rescatar jamás.

Sin embargo, la vida seguía, como el curso del río que fluía imparable hacia el norte hasta desembocar en el Gran Verde, un mar que aseguraban resultaba inabarcable, y en el que moraban todo tipo de extrañas criaturas que rendían vasallaje a Set, el dios del caos. Dentro de poco, Sopdet, la estrella del perro,[27] ascendería de nuevo por el horizonte, tras haber permanecido oculta durante setenta días, para anunciar la llegada de la crecida y con ella la celebración del año nuevo.

A Nehebkau la crecida le desagradaba de forma particular.

Durante aquella estación, la fisonomía de Kemet cambiaba por completo para convertirse en un inmenso pantano en el que se hacía difícil vivir. Las aguas se oscurecían, repletas de sedimentos, y la pesca se convertía en un oficio complicado no exento de la habitual magia con que se revestía cuanto ocurriera en Egipto. Muchos peces quedaban atrapados tras los diques que se levantaban en los campos cuando las aguas volvían a bajar, en los pequeños estanques que se formaban, para regocijo de los campesinos y fastidio de los hombres del río. Definitivamente, *akhet* no era una buena estación para los pescadores, y el joven decidió darse prisa para llegar al Bajo Egipto antes de que lo alcanzara la crecida.

Quince días después que el nilómetro de Elefantina anunciase la avenida, esta se presentaría en Menfis, convertida en un mar de sustratos negruzcos que pintarían la tierra de negro para bautizarla como Kemet.

En realidad, Nehebkau pronto se vio embaucado por el paisaje, entregado a los mil olores que llegaban desde las orillas para perfumar el aire que respiraba, extasiado ante la multitud de especies que parecían dispuestas a acompañarle en su periplo. La vida bullía por doquier, y por primera vez recuperó el ánimo al contemplar cómo los hipopótamos asomaban sus monstruosas cabezas sobre la superficie del agua para mirarle con curiosidad. Desde los arenosos islotes que se formaban en el río, los cocodrilos lo veían pasar, mientras tomaban el sol, indolentes, como si no fuera con ellos. El joven los conocía bien y recordaba que su padre, el difunto Akha, siempre le había asegurado que eran los animales más sabios de Egipto. Desde su balsa de tallos de papiro, él les mostraba las palmas de sus manos, a modo de saludo, convencido de que le daban la bienvenida a su reino, del que no en vano el joven también formaba parte. El río era su mundo, siempre lo había sido, y ahora que regresaba a él de nuevo, se daba cuenta de lo que había sido su vida al alejarse de las aguas, de lo vulnerable que podía llegar a ser. El esquife era su hábitat, y sobre él se sentía dominador de cuanto le rodeaba.

Sin embargo, existía otro Egipto dispuesto a mostrar al

joven su insignificancia. Se alzaba por doquier, como si se tratase de un gigante inabarcable surgido de la tierra para desafiar los milenios. Explicaba por qué el país de las Dos Tierras era distinto a los demás, y también cuál era la naturaleza de las gentes que lo habitaban. Eran moles ciclópeas de dura piedra construidas por la mano del hombre para mayor gloria de los dioses. Kemet se encontraba repleto de ellas, y al observarlos desde su barca, Nehebkau tuvo la sensación de que, de algún modo, estos lo miraban con desdén, con divina prepotencia, para hacerle saber que no era nadie, que había sido la fragilidad de su condición humana la que le había conducido hasta allí, y que los dioses de los que abominaba eran los verdaderos soberanos de aquel valle, en el que todas las criaturas les pertenecían. El agnosticismo alimentaba sus carcajadas, y desde el interior de sus templos, los dioses recordarían a aquel joven, con cada golpe de su remo, que ellos estaban allí para decidir la suerte de su destino; quisiese o no.

De este modo atravesó todos los nomos que le separaban del Bajo Egipto. En el quinto, conocido como Harui,[28] los Dos Halcones, supo que su capital, de nombre Gebtu, estaba consagrada a Min, el dios de la fecundidad de la tierra, y que en ella confluían las caravanas venidas desde todo el mundo conocido para comerciar con las más exóticas mercaderías. También supo que en Iunet,[29] el nomo del Cocodrilo, se reverenciaba a Hathor ya desde la antigüedad, y que en Hut, la Mansión del Sistro, ya había fundado un asentamiento el faraón Sesostris I. Al alcanzar Ta-wer, la Gran Pradera, la octava provincia del Alto Egipto, el joven pasó junto a Tjeny, su capital, la ciudad santa de Abydos de la que tantas veces había oído hablar. Era tan antigua que aseguraban que allí se encontraba enterrado Osiris, quien tenía dedicado un templo desde los tiempos de la XII Dinastía.

Algunos de los primeros monarcas que habían gobernado Kemet habían construido allí sus sepulturas, y Nehebkau tuvo que rendirse ante la evidencia de que su incredulidad religiosa no tenía cabida en el país de los dos mil dioses.

Al llegar a Akhmin, a la que llamaban Ipu, el tiempo pareció detenerse. El río discurría con lentitud, formando suaves meandros en cuyas orillas, Min, el dios de aquella comarca, había decidido mostrar su prodigalidad al llenar los campos de abundancia. Se trataba de un vergel sin igual, rebosante de vida, de todo lo bueno que se pudiese desear, en el que se encontraban los dominios que habían pertenecido a la difunta reina Tiyi. Su divino esposo, Amenhotep III, le había hecho construir un lago para su recreo de cerca de trescientas *aruras*, setenta y cinco hectáreas, del que ahora disfrutaba su familia. La pesca era abundante, y Nehebkau decidió permanecer unos días en aquel paraíso en donde se hubiese quedado a vivir para siempre. Mas debía continuar. Una voz en su interior le advertía de la necesidad de navegar hacia el norte, como si solo al recorrer la totalidad del río, sus aguas pudieran lavar su conciencia. Era un impulso que le animaba a dejar atrás cuanto conocía, pues sin saberlo había iniciado su propia búsqueda, quizá para averiguar quién era él en realidad.

De este modo prosiguió su viaje, sin saber lo que este podía depararle, pues su vida era una incógnita. En realidad, siempre lo había sido, pero era ahora cuando mostraba su auténtica naturaleza, la inconsistencia del terreno que pisaba y hasta el desarraigo que mantenía con cuanto le rodeaba. Mientras bogaba, río abajo, el joven tuvo tiempo para pensar en estas cuestiones, pero fue incapaz de encontrar respuestas. Estas parecían ajenas a su buen juicio, como si una fuerza poderosa se empeñase en mantenerlas ocultas. ¿Quién era? ¿De dónde procedía? ¿Qué extraño conjuro le incitaba a abominar de los dioses?

El paisaje le invitaba a entregarse a la ensoñación, pues todo el Valle del Nilo parecía obra de un imposible que, no obstante, se hacía presente desde hacía milenios. Las tierras feraces se daban la mano con las yermas, y las arenas del desierto se asomaban a los fértiles campos de la manera más natural, para conformar un cuadro que definía las señas de identidad de una tierra en la que la vida y la muerte se abrazaban sin ninguna dificultad.

En ocasiones, la imagen de Neferu salía a recibirlo como si

formara parte de aquel escenario. A veces le esperaba en algún recodo del río y otras le observaba pasar desde los palmerales. Nehebkau hubiese querido ofrecerle la mano para subirla a su barca y navegar hasta los confines del mundo, pero ya no podía, y según discurría su viaje el rostro de su amada se fue perdiendo entre los cañaverales hasta quedar atrás, envuelto entre las brumas de un tiempo al que resultaba imposible regresar, pues ya nada sería igual.

La monumentalidad de Egipto terminó por dejar de sorprenderle, en parte porque se encontraba por doquier, y también por el hecho de desconocer su propia historia, su verdadero significado. Así, dejó atrás templos y capillas, necrópolis y hasta palacios que parecían surgir de entre la espesura, como solitarios gigantes de piedra. Al llegar a Akhetatón, el joven detuvo su marcha atraído por lo que se antojaba un espejismo. Ante él se hallaba la ciudad de la que había oído hablar en tantas ocasiones durante su infancia, la capital de la cual algunos aseguraban había surgido la infamia. El Atón moraba en ella, y el joven recordaba la ruina que supuso para Tebas su revolución religiosa, así como las persecuciones de las que él mismo fue testigo.

Sin embargo, el lugar le impresionó, pues en una desértica estepa Akhenatón había levantado una urbe repleta de templos y palacios, de inmensas avenidas que recorrían barrios en los que se alzaban hermosas mansiones, residencias rodeadas de frondosos jardines; espléndidas villas en las que se solazaron los principales de aquella corte formada por «hombres nuevos», y talleres en los que los maestros legarían a la posteridad una nueva concepción del arte. La capital contaba con todo aquello que un hombre pudiese desear, pues al otro lado del río se extendía una inmensa campiña cubierta de huertos y frutales, de viñedos y campos de labor. Nadie pasaría necesidades si adoraba al Atón y, no obstante, a Nehebkau le pareció que aquel lugar estaba carente de vida, cual si se tratase de un moribundo abandonado a su suerte. Hacía ya cinco años que el nuevo faraón había trasladado su residencia a Menfis, y en Akhetatón, la ciudad del Horizonte de Atón, apenas quedaban en uso algunos edificios administrativos, como la Casa de la Correspondencia, o el Palacio Norte, a donde Tutankhamón regresaba de vez en cuando, decían que llevado por la nostalgia, al haber nacido allí.

Al joven le pareció que aquel era un buen lugar para descansar, y durante algunos días se dedicó a lo que mejor sabía: pescar. Hizo buenas capturas, que cambió por grano, queso y un pequeño saco de lentejas, pues estas le gustaban mucho. Disfrutó de las buenas hortalizas, sobre todo de los puerros, y aprovechó su estancia para acudir al barbero. Este le observó unos instantes, mientras acordaban el precio, pues sentía curiosidad por el color de su cabello.

—Hace algunos años me faltaban horas para poder atender a mi clientela —aseguraba aquel individuo en tanto deslizaba su cuchilla de cobre con maestría—. Pero ahora ya ves. Me las veo y me las deseo para ganar un *quite*.[30] La corte decidió trasladarse al norte, y a no mucho tardar Akhetatón se convertirá en un recuerdo. Nadie deseará vivir aquí.

Nehebkau guardó silencio, pues el futuro de la ciudad le traía sin cuidado.

—En los buenos tiempos hubo altos dignatarios que requirieron mis servicios —continuó el barbero—. Decían que poseía un don, ya que siempre gocé de un pulso firme, y que yo recuerde nunca corté a nadie. Fueron años felices en los que esta capital floreció hasta límites insospechados, bajo el lema favorito del faraón. Seguro que lo conocerás.

El joven hizo un ademán con la mano con el que reconocía su ignorancia.

—¡Cómo! ¿Nunca oíste hablar de él? Pues no se me ocurre otro mejor: Come, bebe y sé feliz —apuntó el buen hombre, categórico—. La gente lo acogió con entusiasmo; muchos hasta las últimas consecuencias, je, je.

Nehebkau apenas esbozó una sonrisa de aprobación pues la cuchilla se deslizaba muy próxima a su cuello.

—No existía un lugar mejor para vivir —prosiguió el barbero—, pero con los años el clima se enrareció y el dios terminó por comportarse de forma extraña. Corría el rumor de que había perdido la razón, y que solo le interesaba el culto al Atón y satisfacer sus apetitos sexuales, je, je. Aseguran que en este particular superó a su padre, Nebmaatra,[31] lo cual ya resulta difícil de creer.

El barbero apartó su navaja para mirar el resultado, y sonrió complacido.

—En realidad, era su Gran Esposa Real, Nefertiti, quien gobernaba —continuó en tanto apuraba un poco más el afeitado—. Una mujer bellísima, pero con un carácter terrible. Como sabrás, tomó el poder a la muerte de su esposo para coronarse con el nombre de Smenkhara, aunque solo lo pudo mantener durante algo menos de tres años. Dicen que acontecieron hechos asombrosos, aunque nunca supiésemos lo que ocurrió en realidad. La intriga era la verdadera reina en aquella corte.

Nehebkau asintió y luego pidió que le rasuraran la cabeza.

—Je, je. Parecerás un sacerdote; uno de esos que se hacen llamar *web*, los puros de manos —señaló el hombre mientras tomaba entre sus dedos algunos rizos rojizos—. Una vez afeité a alguien que tenía el pelo de tu mismo color; idéntico.

El joven lo miró un instante, sorprendido por el tono que había empleado el barbero.

—Al parecer se trataba de un príncipe, medio hermano del dios, puede que uno de los muchos que había tenido su padre, Nebmaatra, con las concubinas de su harén. Aseguran que este llegó a poseer más de mil, y que hizo lo posible por visitarlas a todas; je, je.

Nehebkau pareció interesarse por lo que le contaban, pues poder atender a mil mujeres se le antojaba cosa de *hekas*.

—Como te lo cuento. Aquel príncipe era muy arrogante, con fama de poseer mal carácter, un auriga extraordinario y muy aficionado a las mujeres, je, je. Algo que debía de venirle de familia. Sin embargo, fue generoso conmigo y recuerdo que, al terminar de afeitarle, clavó su mirada en mí con unos ojos tan azules como los tuyos, seguramente para que yo supiese a quién había tenido el honor de afeitar.

—¿Cuál era su nombre? —se interesó el joven.

El barbero se encogió de hombros.

—Eso no lo recuerdo; como tantas otras cosas que me han sucedido. Los *hentis* han terminado por pesar demasiado en mi corazón, y mis juicios ya no son como antaño, y aún menos mi memoria.

Nehebkau se mostró pensativo, sin saber muy bien el porqué.

—Si piensas quedarte, ya te adelanto que no es una buena idea —sentenció el barbero al reparar en el gesto de su cliente—. En pocos años esta ciudad parecerá una necrópolis, solo habitada por chacales, serpientes y escorpiones.

—Sin embargo, los muros de sus templos y palacios todavía resplandecen. Ahora entiendo el significado de su nombre. En su mejor época tuvo que ser fácil vivir aquí —replicó Nehebkau, al observar con curiosidad los edificios anexos al Gran Palacio, situados frente a él.

—Así es. Pero todo parece haber formado parte de un espejismo. Los buenos años no regresarán. Además, eres demasiado joven como para pensar en establecerte aquí. Si quieres abrirte camino deberás ir al norte, a Menfis, que es donde se encuentra la corte. ¿Conoces Menfis?

Nehebkau negó con la cabeza.

—Ah. Una gran ciudad, sin duda. Una vez estuve allí, hace ya muchos años, y te aseguro que no tiene parecido con ninguna otra capital. ¿De dónde eres? —preguntó el barbero de repente.

—Del sur —contestó el joven, escueto.

—Je, je. Ya sé que eres del sur. Tu acento te delata, aunque te confieso que me es indiferente que hayas nacido en uno u otro lugar. En mi juventud viví en Tebas, y te aseguro que la ciudad santa de Amón no es más que un villorrio si la comparamos con Menfis. Allí se encuentra el verdadero poder, y se pueden hacer buenos negocios. Su gente no se parece en nada a la de Tebas, que en mi opinión es una santurrona.

Nehebkau agradeció aquella charla con una sonrisa franca, a la vez que reconocía el buen trabajo del barbero. Este tenía razón, ya que al despedirse el joven bien hubiese podido pasar por un sacerdote *web* adscrito a cualquiera de los grandes templos. Siguió el consejo de aquel hombre, y al día siguiente prosiguió su viaje hacia el Bajo Egipto. Desde su barca continuó maravillándose de cuanto veía, del orden que parecía regir por doquier, del trabajo de los *meret*[32] en los campos, del inflexible control de los inspectores, capaces de contabilizar hasta la última gavilla de trigo, de la inacabable sucesión de templos y tumbas que jalonaban las orillas del Nilo, algunos excavados en la roca. Los Señores de Oryx, el decimosexto nomo del Alto Egipto, se habían hecho enterrar allí, y la reina Hatshepsut construyó durante su reinado un *speos*[33] dedicado a Pajet, la diosa leona patrona de la provincia.

Cuando llegó a la altura de El Fayum, el joven tuvo la impresión de que llegaba a las puertas de un mundo diferente. Merwer, el gran lago, nombre por el que era conocido aquel paraje, era una extensa depresión conectada con el Nilo por un largo brazo fluvial que convertía aquella región en un lugar extraordinariamente fértil, con una exuberante vegetación en la que abundaban las especies salvajes, sobre todo los cocodrilos. Sin lugar a duda aquel era el reino de Sobek, pues se le veía por todas partes ya que los marjales se hallaban repletos de caza y todo lo que era necesario para la vida del dios cocodrilo. Decían que aquella área abarcaba más de seis *iterus*,[34] y Nehebkau pudo imaginar la magnitud que algo así representaba para los ojos de los habitantes del Valle; y el poder que los dioses creadores manifestaban ante ellos.

La primera pirámide que contempló fue la de Meidum. Vista desde el río le pareció una torre gigantesca que amenazaba con desmoronarse. Ignoraba por completo a quién pertenecía, y enseguida pensó en los Servidores de la Tumba con los que había convivido. Otros como ellos la habían levantado mil años atrás, y dedujo con facilidad los *hentis* de trabajo que debieron emplear para erigirla. Su revestimiento había ido desapareciendo con el paso de los siglos y en el vértice quedaban a la vista varios escalones que debían de conformar el núcleo. Le pareció un lugar abandonado a su suerte, y se preguntó si todo el esfuerzo de los trabajadores del Lugar de la Verdad no caería algún día también en el olvido.

De Itjtawy solo podía opinar lo mismo. La que un día fuese ciudad amurallada, capital de los faraones de la XII Dinastía, se alzaba ahora solitaria, sin vida, como si se tratase de un lejano recuerdo que las arenas se habían encargado de devorar. A lo lejos se extendía la necrópolis, con más pirámides[35] que aparentaban hallarse en ruinas, y junto a las márgenes del río aparecieron nuevos campos de la mejor tierra *nhb*, que eran administrados por el clero del dios Ptah. Aquellos eran sus dominios, pues su templo era el dueño del ocho por ciento de los cultivos de Kemet, que le habían sido restituidos tras el reinado de Akhenatón por el nuevo faraón. El país volvía a regirse por el orden inmutable establecido desde hacía milenios, y Nehebkau volvió a sentirse insignificante al comprender el alcance de aquel equilibrio del que el Estado se sentía garante. En Egipto el tiempo parecía detenerse, como si este no importara en absoluto.

A la mañana siguiente el paisaje sufrió una transformación. El río apareció repleto de embarcaciones que surcaban sus aguas en ambas direcciones cargadas con todo tipo de mercancías mientras, en las riberas, las gentes iban y venían tirando de asnos con las alforjas llenas. Menfis ya se anunciaba, y al doblar un recodo del Nilo, la ciudad surgió ante él de repente, para asombro de un joven que no daba crédito a lo que veía. Esta era casi tan antigua como el propio país, pues en ella había establecido su capital el unificador de las Dos Tierras, Narmer. En su perímetro todavía se levantaba la muralla blanca que le dio su primer nombre: Ineb-Hedj; aunque en los tiempos del faraón Sesostris I se la conociese como Ankh-Tawy, la que une las Dos Tierras. Ahora todos la llamaban Men-Nefer, o lo que es lo mismo, «belleza estable». Era una urbe enorme, que a los ojos del joven hacía parecer insignificante su Tebas natal, y cuyos muelles bullían de actividad entre un laberinto de naves de todo tipo que salían y entraban de su puerto de forma incesante. Las había de todas las formas y tamaños; desde falucas hasta las gabarras encargadas del transporte de mercancías por el Nilo, aunque lo que más impresionó a Nehebkau fuesen los barcos de alto bordo que se atrevían a atravesar el Gran Verde para comerciar con los pueblos del otro lado del mar.

El joven había oído hablar de estas embarcaciones, aunque nunca se había imaginado que pudieran ser capaces de navegar por los dominios de Set, el señor del caos, y desafiar su ira. Muchas se encontraban atracadas en triple fila, pues no había sitio suficiente en los muelles para todas, mientras se afanaban en cargar y descargar sus mercancías ante la atenta mirada de los funcionarios de la aduana, que contabilizaban hasta la última mercadería con el fin de aplicar las tasas correspondientes. Los escribas encargados de tomar nota eran tan puntillosos que no dudaban en hacer inspeccionar las bodegas de los navíos ante la menor duda de verse engañados. Menfis estaba llamada al comercio, y su estratégica situación cerca del delta hacía de su puerto, Per Nefer, «el buen viaje», un enclave al que podían arribar los mercantes para importar y exportar los más diversos productos, muchos de ellos procedentes de lejanas tierras.

Sin duda todo ello hacía de la capital una ciudad cosmopolita que poco se parecía a las demás, y desde los tiempos en que el gran Tutmosis III extendiera su imperio hasta las orillas del Éufrates, la urbe no había dejado de crecer, al haberse abierto Egipto a otros pueblos. Gentes llegadas de Retenu y de las islas del otro lado del mar se habían establecido allí, dispuestas a hacer buenos negocios, y las mercancías traídas desde oriente hacían furor, ya que las clases altas se habían aficionado al lujo en todas sus formas desde que el país de las Dos Tierras se empezara a recuperar de la ruina a la que le había conducido el infausto reinado de Akhenatón, el faraón hereje.

Por este motivo el ajetreo era habitual. Allí todo el mundo parecía tener prisa, como si no existiese un mañana, y no dudaban en alzar sus voces entre el gentío para llamar la atención sobre cualquier cosa que estuviesen dispuestos a negociar. A Nehebkau le parecía imposible que alguien pudiese llegar a entenderse entre semejante griterío, y al instante lo comparó con la quietud del lejano sur, con la tranquilidad con que se vivía en Tebas o la paz que se respiraba en el Lugar de la Verdad. Este era un Egipto diferente, y se preguntó cómo podría abrirse camino en un lugar como aquel, donde sin duda imperaba la ley del más astuto. Allí los chacales recorrían los muelles en busca de su particular carroña, aunque cambiasen los aullidos por sonrisas ladinas y palabras embaucadoras. Aquel que podía engañaba, y todos lo aceptaban como algo natural, incluso cual si fuese una obligación. Se trataba del imperio del ardid, y en verdad que en aquel reino los virtuosos eran legión. Detrás de cada acuerdo, después de alcanzar un buen trato, cualquiera podía tener la impresión de haber sido engañado; solo era necesario acostumbrarse.

Durante unos días Nehebkau vagó por los muelles como un ánima perdida en busca de un lugar en el que establecerse. Allí poco rédito podría sacar, pues hasta existían lonjas en las que se vendía el pescado del día, y algunos ejemplares provenientes del Gran Verde, algo que al joven le pareció asombroso. Sin embargo, no renunció a su esquife, puede que debido al cariño que le tenía, o quizá a que aquella vieja barca representaba los recuerdos de toda una vida. Indefectiblemente, se imaginaba a Akha sobre ella, con su piel cobriza, dura como el cuero, pegada a sus huesos, lanzando las redes justo en el sitio que debía, con aquel gesto inexpresivo del que nunca había sido capaz de separarse. A donde fuera que hubiese ido a parar su *ba*, Nehebkau estaba convencido de que su expresión nunca cambiaría, pues que él supiese su padre no conocía otra. En ocasiones se preguntaba cómo habría sido este en realidad, cuál su auténtica naturaleza, aunque terminara por comprender que semejantes cuestiones formaban parte de un imposible que nadie podría responder.

El joven ocultó su esquife lo mejor que pudo, entre unos cañaverales situados cerca del puerto. Era un lugar discreto, y en él pasaba las noches tumbado sobre su barcaza, como siempre había hecho. Le pareció que las estrellas brillaban menos, y que con mayor frecuencia Nut ocultaba su vientre sobre la bruma que formaba la humedad del río. Allí la diosa

Tefnut era poderosa, y de seguro que las noches de invierno resultarían frías.

Una tarde alguien le descubrió. Nehebkau cocinaba unas carpas recién capturadas cuando oyó ruido de pisadas tras unos matorrales próximos al lugar en el que se encontraba. La pequeña lumbre, hecha con sarmientos, crepitaba a la vez que extendía un delicioso olor a pescado frito al que resultaba difícil resistirse. El joven era un maestro en el arte de prepararlo, y mientras removía con cuidado las ascuas observó que una cara asomaba por entre los arbustos como si se tratase de una aparición. Pasada la primera impresión, Nehebkau estuvo a punto de soltar una carcajada, ya que aquel rostro se le antojaba enteramente gatuno, con unos ojos abiertos como si fueran cuencos, que le miraban fijamente, sin pestañear. Al poco el desconocido se relamió, y Nehebkau suspiró mientras volvía a prestar atención a las brasas.

—Los arbustos son un mal lugar para ocultar a un hambriento —dijo mientras observaba el fuego.

Al momento el desconocido salió de su escondite y se aproximó con cautela.

—Qué gran verdad es esa, aunque, qué quieres, no existe ningún lugar capaz de aliviar al estómago atormentado —respondió el extraño con resignación.

Nehebkau le estudió un momento, mientras se aproximaba, e hizo un ademán con el que le invitaba a acompañarle.

—Gracias, amigo. Aún quedan corazones compasivos en esta ciudad sin conciencia. De algún modo, los dioses te lo recompensarán.

El joven sacudió la cabeza, divertido, como solía ocurrir cuando le mentaban la intervención divina por cualquier motivo. Luego miró con disimulo al recién llegado. Parecía mayor que él, de piel cetrina, como la de las gentes del Alto Egipto, de talla mediana y tan delgado como si hubiese nacido de un cañaveral. Al sentarse reparó en sus miembros huesudos, y orejas algo puntiagudas, que destacaban en su cabeza tonsurada. Sus facciones resultaban singulares hasta el extremo de que su semblante se asemejaba por entero al de un gato. El joven pescador de nuevo aguantó la risa, y el invitado pareció hacerse cargo de la situación para continuar con la conversación.

—Imagino el mal efecto que te causo, aunque, por otra parte, ya esté acostumbrado.

Nehebkau lo observó con más detenimiento y vio cómo aquel individuo clavaba sus ojos en las carpas mientras se relamía. Entonces oyó cómo le sonaban las tripas, en tanto el tipo se llevaba ambas manos al estómago.

—Dos días sin comer son demasiados hasta para alguien tan delgado como yo —se excusó—. Mis *metus* deben de estar ya sin fluidos, y por eso se quejan.

—Bueno, eso pronto lo remediaremos. El pescado ya está casi listo, y todavía dispongo de una hogaza de pan.

El extraño abrió aún más los ojos para mirar hacia el asado con evidente codicia; como quien se encuentra con un tesoro inesperado.

—¿Cómo es que no has comido en dos días? —quiso saber Nehebkau mientras le ofrecía una de las carpas y un trozo de pan.

—La vida —dijo el desconocido a la vez que se llevaba el pescado a la boca—. Uhm —exclamó—. Está delicioso. Jamás probé uno mejor. Por fin Shai se apiadó de mi suerte al cruzarte en mi camino. Soy muy afortunado.

Nehebkau asintió, divertido, ya que aquel tipo le parecía ocurrente. Durante un rato los dos permanecieron en silencio, mientras aquel hombre devoraba con fruición la inesperada cena que, al parecer, le había deparado el dios del destino. Luego, ya más satisfecho, el extraño comenzó a hacer alarde de su locuacidad.

—Perdona mi atrevimiento —aclaró— pero debes comprender lo inusual que resulta encontrarse con una cena semejante. Dudo que el *Ti aty*[36] haya comido un pescado tan delicioso. Tiene un gusto exquisito que no adivino de dónde procede.

—Es el cilantro.

—¡Cilantro! —exclamó el invitado—. Ya me parecía a mí un manjar.

—Así lo preparamos en el Alto Egipto.

El desconocido asintió, pues el acento delataba a su anfitrión.

—¿De qué parte del sur eres? —quiso saber, aunque al instante se apresuró a puntualizar—: No pretendo entrometerme, amigo. Solo lo he preguntado por curiosidad.

—Soy de Waset.

—La ciudad santa de Amón —señaló aquel tipo, como si hubiese sido testigo de un prodigio—. Es la primera vez que me cruzo con un tebano, y a partir de hoy daré gracias a los dioses por ello. Tenéis bien ganada vuestra fama de virtuosos.

Nehebkau soltó una risita, ya que su invitado le parecía divertido.

—Yo en cambio soy de aquí. Nací en Menfis, y a esta ciudad seguramente será a la que Anubis vendrá a buscarme.

—Parece un buen lugar en el que vivir.

—Menfis es hermosa, pero también ingrata para el que tiene que buscarse la vida a diario. Deduzco que la visitas por primera vez.

—Nunca había salido de Tebas.

—Ignoro qué te trajo hasta aquí, pero has recorrido un largo camino.

Nehebkau no contestó, pero se percató de que aquel hombre lo observaba con extraordinaria viveza. Al punto este continuó.

—No hay mejor lugar que este para perderse entre el gentío —se atrevió a decir—. En Menfis da igual cuál sea tu nombre.

El joven pescador hizo un gesto de sorpresa, ya que el nombre era una cuestión de la mayor trascendencia para cualquier egipcio.

—Así es —prosiguió su acompañante—. A tales extremos ha llegado esta capital. Yo mismo desconozco mi nombre.

Nehebkau no pudo evitar una mueca de asombro.

—Es tal y como te lo cuento. Ignoro quién soy, y por ende quiénes pudieron ser mis padres. Algunos aseguran que soy producto de un milagro, aunque yo me temo que más bien proceda del pecado, ja, ja.

—¿Entonces...? —preguntó Nehebkau, desconcertado.

—En Menfis todos me llaman Miu.

Sin poder remediarlo el tebano soltó una carcajada, pues de este modo llamaban a los gatos.

—Ríe cuanto quieras, pues no voy a enfadarme. Lo entiendo perfectamente.

El joven pescador mostró las palmas de sus manos para disculparse.

—Espero que no te hayas ofendido —quiso aclarar—, pero convendrás en que no es un nombre muy común.

—Y dado a la burla, pero no me importa. Si nací con cara de gato, solo a Khnum habrá que pedir responsabilidades.

—El dios alfarero es muy aficionado a la broma; eso hay que reconocerlo.

—Hay quien asegura que en el vientre materno se obran prodigios de esta clase, sin que se conozcan las causas.

Nehebkau volvió a reír, ya que Miu hablaba sobre ello con una total convicción, tal y como si durante la concepción se echara a suertes la naturaleza de la criatura que habría de nacer.

—De nuevo debo disculparme, Miu; aunque si te detienes a considerar el asunto, tampoco saliste tan mal parado. En mi opinión pocos animales pueden compararse con los gatos.

—Uhm... tienen sus particularidades, sin duda. En Menfis los encuentras por miles, y en el puerto proliferan especialmente pues lo mantienen limpio de ratas. Los mercaderes aseguran que algunos son grandes como leopardos, aunque a mí siempre me pareció algo desproporcionado.

Nehebkau asintió, riendo entre dientes, ya que saltaba a la vista lo dado que era su invitado a la exageración.

—Bueno —dijo el joven mientras recomponía la compostura—. Para serte franco te confiaré que mi nombre tampoco es muy usual. Como te ocurre a ti, yo tampoco conocí a mis verdaderos padres, aunque, eso sí, un alma caritativa me recogiese para cuidarme.

Miu abrió de nuevo los ojos desmesuradamente, en lo que parecía ser un gesto habitual, para mostrar su asombro; y

Nehebkau cayó en la cuenta de que aquel hombre no tenía pestañas, como les ocurría a los gatos.

—Al menos alguien se ocupó de ti —señaló Miu—, y no tuviste que vagar por la Tierra Negra abandonado a tu suerte.

—En eso tienes razón; aunque a la postre no tuviera una madre que pudiese bautizarme como corresponde, igual que te pasó a ti.

—Oh. Un hecho lamentable que, no obstante, es relativamente frecuente en Menfis. Aquí el río se despierta cada mañana con alguna criatura abandonada en un cesto. Algunos son pasto de los cocodrilos, aunque suelen recoger a la mayoría.

El joven pescador se lamentó con un gesto.

—Pero dime, pues ya tengo curiosidad —prosiguió Miu—. ¿Cómo te haces llamar?

—Nehebkau —dijo este en tanto clavaba la mirada en su invitado.

Miu hizo un aspaviento sumamente cómico y acto seguido una mueca de asombro; como si se hallase ante un imposible.

—Nehebkau —repitió con evidente estupefacción—. Ese sí que es un nombre poderoso. Dudo que tu madre hubiera podido encontrar uno mejor. Nehebkau... el indestructible. No conozco a nadie que se llame así.

Su anfitrión se encogió de hombros, ya que él tampoco había elegido aquel nombre.

—Con semejante apelativo se puede recorrer Kemet de norte a sur con total seguridad; sin temor a que pueda ocurrirte algo. Ahora comprendo cómo fuiste capaz de descender por el Nilo en tu esquife sin sufrir contratiempos.

Nehebkau quiso quitar importancia al asunto, y trató de ocultar su primer bostezo. Al momento su invitado hizo un ademán con el que se quería despedir, pero el tebano le animó a quedarse.

—Puedes dormir aquí, si lo deseas —le dijo—. Todavía tengo un poco de queso que podremos desayunar por la mañana.

Aquellas palabras resultaron convincentes a su inesperado

acompañante, quien juró por la poderosa Sekhmet que no importunaría en absoluto el sueño de aquel *ba* bendecido por la diosa Maat, que había accedido a llenar su estómago de forma altruista.

Nehebkau se tumbó cerca de su barca, y al poco ambos se durmieron plácidamente, con la satisfacción propia de quien ha cenado bien.

Sin embargo, ya de madrugada, Miu se despertó, y durante un rato permaneció en silencio, casi sin moverse, aguzando el oído, como haría un gato que se preciara. Hasta él llegaba la respiración acompasada de su anfitrión, quien parecía hallarse en el mejor de los sueños. Con sumo cuidado se incorporó para dirigir la mirada hacia el zurrón situado cerca de Nehebkau, en el que se había fijado desde que diera el primer mordisco a la carpa. Ignoraba lo que pudiese contener, pero fuera lo que fuese sería bueno para él, pues no poseía nada. Con sumo cuidado se aproximó a Nehebkau, sin hacer el menor ruido, y acto seguido tomó el pequeño bolso para hurgar en su interior.

Tal y como le habían dicho había un buen pedazo de queso, que cogió al momento, y algo envuelto en una tela que parecía desgastada por el paso del tiempo. Con cuidado la desenvolvió y entonces sus ojos volvieron a abrirse, como acostumbraba a hacer cuando se sorprendía por algo. Aquella era una visión deslumbrante, un milagro inesperado imposible de definir, un hecho insólito que solo podía darse una vez en la vida.

Miu acarició el brazalete, y casi con reverencia lo expuso a la luz de la luna, que aquella noche brillaba con particular fulgor. Se trataba de una joya extraordinaria, digna de un príncipe, con incrustaciones de piedras semipreciosas, y tallada con maestría. El orfebre había grabado en ella la figura del dios Set, y al momento Miu se percató del gran valor que poseía. En Menfis podría obtener un buen precio por ella. Suficientes *deben* como para salir de la miseria en la que se hallaba; incluso podría encontrar una mujer de su gusto en el mercado de esclavos. Era una pena, ya que aquel joven se había mostrado sumamente generoso con él, al compartir su cena, pero la vida le había sido tan esquiva a la hora de administrar su suerte que era imposible rechazar el regalo que ahora le ofrecía. Sería un desaire —pensaba— y eso era algo que jamás haría, pues bien sabía él lo poco dada que era a ofrecer una segunda oportunidad. Aquel brazalete le convertiría en otro hombre, y Miu estaba convencido de que se lo merecía.

El truhan se sonrió, y después de introducir la alhaja en el zurrón, echó un último vistazo al joven, que continuaba dormido. Luego se levantó con cuidado, dispuesto a marcharse, y justo cuando se volvió se encontró ante lo inesperado.

Al principio no supo si salir corriendo, pero algo en su interior le dijo a Miu que era mejor permanecer donde estaba si quería volver a ver la luz del día. El menfita tragó saliva con dificultad, y acto seguido sintió que las fuerzas lo abandonaban, como si todo formase parte de un formidable hechizo para dejarle indefenso ante una muerte segura. De su garganta salió un gemido lastimero, y a continuación invocó a cuantos dioses conocía para implorar su ayuda; entonces la cobra se alzó en toda su majestad para situarse apenas a un codo de distancia y clavar sus ojos en él, en tanto mostraba su lengua bífida. Era una mirada terrible, fría y a la vez cargada de mensajes, arrolladora, con la que anunciaba su poder para arrebatarle la vida. Miu sintió que su vientre se aflojaba, y sus esfínteres huían de su control. Pensó que su tiempo estaba cumplido y siempre aseguraría que vio cómo Anubis se le aproximaba, con su sempiterna sonrisa de chacal, dispuesto a llevárselo sin hacer preguntas. En ese momento una voz resonó a su espalda.

—Si te mueves morirás.

Miu volvió a gemir, pero permaneció quieto, como si se tratase de una de aquellas estatuas que tallaban «los que daban la vida».[37] En su angustia escuchó pasos de alguien que se aproximaba, y al poco una figura se inclinó junto a él, al tiempo que abría sus brazos y emitía palabras que era incapaz de entender; sonidos inconexos que le aterrorizaron.

Al momento la cobra fijó su atención en Nehebkau, quien gesticulaba para llamarla a su lado, como si se tratase de su perro favorito; sin el menor temor. El reptil pareció entenderle, ya que se echó a tierra para después reptar sobre sus rodillas y encaramarse a sus hombros.

—Ahora puedes soltar el zurrón —señaló Nehebkau, impasible, en un tono ausente de temor, como si aquello fuese algo natural.

Miu hizo lo que le pedía, sin apartar la vista del ofidio, y durante un rato observó cómo este se deslizaba por el cuerpo del tebano de la forma más natural, cual si se sintiese a gusto en su compañía. Así pasaron los minutos, aunque Miu jamás sería capaz de cuantificarlos. Para él, el tiempo se había detenido, pues atendía a la escena hipnotizado, igual que si se tratase de un sueño que no podía abandonar.

Ya próximo al alba, Nehebkau volvió a extender sus brazos con parsimonia, y susurró algo a la cobra, que al momento se echó de nuevo al suelo para acto seguido zigzaguear y desaparecer entre la espesura, con evidente pereza. Luego el joven se incorporó para tomar la bolsa y regresar hacia donde se encontraba su barca. Entonces Miu salió de su aturdimiento, y sin poder contenerse empezó a sollozar al tiempo que se llevaba ambas manos al rostro y sacudía la cabeza, lamentándose. Estaba tan impresionado que su cuerpo comenzó a temblar sin que pudiese hacer nada por evitarlo. No era dueño de sí, y en su corazón tuvo tal congoja que se vio invadido por un sentimiento de culpa que le resultaba desconocido; una emoción de la que no tenía constancia y le llevaba a verse como un ser despreciable.

Cuando al fin se recuperó, Miu miró al tebano, que lo observaba, impasible, sentado junto a su esquife; y al momento corrió hacia él para caer de rodillas y suplicar su perdón.

—Soy un ser vil —se lamentó—, indigno de sentarse a tu mesa. No encontrarás en Menfis a alguien tan aborrecible. Me diste de comer y yo te pagué de la peor forma, pues te quise robar. Soy un tipo infame al que esta noche humillaste con tu poder. Perdóname. Para mí eres como un dios.

Nehebkau lo miró fijamente, pero permaneció en silencio.

—Te contaré la verdad. Te abriré mi corazón, aunque nunca creas en mi arrepentimiento. Yo soy un simple ladrón, de los más humildes que puedas hallar en Menfis, pero un ratero, al fin y al cabo, que toma lo que puede para poder subsistir. Así es mi vida, aunque por mucho empeño que ponga no llegue más que a ladronzuelo. Me aprovecho de los descuidos ajenos, y me gusta deambular por los muelles para robar a los extranjeros que llegan al puerto, pues no me conocen. Me paso las horas de acá para allá en busca de incautos, y a la caída de la tarde acostumbro a apostarme en las proximidades de alguna Casa de la Cerveza, a las que suelen acudir marineros y comerciantes. El *shedeh* tiene la virtud de nublarles el entendimiento y, si veo la oportunidad, los sigo para sacar partido de su borrachera. A eso me dedico, aunque, como podrás comprobar, poco rédito obtengo con mi villanía. Hace dos días sustraje la bolsa a un mercader libio con sus ganancias, que no eran pocas pues contenía varios anillos de oro y un collar de lapislázuli, era una buena ganancia que me hizo concebir las mayores fantasías para mi futuro, igual que me ocurrió esta noche al ver tu brazalete. Lo malo fue que me topé con una pareja de *medjays*, de las que acostumbran a vigilar los muelles. Supongo que sabrás lo que algo así significa, ¿verdad?

Nehebkau asintió ya que se imaginaba sin dificultad todo lo que ocurrió después.

—Solo Anubis me resulta más peligroso que una pareja de *medjays* —continuó Miu con abatimiento—. Al percatarse de mi robo salieron en mi persecución como si se tratara de lebreles; corrían como guepardos, aunque pude escabullirme en uno de los almacenes y ocultarme en un gran cesto de harina. Por un momento creí sentirme a salvo, lo malo fue que soltaron al mono.

Nehebkau sabía a lo que se refería. Los *medjays* se hacían acompañar por un babuino, que liberaban de su correaje cuando necesitaban su intervención. Eran animales feroces, con enormes colmillos con los que eran capaces de hacer frente a los leopardos, y muy fieles a sus dueños. Él los había visto entrar en acción en múltiples ocasiones, y no había reo que pudiese escapar de ellos.

—Cuando oí sus chillidos ya lo tenía encima del cesto —se lamentó el menfita—, y al llegar los *medjays*, alertados por el griterío, y levantar la tapa de mimbre, el mono metió la cabeza para enseñarme sus terroríficos colmillos, al tiempo que rugía. A sus dueños les costó apaciguarle para que se bajase del cesto, como si el animal tuviese algo personal contra mí, mas al fin lo consiguieron para luego sacarme de allí entre risotadas y los peores improperios que se puedan escuchar. Hubo burlas de todo tipo y la gente acudió a ver el espectáculo, pues me hallaba cubierto de harina de pies a cabeza, blanco como el lino más puro. Algunos pedían que me hornearan para hacer buenas hogazas, y otros que me tiraran al río para ser pasto de los cocodrilos, entre grandes carcajadas y una general algarabía. Pero como verás, no ocurrió ni lo uno ni lo otro. Me dieron cuatro palos y me ataron de mala manera, mientras me aseguraban que en esta ocasión no me libraría de ser condenado a trabajar en las minas del Sinaí.

Miu detuvo su relato unos instantes, como para coger aire, mientras perdía su mirada en el río, en tanto el tebano lo observaba en silencio, sin perder detalle de lo que le contaba.

—Esta no iba a ser la primera vez que me llevasen ante el juez, aunque bien podía tratarse de la última —prosiguió el menfita—. A pesar de que saben que soy inofensivo suelen imponerme las penas habituales, en las que se reparten bastonazos más allá de lo imaginable. En una ocasión me dieron cincuenta, con alguno que otro sangrante, y en confianza te diré que aún no comprendo cómo pude recuperarme de la tunda. El último magistrado con el que me vi las caras ya me advirtió que, si volvía a importunarle con mis fechorías, me enviaría al Sinaí. ¿Te haces una idea de lo que significa esa palabra?

Nehebkau hizo un gesto de desconocimiento, y el ladronzuelo continuó con su historia.

—Ignoro quién pudo bautizar con ese nombre a un lugar semejante. Creo que el Amenti hubiese sido mucho más apropiado, sobre todo porque de este modo todos los condenados en el Juicio de Osiris ya sabríamos lo que nos esperaría. El

Sinaí es sinónimo de los más terribles padecimientos. En sus minas la tierra te arrebata el aire hasta dejar que mueras consumido por tu propia desgracia. Yo allí duraría poco, como es fácil imaginar; estoy convencido de que en una semana Anubis me despacharía sin ninguna dificultad.

Nehebkau asintió, comprensivo, pues pensaba que solo era cuestión de tiempo el que Miu terminara en aquel lugar tan poco recomendable.

—Sin embargo, no estaba dispuesto a adelantar los acontecimientos —apuntó este último—. Debía escapar a cualquier precio, y eso fue lo que hice a la menor oportunidad. Yo también tengo mis habilidades, ¿sabes?, y con los años me he convertido en un consumado escapista. No hay nudo que se me resista, y si es necesario hasta soy capaz de descoyuntar alguno de mis miembros para deshacerme de las ataduras. Así pues, al primer descuido, corrí y me arrojé al río con las manos aún amarradas a la espalda, ya que prefería terminar mis días entre las fauces de un cocodrilo que verme en el Sinaí con mis huesos molidos por los golpes. Lo demás resultó sencillo, pues soy un buen nadador, y tras liberarme de mis ligaduras me escondí entre los cañaverales, muy cerca de aquí, donde pasé más de un día implorando a Sobek para que no enviase a alguna de sus criaturas a buscarme. Luego me aventuré a salir de allí, y al poco me llegó el aroma de tu asado, al que, como comprenderás, no me pude resistir. Esta es mi triste historia, y solo deseo que te hagas cargo de mi lamentable vileza y puedas perdonarme.

—Al parecer, la vileza que te atribuyes está en tu corazón. Da igual que yo te perdone. Mañana volverás a robar al primer incauto que se cruce en tu camino —aseguró Nehebkau con severidad.

—Pero tu caso es diferente. Me acogiste de buena fe, sin conocerme, y compartiste lo que poseías.

—Salvo el brazalete que decidiste robarme —dijo el tebano con sorna.

—Tienes razón, y es por eso que he reconocido mi culpa; pero luego recibí una gran lección que jamás olvidaré. Aún tiemblo al recordar lo que ocurrió después. Parece cosa de *hekas*; nunca vi un poder semejante. ¿Acaso eres un mago?

Nehebkau hizo un gesto de disgusto, ya que las hechicerías le desagradaban de forma particular.

—Entonces eres un enviado de Wadjet que me libró de una muerte segura. Un ser semidivino, pues no encuentro otra explicación.

—No hay ninguna explicación que dar —aclaró el joven tebano, ya que deseaba zanjar aquella conversación.

—En tal caso permíteme que te sirva —se atrevió a decir el pillastre.

Nehebkau rio quedamente.

—¿Servirme? Buena ocupación me ofreces. Lo último que haría sería asociarme con un ladrón.

—A tu lado podría reconducir mi camino y alejarme para siempre de mis hábitos mezquinos —aseguró Miu, que parecía muy excitado ante semejante posibilidad.

—No tengo intención de aliarme con nadie. Además, soy casi tan pobre como tú.

—Pero no te pediría nada a cambio. Siempre estaré en deuda contigo; te repito que para mí eres como un dios.

—No encontrarás en Egipto a nadie tan apartado de los dioses como yo —apuntó el joven en tono burlón, pues le divertían los gestos teatrales con los que se acompañaba el menfita cuando hablaba.

—Al menos accede a que te muestre la ciudad. Podría enseñarte hasta el último de sus rincones. Piensa que eres un forastero que la visita por primera vez, y hay todo un ejército de colegas dispuestos a interesarse por ti en cuanto te vean aparecer.

—Imagino que formáis una cofradía de la mejor condición —dijo el tebano con ironía.

—No existe ninguna con mayor reputación. Pero Menfis no es solo el reino de la astucia; se trata de una capital tan antigua como el país, llena de historia y hermosos lugares, donde un hombre como tú podría hacer fortuna.

Nehebkau enarcó una ceja con evidente desdén, ya que no estaba entre sus planes enriquecerse.

—Créeme —se apresuró a explicar Miu—. Aquí se halla la Administración del Estado desde tiempos inmemoriales, así como la residencia del faraón. El dios Tutankhamón, vida, salud y prosperidad le sean dadas, se aloja en el palacio que un día levantó el gran Tutmosis I, y que luego embelleció su abuelo. En Menfis se encuentra el verdadero poder que rige la Tierra Negra, y se pueden hacer buenos negocios.

El joven tebano observó a su acompañante con curiosidad. Sin duda hablaba con entusiasmo, aunque él no estuviera interesado en nada de lo que le contaba. No tenía ningún plan en particular, pues su viaje atendía a razones que solo competían a su conciencia. En el fondo él no era mucho mejor que aquel redomado ladrón, pues sus actos poco tenían que ver con la supervivencia y sí con el egoísmo y la artera traición. Si Menfis era la ciudad del engaño, él no desentonaría en absoluto, incluso podría dar clases de deslealtad a quien se lo pidiera.

Miu percibió aquel momento de duda, y al punto continuó.

—Seguro que eres un buen pescador, y yo podría ayudarte a vender tu pescado. En Menfis encontrarás mucha competencia, pero saldrás adelante si es eso lo que deseas. Yo mismo cuidaría de tu barca cuando así lo precisaras.

Nehebkau lanzó una carcajada, ya que lo último que se le ocurriría sería dejar a un ladrón al cargo de su querido esquife. Sin embargo, se detuvo a considerar la cuestión. Si Menfis era una ciudad tan laberíntica, ¿qué mejor que recorrerla en compañía de un truhan?

25

Menfis recibió al joven con su habitual sonrisa milenaria, irresistible, al tiempo que embaucadora. La ciudad rezumaba historia por sus cuatro costados a la vez que ofrecía multitud de contrastes que la hacían seductora a los ojos de cuantos se acercaban a ella. Las clases más humildes se hacinaban en abigarrados suburbios en los que las callejuelas formaban mil cruces que creaban una confusión difícil de imaginar. No había ordenamiento alguno, pues cada cual había levantado su vivienda donde le había parecido o, mejor, donde buenamente había podido. Muchas de aquellas casas se situaban en las lindes del desierto, próximas a la inmensa necrópolis que se extendía justo al oeste, conocida como Saqqara. Poco tenía que ver esta Menfis con la de los elegantes palacios y hermosas villas que se alzaban cerca del río. Allí, las clases altas disfrutaban de todo lo bueno que la Tierra Negra pudiese regalarles, de frondosos jardines repletos de raras especies, tan apreciadas por quienes tenían la fortuna de gozarlas, de la brisa del Nilo, tan reconfortante durante el estiaje, de las noches de ensueño que gozaban bajo el vientre tachonado de estrellas que Nut ofrecía durante el verano. La capital se iba convirtiendo en un crisol en el que se mezclaban nuevos elementos, pues su cercanía al Mediterráneo y las rutas que se dirigían hacia Retenu la habían convertido en una urbe cosmopolita, que crecía sin parar ante el auge económico que le proporcionaba su estratégico puerto que, con los siglos, terminaría por convertirse en un lugar de referencia para el comercio en todo el mundo conocido.

Sin embargo, si por algo era famosa la capital era por el barrio de los artesanos. Este representaba la quintaesencia de la villa, su auténtica razón de ser, ya que, además de su antigüedad, se hallaba consagrado al dios de la ciudad, Ptah, el demiurgo menfita, que era su santo patrón y considerado, por tanto, como el protector de los artesanos. Estos se sentían muy orgullosos de ello pues dicho dios ya existía en la época del periodo Predinástico, más de mil quinientos años atrás, y su pensamiento era considerado por muchos como el más filosófico dentro del panteón egipcio. Consideraban que, como demiurgo, había creado por medio de su corazón, órgano en el que residía el entendimiento, y de su lengua, y que de ellos había llegado a surgir el *maat*. Era tenido como el inventor de todos los trabajos manuales, y por este motivo lo honraban los orfebres y escultores de Kemet.

Cuando Nehebkau se vio en aquel barrio pensó que todo Egipto se había dado cita en él, pues era tal el gentío que el joven dudó que allí pudiese caber alguien más. Las calles se encontraban repletas de puestos y tenderetes en los que se vendía de todo; desde la más fina orfebrería, hasta dudosos anticonceptivos o tintes para el cabello.

—Ya no sé qué ponerme para evitar las canas —se quejaba una señora en uno de aquellos puestos.

—Este compuesto es infalible —afirmaba el vendedor de manera categórica. Piense que contiene sangre de buey cocida en aceite.

—Uy, eso ya lo he probado más veces y no me ha dado resultado.

—Pero tenga en cuenta que mi receta no es como las demás —le aseguraba el tendero—. La sangre perteneció a un buey negro.

—¿Un buey negro?

—Así es, señora. El animal transfiere su negrura a quien se aplica esta mezcla. Por eso es tan efectivo. No hay nada que se le pueda comparar.

—Ah. Bueno, en ese caso lo compraré.

Escenas semejantes eran el pan de cada día. La farmacopea egipcia parecía infinita, aunque abundaran, sobre todos los demás, los remedios para el estreñimiento, diarreas y ardores anales.

La mayoría de aquellas fórmulas eran de sobra conocidas en Tebas, aunque no las proclamasen públicamente, a voz en grito.

—¡Higos de sicómoro, higos de sicómoro! ¡Lo mejor para el estreñimiento! —gritaban.

En aquellas calles podía venderse cualquier cosa, aunque los orfebres fuesen los más solicitados, ya que tenían una bien ganada fama. Entre estos había reputados maestros, capaces de crear las más bellas filigranas, que recibían encargos de las clases pudientes, e incluso de miembros de la corte. Los escultores también eran muy considerados, aunque a la postre en aquel barrio se podía comerciar con lo que fuera.

—Sujeta bien tu zurrón si no quieres que desaparezca —advirtió Miu, como si aquello fuese lo más natural del mundo.

—Pensé que al acompañarme me librarías de los truhanes —dijo Nehebkau, jocoso.

—En este barrio todos me conocen. Muchos comerciantes me dan de comer a cambio de que vigile sus puestos. Por eso suelo trabajar en otros lugares. Pero ya te aviso de que la calle está repleta de ladronzuelos dispuestos a desvalijarte a la primera oportunidad.

—¿Proteges los puestos? —preguntó el tebano, sorprendido.

—A eso hemos llegado —se lamentó Miu—. Ya te dije que me resultará difícil salir de la miseria. Como ladrón soy un desastre.

Nehebkau se sonrió, y apretó el zurrón contra sí, como le aconsejaban.

—A propósito —prosiguió Miu—, ¿has pensado en la posibilidad de vender tu brazalete?

El joven tebano se detuvo al instante para mirar a su acompañante de forma aviesa. Al ver su gesto, este se apresuró a puntualizar:

—No me malinterpretes. Te lo digo porque puede que algún día necesites desprenderte de él para poder comer, pues así es la vida. En tal caso conozco quien estaría dispuesto a ofrecerte un buen precio.

—Ya te dije que no está en venta.

—Pues es una pena, ya que ese brazalete podría solucionarte la vida.

—El río es mi vida; no necesito mucho más.

—Pero al menos averiguarías su valor, e incluso su procedencia.

Nehebkau pareció pensativo, pues nunca se le había ocurrido indagar acerca del brazalete. Quizá si supiese algo más sobre él sería posible arrojar un poco de luz acerca de su oscuro pasado. Pero guardó silencio, mientras continuaba su paseo, calle abajo. Saltaba a la vista que Miu era un viejo conocido en aquel barrio, y Nehebkau imaginó lo que la gente opinaría de él al acompañarle. Aquella misma mañana habían pescado un lates de buen tamaño que luego habían vendido en una de las lonjas después de un insufrible regateo. Miu tenía razón, en Menfis encontraría mucha competencia y no obtendría los mismos beneficios que en Tebas. Sin embargo, el joven tenía la certeza de hallarse en el lugar adecuado y el presentimiento de que la vida se preparaba para sorprenderle.

26

Toda la ciudad se echó a la calle para celebrar la fiesta del Año Nuevo. Por fin Sirio, la estrella del perro, se había anunciado en el horizonte para pregonar la crecida, y en pocos días los campos del Bajo Egipto se verían anegados por unas aguas saturadas por el limo vivificador que, más tarde, traería la abundancia. Esta era la palabra que se hallaba grabada en todos los corazones, pues de ella dependía el porvenir del país de las Dos Tierras, y también los estómagos.

Atrás quedaba todo un año, como parte del ciclo eterno en el que cada egipcio pensaba que vivía, así como los epagómenos, los últimos cinco días del año dedicados a Osiris, Set, Isis, Neftis y Horus. Una nueva estación estaba a punto de comenzar, y para conmemorarla todos los ciudadanos se dirigían hacia el río a realizar sus invocaciones, a fin de que la crecida fuese beneficiosa y alcanzase en el nilómetro de Menfis la altura de diecisiete codos, unos nueve metros, que era considerada como perfecta.

Una gran multitud se congregó junto a las escalinatas que conducían hasta la misma orilla del río, para ver pasar a la comitiva real con el faraón al frente, dispuesto a oficiar como primer profeta de todos los cleros de Egipto la ceremonia en la que se ofrendarían ingentes cantidades de alimentos al dios de las aguas. Nehebkau y su singular acompañante fueron testigos de aquel solemne acto desde la distancia, y el tebano nunca olvidaría la primera vez que vio a Tutankhamón, ni la impresión que este le causó. El Horus reencarnado era apenas un niño, de poco más de trece años, de complexión débil, anchas caderas y evidente cojera. Se hacía acompañar por dos figuras que destacaban entre las demás, pues transmitían todo el poder que en realidad ostentaban. Al joven se le antojaron formidables, y en todo momento permanecían junto al faraón como si formasen parte de su sombra. Estos ayudaron al rey niño a sacrificar un ternero y permanecieron inmóviles mientras el señor de las Dos Tierras cantaba con voz casi inaudible el himno sagrado en honor a Hapy.

—¡Salve, Hapy!, tú que has surgido de la tierra —repitió Miu, que al parecer se sabía cada estrofa.

Nehebkau se sorprendió de que semejante pillastre recitase aquella oración, aunque al momento se percató de que todos los asistentes participaban de la ofrenda, como si el cántico fuese de sobra conocido.

—¿Quiénes son los hombres que acompañan al dios? —preguntó el tebano con curiosidad.

—¿Cómo? ¿No los conoces? —inquirió Miu, sorprendido.

—No.

—Uno es Ay, su tío abuelo, y el otro es el general Horemheb.

—¿Y la princesa que se les aproxima? —quiso saber Nehebkau, al observar cómo una joven, que también cojeaba, se les acercaba.

—No es ninguna princesa —precisó Miu, un tanto escandalizado por el desconocimiento del que hacía gala su nuevo amigo—. Es Ankhesenamón, la *hemet niswt weret*, la Gran Esposa Real.

El tebano no contestó, ya que era la primera vez que escuchaba ese nombre, y acto seguido observó cómo la pareja real descendía las escalinatas hasta sumergir los pies en las aguas, al tiempo que lanzaban figurillas a las profundidades, en medio de un gran alborozo. Nehebkau conocía aquella ofrenda, por haber sido testigo muchas veces de ella en su Tebas natal, pero Miu decidió aclararle el significado, ante la ignorancia que demostraba su acompañante sobre aquellas cuestiones.

—Las estatuillas representan a Hapy y a su esposa Repyt, y son de oro. Todos llevamos unas similares, aunque en mi caso sean de barro cocido. Ahora debemos seguir el ejemplo del dios y arrojarlas al río, para que copulen como es debido y el año nuevo nos traiga abundancia.

El joven pescador sonrió para sí, pues también conocía este detalle, aunque se extrañó al comprobar que muchos de los asistentes portaban otro tipo de imágenes que poco tenían que ver con Hapy. Las había de hombres, de mujeres e incluso de falos, que tirarían al río para que el fornicio estuviese asegurado. Al observar su semblante, Miu lanzó una risotada en tanto abría sus ojos gatunos de forma exagerada.

—¡Hoy es día de coyunda! —exclamó, enardecido—. Esta noche, la «noche de Ra», ningún ciudadano habrá dejado de realizar su ofrenda, ja, ja.

El tebano continuó impávido, aunque no le cupo duda de que el festejo se desarrollaría tal y como aseguraba aquel truhan. El gentío parecía desbocado, y en cuanto la corte abandonó el escenario para regresar al palacio, el *shedeh* comenzó a correr entre la ciudadanía con una generosidad que daba gusto ver.

—Hoy es un día señalado —le confió Miu, eufórico—. El mejor del año para hacer buenos negocios, ja, ja. En ocasiones he podido vivir toda la estación de *akhet*, cuatro meses, de lo recaudado en esta bendita jornada, ja, ja. Espero que Hapy me sea proclive y Bes nuble el entendimiento de los incautos.

El tebano se lamentó profundamente al oír aquellas palabras, y tras mirar con disgusto a su acompañante decidió irse de allí, pues no tenía ánimo para celebraciones, y menos para asistir a los robos y tropelías que Miu se disponía a perpetrar. Si el fornicio se extendía por la capital, él aguardaría la llegada del nuevo día tumbado sobre su barca, con la mirada perdida entre los luceros, como en tantas ocasiones. Sin poder evitarlo le vinieron a la memoria imágenes que quería enterrar para siempre y no podía. A veces el Lugar de la Verdad se le presentaba envuelto en su propia santidad; ornado con una pureza que no parecía existir en Menfis, y que él se había encargado de ensuciar con su comportamiento. Este le pesaba como una losa, a pesar de haberlo querido dejar atrás, en algún lugar del Nilo. Pero no podía, pues los actos quedan grabados para siempre en la conciencia, y ahora estaba seguro de que su arrepentimiento solo valdría para disminuir el tamaño de sus propias cicatrices.

Neferu continuaba apareciendo, aun sin ser invocada. Probablemente era uno de los privilegios del *maat* que él había transgredido. Recordarle de dónde venía y lo que había dejado atrás. Ella seguía mirándole con su habitual fulgor, sin ocultar su pasión, para luego dejar que sus lágrimas brotaran y decirle que no comprendía nada. Que no era posible una traición semejante. Así eran las cosas, y mientras Nehebkau viajaba por el vientre de Nut, tumbado sobre su esquife, pensó que quizá jamás podría volver a amar a una mujer; que su *ka* no estaba concebido para ello; que tal y como en ocasiones él había sospechado estaba maldito; condenado a pasar el resto de sus días vagando por la tierra de Egipto como si su existencia no tuviese la menor importancia.

Antes de la llegada del alba tomó el brazalete entre sus manos. Le era muy preciado, y en la penumbra lo recorrió con las yemas de los dedos, una y otra vez, percibiendo cada detalle; la delicada cornalina, la vidriosa fayenza, las enigmáticas representaciones de Set. Todo en aquella alhaja era un misterio, y seguía sin comprender cómo había podido llegar a manos de su madre, y mucho menos a las del bueno de Akha. Le resultaba insólito que una joya como aquella hubiera servido como pago por los favores de una meretriz empleada en una Casa de la Cerveza y, no obstante, no paraba de preguntárselo. Algo en su interior le decía que aquel brazalete era la clave que le ayudaría a comprender el porqué de su propia existencia; la luz que despejaría la oscuridad en la que siempre había vivido; el medio por el que dar sentido a un camino en el que se hallaba perdido.

Al acariciar su tesoro recordó la conversación mantenida

con Miu. Quizá un orfebre fuese capaz de darle algún detalle que le ayudara a desentrañar el enigma; dónde fue elaborado, o a quién pudo pertenecer. Todo resultaba una incógnita, mas sin saber por qué se vio animado a ello. De nada le serviría mantenerlo oculto durante el resto de sus días. El brazalete debía volver a la vida, y al convencerse de ello Nehebkau sonrió satisfecho.

27

El viejo Siptah era bien conocido en Menfis, ya que no existía un orfebre que se le pudiese comparar. Su reputación ya le venía de familia, pues sus ancestros se habían dedicado a la artesanía desde hacía siglos, como ocurriese con otros muchos oficios. Pero la maestría de Siptah no tenía parangón, y había quien aseguraba que en él habían eclosionado todas las generaciones pasadas para conformar un artista que había terminado por convertirse en virtuoso. El gran Nebmaatra, Amenhotep III, le honró con su confianza, y su esposa favorita, la reina Tiyi, le otorgó su favor al encargarle joyas de todo tipo, que dieron al susodicho artífice una bien merecida fama. Incluso en los tiempos oscuros que siguieron durante el reinado del faraón hereje, Akhenatón, recibió encargos de la mismísima Nefertiti, y por ello se vio obligado a permanecer por un tiempo en la nueva capital, Akhetatón, donde llegaría a hacer amistad con Tutmosis,[38] el escultor real, autor de los exquisitos bustos de la bellísima reina, así como de numerosas estelas dedicadas a la familia real.

Cuando regresó a Menfis, Siptah volvió a instalarse en su viejo taller, situado en el corazón del barrio de los artesanos, donde le gustaba pasar las horas trabajando en nuevos encargos, o entre un sinfín de recuerdos que los años se habían encargado de acumular para él. Se sentía un privilegiado, no por el hecho de dedicarse a un oficio que él consideraba casi divino, sino por haber sido distinguido con el favor y la amistad de varios Horus reencarnados y sus familias. Que era un maestro ya lo sabía él desde hacía mucho tiempo, pero además era capaz de reconocer el valor de cualquier joya con el primer golpe de vista, e incluso de qué taller podría haber salido.

Siptah recibió a sus invitados con la calma que le caracterizaba y aquel aire beatífico que rara vez le abandonaba. Conocía a Miu desde hacía años, y sabía muy bien a lo que se dedicaba, aunque esto no le incomodara en absoluto. Miu era un hijo de la calle, como otros muchos que zascandileaban por el barrio a diario en busca de lo ajeno. El viejo sentía simpatía hacia él, pues consideraba que, más allá de su villanía, el hombre tenía buen corazón, y siempre le había mostrado un gran respeto. No hace falta decir que nunca le había robado, y tenía fundadas sospechas de que evitaba en lo posible que otros compinches se vieran tentados a hacerlo. En numerosas oportunidades el maestro se había ocupado de aliviar sus penurias, dándole de comer, y Miu lo visitaba a menudo para ver si necesitaba algo, o información acerca de alguna obra desaparecida recientemente.

En esta ocasión, Miu venía acompañado por un joven a quien no conocía, de aspecto humilde, pero de porte aristocrático, que le causó una grata impresión a la vez que inesperado interés, sin saber muy bien por qué. Tras las presentaciones de rigor, los tres tomaron asiento en los mullidos almohadones en los que el viejo solía arrellanarse, para hablar de cuestiones banales, con la calma que le era propia y que transmitía en cada ademán. Como era su costumbre, ofreció a sus huéspedes vino y pastelillos, un hábito ineludible antes de iniciar cualquier conversación. Miu devoró los pastelillos con su habitual apetito y paladeó el vino con la mayor naturalidad, incluso no tuvo rubor en aceptar más, pues se le antojaba delicioso. Sin embargo, su acompañante se mostró sumamente frugal, y solo aceptó beber un zumo de granada. Por su acento denotaba que era del sur, aunque su piel fuese tan clara como la de las gentes que habitaban al otro lado del Gran Verde. Siptah tuvo la impresión de que su rostro le resultaba familiar, a pesar de que era la primera vez que le veía.

—Te ruego que perdones nuestro atrevimiento —dijo Miu, después de un largo preámbulo repleto de alabanzas hacia el maestro—, pero necesitamos tu opinión sobre una cuestión de suma importancia.

Siptah asintió, sin apenas inmutarse, ya que conocía muy bien lo aficionado que era aquel truhan al halago y los gestos teatrales.

—Se trata de un caso único que tiene sumido a mi amigo en una permanente confusión. Parece un asunto de difícil solución.

—Ya veo —señaló el viejo con suavidad—. ¿Y cuál es la naturaleza del asunto? ¿En qué puedo resultaros útil?

Miu miró a Nehebkau y este pareció dudar un momento, pero al punto extrajo un envoltorio de su zurrón para entregárselo al maestro. Este desdobló la tela con parsimonia y al instante su mirada se transformó, hasta adquirir un fulgor inusitado. Luego clavó la vista en sus invitados durante unos segundos antes de tomar el brazalete entre sus manos.

Siptah lo examinó con cuidado. Se trataba de una pieza extraordinaria, única en su opinión, imposible de encontrar en los tiempos que corrían. No albergaba dudas acerca de su antigüedad, pues le resultaba obvio que había sido creada por algún orfebre de la XII Dinastía, quinientos años atrás; el periodo de la historia en el que se había desarrollado en Egipto la mejor joyería; obras de inmensa belleza cuya calidad era difícil de igualar. Nadie podría superar la maestría de los artistas de aquella época, y el viejo se preguntó al instante cómo una alhaja semejante había ido a parar a las manos de aquellos truhanes.

Con suma delicadeza analizó cada milímetro del brazalete. Como cualquier joya genuina, era capaz de transmitir su magnificencia, el poder que atesoraba. Siptah lo sentía sin dificultad, como si el oro con el que estaba fabricada poseyera vida propia. Las gemas que la ornaban brillaban con viveza, cual si se acabaran de tallar; y luego estaban aquellas inscripciones repletas de fuerza, en las que se hallaba representado Set. El dios del caos parecía ser el verdadero dueño de aquel brazalete, pues el maestro no tenía duda de que había sido dedicado a él. Era una joya soberbia, quizá concebida para un príncipe, y no obstante el viejo se convenció de que poseía su propia historia, ya que resultaba enigmática. Sin embargo, sin saber por qué, tuvo el presentimiento de que le resultaba familiar.

Siptah volvió a mirar a sus acompañantes, esta vez con evidente seriedad, pues consideraba un ultraje que pudiesen ser dueños de semejante tesoro. Pensó que aquellos hombres habían deambulado por la necrópolis de Saqqara hasta dar con alguna tumba que luego habían desvalijado, ya que no era posible encontrar un brazalete como aquel en el mercado.

—Ignoro cómo algo así ha podido llegar a vuestras manos —dijo el maestro con gravedad.

—¿Es valioso? —se atrevió a preguntar Miu, como si tal cosa.

—¿Valioso? Ni en cien vidas que tuvieseis podríais permitiros comprar una obra como esta.

—Te juro por los cuarenta y dos jueces de la sala de las Dos Verdades que no lo hemos robado —se defendió Miu arrugando el entrecejo.

Siptah soltó un soplido al tiempo que negaba con la cabeza, ya que conocía de sobra el crédito que podía dar a ese tipo de juramentos.

—No procede de ningún hurto —intervino Nehebkau, muy serio—, ya que perteneció a mi madre.

Siptah se quedó boquiabierto, mientras miraba a sus invitados con evidente estupefacción, pues algo así le resultaba difícil de creer.

—Eres libre de pensar lo que quieras, pero ese brazalete era de mi madre, aunque desconozca cómo lo pudo adquirir, ya que nunca la conocí. Es el único legado que me dejó al morir —recalcó el joven en un tono que no daba lugar a la discusión—. Jamás lo vendería.

Entonces explicó cuál era el motivo de su visita, aunque se cuidó de dar más detalles de los necesarios.

El viejo orfebre se acarició la barbilla, en tanto reflexionaba sobre la situación. Estaba claro que aquel joven no era una persona de posibles, y daba por supuesto que su familia tampoco, al haber sido recogido por un pescador. Este hecho no le extrañaba en absoluto, pues era algo que ocurría a diario en toda la Tierra Negra. Al parecer tampoco había conocido a su verdadero padre, y ese detalle le invitaba a hacer mil conjeturas. Cómo pudo llegar aquella joya a Tebas era una de ellas, aunque ya sabía las vueltas que podía dar la vida y lo sinuosos que llegaban a ser sus caminos.

—Te creo —señaló el maestro, tras salir de sus cábalas—, y esto es lo que puedo decirte.

Entonces explicó cada detalle de aquel brazalete, su significado, así como la antigüedad que le atribuía.

—Se trata de una joya propia de la realeza, digna de un príncipe, y yo diría que está concebida para llevarla en el combate —precisó el viejo.

—Quizá perteneciera a algún dios —intervino Miu con excitación—. A algún faraón guerrero. Puede que el gran Menkheperre, Tutmosis III, lo llevase en su brazo durante alguna de sus diecisiete campañas.

—El brazalete es mucho más antiguo —aclaró Siptah—. Pero es seguro que alguien lo portó en la batalla.

Nehebkau no dijo nada, pues se sentía aún más confundido que antes. Si el brazalete era propio de un príncipe, ¿cómo había ido a parar a las manos de Nitocris? Quizá era robado, pues al ser tan antiguo no había otra posibilidad. Sin embargo, el joven se resistía a creer que su madre hubiese sido una ladrona, y se convenció de que debía haber otra razón, aunque dudaba que pudiese llegar a descubrirla. Tenía que olvidarse del asunto y afrontar la realidad que Shai había dibujado para él. Su pasado daba igual y era mejor pensar solo en el camino que le quedaba por recorrer.

Nehebkau se despidió del maestro con gesto cariacontecido, y este le miró con simpatía.

—No te aflijas —le dijo a la vez que apoyaba una mano sobre su hombro—. A veces los dioses cargan sobre nuestras espaldas penas que no nos corresponden. Es mejor librarse de ellas para que podamos sustituirlas por las nuestras.

Nehebkau asintió en silencio.

—Nunca te deshagas de él —le aconsejó el orfebre mientras señalaba el brazalete—. Las joyas son caprichosas y a veces reacias a mostrarnos sus mensajes. Tienen su propia historia y puede que un día el brazalete esté dispuesto a revelarte la suya. No lo olvides.

Al quedarse de nuevo a solas, Siptah volvió a sentarse en sus mullidos almohadones. Aquel joven le había parecido sumamente misterioso, y aún más la preciada joya que portaba. Durante un buen rato reflexionó acerca de lo acontecido, y repasó mentalmente cada detalle del singular brazalete. Ahora creía estar seguro de haberlo visto antes; solo debía recordar dónde.

28

Con la crecida la pesca se volvió más complicada. Conforme pasaban los días la superficie del río se convertía en un lodazal oscuro saturado del sustrato regenerador que, meses más tarde, procuraría buenas cosechas. En aquellas condiciones la navegación se ralentizaba, aunque las gabarras continuasen recorriendo el Nilo, como de costumbre, para transportar su carga. Durante el llamado periodo de las «aguas altas», muchas villas quedaban aisladas debido al aumento del nivel del río, y en algunos lugares este se transformaba en un inmenso lago que llegaba a adentrarse hasta las arenas del desierto.

Sin embargo, Men-Nefer, «la belleza estable», más conocida como Menfis, mantenía su pulso diario. Su antigua muralla hacía de dique salvador, de forma que sus barrios quedaban protegidos de la avenida. Junto al puerto la corriente se hacía más poderosa, y al llegar al delta, dicha zona se convertía en un extenso pantano en el que el limo llegaba a cubrir toda la tierra hasta donde alcanzaba la vista. Para cualquier extranjero la riada era un verdadero espectáculo, aunque los egipcios estuviesen ya acostumbrados y apenas se admiraran de ello. Así, el barrio de los artesanos continuaba con su acostumbrada afluencia de público, y Nehebkau salía a pescar de vez en cuando, pues a pesar de los inconvenientes las especies no cesaban de nadar bajo las aguas. Él nunca dejaría de realizar alguna captura que poder vender, y de este modo seguía viviendo.

Una tarde acompañó a Miu hasta el templo de Ptah. El ladronzuelo llevaba ya tiempo insistiendo en ello, y Nehebkau terminó por acceder no sin antes dejar constancia del poco cariño que sentía hacia los dioses.

—Vivir en Menfis y no haber hecho una visita al templo de su divinidad principal es un ultraje que nadie se puede permitir. Aunque no lo creas, los dioses son los seres más rencorosos que existen, y sumamente vengativos. Te lo digo yo —aseguraba el pillastre.

—Ya conozco lo vengativos que pueden llegar a ser —replicó el joven con desdén.

—No estés tan seguro. La última palabra siempre la tienen ellos. Forjan alianzas, ¿sabes? ¿Por qué crees que conforman tríadas?

Nehebkau se encogió de hombros, ya que era incapaz de formularse tales cuestiones.

—¿Lo ves? No los conoces. De esta forma acaparan un mayor poder. Fíjate en Ptah. Es tan antiguo como el país, y no obstante tiene por esposa a Sekhmet, la diosa leona patrona de los *sunu*,[39] y la entidad más feroz y sanguinaria de toda la Tierra Negra. Como bien sabes ella es la encargada de enviarnos las enfermedades y cualquier plaga que le venga en gana; además es muy dada a recorrer Kemet en busca de sangre con la que saciar su inagotable ira. Si agravias a Ptah, este es muy capaz de enviarte a su esposa para que te recuerde lo frágil que eres, y la devoción que les debes. Como te dije antes, se ayudan entre sí, y si el dios todavía no se halla satisfecho siempre le queda su hijo Nefertem, en mi opinión un dios lunático, por mucho que le representen con una flor de loto en la cabeza y simbolice la regeneración de la naturaleza.[40] Hazme caso. Es mejor estar en buenos términos con ellos. Hagámosles una visita.

Más o menos esta había sido la conversación, y Nehebkau había acabado por dejarse convencer, cansado de tanta perorata.

Ptah era una de las divinidades más importantes del país de las Dos Tierras, y su antiquísimo templo había sido embellecido a través de los siglos por los soberanos que gobernaban Kemet. Hasta él acudían a diario multitud de fieles que solían congregarse junto a sus muros para hacer sus peticiones a las orejas grabadas en estos. Aseguraban que «el que se hallaba al frente de los artesanos», nombre por el que también era conocido Ptah, era muy milagroso, y proclive a escuchar las súplicas de sus más devotos seguidores. Por ello Nehebkau no se sorprendió en absoluto al ver tanta gente en las inmediaciones del recinto, ya que en Karnak ocurría algo parecido.

En los alrededores se levantaban un gran número de puestos en los que se vendían todo tipo de reliquias, en particular del dios y su sagrada familia, aunque también abundaban compuestos milagrosos contra las más insólitas enfermedades, que curiosamente habían sido consagrados por los sacerdotes de Sekhmet, los únicos capaces de tratar de forma conveniente con la iracunda diosa.

Frente a la entrada del templo se extendía una amplia plaza en la que los feligreses departían amigablemente, después de realizar sus ofrendas, acerca de los prodigios de los que habían sido testigos, así como de la inquebrantable fe que tenían en su santo patrono. Reinaba una gran actividad, pues en aquella explanada también se daban cita magos y hechiceras dispuestos a solucionar por otros medios lo que el dios no había podido. Asimismo, entre la multitud había malabaristas y prestidigitadores y, cómo no, los habituales encantadores de serpientes, muy apreciados por la ciudadanía, que era muy del gusto de estos espectáculos.

Seguido por su joven amigo, Miu se abrió paso hasta donde se hallaban estos, para disgusto de Nehebkau, a quien incomodaba este tipo de exhibiciones. Mas para cuando quiso darse cuenta se encontró en primera fila de un público que asistía con evidente entusiasmo a las habilidades de las que hacía gala un hombrecillo, ya entrado en años, de quien aseguraban que era inmune a la picadura de los reptiles. El joven lo observó durante unos instantes y recordó a los encantadores que había visto en Tebas en múltiples ocasiones, y que acostumbraban a entretener a los presentes con sus movimientos teatrales mientras jugueteaban con las serpientes. El joven sabía que a la mayoría de estas les habían extraído poco antes el veneno, y que muchas solían ser viejos ejemplares a los que mantenían en cautividad. Enseguida se percató de que aquel había sido el verdadero motivo por el cual Miu le había llevado hasta allí, pero ya no había modo de remediar lo que sucedería.

Apenas habían pasado unos minutos cuando una de las cobras se revolvió para dirigirse hacia donde se encontraba el joven, con una rapidez inaudita. Al verla venir, los asistentes huyeron despavoridos, originándose una gran algarabía, para dejar solo a Nehebkau, que al momento se arrodilló a la vez que se encaraba con el ofidio. Se oyeron gritos de terror y los peores juramentos, en tanto el hombrecillo hacía gestos al joven para que se marchase de allí cuanto antes. Sin embargo, este no se inmutó, y al momento la cobra se plantó frente a él para mostrarle su poder, mientras Nehebkau le hablaba de forma ininteligible, al tiempo que movía sus manos con parsimonia. La cobra permaneció erguida unos instantes, pero enseguida se echó al suelo para, acto seguido, reptar por el cuerpo de aquel extraño que la llamaba en su lengua.

Al poco hubo murmullos de asombro, y una multitud de curiosos se congregó a una distancia prudencial, admirados de lo que veían. La serpiente se deslizaba por los brazos abiertos de aquel individuo como si tal cosa, cual si entre ambos existiese un vínculo de amistad imposible de creer, mientras el encantador observaba la escena con estupefacción, pues sabía mejor que nadie lo volubles que solían ser los ofidios, y el peligro cierto que corría el desconocido. Pero nada ocurrió, y tras enroscarse en su cuello, Nehebkau susurró algo a la cobra y esta volvió a deslizarse suavemente para regresar de nuevo a tierra y zigzaguear despacio hacia donde se hallaba el encantador. Entonces Miu se adelantó para gritar:

—¡Es el hijo de Wadjet! ¡La diosa lo protege! ¡Nehebkau es el hijo de Wadjet!

De inmediato el gentío se unió a la proclama y la plaza se convirtió en un clamor.

—¡Es el hijo de Wadjet! —repetían entre grandes exclamaciones—. La diosa del Bajo Egipto en persona lo tutela. No hay duda, Nehebkau conoce el lenguaje de los dioses. Es un enviado de Wadjet.

Se originó un inusitado alboroto, y cuando se quiso dar cuenta el joven se encontraba rodeado de una turba que lo aclamaba como si fuese un héroe inmortal. Se trataba de algo inaudito, pues muchos aseguraban haber presenciado un prodigio, un hecho sin parangón, del que todo Menfis se haría lenguas. Wadjet había enviado a uno de sus hijos para proclamar su grandeza y el poder que era capaz de otorgar a sus elegidos. Si la diosa tutelar del Bajo Egipto, encargada de proteger de todo peligro al faraón, mostraba a su vez su reconocimiento hacia aquel joven, no había duda de que este era un ser señalado por los dioses, contra el que era mejor no levantar la mano. Estaba envuelto en magia, y dicho razonamiento, tan arraigado en el pensamiento egipcio, no tardaría en extenderse por la ciudad hasta el extremo de que Nehebkau terminaría por convertirse en todo un personaje.

Ni que decir tiene que Miu estaba encantado con aquella situación. De manera inesperada, los dioses, que siempre se habían mostrado esquivos con él, habían decidido cambiar su suerte al cruzar en su camino a aquel tebano tan misterioso. Los tiempos de penurias se habían acabado, pues el susodicho tardó muy poco en sacar provecho de la increíble escena que había tenido lugar frente al templo de Ptah.

—Es hijo de Wadjet, pero como podéis comprobar no saca beneficio de ello, pues su humildad es notoria y muy del agrado de los dioses. Apenas tiene para comer, y Wadjet os agradecerá cualquier buena acción que podáis hacer por él —pregonó el muy tunante en cuanto observó el revuelo y la impresión que había causado entre la multitud.

Aquella misma noche disponían de alimentos para más de un mes, para disgusto de Nehebkau, que no deseaba verse envuelto en tales negocios.

—¡Por qué te ofendes, gran Nehebkau! —exclamó Miu con teatralidad—. Hoy has sido motivo de alegría para el pueblo al reforzar su devoción por los padres divinos, y también para mi estómago, ya que el tuyo nunca parece tener necesidad. ¿Qué mal hay en lo sucedido?

—Engaño y falsedad —respondió el joven con disgusto.

—¿Engaño y falsedad? Viene a ser lo mismo, y nunca estuvo en mi ánimo llevar a cabo semejante ruindad.

—Tienes bien ganada tu fama de truhan. Me llevaste hasta la plaza con argucias, al hacerme creer que tu único interés era el de visitar el templo de Ptah, y luego me convertiste ante la muchedumbre en una especie de mago; algo que no soy, como ya deberías saber.

Miu hizo ver que se sentía abrumado, y acto seguido trató de defenderse.

—Tus sospechas son infundadas, gran Nehebkau. Tu esencia semidivina te lleva a hacer juicios que me sobrepasan. La realidad es que hoy hiciste un gran servicio, no solo a los dioses, sino también a nuestro pueblo.

—Y sobre todo a ti.

—Hablas así por tu poco apego a nuestras divinidades, pero te repito que hoy has ayudado a fortalecer nuestras creencias, y tus conciudadanos te lo han querido agradecer mostrándote su generosidad. ¿Qué mal hay en ello, gran Nehebkau?

—No me llames así —replicó este con evidente enfado.

—No hago sino repetir lo que decían de ti.

—¡Qué exageración!

—Me temo que contra eso no puedas luchar —aseguró Miu con aire compungido—. A no mucho tardar tu nombre será bien conocido en la ciudad.

—No vine a Menfis para convertirme en una atracción para el populacho —se lamentó el joven.

—Continúas sin entenderlo, hijo de la diosa. Tu sola presencia conseguirá desenmascarar a la legión de embaucadores que andan por las calles haciendo gala de sus falsos encantamientos. No se me ocurre nada más noble.

Nehebkau soltó un exabrupto, y acto seguido se marchó con cara de pocos amigos para regresar al único mundo en el que hallaba la paz: su barca. Lejos de ella se encontraba perdido, como si un poder oculto se hubiese confabulado contra él para abrumarle con las penas del alma. De una u otra forma el sufrimiento siempre parecía pesar sobre su ánimo, cual si se tratase de una diminuta llama prendida en lo más profundo de su corazón, capaz de avivarse súbitamente a la menor oportunidad. Solo sobre su esquife parecía apagarse, quizá porque era el único lugar que su *ka* era capaz de reconocer; como si no fuese más que un muerto en vida.

Durante unos días vagó por los habituales caminos que tan bien conocía; aquellos que no conducían a ninguna parte. El río no tenía mucho que ofrecer, y tras capturar algunas clarias decidió acudir al mercado para venderlas, como acostumbraba a hacer. Luego se dedicó a pasear distraídamente, disfrutando con el olor de las especias que tanto le gustaban. Ra-Horakhty se encontraba en su zénit, y el joven fue a cobijarse a la sombra de un sicómoro, pues el calor apretaba de firme. El verano avanzaba hacia su final, y pronto las aguas que anegaban los campos comenzarían a retirarse hasta devolver al río, poco a poco, su cauce habitual. A Nehebkau le gustaba la estación de *peret*, pues en invierno la temperatura en Tebas era muy agradable y, en su opinión, la mejor época para pescar.

Andaba en esos pensamientos cuando vio cómo se le aproximaba una figura con evidentes muestras de temor, pues a cada paso que daba parecía arrepentirse, para al punto retroceder. Sin duda resultaba cómica, y al reconocerla el joven soltó una carcajada ya que se trataba de Miu, quien al parecer le venía siguiendo desde hacía rato. Nehebkau le hizo una seña para que se sentara a su lado.

—¿Qué andas tramando? —le preguntó con evidente sorna—. ¿O acaso planeas convertirte en mi sombra?

—La poderosa Sekhmet me castigue con la peor de las enfermedades si abrigo cualquier mal pensamiento hacia ti —se apresuró a decir el truhan.

A continuación metió una mano en la pequeña bolsa que portaba y extrajo unos dátiles que enseguida ofreció al joven. Este lo miró un momento con desconfianza, y acto seguido los tomó, pues le gustaban mucho.

—Son dátiles *ben ben*, muy nutritivos, dignos del mejor paladar —se apresuró a decir Miu.

Nehebkau asintió mientras se llevaba uno a la boca. Aquel manjar era propio de los oasis del oeste, y muy apreciado por los caravaneros ya que estos podían alimentarse con él mientras atravesaban el desierto. Ignoraba de dónde podría haber obtenido aquellos dátiles, pues en el Bajo Egipto no eran fáciles de conseguir, aunque se imaginó lo peor.

En realidad, Miu había estado vigilando al joven desde que este se marchara enfadado, pues estaba convencido de que los dioses habían enviado a aquella especie de mago por algún motivo, y que este necesitaría de su ayuda para cumplirlo.

Nehebkau sonrió para sí en tanto terminaba de comer los frutos, y luego pasó distraídamente una de sus manos por el cabello que ya había comenzado a crecerle. Miu observó su color rojizo con detenimiento y se convenció de que aquella era una prueba más de la naturaleza semidivina del joven. Quizá Set, al que apodaban el Rojo, tuviese algo que ver con aquel enigma, y al momento se sobresaltó al fantasear con el poder que Nehebkau podría llegar a poseer. Entonces tuvo la certeza de que el brazalete tenía un significado mucho más misterioso del que se había imaginado.

29

Todo ocurrió como Miu había vaticinado, y al poco tiempo el nombre de Nehebkau comenzó a ser conocido. En la ciudad aseguraban que era capaz de hablar con las cobras, algo inaudito, ya que todo el mundo sabía que estas eran sordas, y en ello radicaba el misterio. Como suele suceder, de los hechos se pasó a las exageraciones, y muchos juraban haber sido testigos de increíbles conversaciones, como si aquel enigmático personaje y las cobras perteneciesen a la misma familia, y discutieran sobre cuestiones particulares. Sin pretenderlo, el joven se vio señalado por la fama, y ya nada pudo hacer para borrar su sonrisa, pues Shai así lo había decidido. El dios del destino no atendía a razones y, desde su divino sitial, observaba con curiosidad la senda que él mismo había trazado para aquel tebano, y a dónde le conduciría.

En las calles la gente saludaba al joven como haría con un vecino principal, o con un conocido de toda la vida. Algunos se le aproximaban para palmearle la espalda o simplemente tocarle un brazo, pues existía la teoría de que, al hacerlo, el tebano transmitiría parte de su inmenso poder, así como la inmunidad para las picaduras, e incluso para contraer enfermedades.

—Sé de buena fuente que no ha estado enfermo en su vida —aseguraban los más chismosos.

—Es lógico. Al ser hijo de Wadjet, la iracunda Sekhmet también lo protege, pues no en vano ambas diosas están identificadas con el ojo izquierdo de Ra, al que simbolizan —señalaban los que estaban convencidos de la magia que poseía aquel individuo.

A la vuelta de una esquina o en cualquier glorieta, era posible toparse con algún encantador de serpientes, pues en verdad proliferaban, mas la mayoría de ellos se aproximaban a Nehebkau cuando le veían pasar, para saludarle e intentar averiguar cuál era el secreto que le hacía tan diferente a los demás. Que debía de haber sido aleccionado por un poderoso *heka* del Alto Egipto era algo que todos daban por hecho, pues la magia que demostraba poseer el joven no se parecía en absoluto a los juegos de prestidigitación que ellos utilizaban, y que a veces les reportaban desagradables sorpresas. Muchos de aquellos encantadores sufrían picaduras a diario, y algunos morían a pesar de haber drenado el veneno de los colmillos de las serpientes antes de comenzar la jornada.

En ocasiones se daban escenas inexplicables, ya que los reptiles eran proclives a salir al paso de Nehebkau, como si este los atrajese de manera natural, abandonando a sus encantadores para provocar el pánico entre los transeúntes, que huían despavoridos. Era como si desearan saludarlo ya que, pasados unos instantes, los ofidios regresaban junto a sus dueños como si nada hubiese ocurrido.

Miu se vanagloriaba sin recato, cual si formase parte del espectáculo, y aprovechaba para proclamar la naturaleza semidivina de su amigo, y así recibir a cambio alguna hogaza de pan recién horneado, hortalizas e incluso pichones asados. Hasta los pescadores mostraban su respeto hacia su colega cuando le veían faenar en el río, para desconcierto de este, que se sentía apesadumbrado por unas circunstancias con las que se encontraba incómodo.

Mas por motivos que desconocía, le era imposible librarse de ellas, daba igual que quisiese tratar de ocultarse o refugiarse en su barca. Estaba señalado, y así pasaron los meses. Pensó en abandonar la capital, pero sin saber por qué Menfis se había apoderado de su voluntad, como si su sino se hallase atado a la ciudad y fuese incapaz de deshacer aquel nudo. Así estaba escrito, y de este modo llegó la primavera.

Ocurrió que una tarde se vio envuelto en un episodio con el que no contaba, pues le pilló desprevenido, aunque más tarde comprendiese que de nuevo había sido fraguado por Miu. Este le había conducido con engaños hasta la conocida explanada situada frente al templo de Ptah, que ya le era familiar, pues la visitaban con frecuencia. El truhan había insistido en que lo acompañase, ya que deseaba adquirir un relicario de la diosa Sekhmet que, aseguraba, era muy milagroso y le protegería de las enfermedades.

La gran explanada se hallaba abarrotada de público, algo que a Nehebkau le pareció usual al tratarse de un lugar muy frecuentado por los menfitas. Pero al verle llegar alguien gritó su nombre, y enseguida se originó un clamor. Ahora su cabellera era abundante, y su color rojizo todo un reclamo del que no podía librarse.

—Por ahí viene —volvieron a gritar—. Dejad paso al gran Nehebkau.

Este miró a su amigo, quien puso cara de no saber nada, aunque todo lo hubiese organizado; mas para cuando se quiso dar cuenta se encontraba en medio de la plaza, rodeado por una multitud, y frente a un tipo de elevada estatura y piel cobriza que lo miraba con evidente desdén, y que al punto le mostró su arrogancia.

—Dicen de ti que eres hijo de Wadjet, pero yo opino que no eres más que un charlatán que embauca a los incautos con hechicerías de vieja. Un encantador del tres al cuarto al que hoy voy a desenmascarar ante los ojos de todos.

El joven miró en rededor, sin entender muy bien lo que ocurría, pero solo halló expectación, cual si el espectáculo se encontrara preparado de antemano.

—Ten cuidado con ese hombre —vino a advertirle Miu—. Al parecer es un kushita que aseguran que tiene poderes.

Nehebkau se quedó estupefacto, y enseguida hizo un gesto de enfado hacia el pícaro ante lo que parecía un desafío.

Sin embargo, no tuvo tiempo de recriminarle, pues al punto se oyeron voces de aliento que terminaron por convertirse en griterío. Nehebkau se volvió hacia el kushita, y justo en ese momento vio que este agitaba un saco y lo arrojaba contra el suelo mientras lanzaba una carcajada.

—¡Habla con ellas! ¡Seguro que te escucharán! —exclamó en tanto reía.

Más tarde, muchos asegurarían que nunca habían visto unos monstruos semejantes, y puede que no exageraran, pues de aquel saco surgieron dos cobras enormes, oscuras como el Amenti, que se atacaban la una a la otra, enfurecidas. Nehebkau las reconoció al instante mientras se esquivaban. Eran *ganys*, las más peligrosas de su especie, capaces de matar a quien se cruzara en su camino, ya que eran muy agresivas. Tras sus fintas repararon en el joven, y al momento ambas avanzaron hacia él alzadas sobre sus vientres, siseando como solían antes de iniciar un ataque, con las capuchas extendidas alrededor de su cuello para así intimidar a su presa. Nehebkau se mantuvo impávido, en tanto las examinaba. Eran dos ejemplares adultos, los más grandes que había visto entre las cobras del desierto, y si te picaban no había posibilidad de salvación. Estaban enfadadas, seguramente por el mal trato que les había procurado el kushita, y enseguida fueron a situarse a poco más de dos codos de distancia del extraño que les había llamado la atención, balanceándose ligeramente, prestas a arrojarse sobre él. Sin embargo, pasados unos segundos, cesaron en sus particulares movimientos, para terminar por quedarse muy quietas, observando con curiosidad al joven. Este siseó a su vez, de forma misteriosa, mientras les mostraba con parsimonia las manos, y al momento las serpientes se echaron sobre el suelo para acto seguido encaramarse a los brazos de Nehebkau, en tanto este continuaba emitiendo sus habituales sonidos inconexos.

Hubo murmullos de asombro entre los presentes, mientras observaban con incredulidad cómo los reptiles se enroscaban con pereza alrededor de los hombros del joven. Por unos instantes la escena se presentó impregnada por la magia, cual si hubiese sido pintada por el mismísimo dios Heka. No existía otra explicación, y durante muchos años aquellas imágenes quedarían grabadas en la memoria de la ciudad, transmitidas hasta la saciedad por cuantos tuvieron oportunidad de presenciarlas. Sin pretenderlo todos los presentes se convirtieron en heraldos de un hecho imposible.

Ambas cobras se elevaron en toda su majestad y fueron a situar sus cabezas junto a la de Nehebkau. Nadie había visto algo semejante, pues los reptiles miraban a uno y otro lado, como si buscaran cualquier enemigo al que hacer frente con su veneno mortal. El cuadro parecía sacado de alguna de aquellas imágenes que todo Egipto conocía, en las que el faraón mostraba su testa coronada por el sempiterno *ureus*, la vigilante cobra dispuesta a defenderle de cualquier amenaza. La visión de aquella tarde a todos llenó de temor, ya que el joven pescador lucía no una, sino dos cobras sobre sí, algo impensable, y que condujo a los allí presentes a pensar que, en realidad, este era hijo de la diosa que tutelaba el Bajo Egipto, y que su poder iba mucho más allá de cualquier magia que pudiesen concebir. Si Egipto era la tierra del misterio, qué mayor prueba que aquella —se dijeron—, y en verdad que no existía otra explicación.

Hubo un momento en el que el silencio podía cortarse, igual que ocurría en el interior de los templos cuando los sacerdotes se presentaban ante el dios para honrarle, y probablemente el tiempo se detuvo en aquella hora para que Menfis recordara su pasado más arcano. Todos los milenios transcurridos se daban cita frente al santuario de Ptah para ser testigos del inconmensurable poder que los padres creadores habían otorgado a aquel enigmático joven. Ptah, Sekhmet y Nefertem, la tríada divina de la que fuese primera capital de Kemet, asistieron satisfechos al acto que se representaba ante sus ojos, y parte de los presentes cayeron de rodillas, como hipnotizados, pues interpretaban el profundo significado de una representación que iba mucho más allá del entendimiento humano.

Cuando aquella suerte de sortilegio finalizó, ambas cobras se deslizaron de nuevo hasta el suelo, con movimientos perezosos, mansas como corderos, en tanto el joven suspiraba con pesar, en lo que parecía un lamento. En la distancia, el kushita había asistido con incredulidad a un hecho difícil de creer. En su Nubia natal había visto a los viejos encantadores hacer todo tipo de juegos con las serpientes. De ellos había aprendido sus secretos, todo lo que se podía saber acerca de aquellos reptiles, sus pautas de comportamiento; pero nada de esto podía compararse con lo que había acontecido. En cuclillas, observó cómo los ofidios zigzagueaban por el suelo y se dirigían hacia él. Entonces tuvo un mal presentimiento, una premonición contra la que no podía luchar, pues se trataba del colofón que los dioses habían dispuesto para él. En cierto modo los había desafiado, aunque fuese por desconocimiento, pero su jactancia tendría un precio y no le quedaba sino aceptarlo.

Para cuando salió de sus cavilaciones las serpientes ya se hallaban frente a él. Ambas se habían alzado con las capuchas bien abiertas y su amenazador balanceo. Entonces lo miraron con la frialdad propia de la muerte, sin emoción alguna, pues en aquella no caben los sentimientos, para acto seguido abalanzarse sobre él con rapidez inaudita, sin dar tiempo al pestañeo.

El kushita se llevó las manos al cuello, donde ambas cobras le habían picado, pero apenas emitió un gemido. Estaba condenado, y tras sentarse con pesar, extrajo de su pequeña bolsa un frasco que acto seguido se llevó a los labios. Conocía el sufrimiento que traía aparejado la mordedura de aquellas cobras, y la terrible agonía que le esperaba. Desde hacía años llevaba aquella pócima con él, pues sabía que algún día podía verse obligado a utilizarla. El frasco contenía un veneno muy poderoso que le ahorraría el horror que se le avecinaba, y el nubio lo apuró de un trago. Era el precio que debía pagar por su peaje. Luego se tumbó y cerró los ojos. La vida se le escapaba y ya nada importaba.

El público asistió sobrecogido a la escena, pues nunca habían presenciado nada igual. El singular acto había tenido un final digno de una epopeya, y de seguro que las calles se harían eco de ello hasta las lindes del desierto. Muchos se apresuraron a dirigirse a sus casas para contar lo ocurrido, en tanto otros se aproximaron a Nehebkau, pues deseaban tocarle para recibir sus bendiciones, como si se tratase de un ser divino, ante el disgusto del joven. Este se sentía triste por lo acontecido, y se lamentaba una y mil veces por haber acudido hasta allí aquella tarde. Sin embargo, ya no era dueño de su destino, y tuvo que ser testigo de cómo se alzaban voces de alabanza en su nombre, para terminar convertido en uno de aquellos dioses de los que se sentía tan alejado. Miu parecía petrificado, y su amigo tuvo la impresión de que su cuerpo huesudo se asemejaba al de un difunto a punto de ser embalsamado. En él no se apreciaban más que los ojos; unos ojos abiertos como hogazas de pan, que dejaban traslucir todo tipo de emociones que luchaban por no atropellarse. No se había equivocado en absoluto: Nehebkau era un ser semidivino, por mucho que este se negara a aceptarlo, y en su opinión digno de poseer una capilla donde poder invocarle.

Al rato el público se dispersó, no sin pesar, en tanto varias almas caritativas se hacían cargo de los restos del kushita para enterrarlo bajo las arenas de la necrópolis. Recostado contra el tronco de una acacia, un hombre, ya cercano a la vejez, observaba cómo los concurrentes abandonaban la plaza con evidente agitación. Se trataba de Siptah, quien, desde un discreto lugar, había atendido a la escena con particular interés. El episodio le había sorprendido, incluso hasta sentirse conmovido por el dramático desenlace; sin embargo, era otro el motivo que le había fascinado.

Todo había ocurrido por casualidad, pues aquella tarde Siptah se había dirigido a las inmediaciones del templo para orar ante su santo patrón, de quien era muy devoto. Sin saber lo que allí se preparaba, el viejo orfebre vio cómo una gran afluencia de público se congregaba en la plaza y organizaba una insospechada algarabía que terminó por llamar su atención. Al parecer se trataba de una de aquellas exhibiciones de encantadores de serpientes a las que tan aficionados eran sus conciudadanos, y que no le interesaban en absoluto. La mera visión de aquellos reptiles le atemorizaba, pero se hizo un hueco entre el gentío por simple curiosidad. Al momento se sintió atraído; no por las cobras y su extraño comportamiento, sino por el joven que las embelesaba y desafiaba su poder. Enseguida reconoció en este al que un día le visitara en compañía de Miu para mostrarle el magnífico brazalete. Pero ahora, el susodicho lucía una abundante cabellera, tan rojiza como Set el ombita.[41] Al reparar en ello Siptah se sobresaltó, pues sin duda su fisonomía le pareció familiar, como si le conociese de tiempo atrás. Él había visto esa cabellera antes, y de pronto una luz se abrió camino en su memoria para rescatar recuerdos que parecían olvidados. Se trataba del mismo hombre, del mismo porte, de idéntico semblante. Él había conocido a alguien igual hacía muchos años, primero en Tebas, en el palacio de Per Hai, y luego durante su estancia en Amarna, en Akhetatón, la capital erigida por el faraón hereje. Estaba seguro de ello, y al advertir uno de los gestos del joven rememoró con claridad aquella parte de su pasado, tal y como si hubiese ocurrido el día antes. La figura de aquel hombre se presentó ante su corazón, tan diáfana como una mañana clara. Era hermoso, como si Hathor lo amadrinara; fuerte, cual si Set corriese por sus *metus*; arrogante como un dios. Su abundante cabello rojizo era famoso en Akhetatón, así como sus ojos, de un intenso azul, que parecían tallados en lapislázuli. Nehebkau era su viva imagen y Siptah tuvo la impresión de que aquel individuo cobraba una nueva vida en la figura del joven. El cielo se despejaba por completo, pues el viejo orfebre sabía dónde había visto con anterioridad el misterioso brazalete. Aquel hombre lo llevaba en su brazo.

30

La noche era tan oscura que el ambiente parecía suspendido con hilos que lo asomaban a un pozo insondable. El Mundo Inferior amenazaba con abrirse paso para teñir la tierra con su espanto, para dar salida a los demonios, a los genios del Amenti o quien sabe si a súcubos de la peor especie.

Todo era posible en aquella hora, pues las gentes, refugiadas en sus casas, se miraban sobrecogidas, cual si temiesen que cayera sobre ellas cualquier desventura, o que la serpiente Apofis se presentara de improviso para arrastrarlos hasta las profundidades de su tenebroso mundo. Los chacales aullaron desde los cerros del oeste, y quien más quien menos tuvo el presentimiento de que aquello era un mal augurio. Sin embargo, reinaba la calma, y toda la aldea parecía dormida en su particular sueño, arropada por un falso manto de quietud en el que se daban cita los peores auspicios.

Meresankh era consciente de ello, pues hacía tiempo que conocía el desenlace de aquel drama. Los cielos así se lo habían vaticinado, y no había nada que pudiese hacer para cambiar el designio que los dioses habían determinado. Hacía mucho que conocía las consecuencias que acarreaba el dejarse llevar por la locura. De Nehebkau no había vuelto a saberse nada. Había desaparecido, sin que se supiesen las causas, aunque hubiera opiniones para todos los gustos. En el Lugar de la Verdad, muchos pensaban que el río se lo había tragado, que había sucumbido víctima de alguna de sus criaturas, pero los que le conocían bien aseguraban que eso era imposible, pues no había criatura en Kemet capaz de desafiar a la naturaleza de Nehebkau. Su inesperada desaparición había supuesto todo un drama para la comunidad, ya que el concurso del joven en el campamento se había convertido en toda una salvaguarda para la integridad de los trabajadores, pero sobre todo para Neferu. Esta había entrado en una suerte de desconsuelo del que había sido incapaz de librarse, que la hizo sentirse deprimida, al no comprender por qué Hathor había decidido castigarla de aquel modo. Su gran amor se había esfumado para dejarla aferrada a un pasado que no podía compartir con nadie; prisionera de unos sentimientos y esclava de un sufrimiento que la abocaban a la condenación. Ni Kahotep ni mucho menos Ipu habían sido capaces de arrojar luz en aquel pozo en el que Neferu se hallaba perdida, y Meresankh se convenció de que este era el destino que Shai había diseñado para su hermana, y que de nada valían las conjeturas, y mucho menos las lamentaciones.

Había llegado el momento, y aquella noche la aldea se preparaba para recibir a un nuevo miembro, pues Neferu se aprestaba a dar a luz. Su embarazo no había supuesto ninguna sorpresa, ya que era lo más natural, lo que la comunidad esperaba de ella. Ipu se había mostrado exultante al conocer la noticia, y también Kahotep, que veía en ello una bendición que los dioses les regalaban, pues los niños eran considerados como el mayor tesoro que se pudiese recibir de sus manos. El viejo capataz hasta se había atrevido a considerar el nombre que llevaría la criatura, algo que correspondía a la madre, aunque todos comprendiesen la ilusión con que Kahotep había recibido la buena nueva.

—Será un niño, lo sé —aseguraba el buen hombre a todo aquel que se paraba a felicitarlo—. Un nieto que continuará con la sagrada misión que el Horus reencarnado nos ha confiado. ¡Cuánta alegría!

Alegría, sin duda, no faltaba en la familia, ya que Ipu daba saltos a la menor oportunidad, al tiempo que concebía los planes más disparatados acerca del futuro de su hijo. Para él todo era obra de los dioses en los que tanto creía, y no albergó la menor duda de que estos lo habían santificado por su abnegado trabajo en la construcción de la tumba de Nebkheprura. No había otra explicación ya que, al regresar a su hogar, después de pasar semanas apartado de este, había conseguido dejar en estado a su esposa, algo de lo que se vanagloriaba a la primera oportunidad.

La desaparición de su amigo le había consternado, sobre todo por la posibilidad de que hubiese sucumbido víctima de alguna desgracia. Para la mayoría, Anubis se lo había llevado, mas él estaba seguro de que Nehebkau se encontraba con vida, y que su huida se debía a la naturaleza que le había acompañado desde que fuese un niño. Era como un pájaro, incapaz de sentirse enjaulado, y simplemente había decidido volar hacia otro lugar, hasta que volviese a escapar de sí mismo. Se trataba de un viaje que no tendría fin, aunque Ipu pensase que quizá un día regresaría, convencido de que nadie podía huir eternamente.

Mientras, Meresankh observaba en silencio en tanto su pensamiento hermético trazaba mil caminos; senderos que conducían hacia lo que parecía imposible. Ella era capaz de ver con claridad donde los demás no podían, y aquella noche supo que había llegado la hora; que Shai se aprestaba a imponer su ley con su poderosa mano.

El parto se presentó complicado desde el primer momento. Las comadronas prepararon con esmero todo lo necesario para llevar a buen puerto el alumbramiento, y a tal fin habían acondicionado una especie de *mammisi*, «la plaza de los nacimientos», con imágenes de Hathor, Mesjenet, Tueris y Renenutet, todas ellas diosas protectoras de las parturientas; incluso habían hecho bendecir los ladrillos sobre los que se situaría en cuclillas la futura madre, como era costumbre; mas el desembarazo auguraba lo peor. Era bien conocido el temor que tenían todas las mujeres a este momento, pues muchas fallecían. Aseguraban que Anubis se presentaba en dicho trance sin ser invitado, sabedor de las posibilidades que tenía de llevar nuevos acólitos a la necrópolis. Así era la vida en la Tierra

Negra, siempre abrazada a la muerte, que esperaba su oportunidad desde el mismo momento que venías al mundo.

Las parteras hicieron cuanto estuvo en su mano. Eran las mejores que podían encontrarse en Waset, enviadas al Lugar de la Verdad por el propio visir para que aquella comunidad estuviese bien atendida, pero la criatura que llegaba era enorme, mucho más grande de lo habitual, y la primeriza madre sufrió las consecuencias, como otras muchas mujeres antes que ella. No había nada que hacer, y Neferu sintió cómo su vientre se desgarraba, entre horribles sufrimientos, y su vida se marchaba para traer otra del hombre al que siempre querría. Supo que era el final, el más trágico que se pudiese esperar, y, no obstante, en su agonía pensó que era el apropiado, que su vida sin Nehebkau no tenía sentido, que hubiese sido incapaz de mentir a su hijo y mantener aquel engaño durante el resto de sus días. A pesar de su desamor no habría podido mirar a la cara a su esposo nunca más, estaba segura, y solo le hubiese restado esperar a que algún día el joven pescador tocara de nuevo a su puerta, como hacía cada noche, para arrojarse a sus brazos, el único lugar en el que deseaba estar.

Antes de que su luz se apagara contempló al recién nacido. Era un niño hermoso como un dios, cuya cabeza mostraba el suave vello rojizo que ella tan bien conocía. Se parecía a su padre y, al mirarlo con infinito amor, Neferu no pudo evitar que sus ojos se llenaran de lágrimas. Llevaría por nombre Ranefer, y antes de partir hacia la «otra orilla», la madre se convenció de que algún día Nehebkau y su hijo se encontrarían, y una parte de ella misma los acompañaría allá a donde fuesen, hasta volver a estar todos juntos en los Campos del Ialú. El tiempo ya no contaba, solo le quedaba la espera.

El entierro fue un luctuoso acontecimiento al que asistieron todos los Servidores de la Tumba. Era un hermoso día del mes de *epep*,[42] y la primavera llenaba de vida los campos en tanto el cortejo fúnebre se encaminaba hacia la tumba. Neferu había sido embalsamada como si se tratase de una princesa, y descansaría para siempre en el sepulcro que el dios que gobernaba Kemet había otorgado a su familia, como premio a sus servicios. Al menos su *ba* reconocería sus restos y Kahotep estaba seguro de que, cada mañana, aquel abandonaría su pequeño hipogeo para ir a visitarlos y compartir la felicidad futura junto a su nieto. Este representaba cuanto les quedaba de su recuerdo, y el viejo capataz vería en él a la hija que Anubis le había arrebatado.

Las plañideras hicieron su cometido, y un sacerdote *sem* realizó la ceremonia de la «apertura de la boca» en la que se le devolvían los sentidos a la difunta para que pudiese disfrutar de ellos en la otra vida; luego cerraron la tumba. Allí quedaba Neferu, la mujer que murió por amor.

Su esposo cayó en una depresión de la que nunca terminaría de salir. Para alguien tan devoto como era él, resultaba incomprensible que los dioses le hubieran arrebatado a la mujer que amaba, aunque fuese a su manera. Era un dolor que le laceraba hasta el último rincón de sus *metus*, porque se le antojaba una injusticia el que a alguien tan cumplidor del *maat*, como era él, le hubiesen castigado de aquel modo. Se refugió en su trabajo, en el interior de la tumba construida a mayor gloria de Tutankhamón, de la que apenas salía. Andaba cabizbajo, de acá para allá, retraído en sí mismo, hablando lo imprescindible, y por las noches se abrazaba al *shedeh*, el licor en el que encontraba amparo; el único medio para confundir su entendimiento.

El drama se desarrolló tal y como Meresankh sabía que ocurriría. Los cielos se lo habían vaticinado hacía mucho tiempo y solo quedaba aceptar lo que los dioses habían dispuesto. Ella se hizo cargo del pequeño, como si se tratase de un hijo. Una nodriza de la aldea lo amamantó, como era costumbre en tales casos, y al mirarlo cada noche mientras dormía, Meresankh tuvo la certeza de que cada hecho ocurrido obedecía a un propósito, aunque los mortales fuésemos incapaces de entenderlo, para que algún día todo encajase donde correspondía. Lo que hoy estaba arriba, mañana se encontraría abajo.

EL LIBRO
DEL FARAÓN

1

Shepseskaf entrecerraba los ojos mientras se deleitaba con aquel elixir. Era un vino excelente, de los mejores que se pudieran desear, que pertenecía a los viñedos que él mismo poseía en Buto, quizá los pagos más famosos de Kemet. Eran dignos de un dios, y él se vanagloriaba de ello a la primera oportunidad, convencido de que nadie más podía presumir de algo semejante. A Shepseskaf solo le interesaba lo exclusivo en todas sus formas, por algo era príncipe de Egipto, y además de la más vieja alcurnia. Su nombre lo decía todo, pues con este había subido al trono el último rey de la IV Dinastía, hijo del inmortal Micerinos por más señas, mil años atrás. Ya nadie se llamaba de ese modo, pero él se mostraba orgulloso de aquel nombre, y no había día en el que no agradeciese a su madre el que le bautizaran de semejante forma. Se sentía diferente a cuantos le rodeaban, siempre había sido así, incluso en los tiempos en los que había acompañado a su real primo, Akhenatón, como auriga.

De este no es que guardara un buen recuerdo, pues durante toda su vida le había parecido una especie de mesías, incapaz de llevar a efecto los planes que ya en su día había llegado a forjar su abuelo. No era la persona idónea para portar la doble corona, y los resultados de su penoso reinado así lo habían confirmado. En realidad, poco había tenido que ver con él, pues desde que tuviese memoria había pensado que aquella rama de la familia estaba condenada al fracaso.

Shepseskaf se consideraba un legítimo descendiente de los faraones guerreros. Creía haber nacido fuera de su tiempo; que, en épocas de su bisabuelo, Amenhotep II, hubiera podido seguirle en sus campañas contra el vil asiático, para demostrar su bravura, su espíritu belicoso, del que sin duda el faraón se hubiese sentido satisfecho. Sin embargo, los dioses habían decidido otra cosa, y en demasiadas ocasiones el príncipe se había sentido víctima de una broma colosal, de una injusticia inaudita, de un atropello al privarle de tener la vida que siempre había deseado: combatir.

Toda aquella energía, su espíritu guerrero, su arrojo, se había visto obligado a amoldarlo a un periodo de la historia en el que Kemet había estado en paz. Ni una sola campaña, ni un enfrentamiento digno de mención, si acaso alguna escaramuza contra el odiado kushita, despreciable para alguien de su alcurnia. A los treinta y ocho años de reinado de Amenhetep III le habían seguido los diecisiete de su hijo Akhenatón, en los que Egipto no se había levantado en armas. Demasiados *hentis* para un brazo como el suyo, siempre dispuesto a empuñar las armas a la menor oportunidad.

Tales circunstancias habían tenido una clara influencia en el carácter del príncipe, ya que su ardor guerrero no satisfecho había terminado por convertirle en un hombre violento, en ocasiones hasta pendenciero, siempre dispuesto a avasallar a quien se atreviese a oponérsele, al que no importaba en absoluto dar muestras de su crueldad. Su arrogancia era bien conocida, y nadie se atrevía a contradecirle, y mucho menos a desafiarle.

En cierto modo se hallaba condenado a su suerte, pues nunca había sido feliz. El amor no era un sentimiento desconocido para él, aunque las mujeres fuesen su debilidad por otros motivos. Las frecuentaba cuanto le era posible, daba igual la condición que tuvieran, como si en verdad se tratase de una necesidad difícil de saciar. Sin embargo, su verdadera pasión eran los caballos, a los que quería sobre todo lo demás y a los que dedicaba la mayor parte de su tiempo desde que tuviese uso de razón. Los tenía en mayor consideración que al resto de su familia, y muchas noches hasta dormía con ellos, ya que aseguraba a sus más allegados que eran los únicos capaces de entenderle; sus mejores amigos. Junto a estos había pasado sus momentos más felices, y en ellos se había refugiado durante los insufribles años transcurridos en Amarna, donde se instaló la corte para servir al faraón.

Aún recordaba con pesar su vida en aquella ciudad, la locura a la que se entregó su primo, el Horus reencarnado, al perseguir las antiguas tradiciones hasta conducir a la Tierra Negra a la ruina; las intrigas sin fin que tenían lugar en Akhetatón; la ambición desmedida de todo aquel ejército de los llamados «hombres nuevos», siempre dispuestos a medrar al precio que fuese y, sobre todo, la insoportable visión de una familia real a la que terminó por aborrecer. En su opinión, la influencia que Nefertiti había tenido sobre su esposo había sido nefasta, y también la de sus seis hijas. Shepseskaf consideraba que eran unas meonas que habían terminado por apartar a Akhenatón de sus obligaciones para con Kemet, para hacer de él poco menos que un profeta visionario que había abandonado Egipto a su suerte. En aquella capital, creada de la nada, el príncipe había perdido los mejores años de su vida, y era su deseo no regresar a ella jamás.

Por fortuna los dioses habían terminado por devolver la cordura al país de las Dos Tierras, y un nuevo faraón se había avenido a devolverle su gloria pasada. La corte se había trasladado a Menfis, donde Tutankhamón se había entronizado con el nombre de Nebkheprura. A él servía Shepseskaf como «maestro de caballos», ya que al rey niño le fascinaban estos animales, así como las bigas, y el príncipe lo acompañaba como auriga durante las cacerías a las que el faraón era tan aficionado.

Shepseskaf salió de sus reflexiones mientras volvía a paladear el vino, y al punto observó a sus guepardos, que dormitaban junto a sus pies. Eran dos magníficos ejemplares con los que le gustaba salir a cazar por la meseta de Gizah en cuanto le era posible. Los tenía en gran estima, pues eran los únicos capaces de entender su naturaleza, de compartir el ardor que corría por sus *metus* ante la emoción que le proporcionaba la mera visión de la caza. Pertenecían a su misma especie y eso era todo cuanto le importaba.

Al poco el príncipe regresó a sus pensamientos. Esa misma tarde había recibido una visita que, tras despertar su interés, había acabado por dejarle sumamente intrigado. Se trataba de Siptah, un viejo orfebre al que conocía desde hacía muchos años y tenía en la mayor consideración. Este había llevado a cabo algunos encargos para el príncipe, siempre a su plena satisfacción, en los que había dado muestras de su bien ganada fama. Era notorio que la tía de Shepseskaf, la difunta reina Tiyi, había sentido una indisimulada predilección por el artista, y que Nefertiti también le había confiado diversos trabajos, pues era muy aficionada a la joyería. Por todo ello, el príncipe había coincidido con él en Tebas y también en Akhetatón, donde tenía su propio taller, y aún recordaba alguna de las obras de belleza sin par que habían salido de sus manos. Sin embargo, el motivo de aquella visita obedecía a otras cuestiones que terminaron por agitar el corazón de Shepseskaf.

—Tu visita constituye toda una sorpresa, noble artesano, así como tu insistencia en que te recibiera, pues sé que quieres verme desde hace días. Siento no haberlo hecho antes, pero mis caballos han necesitado todas mis atenciones durante los últimos tiempos.

Siptah hizo una leve reverencia para quitar importancia al asunto.

—Ahora más que nunca me debo a mis nobles animales, ¿sabes? —continuó el príncipe—. Solo en ellos encuentro satisfacción, y ya te adelanto que no tengo intención de hacerte ningún encargo.

El orfebre asintió, a la vez que hacía un ademán con el que daba a entender que lo comprendía perfectamente.

—Atrás quedaron los días en los que agasajaba a las damas a la menor oportunidad, y te encargaba collares y todo tipo de exquisitos abalorios. Gasté una pequeña fortuna contigo.

—Lo recuerdo, mi príncipe. Siempre me infundiste un gran respeto.

Este asintió, como si aquello fuese lo más natural. Luego prosiguió.

—Hubo un tiempo en el que las mujeres llegaron a consumir mis *metus*, hasta envenenar mi corazón. Ahora sé que el amor no es más que un fraude.

Siptah volvió a asentir, pues poco tenía él que opinar al respecto. Al ver su expresión Shepseskaf lanzó una carcajada.

—Olvidaba que no tenías esposa. Al menos durante la época que pasaste en Amarna —señaló el príncipe, divertido.

—Hathor nunca se fijó en mí; qué le vamos a hacer.

—Eso que ganaste. La diosa del amor bien pudiese ser la de la perfidia. Lo que te da con una mano es capaz de arrebatártelo luego con las dos, para reírse a tus espaldas. Honrarla es una pérdida de tiempo y suele resultar costoso.

—Al menos a mí me dio trabajo.

El príncipe volvió a reír, en tanto ofrecía vino a su invitado.

—Y supongo que también esclavas —apuntó, malicioso—. Algún vástago habrás tenido de ellas.

—Me temo que cuando Anubis venga a buscarme no tendré quien me llore, aunque confío en que las plañideras me acompañen hasta mi última morada. Al menos he pagado el sepelio por adelantado.

—Ja, ja. Bueno en eso nos parecemos. A pesar de mis incontables amantes yo tampoco tengo hijos.

El orfebre desvió la mirada un momento y su gesto se ensombreció. El príncipe lo observó con atención.

—Dime a qué debo tu visita —quiso saber este tras llevarse la copa a los labios.

Siptah pareció dudar un instante antes de responder.

—Hace unos meses, un joven se presentó en mi casa, de forma inesperada, para pedir mi opinión sobre un objeto en particular.

Shepseskaf enarcó una ceja, burlón, pues consideraba dicho hecho como algo natural.

—No era una pieza cualquiera —se apresuró a continuar el orfebre—, sino una joya de extraordinaria belleza que enseguida me resultó familiar.

Sin saber por qué, el príncipe se mostró interesado.

—¿Dices que se trataba de una joya singular? —inquirió.

—Espléndida; y de incalculable valor. Me pareció muy antigua, y al examinarla con más detenimiento pude fecharla como perteneciente a la XII Dinastía, a principios diría yo, hace casi quinientos años.

El príncipe frunció el entrecejo, sin dejar de mirar a su visitante.

—Como te dije antes —apuntó el artista—, me resultó familiar, aunque no recordaba dónde la había visto.

—¿Qué clase de joya era? —preguntó Shepseskaf con evidente interés.

—Se trataba de un brazalete; genuino donde los haya.

—¿Un brazalete?

—Así es, mi príncipe. Magnífico; digno del señor de las Dos Tierras.

—Háblame de él, dime cómo era —se precipitó a decir el aristócrata.

Entonces Siptah le explicó cada uno de los detalles que ornaban la pieza, las soberbias piedras que la adornaban, sus misteriosas inscripciones. Al terminar, a Shepseskaf se le demudó el rostro.

—Fue por casualidad que, meses más tarde, recordé su procedencia, dónde lo había visto y a quién pertenecía. —El orfebre observó un instante, temeroso, a su anfitrión, y tragó saliva antes de proseguir—. El lugar era el palacio de Per Hai, en la ciudad de Tebas, y tú lo llevabas en uno de tus brazos.

—¿Estás seguro de lo que dices? —preguntó Shepseskaf en tanto hacía esfuerzos por ocultar su turbación.

—Completamente, mi príncipe. Te vi con él muchas veces mientras conducías tu carro.

Shepseskaf soltó un soplido, y al punto juntó ambas manos bajo su nariz, como si reflexionara.

—Háblame de ese joven. Quiero saber más acerca de él.

—Ese es el motivo de mi visita, gran Shepseskaf. Me pareció inaudito que alguien como él pudiese poseer semejante joya.

—¿Era de condición humilde?

—Un simple pescador, al parecer. Se presentó en compañía de un verdadero bribón.

—¿Se trata de ladrones? ¿Crees que robaron el brazalete?

—Miu, que así se llama el pillastre, es un truhan bien conocido en la ciudad, aunque el joven que iba con él distaba de parecer un ladrón, incluso tenía un porte distinguido. Dudo que haya podido robar una joya como esa a alguien como tú, mi señor.

El príncipe pareció recapacitar ante lo que escuchaba.

—Una vez poseí un brazalete como el que aseguras haber visto. Pero hace ya muchos años que me desprendí de él —dijo Shepseskaf, como para sí.

—Ignoro dónde lo hayan podido encontrar —apunto Siptah, no sin cierto temor por verse implicado en un asunto como aquel.

—¿Cuál era el nombre de ese joven? —preguntó el príncipe de repente.

—Se hace llamar Nehebkau, mi señor.

—¿Nehebkau? Vaya. Buen nombre se ha buscado. El dios mitad hombre y mitad serpiente.

—Este es otro de los aspectos misteriosos del asunto. El joven es de sobra conocido en la capital. En cada esquina se puede oír su nombre, pues como te apuntaba es muy popular.

—¿Popular? ¿Qué quieres decir?

—Muchos se acercan a él para que les dé su bendición o los proteja de los peligros que acechan a diario.

—¿Acaso es un *heka*? ¿Un hechicero que embauca al populacho?

—No, gran príncipe. Al parecer posee poderes sobre las serpientes. En las calles aseguran que es el hijo de Wadjet.

Shepseskaf no pudo reprimir una carcajada, aunque al momento se repuso pues se sentía interesado por lo que el viejo le contaba.

—¡El hijo de Wadjet! —exclamó—. No había escuchado nada igual.

—Yo mismo presencié lo que fue capaz de hacer hace tan solo unos días, frente al templo de Ptah.

Entonces Siptah relató lo ocurrido aquella tarde, y la increíble escena que tuvo lugar con las cobras, así como el desenlace. Shepseskaf no perdió detalle, y al oír cómo ambas cobras se transformaban en una especie de *ureus*, se sintió sorprendido.

—¿Cómo es ese tal Nehebkau? ¿Qué aspecto tiene? —quiso saber.

—He aquí otro de los misterios que envuelven a ese joven, pues al verlo de nuevo, la luz se hizo en mi corazón y fui capaz de recordar la procedencia del brazalete.

—¿Cómo fue posible tal cosa?

—Al joven le había crecido el cabello, que ahora es abundante y tan rojizo como el tuyo, mi príncipe, y espero que me perdones por lo que he de decirte. Es tu viva imagen.

Al escuchar tales palabras, Shepseskaf se agitó íntimamente, y tuvo que hacer esfuerzos por mantener la compostura.

—Mi viva imagen —musitó al cabo—. Imposible. ¿Acaso ignoras que mi abuelo fue el gran Tutmosis IV?

Siptah agachó la cabeza, sabedor de lo que podía ocurrirle si ofendía a aquel hombre. En más de una ocasión le había visto manejar el látigo, ya que se vanagloriaba de no necesitar a nadie si quería dar un escarmiento. Hubo un tiempo en el que sus desafíos llegaron a ser famosos en la corte, aunque fueran muchos los que pensaran que abusaba de su posición, pues nadie tenía permiso para enfrentarse a un miembro de la realeza. Sin embargo, Shepseskaf no lo necesitaba; él se las bastaba para arreglar sus asuntos a su conveniencia, y nadie osaba oponérsele, ya que en el combate no tenía rival. Los que le conocían bien aseguraban que hubiese sido un gran guerrero, digno de acompañar a cualquiera de sus belicosos ancestros, Tutmosis III, o su hijo, Amenhotep II. Junto a este último, sin duda, hubiera sido plenamente feliz. Shepseskaf poseía una naturaleza cruel, muy acorde con el temperamento de su bisabuelo, al que decían que se parecía mucho. Por todo ello, el viejo orfebre no se atrevió a levantar la mirada del suelo, arrepentido de haber confiado todos aquellos detalles al príncipe.

—Si ese joven regresa de nuevo a tu casa, házmelo saber —señaló Shepseskaf en tanto perdía la mirada en algún lugar que solo él conocía, quizá entre sus recuerdos más profundos.

—Será como ordenes, mi príncipe —se apresuró a decir el viejo, aliviado de no haber sido azotado.

Tras retirarse Siptah, Shespseskaf permaneció durante un buen rato abstraído en sus reflexiones. La historia que le habían relatado resultaba inaudita, difícil de creer, pero no obstante le turbó sobremanera, como si se tratase de una amenaza cierta para su persona. Era indudable que un príncipe de Egipto como él poco tenía que temer de ello, aunque por algún motivo sintió una profunda desazón en su corazón, de la que no fue capaz de librarse. Conocía al detalle aquel brazalete, su antigüedad y, por supuesto, lo que significaba. Poseía su propia historia, como todo lo valioso, que llegaba a ser centenaria. La pieza en sí encerraba un mensaje, y Shepseskaf se lamentó de que, después de tantos años, hubiese salido de nuevo a la luz. Él la creía olvidada para siempre; pero no obstante...

Después de meditar sobre ello largo rato, pensó en su nuevo dueño. Al parecer se trataba de un joven encantador de serpientes, famoso en la ciudad, a quien el pueblo veneraba como si se tratase de un dios. Decían de él que era hijo de Wadjet, y semejante idea hizo que el príncipe esbozara una sonrisa displicente, pues no creía en semejantes cuentos. En la misma corte abundaban los *hekas*, que se ganaban la vida con sus hechicerías y engañifas. Él mismo había presenciado todo tipo de prestidigitaciones, y lo que algunos eran capaces de hacer con las cobras. Estos eran animales divinos, temidos a la vez que respetados, cuya imagen mantenía un nexo con la realeza que resultaba inquebrantable. Wadjet era la primera defensora del Horus reencarnado, y por este motivo se mantenía fusionada a su corona.

El nombre de Nehebkau se le antojó grandilocuente, y en el mejor de los casos una exageración. Hacerse llamar como un dios tenía sus ventajas entre el populacho, aunque al príncipe no le sedujese que alguien con semejante apelativo tuviese el brazalete que un día le perteneciera a él. Sobre este particular poco tenía que añadir, independientemente de que aquella alhaja hubiese sido o no robada. En su opinión el destino era soberano, y a él estaban sujetos hasta las joyas más preciadas.

Sin embargo, se sorprendió de que aquel joven no estuviese interesado en vender el brazalete. Siptah le había asegurado que no tenía la menor intención de hacerlo, e incluso que se había sentido ofendido por ello, y esto fue lo que condujo al príncipe a cavilar aún más sobre el asunto. Que aquel peculiar encantador tuviese el cabello rojizo no era un hecho extraño, en el Bajo Egipto había muchos pelirrojos, aunque sí lo fuera que además poseyera un brazalete como aquel y tuviera los ojos azules. El viejo orfebre aseveraba que se parecía a él, y el príncipe recordó la época en la que vivió en Tebas y en Amarna. Durante aquellos años llevaba el pelo largo, casi hasta los hombros, y al pasar en su carro al galope por la avenida real de Akhetatón, cuantos le veían aseguraban que el Atón enviaba sus divinos rayos sobre la cabeza del príncipe para teñirlos con el color del sol al atardecer. Ahora tenía la testa tonsurada, como correspondía a un príncipe de su edad, aunque seguía manteniendo la imponente figura de la que siempre había hecho gala, y el porte majestuoso que, decían, había heredado de su bisabuelo. A sus cuarenta y tres años su fuerza continuaba siendo portentosa, al igual que su destreza con los caballos y la capacidad para ingerir cuanto vino se le antojara. Así era Shepseskaf, «maestro de caballos» del faraón, quien tras apurar de un trago el vino que aún quedaba en el ánfora, decidió que era el momento de conocer al misterioso joven al que, según aseguraban, Wadjet en persona tutelaba.

2

Muy de mañana, Shepseskaf salió de palacio con la curiosidad prendida en su ánimo y un poso de inquietud en el corazón, del que no lograba desprenderse. Le gustaba madrugar, y al respirar el aire fresco de finales del invierno, percibía cómo sus sentidos se desperezaban cual si renaciera, igual que le ocurría a Ra cada amanecer, al regresar de su proceloso viaje por el Mundo Inferior. Una intensa luz se desparramaba por la ciudad hasta dar vida al último callejón, y el príncipe entrecerró los ojos para dejarse envolver con ella, mientras caminaba por las calles camino del puerto. Iba solo, sin séquito alguno ni distintivo que hiciera mención de su rango, como si se tratase de un ciudadano más dispuesto a ganarse el pan diario. Al parecer, Nehebkau acudía a las lonjas a vender su pescado cada mañana, y hacia ellas se dirigió Shepseskaf, con el paso presto que tanto le caracterizaba y un vago presentimiento que no era capaz de reprimir.

Al llegar a Per Nefer, el buen viaje, como se conocía al puerto de Menfis, el príncipe se encontró con el habitual ajetreo de los muelles, la carga y descarga de las mercancías, el ir y venir de los marineros, los gritos de los vendedores que anunciaban su género, los comerciantes dispuestos a hacer su mejor negocio, y un sinfín de aventureros que deambulaban entre la multitud listos para dar un buen mordisco a la suerte. Per Nefer era un mundo en sí mismo, quizá con sus propias leyes, y Shepseskaf lo captó al instante, sin extrañarle en absoluto. Hacía muchos *hentis* que no visitaba los muelles y, no obstante, le agradaba aquella atmósfera saturada de algarabía. Allí tenía lugar a diario una lucha sin cuartel en la que cada cual trataba de salir vencedor. Un combate feroz por la supervivencia, que era muy del gusto del príncipe, como todo aquello que tuviese que ver con la confrontación. En realidad, él siempre había sido proclive a mezclarse con el pueblo, a frecuentar las Casas de la Cerveza, algo impropio de cualquier miembro de la realeza, aunque con los años hubiese acabado por no salir de palacio más que para disfrutar de sus caballos y acompañar al dios en las cacerías.

En su juventud había hecho las mejores amistades entre la soldadesca. Junto a los más veteranos era capaz de pasar las horas escuchando sus historias de soldado, las que sus padres y abuelos les habían relatado, ocurridas mucho tiempo atrás, durante las conquistas de los faraones guerreros. Gestas asombrosas de las que surgían héroes de leyenda como Mehu o el inigualable Sejemjet. Le gustaba, de forma particular, el relato de la conquista de Jopa, y rememorar el ardid empleado para ello por el general Djehuty al ocultar a sus soldados en el interior de grandes cestos que dejó abandonados frente a las puertas de la ciudad, como regalo, tras retirarse con sus tropas. Aquella era una verdadera epopeya, y a Shepseskaf le hubiese gustado haber podido participar en ella.

Sin embargo, toda la cercanía que el príncipe podía llegar a demostrar a los veteranos se convertía en arrogancia y trato desagradable con quienes le incomodaban; que eran la mayoría. En su opinión, todos cuantos pululaban en la corte no eran sino intrigantes hambrientos de prebendas, cuyas ambiciones no tenían límite. Eran como el nilómetro de Elefantina, profundo hasta alcanzar la cueva desde donde Khnum ordenaba la crecida de las aguas. Su ansia no tenía fin, y pugnaban por acaparar todo el poder que les era posible a costa de una realeza que había terminado por quedar adormecida ante las fuerzas fácticas que controlaban Kemet.

Shepseskaf causaba temor a los cortesanos, con quienes ajustaba cuentas a la menor oportunidad. Una mera mirada mal interpretada podía despertar la ira del príncipe, quien a veces se divertía azuzando a sus guepardos contra cualquier infeliz que hubiera caído en desgracia.

Durante toda la mañana anduvo de acá para allá, ojo avizor, observando el ajetreo, deseoso de descubrir a quien había ido a buscar. Resultaba obvio que las palabras de Siptah no eran motivo suficiente para que él se hubiese decidido aquel día a acudir al puerto. Era otra la emoción que le había empujado a ello, un sentimiento que no podía calificar pero que, no obstante, le hablaba desde lo más profundo de su corazón, sin que fuese capaz de evitarlo. Por algún motivo necesitaba ver a aquel joven, y eso era todo cuanto le importaba.

Ra-Horakhty, el sol del mediodía, estaba a punto de situarse en lo más alto cuando le vio. El príncipe casi había desistido de su infructuosa búsqueda cuando una figura se destacó entre un grupo de pescadores que vendían su género en una de las lonjas. El pelo rojizo lo delató, y enseguida Shepseskaf se apresuró a apostarse en un lugar discreto desde el cual pudiese atender a la escena sin levantar sospechas. Unos y otros discutían acerca del precio de las capturas mientras, agachado, Nehebkau trataba de convencer al comerciante de turno de la calidad de lo que había pescado. Parecía un acto más del teatro que el príncipe había presenciado, pero al incorporarse el joven, Shepseskaf sintió que su pulso se aceleraba, así como un extraño regusto en la garganta. No había duda, el viejo orfebre no se había equivocado ni un ápice, y el príncipe se restregó los ojos de forma instintiva, incrédulo ante lo que veía. Aquel individuo era su viva imagen, una copia exacta de su persona tal y como recordaba ser cuando tenía su edad. El mismo color de pelo, la abundante cabellera que le caía sobre los hombros, idéntico rostro, su piel... Pero ¿cómo era posible? ¿Qué suerte de broma era aquella? ¿Qué *hekas* habían intervenido para dar forma a alguien semejante? Era como si hubiese vuelto a nacer, cual si Khnum, el alfarero, hubiese decidido regocijarse al ser autor de una broma colosal. ¿De qué otro modo podría calificarse aquello?

El príncipe tragó saliva con dificultad al tiempo que le observaba con mayor atención. Aquel joven hacía sus mismos gestos, sus habituales ademanes, y hasta se movía igual. Asombrado, se fijó entonces en sus formas, en su fuerte complexión, en el porte aristocrático que exhibía, en el modo en que miraba a los demás. Sin proponérselo, había verdadera autoridad en aquella mirada, y cuantos le rodeaban parecían tenerle un gran respeto.

En un momento determinado, Nehebkau dirigió su vista hacia donde se encontraba el príncipe y al cruzarse con la de este, Shepseskaf se agitó aún más, hasta tener la impresión de que se hallaba ante un fantasma, un espectro surgido de lo impensable, una especie de aparición para la que no encontraba respuestas. De manera inconsciente buscó en su interior cualquier luz que pudiese esclarecer semejante conjuro, pero no pudo. Sus *metus* se habían convertido en cauces en poder del torbellino, y su memoria en una vorágine de escenas en las que buscar una contestación razonable. Entonces vio cómo aquel joven se marchaba, con un par de hogazas de pan y un trozo de queso, el precio que había acordado por el pescado, y el príncipe volvió a indagar entre sus recuerdos ante lo que parecía imposible. Sin embargo...

Durante unos días Shepseskaf pensó en lo ocurrido, dispuesto a esclarecer aquel misterio. Se convenció de que la respuesta se encontraba en el brazalete, aunque una parte de él se negara a aceptar lo que jamás hubiese deseado. Su humor se volvió insoportable, y mandó azotar a cuantos tuvieron la desgracia de sufrirlo; incluso llegó a amenazar al mayordomo de su casa con ofrecérselo de premio a los guepardos. Todos los que le servían le rehuían, y las mujeres de su harén se sintieron aliviadas al no verle aparecer por el gineceo.

Por fin una tarde tomó una decisión, y al punto ordenó ir a buscar a aquel joven para que lo trajeran a palacio; así lo escribía y así debía cumplirse.

3

Nehebkau creyó que los dioses se aprestaban a castigarle, que su agnosticismo irreverente había colmado la paciencia de los padres creadores y estos se disponían a hacerle saber cuál era la pena que le imponían. No encontraba otra explicación, pues que él supiese no había cometido ningún delito, y mucho menos contra el señor de las Dos Tierras, a cuyo palacio lo habían llevado sin el menor miramiento. Apenas amanecía cuando unos hombres fornidos lo habían sacado de su barca con cajas destempladas para obligarle a acompañarlos, bajo las mayores amenazas. Al ver el cariz que tomaba el asunto estuvo tentado de lanzarse al río, pero un *medjay* le leyó las intenciones y lo sujetó del brazo con una fuerza ante la que no cabía oposición. Hasta hubo risas al ver la cara de temor que puso el pescador, pero al menos no le apalearon, algo que el joven sabía que solían hacer a menudo.

Sin embargo, no le trataron mal, y de camino le advirtieron que le hacían un gran honor al llevarle a la Gran Residencia, la casa en la que habitaba Nebkheprura y su corte. Nehebkau no comprendía lo que ocurría, y menos Miu, quien como de costumbre lo seguía en la distancia con el ánimo invadido por los peores presagios. Nada bueno se podía esperar de aquello —pensaba el truhan—, pues los señores de Kemet eran poco dados a premiar a quienes vivían sobre un esquife. El ladronzuelo fue testigo de cómo su amigo desaparecía en el interior del palacio, y aunque no lo habían maltratado por el camino, se despidió de él en la distancia, convencido de que ya no lo volvería a ver.

Nehebkau fue conducido hasta una sala situada en un ala apartada del palacio, donde le ordenaron que debía esperar.

—Esperar ¿a qué?, ¿por qué me habéis traído hasta aquí? —les preguntó por enésima vez antes de que lo dejaran solo.

—Eso no nos corresponde decírtelo —fue la escueta respuesta que recibió.

Así fue como el joven se encontró en una amplia estancia con columnas papiriformes cuyos capiteles simulaban ser plantas de papiro pintadas con vivos colores, y el suelo el cauce del Nilo, bajo cuyas simuladas aguas nadaban multitud de especies que él conocía bien. Había percas, mújoles y hasta cocodrilos, todos reproducidos con gran realismo. Era como si una parte del Valle se diera cita en aquella habitación en la que Nehebkau se creyó abandonado a su suerte. No entendía nada, y terminó por sentarse junto a unas plantas de loto, que simbolizaban el nuevo día, con el peor de los presentimientos.

Ra-Khepri ya ascendía pletórico cuando el joven tuvo la impresión de tener compañía. Percibió unos pasos apagados, y al dirigir su vista hacia uno de los laterales vio cómo dos guepardos se le aproximaban con andar pausado, sin prisas, sabedores de que no había necesidad de correr. Al punto sintieron curiosidad hacia el extraño, que apenas se inmutó, y tras observarlo con detenimiento terminaron por echarse junto a él, como si ya le conociesen y fuera de su gusto. Eran espléndidos, y al poco Nehebkau los acarició igual que si se tratara de simples gatos. Entonces una voz resonó en la sala, como si surgiese de los cielos.

—Veo que mis animales te han dado la bienvenida. Aproxímate.

El joven se incorporó al momento para observar cómo, al fondo de la estancia, se alzaba una figura que le pareció formidable. Se le antojó una de aquellas representaciones que tantas veces había visto componer a los Servidores de la Tumba, plena de significado, con los atributos solo reservados a los dioses, a los señores que gobernaban la Tierra Negra. Se trataba de un hombre ya en la madurez, aún fornido, de hombros poderosos, tonsurado de pies a cabeza, que vestía un faldellín sujeto con un primoroso cinturón de cuero con incrustaciones de oro y lapislázuli. Llevaba un collar de cuentas engarzadas de turquesas y cornalinas, y un brazalete dorado ornado con piedras semipreciosas, tan del gusto de la realeza. En una de sus manos portaba un látigo, y con la otra, en la que lucía un anillo, hizo gestos evidentes a su invitado para que se le aproximara. Ya cercano al extraño tomó asiento en un sillón, ricamente ornamentado, en tanto los guepardos se situaban a su lado, sentados sobre los cuartos traseros, como acostumbraban a hacer.

Durante un tiempo la sala permaneció en silencio, mientras el príncipe observaba con atención al joven, estudiando cada detalle de este. Al distinguir el color de sus ojos se estremeció, ya que era idéntico al suyo, de un azul profundo, casi como el lapislázuli. Todo parecía obra de un sortilegio.

—¿Eres tú a quien llaman Nehebkau? —preguntó el príncipe de improviso.

El joven se sobresaltó, pues el tono de voz le llegó grave, como surgido de una caverna. Pero enseguida recompuso el gesto.

—Ese es mi nombre —se atrevió a contestar.

—Soy el príncipe Shepseskaf —le advirtió este—, y así debes dirigirte a mí.

—Sí, mi príncipe.

—Nada tienes que temer. No hago venir hasta mi casa a quienes quiero castigar. Si este hubiese sido mi deseo ya estarías en el fondo del río; o quizá camino de las minas del Sinaí.

El joven permaneció en silencio, sin atreverse a sostener la mirada del príncipe, pues se sentía impresionado.

—Además, a mis guepardos pareces gustarles, lo cual no es habitual, ya que no les agradan los desconocidos; como me pasa a mí.

Nehebkau continuó callado, sin saber qué era lo que el príncipe podía desear de él.

Otra vez se hizo el silencio mientras Shepseskaf disimulaba la agitación que le despertaba aquel joven. Al escucharle había detectado al instante su acento del sur, suave a la vez que inconfundible, y no pudo por menos que retroceder en el tiempo, aunque una parte de sí mismo se negase a hacerlo.

—¿Es cierto lo que dicen? ¿Que Wadjet te tutela? —preguntó el príncipe, de improviso.

—Ignoro de dónde han sacado semejante idea —se apresuró a contestar el joven, a quien no le gustaban este tipo de supercherías.

—¿Ah no? —continuó Shepseskaf, divertido—. Aseguran que posees el poder de la diosa del Bajo Egipto, ¿o acaso eres un *heka*?

—Nunca he tenido trato con los dioses, mi príncipe, y menos con hechiceros.

—Sin embargo, tu nombre hace referencia a un dios, por cierto, poderoso, pues como seguramente sabrás se le conoce como «el indestructible».

—Yo no lo elegí, mi señor —aclaró el pescador a la vez que se encogía de hombros.

—No opinan igual los que te conocen. ¿Quién te lo puso? —inquirió el príncipe con interés.

—De esta forma me llaman en Waset, gran señor, mi ciudad natal.

—Los tebanos siempre tan ocurrentes para los apodos: Nehebkau; resulta magnífico. ¿Es por este motivo por el cual hablas con las cobras?

El joven se sintió confundido, pues desconocía cómo dicho particular había podido llegar a oídos de aquel hombre.

—Las serpientes no pueden oírme, mi señor.

—No obstante, parece que eres capaz de comunicarte con ellas. ¿Cómo es posible? ¿Cuál es tu secreto?

—Me crie entre ellas, mi príncipe. No existe otra razón.

Shepseskaf le miró con asombro, pues nunca había oído algo semejante.

—¿Tus padres te dejaron bajo el cuidado de serpientes? Convendrás conmigo en que se trata de algo poco habitual.

No conozco a ninguna mujer en Kemet capaz de hacer tal cosa con sus hijos.

—Mi madre no tuvo nada que ver, gran Shepseskaf. Nunca la conocí.

Este enarcó una de sus cejas, mientras se inclinaba levemente hacia delante.

—Murió al nacer yo. No tengo recuerdos de ella. Ni siquiera me dejó un nombre.

—¿Y tu padre?

—Jamás supe de él, mi príncipe. Para mí Anubis se lo llevó mucho antes de que me parieran —señaló el joven con un deje de resentimiento.

Sheseskaf asintió mientras se recostaba en el sillón. Durante unos segundos pareció reflexionar acerca de lo que había escuchado y acto seguido clavó su mirada en Nehebkau.

—Te preguntarás por qué te he hecho llamar, ¿no es así? No tengo nada contra ti, pescador. Simplemente llamaste mi atención. ¿Sabes lo difícil que es eso?

El joven bajó la cabeza, incapaz de responder.

—Conoces de sobra la importancia que Wadjet tiene para el Horus reencarnado; su significado para la corona; no es necesario que te lo explique —dijo el príncipe, con solemnidad, en tanto se envaraba—. La diosa es una prerrogativa del faraón, y solo a este puede tutelar.

Nehebkau continuó cabizbajo, ya que no sabía a dónde quería llegar el príncipe.

—Como comprenderás ningún *meret* o pescador tiene derecho a hacer uso de ese privilegio. Sin embargo, quiero conocer el alcance de tu vínculo.

Dicho esto, Shepseskaf dio unas palmadas, y al momento entraron dos lacayos quienes, tras arrodillarse, dejaron un cesto junto al joven, ante la atenta mirada del aristócrata. Este dijo unas palabras y uno de los sirvientes quitó la tapa de mimbre para, acto seguido, desaparecer. Nehebkau observó la escena con cierta resignación, ya que imaginaba lo que a continuación ocurriría. Su triste sino le perseguía, daba igual a donde fuese, bien en la cabaña de un simple obrero o en el palacio de un príncipe, y sin poder evitarlo se sintió invadido por la pena, incapaz de entender qué tipo de penitencia había dispuesto Shai para su vida.

Para cuando quiso darse cuenta la serpiente ya había salido del cesto y se dirigía hacia él, con la parsimonia acostumbrada, zigzagueando, en tanto los guepardos ponían toda su atención en la escena, tensos, pero sin moverse ni un ápice de donde se encontraban. Nehebkau suspiró mientras se sentaba sobre las aguas pintadas en el enlosado. Era una *kar* de buen tamaño, a las que conocía bien por haberse encontrado con ellas en innumerables ocasiones en los palmerales de Tebas. Al poco se reconocieron, y acto seguido la cobra se dejó mecer entre los brazos del joven, como era habitual, para terminar por reptar hasta sus hombros de la forma más natural.

Atónito, Shepseskaf observaba la escena como si en verdad asistiese a un encuentro entre dos especies que hablaban el mismo lenguaje, capaces de transmitirse de manera sutil sentimientos que resultaban imposibles, para los que no existía ninguna explicación. Ni los magos más poderosos de Egipto serían capaces de algo semejante. Entonces el príncipe se sobrecogió, pues aquella visión trascendía lo humano. Eso fue lo que pensó, y enseguida comprendió el efecto que un hecho así podía causar entre el populacho; por qué aseguraban que Wadjet tutelaba al joven. Los guepardos se convirtieron en estatuas, quizá hipnotizados por lo que veían, mientras el tiempo parecía detenerse, como si todo formara parte de otra dimensión. Si Egipto se encontraba envuelto por la magia, qué mejor prueba que aquella, y cuando Shepseskaf vio cómo, con extraños sonidos, el joven animaba al reptil a regresar al cesto, el príncipe se convenció de que había sido testigo de un prodigio.

Durante un buen rato se hizo el silencio, como si nadie quisiera romper el sutil tamiz con que la magia había envuelto la escena. Shepseskaf apenas se atrevía a parpadear, pues se negaba a borrar de sus retinas cuanto había visto. Emociones de todo tipo habían entablado una sórdida lucha en su corazón, sin que él pudiese hacer nada por gobernarlas. Eran soberanas, al tiempo que desconcertantes, y por primera vez en su vida el príncipe se sintió perdido, sin saber hacia dónde conducía aquel camino que, de forma insospechada, Shai le había presentado. El *maat* tan solo había sido una palabra hueca durante la mayor parte de su vida, que había transgredido cuando así le había venido en gana, sin importarle las consecuencias. ¿Acaso no era un príncipe de Egipto, cuya sangre tenía más pureza incluso que la del dios que gobernaba Kemet? Sin duda él era vástago de reyes desde hacía cuatro generaciones, sin ninguna mancha que atribuir a su linaje, mas también era cierto que había hecho de su vida su propio reino, con las leyes que él mismo se había encargado de escribir a su conveniencia. Su mundo empezaba y terminaba en él, y de forma inesperada, por primera vez, se atrevía a asomarse al exterior para encontrarse con una realidad con la que no contaba. Su navío había naufragado, aunque él se resistiese a aceptarlo.

Cuando el joven se incorporó los guepardos lo miraron con curiosidad. Ellos, mejor que nadie, podían calibrar el valor de lo que habían visto. El poder sobre la vida y la muerte se hallaba en su naturaleza, y con evidente placer ronronearon satisfechos, cual si reconociesen en aquel extraño a un señor de la sabana, de donde ellos procedían. Por fin Shepseskaf salió de su abstracción para dirigirse al pescador con voz grave, y al punto estremeció a este.

—Ahora puedes marcharte; pero no te vayas muy lejos, pues dentro de poco mandaré llamarte de nuevo a mi presencia.

El joven permaneció en silencio, y acto seguido dio la espalda a aquel extraño príncipe, sin entender cuál había sido el verdadero motivo de su encuentro aquella mañana. Ya próximo a abandonar la sala, Shepseskaf volvió a hablarle.

—Dime Nehebkau. Al menos conocerás cuál era el nombre de tu madre.

El aludido se volvió al momento, y con aquel acento suave que caracterizaba a las gentes del Egipto profundo contestó:

—Sí, mi príncipe. Se llamaba Nitocris.

4

Cuando Nehebkau abandonó el palacio se dirigió hacia el río, el único lugar en el que era capaz de encontrar respuestas. Sus aguas le susurraban al oído cuando este quería escucharlas, aunque su corazón no terminara por encontrar el camino que debía seguir. Siempre se había visto perdido en un laberinto del que le resultaba imposible salir, quizá porque no existía ninguna senda verdadera hacia la que dirigir sus pasos. Si ese era su destino no cabía sino aceptarlo, y de nada valían las componendas a las que se aferraba para intentar engañarse.

Al llegar a la orilla vio a Miu, que lo esperaba sentado sobre su barca. La figura del ladronzuelo se había convertido en parte de su propia realidad, sin proponérselo, aunque ambos perteneciesen a universos diferentes, distantes, que no obstante una mano se empeñaba en acercar de forma natural.

—Pensé que no volvería a verte, gran Nehebkau —dijo el truhan, al verle aparecer—. ¿Te han apaleado?

El joven hizo un gesto de fastidio, aunque se alegró de ver a Miu al cuidado de su esquife.

—Te lo pregunto porque nada bueno puede encontrar en ese lugar alguien como nosotros.

El pescador sonrió para quitar importancia al asunto.

—Los ladrones como yo sabemos bien a lo que me refiero. En la Gran Residencia, además del dios, conviven la ambición y los intereses desmedidos. Allí también se roba, no vayas a creer, aunque lo hagan de otra manera.

Nehebkau asintió, y luego relató de forma somera lo que había ocurrido.

—Shepseskaf —dijo Miu con evidente asombro—. He oído hablar de él, y no muy bien, por cierto. Al parecer por sus *metus* corre una sangre más divina que la del propio faraón. Aseguran que los caballos no tienen secretos para él, y que posee un carácter despótico y cruel que no se preocupa de ocultar.

—¿Y tú cómo sabes eso?

—En Menfis es conocido de sobra, ya que era muy famoso en las Casas de la Cerveza que solía frecuentar hace años, siempre en compañía de viejos soldados, con los que le gusta relacionarse. A mí me parece extraño, pues ya me dirás qué necesidad tiene un hombre de su posición, que además dispone de su propio harén, de visitar una Casa de la Cerveza.

El joven se mostró sorprendido.

—Dicen quienes le conocen que le gusta mostrarse tal y como es, sin temor a las habladurías, pues por algo tiene sangre divina. En el beber no tiene medida, y cuando el *shedeh* le nubla el entendimiento es mejor no cruzarse con él, si no quieres terminar en el Sinaí o, peor aún, en alguna mina de oro junto a la quinta catarata, en el lejano país de Kush. Allí mandó a muchos de los que osaron mantenerle la mirada.

—Hablas de él como si se tratase de un ser terrible.

—Esa es su fama. No tiene ni idea del significado de la palabra «bondad», aunque es muy querido por el Horus reencarnado, que le honra con su amistad. Tuviste suerte de salir con bien de tu visita.

Nehebkau asintió mientras pensaba en lo que le decían.

—Bien es cierto que también es conocido por su arrojo, y que en otros tiempos hubiese sido un renombrado guerrero. Su mejor amigo es Horemheb, o al menos eso es lo que se cuenta.

—¿Horemheb?

—Así es, recuerda que te hablé de él en la fiesta del Año Nuevo.

El joven se encogió de hombros, ya que no le interesaba en absoluto la política de Kemet.

—Es el general de los ejércitos del norte. Primer consejero de Tutankhamón, junto con Ay, su tío abuelo. Afirman que ellos dos son quienes gobiernan el país de las Dos Tierras.

Nehebkau miró a su amigo con perplejidad, al ver la cantidad de chismes que conocía.

—Seguro que le impresionaste —continuó Miu con los ojos muy abiertos—. Incluso los príncipes se ven obligados a rendirse ante tus poderes, gran Nehebkau.

—Dudo haber impresionado a un hombre como ese. Además, ya sabes lo poco interesado que estoy en tales cuestiones.

—La prueba la tienes en que no te arrojó a sus guepardos. Corren historias de todo tipo acerca de ellos.

—Ya me lo imagino —fue la escueta contestación del joven, a quien no le gustaban en absoluto los chismorreos.

—Deberías no olvidar sus últimas palabras —señaló Miu con rotundidad—. Si dijo que te llamará, lo hará.

5

Nitocris, Nitocris, Nitocris... Durante varias noches aquel nombre resonó en los oídos del príncipe como si un martillo lo aplastara dentro de su cabeza con un ruido ensordecedor. ¿Cómo era posible? ¿Qué clase de broma le había preparado el destino? ¿Por qué regresaba a su memoria después de tantos años?

Era como una maldición, pero, no obstante, había llegado a él mucho antes de que aquel joven lo pronunciase con sus labios, cual si surgiera de las profundidades del Amenti. ¿Por qué debía estremecerse ante un nombre como aquel? Resultaba absurdo. Él era un príncipe de la Tierra Negra y, sin embargo, su mero recuerdo le hacía sumirse en siniestros pensamientos, como si se asomara a un pozo oscuro en el que anidaba la perfidia. Era un escenario perverso, del que había formado parte, en el cual su *ka* había participado impulsado por su propia naturaleza. Él era lo que era, aunque aquello hubiese ocurrido hacía ya muchos *hentis*. Cuando su alma fuese juzgada, él se acordaría de que allí se fraguó su condenación eterna, en Waset, hacía ya veinte años. Para Shepseskaf, Tebas siempre sería sinónimo de perdición, el lugar en el que se abandonó a la locura llevado de una pasión que terminó por reconcomerle el alma.

Nitocris... Él había amado a aquella mujer sin importarle el precio que tuviese que pagar por ello, sin dudar en destruir lo más valioso que un hombre pudiera poseer: su propio legado. Si el destino lo había conducido hasta la ciudad santa de Amón, el príncipe se había encargado de maldecir a Shai cada día de su existencia, aunque en su corazón hubiese construido una pirámide formidable con el fin de enterrar lo ocurrido para siempre. Una tumba que creía olvidada y que, no obstante, había salido a la luz desde lo más profundo de la necrópolis.

El nombre del lugar no tenía importancia. Era una más de las muchas Casas de la Cerveza con que contaba Tebas, muy frecuentada por la soldadesca. El príncipe conocía la mayoría de ellas, aunque esta le gustara de forma particular, quizá por la presencia de los veteranos, con quienes le satisfacía tanto alternar. En aquel tiempo, años antes de que Akhenatón iniciara las persecuciones contra todos los que no pensaran como él, Shepseskaf era un joven orgulloso que todavía soñaba con la posibilidad de que el dios devolviese a Kemet el espíritu guerrero de sus ancestros; que Egipto retornara al camino que le había llevado a conseguir un imperio; que extendiera sus dominios más allá del Éufrates. El príncipe anhelaba tocar con sus propias manos la estela que en su día había levantado Tutmosis I en dicho río, y ampliar las conquistas por todo el mundo conocido, hasta donde le alcanzaran las fuerzas.

Su crianza había sido la que le correspondía por su alcurnia, aunque muy pronto demostrara el don que poseía para los caballos, a quienes terminaría por convertir en el centro de su vida. Los amaba sobre todo lo demás, y no dudaba en reconocer que los consideraba por encima de la mayoría de los humanos, por los que, en general, demostraba poco aprecio. Sin embargo, sentía debilidad por las mujeres, a quienes pretendía a la primera oportunidad. Había heredado el harén de su padre, el cual visitaba con frecuencia, para satisfacción de su tío, el gran Amenhotep III, quien aseguraba que aquel príncipe era el único que se parecía a él, aunque solo se tratara de exageraciones. Sus habilidades como jinete le llevaron a ser requerido por su primo, Akhenatón, como auriga real, ya que no había otro como él, y también como jefe de los escuadrones de carros. Mas allí terminarían sus sueños de soldado, pues jamás llegaría a guerrear.

Poco antes de que la corte se trasladara a la nueva capital que el dios había levantado en el Egipto Medio, las andanzas del príncipe por Waset eran cosa de todos los días, y allí fue donde la conoció. Podría asegurarse que Shepseskaf se enamoró de ella en cuanto la vio. No se trataba de un sentimiento puro que le llevara a considerarla como el gran amor de su vida, sino todo lo contrario. Era una emoción devastadora, vulgar si se quiere, pero capaz de encadenarle en lo más profundo del abismo al que se precipitó. Los nudos de aquel amarre bien podían haber sido urdidos por la mismísima Isis, pues no había otra explicación, y él se vio arrastrado por su propia naturaleza hasta estados difíciles de imaginar, alentado por las más bajas pasiones, que terminaron por consumirle.

Sin duda ella era hermosa, pero su atractivo no radicaba en su belleza, sino en el embrujo que era capaz de extender con una simple mirada. Sus ojos negros y suavemente rasgados poseían el poder de lo oculto, el don del embaucamiento, al tiempo que dejaban traslucir la perfidia que anidaba en su corazón. Había verdadera magia en aquella mirada, y Shepseskaf se dejó envolver por ella sin importarle las consecuencias. Deseaba poseer a aquella mujer, al precio que fuese; correr por sus *metus* para empaparse de su esencia, formar parte de su perversidad. A ciencia cierta nadie la conocía. Algunos decían que procedía del norte, y otros que había recorrido toda la Tierra Negra para dejar un mal recuerdo allá por donde había pasado. Todo eran habladurías, pero nadie estaba a salvo de su hechizo, y muchos hombres la buscaban con ahínco. La condición de estos apenas importaba, daba igual que se tratase de un rico comerciante o de un humilde alfarero; ella coleccionaba voluntades, esclavos que imploraran su atención dispuestos a ofrecerle el alma por sus caricias.

Shepseskaf no dudó en entregársela la primera noche que la amó, absorbido por un torbellino que le empujaba a renunciar a cualquier pacto con los dioses, al cumplimiento del *maat* en el que había sido educado. Este no tenía cabida en aquel escenario, algo que el príncipe aceptó de buen grado para, de este modo, poder abandonarse a sus instintos sin necesidad de refrenarlos. Había verdadera ansia en cada uno de sus encuentros, un deseo que nunca se veía satisfecho y le llevaba a someterse al desatino. Su arrogancia fue arrojada a las profundidades del río, y aquella mujer le hizo ver cuál era su lugar en el mundo en el que habitaba. Imponía su ley a quien requiriera sus favores, y todos se avenían a cumplirla, como si formase parte de un hechizo descomunal.

De este modo Shepseskaf se convirtió en un súbdito más de su abyecto reino, y al poco se vio tendido de bruces ante aquella especie de diosa que le llevaba al paroxismo. Una maga que no le importaba compartir con otros muchos hombres, algunos de la peor condición, sin sentir menoscabo por ello; a tales extremos había llegado. Ella lo gobernaba por completo, y él se estremecía con solo musitar su nombre: Nitocris.

—Dices que me adoras sobre todo lo demás, pero no es cierto —le confió ella, una tarde, tras haberse amado hasta la extenuación.

—Sabes que no te miento —balbuceó él mientras trataba de recuperar el aliento.

—Ja, ja. Eso me dicen todos. El corazón de los hombres está lleno de palabras vacías.

—¿Por qué dices eso?

—Si las escuchas, terminan por desaparecer para no regresar jamás.

—¿Acaso dudas de mi palabra? —inquirió el, desconcertado.

Nitocris lo miró como solo ella sabía, al tiempo que le acariciaba su cabello rojizo.

—¿Cómo sé que no le dices lo mismo al resto de tus mujeres; que tu único deseo es pagar por mi compañía?

—El harén es solo un vínculo que todavía mantengo con mi difunto padre —aclaró él con evidente fastidio.

—Pero tienes una esposa, que es señora de tu casa, aunque aún no te haya dado un primogénito. ¿A ella no la adoras? —señaló con malicia.

Shepseskaf se incorporó levemente para observarla un instante, sin ocultar su sorpresa. Él nunca le había hablado de su esposa, ni tampoco del hecho de que no tuviese hijos. Por alguna extraña razón, Khnum no se había avenido a formar ningún vástago en el vientre materno de las mujeres con las que había yacido. Ninguna le había dado descendencia, como si su simiente fuese víctima de alguna maldición.

Nitocris le sonrió de forma enigmática, mientras le atravesaba con su mirada, y al punto el príncipe sintió su poder, y cómo le leían el alma. Se notaba desvalido, cual si se tratase del último siervo del faraón. Aquella mujer desnudaba su corazón para escudriñar en su interior sin que él pudiese hacer nada por evitarlo, como si fuera algo natural.

Ella rio con suavidad para volverle a arropar con su magia, complacida al ver cómo la voluntad de aquel hombre se esfumaba como por ensalmo.

—Mi esposa forma parte del mundo del que provengo. Es un entramado en el que cada nudo cumple una función. Solo el faraón tiene la potestad de desatarlos.

—El Horus reencarnado gobierna la Tierra Negra desde su Gran Residencia, sin posibilidad de equivocarse. Aunque muchos aseguren que tiene intención de cambiar nuestras tradiciones y hasta nuestros dioses. Tú mejor que yo deberías saberlo, ¿no te parece?

—No me corresponde hacer juicios sobre las palabras del dios Neferkheprura, vida, salud y prosperidad le sean dadas.

—Ja, ja. Me gusta el tono solemne que empleas en determinados momentos; qué gran rey ha perdido Egipto. Sin embargo, yo sí puedo manifestarme de forma diferente. Para la gente como yo, da lo mismo quién se siente en el trono de Horus. Cuando nos llegue la hora tendremos suerte si encontramos un lugar bajo la arena de la necrópolis donde podamos descansar en paz. Neferkheprura... —musitó ella con indiferencia—. El que ahora quiera llamarse Akhenatón es un detalle que no me interesa en absoluto.

El príncipe la miró, boquiabierto, sin intención de contestarle. Por causas que no llegaba a comprender, aquella mujer tenía la facultad de dejarle sin palabras cuando se lo proponía, igual que si se tratara de un juego que ella se encargaba de ordenar con habilidad.

—No es fácil de aceptar para quien consideras una diosa, que a tu regreso al palacio de Per Hai, en la otra orilla, decidas pasar la noche con alguna de tus concubinas o, peor aún, con tu esposa principal. ¿Ves por qué las palabras de los hombres son huecas?

—Las cosas no son como tú piensas —se lamentó el príncipe.

—¿Ah, no? Ya veo. Olvidaba que para ti soy una diosa a quien adorar.

—La única dueña de mi corazón —se apresuró a decir él.

—En tal caso, ¿por qué no me lo demuestras? Soy una pobre mujer abandonada a su suerte, a quien los hombres no dudan en utilizar para saciar sus apetitos. ¿Por qué tú has de ser diferente?

—Sabes muy bien que te amo como a ninguna otra. —El príncipe se revolvió, como si en verdad se hallara desesperado.

Ella lo miró unos instantes, sin ocultar su satisfacción. Disfrutaba al zaherir a aquel príncipe con las palabras que más le incomodaran, ya que le gustaba provocar dolor. En realidad, odiaba a los hombres, igual que le había ocurrido a su madre y a su abuela, ambas con una bien ganada fama de brujas. De ellas había aprendido toda clase de hechicerías y conjuros, y en la intimidad se reía de la magia que sus paisanos atribuían al dios Heka. No eran más que pamplinas, mojigaterías de santurrones que no conocían el verdadero poder que encerraba aquella tierra. Ella había nacido para ser la reina del maleficio y, de este modo, sojuzgar a cuantos se cruzasen en su camino. Las riquezas no le interesaban. Solo deseaba atesorar corazones.

—¿Te das cuenta? Todo son palabras. Ni siquiera poseo algo que te pertenezca, a lo que des un valor particular —dijo ella fijándose en el brazalete—. Lo llevas contigo a todas partes —afirmó a la vez que lo señalaba—. ¿Te es muy valioso?

—Mucho. Perteneció a mi bisabuelo, el gran Amenhotep II. Mi padre me aseguró que adornaba su brazo cuando combatió en Retenu contra la «chusma asiática».[43] El dios Set lo forjó con sus propias manos para provocar el caos y la destrucción en sus enemigos —replicó él, orgulloso.

Ella rio con suavidad.

—Las guerras no me interesan en absoluto. Pero he de reconocer que el brazalete es hermoso; muy de mi gusto. Sería una prenda adecuada, ya que tu esencia se encuentra en ella.

Shepseskaf la miró un instante, sorprendido por aquellas palabras, mas al momento se quitó el brazalete para ofrecérselo. Nitocris exhibió un rictus de satisfacción y lo tomó al instante para estudiarlo con detenimiento. Era primoroso, una joya sin igual que introdujo, acto seguido, en un pequeño cofre de ébano.

—Ahora permanecerás en mi corazón para siempre —le susurró ella en tanto se tumbaba junto al príncipe y deslizaba una de sus manos hasta su miembro. Con los dedos dibujó sobre él medidos arabescos, que no tardaron en inflamar a Shepseskaf. Él buscó los labios de su amada con desesperación, y esta le dio a probar, una vez más, el elixir que solo ella era capaz de destilar; un licor creado para nublar cualquier entendimiento.

Nitocris sonrió, maliciosa, al comprobar que él estaba listo para penetrarla, y acto seguido se sentó sobre el príncipe, que la miraba suplicante. Entonces la maga se inclinó sobre su cuerpo para fulminarle con su hechizo.

—¿Es cierto que soy tu diosa? ¿Que me amas más que a ninguna otra? —susurró.

—La verdadera dueña de mi corazón —se precipitó a contestar Shepseskaf, inflamado por el deseo.

—Tráeme algo que pertenezca a tu esposa y entonces te creeré.

Él asintió, presa de la impaciencia, y al punto la tomó de las caderas para invitarla a iniciar la cabalgada. Una carrera en la que se sentía desbocado, dispuesto a galopar hasta los confines de la tierra.

A los pocos días, el príncipe se presentó con un pasador de cabello que pertenecía a su esposa, era de marfil, y Nitocris lo aceptó complacida, aunque se disculpó por no poder atenderle.

—Hoy me siento impura. Vuelve cuando pueda agasajarte como te mereces —señaló ella.

Esa misma noche, Nitocris invocó a las fuerzas del mal, para llevar a cabo conjuros milenarios que solo ella conocía, amarres de amor infalibles que su abuela le había enseñado; que iban mucho más allá de los conocimientos de cualquier *heka*. Ella era maga entre las magas, y tras disponer las dos prendas que Shepseskaf le había proporcionado sobre un pequeño altar, se dispuso a separarlas para siempre. Los poderes de las tinieblas estaban de su lado, y aquel hombre jamás podría volver a amar a ninguna mujer más que a ella. Vagaría el resto de sus días invocando su nombre, como les había ocurrido a otros muchos, cual si se tratase de un náufrago asido a una tabla en mitad de la tempestad. Daba igual que fuese un príncipe de Egipto, pues su destino sería sufrir.

Aquel pensamiento la excitó sobremanera, mucho más que si se encontrara entre los brazos del mejor amante. No existía orgasmo comparable al placer que le producía el sufrimiento de los hombres. Los odiaba en extremo. Ellos habían sido la causa de la desgracia de su propia casa. La de su abuela y también la de su madre. Por su vileza se habían visto abocadas a la desventura, a la injusticia, a vagar por toda la tierra de Egipto condenadas a su suerte. Los poderosos habían abusado de ellas, para terminar por arrojarlas a los perros. Todas habían sido bellas, las más hermosas mujeres de Kemet, aseguraban muchos, y ese había sido todo su patrimonio.

Si Hathor las había bendecido con su favor, Set se había encargado de maldecirlas con el infortunio. Solo los genios del Amenti estuvieron dispuestos a abrirles sus puertas; las del infierno al que se precipitaron. Junto a su madre, Nitocris recorrió los pueblos haciendo uso de la hechicería, el único don que Shai parecía estar dispuesto a concederles. Villorrios infames en los que la joven terminó por aprender que la iniquidad del hombre no dependía de la posición que ocupara, pues se hallaba impresa en su corazón. Del visir al vagabundo, todos eran maestros en la artimaña, ya que, como un día le asegurara su abuela, Khnum, el alfarero, los había creado así. Para Nitocris el camino quedó trazado de antemano, y se decidió a recorrerlo con el único bien que poseía: su inmensa belleza.

Así, hizo del sufrimiento de los hombres su bandera, su razón de ser, el propósito de su existencia. Allá a donde fuera haría lo posible por derribarlos, por verlos postrados a sus pies para destruirlos, en esta vida y en la que Osiris determinara para ellos cuando cruzaran a la «otra orilla», malditos por toda la eternidad. A eso fue a lo que se dedicó; a maldecir a todo aquel que se cruzase con ella, que ambicionara poseerla, que deseara su amor. Nitocris jamás lo otorgaría, y cada vez que fornicara depositaría en los *metus* de sus amantes la semilla de la desgracia, el mal en todas sus formas. No temía a la vida, pues sabía que para ella la felicidad estaba proscrita, y cuando Anubis viniera a buscarla para conducirla a la necrópolis, estaba segura de que le miraría a los ojos para maldecirle, sin temor a su siniestra sonrisa. Así era Nitocris, la mujer sin corazón.

Para cuando Shepseskaf regresó, hambriento de sus caricias, ella lo recibió en una de las Casas de la Cerveza de peor condición de Waset. Al verlo llegar, le regaló una de aquellas miradas con las que derribaba cualquier bastión que osara oponérsele. Ante su vista, se dejó cortejar por un humilde hombrecillo, sin atractivo alguno, decrépito y de la más baja posición, que la buscaba en silencio como si fuese un perro, sabedor de lo inalcanzables que resultaban sus pretensiones. Se trataba de un pobre pescador al que llamaban Akha que había reunido sus míseras pertenencias para ofrecérselas a cambio de una simple caricia. Muchos días le llevaba pescado a la puerta de su casa, y allí lo dejaba escondido en un cesto. Nitocris lo despreciaba, como a todos los demás, pero aquella tarde decidió acceder a sus deseos y yacer con él, haciendo ver al príncipe cuál era el lugar que ocupaba. Si había decidido ser su acólito, nada más justo que pagara su ofrenda; la que su diosa le impusiese.

Akha fornicó con su amada como si le fuese la vida en ello,

hasta quedar consumido por la desesperación de no encontrar fuerzas para seguir amándola. Nitocris lo miró sin ocultar su desprecio, pues no había sino miseria en los *metus* del pescador, la peor que se podía encontrar, la miseria humana. Akha ya era desgraciado, pero continuaría siéndolo durante el resto de sus días, pues ella era el único paraíso que podría volver a ver. En cierta forma lo condenaba en vida, a él y a cuantos moraban bajo su techo, aunque el verdadero propósito de aquella coyunda había sido otro.

Aquel día, Nitocris envió al príncipe a la base de la pirámide que la sociedad egipcia se había encargado de conformar a través de los milenios. Era una caída vertiginosa que le precipitó a las primeras hiladas, el lugar que ocupaban los siervos y parias de la Tierra Negra. Hasta ellas fue arrojado Shepseskaf, sin la menor oposición, sin reproche alguno. A la vista de todos, el príncipe aguardó su turno, como correspondía a quien había perdido su voluntad hacía demasiado tiempo. La diosa a la que adoraba había decidido elegir a un humilde pescador antes que a él, y con dicho acto escarnecía públicamente a un príncipe de Egipto. La sangre divina de este no era sino una quimera en manos de Nitocris, y cuando por fin decidió otorgar sus favores a Shepseskaf, él corrió al encuentro de su amada, quien lo reclamaba, todavía sudorosa por su reciente encuentro con Akha.

Ya era noche cerrada cuando el príncipe dejó su lecho. Aquella mujer lo había embrujado por completo, y no obstante a él no le importaba. Era consciente de que entre sus brazos era un hombre sin alma; un tipo sin voluntad ni ánimos por recuperarla. Su *ka* lo había abandonado, y ahora pertenecía por entero a la diosa a quien se había entregado de forma voluntaria. Lejos de ella sentía frío; demasiado para poder soportarlo, pues solo el calor que irradiaba Nitocris era capaz de confortarle. ¿A dónde había ido a parar su arrogancia, su altivez, su orgullosa soberbia? Daba igual, ya que al fin había encontrado el lugar en el que quería permanecer para siempre, aunque se tratase de un reino sórdido en el que sus sentimientos carecían de valor. Cuando la tomó por última vez, ella lo había mirado fijamente, para recordarle cuáles eran los límites de aquel reino, así como las leyes que regían en él. Allí el príncipe no era sino uno más de la corte encargada de servirla, cuando así se lo demandara.

Apenas Shepseskaf hubo cruzado el río de regreso a Per Hai, la Casa del Regocijo, el palacio que había hecho construir su tío, el gran Amenhotep III, para celebrar sus jubileos, el príncipe tuvo la seguridad de haberse convertido en una especie de sombra de sí mismo, carente de la menor dignidad; sin embargo, no le importó.

Fue entonces cuando Sekhmet rugió para cubrir de luto el país de las Dos Tierras. La «Poderosa»[44] desató su ira, y de nada valieron las setecientas veinte estatuas levantadas en su honor en el templo funerario del faraón. Nada ni nadie podía aplacarla, y de este modo extendió la enfermedad por todo Kemet para sembrar sus campos con la muerte. Anubis se regocijó a la vista de la abundante cosecha que la diosa leona había hecho florecer, y se dispuso a recolectarla hasta el último grano. Era una pandemia como no se recordaba, a la que poco importaba la edad o condición; una peste que diezmó la población, desde la choza más humilde hasta el palacio del faraón. Los *sunus* trataron de enfrentarse a ella con el conocimiento, y los *hekas*, con sus hechizos e invocaciones, pero todo parecía en vano. Las necrópolis se vieron desbordadas por el incesante flujo de difuntos, y muchos terminaron por ser enterrados en enormes fosas comunes junto a las lindes del desierto.

Per Hai se convirtió en un inmenso recinto gobernado por el duelo, pues no hubo familia en la que Sekhmet no fijase su atención. En todas falleció alguno de sus miembros, y Egipto entero elevó su voz para preguntar a los dioses qué pecado habían cometido para recibir semejante castigo.

Shepseskaf fue testigo directo de aquella tragedia, al perder a su esposa después de que esta agonizara entre terribles sufrimientos. Ni las infusiones de amapola tebana ni la mandrágora pudieron aliviar su padecimiento, como si un extraño poder se hubiese confabulado para producir tanto dolor.

Cuando por fin Anubis acudió para llevársela, el príncipe tuvo el convencimiento de que había formado parte de aquel desenlace, que los dioses le mostraban lo que se negaba a ver: las consecuencias de su vil naturaleza. Entonces ¿por qué no le castigaban a él? ¿Por qué habían fijado la mirada en su esposa?

Sin embargo, no podía engañarse. Conocía las respuestas y solo tenía que indagar en su corazón para averiguarlas. Su muerte sería la solución a su particular drama; el telón final de una obra en la que se había dado la espalda a sí mismo. Tenía que pagar por ello, sufrir, cumplir la penitencia que los padres divinos le impusiesen por su comportamiento blasfemo. Había traicionado a su propia esencia, a lo que representaba y, sobre todo, al sagrado *maat*. Había despreciado el privilegio que los dioses le habían otorgado, para convertirse en un errabundo al que solo importaba el amor a una nueva diosa que no dudaba en deshonrarle con su desprecio cuando así lo consideraba, aunque él se negase a reconocerlo. Lo habían hechizado de la peor manera, cual si se tratase de un miserable *meret* sumido en la ignorancia.

Al ver a su esposa de cuerpo presente lo comprendió todo. Había sido parte de un juego en el que un hombre de su condición no tenía cabida, para mayor escarnio de su alma. El brazalete, el pasador para el cabello no eran sino una parte más del embaucamiento en el que había caído. Nitocris era una maga, y lo había utilizado para dar satisfacción a su auténtica naturaleza, la que ocultaba bajo el manto de su belleza. Todo se debía a un propósito, que no era otro que su propia destrucción como hombre. Ahora veía con claridad la razón de aquel comportamiento, y no dudó que él mismo había ayudado a fraguar su desgracia; la de su casa. Ella los había maldecido a todos, y su esposa se había convertido en la primera víctima.

Shepseskaf no pudo reprimir un sollozo, mientras ocultaba el rostro entre sus manos. Entonces juró no volver a verla jamás, aun sabiendo que Nitocris había inoculado en su corazón la semilla de la perfidia, y que por ello nunca dejaría de amarla. Se trataba de un castigo atroz del que no podría librarse. Ella se marchaba de su vida, pero de algún modo siempre lo acompañaría, aunque la odiara mil veces. La llama de aquella mirada nunca se apagaría, para recordarle quién era él en realidad, o quizá para susurrarle que lo esperaría en el infierno.

6

Nitocris nunca volvería a ver al príncipe; algo con lo que ya contaba de antemano. Había ocurrido tantas veces que aquel tipo de desenlace le resultaba natural. De uno u otro modo, todos terminaban por verse reflejados en el espejo de sus conciencias, para emprender una huida que nunca terminaría. En ello radicaba una parte de su victoria, algo que la satisfacía de forma particular.

La pandemia también asoló Tebas, aunque ella no sintiera el menor temor por la enfermedad. Se sabía inmune a la ira de Sekhmet, como también lo era Shepseskaf, aunque tuvo conocimiento de lo sucedido en el palacio del dios, así como de la muerte de la esposa del príncipe. Ella la esperaba desde hacía tiempo, y al enterarse del fatal desenlace quitó los alfileres que tenía clavados en el pequeño muñeco de lino, que ella misma había confeccionado burdamente. Ya no servía para nada, aunque se encargó de lanzar al río los restos del trapo, para que la corriente se lo llevara hacia el olvido.

A causa de la peste las Casas de la Cerveza perdieron parte de su clientela, aunque ella continuó esclavizando voluntades en cuanto se presentaba la ocasión. Sin embargo, ocurrió lo inesperado, algo con lo que Nitocris no contaba, y que vino a cambiar el rumbo de los acontecimientos. Al poco la maga tuvo una falta, y pasadas unas semanas no albergó dudas de que estaba embarazada. No era la primera vez que le ocurría, pero en esta ocasión tuvo un mal presentimiento, y sin poder evitarlo se vio presa de una angustia que la condujo a la exasperación. Ella sabía de quién podía ser la criatura, y las consecuencias que se derivarían de ello. Entonces su odio por los hombres se acrecentó, hasta sentir una irrefrenable repugnancia hacia ellos. Debía deshacerse de la criatura.

«La desviación de la preñez» estaba prohibida en Egipto, aunque Nitocris ya la había practicado en una ocasión. Sin embargo, por causas que no llegaba a entender, no era capaz de provocarse el aborto. En sueños, cada noche, Renenutet, Mesjenet, Tueris y Hathor, las cuatro protectoras de los embarazos, se le presentaban para mirarla como solo eran capaces de hacerlo los dioses. Hathor, la diosa de la fecundidad por excelencia que se ocupaba tanto de la futura madre como del feto, la señalaba para advertirla de las consecuencias de lo que tramaba hacer, al tiempo que le aseguraba que el niño que llevaba en las entrañas era deseado por los dioses de Egipto, quienes nunca permitirían que ninguna mano se alzara contra él, que estaba condenada a parirlo, así como a rendir cuentas ante el tribunal de Osiris cuando le llegara el momento, pues su perfidia era bien conocida por los cuarenta y dos jueces que formaban parte de aquel juicio.

—Recuérdalo, mujer —le señalaban con severidad—. Ese niño está bajo nuestro amparo, y tu magia no podrá arrebatárnoslo.

Aquel sueño repetitivo terminó por atemorizarla. Para alguien tan vinculado a la magia como ella, semejantes visiones eran mucho más que meras ilusiones; se trataba de avisos que no era posible eludir, cuyo mensaje encerraba todo el poder arcano que subyacía en la esencia de Kemet, con el que no era posible negociar. De este modo, Nitocris fue presa de la desesperación, de un estado de ánimo que poco a poco la abocaba a la desolación, para empujarla a un abismo incluso más oscuro que aquel en el que se encontraba. De forma paulatina su luz se fue apagando, y todo el odio que anidaba en sus entrañas terminó por devorarla hasta convertirla en carroña. Así se sentía la noche en que trajo al mundo a su retoño; amargada y a la postre vencida por su propio rencor. Su inquina terminó por consumir su luz, y cuando su hijo nació ella sacó fuerzas para maldecirlo, por todo lo que el pequeño representaba, al percatarse de que su final se encontraba próximo, y que las cuatro diosas que se aparecían en sueños habían determinado cambiar su vida por la del recién nacido. Todas las imágenes de aquel drama desfilaron por su corazón con una rapidez inaudita, y cuando vislumbró la sombra de Anubis, ya próxima a ella, hizo un último esfuerzo para guardar en su mano aquel brazalete que, a la postre, había sido la causa de su final. Estaba condenada, aunque eso ya no importara.

7

Miu no se equivocaba. Apenas había pasado una semana cuando Nehebkau fue reclamado de nuevo al palacio del faraón. Unos hombres, repletos de arrogancia, vinieron a buscarlo en compañía de una pareja de *medjays* de aspecto inquietante, que hicieron bromas al ver el lugar en el que habitaba el joven. Su barca se había hecho famosa en la ciudad, y muchos veían en ella un signo más de que aquel pescador nada tenía que ver con los encantadores que soñaban con poder enriquecerse con sus trucos callejeros.

—El dios te aguarda —fueron las lacónicas palabras que pronunciaron, y acto seguido Nehebkau se vio de nuevo en camino de la Gran Residencia, con la impresión de que no era dueño de su destino.

Esta vez le condujeron por diferentes salas en las que sus pasos resonaban de forma particular, distorsionados por el eco que rompía el silencio que envolvía el lugar. Atravesaron varios patios, hasta que al fin llegaron a una puerta en la que aguardaba un individuo de figura oronda y gesto ceñudo, que llevaba una peluca confeccionada con ensortijados rizos, tan del gusto de los cortesanos. Al ver llegar al joven le dirigió una mirada recriminatoria, cual si su presencia le desagradara especialmente.

—Cuando veas al dios te postrarás hasta que se te ordene, y no osarás dirigirle la palabra a menos que él te lo pida —le advirtió con gravedad.

Nehebkau le observó con perplejidad, sin saber qué tipo de broma era aquella. ¿El dios? Resultaba imposible que este tuviese algún interés en su persona, y pensó que nada bueno le esperaba detrás de aquella puerta.

El chambelán se sintió complacido por su azoramiento, y acto seguido le hizo una seña para que lo siguiese hasta el nuevo escenario que el caprichoso destino había dispuesto para él. Las bromas de Shai no le interesaban en absoluto, aunque tuviese que reconocer que aquella resultaba colosal. Sin previo aviso le presentaba un mundo inalcanzable; el que se hallaba en el vértice de aquella pirámide conformada por la sociedad que habitaba la Tierra Negra, y que se antojaba inaccesible para la mayoría. Eran demasiados escalones los que había que subir para llegar hasta allí y, no obstante, él se disponía a escalarlos empujado por una fuerza que sobrepasaba su entendimiento. De pronto se vio en una sala en la que todo tomaba una nueva dimensión, tumbado de bruces, tal y como le habían advertido, sobre unas losas en las que se dibujaban infinidad de plantas acuáticas, como si se encontrase nadando entre los cañaverales.

Nunca supo el tiempo que permaneció en aquella posición, quizá por el temor que sentía ante lo que pudiera aguardarle, pero al fin una voz resonó en la estancia para ordenarle que se levantara. La reconoció al instante, y al incorporarse vio a Shepseskaf, que le invitaba a aproximarse con un gesto de la mano. El joven reparó entonces en las columnas lotiformes que flanqueaban el habitáculo, bellamente policromadas; en el pequeño grupo que, situado frente a él, lo observaba avanzar, y en el sillón dorado en el que se sentaba una figura menuda, apenas un adolescente, que portaba una *khepresh* de un color azul intenso; la corona que los faraones llevaban cuando iban al combate. Era Tutankhamón.

El príncipe se inclinaba hacia él para hablarle en voz queda, con evidente familiaridad, pues no en vano se trataba de su sobrino. Entre ambos existía una afectuosa relación, ya que el rey sentía un especial cariño por su tío, a quien consideraba un poderoso guerrero y el mejor auriga de Egipto.

Al poco, Shepseskaf volvió a dirigir su atención hacia el joven para hablarle con solemnidad.

—El señor de las Dos Tierras, Horus dorado, hijo de Ra, Nebkheprura, vida, salud y prosperidad le sean dadas, te hace el honor de recibirte, pues siente curiosidad hacia ti.

El pescador guardó silencio, cabizbajo, sin atreverse a levantar la mirada, sorprendido por lo que el príncipe había dicho.

—Me gusta tu nombre, pues es poderoso. Los sacerdotes de Selkis te tienen por su benefactor. Así se dejó escrito en los Textos de las Pirámides. Lo recuerdo bien pues mi maestro me obligó a estudiarlos cuando asistía al *kap*. ¿También puedes sanar a los que hayan sido picados por algún animal venenoso?

Nehebkau se quedó estupefacto. El dios en persona se dirigía a él como si le conociera desde la infancia, en un tono cordial, y con una voz ligeramente aflautada más propia de un niño que de un adolescente.

—Puedes contestar al dios —oyó que le decían, pues parecía haberse quedado sin habla.

—No soy un *sunu*, mi señor, ni poseo la magia de sanar las picaduras. Solo soy un pescador a quien bautizaron con un nombre que no le corresponde.

—Eso me han dicho. Tengo entendido que vives en una barca —continuó el rey, a quien parecía hacer gracia esta particularidad.

Nehebkau se mostró confundido, ya que ignoraba quién podía haberse interesado por dicha circunstancia hasta el extremo de llegar a compartirla con el dios.

—Es lo único que poseo, gran faraón —se atrevió a contestar, al fin.

—Nunca he dormido en una, aunque me gusta navegar por los marjales para cazar. Yo también tengo un esquife desde el que lanzo mi arpón —señaló el soberano con entusiasmo—. Pero dime, ¿no temes que Sobek vaya a visitarte mientras duermes sobre tu barca?

Nehebkau se encogió de hombros.

—Nunca he temido a los cocodrilos, mi señor. Son los señores del río y siempre les mostré respeto.

—Claro, por eso no te molestan —dijo Tutankhamón, que se sentía encantado con la conversación. Aquel pescador le parecía simpático, y de forma espontánea surgió una empatía entre ambos que no dejó de sorprender a los presentes—. Algún día te acompañaré en tu esquife por los cañaverales de Waset para cazar patos. Seguro que los conoces bien.

—Cada recodo del río, gran señor. Aunque no tenga mucho mérito ya que nací allí.

—Nehebkau es un genuino tebano, a pesar de su piel blanca y cabello rojizo —intervino Shepseskaf con evidente familiaridad.

—Es cierto —apuntó Tutankhamón, divertido—. Cualquiera diría que procedes del Bajo Egipto. Si viviera mi padre diría que el Atón te iluminó para convertirte en uno de sus rayos de luz.

Durante unos segundos se hizo el silencio. El recuerdo de Akhenatón aún se conservaba fresco en la memoria, y la corte procuraba no mencionarlo ya que en cierto modo su legado estaba proscrito. Sin embargo, el joven faraón se refería a él a menudo cuando se hallaba entre sus íntimos, pues lo quiso mucho. No en vano había sido educado en sus creencias, aunque hubiese decidido que Kemet volviera a las antiguas tradiciones.

—En Waset no existe un pescador que se le pueda igualar —dijo Shepseskaf, para continuar con la conversación—. Seguro que tiene tratos con Hapy.

—Claro —intervino Tutankhamón—, por eso el río no tiene secretos para ti, Nehebkau. El señor de las aguas te protege, aunque Shepseskaf afirma que no es el único. Asegura que Wadjet también te tutela. ¿Es eso verdad?

Esta vez Nehebkau negó con la cabeza.

—Ignoro de qué modo Wadjet puede haber hecho pactos conmigo, mi señor. Me crie en el río y entre los palmerales, donde abundan las cobras. Ellas me brindaron su amistad sin que yo acierte a comprenderlo.

Tutankhamón se sintió admirado. El soberano experimentaba un verdadero terror hacia las serpientes desde su más tierna infancia, un miedo del que era incapaz de librarse, y le llevaba muchas noches a sufrir pesadillas por esta causa.

—Hoy Wadjet se encuentra en esta sala —señaló el faraón— y es mi deseo saber si lo que dices es cierto.

Acto seguido Shepseskaf hizo una seña, y al punto unos hombres trajeron un gran cesto que depositaron cerca del joven pescador. Luego lo destaparon para, acto seguido, retirarse con premura cual si los persiguiese Apofis.

Nehebkau se lamentó en silencio. Estaba claro que se hallaba señalado, y que su camino siempre correría en la misma dirección. Se trataba de una senda triste, no por los obstáculos que en ella pudiese encontrar, sino por verse una y otra vez prisionero del mismo escenario.

Poco tardaron los reptiles en abandonar su encierro. Eran dos cobras de respetable tamaño que enseguida reptaron por el enlosado, un poco aturdidas por el lugar en el que se hallaban. Nehebkau las reconoció al instante. Eran cobras escupidoras, muy peligrosas, a las que el joven había visto muchas veces lanzar su veneno a los ojos de sus presas con una precisión asombrosa. Como era su costumbre, el pescador se arrodilló en tanto palmeaba en el suelo con suavidad, y al poco los ofidios se volvieron hacia él para alzarse, amenazadores. En la sala se hizo el silencio, mientras todos los presentes se disponían a ser testigos de una escena que parecería sacada de los textos mágicos grabados en la piedra por los antiguos faraones.

Las serpientes desplegaron sus capuchones, como acostumbraban, en tanto se aproximaban a Nehebkau, listas para atacarle. Pero este apenas se inmutó, mientras las observaba sin el menor temor. Luego, comenzó a mover los brazos con parsimonia, como solía hacer, para invitar a los reptiles a que se le acercaran, pues deseaba saludarlos. Durante unos segundos estos parecieron prestos a lanzar su veneno, pero de forma súbita ambos se echaron al suelo para terminar por encaramarse en los brazos del joven y reptar hasta sus hombros, como si se tratara de algo natural.

Nehebkau las dejó hacer en tanto emitía extraños sonidos inconexos que nadie podía entender. Atenazado en su trono, Tutankhamón contemplaba la escena como si asistiera a un conjuro que no era de este mundo, una suerte de invocación que parecía extraída de los textos sapienciales, en los que se escribieron los tratos que los dioses creadores habían constituido con los hombres. No albergó la menor duda. Allí, ante su vista, Wadjet se manifestaba con todo su poder para certificar que aquel humilde pescador estaba tocado por su gracia; que la diosa protectora del Bajo Egipto proclamaba a los presentes su tutelaje y predilección hacia el joven a quien, por motivo que solo los dioses conocían, ella había elegido desde el mismo momento en que naciese. Nadie dudaba de ello, y el faraón se convenció de que aquella era una señal, un mensaje que los padres divinos le enviaban y resultaba imposible ignorar.

Durante un buen rato las cobras permanecieron junto a la cabeza de Nehebkau, sin moverse, como si estuvieran adormecidas, quizá para dejar constancia de lo que se antojaba un sueño. Solo de este modo podía explicarse lo que ocurría, pues no existía en todo Egipto un *heka* capaz de llevar a cabo un hechizo semejante. Al cabo, Nehebkau pareció musitar unas palabras, y al momento las serpientes se desperezaron para salir de su asombroso letargo. Entonces el joven se incorporó con lentitud para dirigirse despacio hacia el cesto, y extender los brazos sobre este. Las cobras zigzaguearon, perezosas, para después regresar a la banasta de donde habían salido como si tal cosa, ante la estupefacción de cuantos asistían a la escena.

Shepseskaf clavó su mirada en Nehebkau, con sus *metus* colmados de emociones que era incapaz de controlar, mientras el faraón observaba a aquella especie de mago de otro tiempo, con los ojos muy abiertos y la fascinación dibujada en el rostro. No albergaba la menor duda: el joven pescador había llegado a su palacio para quedarse, pues el rey deseaba impregnarse con su poderosa magia.

Tras recuperarse de su asombro, Tutankhamón miró un instante a Shepseskaf antes de proclamar con solemnidad:

—Es mi voluntad que entres a mi servicio, pues no hay duda de que Wadjet está en tu persona, Nehebkau. Que así se escriba y así se cumpla.

Este dirigió la vista hacia el príncipe sin comprender bien el alcance de aquellas palabras, y Shepseskaf le mantuvo la mirada igual que si se tratase de una estatua carente de vida, sin mover un solo músculo. Entonces el dios hizo un gesto con la mano y el chambelán invitó a Nehebkau a que lo acompañara, haciéndole ver que no debía dar la espalda al señor de las Dos Tierras.

Ya próximo a abandonar la estancia, el rey volvió a hablar, esta vez con el mismo tono amistoso con que lo había recibido.

—Hapy, el señor de las aguas, te condujo hasta aquí desde Waset, la ciudad santa de Amón. No olvides traer la barca en la que viniste.

8

—Tómame por esclavo, gran señor. Me ofrezco para servirte. Qué otra cosa podría hacer.

De este modo suplicaba Miu al joven pescador poco después de que este regresara del palacio del dios.

—Te creo capaz de cualquier cosa, Miu, pero semejante disparate sobrepasa todo lo imaginable.

—¿Disparate dices? Nada sería peor que dejarme abandonado a mi suerte en estas circunstancias.

—¿Abandonado? —repitió Nehebkau con evidente asombro—. Nunca vi semejante desvergüenza.

—Vergüenza sería si me apartaras de tu lado, ahora que por fin he visto la luz.

—Eres un prestidigitador de palabras, sin duda. Un embaucador consumado, sin la menor idea de lo que es la honestidad.

—En eso te equivocas, gran Nehebkau. Tú me la has mostrado; hasta comprendo lo que es la virtud.

El joven lanzó una carcajada por lo que acababa de escuchar.

—Puedes reír cuanto quieras, hijo de Wadjet, que no me voy a incomodar por ello, pero te aseguro que antes de conocerte era ciego, e inconsciente del alcance de mis actos.

—Supongo que te referirás a las tropelías que cometías a diario.

—Llámalo como quieras, no negaré la vileza de mis actos —reconoció Miu.

—Valiente truhan estás hecho. Estuviste a punto de robarme el mismo día que nos conocimos.

—Y siempre lo llevaré sobre mi conciencia. Pero qué quieres. Si Khnum me forjó con tamaña naturaleza, ¿qué podía hacer yo?

—No culpes a los dioses, en los que tanto crees, por tus bajas inclinaciones.

—Al menos me arrepentí al instante. Algo que era impensable antes de cruzarme en tu camino, gran señor.

—Ja, ja. Tu cinismo sobrepasa lo imaginable. ¿Convertirte en mi esclavo? Asombroso.

—Si me abandonas ahora, ¿qué será de mí? Me arrojarás de nuevo a las calles para que retome mis malos hábitos. Me veré obligado a robar para poder subsistir, a engañar a los incautos, a incumplir el sagrado *maat*.

—Nunca supiste el significado de ese término —dijo Nehebkau, divertido.

—Pero tú me has enseñado cuál es su camino, y ya no quiero desviarme de él.

—En verdad que tu descaro no tiene parangón.

—Piensa lo que quieras, mi señor, pero si vuelvo a mi anterior vida acabaré mis días en el Sinaí, de mala manera, en alguna de las minas de turquesa del dios. Mi alma se condenará sin remisión y yo no podré hacer nada por evitarlo.

—Por eso no deberías preocuparte. Seguro que ya hiciste méritos para que Ammit devore tu *ba*.

—No te falta razón en lo que dices, pero los textos sapienciales aseguran que los cuarenta y dos jueces escuchan al arrepentido, y que Thot, el dios del conocimiento, toma buena nota del pesaje del alma; que conoce el origen de los ladrillos situados en lo alto de la balanza sobre los que me parió mi madre.

—No me hables de ladrillos —replicó Nehebkau, malhumorado—. Desconoces por completo cómo eran aquellos sobre los que me parieron a mí. Soy de condición humilde, pero nunca se me ocurrió robar a nadie.

—En eso te equivocas, gran Nehebkau. Los dioses de

Egipto te tutelan, no solo Wadjet. Mira si no lo ocurrido. Neb-kheprura, vida, salud y prosperidad le sean dadas, te reclama. No fuiste tú quien acudiste a él; pocas dudas debes tener de ello. ¿Por qué crees que lo hizo?

Nehebkau se encogió de hombros ya que nunca se paraba a hacer tales preguntas. Se encontraba tan perdido como de costumbre, aunque sus pasos le condujesen a la casa del faraón.

—Mírame bien —oyó que le decían—, tan solo soy huesos y pellejo. Nunca significaré una carga para ti. Cuidaré de tu barca y de cuanto poseas, y mis ojos permanecerán siempre vigilantes.

—Ja, ja. Me imagino de lo que serías capaz en la Gran Residencia.

—Aseguran que allí se encuentran los mayores ladrones de Kemet. Gente sin alma, capaz de todo tipo de tropelías mientras te dedican las mejores sonrisas. La corte se levanta sobre la ambición y las más maquiavélicas intrigas. Allí son famosos los maestros envenenadores, y nadie se encuentra a salvo de la traición.

—Ja, ja. Me dibujas el Amenti. Sin duda podrías hacer carrera en ese lugar.

—Necesitarás alguien que vele por ti, gran Nehebkau. Por desgracia yo también poseo un don: conozco el engaño en todas sus formas; lo veo venir antes que nadie.

El joven no dijo nada. En realidad, apreciaba a aquel truhan que desde hacía tiempo parecía dispuesto a no separarse de él. Lo seguía allá a donde fuera, y en muchas ocasiones lo descubría en la distancia, como si vigilara sus pasos. A veces desaparecía durante unos días, pero siempre regresaba, con aquella sonrisa tan particular que daba a su rostro una expresión sardónica, capaz de atemorizar al mismo Anubis. Según él, se había ganado el pan con trabajillos de poca monta; como lazarillo de cualquier extranjero, a quien ayudaba a dirigir sus pasos de forma conveniente; o como intermediario en alguno de los negocios que tenían lugar en los barrios menos recomendables de la ciudad, donde era de sobra conocido. Él sostenía que no había vuelto a delinquir desde la noche en que Nehebkau le mostrase el verdadero camino, y puede que fuese verdad, ya que continuaba siendo tan pobre como al principio.

Cierto era que muchos paisanos se convertían en esclavos por decisión propia, al carecer de lo imprescindible para poder subsistir. De ordinario, los esclavos recibían un buen trato, y hasta poseían derechos, y tenían garantizado un techo bajo el que cobijarse, así como comida diaria. A Nehebkau nunca se le había ocurrido llegar a tener a alguien a su servicio. Se consideraba un espíritu libre, y quizá ese fuese el motivo por el cual le gustaba la soledad del río, donde no había más conversación que la que mantuviese con su vieja barca.

Sin embargo, Nehebkau consideró la propuesta. Nunca sabría por qué lo hizo, aunque los dioses en los que apenas creía un día se encargarían de explicárselo. Ellos siempre tienen sus motivos, a pesar de que tardemos toda una vida en poder llegar a comprenderlos.

9

El Lugar de la Verdad parecía haberse perdido entre las brumas del tiempo. Allí este no existía, cual si Seshat, la contadora de los años, no tuviese acceso a la aldea. Ra salía cada mañana y se ponía cada tarde, sin que el pulso de la comunidad se alterara en absoluto. Los Servidores de la Tumba se aplicaban a su tarea diaria como correspondía, mientras las mujeres se ocupaban de sus hogares y daban vida al villorrio, a la vez que honraban a Meretseguer, su diosa patrona.

Hacía ya dos años que Nehebkau había abandonado el poblado, sin que nadie hubiese vuelto a saber de él. Para la mayoría había pasado a la «otra orilla», aunque su memoria se mantuviese viva por diferentes motivos. Los obreros le echaban de menos, pues a su lado se sentían protegidos ante la amenaza de los temidos reptiles, mientras que otros se abstenían de pronunciar su nombre, ya que era sinónimo de vergüenza. Kahotep era uno de estos. Para él la vida ya no tenía mayor sentido que el de terminar la tumba del dios, y dejar finiquitado su templo funerario, que se alzaba muy cerca del palacio de Per Hai. Aquellas obras eran el alimento diario que daba fuerzas al viejo capataz para seguir viviendo. La mayor parte de su mundo se había derrumbado como por ensalmo, cual si el *hamsin*, el temido viento del desierto, se lo hubiese llevado muy lejos para sepultarlo bajo las ardientes arenas para siempre. Del *maat* no quedaba nada. Si acaso su significado, que el viejo se negaba a olvidar, pues no en vano había sido educado en él.

¿Cómo había sido posible? Kahotep no encontraba una respuesta para semejante pregunta. Si existía algún tipo de justicia divina, resultaba inaudito llegar a formular una cuestión como aquella. Que él supiese, siempre había sido un fiel cumplidor de las leyes, y su conducta era considerada como intachable por cuantos le conocían. Con Kahotep, el orden y la justicia estaban asegurados, y no obstante su casa había sido castigada con el oprobio, aunque todos guardaran silencio.

La muerte de Neferu había sido para su padre un golpe terrible del que nunca se repondría, que se había visto acrecentado por circunstancias con las que nadie contaba. Que Anubis se llevara a su hija durante el parto estaba dentro de lo posible, incluso de lo usual, pero no que esta diera a luz una criatura como aquella.

Sobre este particular pocas dudas podían existir, aunque la gente no hablara de ello. Saltaba a la vista. Aquel niño, de piel clara y pelo rojizo, era la viva imagen del joven pescador, y quien más quien menos sacaba sus conclusiones por el hecho de que este hubiese desaparecido nueve meses antes del alumbramiento. Sin embargo, las consecuencias de lo ocurrido habían ido mucho más allá. Al ver al pequeño crecer, Ipu se sintió derrotado por la vida. Él mejor que nadie sabía a quién se parecía la criatura, y sin poder evitarlo se vio devorado por los peores demonios. A la tragedia de la muerte de su esposa vinieron a sumarse los más oscuros sentimientos de repudia. Emociones tenebrosas que le invitaban a la abominación, a la desolación de su alma. Llegó el día en el que decidió no regresar a la aldea. Su casa estaba maldita, así como su hijo y cuantos tuviesen que ver con él. Se convirtió en una especie de anacoreta al que poco interesaba el mundo, más allá de los límites de la tumba del dios. Hubo un momento en el que llegó a formar parte de esta, como si se tratase de un elemento más de su decoración; una figura extraída de las pinturas murales a las que Heka había terminado por dar vida con su magia. Muchas mañanas los obreros le encontraban allí, tendido en el suelo, cuan largo era, abandonado a los efectos del *shedeh*, el único puerto en el que había decidido refugiarse.

Un mal día lo hallaron sin vida, encogido y con el rostro desencajado. A nadie le extrañó el fatal desenlace, dadas las circunstancias, aunque pocos esperasen la verdadera causa que lo había provocado. Lo había picado una serpiente, no había duda, pues las marcas de los colmillos, cerca del cuello, eran evidentes.

Hubo una enorme consternación y también revuelo, por el significado que aquel luctuoso hecho tenía para la comunidad. Algunos obreros se sintieron atemorizados, y a no mucho tardar el campamento se vio invadido por todo tipo de supersticiones, y el convencimiento de que Nehebkau los observaba; que con su poderosa magia era capaz de enviar a sus criaturas para saldar cualquier cuenta que tuviese pendiente. ¿Qué otro significado podría darse si no a lo acontecido? Ipu ya no tenía lugar en aquella historia, y el joven pescador había mandado a Wadjet para que zanjara el asunto.

Estas y otras extraordinarias teorías corrían de boca en boca, aunque nadie se atreviese a condenar a Nehebkau, pues estaban seguros de que este no dudaría en dar buena cuenta de los lenguaraces. El corazón de Kahotep sufrió un nuevo golpe, pues tenía a Ipu en gran estima, y poco a poco su fe en el *maat* se fue apagando, decepcionado por tanta injusticia. Se volvió más circunspecto, y quienes le conocían bien aseguraban que deseaba que Anubis viniese a buscarle cuanto antes.

Pero el dios de la necrópolis tenía otros planes. Era sumamente puntual a sus citas, y todavía no había llegado el momento de acudir a aquella. Así, Kahotep terminó por buscar cobijo en su trabajo y, sobre todo, en la única hija que le quedaba. Meresankh se había convertido en una joven de enigmática belleza, revestida por un manto misterioso que a todos infundía respeto, a la vez que un inconsciente temor. Era diferente a los demás, y su sola mirada era capaz de crear desasosiego, pues parecía tener la facultad de leer en los corazones ajenos. Ella se encargó de tomar las riendas de su casa, de aliviar en lo posible el dolor de su padre, y de adoptar a Ranefer como si fuese su hijo. Aquel nombre le parecía el idóneo, pues en verdad que el pequeño parecía un rayo de sol, el más hermoso que Ra podía regalar en una tarde de verano.

Como de costumbre, Meresankh gustaba de asomarse a las estrellas, para escudriñar por las noches el cielo de Egipto. Nunca dejaría de hacerlo, pues en el vientre de Nut hallaba todas las respuestas. Era como un libro abierto para ella, y a través de los movimientos estelares daba sentido a su propia historia, al destino que Shai había dibujado para ella. No dudaba que había sido escrito ya en el claustro materno, mucho antes de que la pariera su madre, y por ello escrutaba, incansable, cómo habría de ser el devenir de los tiempos, y hasta dónde la conduciría su propio camino. Algunas noches creía descubrir la huella que Nehebkau dejaba a su paso. Su luz se había vuelto poderosa, y la joven se felicitaba por ello, pues hacía ya mucho que había vaticinado su futuro. Su barca lo había llevado lejos, ya que estaba predestinado a participar en acontecimientos que solo competían a los dioses. Estos eran caprichosos, pero también sabios, y daban al tiempo su justa medida. Nehebkau era un corazón solitario, siempre lo sería, y su estela debería continuar recorriendo el firmamento hasta que encontrase las respuestas que le permitiesen desentrañar su propio misterio. Mientras, ella cuidaría de su hijo, al que protegería con su magia, pues en él se hallaba la esencia del hombre a quien amaba.

10

El humor de Shepseskaf lo abocaba a los infiernos. Se trataba de una parte de su personalidad de la que nunca se podría librar. Él era un hombre colérico, abrazado a la iracundia cuando sus *metus* caían en poder de la oscuridad, un tipo capaz de convertirse en el señor del caos, sin que hubiese fuerza que pudiese aplacarle. Set andaba suelto por palacio, y cuantos tuvieron la desgracia de cruzarse en su camino sufrieron sus dentelladas. Mandó azotar a la mayoría de sus servidores, y apaleó personalmente a uno de sus palafreneros por haberse despreocupado de sus amados caballos.

En realidad, todo nacía de su propio corazón, de donde su *ka* salía de estampida para conducirle hasta el mismísimo Amenti. Durante varias noches el príncipe había mirado dentro de aquel pozo oscuro que siempre le acompañaría, para absorber lo peor de sí mismo. La sórdida lucha que desde hacía algún tiempo lo había atormentado había acabado por dar vida al monstruo de la furia, al ser incapaz de salir victorioso del conflicto que aún mantenía con su conciencia. Esa había sido la historia de su vida, la que él mismo se había forjado con su comportamiento errático y compulsivo. En privado, muchos de quienes lo conocían opinaban que todo se debía a la cárcel en la que vivía aquella alma atormentada; que en sus orígenes se encontraba la semilla de su drama. Shepseskaf había nacido para ser mucho más que un príncipe, y este sentimiento no había dejado de acompañarle ni un solo día de su vida. La pureza de su sangre era tan divina como la de cualquier Horus reencarnado, y el convencimiento de que cuantos habían gobernado Kemet no habían sido más que un atajo de reyes débiles e incapaces no le abandonaría jamás. Los dioses castigaban su orgullo al tener que someterse al soberano, al tiempo que le condenaban al sufrimiento permanente, por tener que combatir consigo mismo en una guerra que nunca podía ganar.

La contienda le había conducido a escuchar a su conciencia, a mirar en su corazón y no engañarse, a reconocer en Nehebkau al hijo que ignoraba tener. Se trataba de un hecho inaudito, impensable para cualquier miembro de la realeza, contra el que se había rebelado una y mil veces; sin embargo, en cada ocasión que miraba al joven sentía que sus entrañas se retorcían, angustiadas por lo que sabía que era cierto, por mucho que se negase a aceptarlo. Todo coincidía de un modo que solo los dioses podían haber planeado hasta en el menor detalle. Quizá fuese esa la razón de su tormento; el saberse solo en aquella lucha que amenazaba con no terminar nunca. Nehebkau y Nitocris; una cosa llevaba a la otra como si se tratara de dos actores que terminaban por confluir en la misma persona; un solo individuo que al príncipe se le antojaba autor de una tragedia que creía ya olvidada.

Una parte del príncipe había ido en busca del joven para atraerlo a su lado, como haría cualquier padre con su hijo, para interesarse por él, para dar fe del don que Wadjet parecía haberle otorgado, o puede que todo se redujese al único propósito de limpiar su conciencia. Sin embargo, otra, oscura como la noche, le hacía abominar del pescador; despreciar su humilde condición; arrepentirse del día en el que cayó prisionero entre los brazos de Nitocris. Junto a esta, su voluntad se había esfumado como por ensalmo para demostrar la debilidad de su naturaleza.

No era tan fuerte como pensaba, y este sentimiento había quedado plenamente demostrado con su comportamiento. Él era el único responsable de la muerte de su esposa, al haberla entregado a las prácticas de una hechicera sin pensar en las consecuencias. Daba lo mismo que no la amase, formaba parte de su casa, como un bien más que debía salvaguardar. Mas la sacó de su techo para llevarla a una Casa de la Cerveza, para que fuese parte de sombríos encantamientos, de tenebrosas artes de las que el príncipe se sentía alejado. Lo peor había sido haber aceptado el funesto desenlace como algo inevitable; el enamorarse de la perfidia y haber llegado a depositar en ella su simiente. Nitocris podría haber concebido de mil hombres y, no obstante, Shepseskaf había sido elegido por Khnum para dar forma a una criatura en la que el príncipe se veía representado sin la menor sombra de duda. Un hijo de aquella maga era más de lo que podía soportar su alma y, sin embargo, así había ocurrido, para escarnio de su arrogancia y complacencia de unos dioses que se mofaban de su soberbia. Por este motivo en Nehebkau se veía a sí mismo, al hijo que portaba su misma sangre, el único que tenía, pero también a Nitocris y todo lo que esta representaba; al corazón corrompido por el rencor y la malicia, a la mujer a la que siempre se hallaría atado por un cordón umbilical putrefacto. Los tres formaban un triángulo maldito cuyos lados habían terminado por ser unidos por un brazalete que solo podía ser símbolo de la desgracia. Shepseskaf no quería verlo nunca más, y estaba seguro de que quien fuese que lo poseyera sería infeliz para siempre.

Sin embargo, pronto descubrió en su hijo habilidades que le llenaron de satisfacción. El poder sobre las cobras no era su único don, pues ejercía verdadera atracción hacia otras muchas especies. Sus guepardos iban a saludarle en cuanto le veían, y los caballos le brindaron su amistad desde el primer momento, como si lo conociesen de toda la vida. Poco tardó en convertirse en un buen jinete, y al igual que hiciese con las serpientes, Nehebkau también hablaba con los equinos, con sonidos extraños, que los animales parecían comprender. El dios se mostraba entusiasmado, y no pasó mucho tiempo antes de observarlos galopar juntos en sus bigas por los cotos de caza próximos a la meseta de Gizah, donde el príncipe soltaba a sus guepardos. Verlos correr era todo un espectáculo, y en esos momentos Shepseskaf se sentía henchido de gozo al comprobar cómo aquel hijo surgido de las tinieblas se convertía en un hombre en compañía del faraón.

Un día la pequeña comitiva se detuvo a la sombra de la Esfinge. Ra-Horakhty apretaba desde las alturas hasta abrasar la llanura, inmisericorde. A Shepseskaf aquel monumento le gustaba de forma particular, y siempre que podía se refugiaba entre sus patas, para dejar correr la imaginación y vivir su propio sueño. Se sentía orgulloso de ello, al tiempo que veía en aquella enigmática figura el origen de su sangre divina que, estaba convencido, corría por sus *metus*. Aquella mañana hacía mucho calor, y la caza había resultado particularmente satisfactoria, por lo que todos se sintieron aliviados al detener sus carruajes junto a la Esfinge, para descansar y reponer fuerzas después de la cabalgada.

Como de costumbre, el príncipe aprovechó para explicar el auténtico significado de aquel monumento, y la increíble historia que vivió su abuelo una tarde de verano cuando, como ellos, se cobijó bajo su sombra. Tutankhamón la había oído de sus labios infinidad de veces, aunque le gustaba volver a escucharla, ya que era capaz de extraer de ella el auténtico significado de las palabras que Shai escribía en el papiro al que todos conocían como el destino.

Al relatar de nuevo cómo la Esfinge se presentó en sueños a su abuelo para prometerle el trono de Egipto si la desenterraba por completo de la arena que la cubría, Tutankhamón dio algunas palmadas de satisfacción, mientras Nehebkau miraba a Shepseskaf con manifiesta incredulidad.

—¡Yo soy Harmakis! —exclamó el príncipe con solemnidad—, y si me libras de las arenas del desierto te convertiré en señor de las Dos Tierras.

Nehebkau observaba a sus acompañantes sin saber qué decir, ya que desconocía por completo la historia de su pueblo, y nunca había oído hablar de Harmakis. Incluso Ra, el padre de todos los dioses, tenía para él un significado particular. Si acaso se refería a este para aludir al curso diario del sol desde el orto hasta el ocaso, aunque desde que acompañara a los Servidores de la Tumba en sus labores diarias, conociese suficientes detalles sobre su proceloso viaje por el Mundo Subterráneo, y las vicisitudes a las que se enfrentaba antes de volver a aparecer, cada mañana, por los cerros de oriente.

—Mi abuelo dejó constancia de cuanto ocurrió en la estela que erigió entre las patas de la Esfinge —aclaró Shepseskaf, al tiempo que la señalaba con el dedo—. Para que los tiempos se hiciesen eco del prodigio que aquí tuvo lugar. Dentro de millones de años mucha gente podrá leer las palabras del dios para ser testigos de la magia de la Tierra Negra.

Como Nehebkau ponía cara de no comprender nada, sus regios acompañantes lanzaron una carcajada mientras Tutankhamón se daba palmadas en los muslos, ya que le divertía el desconocimiento histórico de su nuevo acompañante.

—Si supieses la situación que se vivía en palacio, entenderías la magnitud del milagro —señaló el faraón entre risas.

A Nehebkau todo aquello le parecía muy bien, aunque estuvo tentado de aclararles que el único milagro en el que creía era en el que Hapy, el señor del río, otorgaba a su pueblo cada año al permitir que las aguas se desbordaran para dar vida al Valle del Nilo.

—No veo ningún misterio en que el gran Tutmosis IV sucediese a su Divino Padre —se defendió el joven, al ver cómo se reían de él.

—Pues deberías —insistió el príncipe—, ya que mi abuelo era el noveno en la línea de sucesión.

A Nehebkau semejante hecho le pareció inaudito.

—¿El noveno? Vaya, Anubis se ensañó de la peor manera con la casa real.

—He ahí una explicación del milagro —replicó el príncipe—. No hay duda de que Ra estuvo detrás de todo lo que ocurrió.

El joven hizo un claro gesto de desconocimiento que despertó nuevas risas.

—Desde Heliópolis, los sacerdotes de Ra se hicieron cargo de la promesa que Harmakis había hecho a mi abuelo si libraba a la Esfinge de la arena que la cubría. Tutmosis cumplió con su parte, y los dioses lo sentaron en el trono de Horus —precisó Shepseskaf.

Nehebkau le miró, boquiabierto, ya que se imaginó las intrigas que tuvieron lugar para que aquello ocurriese. Tutankhamón asintió, pues conocía mejor que nadie los hechos que llevaron a Tutmosis a coronarse. Con él había comenzado el germen del pensamiento atoniano, al intentar devolver a la realeza el poder que le correspondía, el que los templos habían ido acaparando a través de los siglos en su provecho.

El apoyo del clero de Ra a su bisabuelo, en permanente lucha soterrada con el de Amón, había sido fundamental, y con este llegó el resurgimiento de los antiguos ritos solares que terminarían por eclosionar en la figura del Atón. Su padre, Akhenatón, le había hablado en muchas ocasiones de ello, y el faraón niño llevaba grabado en su corazón todas aquellas enseñanzas a las que nunca renunciaría. En su fuero interno continuaba siendo fiel a la religión que su padre le inculcó, aunque supiese que debía enmascararla si deseaba que Egipto se recuperara de la ruina.

—Hubo un tiempo en que los dioses gobernaban Kemet —señaló Shepseskaf, al ver el gesto de estupefacción de su vástago—. No te extrañe que ellos tengan la última palabra.

El faraón asintió, circunspecto, y luego decidió regresar a su palacio, el que Tutmosis I había edificado hacía más de cien años. La tarde ya declinaba, y deseaba encontrarse con su esposa, la reina Ankhesenamón, para echar una partida al *senet*,[45] su juego favorito.

11

La estancia se hallaba apenas iluminada por hermosos candelabros del más fino alabastro. Eran piezas extraordinarias, grabadas con jeroglíficos entre los que destacaba el cartucho del dios: Nebkheprura, vida, salud y prosperidad le fueran dadas. Las lámparas se transparentaban para crear una atmósfera ilusoria en la que las sombras formaban sus propias imágenes, caprichosas al tiempo que siniestras. Los grandes visillos, casi translúcidos, que separaban el habitáculo del hermoso jardín, se mecían agitados por una suave brisa impregnada con mil perfumes. Olía a alheña, a adelfillas, a jazmín, al incienso de pistacho que se quemaba en uno de los pebeteros situado en una esquina de la habitación. Junto a este se adivinaba una pequeña mesa para jugar al *senet*, y cerca de uno de los candelabros se encontraba un pequeño aparador de exquisito marfil en el que se guardaban los anillos.

Más allá había un arcón de madera chapado en oro, con imágenes grabadas del faraón derrotando en la batalla a los pueblos del sur, y al fondo una cama cuyas patas simulaban las garras de un león, con un cabecero en el que Bes y Tueris vigilaban el sueño de Tutankhamón.

Nehebkau se dejó envolver por la quietud en tanto observaba, distraído, el extraño escenario del que formaba parte. Él era una pieza más, como el resto de los muebles o los lebreles echados a su lado. Ese era su cometido, pues el dios lo había elegido para que velara su descanso, convencido de que las cobras o los escorpiones se abstendrían de ir a visitarlo, pues el hijo de Wadjet los detendría con su poder. Su temor visceral por los reptiles había desaparecido, y Nehebkau escuchaba la respiración acompasada del rey niño, que dormía plácidamente en tanto el joven se abstraía en sus pensamientos. Todo era tan extravagante como inconcebible, o en el mejor de los casos insólito. Sin aún comprender por qué, había cambiado el río por el palacio del dios, y el vientre de Nut, en el que perdía su mirada cada noche antes de dormirse sobre su barca, por un aposento ornado por las sombras, que parecía surgir de un sueño del cual él también formaba parte: el sueño de Tutankhamón.

Pensaba que en aquel escenario todo era posible, pues hacía ya tiempo que la razón se había convertido en un sinsentido; una palabra hueca en la que le resultaría imposible encontrar alguna respuesta. Se hallaba tan perdido como de costumbre, aunque el faraón le honrara con su amistad. Creía que la vida podía llevarle a cualquier parte, que un día se vería de nuevo echando las redes en las aguas del Nilo, frente a Waset, que su camino no era sino una ilusión en la que sobraban las preguntas.

Todos se las hacían, de una u otra forma, la mayoría sin encontrar las respuestas. El mismo Tutankhamón era una buena prueba de ello. El Horus reencarnado vivía prisionero de su propia condición. Una especie de fantasía que amenazaba con encadenarlo, y contra la cual Nehebkau sabía que el rey se rebelaba. Ahora que lo conocía intuía su sufrimiento, un padecimiento que lo acompañaba desde su nacimiento, al cual se enfrentaba con velado coraje.

Nehebkau llevaba un año a las órdenes del dios, durante el cual se había esforzado por aprender «las palabras de Thot». Cada día asistía a su *kap* particular donde un viejo escriba, casi siempre malhumorado, le enseñaba la escritura sagrada como si se tratara de un chiquillo, aunque se cuidase mucho de castigarle con su vara, ya que bien conocía el maestro la amistad que su singular alumno mantenía con las cobras. Los jeroglíficos atraparían al joven pescador, quien, con el tiempo, llegaría a dominarlos como si fuese un *sehedy sesh*, un escriba inspector.

En aquel año había tomado plena conciencia de cuál era el verdadero poder que regía los destinos de Kemet. Era un Egipto distinto al que conocía, que resultaba ajeno para la mayoría de sus paisanos, pero que, no obstante, todo lo ordenaba, hasta en sus últimos detalles. A la Administración no se le escapaba ni un solo grano de trigo que tasar en cada cosecha, ni a la corte el más nimio pensamiento. Allí proliferaban los adivinos de las ideas, vinieran de donde viniesen, lo que proporcionaba suficientes argumentos para elaborar un sinfín de intrigas, daba igual contra quiénes fuesen dirigidas, ya que al final todos participaban de ellas, como si se tratase de un juego de obligado cumplimiento.

Aquel tupido manto de constantes chismorreos era la frazada con la que todos se arropaban, incluido el faraón, y muchos se veían obligados a alimentarse con ellos por propia supervivencia. Todos luchaban denodadamente por conseguir una ficha del gran juego, a fin de intercambiarla cuando azuzase la necesidad; y así pasaban sus vidas.

En realidad, para la corte fue una sorpresa la íntima relación que el dios entabló con aquel humilde pescador tebano. Para la mayoría, Nehebkau no era sino un embaucador de serpientes que había aprovechado su momento para situarse en el círculo más próximo al rey, gracias a lo impresionable que consideraban a este ante los juegos de artificio. Tutankhamón solo era un niño débil y físicamente disminuido, fácil de manejar, y que en el fondo pintaba bastante poco. La mayor parte de aquellos aristócratas del Bajo Egipto despreciaban a las gentes del sur. En su opinión, los tebanos no dejaban de ser unos provincianos santurrones que habían llegado a acaparar una desmesurada influencia durante los últimos tiempos, algo que no les correspondía.

Cierto era que aquella dinastía, la XVIII, había ampliado las fronteras hasta constituir un imperio, pero no lo era menos que los dioses que gobernaban pasaban la mayor parte de su tiempo en el norte, en El Fayum o en Menfis, de donde nacía la verdadera esencia divina del linaje de los faraones. Una esencia milenaria, que saltaba a la vista a cualquiera que contemplara las prodigiosas pirámides erigidas en Gizah para desafiar a Seshat, la diosa que medía el tiempo. Este era el pensamiento que subyacía en palacio. En cada rincón se daban cita grupos pertenecientes a las diferentes facciones, que intrigaban entre sí con la mirada puesta en el asalto a cualquier cargo que pudiera quedar vacante dentro de la Administración, o simplemente se preparaban para tomar partido por el bando que en su momento conquistara el poder.

A nadie se le escapaba que aquella dinastía estaba tocada de muerte, que Tutankhamón solo era el último bastión de una familia de herejes que había terminado por sumir a Kemet en el caos. El hijo del «rey perverso», como muchos se referían a Akhenatón, era una débil criatura que dudaban pudiese llegar a tener descendencia. El gobierno de las Dos Tierras recaía sobre los hombros de dos personajes: Ay y Horemheb, y alrededor de estos se habían organizado dos grupos, a la espera de que llegara su momento. Mientras, todos se dedicaban sus mejores sonrisas, aunque no fuesen más que una jauría de chacales.

Nehebkau sabía todo eso, y en tanto oía la respiración acompasada del dios mientras dormía, estaba seguro de que el faraón era plenamente consciente de ello y que, en cierto modo, su vida se había convertido en una especie de huida hacia delante de la que se desconocía cuál sería su final. En realidad, Tutankhamón llevaba huyendo desde el mismo día en que nació. Le había tocado vivir en una época convulsa, como no se recordaba, en la que terminaría por convertirse en una víctima más de las muchas que se cobraría su tiempo.

La amistad surgida entre ambos los llevaría a confesarse detalles que pocos conocían. Era como si sus conciencias encontraran un modo de descargar las penas, para de esta forma aliviar sus atribulados corazones. Si los cortesanos no entendían cómo era posible semejante relación de afinidad, los dos amigos no tenían ninguna intención de aclararlo, pues sus *kas* habían terminado por conformar un mundo en el que no había cabida para nadie más. Mientras observaba el débil titilar de la luz de los candelabros de alabastro, Nehebkau pensaba que aquello parecía un imposible, un cuento de los muchos que se habían escrito en la antigüedad, en los que se relataban historias similares, hechos que habían llegado a formar parte de textos admonitorios en los que se alababan los buenos actos y, sobre todo, el cumplimiento del *maat*. Este concepto estaba grabado a fuego en el corazón de Tutankhamón, pues su padre nunca renegó de él al salvaguardarlo de la persecución que emprendió contra los dioses tradicionales de Egipto. El rey se sorprendió mucho al escuchar cómo su amigo lo había transgredido, pero se abstuvo de juzgarle, pues la historia de Nehebkau le parecía fascinante.

—Háblame otra vez de tu infancia. De cómo hiciste amistad con las cobras —le había pedido el faraón una de aquellas tardes en las que ambos disfrutaban de las fragancias del jardín.

Nehebkau le relató de nuevo cómo había sido su vida en Waset, y lo misterioso que llegó a ser el mundo en el que vivía.

—Entonces ¿no sabes quién es tu padre? —inquirió el soberano, sin entender del todo cómo podía haber acabado su amigo en casa de un mísero pescador.

—Soy un enigma que terminó por formar parte de las aguas al lanzar sobre ellas mis redes —bromeó el pescador, para quitar importancia al asunto.

—Pero eso... es inaudito. Mal está que no sepas cómo se llamaba tu padre, pero que tampoco conocieses a tu madre...

—Solo recuerdo a la mujer que me recogió, Reret, y ya estás al corriente de lo que ocurrió.

El rey Tut, que era como se hacía llamar el faraón por sus íntimos cuando se encontraban a solas, se sentía fascinado por aquel episodio, en el que veía la intervención directa de la diosa Wadjet.

—Tu historia es sorprendente, y no tengo duda de que los dioses se encuentran en sus orígenes. Ellos habían dispuesto que estuvieses a mi servicio desde el principio.

Nebhekau hizo un gesto de incredulidad, como solía cuando los dioses estaban por medio.

—¿No te das cuenta? Primero te enviaron al Lugar de la Verdad, cuya comunidad se halla bajo mi protección. Sus obreros trabajan para mí, y tú los acompañaste —señaló Tut con cierta euforia.

—Tan solo fui un *semedet* —aclaró Nehebkau.

—Pero conoces mi tumba, algo solo reservado a mis servidores.

—No me fue revelado ningún secreto, Tut. No hice más que librarlos de picaduras y malos encuentros.

El faraón lanzó una carcajada, ya que se imaginaba el terror que debió de apoderarse del campamento de los trabajadores cuando las cobras lo invadieron.

—Gracias a ello te encuentras aquí. Si hubieses dejado de ser un *semedet* no hubieras podido abandonar el Lugar de la Verdad —dijo Tut con gravedad—. Los *medjays* te habrían perseguido hasta el Amenti si hubiera sido necesario.

—Lo sé —respondió el joven mientras perdía la mirada por el jardín.

Durante unos segundos ambos guardaron silencio. Los gorriones trinaban alegres, como cada tarde, y el faraón pensó que su amigo había vivido una aventura extraordinaria, que había sido libre de elegir el camino que mejor le había parecido, como les ocurría a los pájaros que le visitaban a diario.

—Pero dime, ¿no has vuelto a saber nada de esa mujer? —preguntó el rey.

—Ella quedó en el Lugar de la Verdad para siempre, y también mi corazón.

—¿Todavía la amas?

—Su esencia siempre permanecerá en mis *metus*.

—Comprendo. Yo siento lo mismo por mi esposa, la única mujer a la que he querido. Ankhesenamón también forma parte de mis *metus*; ella lo es todo para mí.

—Pero yo cometí un pecado. Me dejé llevar por la pasión y traicioné a mi mejor amigo.

—A veces Hathor coloca trampas en nuestro camino; eso es lo que asegura mi esposa. Dice que los hombres somos demasiado débiles para poder sortearlas.

Nehebkau asintió de forma mecánica, pues pensaba que el único culpable de lo ocurrido había sido él.

—Shai tenía otros planes para ti —continuó Tut—. Él deseaba verte hoy en este jardín en mi compañía, por motivos que nunca sabremos. Quería que fuésemos amigos.

Aquellas palabras sorprendieron a Nehebkau, quien se sintió conmovido por el tono empleado por el rey.

—Estoy convencido de que todo obedece a un propósito —señaló el faraón, categórico.

Aunque Tutankhamón era cinco años menor que él, Nehebkau veía en el soberano a un adolescente que se estaba convirtiendo en hombre. El rey era juicioso en extremo, de corazón bondadoso y se interesaba cada vez más por las cuestiones de Estado. Quería convertirse en un gran faraón; gobernar a su pueblo con la sabiduría de su abuelo; recuperar la gloria perdida durante el reinado de su padre y acaudillar un día los ejércitos para conducirlos de nuevo hasta el Éufrates; y por el sur llegar hasta la quinta catarata. Poseía el corazón de un guerrero, así como su coraje, aunque Khnum, al formarle, le hubiera creado con el paladar partido, el labio leporino y además cojo.

Esa era la realidad, para su desgracia, ya que Tutankhamón necesitaba la ayuda de un bastón para poder caminar, por mucho que tratara de disimularlo. Una cojera que, resultaba evidente, parecía aumentar con el tiempo, sin que los *sunus* de palacio fuesen capaces de hallar un remedio para paliarla. Nehebkau había contabilizado más de cien bastones[46] en los aposentos reales, y se afligía mucho al ver cómo Tut trataba de sobreponerse a su malformación con valentía. Se negaba a que nadie condujese su carro, aunque a veces se dejara acompañar por Shepseskaf, de quien había aprendido todo cuanto sabía acerca de los caballos.

En realidad, la cojera parecía ser una seña de identidad de aquella familia. La esposa del faraón y a la vez hermanastra, Ankhesenamón, también cojeaba del pie derecho, igual que le ocurriera a su abuelo, Amenhetep III. Gran parte de su linaje había padecido escoliosis, comenzando por Tiyi, la abuela de

Tutankhamón, quien también había heredado esta afección, al igual que su esposa. Si hubiese tenido fe ciega en los dioses, Nehebkau hubiera pensado que Sekhmet había enviado aquellas enfermedades a la familia real por algún motivo, pero creía que todo debía de deberse a algún mal congénito que compartían por motivos que se le escapaban.

Nehebkau tenía que reconocer que, si su vida había resultado procelosa, la del joven dios no le iba a la zaga. Aunque por diferentes motivos, Tut había sido tan infeliz como él, y al conocer su historia, el tebano llegó a la conclusión de que jamás se hubiera cambiado por el faraón.

—Yo nací en Akhetatón, la ciudad del Horizonte de Atón construida por mi padre, Neferkheprura-Waenra, en el palacio de la Ribera Norte, donde vivía mi familia. ¿Conoces ese lugar? —confió Tut a su nuevo amigo una tarde, en la que ambos habían decidido ser partícipes de sus propias confidencias.

—Mi barca me llevó hasta sus orillas, aunque me detuve solo para descansar. No visité el palacio del que me hablas, ni tampoco los templos que, aseguran, son la razón de ser de esa capital.

—Todo Akhetatón es una obra a la mayor gloria del Atón —aclaró Tut con evidente emoción—. Mi padre construyó de la nada una ciudad en la que sus habitantes pudieran verse favorecidos por los rayos vivificadores de Atón. Toda la capital estaba concebida para disfrutar de la vida, de todo lo bueno que esta pudiese ofrecer. «Come, bebe y sé feliz». Ese era el lema de Akhetatón.

Nehebkau se encogió de hombros, pues poco tenía que decir acerca de dicho lema. El faraón lo miró con fulgor.

—Así era mi padre, Neferkheprura-Waenra. Él edificó muchos templos, aunque el mayor fuese el Gran Templo de Atón, justo al norte de la Ciudad Central, el barrio administrativo. Se trata de un santuario dedicado a toda la Tierra Negra, concebido al aire libre, para que el Atón lo santifique desde que asoma por el horizonte; con trescientos sesenta y cinco altares consagrados al Bajo Egipto y otros tantos al Alto. Uno por cada día del año. Nadie antes había sido capaz de idear algo semejante.

Nehebkau asintió, pues se hacía una idea de la magnitud del proyecto.

—Claro que, como te dije antes, erigió más santuarios; uno al sur de este barrio, otro cerca del río, y en las afueras levantó el Maru-Atón, que se dedicó al uso de sus esposas, para que todas dispusieran de un altar en el que celebrar sus ofrendas. La ciudad estaba embellecida con palacios y hermosos jardines, que todavía puedes disfrutar, aunque Akhetatón haya perdido su hegemonía —apuntó el faraón con un deje de tristeza.

—Recuerdo las villas que se levantaban en el Barrio Sur, cerca de los muelles a los que dirigí mi barca.

—Hace años eran espléndidas, llenas de vida, y en ellas tenían lugar magníficas fiestas en las que corría el mejor vino, los más excelsos manjares y en donde la música sonaba hasta el amanecer. Esa era la ciudad en la que nací.

—No se me ocurre un lugar mejor para ver la primera luz —dijo Nehebkau con jocosidad, ya que no podía dejar de comparar aquel escenario con el que los dioses habían elegido para que él viniera al mundo.

—Así es, y, sin embargo, en él asistí a lo mejor y a lo peor que un corazón pudiese desear. La luz del Atón terminó por confundirse con las sombras del Amenti, aunque mi padre nunca creyese en ese submundo tan espantoso. Mis primeros recuerdos son junto a mi nodriza Maia, la persona que más me quiso, y la única que se ocupó de mí, junto a mi abuela, la difunta reina Tiyi, a quien hoy debo el encontrarme aquí.

Nehebkau hizo una mueca de sorpresa, ya que ignoraba todo lo que le había sucedido a Tut en su corta vida.

—No pienses que eres el único a quien los dioses han desfavorecido —prosiguió el rey—. Yo tampoco conocí a mi madre,[47] pues mis primeros recuerdos son junto a mis hermanastras, mientras jugábamos en los jardines de palacio y nos bañábamos en el estanque. Son imágenes contradictorias, salpicadas por las risas de nuestros juegos, pero también por las burlas que hacían de mí debido a mi cojera.

Nehebkau puso cara de sorpresa.

—Hace ya mucho que estoy acostumbrado, pero en aquel tiempo fui muy infeliz. Ahora sé que se portaron con crueldad —afirmó el soberano—. Claro que yo no era nadie en esa época. Si acaso un vástago más que mi padre había tenido con una de sus hermanas, con pocas posibilidades de heredar algún día el trono de Horus.

Nehebkau guardó silencio mientras escuchaba aquel relato con atención.

—La Gran Esposa Real, la *hemet nisut weret*, era Nefertiti —dijo el faraón en un tono que dejaba traslucir cierta animadversión—. Supongo que de ella sí habrás oído hablar.

—En Waset nunca fue muy querida. Sobre ella circulaban todo tipo de historias, aunque nunca supe a ciencia cierta cuánto había de verdad en ellas.

—Deberías creerlas todas —señaló Tut, convencido—. Ella era capaz de cualquier cosa, y ostentaba el verdadero poder en Amarna, el otro nombre por el que era conocida la capital.

Nehebkau volvió a encogerse de hombros, ya que poco podía añadir al respecto.

—Controlaba cuanto ocurría en Kemet, aunque los dioses también se encargaron de hacerla padecer —aseguró el rey.

—¿Fue desgraciada? —quiso saber el joven pescador, sorprendido.

—Mucho. Recuerda lo que siempre te digo. Los dioses te dan con una mano y te quitan con la otra; da igual cuál sea tu condición.

—Siempre pensé que su vida había estado rodeada por la abundancia.

—Y así fue. Pero tuvo la desdicha de no dar a mi padre un hijo varón; algo que le reconcomía las entrañas.

—En Tebas se murmuraba acerca de ello, pues resultaba extraño.

—Es lógico. Solo concibió hijas. Nada menos que seis. Hasta el más ignorante de palacio pensaba que esto era una señal. Este hecho fue el origen de muchos de los acontecimientos que tuvieron lugar; algunos dignos de ser olvidados para siempre.

—Poco puedo opinar sobre ello. En Waset, el pueblo bastante tenía con poder salir adelante, y yo vivía refugiado en mi barca, junto a Akha, un pobre pescador —apuntó Nehebkau, quien prefirió no decir nada acerca de las persecuciones que sufrían.

—De algún modo todos nos vimos obligados a refugiarnos; incluso yo mismo, como pronto te contaré. Nefertiti era el alma de aquella corte y se encargó de cubrirla con intrigas sin fin.

—Siempre supuse que la familia real estaba bien avenida.

—La de la Gran Esposa Real sí. Mi padre la amaba de forma particular, ya que Nefertiti, como te dije, tenía una gran influencia sobre él. Yo era muy niño para ser consciente de lo que ocurría, pero llegó un momento en el que el aire se volvió irrespirable.

Nehebkau asintió, y el rey esbozó un gesto de resignación.

—A la muerte de mi abuelo, el poderoso Nebmaatra —prosiguió Tut—, mi padre heredó su harén, en el que había cerca de mil mujeres. ¿Sabes lo que eso significa?

El joven no pudo reprimir una carcajada, aunque al punto trató de disimularla.

—Me lo puedo imaginar —le señaló con indisimulado asombro.

—¡Mil esposas! —exclamó Tut—, y puede que me quede corto. En cierta ocasión el rey de Mittani le envió una comitiva de más de doscientas, para satisfacción de mi abuelo, que llegó a escribir a su buen amigo Tushratta para explicarle cómo prefería que fuesen las jóvenes que le mandaba. Todo quedó bien reflejado en las cartas que aún se conservan en Akhetatón, en la Casa de la Correspondencia, y que yo mismo he tenido la oportunidad de leer.[48]

—Nebmaatra fue un gran Horus reencarnado —se atrevió a decir Nehebkau, a quien semejante historia le parecía inaudita.

—Sé lo que piensas, pero el bueno de mi abuelo trajo la paz y la prosperidad a Egipto para gobernar durante treinta y ocho años. Una época dorada, diría yo, que me gustaría recuperar algún día. Él amaba la vida, ¿sabes?, al menos eso fue lo que me explicó mi padre, y en su palacio de Mi-Wer, en El Fayum, se dedicó a recluir a sus mujeres a las que, aseguran, fue capaz de visitar en su totalidad. En sus últimos años vivía confinado allí, pues se encontraba enfermo.

—¡Mil esposas! —repitió Nehebkau, como para sí.

—Todas heredadas por mi padre, quien intentó conocer a cuantas pudo. En este particular era un digno hijo de Nebmaatra, para disgusto de Nefertiti, que era muy celosa.

—Siempre escuché que era muy hermosa —intervino Nehebkau, extrañado.

—La mujer más bella que he conocido, pero fría y distante cuando se lo proponía. Tenía un carácter terrible.

—Supongo que luchaba por salvaguardar sus derechos.

—Todas las esposas reales lo hacen desde que Kemet fue unificado hace más de mil quinientos años. Luchan entre sí por dar un heredero al trono, y las intrigas forman parte de lo habitual. Todo en la Tierra Negra pertenece al dios, no lo olvides, y es conveniente que haya suficientes príncipes que aseguren su linaje.

Nehebkau no dijo nada. El propio Tutankhamón poseía un harén, aunque no tuviese constancia de que lo visitara.

—Desde su preponderante posición, Nefertiti combatió a las que suponían una amenaza para ella. Las intrigas eran cosa de todos los días, y muchas temían por sus vidas, pues la Gran Esposa Real no se detenía ante nada.

—Pero tu padre, el dios...

—¿Lo permitía? La vida en la corte nada tiene que ver con la de un pescador. Posee sus propias reglas, no escritas, pero que todos conocen y aceptan. Los maestros envenenadores son capaces de acabar con cualquiera; incluso conmigo si se lo propusieran, aunque para ello debería existir un complot que sobrepasaría sus expectativas. Los secretos en palacio son difíciles de guardar.

Nehebkau ya sabía lo que era vivir en palacio. Un lugar que no le gustaba en absoluto y en el cual apenas tenía amigos.

—Sin embargo, Nefertiti no pudo evitar que el señor de las Dos Tierras tuviera sus favoritas. Una fue Ipy, «el adorno real», como la llamaban, que durante mucho tiempo fue amante de mi padre, a quien alegraba el corazón de forma particular. La Gran Esposa Real le declaró una guerra sin cuartel, hasta que la hizo caer en desgracia. La otra fue Kiya, el gran amor del dios, la mujer que quiso más que a ninguna otra, y a la que convirtió en reina. Así rezaba su título: «muy amada esposa del rey del Alto y Bajo Egipto, el que vive en la verdad, señor de las Dos Tierras, Neferkheprura-Waenra, el divino hijo del Atón que vive por siempre y eternamente, Kiya».

—¿Kiya? Supongo que se trata de un apodo. Algo así como «mono».

—De esta forma la llamaban todos, ya que era muy vivaracha y simpática, como un monito. Su verdadero nombre era Tadukhepa, y era hija del rey de Mittani. La princesa formaba parte del último envío que el rey Tushratta le hizo a mi abuelo. Este se casó con ella poco antes de cruzar a la «otra orilla», y a su muerte la heredó mi padre, quien, aseguran, se enamoró perdidamente de ella.

—Aquello debió de enfurecer a la Gran Esposa Real.

—Fue una espina que nunca se pudo sacar. El dios regaló a su amada Kiya una finca en Amarna, así como un palacio en el que vivía con arreglo a su rango, muy próximo al nuestro. Ella fue enterrada en la misma tumba que Akhenatón, por deseo de este, junto a mi abuela y hermanastras.

Nehebkau no dejaba de sorprenderse ante las desavenencias que parecían haber existido en aquella familia.

—Horemheb asegura que Nefertiti llegó a caer en desgracia y, durante unos años, pasó a un segundo plano. No en vano Kiya portaba el ostentoso título de: *hemet niswt ta shepset*, o lo que es lo mismo, «la esposa del rey y noble dama por excelencia». Un término extraordinariamente raro y ya en desuso. Solo con la desaparición de Kiya, Nefertiti pudo recuperar el poder que había tenido sobre mi padre, para luego acrecentarlo hasta límites insospechados.

—Recuerdo que en Tebas decían que había cambiado su

nombre, e incluso que había iniciado un acercamiento al clero de Amón.

—Así es. En el año doce del reinado de Neferkheprura fue declarada corregente; una ceremonia a la que asistieron vasallos de todos los países sometidos. Desde ese momento, Nefertiti se hizo llamar Nefernefruatón, para comenzar a ocuparse de los intereses de Kemet.

—Pero ¿y el faraón?

—Terminaría por delegar en ella por completo para entregarse a su sagrada misión espiritual. Durante sus últimos años se dedicó a glorificar a su padre el Atón, sin querer saber nada de los asuntos mundanos.

—Un espíritu puro —musitó Nehebkau, en un intento por imaginar cómo pudieron desarrollarse los acontecimientos.

—Mas me estoy adelantando a mi historia, Nehebkau. Como te anticipé, las primeras imágenes grabadas en mi memoria son del palacio de la Ribera Norte, y del estanque rodeado de jardines en el que me bañaba junto a mis hermanastras, bajo la atenta mirada de nuestras niñeras. Entonces nos llamábamos de otra forma. Yo era Tutankhatón, y mi esposa Ankhesenpaatón, «la que vive por Atón», como sin duda ya sabes. Ella es cuatro años mayor que yo, pero su nodriza Tía no le quitaba el ojo de encima. Ankhesenpaatón era la única que no se burlaba de mí, puede que por el hecho de tener también un pie defectuoso; siempre fuimos buenos amigos.

Nehebkau asintió, en tanto trataba de imaginar cómo debía de ser la vida para un príncipe como Tutankhamón, rodeado de sus hermanastras. El joven conocía a la única que quedaba con vida, que no en vano se había convertido en Gran Esposa Real, aunque hubiese cambiado su nombre, y con la cual simpatizaba.

—Como te decía, no guardo buenos recuerdos de mi infancia. Mi hermana mayor, Meritatón, siempre me demostró su antipatía, e hice bien en cuidarme de ella. A la segunda, Maketatón, no la llegué a conocer, ya que murió al poco de nacer yo. Todo Amarna lloró su pérdida, pues era muy querida por sus padres, quienes la enterraron en la misma tumba en la que reposa el dios Neferkheprura, en la necrópolis real de Akhetatón. Mi padre hizo construir allí un gran hipogeo para enterrar algún día a toda la familia, y Maketatón fue la primera en ser sepultada cuando solo contaba con once años de edad. Su desaparición causó una gran pena en mi padre. La peste se la llevó sin avisar.

—En Tebas también produjo un gran quebranto. Esa enfermedad diezmó a la población, que no entendía por qué Sekhmet estaba tan enojada.

—Akhenatón aseguraba que la diosa leona no tenía nada que ver con la epidemia, pues estaba proscrita, y que todo el mal procedía de las islas situadas al otro lado del Gran Verde. Nadie pudo hacer nada por Maketatón, ni tampoco por la mayoría de sus hermanas, ya que Nefernefruatón Tasherit, Nefernefrura y Setepenra, las menores, también fallecieron consumidas por la fiebre. Después del año diez del reinado de mi padre, Nefertiti no tuvo más hijos, y poco después nací yo, para su disgusto.

El joven pescador miró a su real amigo con cierta lástima, ya que comprendía la tristeza que albergaba en su corazón.

—Pero Maia se ocupó bien de mí. Ella me crio con infinito amor y me dio de mamar hasta los cinco años. Todavía lo hacía cuando me enviaron al *kap* para aprender las «palabras de Thot». Mi preceptor se llamaba Senedjem, y además de mi maestro se convirtió con el tiempo en mi protector y amigo. Todos mis conocimientos se los debo a él.

—Al parecer fueron como unos padres para ti.

—Cierto, y como a tales los honré. Cuando Maia cruzó a la «otra orilla» ordené que le construyeran una tumba en Saqqara, digna de una princesa, donde fue sepultada con gran pompa. Lo mismo le ocurrió al bueno de Senedjem, que hoy descansa en la necrópolis de Akhmin, su tierra natal, donde me tuve que refugiar.

Nehebkau hizo un gesto de sorpresa, y Tut asintió mientras proseguía con su historia.

—Por las tardes me instruían en todo aquello que un príncipe debe conocer acerca del arte de la guerra. El general de carros Huy, hijo del primer servidor del Atón, Aper-El, fue mi instructor, y el que me enseñó a gobernar una biga. Estaba a las órdenes de mi tío abuelo, Ay, el padre de Nefertiti, y hermano de mi abuela, la reina Tiyi, quien ostentaba el título de «comandante supremo de caballos». Toda su familia había estado siempre muy vinculada a ese cuerpo, ¿sabes?

—Desconozco por completo estos detalles, Tut; como la mayoría de los que me relatas —se disculpó Nehebkau.

—Bueno, el padre de Ay, Yuya, ya estuvo al mando de los carros del ejército de mi abuelo, Amenhotep III. Él y su esposa Tuya eran sus suegros, y aunque fuesen plebeyos el dios ordenó que los enterraran en el Valle de los Reyes, pues los quería mucho.

El joven asintió, dándose por enterado de la complicada genealogía que rodeaba a aquella familia.

—Así discurrieron mis primeros pasos, aunque fue Shepseskaf quien me enseñó a amar a los caballos. Le recuerdo conduciendo su carro a gran velocidad por la Vía Real de Akhetatón, con su cabello al viento. En aquel tiempo lo llevaba largo, al estilo de los príncipes tebanos de comienzos de nuestra dinastía, y lo tenía rojizo; igual que tú. A veces me recuerdas a él.

Nehebkau se mostró confundido, ya que ignoraba por completo aquel detalle.

—En ocasiones mi padre le pedía que condujese su propio carro. Era de electro, y refulgía como el oro bajo los rayos del Atón. Shepseskaf siempre veló por mí, y también su mejor amigo, Horemheb. Siento una gran predilección por el general, ¿sabes?

—El pueblo asegura que protege los intereses de Kemet.

—Así es, por eso es general de mis ejércitos en el Bajo Egipto y mi preceptor personal. Cuando vivíamos en Amarna no se llamaba así.

El joven tebano hizo otro gesto con el que reconocía no saber nada sobre el asunto.

—Ja, ja. No debes abatirte. Los pasillos de palacio pueden llegar a convertirse en laberintos. Todos los que los recorren poseen su propia historia. El nombre del general era Paatenemheb, y cumplía funciones como escriba real y jefe de todos los trabajos de Akhetatón. Luego se convirtió en jefe supremo de los *sesh mes*, escribas militares, y en general. Mi padre lo tenía en gran estima, y él mismo me regaló un amuleto de cornalina grabado con un pequeño cocodrilo y una mano, para ahuyentar al «demonio de la enfermedad» que asoló Amarna y se llevó a mis hermanas.

—Al parecer todo Egipto lo sufrió; sin reparar en edad o condición.

—Pero Paatenemheb se ocupó de que a mí no me afectara, y utilizó una magia poderosa para protegerme. Él es mi favorito, ¿sabes? Cuando subí al trono cambió de nombre, como casi todos los que vivíamos en Amarna, para llamarse Horemheb. Si el Atón no me da hijos, él será mi heredero.

Nehebkau arrugó el entrecejo al tratar de calibrar el alcance de aquellas palabras, y al momento pensó en lo sorprendente que le parecía que un joven tan frágil como aparentaba ser el faraón hubiese tomado semejante decisión. Ahora que lo conocía un poco mejor, el tebano tenía una idea clara de los peligros que acechaban en aquella corte, y las ambiciones que sobrevolaban sobre la figura de su amigo. A Horemheb apenas le conocía, pero solo había precisado cruzar su mirada con él para percibir el poder que se ocultaba tras ella, así como la talla que atesoraba aquel hombre.

En realidad, todo lo concerniente al periodo de Amarna se le antojaba de una complejidad asombrosa, y conforme conocía más detalles se preguntaba cómo Tutankhamón había podido acceder al trono de Horus, y cuánto tiempo podría permanecer en él. Ahora tenía un conocimiento de cómo tuvo que ser la vida en Akhetatón, y que bajo aquel lema en el que se invitaba a disfrutar de la vida se escondía una dictadura feroz, y un control absoluto sobre la ciudadanía. La abominación hacia los antiguos dioses no era sino un pretexto para acaparar poder, a fin de reemplazarlos por una nueva familia divina a cuya cabeza se encontraban el Atón, Akhenatón y su esposa Nefertiti. Esta era la tríada a la que había que adorar, y sobre ella se construyó todo lo demás. El faraón hereje y su reina adoraban al Atón, y el pueblo los adoraba a ellos. Al relatar cómo la ciudadanía se agolpaba para idolatrar al dios y a su esposa, montados en sus carros de electro, a su paso por la Vía Real, Tut no decía que el pueblo era obligado por los temibles *medjays*, a las órdenes de Mahu, a venerarlos; si era preciso por la fuerza.

Por Menfis corrían muchas habladurías acerca del reinado de Akhenatón, en las que se mezclaban verdades con todo tipo de fantasías que terminaban por confundir a la mayoría de sus habitantes. Para estos el periodo de Amarna había supuesto una época oscura con la que no se sentían identificados en absoluto.

A pesar de la vuelta a las viejas tradiciones, el culto por el Atón no había sido proscrito. Muchos de los prebostes de la corte continuaban manteniéndose fieles a sus antiguas creencias, como Ay o el mismo faraón, quienes no deseaban que se repitieran las persecuciones por motivos religiosos en Kemet.

—Eres afortunado al tener por amigo a alguien como Horemheb —dijo Nehebkau, tras salir de sus reflexiones—. Además, el muy alto Ay también te aconseja con sabiduría, pues no en vano es de tu familia.

—Mi tío abuelo lleva el Estado en su corazón. No hay lugar al que no alcance su vista. Lo controla todo, para mi fortuna, pues vela por mis intereses desde hace años.

—Comprendo. La Administración no tiene secretos para él.

—Es mucho más que un buen funcionario. Como te dije antes, en su juventud fue un gran auriga, «maestro de caballos», como también lo había sido su padre, además de un buen arquero. Durante un tiempo estuvo al mando de dicho cuerpo, aunque terminara por convertirse en «portador del abanico a la derecha del rey» durante el gobierno de mi padre, que le tenía en la mayor estima.

—No es extraño, al tratarse de su suegro.

—Como padre de Nefertiti, fue considerado como Divino Padre, y ostentó un gran poder. Aún recuerdo cómo Ay y su esposa, Ty, fueron recompensados por la pareja real con siete

collares *shbyu* de oro macizo desde la «ventana de apariciones» situada junto al Palacio Central, el área administrativa de
la ciudad, donde Akhenatón solía recibir a los embajadores
de los pueblos vasallos. Él fue quien grabó el himno al Atón
junto a su tumba, para la posteridad —señaló Tut con indisimulado orgullo.

Nehebkau guardó silencio mientras cavilaba sobre el asunto. El poder tenía la peculiaridad de transformar a los hombres
en seres camaleónicos de una forma natural, y todos los que lo
ambicionaban lo encontraban lícito, e incluso razonable.

—Any, escriba de las ofrendas del señor de las Dos Tierras;
Sutau, superintendente del doble tesoro; Suty, abanderado
de la guardia; Tutu, chambelán y primer servidor de mi padre,
quien ocupó otros muchos cargos; Panehesy, segundo profeta
del señor de Kemet; Meryra, gran vidente de Atón; Huya, supervisor del harén real... Los recuerdo a todos, y también las
grandes fiestas que celebraban en palacio, de las que se disfrutaba como si no existiera un mañana.

El joven tebano esbozó una sonrisa al imaginar los excesos
que tendrían lugar durante los fastos.

—Te aseguro que tus figuraciones se quedan cortas
—apuntó Tut, al adivinar los pensamientos de su amigo—. La
religión impulsada por mi Divino Padre solo estaba interesada
en la vida, la verdadera fuente de la naturaleza humana; lo que
importaba era el ahora, y cuantos le servían le hacían ofrendas
a diario recordando la canción de Inyotef: «Disfruta. No te
canses de celebrarlo. A nadie se le permite llevar sus cosas consigo. Nadie que marcha regresa».

Ahora Nehebkau sonrió abiertamente, divertido, ya que
nunca había escuchado aquella canción.

—Te advierto que era muy popular —aclaró el faraón—, y
que muchos ciudadanos la cantaban convencidos de que había que disfrutar cuanto se pudiera, y olvidarse del tenebroso
mundo que nos aguarda al cruzar a la «otra orilla».

—Pero Osiris siempre nos espera en su sala del Juicio Final.

—Mi padre lo declaró proscrito. Para los creyentes en el
Atón no existía ningún pesaje del alma. Al morir se convertían

en *maatyu*, en justificados en el *maat*, por lo que no debían preocuparse por la temible Ammit, la diosa devoradora de los muertos.

Nehebkau se sintió incómodo al conocer aquellos pormenores a causa de su total ignorancia. Sin embargo, tenía que reconocer que la religión instaurada por Akhenatón le parecía práctica.

—Yo era todavía muy niño para asistir a los banquetes de la corte, pero la aristocracia aseguraba que no tenían parangón. Recuerdo a las damas vestidas con finos trajes plisados de inmaculado lino que ajustaban por debajo del pecho. Una moda que hizo furor y que había impuesto Nefertiti. Los vestidos iban abiertos por delante, al parecer por comodidad, ya que la Gran Esposa Real los había empezado a usar durante sus embarazos.

—Hablas de ese lugar como la capital de la abundancia —intervino el tebano.

—Los más excelsos manjares, los mejores vinos, entre los que se encontraban los que procedían del Egeo, los preferidos de mi padre, música y danza hasta el amanecer; así era la ciudad en la que crecí.

—Todo parece demasiado lejano —arguyó Nehebkau, ya que la vida del faraón en Menfis era mucho más austera.

—Sé a lo que te refieres, pero, con el paso de los años, mi padre dejó de acudir a estos banquetes para entregarse por completo a la adoración del Atón y su servicio; una liturgia compleja que se iniciaba antes del amanecer. Yo participé en ella múltiples veces, para lo cual debía sumergirme en las aguas del Nilo junto con todos aquellos que accedían al Gran Templo, para así purificarme. Los sacerdotes se encargaban de preparar las ofrendas diarias sobre los altares con todo lo bueno que pudiese desear el Atón. Trigo, cebada, leche, carne, agua, vino... Todo quedaba depositado a la espera de la llegada de los reyes. Justo antes del alba, el faraón se presentaba en el templo seguido de Nefertiti y mis hermanas, que tocaban el sistro. Todos acudíamos tonsurados, vestidos con el lino más impoluto, acompañados por el séquito de sacerdotisas que la reina había elegido personalmente. Recuerdo que la Gran Esposa Real masticaba bolitas de natrón para que su aliento resultara fresco y puro al Atón, y también cómo Akhenatón caminaba cual si se hubiese transformado en un ser espiritual, dispuesto a fundirse con los primeros rayos del sol.

Nehebkau no perdía detalle y se imaginó a todos aquellos sacerdotes postrados en el suelo al paso del dios, quien representaba el verdadero poder en Egipto.

—El ambiente se encontraba saturado por el olor del incienso mezclado con mirra, vino y miel, que embriagaba los sentidos de cuantos entrábamos en el santuario. Todos aguardábamos a que el disco solar hiciese su aparición por los cerros del este, justo donde mi padre se había hecho construir su tumba, y cuando el Atón surgía entre los acantilados se alzaban los cánticos y alabanzas a la vez que sonaba la música, y las sacerdotisas comenzaban a bailar y contonearse de forma voluptuosa.

—¿Quieres decir que se insinuaban? —preguntó el tebano, sorprendido por este detalle.

—Era parte de la liturgia diaria, ya que el dios debía mantenerse en permanente estado de excitación. Incluso Nefertiti danzaba, engalanada con guirnaldas de flores.

—Nunca oí que se celebraran este tipo de actos en los templos —señaló Nehebkau con perplejidad.

—Solo correspondían al Atón —continuó el faraón, que parecía entender muy bien el significado de aquellas celebraciones—. Has de saber que se representaba la creación de la primera pareja divina, Shu y Tefnut, que nacieron cuando Atum se complació para de esta forma eyacular y dar origen a la vida.

Nehebkau no pudo disimular su estupefacción, y Tutankhamón lo miró con seriedad, como si el alcance de aquella liturgia estuviese justificado.

—Solo las elegidas podían cumplir esta función —continuó Tut—, y para ello ostentaban el título de la Mano del Dios.

El joven tebano puso cara de circunstancias, ya que poco podía añadir a semejante relato.

—Así fue como mi padre acabó por unirse al Atón en una comunión perfecta, para terminar por abandonar cuanto le rodeaba y convertirse en un verdadero dios —dijo el faraón con solemnidad—. Todo en su persona cambió, y con los años su mirada se transformó, como si viviera en un mundo lejano al cual solo él tenía acceso. Fue entonces cuando Nefertiti Nefernefruatón, «exquisita perfección del disco de Atón», se hizo con el poder del país de las Dos Tierras, para titularse como Ankheprura Nefernefruatón.

—En Tebas corrieron rumores de que había iniciado un acercamiento al clero de Amón, dispuesta a permitirle que retomara sus antiguos ritos —añadió Nehebkau, que recordaba cómo una tarde Ipu le había hablado acerca de ello.

—Así fue, pero no sin antes asegurarse de los pasos que iba a dar. La Gran Esposa Real, y ya corregente, era una mujer de Estado, y sabía que debía afianzar su posición si quería sentarse algún día en el trono de Horus. Esta era su ambición, y para ello eligió a los dos hombres que podrían mantenerla en el poder: Horemheb y Ay.

Nehebkau miró a su real amigo sin despegar los labios, pues le interesaba aquella historia, de la que no sabía nada.

—Al primero lo elevó al generalato de las tropas del norte, pues Horemheb poseía una gran influencia en el ejército, y en cuanto a Ay, su elección no podía resultar más acertada, ya que, además del control que ejercía sobre la Administración, era su padre. Ambos sostuvieron a Nefernefruatón hasta donde fue posible y también evitaron la gran traición.

Nehebkau se sorprendió mucho al oír aquellas palabras, e incluso miró a su amigo, confundido, sin entender el alcance de estas. Tut apenas se inmutó, mientras mostraba un semblante carente de emociones.

—Vino el tiempo en el que las mujeres gobernaban Kemet. Desde Akhetatón, Nefertiti trataba de recomponer el maltrecho estado en el que se encontraba el país, en tanto su real esposo se dedicaba por completo a la adoración del Atón y a procrear más hijas, en busca de algún varón. Mi abuela, la reina madre Tiyi, nos visitaba a menudo desde Akhmin, su pueblo natal, a donde se había retirado desde hacía algunos *hentis*. Su vista certera miraba y calibraba cuanto ocurría, así como hacia dónde se dirigía la Tierra Negra. La política no tenía secretos para ella, pues había controlado los destinos de Egipto desde la sombra durante más de treinta años. Aconsejaba a Nefertiti sobre cómo conducir al dios y cuál debía ser su relación con las demás esposas. Mas la corregente era demasiado orgullosa para escuchar sus sabias palabras. Nefernefruatón era fría y despiadada cuando se lo proponía, y en cuanto pudo tomó represalias contra las mujeres del harén que la habían desafiado. Al menos así veía ella a las esposas por las que Akhenatón había mostrado debilidad, que eran muchas. Una a una fue acabando con todas. Incluso la hermana mayor de mi padre, Sitamón, fue perseguida y recluida en su palacio hasta su muerte. Para Nefertiti representaba las antiguas tradiciones, pues estaba muy ligada al clero de Amón, al que nunca renunció. Su mero nombre hacía referencia a ello, y durante un tiempo la corregente se obsesionó ante la posibilidad de que Sitamón pudiese dar un heredero a su hermano; un príncipe que se convertiría en un problema a la hora de llevar adelante sus planes, como ya lo era yo, aunque a mi edad no tuviera conciencia de ello.

—Me hablas de un lugar tenebroso, rendido por completo a la intriga, en el que nadie parecía encontrarse a salvo.

—En eso terminó por convertirse la ciudad del Horizonte de Atón —se lamentó Tut—. Mi abuela lo presintió antes que nadie, y hoy sé que dejó todo bien dispuesto para que algún día yo pudiese estar relatándote aquellos hechos. Llegó un momento en el que el aire se hizo irrespirable. Las denuncias se convirtieron en algo habitual, y todos los días se llevaban a cabo detenciones de los traidores que conspiraban contra el régimen. Al menos esa era la excusa que se esgrimía, aunque las causas pudiesen ser otras. Como te decía, no quedó ninguna rival que pudiera hacer sombra a Nefertiti, pues hasta Kiya pasó a la «otra orilla» después de su segundo parto. La corregente tuvo que soportar cómo era enterrada en la tumba real construida por mi padre para toda la familia, aunque no tardó mucho en vengarse de su memoria. Ella, junto a su hija mayor Meritatón, y Ankhesenamón se dedicaron a borrar cualquier rastro que quedara de Kiya. En el templo de Maru-Atón arrancaron los ojos de sus figuras grabadas, y martillearon sus imágenes con saña para borrar su recuerdo y evitar que renaciera en la otra vida. Meritatón la odiaba de forma particular, algo que no me extrañó, pues ella siempre me pareció cruel.

—La luz que alumbraba Akhetatón terminó por ser devorada por una oscuridad espantosa —se atrevió a decir Nehebkau.

Tut asintió, pensativo, como si hiciera memoria de lo que ocurrió en aquel tiempo, antes de continuar con su relato.

—Corrían rumores de que mi augusto padre padecía demencia; que el país de las Dos Tierras no significaba nada para él. Su transformación divina se había completado y lo mundano ya no tenía lugar en su corazón. Sin embargo, continuaba visitando a sus mujeres, y fue entonces cuando Nefernefruatón maniobró para que tomara por esposa a su hija mayor.

—¿Te refieres a Meritatón? —preguntó Nehebkau, perplejo.

—Era lo más adecuado para llevar a buen puerto sus propósitos. Nefertiti deseaba un heredero varón que llevara su sangre al precio que fuese, y quién mejor que su hija para conseguirlo. De este modo mi hermanastra fue elevada al título de Gran Esposa Real, y al poco se quedó embarazada.

Aunque era por todos sabido que los miembros de la familia real solían casarse para mantener la pureza de su linaje divino, los enlaces entre padres e hijas eran meramente simbólicos. Su antecesor, Amenhotep III, se había desposado con tres de sus hijas con motivo de la celebración de sus *heb-sed*, los tres jubileos que habían tenido lugar durante su reinado, sin que tuviese descendencia con ninguna de ellas.

A Nehebkau aquella unión le resultaba un despropósito, pues entre el pueblo llano no se daba el incesto.

—Sin embargo, las cosas no discurrieron como deseaba la corregente, ya que Meritatón dio a luz una niña, a la que pusieron por nombre Meritatón-Tasherit, es decir Meritatón la joven, para desgracia de mi padre, que solo procreaba hembras.

—¿No tuvo ningún hijo varón? ¿Ni siquiera con sus concubinas? —Nehebkau se extrañó.

—Yo fui el único. Meritatón tampoco pudo darle un heredero, y a partir de aquel momento mi hermanastra me declaró la guerra de forma abierta, sin ocultar el rencor que al parecer me tenía.

—¿Y qué fue lo que ocurrió? —inquirió el tebano con interés.

—Yo trataba de evitarla, pero cada vez que se cruzaba conmigo me dirigía unas miradas terribles, cargadas con los peores presagios.

—Debiste de vivir atemorizado.

—Me refugiaba en mi mundo; en mis caballos y en la compañía de Shepseskaf, que me daba seguridad, y sobre todo de Horemheb. Todavía recuerdo la tarde en que el príncipe me dijo que mientras mi padre viviera no tenía nada que temer, y que su brazo siempre estaría dispuesto a ayudarme.

—En aquel tiempo Shepseskaf debía de ser un gran guerrero —se atrevió a interrumpir el joven tebano.

—Todavía lo es, buen Nehebkau. Yo le he visto tumbar a un caballo con mis propios ojos.

Durante unos segundos se hizo el silencio, como si Tut reflexionara sobre aquellos hechos que habían marcado su vida para siempre, aunque él todavía no lo supiese.

—Lo malo fue que los planes siguieron su curso, como si Shai en persona los hubiera escrito con especial interés. A la boda de Meritatón siguió la de la única hermana que me quedaba —prosiguió Tut.

—¿Te refieres a Ankhesenamón?

—La misma, aunque en esos años se llamara Ankhesenpaatón, como bien sabes. Akhenatón la hizo su esposa y también la dejó embarazada.

Nehebkau tragó saliva con dificultad, ya que aquello no se lo esperaba.

—Y es obvio que tuvo otra niña —dijo el tebano, aunque al instante se arrepintió de su atrevimiento.

Sin embargo, Tutankhamón no dio importancia al comentario.

—Ankhesenpaatón-Tasherit. De este modo la llamaron, para nueva decepción de Nefertiti, pues por algún motivo veía próximo el fin de su esposo. Fue entonces cuando mi abuela pasó a la «otra orilla», para nuestra desgracia. Antes de morir, Tiyi me regaló una cajita con un mechón de su pelo en el interior. Era de color caoba con reflejos rojizos, no tanto como el tuyo, y lo guardo como uno de mis bienes más preciados. Mi abuela me quería mucho. Akhenatón la enterró con todos los honores en su tumba, en un magnífico sarcófago de granito rojo con figuras grabadas de su hijo y también de Nefertiti, de quien había sido su mayor valedora, y siempre había respetado. El sarcófago fue colocado sobre un altar de madera de cedro cubierto con pan de oro, como correspondería a un dios. Solo permaneció allí unos años, pues cuando Smenkhara subió al trono, ordenó trasladarlo a la tumba de Amenhotep III, en el Valle de los Monos, donde reposaron sus restos hasta que decidí que los depositaran en un pequeño hipogeo en el Valle de los Reyes.

Nehebkau arrugó el entrecejo, pues conocía muy bien el Valle de los Monos.

—Allí es donde los Servidores de la Tumba excavan tu morada eterna —intervino el joven, que recordaba el lugar en el que se hallaba el sepulcro de Amenhotep.

—Es cierto, por eso elegí ese ramal del Valle, que tú ya visitaste. Tras el fallecimiento de Tiyi todo se precipitó, como si Set desatara la peor de las tormentas sobre nuestras cabezas. El mal volvió a hacer acto de presencia para cubrir Egipto de nuevo con la enfermedad. En esta ocasión Sekhmet no tuvo piedad de la familia real, ya que mis sobrinas murieron, junto con una buena parte de la población, y una mañana del mes de *hathor*, finales de septiembre, Anubis vino a llevarse a mi padre después de diecisiete años de reinado.

—En Tebas no se supo a ciencia cierta cuál fue el motivo de la muerte del dios Neferkheprura-Waenra.

—Me temo que nunca se sabrá. La peste pudo acabar con él, como se asegura, aunque muchas noches he barajado otras posibilidades. Akhetatón se había convertido en un laberinto peligroso en el que las ambiciones se encontraban desbocadas hasta límites insospechados.

Nehebkau pensó que a Tut no le faltaba razón, y volvió a sentir lástima hacia él, e incluso se felicitó a sí mismo por no haber tenido que cambiar el río y su vieja barca por los engañosos oropeles que adornaban aquella ciudad.

—Al señor de las Dos Tierras se le dio sepultura como correspondía a un dios, en el gran túmulo que había excavado en los acantilados del este, para de este modo saludar al Atón cada mañana al despuntar por el horizonte. Al frente del numeroso cortejo fúnebre iba la corregente, Ankheprura Nefernefruatón, la siempre bella Nefertiti, acompañada por sus dos hijas y por Ay y Horemheb, tras los cuales me encontraba yo, junto a Shepseskaf, siempre cerca de mí. Yo acababa de cumplir seis años, y no obstante me sentí tan insignificante como si tuviese uno. Su heredero al trono se disponía a enterrarle, como era costumbre, y este no era otro que la mujer con la que había compartido el trono durante todos aquellos *hentis*. De una u otra forma, los planes de Nefertiti se habían ido cumpliendo para, por fin, convertirse en el nuevo Horus reencarnado.

—Pero... tú eras el legítimo heredero —trató de aclarar Nehebkau.

—Yo no era nada. ¿Qué poderes me amparaban para enfrentarme a quien gobernaba Egipto desde hacía años? Nefertiti solo necesitó eliminar su epíteto Nefernefruatón para cambiarlo por el de Smenkhara. Ante su pueblo se convertía en Ankheprura Smenkhara, «aquel que el *ka* de Ra vuelve eficaz», al que luego añadió el de Djeser Djeseru, «el Sublime de los Sublimes». Eso fue lo que ocurrió. Al poco de sepultar a mi padre, el nuevo faraón se entronizó, con el apoyo de sus dos hombres de confianza, quienes la aceptaban como nuevo dios de la Tierra Negra con la esperanza de que Egipto pudiese recuperarse de la ruina que lo asolaba.

—Pero Horemheb era también tu protector y...

Tut mostró la palma de su mano, pues no quería adelantarse a los acontecimientos.

—No era la primera vez que una reina se sentaba en el trono de Horus. Hatshepsut lo hizo durante veintidós años, y Smenkhara conocía muy bien aquella historia. Lo primero que hizo, como correspondía al nuevo rey, fue tomar esposa, y para ello eligió a su hija mayor, Meritatón. En adelante sería su Gran Esposa Real, ante mi estupor y el de otros muchos.

Nehebkau dibujó al instante un bosquejo de lo que podía suponer para su amigo permanecer cerca de Smenkhara y su esposa, y Tut le miró al tiempo que esbozaba una sonrisa, triste donde las hubiese.

—Esa fue también mi impresión —dijo el faraón, tras haberle adivinado el pensamiento—. Akhetatón ya no era una ciudad segura para mí. Recuerdo que comencé a desarrollar un irrefrenable temor hacia cuantos me rodeaban, incluso dejé de fiarme de mis mejores amigos. Mi vida allí no valía nada, y muchas noches imaginaba cómo Meritatón ordenaba que se deshicieran de mí. Apenas probaba la comida, pues temía que me envenenaran, algo que resultaría relativamente sencillo, y fue entonces cuando cogí miedo a las serpientes. Un temor visceral del que no me puedo librar.

El joven tebano hizo un ademán con el que le invitaba a explicarse mejor.

—Una noche, una cobra entró en mis aposentos, algo que nunca había ocurrido con anterioridad, y reptó hasta mi cama mientras dormía. Me despertaron unos gritos, y cuando me incorporé vi cómo la cobra picaba a uno de mis sirvientes para luego hacer frente a la guardia que acudió en mi auxilio. Sin embargo, no consiguieron atraparla, y la serpiente se escabulló como si se tratara de parte de algún conjunto. El desdichado lacayo murió tras una terrible agonía, y desde entonces temo que la cobra regrese de nuevo alguna noche para acabar con mi vida.

Nehebkau asintió, en silencio, ya que ahora comprendía por qué el faraón deseaba que velara su sueño, y al mirar a los ojos de su real amigo pudo leer en ellos el miedo que le causaba aquel recuerdo.

—Entonces todo se precipitó, como si hubiese estado previsto a mis espaldas y yo no fuese sino una pieza más de un juego cuyas reglas se me escapaban por completo. Una noche se presentó en palacio mi tío abuelo, acompañado por varios guardias y mi viejo preceptor. Exhibía el gesto adusto de costumbre, pues en confianza te diré que nunca le he visto sonreír, y menos lanzar una carcajada. Con el tono autoritario que siempre le ha caracterizado, Ay me hizo ver la necesidad de abandonar la capital antes de que amaneciese, por el bien de Egipto.

—¿Por el bien de Egipto? —Nehebkau se extrañó—. ¿Qué quiso decir?

—Eso lo dejo a tu criterio, pues eres inteligente. Puedes imaginar que para un niño de seis años aquellas palabras solo significaban órdenes que cumplir; aunque he de confesarte que una voz dentro de mí me decía que las obedeciera sin rechistar. Luego supe que fue mi intuición.

—¿Corrías peligro? No se me ocurre otra causa más que esa para abandonar la ciudad de madrugada.

—En realidad, nadie se hallaba a salvo en Akhetatón, como los hechos demostraron apenas tres años después. Pero, más allá de que la palabra de Ay representara la ley, fue su tono el que me condujo a obedecerle al momento, para mi beneficio.

—¿Tu hermana ordenó tu detención? —preguntó Nehebkau, escandalizado.

—Ja, ja. Eso nunca lo llegué a saber, aunque durante un tiempo pensé que todo eran exageraciones, ya que jamás tuve la impresión de que mi vida corriese peligro.

—¿Te escondiste de tu familia? —inquirió el tebano sin salir de su asombro.

—Algo parecido, aunque el dios Smenkhara y su Gran Esposa Real supieran con certeza dónde me encontraba. Como te decía, los hombres de Ay se hicieron cargo de mí, y unas horas más tarde me embarcaron en una faluca para conducirme al sur, a las tierras que poseía mi abuela en el nomo de Ipu, a un lugar llamado Djarukha, Akhmin, donde en tiempos mi abuelo había construido un gran lago para que su esposa se solazara. Aquellos parajes pertenecían a la difunta Tiyi, y al parecer ella había dejado todo bien dispuesto para mí, por si llegaba el momento en el que necesitara retirarme a ese lugar. La previsión de mi abuela todavía me sorprende, pero ella era una mujer capaz de mover los hilos necesarios para asegurar el equilibrio en la Tierra Negra, incluso mucho después de haber muerto.

—Partiste hacia el Egipto Medio. Una zona en la que el río se vuelve perezoso y la tierra es fértil como pocas. Recuerdo que cuando la atravesé me pareció un vergel en el que crecía todo lo bueno que un hombre pudiese desear.

—Tiyi aseguraba que no había ningún lugar mejor en todo Egipto; y hoy puedo dar buena fe de ello, pues mis años en Akhmin fueron muy felices. Allí me olvidé de las intrigas para dedicarme a cazar patos entre los cañaverales, y a navegar en compañía de mi fiel Senedjem, quien nunca se separó de mí.

—¿No sentías temor?

—En Akhmin me encontraba a salvo, aunque de vez en cuando recibía las visitas de mis viejos amigos, que me contaban cuanto ocurría en la Tierra Negra. Shepseskaf aprovechaba su estancia para enseñarme a manejar el boomerang, y a tender las redes en los marjales, mientras que Horemheb me hablaba de la situación en Retenu y lo inestables que se habían vuelto nuestras fronteras.

—¿Nunca recibiste noticias del faraón o de tus hermanastras?

—Para mi fortuna, pues ¿qué podía esperar de ellas? Mejor que se olvidaran de mí; o al menos eso era lo que pensaba en aquellos días.

—En ese aspecto tuvimos la misma ventura. Jamás supe lo que aconteció en Akhetatón. El río era todo cuanto me importaba, así como poder dormir en mi barca cada noche, después de contemplar el cielo estrellado de nuestra tierra.

—Yo también me perdí entre los luceros, e incluso imaginé

que mi abuelo, Nebmaatra, me sonreía desde lo alto, ya convertido en un dios estelar, para decirme que cuidaba de mí en compañía de Nut, la diosa más hermosa de Kemet. Senedjem me enseñó a distinguir cuáles eran las estrellas que no conocían el descanso, las circumpolares, y a Orión ascender en el firmamento para anunciar la llegada de Sirio, el lucero que más brilla de cuantos conozco, poco antes de que se iniciase la crecida.

—Tuviste buenos maestros.

—Los mejores —se apresuró a decir Tut, con indisimulado orgullo.

—Yo solo tuve uno, que no conocía las «palabras de Thot», para quien el Nilo no tenía secretos. Se llamaba Akha, del cual te he hablado en muchas ocasiones.

—Un hombre de buen corazón, cuya sabiduría no se encontraba en el conocimiento de los símbolos sagrados. Te mostró la realidad de nuestra bendita tierra y, a su manera, te enseñó a amarla, aunque creas poco en sus dioses. Bueno, también contaste con la ayuda de Wadjet, ja, ja.

—Es cierto. Mi amistad con las cobras no tiene ninguna explicación racional, pero, aunque te parezca extravagante, la diosa me reveló una parte de la magia que empapa la Tierra Negra. Ahora sé que sin ella Egipto no existiría.

—Así es, amigo mío. Significa el verdadero poder. Todos nuestros dioses se hallan maniatados a él. Por eso los pueblos extranjeros nos envidian. Senedjem me decía que, dentro de miles de *hentis*, las gentes que nos visiten se sentirán embrujadas sin acertar a saber por qué. Aquí la magia nunca desaparecerá.

Durante un rato ambos amigos entrecerraron los ojos para dejarse acariciar por la suave brisa del norte. El «aliento de Amón» les llegaba perfumado por los jazmines que florecían en el jardín, cuyo olor tanto les gustaba. Luego, el faraón regresó a sus recuerdos para retomar la conversación.

—Smenkhara trató de devolver a Egipto sus antiguas tradiciones, aunque sin renunciar a sus creencias. Nefertiti formaba parte indisoluble del pensamiento atónico, pero comprendía que aquel camino no conducía a ninguna parte. Por eso, al poco de reinar, envió a Horemheb a Retenu, al frente de dos divisiones, para que hiciese ver al «vil asiático» que el nuevo dios que gobernaba la Tierra Negra deseaba devolverle la gloria pasada. El Hatti[49] se había convertido en una poderosa potencia militar dedicada a levantar contra el faraón a todos los príncipes vasallos, quienes veían en nuestra debilidad una oportunidad de desprenderse del yugo egipcio. El general vino a verme para contarme cuál era la situación, y yo soñaba con poder acompañarle algún día, como hicieron mis ancestros, el gran Tutmosis III o su hijo Amenhotep II.

Nehebkau observó el rostro de ensoñación del faraón al hablar de aquello, y no pudo dejar de pensar en lo lejos que se encontraba Tutankhamón de parecerse a los faraones guerreros de antaño.

—Así pasaron dos años antes de que las más tenebrosas sombras cubrieran la tierra de Egipto. Hechos nunca vistos, surgidos de la ambición; daban igual las consecuencias. El Estado se desmoronaba sin que Smenkhara pudiese mantenerlo en pie. Eran tales las intrigas, y de tal magnitud, que Akhetatón se había transformado en una capital a merced de la jauría. En ella no existían los amigos, y los llamados «hombres nuevos», que en su día habían ocupado los cargos que les diera mi padre, se habían convertido en una amenaza, no solo para el faraón, sino también para ellos mismos, pues luchaban a dentelladas por su parcela de poder. Hasta Akhmin llegaban historias que no era capaz de entender. Luchas intestinas que hoy puedo imaginar; purgas que terminaron por debilitar aún más a Kemet, para regocijo de nuestros enemigos. Nunca supe a ciencia cierta lo que ocurrió, pero la situación se hizo tan insostenible que ni siquiera el Divino Padre Ay fue capaz de enderezarla, a fin de mantener a su hija en el poder. Una mañana Smenkhara amaneció sin vida, sin que trascendieran las causas de su muerte. Mi tío abuelo se limitó a comunicarme que Anubis se la había llevado, como de ordinario solía hacer: sin avisar. Pero lo cierto fue que la hermosa Nefertiti cruzó a la «otra orilla» igual que cualquier mortal, para dejar a su hija y Gran Esposa Real sumida en la desesperación. Tiempo después Shepseskaf me confió sus sospechas de que Smenkhara había sido asesinada, aunque ahora poco importe ese detalle. El dios no fue enterrado en el túmulo real que mi padre había excavado en Akhetatón para toda la familia, sino en el Valle de los Reyes, en una tumba inacabada que Nefertiti se había hecho construir en el lugar en que reposaban los faraones de nuestra dinastía. Allí es donde descansan sus restos.

Nehebkau desconocía por completo estos detalles, y durante su pasada estancia en el Lugar de la Verdad, nadie le había comentado nada al respecto. Claro que la época de Amarna había supuesto el fin de los trabajos de aquella comunidad, poco proclive a hablar de ello tras retomar sus labores al subir Tutankhamón al poder. Sin embargo, era obvio que Kahotep debía de haber estado al mando de los Servidores de la Tumba al construir el hipogeo de Nefertiti, aunque jamás le mencionara nada.

—¿Y qué ocurrió con Meritatón? —quiso saber el joven tebano.

Tut sacudió la cabeza con pesar.

—El entendimiento la abandonó. Solo así se entiende lo que hizo —se lamentó el faraón—. En su locura por mantenerse en el poder escribió a Suppiluliuma para ofrecerle el trono del país de las Dos Tierras.

—¿Escribió al rey de los hititas?

—En secreto, y empleando las peores artes, a través de la vía diplomática por medio de uno de nuestros mensajeros llamado Hanis.

Nehebkau puso cara de asombro.

—«Mándame a uno de tus hijos y lo sentaré en el trono de Egipto». Así rezaba la misiva, aunque parezca increíble.

—Pero... Eso era una traición; no solo para Kemet sino también para ti.

—Verme coronado como el Horus reencarnado era más de lo que mi hermanastra hubiese podido soportar y, francamente, no soy capaz de imaginarlo.

—Sin embargo, siempre ha ocurrido así —dijo el tebano como para sí.

—Más allá de que me detestara Meritatón tenía sus planes, aunque fuesen osados. En Kemet nunca se vio una audacia semejante, y durante meses tramó en secreto todos los detalles, ante el asombro de Suppiluliuma, que estaba atónito por la propuesta.

—Un hitita convertido en faraón, ¡inaudito!

—Precisamente por eso costó convencer al rey del Hatti; quien no dudó en mandar a Hattu-Zittish, su embajador de confianza, para que diera fe de tan sorprendente misiva.

—Resulta increíble que nadie más se enterara del asunto.

—Horemheb lo sabía, y también Ay, quienes mantuvieron su hermetismo hasta el último momento, aunque sé que ya tuvieran trazado el camino que había que seguir. En la Tierra Negra cada cosa ocurre a su debido tiempo.

—Entonces ¿qué fue lo que ocurrió?

—Al regreso al Hatti de Hattu-Zittish, este confirmó a su rey que la proposición era cierta, y le habló de la desesperación de Meritatón, que aseguraba encontrarse sola y rodeada de chacales. «Jamás escogeré a uno de entre mis súbditos para convertirlo en mi esposo», le dijo al embajador; palabras que eran muy propias de mi hermanastra. Así pues, Suppiluliuma decidió aceptar la inconcebible oferta y envió a Egipto a uno de sus hijos: el príncipe Zannanza.

—Es evidente que aquel plan no llegó a realizarse —señaló Nehebkau mientras esbozaba una sonrisa.

—No existía ninguna posibilidad. Horemheb se encargó del asunto, como suele ser habitual en él: con discreción y la mayor eficacia. Zannanza desapareció por el camino, junto a su séquito, y nunca se ha vuelto a saber de él.

—¿Y Meritatón?

—Murió a los pocos días, de forma natural, como de costumbre. Fue el último trabajo que Anubis llevó a cabo para la familia —apuntó Tut con sarcasmo—. De pronto, el palacio de la Ribera Norte se quedó vacío, ausente de toda vida. Ya no se oían los cánticos que mi padre dedicaba al Atón, ni la voz de Nefertiti, siempre autoritaria, aunque toda la vida recordaré las risas de mis hermanas y sus juegos en el jardín, junto al estanque, bajo las atentas miradas de nuestras nodrizas.

Tutankhamón se hizo eco de aquel pasado con evidente nostalgia. A la postre se había criado con las princesas y, más allá de su particular condición, había terminado por ser parte de una familia que le había transmitido su pensamiento religioso, educado bajo la protección del Atón, cuya influencia nunca le abandonaría. Un triste final para una época que sería irrepetible en la historia de Egipto, y del cual el faraón niño haría mil conjeturas hasta comprender lo que en realidad ocurrió; que nada había sido producto del azar, pues cada paso se hallaba bien calibrado desde mucho tiempo atrás.

En realidad, todo había comenzado con la subida al trono de Ankheprura Smenkhara, en la que tanto Ay como Horemheb habían representado un papel crucial. Este último, que todavía no había cambiado de nombre, ya era un poderoso general a quien la nueva situación política le brindaba la posibilidad de acaparar aún más influencia, así como el poder regir los destinos de Kemet desde la sombra. Conocía bien las ambiciones de aquella corte de chacales, y la necesidad que tendría Nefertiti de su ayuda. Sin ella su reinado no sería posible, y él la utilizaría en su provecho, así como para el Egipto que deseaba. Paatenemheb, que era como se llamaba en aquel tiempo, se había mantenido fiel a las antiguas tradiciones, aunque se hubiera cuidado de demostrarlo públicamente, adecuándose a la situación política que vivía Kemet, como el gran estadista que era. Junto a Smenkhara se haría más fuerte, a la espera de los acontecimientos que tarde o temprano sabía que se producirían. Como general de los ejércitos del dios podía hacer frente a cualquier intriga que se fraguara y, sobre todo, a su gran enemigo, el hombre al que aborrecía desde hacía años: Ay.

Para ser justos ambos se odiaban por igual. Aunque nunca se hubiesen enfrentado abiertamente, su rivalidad era bien conocida, y en ella descansaban gran parte de las esperanzas que Smenkhara había puesto para su reinado. Ellos le darían equilibrio a su gobierno, pues de una u otra forma se vigilarían.

Para Ay aquel detalle no suponía ningún problema. Era el padre del faraón, y su pasado como comandante en jefe de los carros del dios le había granjeado una gran reputación entre las tropas. La Administración le pertenecía por completo, y sobre esos pilares se apoyaría para mantener a su enemigo donde más le conviniese. Por tal motivo convenció al nuevo señor de las Dos Tierras para que enviase a Horemheb a Retenu, a fin de que tomase medidas contra la deteriorada situación que se vivía en las fronteras del este. Había sido una idea brillante, a la que el general no se podía negar, ya que con ella devolvería parte del fervor patriótico perdido, a la vez que evitaba por un tiempo la presencia de Horemheb en la corte. Tiempo que Ay supo aprovechar para preparar cualquier alternativa a un reinado que se le antojaba incierto.

Él mejor que nadie conocía la personalidad de su hija. Esta era una mujer de hierro, con todas las virtudes propias de un buen gobernante, pero también era consciente del complejo escenario en el que se encontraba y lo frágil que era su situación. Debía considerar cualquier eventualidad, y eso fue lo que hizo al mantener a buen recaudo a la única figura que podría garantizar una cierta estabilidad para Egipto en caso de necesidad. Sin embargo, apoyó los planes de Smenkhara, a quien protegió cuanto le fue posible, sabedor de que aún le quedaban cartas por jugar en aquellas aguas revueltas que trataba de encalmar.

Pero su figura no fue suficiente para garantizar el gobierno de su hija. Había demasiados odios; cuentas pendientes que saldar desde hacía muchos *hentis*, e intereses dispuestos a cobrarlas. Los años de reinado de Akhenatón habían generado inquina y resentimiento por todo el país, y por ello no se extrañó la mañana en la que Ankheprura Smenkhara apareció muerta en su lecho, sin que nadie conociese la causa. Pero a él no podían engañarle. La historia se repetía, y solo le quedaba tomar un camino; el único que podría mantener con vida al espíritu del Atón, de quien era un furibundo seguidor. Se trataba de una idea brillante y tan audaz como inaudita, a la que se dispuso a dar forma de inmediato.

Antes de acometer aquel plan asombroso, Ay se encargó de sepultar a Smenkhara como correspondía a un dios de Egipto. El halcón había volado,[50] y el funeral de Nefertiti resultó grandioso. Más allá de las tempestuosas aguas por las que había navegado su barca, la talla de la que fuese Gran Esposa Real de Neferkheprura, y luego faraón, era reconocida por todos cuantos tuvieron oportunidad de conocerla. Amigos y enemigos se dieron cita en el cortejo fúnebre que remontó el Nilo camino de la Plaza de la Eternidad, el Valle de los Reyes, donde sería sepultada.

Todo Egipto le rindió pleitesía, y las gentes acudieron a las orillas para verla pasar por última vez con destino a su morada eterna, mientras infinidad de plañideras exteriorizaban su pena con gritos desgarradores. Muchos asegurarían haber visto a su *ka* salir del sarcófago depositado sobre un catafalco, para mostrar por última vez su inmensa belleza a su pueblo. Había sido una gran mujer, capaz de soportar sobre sus hombros no solo una revolución, sino también todo un reinado durante el cual no había dejado de luchar contra todo y contra todos. Su corazón, duro como la diorita, jamás había podido ser doblegado, y la Tierra Negra se lo reconocía como haría con un gran faraón, sabedora de que su figura quedaría grabada para siempre en las piedras de la historia, para pasmo de los milenios.

Meritatón había heredado gran parte de la fuerza de su madre. Pese a su juventud era fría y calculadora, y sabía lo delicada que era su posición en aquella selva en la que se encontraba. Era arrogante y orgullosa, y jamás se casaría con ninguno de sus súbditos, por eso escuchó con atención a su abuelo para dar su conformidad a la única salida que le quedaba. Se trataba de un plan descabellado que, no obstante, podría solucionar todos los problemas que la acuciaban, y aliviar sus temores para siempre.

Ay se encargó de disponerlo con el mayor secreto. Para llevarlo a cabo utilizó todos los recursos que le proporcionaba su cargo, y así fue como Meritatón escribió al rey hitita para ofrecer el trono de Egipto a uno de sus hijos. Detrás de aquel despropósito se escondía la posibilidad de que un poderoso príncipe extranjero terminara con las ambiciones que estaban asfixiando a Kemet. Este tomaría por esposa a Meritatón, quien le daría un heredero, con lo cual su sangre divina quedaría salvaguardada. Entonces Egipto volvería a tener un Horus reencarnado que devolvería al Atón a la cima del panteón de los dioses, y haría realidad el viejo sueño de Nefertiti.

Se trataba de una huida hacia delante, pero Meritatón estaba dispuesta a abrazarse a aquella idea hasta las últimas consecuencias. Sus padres se hallaban en ella, así como el Atón, a quien nunca renunciaría. Sin embargo, Ay se cuidó de hacerse visible en aquel complot. Si el plan de su nieta fallaba, él no se vería arrastrado por ello, pues disponía de otra jugada maestra, que Tiyi ya había pensado hacía años. Así eran las cosas en Egipto.

Horemheb tuvo conocimiento de aquel plan con antelación suficiente como para abortarlo. Sus espías le habían advertido del envío de un emisario al Hatti, así como de la misteriosa visita del embajador hitita a Akhetatón. Semejante hecho era algo inusual, sobre todo al haberse producido varias refriegas en las fronteras con el Hatti. Sin duda él habría sido avisado de una entrevista como aquella, lo cual le hizo desconfiar hasta que averiguó lo que tramaba Meritatón. Se trataba de una traición sin precedentes, a la que puso fin al acabar con la vida de Zannanza, pues jamás permitiría que un extranjero ocupara el trono de Horus. Aquellos hechos no dejaban de parecerle curiosos, ya que jamás en la historia de la Tierra Negra un faraón había ofrecido una princesa a un rey de otro país.

Para Horemheb resultaba imposible que Ay no estuviese enterado de aquel plan. Sin embargo, se abstuvo de implicarle, pues no le convenía entrar en disputas con alguien tan poderoso como era el Divino Padre. Él también contaba con una baza ganadora, en la que confiaba plenamente: Tutankhamón. En el príncipe estaba la solución que devolvería a Kemet a la senda correcta, y el general se consideraba como uno de sus mejores amigos. Siempre había mantenido una estrecha relación con aquel niño, quien veía en el militar al hombre que algún día le gustaría ser. Este conocía la gran influencia que podía ejercer sobre el príncipe, y sin dilación abandonó a sus tropas en Retenu para llegar a Egipto lo antes posible.

Los acontecimientos se precipitaron y, al igual que le ocurriera a su madre, Meritatón apareció muerta sin que se conociesen las causas. Era lo esperado, y a nadie extrañó el encuentro que tuvo lugar, una noche, en el Templo del Río de la ciudad de Akhetatón.

Bajo la luz de las antorchas, Ay y Horemheb acordaron cómo sería el futuro de la Tierra Negra. Sus diferencias quedarían aparcadas, pues en caso contrario el país se desangraría en una guerra civil que no interesaba a nadie. Egipto se encontraba exhausto, y era el momento de que respirara de nuevo el fragante aire surgido del aliento de los antiguos dioses. En los pebeteros de los viejos templos debía volver a quemarse incienso, y las gentes regresar a los campos para dar vida de nuevo al ciclo eterno. Era necesario reflotar la economía, así como garantizar una transición pacífica que condujese al país a vivir con arreglo al *maat*, en el que los cleros pudiesen abrir los santuarios para adorar a sus dioses. Ambos estuvieron de acuerdo en los pasos a seguir, y cuáles serían sus funciones en los tiempos que se avecinaban. Un nuevo dios, del que serían preceptores, debía sentarse en el trono de Egipto; y este no era otro que Tutankhamón.

12

El alba ya se anunciaba cuando Nehebkau salió de sus reflexiones. Dentro de muy poco, un ejército de servidores se apresuraría a entrar en los aposentos reales para ocuparse del dios como correspondía, igual que ocurriría en los templos con el resto de las divinidades. Había que despertarlo de forma adecuada, sin sobresaltos, para después lavarle y ungirle con los mejores aceites para que resplandeciera como el Horus reencarnado que era. Para cuando Ra-Khepri se alzase en el horizonte, el palacio recobraría la vida y Menfis celebraría que una vez más Ra regresaba triunfante de su viaje nocturno por el Mundo Inferior.

Durante todas aquellas vigilias a las que Nehebkau se hallaba encadenado, jamás vería una serpiente o alimaña que pudiese representar un peligro para el faraón, algo que acabaría por ser considerado como una prueba más del poder que aquel joven tebano tenía sobre los reptiles y las malas influencias. En la corte terminaron por aceptar la amistad que se había forjado entre el rey y el pescador como algo natural. Ambos pasaban gran parte del tiempo juntos, y eran bien conocidas las confidencias que Tut solía hacer a su particular amigo, a quien trataba como si fuese un hermano. A Nehebkau, la historia del faraón siempre le parecería más propia del Amenti que de los Campos del Ialú. Era como si Tutankhamón hubiera sido condenado, desde el mismo día en que naciese, a recorrer un camino en el que la felicidad era solo una palabra que le resultaba inaccesible. En esto los dos amigos se parecían, aunque sus escenarios distaran de ser los mismos, y quizá este fuese el motivo por el cual sus *kas* disfrutaran juntos de su compañía, pues solo ellos podían ser capaces de entenderse.

Al joven tebano el periodo de Amarna se le antojaba digno de la cámara de los horrores. Tras escuchar los relatos de Tut, se imaginaba la ciudad de Akhetatón como un inmenso templo en el que se elevaban loas a la oscuridad. Los luminosos rayos del Atón no era capaz de verlos por ninguna parte y, a la postre, los altares solares que llenaban los patios de los santuarios no eran más que mesas de ofrendas para un pensamiento que se había convertido en tenebroso. En su opinión, en aquella capital era imposible ser feliz, y el drama que allí había tenido lugar formaba parte de una tragedia que había terminado por devorar a sus protagonistas.

En realidad, Tut había salido bien librado del desenlace, aunque el precio que tendría que pagar por ello resultara demasiado alto. Era un prisionero de las circunstancias, y también de las ambiciones de todo un país que se encargaría de esposarlo a la voluntad de aquellos que le habían sentado en el trono de Horus.

Tras el pacto secreto celebrado en el Templo del Río entre Ay y Horemheb, Tutankhatón fue entronizado en la ciudad del Horizonte de Atón, con la solemnidad habitual y como ordenaban las antiguas tradiciones. Como nombre de rey eligió el de Nebkheprura, «señor de las transformaciones es Ra», con el cual regresaba a las viejas titulaturas al tiempo que hacía ver sus inclinaciones solares, a las que nunca renunciaría. Como Gran Esposa Real designó a quien podía darle una plena legitimidad a su reinado, su hermanastra Ankhesenpaatón, la única princesa de la familia real que aún quedaba con vida. Era la mujer adecuada, y solo a esta amaría el faraón. Ambos formaban parte de una época que nadie más que ellos podría comprender, y de algún modo la pareja encontró refugio entre sus recuerdos y el pensamiento que compartían. Eran náufragos de una nave que se había hundido para siempre, y únicamente les quedaba sobrevivir en un mar tempestuoso que no conocía el significado de la palabra «compasión». Ay y Horemheb se encargaron de mantenerlos a flote, para terminar por forjar sus ambiciones. Allí no había lugar para la piedad, pues la lucha que aquellos dos hombres sostuvieron entre sí llegaría a ser titánica.

Nada más subir al trono el faraón redactó el «edicto de la Restauración», por el que Tutankhatón se alzaba a fin de hacer frente al caos en el que se hallaba la Tierra Negra, a la vez que imploraba la intervención de los antiguos dioses para que le ayudaran en su tarea. Horemheb se encargó de que el edicto quedara grabado en la piedra para toda la eternidad en el templo de Karnak, al tiempo que se esforzaba por restituir las viejas leyes y devolver a los cleros sus posesiones. Menfis volvió a ser la capital administrativa del país, mientras Ay vigilaba con prudencia a los dignatarios próximos al dios. Él fue quien aconsejó el nombramiento de Useramont como visir del Bajo Egipto y el del viejo Pentu, que había sido chambelán y jefe de los médicos durante el reinado de Akhenatón, como visir del Alto. Además, Horemheb organizó una campaña contra el país de Kush, como solía ser norma al comienzo de cualquier reinado para, de este modo, advertir que un poderoso dios se sentaba en el trono de Egipto, dispuesto a sojuzgar a los tradicionales enemigos de Kemet. En realidad, se trató de una mera exhibición de fuerza con alguna escaramuza, que fue suficiente para que el joven faraón se sintiese inflamado de valor patriótico, y asistiera al regreso triunfal de las tropas, así como al escarnio con el que fueron tratados los prisioneros. Poco a poco, las aguas del Nilo regresaban a su cauce, y el país de las Dos Tierras recobraba el aliento perdido.

Nehebkau nunca olvidaría el primer día que trató con Ay. Pareció un encuentro casual, aunque no lo fuese en absoluto. El Divino Padre no dejaba nada al azar, y hacía tiempo que deseaba conocer al joven tebano que había terminado por convertirse en amigo inseparable de su sobrino nieto. Ay lo esperaba en uno de los patios por el que sabía que el pescador pasaba a diario; al verlo se hizo el encontradizo, y luego le invitó a sentarse para conversar.

—Al parecer tienes una bien ganada fama —dijo el Divino Padre, a modo de saludo, con un tono desprovisto de la menor emoción—. He visto a muchos encantadores de serpientes en mi vida, pero aseguran que tu poder sobrepasa todo lo conocido.

Nehebkau no supo qué contestar, y al mirar el rostro de aquel hombre se sintió sobrecogido. Ay era ya casi un anciano, con el semblante cubierto de arrugas y facciones angulosas que destacaban debido a su delgadez. Si alguien le hubiese dicho que estaba tallado en la piedra, lo hubiera creído, aunque lo que más le impresionó fueron sus ojos, vidriosos, como carentes de vida, que le recordaron a los de un siluro.

—No debes sentir temor —continuó Ay—, pues solo me mueve hacia ti la curiosidad. Seguro que comprenderás que es lo más natural.

—Solo sirvo al dios en lo que me requiere —se atrevió a decir el joven.

—Sé que velas sus sueños y que también guardas sus pasos como corresponde a un súbdito fiel. Entre ambos habéis establecido una extraña amistad.

Nehebkau guardó silencio, pues no conocía el alcance de aquellas palabras. Ay asintió, puede que complacido por la prudencia del joven.

—El dios Nebkheprura te honra —prosiguió el anciano—. Sin duda Akha se sentiría orgulloso de ello.

Al oír el nombre de su padre, Nehebkau sintió que sus *metus* se quedaban sin fluidos y sus fuerzas lo abandonaban, pues creyó desfallecer. Ay hizo un leve ademán para quitar importancia a sus palabras.

—Tuviste una buena escuela. En mi opinión el río puede enseñar cuanto necesita saber un hombre, y has de reconocer que tu camino no ha dejado de ser sorprendente.

El joven tragó saliva con dificultad, y al mirar de nuevo a los ojos del Divino Padre tuvo la seguridad de que estos le escrutaban sin que él pudiese hacer nada por evitarlo. Tuvo la sensación de que eran capaces de leer sus pensamientos, y el convencimiento de que aquel hombre lo sabía todo acerca de él, de su vida pasada. Entonces sintió un escalofrío y no albergó dudas de que se hallaba a su merced.

—Una aventura procelosa, que a la postre te trajo hasta aquí. Si hiciste tratos con Hapy, él te recompensó bien, pues permitió que tu barca ocupara un lugar en la Gran Residencia, el palacio del faraón.

El joven se encogió de hombros, en tanto trataba de buscar una luz en su razón.

—Veo que eres parco en palabras, lo cual me gusta. He conocido demasiados hombres que hubiesen agradecido haber nacido sin lengua —apuntó Ay.

Durante unos instantes ambos se observaron en silencio.

—Lo que más me sorprende es que tus pasos te condujesen hasta el Lugar de la Verdad —observó el anciano.

—Solo acudía al poblado para vender mi pescado —dijo por fin el joven.

—Sé que solo fuiste un *semedet*, que nunca formaste parte de los Servidores de la Tumba, pues de otro modo hoy no te encontrarías frente a mí.

Nehebkau volvió a tener la impresión de que las fuerzas le abandonaban, y sin poder evitarlo pensó que Ay conocía su secreto, la traición que había perpetrado y su amor por Neferu, a quien también había engañado. ¿Cómo era posible?

—Hubo un tiempo en que me fundí con el Atón —le confió el anciano—. Eso todo el mundo lo sabe. Él me dio el poder para ver más allá del horizonte, allí donde pocos pueden, ¿comprendes? A ti puedo confiártelo, ya que conozco la poca inclinación que tienes hacia nuestros dioses.

—Como dijiste antes, Divino Padre, el río fue mi escuela, y también los palmerales —señaló ahora el joven con aplomo.

—Estos te sirvieron para hacer amistad con las cobras, ¿verdad? Me agrada que fuese así, y no seré yo quien lo critique. Hoy el dios Nebkheprura, vida, salud y prosperidad le sean dadas, se beneficia de ello, y por ende toda la Tierra Negra.

—Como te adelanté, Divino Padre, sirvo al dios, aunque siga sin entender por qué me eligió.

—Lo Servidores de la Tumba también se beneficiaron de tu presencia —continuó Ay, haciendo caso omiso de las últimas palabras del joven—. Incluso hay quien te echa de menos.

El joven volvió a turbarse, ya que no daba crédito a lo que escuchaba. Ay asintió, en tanto volvía a clavar en él su mirada.

—Me refiero a los trabajadores. En ocasiones las cobras han vuelto a visitarlos, aunque las obras en la tumba del dios siguen a buen ritmo.

—Kahotep, su capataz, es un buen hombre, fiel cumplidor del *maat*.

—El *maat* —replicó Ay con suavidad—. ¿Sabías que el dios Akhenatón era un furibundo seguidor de este concepto? Una de sus frases preferidas era: «yo vivo en el *maat*»; pero hoy todos parecen haberlo olvidado.

Nehebkau no dijo nada, ya que siempre había pensado que la vida, a veces, hacía imposible poder cumplir este término. Ay volvió a asentir, como si supiese de antemano lo que pensaba el joven.

—Aprovechaste bien tu tiempo en el Lugar de la Verdad. Allí aprendiste muchos de nuestros símbolos sagrados y también descubriste el don que Thot te ha dado para dibujar. De no haber abandonado la aldea estabas destinado a decorar la tumba de Nebkheprura, de la cual conoces algunos secretos —señaló Ay en un tono en el que Nehebkau creyó percibir una advertencia.

—Solo fui un *semedet*, Divino Padre —se justificó el tebano.

—Así es. El Lugar de la Verdad forma parte de tu pasado, pero puede que algún día regreses a él, pues los dioses de Egipto son caprichosos. Si esto ocurre descubrirás que algunas cosas han cambiado, que la aldea ya no es la misma que dejaste.

Nehebkau enarcó una ceja, sorprendido por aquel comentario, pero no se atrevió a interrogar al anciano, que volvía a escrutarle con la mirada.

—Solo deseaba conocerte —dijo Ay de repente—. Tu proximidad al dios me obligaba a ello, y ahora sé cómo eres.

El joven no salía de su perplejidad ante la audacia de aquel hombre, que en verdad parecía conocerlo todo acerca de su persona.

—Recuerda que velar por el faraón es velar por el país de las Dos Tierras. Son muchos sus enemigos y, aunque no lo sepas, has contraído una gran responsabilidad hacia él. Es preciso prevenir para adelantarse a lo que ha de llegar. Yo soy los ojos y también los oídos de Egipto, y estos estarán siempre listos para escuchar de tus labios cualquier amenaza que se cierna sobre el dios; hasta el hecho más insignificante puede resultar de capital importancia. Yo soy Egipto, y al servirle a él también me sirves a mí, no lo olvides. Cuando llegue el momento te mandaré llamar.

13

Aquel encuentro inesperado supuso para Nehebkau un nuevo escenario para el que no estaba preparado. En verdad que era difícil hallar a alguien más alejado del espíritu cortesano que él, pero al parecer dicha particularidad carecía de importancia, y desde su panteón los dioses se acomodaron para disfrutar de la representación que Shai había escrito para ellos. En esta ocasión el papel no podía ser más siniestro, ya que el joven pescador se encontraba tan lejos de poseer dotes para la intriga como Asuán lo estaba del Gran Verde. Todo vino a complicarse con la aparición de Horemheb.

Tutankhamón se hacía hombre, y de un tiempo a esta parte manifestaba sus opiniones con creciente autoridad, pues soñaba con devolver a Kemet su antigua grandeza. Por este motivo comprendió la necesidad de demostrar a los cleros tradicionales que su voluntad por restituir sus bienes era firme, y que los tiempos en los que habían sido perseguidos quedaban atrás para siempre. Por ello no solo ordenó instalar la estela en la que promulgaba la «Restauración» en el tercer pilono de Karnak, sino que también quiso construir una avenida de esfinges con cabeza de carnero, uno de los símbolos de Amón, que uniese Karnak con el templo dedicado a la diosa Mut. Además, repartió el botín conseguido en la pequeña campaña celebrada contra el país de Kush entre los templos, y él mismo hizo acto de presencia en *Ipet Sut*, Karnak, con motivo de la celebración de la fiesta de Opet, a fin de permanecer a solas con El Oculto en su sanctasanctórum del templo de Luxor, y de este modo impregnarse de su naturaleza divina.

En realidad, dicha visita significó la apertura oficial del templo, y Wennefer fue confirmado como su primer profeta después de haber pasado largos años en la clandestinidad. Una especie de fiebre espiritual se apoderó entonces del faraón, quien acometió todo tipo de obras para engrandecer los santuarios de Egipto, y en particular los de Karnak y Luxor, el *Ipet Reshut*, el harén meridional, nombre con el que era conocido este último templo, y donde dejaría su sello para la posteridad con magníficas esculturas en las que se haría acompañar por su amada esposa. De este modo los cleros recuperaron de forma oficial sus tierras, y el pueblo pudo volver a trabajar ante el general entusiasmo de una sociedad que necesitaba respirar de nuevo.

Durante aquella visita, y tras las celebraciones religiosas que tuvieron lugar, Tutankhamón se hospedó en el palacio que su abuelo había ordenado construir en Malkata, conocido por el nombre de Per Hai, la «casa del regocijo», que había sido abandonado por la realeza poco antes de su traslado a Akhetatón. Se trataba de un palacio sin igual, un lugar extraordinario en el que habían quedado grabados para siempre el lujo y el esplendor de una época que no volvería a repetirse. Edificado en la orilla occidental, muy próximo a la necrópolis, Per Hai representaba la opulencia en todos sus aspectos, el poder absoluto sobre la Tierra Negra que el dios Nebmaatra, que fuese justificado,[51] había ostentado durante treinta y ocho años de paz y bienestar sin igual. Tutankhamón pensó en todo ello desde el mismo instante en el que sus sandalias doradas pisaron el enlosado suelo de la residencia real, una residencia que ocupaba más de treinta hectáreas y en cuyo interior se encontraba representada la esencia misma del país de Kemet, su fauna y su flora, sus dioses y sus conjuros, sus simbolismos y su arte, sin reparar en gastos, hasta el último detalle.

El faraón niño siempre recordaría con satisfacción el efecto que le causó ver reproducidas en el suelo las imágenes de los enemigos tradicionales de Egipto, conocidos como los «nueve arcos», para que el dios pudiera pisotearlos a su paso, algo que Tutankhamón, por otra parte, ya hacía a diario al haber impreso dichas imágenes en las suelas de su calzado. Le gustaba Per Hai, y también Tebas, la ciudad santa de Amón, tan diferente al resto, en la que la rancia espiritualidad olía a milenios.

Para Nehebkau las cosas eran distintas. La mera idea de aquel viaje le había producido una agitación difícil de imaginar, pues Waset representaba una parte de su vida de la que nunca podría desprenderse. No era el incienso quemado en los pebeteros de Karnak lo que pesaba en su ánimo, sino su propia existencia, el paisaje del que siempre formaría parte, los viejos senderos que serpenteaban por entre los palmerales, el olor a fritanga que desprendían los hogares a la hora de la cena, el poder que el Nilo mostraba a su paso por Waset. Allí las aguas tenían su propio perfume, y en los cañaverales aún podían encontrarse las cabezas de los hipopótamos con sus miradas feroces, prestos a demostrar su mal humor a la primera oportunidad. Todo se hallaba igual, como si el tiempo no hubiese pasado, y al ver a las garzas sobrevolar las orillas y cómo los cocodrilos, que sesteaban al sol sobre los islotes de arena que se formaban en el río, se emboscaban para conseguir sus presas con una astucia difícil de imaginar, pensó que la vida continuaba bullendo en cada rincón del que consideraba su mundo. Los cocodrilos eran los verdaderos señores del río, los más sabios de entre las especies que en él se daban cita, como también lo era Wadjet, a quien no pudo dejar de visitar.

Ellas se encontraban en el mismo lugar en el que las dejara. Aquel era su reino, campos repletos de pequeños roedores de los que se alimentaban, y al advertir su presencia fueron a visitarle para dar al joven la bienvenida, aunque fuese a su manera. Las cobras siempre lo acompañarían, y Nehebkau se alegró de volver a hablar con ellas, de sentir su poder mortal, pues no en vano habían llegado a cambiar un día su viejo nombre, Nemej, por el de un dios al que todos temían. Resultaba imposible liberarse de su hechizo, del místico significado que escondían, más allá de su inexpresiva mirada, y tuvo la impresión de que, si el Juicio de Osiris en el que su pueblo creía existía, una cobra lo acompañaría a la hora de su muerte hasta la sala de las Dos Justicias, para asegurarse de que Nehebkau fuese declarado justo, y Ammit no osara devorar su corazón.

El tebano nunca pensó que sus *metus* pudiesen albergar tantas emociones y tampoco que fuese capaz de hacer frente a su pasado. Desde Per Hai podía contemplar el Lugar de la Verdad, del que le separaba una pequeña caminata, y por la mañana, apenas Ra-Khepri se elevaba sobre los cerros de la necrópolis, observaba desde el palacio el ir y venir de los habitantes de la aldea, con aliento contenido y un nudo en la garganta.

En su fuero interno ansiaba volver a verla caminar, con sus cimbreantes movimientos, y distinguir su oscuro cabello festoneado con los reflejos de lapislázuli. Luchaba consigo mismo contra sentimientos que creía olvidados, que ahora sabía nunca podrían desaparecer, y en más de una ocasión se sintió impulsado a correr hacia el poblado para volver a abrazar a su amada, y decir a cuantos se cruzaran en su camino que Neferu era suya, que le pertenecía por derecho propio y era voluntad de Hathor el que se la llevara. Sin embargo, no pudo. Sus pies permanecieron clavados donde se encontraban, incapaces de dar un solo paso. Su presencia sería una infamia, una burla para los que un día lo amaron. Al conocer la noticia en Menfis de aquel viaje, el temor se apoderó de su corazón hasta sumirle en el desconsuelo. Shai le gastaba una broma de la peor condición, y Nehebkau decidió tonsurarse de nuevo, como hiciese antaño, para que su abundante cabello rojizo no le delatara. Otra vez se había transformado en un peregrino sin templo en el que orar; sin dios al que elevar una ofrenda.

Tutankhamón terminó por convertirse en su único refugio. Este comprendía los pesares que le abrumaban, y en parte los alivió al pedirle que le mostrara los secretos del río, que Nehebkau tan bien conocía. De este modo salieron a navegar aquellas sagradas aguas, a recorrer los bosques de papiro que surgían del Nilo de forma prodigiosa, a pescar como lo hacían los humildes pescadores desde hacía milenios, a cazar patos con boomerang, o a observar cómo las habilidosas ginetas acechaban a sus presas. El faraón estaba fascinado, pues la vida se abría camino en aquellos parajes de forma portentosa. Él era el señor de toda aquella tierra, de cada una de las especies que la habitaban, y en ese momento tomó plena conciencia de lo que significaba ser el dios de Kemet; el garante de un equilibrio cósmico que le venía impuesto desde las estrellas, donde habitaban los padres creadores.

Shepseskaf también cumplió su penitencia, aunque fuese a su manera. Como parte del séquito del dios acompañó a este en aquel viaje, en el que hacía oficial el regreso de los templos a la normalidad. Sus sentimientos eran encontrados, sin duda, pues no en vano en Per Hai había llegado a ser feliz durante su juventud. Allí se había hecho hombre, aunque el destino le tuviera preparado caminos cubiertos de sombras, entre las que se había visto atrapado. Ver a su hijo cazar junto al faraón le llenaba de satisfacción, y al observarlos navegar por entre los cañaverales tuvo la impresión de que Nehebkau era un príncipe del río.

Sin embargo, los recuerdos le produjeron un gran dolor. Una pena que le condujo a través de un pasado de felicidad y desgracia al que le era imposible vencer. Sin pretenderlo se vio de nuevo recorriendo las calles de Tebas, los mismos lugares de antaño, pues sus pies parecían poseer vida propia, y él no era capaz de gobernarlos. Así, sus pasos le condujeron hasta la Casa de la Cerveza en la que vio a su amada por última vez. Estaba tal como la dejó, aunque ahora le pareciese un lugar infame, impropio para un príncipe de Egipto. Sin embargo, hubo un tiempo en el que esto no le importó, en el que hubiese cambiado su palacio por aquel tugurio para, de este modo, amar a Nitocris hasta la extenuación. Nitocris... Su simple nombre le hizo llevarse ambas manos al rostro, como ya le ocurriese una vez, pues su recuerdo era imborrable. ¿Cuánto de ella había en Nehebkau?

A menudo se lo había preguntado y en muchas ocasiones se había sorprendido a sí mismo indagando en el corazón del joven. Su relación era ambigua pues nunca conocería del todo al tebano. El príncipe percibía su hermetismo, y dudaba que algún día pudiesen abrir sus corazones el uno al otro. Estaba decidido a mantener su secreto, pues en el fondo temía las consecuencias que esto pudiese provocar. Conocía los comentarios que circulaban por palacio respecto al parecido entre ambos. Este resultaba evidente, algo que, no obstante, satisfacía al príncipe, quien albergaba sentimientos hacia su hijo que no podía obviar. Algunas noches se arrepentía de haberlo ayudado, pues su naturaleza siempre estaría salpicada por la crueldad, y había semanas en las que evitaba cruzarse con él, para no despertar emociones que acabarían por atormentarle.

Pero en los últimos tiempos había algo que le preocupaba: el brazalete. Este formaba parte de un nudo que ni siquiera Isis sería capaz de desatar. Era una pieza sustancial de su secreto y por ello nunca hablaba de él. Estaba convencido de que la joya se hallaba maldita, que allá donde esta se encontrara solo acarrearía la desgracia, que nadie que la poseyera podría ser feliz. El brazalete albergaba el mal. Un conjuro nacido de la perfidia, de lo peor que podía contener el alma humana. En él se escondía el Amenti, con todos sus horrores, gobernado por la poderosa Nitocris. El brazalete era la herencia del joven; un regalo emponzoñado que, estaba seguro, Nehebkau conservaría. El tebano estaba señalado y, en sus entelequias, el príncipe se convencía de que el joven recibiría el castigo que los dioses tenían reservado para la progenie de la maga, y que la joya debía seguir su camino a través de las generaciones venideras, pues de este modo Nitocris estaría condenada a la desgracia por toda la eternidad.

La luz y la oscuridad siempre formarían parte de Shepseskaf; así había sido creado. Para él las relaciones afectivas resultaban imposibles ya que, tras amar, caía indefectiblemente en el arrepentimiento. Era un cazador. Un depredador para quien su egoísmo formaba parte de una naturaleza feroz que le llevaba a aborrecer la debilidad en todas sus formas. La supervivencia de su alma se hallaba alejada de cualquier sentimentalismo, y por este motivo se odiaba a sí mismo.

Al navegar, río abajo, de regreso a Menfis, Shepseskaf pensó en todo esto, en el cordón umbilical que le unía a su hijo. Se le antojó frágil, tan sutil como un suspiro, pero por algún motivo no podía quebrarlo. Quizá porque no deseaba volver a perder a Nitocris.

14

Horemheb bromeaba con su simpatía acostumbrada. Su mera presencia causaba respeto y su palabra tenía la virtud de embaucar, al tiempo que mostraba sus dotes de gran legislador. Se trataba de un hombre hecho a sí mismo, que había escalado la pirámide del poder paso a paso, pero con la firmeza de quien se siente un elegido. Era natural de Henen-Nesut, la capital de Naret-Khent, el Árbol del Sur, en la región de El Fayum, situado en el nomo XX del Alto Egipto. Durante el reinado de Akhenatón ya había dado muestras de sus buenas dotes en la Administración, y también como escriba militar, por lo que el dios lo reclamó para nombrarle, primero, escriba real, y luego superior de los Trabajos de Akhetatón.

En la ciudad del Horizonte de Atón hizo carrera, y con la llegada de Smenkhara al trono, Horemheb afianzó su posición dentro del ejército al ser nombrado general de las tropas en el Bajo Egipto, con lo que su figura cobró una importancia inusitada. Sus hombres lo adoraban, pues era una persona muy capaz en cualquier disciplina que acometiese. Sus juicios siempre resultaban acertados, y su perspicacia y fino olfato político le convertían en una especie contra la que nada podía la jauría humana. En la corte todos le temían, y él los desafiaba a diario con su sola presencia, con su aguda mirada, y con la elocuencia que, aseguraba, le regalaba Horus, su dios protector. Claro está que esto no siempre había sido así, pues durante los tenebrosos años de Amarna, Horemheb se había cuidado de reconocer un hecho como aquel. Él era un político de raza, y en aquel tiempo se llamaba Paatenemheb, que era mucho más adecuado, a la vez que conveniente para sus intereses. Su gran inteligencia solo era comparable a su ambición, probablemente al saberse muy por encima de cualquier otro alto cargo de la corte, incluido el faraón, a quien íntimamente aborrecía.

A Akhenatón lo llamaba «el rey perverso», aunque esto solo se supiera mucho después de que el dios hubiese fallecido, como es fácil de entender. Sin embargo, su buena vista le llevó a dibujar con exactitud el mapa del terreno en el que se encontraba; a reparar en la figura de Tutankhamón, un personaje que se le antojó anacrónico desde el primer momento. Este poco tenía que ver con aquella familia desnaturalizada debido a un pensamiento que iba en contra de la propia identidad de la Tierra Negra, de la cual él era un creyente convencido.

Tutankhamón parecía un alma perdida en medio de una vorágine de intrigas y ambiciones a las que estaba condenado a sucumbir. El general solo necesitó un golpe de vista para convencerse de que el pequeño no tenía la menor posibilidad de sobrevivir, y precisamente eso fue lo que le animó a estrechar un vínculo de amistad con él, a protegerlo dentro de sus posibilidades, pues algo le decía que algún día, con los apoyos convenientes, el joven príncipe podía ser la llave para reconducir a la Tierra Negra hacia el buen camino, y elevar su posición a lo más alto de la pirámide que, hacía ya muchos años, Horemheb había comenzado a escalar. Este era un maestro en el trato con los demás, pues leía en los corazones como si se tratara de un papiro. Además, no se le conocían escándalos ni debilidades, ya que ni siquiera tenía hijos, y la única mujer que le interesaba era Amira, su esposa de toda la vida.

La fragilidad de Tutankhamón supuso una oportunidad que supo aprovechar. A un hombre con su amplitud de miras le resultó sencillo ganarse su confianza, al convencerle de que poseía un corazón de león, así como que sus defectos no eran óbice para que, llegado el día, pudiese ponerse al frente de los ejércitos para combatir a los enemigos de Egipto. Tutankhamón terminó por adorar a aquel poderoso general, en quien veía representado todo lo que él ansiaba llegar a ser en la vida, y juntos compartían viejas historias de un pasado glorioso que terminaban por hacer soñar al príncipe.

—Algún día combatiremos juntos —le decía el niño mientras Horemheb asentía con una sonrisa, para alabar seguidamente su precisión con el arco, o el buen jinete en el que se estaba convirtiendo.

Tal fue el cariño que Tutankhamón le llegó a profesar, que decidió nombrar a Horemheb su heredero en el caso de que muriese sin descendencia.

Los hechos que tuvieron lugar vinieron a dar la razón a la perspicacia del general, hasta convertirle en pieza fundamental en la llegada al trono del príncipe, así como en los acontecimientos que habrían de venir. El joven faraón nombró al general: «los ojos del rey de las Dos Tierras, y el que establece las leyes en las Dos Orillas», para disgusto de Ay, que a su vez trazaba sus propios planes.

Con esta familiaridad se presentó Horemheb una tarde al grupo que departía amigablemente en el jardín. Tutankhamón reía, divertido, al escuchar las historias que Nehebkau le relataba acerca de la invasión de cobras que había tenido lugar en el campamento de los Servidores de la Tumba, y que no se cansaba de oír, en tanto Shepseskaf asentía, pues se la sabía de memoria. Horemheb se unió a la conversación, y aprovechó para bromear y contar algunas de las anécdotas que tanto gustaban al dios.

—Háblanos de Sejemjet —le animó el faraón, ya que sentía verdadera predilección por este personaje.

—Fue un guerrero sin igual —aseguró el general mientras miraba a su buen amigo, Shepseskaf, con una media sonrisa—. No ha habido otro igual en Egipto. Quienes lo vieron combatir aseguraban que él solo se las bastaba para hacer huir al enemigo.

Tut abría los ojos, entusiasmado, cuando oía las historias de aquel personaje al que le hubiese gustado parecerse.

—¿Es cierto que acompañó al general Djehuty en la toma de Joppá? —insistió el faraón, que conocía la historia, pero le emocionaba volver a escucharla de labios de Horemheb.

—Tan cierto como que Ra-Atum desaparecerá esta tarde por el oeste para iniciar su viaje nocturno a través del Mundo Inferior —aseguró el general.

—Cómo me hubiera gustado presenciar aquella hazaña sin igual. Meterme en uno de los cestos que dejó de regalo para que el enemigo los introdujera en la ciudad. ¡Menudo engaño! Nunca vi tanta astucia.

—De seguro que habrías participado en la conquista de Joppá al salir por la noche del interior de uno de los cestos, como hicieron Sejemjet y el resto de los soldados, quienes aguardaron a que los ciudadanos durmieran para luego abrir las puertas de la ciudad al grueso del ejército, que esperaba pacientemente escondido.

—Hubiera cortado todas las manos de mis enemigos, o los miembros que no estuviesen circuncidados, ja, ja.

—A mi bisabuelo le gustaba esa costumbre —intervino Shepseskaf—. El dios Amenhotep II sentía verdadera veneración por Sejemjet, de quien decía era el único que podía igualar su fuerza.

—Recuerdo esa historia —dijo Tut, visiblemente excitado por el cariz que tomaba la conversación—. El dios era capaz de atravesar con sus flechas una plancha de cobre de notable grosor.

—Es verdad —aseguró el príncipe—, y también combatía en primera línea junto a los *menefyt*, sus veteranos, por quienes sentía un particular cariño. Fue un gran guerrero al que gustaba desafiar al peligro. El último que ha conocido esta sagrada tierra.

—¿Crees que algún día podría emular sus gestas? —inquirió Tut con expresión soñadora.

—Estoy seguro de que sí —dijo Horemheb, categórico—. Según tengo entendido te has convertido en un magnífico arquero, y conduces tu carro con destreza sin igual.

—Pocos aurigas se le pueden comparar —mintió Shepseskaf, quien conocía de sobra las dificultades que el faraón tenía para conservar el equilibrio sobre la biga.

—Ardo en deseos de pisotear al «vil asiático», ¿sabes? —señaló Tut dirigiéndose a Nehebkau—, y regresar a Kemet victorioso desde la lejana Nubia, con el cuerpo del rey kushita colgado de la proa de mi barco, como hicieron mis ancestros.

—Pronto tendrás oportunidad de demostrar a Retenu tu valor —apuntó el general—. Marcharás al frente de tus ejércitos, y yo te acompañaré.

—¡Todos lo haréis! —exclamó el faraón, gozoso—. Recuperaremos nuestras viejas fronteras, y volveremos con un gran botín.

Los allí presentes alabaron aquellas palabras, aunque Nehebkau sintiera un gran pesar ante la evidente incapacidad de su amigo. De un tiempo a esta parte, los problemas de Tut para caminar se habían acentuado, y dependía por completo del uso del bastón para poder andar. Nadie se explicaba cómo era capaz de mantenerse en pie sobre el cajón de su carro, aunque Nehebkau sabía que todo se debía al gran coraje que ocultaba aquel corazón atormentado. El faraón nunca se daría por vencido, y este valor por superar las adversidades terminó por formar en el joven tebano un sentimiento de cariño y admiración por su señor, que le acompañaría durante toda su vida.

Luego conversaron sobre cuestiones militares, por las que Nehebkau no sentía el menor interés, sobre la necesidad de reorganizar el ejército y modernizarlo, de caballos, por los que Shepseskaf manifestaba una gran pasión, así como de la buena marcha que había iniciado el país y que invitaba a pensar que, dentro de poco, todo estaría en el lugar que debía.

Horemheb se interesó por las habilidades de Nehebkau, bien conocidas en la corte, y supo crear con este una empatía que sería el inicio de una relación que los conduciría hacia caminos insospechados. Aunque no se hubiese dedicado a investigarle, el general conocía todo lo que debía saber de aquel joven tebano, pescador en la lejana Waset, que tenía facilidad para tratar con las cobras. Estaba al corriente de su relación con el faraón, así como de la sincera amistad que ambos se profesaban y, como preceptor real que era, Horemheb seguía de cerca los pasos de Nehebkau, y hasta dónde podrían conducirle.

Una mañana, ambos tuvieron oportunidad de hablar en privado en el pabellón de caza que el faraón poseía en la meseta de Gizah, a donde habían acudido para practicar el deporte favorito del dios. Este y Shepseskaf se habían adelantado en persecución de un antílope, lo que aprovechó el general para conversar con el tebano.

—Demos un descanso a los caballos —dijo en tanto sonreía—. Hoy Ra-Horakhty está dispuesto a mostrarnos todo su poder, y es mejor no desafiarle.

Los dos estuvieron de acuerdo y se refugiaron a la sombra.

—Aunque procedo de El Fayum, siempre tuve en gran estima a las gentes del sur —señaló Horemheb mientras se sentaba—. En Tebas tengo buenos amigos.

—Allí estaba mi mundo, aunque ya ves la sorpresa que Shai me tenía reservada —apuntó el joven.

—Yo lo llamaría un gran honor, ¿no te parece? El dios te ama como a un hermano. Muy pocos podrían decir lo mismo. Yo le conozco bien y sé que escucha tus palabras con atención. Aunque no lo creas tienes influencia sobre él.

Nehebkau se sorprendió, y al cruzar su mirada con la de Horemheb percibió en ella la acostumbrada luz que solo poseían los poderosos. En ella había verdadera agudeza, y el joven no tuvo la menor duda de que aquel hombre no daba puntada sin hilo; que cuanto hacía obedecía a un propósito, y que sus intereses corrían paralelos a los de Ay, aunque no demostrara poseer la misma ambición.

—Horus, mi dios tutelar —continuó el general—, me ha bendecido con más de lo que nunca hubiera soñado. Yo también me crie junto al río, y los cocodrilos fueron parte de mi aprendizaje. Por eso amo esta tierra tanto como tú, y comprendo el legado que nos dejaron los dioses para mantener el equilibrio en Kemet. El *sematawy* es nuestro bien más preciado, y es mi deseo mantenerlo hasta que me llegue el momento de cruzar a la «otra orilla».

Nehebkau no dijo nada, aunque conocía el significado del *sematawy*, la unión de las Dos Tierras, que Horus y Set habían escenificado al atar el papiro y el loto, el norte y el sur.

—Tú formas parte de esa unión, Nehebkau, y en cierto modo te has convertido en su garante. Tutankhamón la representa, como Horus reencarnado que es, pero debemos ayudarle a soportar la carga que ello supone, pues es aún muy joven.

—Tiene el corazón de un león, y si le prestas atención puedes escuchar su rugido.

—Cierto, a pesar de que el resto no lo acompañe. Así lo decidió Khnum. Por eso nos necesita —señaló el general con naturalidad.

El joven se sintió incómodo, algo que no pasó desapercibido a su acompañante.

—No debe apartarse del camino que le lleve a convertirse en un gran rey. Estoy seguro de que deseas lo mismo que yo.

—Lo será, pues ama a Kemet sobre todo lo demás.

Horemheb asintió, antes de proseguir.

—Veo que el dios te ha abierto su corazón y has podido leer en él como corresponde. Mas has de velar por que no se aparte de la senda a la que me refería.

—Guardo su sueño, gran Horemheb, y le sirvo en cuanto me pide —dijo el joven con una velada desconfianza que el general captó al instante.

—Me siento satisfecho de ello —continuó este—, y así debe continuar. Por eso quería hablar contigo. Existen intereses muy poderosos que amenazan con influir en el dios. Ideas que no pueden llegar a convertirse en una rémora para su buen gobierno, de las que tú también deberás huir.

Nehebkau se quedó estupefacto, y al ver la expresión de su rostro Horemheb lanzó una carcajada.

—¿De qué te extrañas, Nehebkau? La corte es capaz de contar los pasos que das a diario. Encuentro natural tu conversación con el Divino Padre, Ay; incluso me extrañó que no se hubiese celebrado antes. Mañana mismo él también sabrá que hoy nos detuvimos a la sombra para descansar.

El joven dirigió la vista hacia otro lado, más debido al desagrado que le producían aquellas palabras que a otra cosa. No poseía alma de cortesano, y nunca la tendría, pues los aborrecía de forma particular. Se encontraba en sus antípodas y huía de ellos a la menor oportunidad, aunque resultaba imposible no verse salpicado por la intriga, a pesar de no participar en ella. La conversación con Horemheb era una buena prueba de esto. Sin desearlo, los poderosos se habían encargado de inmiscuirle en sus veladas disputas, en hacerle formar parte de sus ambiciones, sin que pudiese hacer nada al respecto. Sin pretenderlo se hallaba atrapado, y lo peor era que se daba cuenta de que, si quería sobrevivir, debía intervenir en el mismo juego que los demás. A su manera, Horemheb se lo hacía ver, aunque se abstuviese de usar palabras que le comprometieran. Todo estaba medido, y Nehebkau sintió una íntima pena, no por él sino por su amigo Tut, de quien pensaba sería sepultado en vida por los intereses ciclópeos que orbitaban a su alrededor.

—No te estoy pidiendo que espíes para mí —oyó el joven que le decía el general con gravedad—. Para ese cometido ya dispongo de los medios suficientes. Mi único interés, como el tuyo, es Tutankhamón. Recuérdalo cuando Ay te reclame a su presencia.

Nehebkau observó a su interlocutor con una expresión de preocupación.

—¿Acaso dudas que lo hará? —inquirió el general con una media sonrisa.

—Quizá el Divino Padre quiera proteger al dios a su manera —se atrevió a decir el tebano.

—Ja, ja. Esa es una buena reflexión. Te auguro un buen futuro en la corte, Nehebkau, y me alegro de que no necesite advertirte más sobre lo que hay en juego. Estoy convencido de que nuestra conversación te ayudará a ser prudente, y permitirá a Tutankhamón recorrer su camino por sí mismo. Ese es mi deseo, aunque llegues a pensar lo contrario. Existen ideas trasnochadas de las que debe librarse para siempre. Solo de este modo podrá convertirse en un gran faraón. Sé que me comprendes; no dudes en acudir a mí cuando lo necesites. Tu relevancia es mayor de lo que puedas imaginar.

15

Heteferes era tan bella como altiva, tan grácil como caprichosa, tan astuta como calculadora, y además era princesa. Su nombre lo decía todo, pues sin duda había sido bien elegido, aunque hiciese muchos siglos que ya no estuviese de moda. Antes de pasar a la «otra orilla», su madre siempre había asegurado que había nacido para ser reina, y que no había mejor legado para su hija que aquel nombre. Era evidente que aquella joven poseía todos los atributos para haberse convertido en reina, aunque los tiempos no la acompañaran. Sin embargo, ella se sentía muy orgullosa de llamarse como la que fuese madre del faraón Keops, y en su fuero interno estaba convencida de que también era merecedora de que le levantaran una pirámide donde dormir su sueño eterno.

Nefertiti en persona la vigiló durante un tiempo, cuando la princesa era poco más que una adolescente, ya que Akhenatón la frecuentó en alguna ocasión y hasta la hizo mujer, como a tantas otras. Nadie se extrañaba de ello, pues era privilegio del dios, aunque la Gran Esposa Real le hiciese saber, a su manera, cuáles serían las consecuencias si a la joven se le ocurría dar un varón al faraón.

Mas Heteferes siempre fue consciente del escenario en el que se hallaba, y cuál era el camino que debía seguir. Los hombres solo la interesaban como parte del juego de la vida, ya que estaba decidida a no rendir obediencia a ninguno, y hacer su santa voluntad hasta que Anubis viniese a buscarla. Durante años se dedicó a coleccionar príncipes con vanas pretensiones, como si se tratara de un deporte que se podía permitir. Por sus *metus* corría sangre divina y ello le daba pie a salvaguardar la libertad en la que deseaba vivir. Tenía a gala el no haberse enamorado, y en cuanto surgía la ocasión aseguraba que nunca lo haría, pues no sentía la menor simpatía por Hathor, la diosa del amor. Su corazón era una roca que nadie podría excavar, duro como el granito, y sobre él había levantado su propio palacio, para gobernar como mejor le pluguiera. Amante del lujo, desafiaba a la corte con su mera presencia, y no dudaba en sojuzgar a cuantos se le acercaban con su mirada embaucadora y risa cantarina.

En realidad, ella aborrecía aquella corte. Para Heteferes todos aquellos que se habían hecho llamar «hombres nuevos» no eran más que una partida de patanes, cuyas ambiciones les hacían parecer patéticos a sus ojos, peores que el *meret* más insignificante encargado de labrar los campos. Aquella jauría de chacales no merecía la menor consideración, y les hacía ver lo lejos que se encontraban de ella a la menor oportunidad. Heteferes era inalcanzable, y esto era todo cuanto necesitaban saber.

Sin embargo, la princesa albergaba sus propios sueños. Como el resto de su familia, se había mantenido fiel a los antiguos dioses, aunque de manera discreta, y en dichas tradiciones había sido educada. A sus veinticinco años se hallaba próxima a la madurez, y ahora que los viejos templos habían sido restaurados, deseaba convertirse en Divina Adoratriz de Amón, dios por el que sentía verdadero fervor, pues no en vano era tebana.

Como otros muchos príncipes, había nacido en Per Hai, el palacio del gran Amenhotep III, y estaba emparentada con Shepseskaf, ya que ella era hija de uno de sus primos, y además era su amante. Para Heteferes, Shepseskaf representaba todo aquello que debía poseer un auténtico príncipe real: gallardía; una palabra que había caído en desuso, pero que él poseía a raudales. Shepseskaf era arrogante, tan altivo como ella, fuerte, cruel. Para la princesa este último concepto se hacía necesario para gobernar, y ella sabía que su amante había nacido para eso, aunque Shai hubiese decidido lo contrario. Todos los reyes lo habían respetado, como si se tratase de una figura inalcanzable, y Akhenatón había buscado su compañía con frecuencia, pues percibía su esencia divina. Sin duda hubiese sido un gran Horus reencarnado, y el único hombre a quien ella habría tomado por esposo. Él era un amante extraordinario, que la había hecho sentir lo que ningún otro, aunque sus encuentros, con el tiempo, se hubieran convertido en esporádicos, mas no por ello menos placenteros.

El nuevo dios le causaba lástima; una pena que hacía extensiva a la figura de su esposa, Ankhesenamón, con quien, en su opinión, compartía el faraón un mundo de miseria construido por una familia despreciable. Esta no solo se había encargado de llevar a la ruina a la Tierra Negra, sino también de horadar sus propios cimientos al intentar eliminar su identidad. Sin esta un pueblo no era nada, pues al perderla quedaba a merced de la barbarie, olvidado en un inmenso mar zarandeado por el oleaje.

Más allá de sus discapacidades físicas, la pareja real había convertido su residencia en un refugio para sus almas. Una especie de mesa de ofrendas en las que sus *kas* pudiesen alimentarse a diario con la luz de los que los rodeaban. Así lo veía ella. Necesitaban sacerdotes que se hiciesen cargo de su culto, cual si fuesen muertos en vida. Precisaban de su propio clero, y para ello habían nombrado dos primeros profetas que dieran sentido a su existencia: Ay y Horemheb. Heteferes los conocía bien, y era capaz de ver con claridad hacia dónde se dirigían sus caminos. El Divino Padre le desagradaba particularmente. Era casi un anciano, que representaba el pensamiento perverso de toda una época que había que olvidar cuanto antes, algo que sería imposible mientras viviera. Estaba podrido de ambición, y su omnímodo poder le convertía en un personaje formidable que no dudaría en regir el futuro de Kemet hasta que le fallaran las fuerzas. Horemheb era su contrapeso, y en su opinión la única esperanza de poder sacar a Egipto del pozo al que había sido arrojado. Tutankhamón estaba condenado, aunque este aún no lo supiera.

Muchas mañanas, mientras era acicalada, Heteferes pensaba en todo aquello. Los años habían realzado su belleza para hacerla más inalcanzable a los ojos de los demás. Los hombres la miraban con codicia, y las damas de la corte envidiaban su abundante cabello de color caoba, que recordaba al de la difunta reina Tiyi. Su piel se mantenía tersa, y sus ojos ambarinos eran como un papiro en el que leer la fuerza que atesoraba; el poder de quien nunca sería sometida.

El día que Heteferes vio a Nehebkau sintió algo inexplicable. No se trataba de amor, ni tampoco de deseo; era una atracción diferente, cual si se tratase de una fuerza atávica que la animaba a saber de él. De su naturaleza emanaba misterio y ella fue capaz de percibirlo sin dificultad, de verle como si se tratara de un igual, un hombre fuera de su tiempo, perdido en una época que no le correspondía, o puede que en un escenario para el que no había sido concebido. Su *ka* se le aproximó, y ella captó su esencia para al momento interesarse por él. Era un joven menor que ella, aunque la edad apenas tuviese importancia, pues parecía llevar impreso el sufrimiento de toda una vida. Sin embargo, había aspectos que resultaban confusos. Al parecer el joven era de ascendencia humilde y, no obstante, Heteferes podía advertir el poder de la sangre que corría por sus *metus*. Era tan divina como la suya, y ello la llevó a experimentar una inesperada turbación de la que trató de sobreponerse. Buscó en su interior una interpretación a cuanto le ocurría, y al punto dio con la palabra que explicaba sus inesperadas emociones: gallardía. Aquel joven desconocido la poseía, igual que Shepseskaf, con quien departía amistosamente a la sombra, junto a un estanque cubierto de lotos, perfumados por la alheña.

Heteferes los observó en la distancia, pues tuvo la certeza de que era mejor no molestarlos, y esperó su oportunidad para conocer a aquel joven que de forma inexplicable había llamado su atención. Aquella se le presentó una tarde en la que Nehebkau se ocupaba de sus caballos, después de pasar la mañana cazando en las proximidades de Gizah. La princesa tenía alma de guerrero y desde pequeña estaba acostumbrada a montar con asiduidad, como hicieran sus hermanos, a quienes había aventajado en pericia, ya que era una magnífica amazona. Llevaba a su animal cogido de las bridas, y al ver al tebano en los establos reales se le aproximó, con aquellos aires de diosa inalcanzable con los que le gustaba avasallar a los demás.

—Tus caballos te demuestran sumisión —dijo ella, altanera—. En cambio el mío me manifiesta rebeldía. Quizá no lo castigué lo suficiente.

Nehebkau la miró un instante, sorprendido ante sus palabras, pero al momento volvió a fijar la atención en sus corceles.

—Los castigos no son buenos para nadie —contestó mientras los acariciaba.

—¿Ah, no? Mal maestro serías si no los aplicaras; y no me refiero solo a nuestros animales.

El joven hizo caso omiso del comentario, y dirigió unas frases amables a los equinos.

—En cualquier caso, encárgate de mi caballo, pues parece sediento —continuó ella con fingida displicencia.

—Yo solo me ocupo de los caballos del dios, y a él tampoco le gustan los castigos.

—Nunca vi tanto atrevimiento. ¿Acaso ignoras quién soy?

Nehebkau se encogió de hombros, ya que era la primera vez que veía a aquella dama.

—Soy la princesa Heteferes, y por menos he enviado a hombres al Sinaí. Muéstrame el respeto debido.

—Tienes todo mi respeto, noble Heteferes, pero no porque seas una princesa.

Esta se sintió íntimamente complacida por la respuesta, aunque lo disimuló con un mohín de disgusto.

—¿Acaso te crees un príncipe, o eres uno de esos que se hacen llamar «hombres nuevos», para quienes no existen alcurnias en la Tierra Negra?

—Mi condición se halla muy lejos de la tuya, noble Heteferes, ya que solo soy un humilde pescador —señaló él, sin dar importancia al comentario.

A la dama el acento del joven le llegó suave y ligeramente

embaucador. Siempre le había gustado el acento tebano, pues invitaba a abandonarse, como si todo tuviera una medida diferente, cual si la prisa no fuese sino una palabra sin significado, y al momento se sintió subyugada por aquel tono que le traía recuerdos de una niñez en la que fue feliz.

—¿Dices que eres pescador? Es extraño encontrarte tan lejos del río, y más aún que te encargues de los caballos del dios. ¿Se trata de algún tipo de encantamiento? —inquirió ella, para acto seguido reír como acostumbraba, de forma cantarina.

—Es posible, pues yo tampoco le encuentro explicación —señaló él, lacónico.

—Ya que formas parte de un prodigio, dime al menos cuál es tu nombre —preguntó ella con jocosidad.

El tebano se sintió incómodo. Contrariamente al suyo, el tono de aquella dama le llegaba duro y displicente, a la vez que autoritario. Resultaba evidente que aquella hermosa mujer estaba acostumbrada a hacer valer sus razones, y a que sus caprichos fuesen satisfechos sin rechistar. Sin embargo, tales detalles le traían sin cuidado.

—Mi nombre es Nehebkau, y el dios me sacó del río con el único fin de que le sirviera, pero estoy de acuerdo contigo en que se trata de un milagro.

—Nehebkau —repitió ella, pensativa—. ¿No eres tú el que habla con las cobras? —apuntó, divertida.

—Así me llaman, señora, aunque el resto no dejen de ser exageraciones.

—No es eso lo que he oído. Al parecer tienes una bien ganada fama. Por ello te eligió el dios.

—Es por eso que me siento abrumado —aseguró el joven mientras terminaba de ocuparse de los animales.

Heteferes lo observó con más detenimiento, y al punto volvió a experimentar las mismas sensaciones de la primera vez, cuando le vio junto a Shepseskaf. Entonces se percató de que el tebano se movía igual que el príncipe, que le recordaba a este cuando era joven, que su cabello, aunque corto tras haberse tonsurado, era del mismo color, y que su *ka* volvía a aproximarse a ella para susurrarle extrañas confidencias.

Al finalizar su tarea, Nehebkau se volvió hacia ella para tenderle la mano, a fin de hacerse cargo de su caballo. Al aproximarse, el animal movió los ollares y se mostró complacido por las caricias que aquel extraño le dedicó. Al ver el color de los ojos del tebano, la princesa se estremeció; eran de un azul profundo, y sin poder evitarlo tuvo un presentimiento.

—Al menos eres gentil —dijo Heteferes, después de que el joven se ocupara del corcel de la dama—. Quizá por ello te dignes a acompañarme hasta palacio.

El joven se sorprendió, pues no conocía a la señora, pero le dedicó un gesto amable y al momento salieron de los establos. Esta se sintió complacida, aunque se mantuvo tan inalcanzable como de costumbre.

—Yo también soy tebana —le confió—, aunque naciese en una orilla diferente.

Nehebkau asintió, pues ya se imaginaba que la princesa había venido al mundo en el palacio de Per Hai, al otro lado del Nilo.

—Sin embargo, siempre me atrajo el río, y muchas veces me bañé en él junto con mis hermanos —prosiguió ella con el tono persuasivo que empleaba cuando se lo proponía—. Desde la orilla veía a los pescadores tender sus redes, y me parecía que eran felices, pues escuchaba sus cánticos, y a veces los oía reír.

—Cantaban a Hapy, el señor de las aguas. Él es quien les procura el sustento, aunque a veces parezca sordo —afirmó él con cierto pesar.

—A ti al menos te prestó atención. Dicen que todo lo dispuso para que tu barca llegara hasta la Gran Residencia. Contigo ha mostrado su magnanimidad.

Nehebkau se encogió de hombros, como acostumbraba a hacer para disimular su azoramiento, ya que le resultaba insólito aquel encuentro.

—Es cierto, mi señora —se atrevió a decir, por fin—. El señor de las aguas siempre me ofreció buenas capturas, y me trajo hasta aquí, para que el príncipe Shepseskaf cambiara mi suerte.

Al escuchar aquel nombre, Heteferes sintió un escalofrío, y al instante se interesó por conocer más detalles.

—Shepseskaf —repitió ella en tono alegre—. ¿Sabías que somos primos?

El joven dio un respingo, sin pretenderlo, y ella rio con estudiada afectación.

—Desconocía esa circunstancia, mi señora. Él fue quien me presentó ante el dios.

—¿Se interesó por ti? Qué extraño —señaló Heteferes, deseosa de averiguar los pormenores del asunto.

—A mí también me lo pareció. Incluso hoy sigo sin entender por qué me llamó a su presencia.

—El príncipe siempre ha sido una persona diferente a las demás —dijo ella, como para sí—. Es obvio que tendría sus razones.

—Ignoro cuáles pudieran ser. ¿Cómo supo de mí?

—Es bien conocido el temor que el dios siente hacia las serpientes. Tutankhamón y el príncipe son grandes amigos, y tu fama de encantador te precede, ja, ja —apuntó la dama con cierto sarcasmo.

—Menfis se halla repleto de *hekas* —matizó el joven con desagrado—. Shepseskaf me favoreció desde el primer momento.

—¿Qué quieres decir?

—Yo dormía cada noche en mi barca, y ordenó a sus hombres que viniesen a buscarme. Incluso llegaron acompañados por una pareja de *medjays* —se escandalizó el tebano.

—Ja, ja. Nunca había conocido a alguien que durmiera sobre una barca.

—Ese ha sido mi lecho toda mi vida —dijo Nehebkau, molesto—. Jamás he dormido mejor que al raso, sobre tallos de papiro.

—No siento interés por tus costumbres —mintió ella—. Aunque sí curiosidad por tu historia.

Durante un tramo ambos caminaron en silencio. Los *metus* de Heteferes se habían convertido en un torbellino que empujaban a su corazón a hacer mil conjeturas sobre aquel joven por el que se sentía más atraída a cada momento. Conforme conversaban, ella había percibido con claridad aquella esencia por la que se había visto interesada desde que viese al tebano por primera vez. Los *metus* de este rebosaban de poder, aunque el joven diese muestras de desconocerlo, algo que le hacía más interesante a los ojos de la princesa.

Por fin llegaron a uno de los patios del palacio, donde se detuvieron. Allí se separaban, y antes de marcharse Heteferes se despidió de él con una sonrisa embaucadora.

—Me ha agradado conocerte, Nehebkau, y confío en que volvamos a vernos para poder conversar. No en vano ambos somos tebanos.

16

La suerte de Miu estaba echada. Desde la noche en que se conocieran, el mundo de tan singular personaje orbitaba alrededor de Nehebkau como si estuviera sujeto a una fuerza gravitatoria imposible de vencer. Era tan poderosa que solo podía ser atribuida a las manos de los dioses, pues no cabía otra explicación. Para el propio Miu dicha atracción no dejaba de ser un enigma, ya que la naturaleza del susodicho distaba de querer verse sujeta a ninguna pauta de comportamiento que le invitara a la rectitud, y menos aún a las normas dictadas por la ética. El *maat*, al que gustaba referirse a menudo, era una palabra tan fútil como la mayoría que empleaba para ser visto ante los demás como un buen egipcio, aunque de poco le valiera a su alma. El respeto que mostraba hacia los dioses no era sino una coletilla en la que no creía en absoluto, pues en su fuero interno dudaba que estos supieran de su existencia, y mucho menos que se detuvieran a juzgarle por sus actos. No obstante, su uso le había dado buenos resultados en más de una ocasión con los incautos con quienes se había tropezado, y en cualquier caso no había nada malo en ello. Las fechorías habían formado parte de su vida desde que tuviese uso de razón, y el que Shai se hubiera dignado a alumbrar su conciencia solo podía tomarlo como un hecho misterioso; o acaso como un milagro. Semejante prodigio había invitado a Miu a dar un nuevo sentido a su existencia, convencido de que el destino le había enviado al joven pescador para reconducir un camino que, tarde o temprano, daría con sus huesos en el Amenti. En realidad, todo se había precipitado, aunque él no hubiese dudado ni un instante en aferrarse a aquella estela salvadora, antes de que fuese demasiado tarde. Así fue como Miu se convirtió en esclavo.

Una decisión como aquella formaba parte de lo habitual, aunque no por ello dejase de horrorizar a Nehebkau. No solo los prisioneros o los malhechores eran vendidos como esclavos, pues a diario muchos ciudadanos libres se vendían a sí mismos para poder sobrevivir, o dejar atrás las penurias en casa de alguna persona principal. El precio que Miu se fijó fue de siete *deben* de plata, lo cual no dejaba de resultar algo caro, pues una esclava costaba cuatro, aunque fuese menor que el de una vaca, que valía ocho. Siete era una buena cifra, que equivalía a seiscientos treinta gramos de plata, una cantidad más que respetable, pues en los últimos tiempos este metal se había revalorizado hasta el extremo de estar más cotizado que el oro.

—Ahora podrás disponer de mi persona a tu voluntad —le había dicho con cierta solemnidad el truhan a su nuevo amo al hacerse efectiva la compra, ante el disgusto de este.

—No creas que esto te da derecho a embaucarme eternamente, y mucho menos a abusar de mi confianza —se había lamentado Nehebkau en un tono grave donde los hubiese.

—¿Cómo podría, mi señor? La magnanimidad de Shai sobrepasa lo imaginable. Hoy el destino ha escrito para mí su mejor página —señaló Miu a la vez que hacía una reverencia.

Nehebkau fue el primer sorprendido por aquel episodio. Para un espíritu libre como el suyo, semejante negocio suponía un anacronismo en sí mismo, aunque en su fuero interno supiese que había sido su corazón el que había tomado aquella decisión. Apreciaba a Miu por diversas causas, pero sobre todo porque era un ser tan perdido en el mundo como él.

No hizo falta mucho tiempo para que el ladronzuelo fuese bien conocido en palacio. Su figura, ya de por sí, resultaba inconfundible, y al poco ya corrían chistes acerca de ello, como era habitual en la corte. Apodo no hizo falta, pues ya disponía de uno que le definía a la perfección. Su rostro gatuno era motivo de chanzas por doquier, algo que al susodicho no molestaba en absoluto, ya que sentía verdadera devoción por los gatos.

—¡Por ahí viene un gato! —exclamaban muchos al verlo aparecer por los pasillos. Lo cual despertaba risas e incluso carcajadas, pues por algo Miu era solo un esclavo.

De su delgadez también hacían mofa, ya que era bien sabido que una persona principal debía hacer alarde de ello por medio de la gordura. Esta era considerada como símbolo de poder, pues no había peor enemigo en una casa que la necesidad. Aquel esclavo parecía un montón de tallos de papiro en movimiento, y las lenguas maledicentes no tardaron en hacer correr la noticia de que el pobre hombre apenas comía debido al trato infame que le procuraba su amo. Este no se ocupaba de él como era debido, y aquel rumor llegó a formar parte de la conversación en muchos banquetes, para desgracia de Nehebkau, que poco tenía que ver en el asunto. Con el tiempo, más de uno ofrecería alimentos a Miu, al cruzarse con él, para escarnio de su benefactor, ya que el muy truhan los aceptaba sin ningún remordimiento. Sin embargo, nunca llegaría a engordar. Había nacido junco, y junco pasaría a la «otra orilla», y también como ladrón. Semejante práctica era natural en él, y aquella corte le dio posibilidades de hacerla efectiva, aunque siempre se cuidara de ser acusado de ello.

Así, con el grano que correspondía a su señor hizo sus propios negocios, aunque fuese en secreto, y también con cualquier artículo del que pudiese sacar beneficios. Enseguida descubrió el tipo de pelaje de aquella horda de cortesanos, y lo dado que estos eran a aparentar, y a no mucho tardar decidió dar cumplida satisfacción a sus inclinaciones.

Para alguien como Miu, que conocía al dedillo los bajos fondos de Menfis y a la mayoría de sus artesanos, le resultaba sencillo encargarse de conseguir cualquier capricho al mejor precio. Si una dama deseaba un *menat* con el que adornar su cuello, él se lo proporcionaba, y si el collar era de cuentas, tan de moda en aquel tiempo, Miu se hacía cargo del asunto para que lo luciese en los banquetes a los que era tan aficionada la alta sociedad. Allí todos ganaban. Desde la dama hasta el artesano, que aligeraba el material con una maestría sin igual, pasando por el propio truhan, quien obtenía su comisión de manos del artífice. Tan discreto era el entramado que la figura de Miu terminó por convertirse en una especie de benefactor del género humano, pues andando el tiempo hasta conseguía los mejores vinos del país o cualquier producto procedente del otro lado del Gran Verde.

—Shai iluminó mi conciencia —seguiría repitiendo Miu, una y otra vez durante el resto de sus días, ya que estaba convencido de que la noche en que conociese a Nehebkau había cambiado su vida—. Le intenté robar, y ello me alumbró —se decía a sí mismo—. ¡Qué gran lección!

Nehebkau desconocía por completo aquellas prácticas. Ante él Miu se comportaba como correspondía a cualquier sirviente, aunque el joven poco necesitara para su vida diaria. El rey ya había dispuesto un buen número de lacayos para que se ocuparan de su bienestar, y Miu se definía a sí mismo como una especie de asistente personal que velaba por los intereses de su señor. No había chisme que circulara por palacio del que no tuviese conocimiento, ni intriga que le pasara desapercibida, y estaba al tanto del enredo de amoríos que tenían lugar en la corte.

—La mitad de palacio está liada con la otra mitad —aseguraba cuando tenía oportunidad de hacérselo saber a su amo—. Aquí el *maat* no es más que una broma.

Su fama llegaría hasta los oídos del dios, a quien divertía la singularidad de aquel personaje, que no había dudado en esclavizarse para seguir a su señor. Aquello era lealtad, sin duda, y ello agradaba al faraón de forma particular.

No cabía duda de que Miu poco tenía de esclavo, aunque supo aprovecharse de ello para salir de la penuria para siempre.

Pero al margen de aquellas andanzas, Miu sentía verdadera veneración por su protector. Como era su costumbre, lo seguía en la distancia, pendiente de los pasos que daba, y a dónde pudieran conducirle estos. Para el pillastre, Nehebkau era una especie de ser semidivino ajeno a los peligros que acechaban a los simples mortales. Lejos de la sombra que le proporcionaba el faraón, su vida no valdría nada en aquella corte atestada de chacales. Miu había llegado a formarse una idea de cada uno de los personajes más influyentes de palacio, y estaba seguro de no equivocarse.

En su opinión, Tutankhamón era el ser más infeliz de la Tierra Negra. No había nada en el dios que le hiciese sentir envidia, ni su esencia divina ni su persona, por la que no se cambiaría, a pesar de su insignificancia e inmoralidad. Prefería su extrema delgadez y cara de gato a las discapacidades del faraón y sus hechuras un tanto femeninas. De esto último nadie osaba hablar, aunque resultaba evidente la desproporcionada anchura de caderas del rey y la estrechez de sus hombros. Cierto era que el faraón trataba de paliar dichas singularidades con el gran coraje que poseía y su buen corazón, pero estas no eran armas suficientes para salir victorioso en la guerra en la que se hallaba embarcado.

Para Miu, el soberano libraba una contienda cuya magnitud no era capaz de calibrar, pero el truhan podía leerla sin dificultad y conocer el resultado final de antemano. Lo peor era que aquel joven rey nunca podría ser él mismo, y terminaría por pasar por el camino de la vida como si se tratase de una sombra de la que ni siquiera interesaría conocer su nombre. Eso pensaba. Él era Miu, un hijo de la calle, pero jamás necesitaría de un preceptor que evitara su derecho a equivocarse. Ay y Horemheb nunca permitirían que Tutankhamón caminara solo, pues el hacerlo evitaría que ellos pudiesen recorrer sus propias sendas.

Miu estaba convencido de que dichos personajes las tenían bien tramadas. A él no podían engañarle. Había conocido a muchos hombres similares en su vida, aunque atendieran a otros nombres, y el resultado siempre era el mismo. Tutankhamón era un incauto, y estos nunca ganaban. El deterioro del rey saltaba a la vista. Cada día el faraón caminaba con mayor dificultad, y de cuando en cuando Sekhmet se le presentaba para fustigarle con alguna de sus enfermedades. El dios padecía un mal, el mismo que había sufrido su abuela, y que le postraba cada cierto tiempo en el lecho, comido por la fiebre. Sus oídos de ladronzuelo habían escuchado a los *sunus* de palacio hablar acerca de ello, y aunque el rey se recuperaba pasados unos días, los médicos temían que la dolencia se agravara con el tiempo y pudiese llegar a alcanzar su forma más severa.[52] Antes o después Anubis se presentaría ante el monarca, y tanto Ay como Horemheb se preparaban para cuando llegase ese momento.

—Mejor ser esclavo de alguien como Nehebkau —se decía Miu—, pues no había peor miseria que la de un dios a quien no se le pudiese adorar.

El esclavo había asistido en la distancia al encuentro que su amo había tenido con la princesa. Este había parecido casual, aunque Miu supiese que no era así en absoluto. Se trataba de algo preconcebido, y esto le había dado que pensar. Días antes había sido testigo de cómo Heteferes espiaba a su señor y al príncipe Shepseskaf con particular discreción, y al verla regresar desde las caballerizas en compañía de su amo, no tuvo dudas de que la princesa alimentaba algún interés hacia él. Siempre le había llamado la atención el poco apego que Nehebkau mostraba hacia las mujeres. Este se abstenía de hablar de ellas, y cuando salían a colación su rostro solía mostrar un rictus extraño, como de contenida aflicción, cual si sobre su corazón pesara una pena que lo atormentaba en silencio, y de la que nadie sabía nada. Una especie de estigma que el joven guardaba celosamente para sí, y del que no estaba dispuesto a librarse; como si se tratase de una penitencia.

Heteferes... Debía averiguar más acerca de ella, pues dudaba que Nehebkau estuviera preparado para el amor.

17

Durante varias noches Heteferes miró dentro de sí para averiguar cuál era el camino que debía tomar. Escudriñó en cada uno de sus *metus*, en el laberinto que conformaba su corazón, en cada recoveco de su *ba*. A cada pregunta su *ka* salía raudo a contestar, como si en verdad no hubiera el menor misterio y todo fuese tan prístino como una mañana de verano. La princesa no podía engañarse a sí misma, y mucho menos a su esencia vital. El *ka* era soberano, y le advertía sobre el peligro que corría y los pasos que debía dar para llevar a buen puerto sus planes. Nehebkau le era muy apreciado, y la unión del *ka* de ambos podía convertirse en un problema ante el cual la dama principesca corría el riesgo de sucumbir. Este particular la horrorizaba, sobre todo por el hecho de llegar a renunciar a ser ella misma para convertirse en aquello contra lo que siempre había luchado. Que su naturaleza era indómita lo sabía todo el mundo, pero ella percibía con claridad cómo los años habían abierto pequeñas fisuras en su corazón, que podían llegar a resquebrajarlo. A sus veinticinco años se encontraba en el culmen de su belleza, pletórica de formas, más altiva y poderosa que nunca. Los hombres la devoraban con sus miradas, aunque se cuidaran mucho de ir más allá para mostrarle su lascivia por temor a las consecuencias.

Ella había sido desflorada por un dios, y esta circunstancia se había convertido en un sello que la acompañaría durante el resto de sus días. Particularmente, la princesa no se sentía orgullosa de ello. Siempre había aborrecido a Akhenatón y todo cuanto le rodeaba, algo que no le impedía sentirse un ser inalcanzable para la mayoría de los hombres, pues la verdad era que Heteferes se veía a sí misma como una diosa. Sus amoríos apenas eran conocidos, y estos podían ser contados con los dedos de una mano. En realidad, incluso le sobraban dedos, pues siempre se había resistido a entregar su corazón a ningún hombre.

Sin embargo, poseía una naturaleza ardiente, y ello la había llevado a experimentar en la búsqueda del placer por otros medios. Para este fin sus esclavas habían terminado por convertirse en una especie de refugio en el que podía abandonarse sin temor. Entre sus brazos se encontraba segura, aunque al despertar cada mañana sintiera un regusto amargo que le advertía que jamás podría engañar a su *ka*.

En realidad, solo Shepseskaf la había hecho sentirse mujer. Aquel hombre la había llegado a enloquecer, a proporcionarle un placer que no podía compararse con ningún otro, a hacerla desfallecer. El príncipe era el único mortal al que se había entregado, quizá porque supiese que la naturaleza de este era idéntica a la suya, que nunca la avasallaría, que su *ka* necesitaba, al igual que ella, de amplios horizontes por donde correr en libertad. Él aún la visitaba, aunque Heteferes fuese consciente de que lo hacía por no dejar morir un recuerdo. Hacía años que el príncipe ya no era el mismo, y ella sospechaba que el corazón de su amante vivía preso en una cárcel de la que ya no podría salir. Así era la vida, capaz de convertir la luz en oscuridad, o hacer del arrogante un peregrino.

En cierto modo, sus encuentros no eran sino ofrendas a aquella oscuridad en la que habían depositado sus corazones, y en la que durante unos instantes un rayo fugaz era capaz de darles un poco de vida, de liberarlos de las sombras que ellos mismos habían elegido, y a las que ya nunca podrían renunciar.

Veinticinco años, apenas un suspiro y, no obstante, toda una vida. A no mucho tardar se convertiría en una anciana, y al cumplir los cuarenta Anubis se presentaría a reclamarla

cuando menos lo esperara. Al mirarse en el espejo cada mañana, la princesa se rebelaba ante el destino que los dioses le tenían preparado. Se veía lozana, bella, radiante como el loto en
la mañana. Sin embargo, dentro de poco su vientre sería infecundo, y semejante perspectiva la hacía reconsiderar no solo
sus viejas ideas, sino también su futuro.

La figura de Nehebkau había surgido de la nada como si se
tratase de una broma. Una burla en toda regla, a las que los
dioses eran tan aficionados, seguramente para hacernos ver
nuestra insignificancia. Heteferes no encontraba otra explicación, pues aquel joven era un enigma en sí mismo surgido de
su propio misterio. Pocas veces había pensado en un hombre
tanto como en él, y no porque Hathor hubiese decidido enviarle su bendición. No era el amor lo que la había inducido a
ello, sino un impulso nacido de su propia naturaleza que empujaba a la princesa a fijar su atención en el joven pescador de
una forma irrefrenable.

Se trataba de una verdadera fuerza vital contra la que le
resultaba imposible luchar, que descubría ante sus ojos un camino impensable frente al que se encontraba perdida. En este
se daban cita no solo las tinieblas de su pasado, sino también
una luz inexplorada de la que deseaba empaparse, cual si formara parte de una necesidad. Un poder desconocido se había
apoderado de la princesa para mostrarle un escenario totalmente ajeno a lo que había sido su vida y que, no obstante, la
subyugaba.

Durante todas aquellas noches había intentado hallar una explicación con la que poder convencerse de que solo era una locura pasajera, pero le fue imposible. Nehebkau se encontraba
en aquel camino, formidable, como un ser semidivino por cuyos *metus* corría la sangre de los antiguos faraones. No formaba parte de ningún ensueño. Él era real. Un heredero perdido
en los desiertos al que Set había permitido regresar al lugar
donde le correspondía. Su intuición la llevaba a aclarar sus
sospechas. En el secreto que envolvía al joven estaban todas
las respuestas, y muy pronto ella las conocería.

Como devota que era de Amón, le había rezado para que el

dios alumbrara su entendimiento, a fin de que guiara sus pasos de manera adecuada, y El Oculto había atendido a sus oraciones, pues le revelaba que despojase a su corazón de toda duda y tomara la senda que el destino había dispuesto para ella.

Era el momento de una nueva liturgia, y Nehebkau el único medio necesario para poder llevarla a cabo. Él era el elegido para tal fin, y esa era la explicación al ansia que había nacido en el interior de la princesa. Su interés por el tebano se reducía a dar cumplida satisfacción a una necesidad; nadie más en Egipto podría hacerlo. Heteferes había decidido tener un hijo, y Nehebkau sería el padre.

18

La noticia corrió por palacio como si fuese el *khamsin*, el viento del oeste ante el que no cabía oposición. El dios Nebkheprura, el señor de las Dos Tierras, había decidido nombrar a Nehebkau «amigo del rey», un título de la mayor importancia que conllevaba implícitamente un respeto similar al que pudiese ostentar un visir. Pocos hombres podían tener más influencia ante el soberano que aquel que era considerado como amigo, pues ni siquiera el «portador del abanico a la derecha del rey» podía presumir de acaparar una confianza mayor.

El joven tebano nunca llegaría a comprender el verdadero alcance de este nombramiento. Para él la amistad no podía medirse por medio de títulos, y al ser solemnemente informado del hecho, se limitó a postrarse ante su señor, como era habitual en la corte, y a continuar su vida como de costumbre. A su modo de ver, las cosas eran más sencillas. Él amaba a Tutankhamón como si se tratara de un hermano, y a su manera lo protegía de las innumerables influencias que lo acechaban. Era obvio que el joven rey nunca se enfrentaría a sus preceptores, ni interferiría en sus decisiones por rivalidades políticas, aunque Nehebkau aprovechaba la primera oportunidad que se le presentaba para liberar a su señor del corsé que lo estrangulaba, con el propósito de que pudiera ser él mismo. Juntos salían a cazar en cuanto se les brindaba la ocasión, y a veces se aventuraban hasta los marjales de El Fayum para capturar patos y otras especies migratorias que se hallaran de paso. Nehebkau le enseñó a pescar, y el faraón se aficionó mucho a navegar en la barca del tebano, convencido de que Hapy la protegía, allá donde se encontrara, y que sobre aquel esquife era invulnerable a cualquier peligro que le acechara.

Así, el faraón demostró a su amigo sus habilidades con el arpón, y también la gran destreza que había adquirido en el uso del arco. Nehebkau le felicitaba abiertamente por ello, y también Ankhesenamón, que se habituó a acompañar a su esposo en aquellas aventuras.

En los últimos tiempos la figura de la Gran Esposa Real había tomado una nueva dimensión, así como una notable preponderancia. Su ascendiente sobre su esposo resultaba evidente a los ojos de la corte, ya que entre la pareja real se había creado una relación amorosa que iba más allá de la habitual. Había verdadera amistad entre ellos, y gustaban de hacerse compañía en cuanto les era posible; quizá porque nadie más podía entender el alcance de sus pensamientos, el escenario en el que ambos habían sido educados o los sentimientos que llevaban grabados en sus corazones.

Juntos se liberaban de la prisión a la que habían sido conducidos, para rememorar los días felices pasados en Akhetatón y el sueño imposible del que habían formado parte. A Nehebkau el recuerdo de la reina siempre le produciría ternura, así como un sentimiento de pena, pues no en vano se hallaba tan perdida como el soberano, a quien no dejaría de insuflar ánimos para que se convirtiera en un gran rey. Ella sabía muy bien cuál era el camino que debían tomar, y al cumplir el faraón los diecisiete años decidió compartir su lecho cada noche con el fin de darle un heredero. Este se antojaba como la solución a las amenazas que, de forma sutil, se cernían sobre el trono, y Nehebkau se convertiría en discreto testigo de aquellos encuentros, muy a su pesar.

Ay se hallaba informado de cuanto ocurría, y como abuelo de Ankhesenamón se congratulaba ante la posibilidad de que su nieta se quedara embarazada. Un heredero de su sangre colmaba todas sus expectativas, aunque supiese los obstáculos que habría que vencer para ver a un vástago de Tutankhamón sentado en el trono de Horus. Durante toda su vida el Divino Padre había tomado precauciones en todo lo que había acometido, y gracias a ello se encontraba en aquel lugar de preponderancia. El faraón se hacía un hombre, y por este motivo había analizado la situación con cuidado. Todos se encontraban en un escenario que podía cambiar de forma repentina, y él nunca se dejaría sorprender. Debía mostrar hasta dónde llegaba su poder, y por ello convenció al rey para que nombrara a un hijo suyo, llamado Nakhmin, general de los ejércitos del Alto Egipto. Esta era una jugada maestra, pues además de extender sus influencias a una parte del ejército, limitaba el poder de su peor enemigo, Horemheb, haciéndole ver cuál era la posición que le correspondía, y hacia dónde iban encaminadas las preferencias del dios.

Al conocer aquella noticia, Horemheb apenas se inmutó. Era un paso lógico, muy propio de Ay, y en su lugar él hubiese hecho lo mismo. En su fuero interno se sonrió, pues llegado el caso mostraría a Ay a quién seguiría el ejército. Sin embargo, estaba muy lejos de su ánimo el provocar enfrentamientos. Siempre sería fiel a Tutankhamón, aunque supiese cómo influenciarle para mantener el poder que ostentaba en la sombra. El general prefería las cacerías, las bigas y las prácticas militares antes que los pasillos de palacio a la hora de mantener su amistad con el soberano. Conocía mejor que nadie su alma de soldado, el ardor guerrero que guardaba en su corazón, a pesar de los impedimentos físicos que privaban al rey de mostrarse como deseaba. Horemheb alimentaba sus sueños como nadie, y para ello tenía preparada una respuesta al Divino Padre, con la que ganaría la voluntad de Tutankhamón para siempre: una guerra.

19

El que Nehebkau fuese nombrado «amigo del dios» reportó a Miu muchos beneficios. Su figura tomó una inusitada preponderancia, sobre todo a la hora de hacer negocios con los cortesanos, a quienes hacía ver que era poco menos que omnipotente. Para esto, el granuja se hallaba plenamente habilitado y, cuando se lo proponía, era capaz de embarcar a su clientela en tratos inauditos que reportaban buenas ganancias. Engañar, engañaba a todos, aunque siempre se cuidara de que obtuviesen algún beneficio para evitar escándalos. Ahora era capaz de hacer realidad los sueños imposibles que la pobreza se había encargado de crear durante años, pero no quería apartarse de su amo, cuyos pasos seguía con la mayor atención. A veces le acompañaba en su vigilia, aunque terminara por ser despedido con cajas destempladas, algo que el ladronzuelo agradecía encarecidamente, pues estaba poco interesado en la coyunda real. A él esto le parecía lo más natural, aunque, dadas las circunstancias que rodeaban a la pareja real, pensaba que de aquellos encuentros amorosos poco se podría sacar en claro. La escena distaba de parecerse a las que había presenciado en las Casas de la Cerveza, donde los gruñidos y lamentos lascivos formaban parte de lo habitual. Claro que la cópula entre los dioses poco o nada tenía que ver con la de los mortales, y ahí estaba la explicación.

Desde que Nehebkau entrara al servicio del faraón, no había vuelto a verse una cobra por el palacio, y Miu estaba convencido de que su amo debía de haber hablado con ellas, para hacerles ver lo inapropiado que sería el que apareciesen por los aposentos reales. Sin embargo, el tebano continuaba fiel a su labor, como si se tratase de una obligación que se había impuesto a sí mismo. Él, por su parte, también se había implantado las suyas. Con su habitual habilidad había fisgoneado cuanto había podido en todo lo concerniente a Heteferes, quien tenía su propio mundo. Un reino dentro del palacio al que solo accedían sus súbditos. Estos eran variados, aunque, para su sorpresa, la mayoría perteneciesen al género femenino. Allá a donde se dirigiera, la princesa iba acompañada por sus esclavas y damas de compañía, y cuando se cruzaba con algún cortesano se mantenía envarada, y con una altivez que haría palidecer a la mismísima Nefertiti, cuya fama era legendaria.

Durante un tiempo Miu había rondado los aposentos de la princesa con la mayor discreción. Para alguien tan mundano como él, resultaba extraño que la dama se mantuviese apartada de los hombres. La señora era toda una belleza por la que sería fácil perder el entendimiento mas, al parecer, nadie se atrevía a ello. Hasta que una tarde apareció Shepseskaf.

No fue necesario que pasara mucho tiempo para que Miu tuviese la certeza de que aquellos príncipes eran amantes. En su opinión resultaba lo más natural, aunque el modo en el que se celebraban los encuentros tuviese sus singularidades. En estos el amor era, si acaso, un pretexto que daba pie a lo carnal; el fornicio en estado puro. De hecho, el príncipe nunca se quedaba a pernoctar con su amada, pues al caer la noche abandonaba sus aposentos como quien ya hubiese cumplido con una obligación. Así se producían, indefectiblemente, aquellas visitas que dieron que pensar al truhan. Saltaba a la vista que ambos príncipes eran amantes desde hacía mucho tiempo, seguramente años, y la perspicacia del ladronzuelo le llevó a imaginar aquel escenario sin ninguna dificultad. Estaba convencido de que en este se representaba la última parte de una obra que se había iniciado bajo el manto del amor, para después irse diluyendo con el paso de los años.

A veces esto solía ocurrir, pues él conocía casos de viejos amantes que un día se habían entregado el corazón, y que continuaban fornicando de vez en cuando aunque sus vidas ya no les perteneciesen. Era lo que tenía la naturaleza, y no sería él quien lo criticara, mas en aquel caso concreto el asunto se le antojaba un tanto sórdido, como si se tratara de algún tipo de ofrenda al placer, al que los amantes no querían renunciar. Aquellas visitas no obedecían a un tipo de orden preestablecido. En ocasiones pasaban semanas antes de que el príncipe se presentara ante la dama, y otras veces la visitaba con mayor asiduidad. Miu había estado tentado de acercarse más a ellos en secreto, aunque por fortuna no lo hiciera, pues corría el riesgo de acabar en el Sinaí, su particular Amenti, que tanto le obsesionaba.

Lo que sí hizo fue observarlos con atención en sus encuentros fortuitos. En ocasiones ambos coincidían en alguno de los jardines, en los patios o en los establos reales, como por casualidad, y siempre se saludaban en los mejores términos e incluso departían durante unos minutos, como buenos amigos que eran. Sin embargo, Miu supo interpretar las escenas como correspondía y ello le intrigó sobremanera. Dadas las circunstancias que rodeaban a Heteferes, y sus amplios gustos sexuales, ¿qué interés podía tener por Nehebkau?

Miu tenía su propia opinión sobre el vínculo que Shepseskaf mantenía con el joven tebano. La formó casi desde el principio, pues que él supiese ningún príncipe se toma el interés que había mostrado Shepseskaf por un pescador sin una buena razón. Sin duda todo podía resultar misterioso, aunque la respuesta fuese tan sencilla como la propia vida. Por su parte, el pillastre jamás osaría arrojar luz sobre el asunto, pues tenía mucho que perder si Shai le sorprendía con alguno de sus habituales requiebros. Era preferible mantenerse alerta y elegir el mejor camino que se le presentara, para salvaguardar sus intereses y los de su amo.

Como «amigo del rey» que era, Nehebkau tenía su senda bien trazada, ya que no necesitaba de ningún príncipe que reconociera su sangre. De hecho, Miu cuidaba de que el brazalete se hallara a buen recaudo, pues no sabía cuáles serían las consecuencias si este salía a la luz. Era preciso ser prudente.

Un mañana vio a Nehebkau y a la princesa departir junto a uno de los estanques de palacio. Era un lugar idílico, pues las aguas se hallaban salpicadas de plantas acuáticas entre las que destacaban el loto y el papiro, los emblemas sagrados del país de las Dos Tierras. Junto a él se abigarraban los macizos de flores, que perfumaban el jardín para crear un ambiente que invitaba al abandono. Los jazmines embriagaban, y la alheña desparramaba su fragancia por doquier hasta envolver el palacio en el ensueño. Allí no había lugar para las penas del alma, y cualquier corazón atribulado abría sus puertas a la luz para dar la bienvenida a todo lo bueno que la vida quisiera ofrecerle.

A Miu no le extrañó aquel encuentro. El marco era el idóneo, y de seguro que había sido elegido de antemano. A Nehebkau le gustaba pasear por aquel vergel casi a diario, a menudo en compañía de uno de los lebreles del dios, con quien se había encariñado. El animal lo acompañaba con frecuencia, y al faraón le agradaba ver cómo su amigo cuidaba de aquel perro, con el que además conversaba; igual que hacía con las cobras.

Desde su discreta posición, el truhan fue testigo del acercamiento, del comienzo del nuevo capítulo que el destino se había encargado de escribir. En la distancia le resultaba imposible escuchar sus voces, aunque no lo necesitara. Él ya conocía el final de aquella obra.

—Tienes la mejor compañía que se pueda desear. En ellos no cabe el engaño y mucho menos la traición. Los dioses deberían habernos creado con su alma. De este modo no hubiese sido necesario el Amenti —dijo Heteferes mientras señalaba al can.

Así se presentó la princesa ante el tebano, quien mostró su sorpresa por la familiaridad con que le hablaban. Ella lo miró, complacida.

—Parece que estemos destinados a encontrarnos rodeados de animales. Primero fueron los caballos, y ahora nos acompaña un perro. ¿Dirías que tiene algún significado? —inquirió la dama, divertida.

Nehebkau no supo qué contestar. Se sentía abrumado por

la presencia inesperada de la señora, y se le antojó que se trataba de una aparición, una especie de Hathor reencarnada, pero al poco se repuso. Al ver la expresión de su rostro, ella lanzó una carcajada.

—Reconozco que tienes buenos amigos —continuó la dama en tanto dirigía su mirada hacia el lebrel—. Son tan antiguos como Kemet. Los primeros faraones ya cazaban con ellos. Te felicito.

El joven percibió un doble sentido en el tono de la princesa, y esta se dio cuenta al instante.

—Ya sé que el dios te honra con su amistad. Conozco tu nombramiento. De otro modo no me hubiese detenido a hablar contigo.

Nehebkau hizo un gesto de agradecimiento y por primera vez se detuvo a mirar a la señora con más atención. Era bellísima, y su cabello de color caoba, que le caía sobre los hombros, resplandecía bajo los rayos de Ra-Horakhty para crear una especie de halo a su alrededor que le daba un aire de cierta irrealidad, cual si la princesa surgiera de un lugar imaginario. Llevaba un vestido de lino que parecía ilusorio, pues el tejido era fino hasta la transparencia, y permitía mostrar unos pechos turgentes y desafiantes, coronados por enhiestas areolas, bien marcadas, de un color tan oscuro como su cabello. Ella se sintió satisfecha por aquella mirada, y al momento hizo una seña a las dos jóvenes que la acompañaban para que agitaran el abanico de plumas de avestruz que portaban.

—Hoy la mañana luce espléndida, y no se me ocurre un lugar mejor que en el que nos hallamos para disfrutar de ella. En este jardín se encuentra representado lo mejor de la Tierra Negra. Todo en él tiene un significado, hasta la disposición del estanque. Es lo que nos diferencia de los demás pueblos. Más allá solo existe el caos.

Nehebkau asintió, y al mirar de nuevo a la princesa reparó en sus ojos ambarinos, que lo observaban con atención. Al punto sintió un estremecimiento, pues aquellos ojos parecían los de un guepardo, capaces de transmitir el poder del depredador.

—Junto a este estanque me vienen imágenes de Tebas —señaló el joven mientras acariciaba al lebrel—. Al fin y al cabo, siempre seré un hombre del sur.

—Olvidaba que eres un hijo de Hapy, ¿no es así?, ja, ja. Pero dime, ¿sigues durmiendo sobre tu barca?

—No hay mejor colchón que el que nos ofrecen las aguas —bromeó él—. Ni mejor manta que la que Nut nos proporciona.

—Ya veo, aunque me temo que fuera de mi palacio me halle perdida —apuntó ella con estudiada ligereza.

Él volvió a guardar silencio en tanto se refugiaba en el can, ya que se sentía turbado ante la princesa. Esta poco se parecía a Neferu, la única mujer a quien había amado, y cuyo recuerdo continuaba vivo en su corazón. Estaba convencido de que nunca podría volver a querer a ninguna otra, que estaba condenado al desamor, quizá porque era lo que le correspondía a un hombre nacido para estar solo.

Heteferes le observaba con íntima satisfacción. De nuevo había percibido la presencia del *ka* del joven, esta vez con mayor fuerza que antes. Ahora que se hallaba tan próxima a él, sentía con claridad el alcance del poder oculto que atesoraba el tebano, y también su ingenuidad. Este aspecto la sedujo de forma particular. La timidez de Nehebkau la estimulaba, como si prefiriera sus silencios a cualquier palabra que le quisiera decir. Intuía que aquel corazón había tenido ya dueña y que no sería fácil entregarlo por segunda vez. Semejante posibilidad la excitaba, al tiempo que le hacía ver con una mejor perspectiva el alcance de sus planes. No se había equivocado al elegirle, y mientras observaba cómo acariciaba al lebrel, se fijaba de nuevo en su porte, en sus hermosas facciones, en la rojiza melena que volvía a caer hasta sus poderosos hombros. Ella ya había amado una vez a aquel hombre, aunque se llamara de otra forma, pero por algún motivo Khnum había decidido crearlo de nuevo, y ahora ella estaba segura de conocerlo. Su simiente debía germinar en su vientre; y eso era todo cuanto importaba.

Por su parte, Nehebkau no salía de su perplejidad. Él no

había nacido para seducir, y podría asegurarse que Hathor se carcajearía al ver cómo trataba de utilizar unos dones que no poseía. El joven no estaba hecho para el galanteo, aunque, como muy bien notase la princesa la primera vez que le vio, era gallardo. Su apostura resultaba natural, así como su circunspección, y esto era todo lo que necesitaba para atraer la atención de los demás. Él no era conocedor en absoluto de la impresión que podía llegar a causar, y tampoco le interesaba. Hubiese sido plenamente feliz pasando el resto de su existencia navegando por el río, en busca de las mejores capturas, o recorriendo los palmerales para encontrarse con sus grandes amigas. Por la noche Nut le susurraría todo aquello que él estuviese dispuesto a escuchar, para terminar por dormirse sobre su barca, mecido por las aguas. El tebano no precisaba más, aunque los dioses no estuvieran de acuerdo. Habían decidido un camino bien diferente, cuyo final formaba parte del misterio que envolvía al joven pescador desde el mismo instante de su alumbramiento.

Sin embargo, Nehebkau poseía una naturaleza ardiente, aunque no fuese plenamente consciente de ello. Su paso por el Lugar de la Verdad era una buena prueba de ello, pues se había dejado arrastrar por la pasión para perpetrar un pecado terrible, al menos para su conciencia, por el que era imposible obtener el perdón. Durante mucho tiempo la concupiscencia se había apoderado de sus *metus* para hacerle vagar como un penitente en pos de la lujuria, con ansia desmedida, sin importarle las consecuencias que se derivarían de sus actos. Las noches en Deir el Medina eran sinónimo de placer exacerbado, y a este se había entregado, amarrado por grilletes de los que no había sido capaz de liberarse, y que aún le laceraban el alma.

Aquella mañana, el joven volvió a sentir la llamada del deseo. Semejante circunstancia no era de extrañar, dada la envergadura de la señora con quien conversaba. Sus insinuantes formas e inusual belleza ya eran motivo suficiente para levantar el ánimo más apagado, pero había algo mucho más poderoso, oculto en aquel cuerpo de diosa, que el joven percibía, aunque le fuese imposible definirlo. Algo similar al perfume, a una fragancia que no poseía olor, pero era capaz de nublar el entendimiento, una esencia que penetraba hasta lo más profundo del corazón y lo aceleraba de manera irremisible. Para el tebano su timidez no fue suficiente a la hora de evitar sentirse inflamado, y para su sorpresa liberó sus deseos al imaginar cómo sería encontrarse entre los brazos de la princesa, escuchar sus gemidos de placer, tomarla hasta que la consciencia los abandonara. Pero... ¿cómo era posible? ¿Qué tipo de hechizo obraba en aquella hora?

Nehebkau solo había necesitado la mirada de aquellos ojos ambarinos para verse embaucado por un encantamiento para el que no hallaba explicación. La voz de la princesa terminó por envolver al joven con el lienzo de la seducción, pues por alguna causa se notaba desfallecer al escuchar su tono; y luego estaba su risa, cantarina, que repiqueteaba como gotas de agua fresca al salpicar la superficie del cántaro. Un sonido peculiar que invitaba a la pausa, a dejarse llevar por todo cuanto el *ka* deseaba. Él también había advertido la presencia de la esencia vital de Heteferes. Había llegado acompañada por el embrujo, revestida de un cálido manto con el que el tebano también deseaba cubrirse. Una sensación desconocida que le hacía ver su insignificancia, lo poco que en realidad sabía de la vida; el auténtico significado de una mujer como aquella. Sin poder remediarlo tuvo una erección, e hizo ímprobos esfuerzos para que el *sendyit* no dejara traslucir sus emociones, mientras disimulaba con las caricias que regalaba al lebrel del faraón. Los sentimientos puros no tenían cabida en aquella hora, solo hablaban los instintos, sórdidos donde los hubiese.

Heteferes se humedeció. Su poder no era de este mundo, y era capaz de adivinar hasta el último deseo que corría por los *metus* de su elegido. Era lo esperado, aunque la sangre de reyes que corría por la princesa la hiciera encubrir su agitación. Nehebkau se comportaba como debía, y ella lo acarició con la mirada, igual que haría un felino antes de devorar a su presa. Todas las diosas de Egipto se encontraban en ella, pues Hathor palidecería ante sus besos y Sekhmet ante el poder de sus garras. Qué gran reina había perdido la Tierra Negra.

Durante un rato ambos conversaron de temas intrascendentes, de lo distinta que era la luz en Waset cuando se desparramaba por entre los palmerales, de lo caprichoso que podía llegar a ser Hapy al fecundar a su harén de diosas ranas, de la astucia del chacal, de la sabiduría del cocodrilo, o de cómo era en realidad la vida en el Egipto profundo. Heteferes atendía a las explicaciones del joven con interés, aunque en su fuero interno no dejara de urdir su trama; unos planes que habían terminado por conformar un escenario insospechado en el que todo era posible.

—Me agrada tu compañía, Nehebkau —dijo ella, para dar por terminada la conversación—. He de reconocer que nuestros casuales encuentros han sido todo un descubrimiento para mí. Así es Shai, siempre dispuesto a sorprendernos. Me gusta este dios, ¿sabes?

El joven asintió, aunque se abstuvo de hacer ningún comentario, ya que aborrecía al dios del destino.

—¿Crees que nos ha hecho coincidir por algún motivo? —le preguntó ella con coquetería.

—Lo ignoro, mi señora. Solo Shai conoce lo que se propone.

La princesa lanzó una carcajada.

—Es cierto. Sin embargo, nosotros somos dueños de decidir si hemos de volver a vernos.

Nehebkau tragó saliva con dificultad y terminó por asentir, como era su costumbre cuando se sentía azorado.

—Apenas tengo tratos con la corte —continuó ella—. En mi opinión prefiero a un *meret* que a los relamidos que la conforman. Hacen lo posible por llegar a obtener mi linaje algún día, pero eso es imposible, ya que se hereda.

—Quizá por este motivo yo siempre seré un hombre del río —dijo el joven, orgulloso.

—La tuya es una digna prosapia. Mejor que aquella de la que ellos alardean. Una parte del Egipto sagrado está en ti, igual que me ocurre a mí.

Nehebkau hizo ver a la dama que desconocía el alcance de sus palabras.

—¿Has oído hablar de Ahmes Nefertari? —le preguntó ella.

—Todos los tebanos sabemos quién fue esa reina. En el Lugar de la Verdad se le honra como si se tratara de una diosa.

La princesa se sintió halagada, y al punto continuó.

—Por mis *metus* corre su sangre, algo de lo que muy pocos pueden presumir. De hecho, yo podría dar la divinidad a quien se desposara conmigo.

Nehebkau hizo un gesto de perplejidad y ella volvió a reír con la gracia que solía.

—No me hagas caso, son solo sueños imposibles con los que me gusta fantasear —matizó la princesa.

—Estoy convencido de que serías una gran reina —se atrevió a decir él.

Heteferes clavó su mirada en el joven durante unos instantes y luego esbozó una sonrisa.

—Sabes cómo lisonjearme, tebano, y no hay mujer en el mundo a quien no le gusten las alabanzas. Pero dime, ¿accederías a visitarme? Son pocas las personas con quienes puedo departir.

A Nehebkau se le demudó el rostro, sorprendido ante semejante proposición, y Heteferes volvió a reír con ganas.

—Parece que es Anubis quien requiere tus atenciones —dijo ella, divertida.

El joven se puso colorado, pero al momento se disculpó.

—No se me ocurre una compañía mejor que la tuya —se apresuró a señalar—. Me honras con tus palabras.

—Tanto mejor —observó la dama mientras alzaba su barbilla como acostumbraba, para adoptar su altivez natural—. Mañana te espero a la caída de la tarde, antes de que Ra-Atum emprenda su viaje.

20

La sala se hallaba suavemente iluminada. Los últimos rayos de sol entraban por la terraza que daba a un pequeño jardín repleto de flores. Había adelfillas y espuelas de caballero, y también los jazmines perfumados que tanto gustaban a la princesa. En las esquinas los pebeteros rebosaban de incienso de pistacho, en tanto el olor a canela se mezclaba de manera sutil para crear una atmósfera ante la que era imposible no sucumbir. Allí no había lugar para el entendimiento, y cualquiera que entrara en aquel reino debía despojarse de la razón. Solo los sentidos podían acceder al universo en el que habitaba Heteferes.

Por algún motivo, Nehebkau había temido ese momento, sin que fuese capaz de acertar el porqué. Mas durante toda la jornada había estado particularmente nervioso, como si intuyera que si acudía a aquella cita ya nada sería igual. Algo en su interior se resistía a visitar a la princesa y, no obstante, una fuerza mucho mayor le empujaba a ello. No había nada que pudiese hacer por evitarlo, y cuando entró en los aposentos de la dama, cualquier atisbo de raciocinio desapareció como por ensalmo, para convertirle en un simple caminante que solo poseía tacto, gusto, oído, vista y olfato. No había nada más, pues en aquel templo solo se rendían ofrendas a los sentidos.

Heteferes lo esperaba como la diosa que era; inalcanzable en su belleza, como surgida de un sueño al que era imposible acceder. Nehebkau pensó que se trataba de una irrealidad, un espejismo creado por la diosa del amor con el que le demostraba su propia insignificancia; lo alejado que el tebano se encontraba de la perfección. Sin poder evitarlo, el joven cerró un momento los ojos para aspirar la fragancia de los mil olores que se concentraban en la estancia, y al abrirlos de nuevo tuvo la certeza de que iniciaba un viaje hacia las estrellas.

La princesa le sonrió, al tiempo que hacía un ligero ademán con la mano para que se le acercara. Lucía espléndida, inaccesible, cual si en verdad lo aguardara en su sanctasanctórum para que se ocupara de oficiar su culto, de atenderla como haría uno de sus sacerdotes. Estaba seguro de hallarse ante una divinidad llegada desde los cielos; un lucero desprendido del vientre de Nut para ser adorado, y en ese momento Nehebkau deseó convertirse en su primer profeta, en sumo sacerdote de su clero, para consagrarse a la única diosa en la que estaba dispuesto a creer. Por un momento la cabeza se le fue, y tuvo la impresión de ser absorbido por una fuerza que lo arrojaba a un abismo del que no deseaba salir. En este nada importaba, pues se sentía liberado de toda congoja, de las penas y aflicciones que había soportado durante su procelosa existencia. Solo contaba con veintidós años y, no obstante, se veía como un anciano, un hombre al que la vida había hecho envejecer de forma prematura, rodeado de enigmas y sinsabores. Sin saber por qué, comprendía que nunca había sido feliz. Que los momentos pasados junto a Neferu no habían sido más que burlas del destino; una dicha ilusoria que había terminado por crearle un sufrimiento mayor. «Sufrir» era la palabra que llegaba a su corazón mientras caía y, por primera vez, se sentía libre de ella, quizá porque en aquel reino que le abría sus puertas no había lugar para esta. Akha, Reret, Ipu, Kahotep, Neferu, las cobras... Todo quedaba atrás, como si el río al que tanto amaba hubiese decidido arrastrarlos, aguas abajo, para que su alma se empapara con la luz de Heteferes.

Desde el centro de aquella sala ella irradiaba su esencia, su perfume de otro tiempo, su poder, y al joven se le ocurrió que la cámara formaba parte de un santuario en el que se rendía culto a la belleza, al amor, a todo lo bueno que desearan los corazones. Un templo más, de los muchos que se erigían en la Tierra Negra, solo que en esta ocasión únicamente tenían cabida la alegría, el *ba* despojado de cualquier corsé que evitara mostrarse como era en realidad, el sediento dispuesto a no saciarse nunca; la pasión sin medida. Ni Hathor lo hubiera dispuesto mejor, y al avanzar hacia la princesa, Nehebkau sintió cómo su *ka* salió de estampida para encontrarse con ella, y sus *metus* se colapsaban a merced de emociones incontrolables para las que no encontraba explicación. Solo era preciso dejarse llevar por ellas, dar los pasos adecuados que conducían hasta la mesa de las ofrendas donde solo quedaba inmolarse. El peregrino se convertía así en el único sacrificio posible, y el joven se dirigió hacia el altar en el que Heteferes lo esperaba desafiante, como un coloso dispuesto a gobernar sobre los milenios.

Envuelto en su propia insignificancia, Nehebkau avanzó hacia la dama presto a entregarse en sacrificio, y ella lo observó con satisfacción, pues todo se hallaba dispuesto. En realidad, no hicieron falta las palabras, ni siquiera las invitaciones. Los *kas* los llevaban de la mano por el camino que conducía al escenario que habían dibujado. Este era tan sutil como el suspiro, y a la vez tan poderoso como el trueno, y solo les quedaba dar vida a la obra que Shai deseaba que representaran.

Al sentirla cerca, el joven creyó desfallecer. La piel de la princesa parecía teñida de oro, el color de los dioses, y su rostro surgido del lugar en el que habitaban los padres creadores. Todo era ilusorio y al mismo tiempo tan real que los sentidos eran capaces de escuchar cómo el corazón hablaba por las muñecas, de embriagarse con el perfume de la perfección, de rendirse ante la visión de lo imposible. Heteferes portaba un vestido tan fino como un velo, quizá tejido por las manos del ensueño. Era tan etéreo que las areolas de sus pechos parecían capaces de abrirse paso entre el gramaje, oscuras y tentadoras, dispuestas a aceptar cualquier desafío, al tiempo que realzaban las sinuosas formas de un cuerpo que aguardaba para mostrarse en toda su plenitud, como un felino agazapado antes de iniciar la caza.

De su grácil cuello destacaba un sublime collar de infinitas cuentas, ornado con cornalina, turquesas y lapislázuli, engarzado en oro por las manos de un maestro, mientras de sus orejas colgaban unos pendientes, también del más puro lapislázuli, tallados con la forma de una cabeza hatórica con los que la dama rendía su particular culto a la diosa del amor. En sus brazos lucía sendos brazaletes de fayenza, mientras sus delicados pies se enfundaban en unas primorosas sandalias doradas salpicadas de fina pedrería, tan bellas como todo lo demás. En una de sus manos llevaba su sello, en el que se hallaba grabado su nombre sobre el oro más puro, y su rostro, suavemente maquillado, parecía extraído de los tiempos antiguos, cuando las reinas se hacían enterrar en sus propias pirámides. Todo resultaba perfecto, y cuando Heteferes extendió ambas manos para que su invitado las tomara, este se precipitó al vacío, prisionero de una vorágine ante la que solo le quedaba sucumbir.

Al sellar su pacto con el primer beso, el joven enloqueció por completo. Era una sensación indescriptible en la que el fuego y la dulzura del dátil se unían para crear una ambrosía a la que ya nunca podría renunciar. Percibió cómo el *ba* salía de su cuerpo, cual si en verdad el tebano hubiese alcanzado los Campos del Ialú, el paraíso, y al aspirar la fragancia que despedía aquella diosa su consciencia desapareció para entrar en una nueva realidad que ignoraba pudiese existir. Al punto se encontró atrapado en ella, cubierto de grilletes, encadenado a una nave que le transportaba hacia otra dimensión. Aquel debía de ser el mundo de los dioses, el universo en el que moraban, allá arriba, junto a las estrellas que no conocían el descanso, y él se dejó llevar empujado por una pasión devastadora que amenazaba con reventar sus *metus*. Nehebkau se había convertido en otro hombre; una especie de animal desconocido capaz de rugir con la furia de Sekhmet, de llamar a la tormenta con la iracundia de Set.

Al caer ambos amantes sobre el lecho, la princesa mostró su poder para hacerse cargo del gobierno de aquella nave que los conducía a la locura. Al momento hizo uso de sus habilidades, las que atesoraba después de una vida entregada a la búsqueda del placer. Para ella el amor no tenía secretos, y al acariciar al joven como solo ella sabía este creyó desfallecer. Tocaba donde debía, y al tomar el miembro del tebano lo manoseó con la cadencia justa hasta conducir a su amante al paroxismo; luego, se dispuso a devorarlo.

No existía una palabra mejor para definir lo que ocurrió. Hathor se disponía a ofrecer un gran banquete, y ambos decidieron acudir a él para degustar todo cuanto la diosa les sirviera. Heteferes contemplaba a su presa con un rictus de satisfacción. No se había equivocado. Aquel hombre llevaba en sus *metus* esencia divina, era carne de su carne, justo lo que había deseado durante toda su vida. Era un amante inexperto pero lleno de vigor, capaz de darle el placer que tanto le gustaba. Estaba segura de que su simiente era la que necesitaba, y cuando consideró que era el momento de que la penetrara, notó su miembro duro como el granito con el que se erigían los obeliscos que los grandes faraones habían levantado en los templos. Por un instante pensó en Hatshepsut, y en el hecho de que ella llevara la misma sangre que aquella gran reina que se hizo coronar como un dios desafiando a los poderes de la Tierra Negra. Hatshepsut había levantado más obeliscos que nadie, y la princesa imaginó que, de algún modo, ella se convertía en una especie de reencarnación de la que fuese faraón, para reinar sobre los hombres y hacer que su linaje se perpetuara. Sí, eso era posible, y solo necesitaba traer al mundo a un heredero.

Nehebkau se vio a la deriva en medio de un mar embravecido. Asido a su tabla salvadora, era zarandeado por una tempestad que lo convertía en un ser insignificante. Heteferes lo había conducido hasta las profundidades de un océano desconocido en el que se encontraba a su merced. Era plenamente consciente de ello, pero no le importaba. Aquel descomunal hechizo le había hecho prisionero de una mujer contra la que, sabía, nunca podría luchar. Ella era dueña y señora de cuanto se le antojara, y él la observaba, suplicante, mientras recorría con sus manos cada centímetro de aquel cuerpo desnudo que lo enajenaba. Era un placer sublime, como nunca pensó que existiera, que no deseaba que acabara jamás. Notaba cómo la princesa presionaba su miembro, muy dentro de ella, con la fuerza justa para alargar su agonía.

Era Hathor rediviva, la verdadera diosa del amor, capaz de embrujar a un hombre hasta arrancarle su voluntad. Cuando cabalgaba sobre él, Heteferes lo miraba fijamente, con sus prodigiosos ojos ambarinos, para hacerle saber que su vida le pertenecía si ese era su deseo, que él era una gacela a merced de una leona, y que haría con el joven lo que le pluguiera. A veces la escuchaba gemir, desesperada, como las ánimas que, aseguraban, moraban en el Amenti, para terminar por derramarse, una y otra vez, como si se tratara de una fuente inagotable. Sin embargo, él continuaba aferrado a su madero entre el oleaje, con un vigor sorprendente que llenaba de satisfacción a la princesa. Mas el joven no debía caer en el engaño, pues todo se encontraba en manos de la diosa, y cuando esta vio llegado el momento hizo que aquel mar tempestuoso terminara por engullir al náufrago sin que este pudiera evitarlo. Heteferes notó entonces que su amante se arqueaba para emitir un gemido como el de la fiera herida, y sentir al momento que su simiente la inundaba por completo hasta desbordarse. Por un instante Nehebkau quedó suspendido por unos hilos invisibles en tanto se derramaba de manera incontenible, para luego caer sobre el lecho, exhausto, acaparando todo el aire que podía, con sus manos todavía aferradas a aquel cuerpo que lo enloquecía.

—Ahora me perteneces —le susurró ella en tanto lo miraba de forma extraña.

Nehebkau sintió un escalofrío, pero fue incapaz de despegar los labios. Se hallaba a merced de la voluntad de una diosa, y no había nada que pudiera hacer por evitarlo.

—Me servirás como corresponde —le advirtió ella—, pero te abstendrás de buscarme. Acudirás a mí cuando así yo lo determine. Ahora debes marcharte. Dentro de poco el dios te reclamará.

Aquella noche Nehebkau pasó la vigilia entre extraños presentimientos. Heteferes acudía a él a cada momento, como si en realidad se hallara en la misma estancia en la que dormía el faraón. La imaginaba desnuda, arrebatadora, demandándole sus atenciones, requiriéndole para que volviera a tomarla una y otra vez, hasta que Hathor se sintiera satisfecha de la ofrenda. Así debía de ser, o al menos eso era lo que pensaba el tebano, quien, de manera inesperada, había accedido a un mundo hasta entonces oculto. Todo era confuso en su corazón, pues este no se sentía henchido por los sentimientos amorosos que ya experimentara una vez. Ahora sus emociones resultaban diferentes, aunque no por ello menos intensas. Su amor por Neferu se le presentaba envuelto en una irrealidad difícil de definir. Era como si todo hubiese ocurrido en otra vida, en un tiempo pasado del que apenas tuviera conciencia, quizá porque ya apenas quedaba nada del joven *semedet* que fuese acogido en el Lugar de la Verdad.

Su encuentro con la princesa había despertado en él instintos desconocidos, y la impresión de no saber quién era en realidad. De algún modo la diosa lo había esclavizado y, mientras escuchaba la respiración acompasada de Tutankhamón, intuía que su vida ya no le pertenecía por completo, que haría cualquier cosa por volver a sentirse dentro de la princesa, por sus caricias, por sus besos, por satisfacer sus deseos. El amor no tenía cabida en aquel escenario. Mas poco importaba. Él solo quería volver a viajar hacia las estrellas circumpolares de la mano de Heteferes, y no regresar jamás.

21

La dama penetró en el templo con paso de penitente y corazón de devoto, dispuesta a postrarse ante el señor de Menfis. Ptah la aguardaba en lo más profundo de su santuario, aunque ella no pudiera acceder a su sanctasanctórum, reservado solo a sus sacerdotes y al faraón. Debería orar en una de las capillas que flanqueaban la sala hipóstila del recinto sagrado, lo cual ya era de por sí un privilegio, pues el pueblo debía contentarse con hacer sus plegarias a las orejas que el dios tenía esculpidas en el muro exterior del templo. Mas para Heteferes tal exención era más que suficiente. En la penumbra de aquella pequeña sala era capaz de captar la presencia del dios de los artesanos, e incluso escuchar su voz si este accedía a hablarle. El incienso impregnado en mirra desprendía ligeras volutas de humo en los pebeteros, y la princesa tuvo la certeza de que en aquel pequeño habitáculo moraba la santidad, la esencia de una divinidad antiquísima que, no en vano, era considerada demiurgo.

La princesa se dirigió a él con recogimiento para clavar su mirada en la imagen que señoreaba en la estancia, en el cetro que portaba entre sus manos, símbolo de fecundidad. Ptah era sinónimo de espiritualidad, ya que creaba por medio del pensamiento y también por el verbo. El entendimiento y la palabra eran todo cuanto necesitaba, y Heteferes elevó a él sus preces para que le bendijera con la germinación de su vientre. Debía insuflar en este el hálito de una nueva vida, pues la dama ansiaba ofrecerle un vástago que devolviera un día la luz que Kemet había perdido hacía demasiado tiempo. Estaba convencida de que el dios entendería sus razones, que la escucharía con el conocimiento que solo él era capaz de poseer, que vislumbraría el alcance de cuanto la dama quería pedirle. Era un pacto en toda regla con el que se comprometía a elevar a la divinidad a la cúspide del panteón egipcio, donde esta y su clero se merecían; junto a su padre Amón, para que ambos señorearan sobre la tierra de Egipto. Solo él podría dar luz a sus deseos, y así se lo hizo saber en aquella hora. Conocedora de que se hallaba en sus días fértiles, era el momento de hacer realidad los sueños que siempre la habían acompañado. En la intimidad de la capilla invocó a Ptah con toda la fuerza de su fe, mientras aspiraba su misterioso perfume para que el dios se hiciese presente en cada uno de sus *metus*.

Aquella misma tarde requirió de nuevo la presencia de Nehebkau. Este accedió a la cita empujado por un ansia que amenazaba con entregarle a la concupiscencia, a convertirle en acólito de un reino tenebroso del que le resultaría difícil escapar. El joven se hallaba insuflado de optimismo, ebrio de emociones que le hacían sentirse poderoso, como si se tratara de un guerrero invencible. Para la ocasión se atildó con esmero, pues deseaba presentarse ante su diosa como el príncipe que a ella le gustaría que fuese. Por este motivo decidió hacer uso de la única joya que poseía, su más preciado bien, digno sin duda del señor de las Dos Tierras. De este modo adornó su brazo con el brazalete, pues ¿qué momento mejor que aquel para lucirlo? Era espléndido, sin duda, y al observar cómo la luz de la tarde arrancaba de él brillantes destellos, se sintió orgulloso de ser dueño de un tesoro que, para él, no tenía parangón.

Heteferes volvió a conducirle al paraíso, a devorarlo con mayor avidez si cabe, a hacerle cómplice de un desenfreno al que ambos se entregaron para terminar exhaustos sobre aquel lecho convertido en altar de ofrendas a la lujuria. Al llegar a la cúspide del placer, la princesa se aferró a los glúteos de su amante con una fuerza sorprendente, hasta que notó cómo de nuevo inundaba su vientre con su simiente. Entonces tuvo una premonición, y una sonrisa de satisfacción recorrió su rostro, pues estaba segura de que Ptah había escuchado sus ruegos. Por fin la vida germinaría en su interior.

Sin embargo, había otro motivo por el que se había sentido excitada, aunque se encargara de disimularlo. Este no era otro que el brazalete que aquella tarde llevaba el tebano. Era espléndido, magnífico, una obra de arte en la que reparó al instante y que a ella le parecía digna de un príncipe. Saltaba a la vista que era muy antiguo y valioso, y no pudo por menos que interesarse por él.

—Es un recuerdo de mi madre —fue la lacónica respuesta que recibió de Nehebkau.

Al punto la dama hizo sus cábalas, ya que resultaba imposible que una alhaja como aquella pudiese haber pertenecido a la familia de un pobre pescador. El misterio cobraba una mayor fuerza alrededor del joven y, no obstante, arrojaba luz al corazón de la princesa. Fue como un destello, pero sin saber por qué tuvo la certeza de que en él se encontraba la clave que explicaría cómo Nehebkau podía haber llegado a convertirse en «amigo del rey». Su parecido con Shepseskaf no era casual, ni tampoco su protección. Poco se había equivocado en sus sospechas, y tampoco en elegir al joven para que la preñara.

Cuando el tebano abandonó sus aposentos, Heteferes rio con ganas durante un buen rato, alabándose a sí misma por su perspicacia, por su intuición de diosa. Era más lista que los demás, y brindó por ello hasta altas horas de la noche con vino de las islas del Egeo, su preferido, en tanto disfrutaba de la compañía de Sitiah, su esclava favorita, con quien le gustaba entregarse a juegos que jamás podría compartir con ningún hombre. Había logrado sobrevivir imponiendo su voluntad a una sociedad dominada por estos, y en el futuro lo continuaría haciendo, aunque por un medio diferente.

La noche siguiente la pasó en brazos de Shepseskaf. Era el único hombre capaz de rendirla, aunque ella supiese que, por algún oscuro motivo, él no había sido capaz de engendrar hijos desde que enviudara. El príncipe había tenido infinidad de amantes, mas no había dejado su simiente en ninguna de ellas.

La princesa misma era una buena prueba de esto, pues hacía ya muchos años que ambos tenían relaciones amorosas. Pero ahora, el escenario cambiaba por completo. El príncipe y Nehebkau poseían el mismo linaje, y ella sacaría partido a esta circunstancia para, de uno u otro modo, amarrarlos a su conveniencia. Jamás hablaría al uno acerca del otro, pues solo entre las sombras es posible la maquinación, y Heteferes se cuidaría de guardarse bien en ellas.

Nehebkau volvió a visitar a la dama una vez más antes de que esta dejara de interesarse por él. Al principio el joven no le dio importancia, aunque pasados unos días se vio envuelto en la desesperación. ¿Cómo era posible aquel súbito distanciamiento? ¿Acaso había ofendido a su diosa de algún modo? No lo comprendía, y sin poder remediarlo se sintió reconcomido por un deseo insatisfecho que le laceraba las entrañas. Llevado por la impaciencia envió a Miu a los aposentos de la princesa para saber qué era lo que ocurría, y este regresó para comunicarle que la dama se sentía indispuesta y los *sunus* le habían aconsejado que descansara durante un buen tiempo.

—Pero... ¿Cuál es el mal que le aqueja? ¿Qué enfermedad ha enviado Sekhmet contra ella? —quiso saber el tebano con la angustia reflejada en el rostro.

Miu hizo un gesto ambiguo a la vez que se rascaba la cabeza. Él había continuado espiando a la señora y sabía que Shepseskaf la había seguido visitando durante el tiempo que su señor había disfrutado de los favores de la dama. Así era la vida, y durante unos momentos pareció reflexionar antes de dirigirse a su amo como creía que era más oportuno.

—Esta noche —señaló—, antes de que el dios duerma, me acompañarás, mi señor, pues quiero que veas cuál es el mal que aqueja a Heteferes.

Nehebkau nunca olvidaría el momento en el que vio a Shepseskaf entrar en las estancias de la princesa, ni la impresión que le causó conocer lo que escondían aquellas visitas. Al parecer, el príncipe y su prima eran amantes desde antes de que él cayera por primera vez víctima de los encantos de la señora, y a esto se reducía la indisposición de la diosa. La pasión que esta le había demostrado no era sino la manifestación de una naturaleza abierta a todo aquel por quien se sintiese atraída. Sin embargo, el hecho de que fuese Shepseskaf el protagonista de aquel episodio cayó sobre el ánimo del joven como una losa del más duro granito. ¿Qué tipo de burla era aquella? ¿En qué suerte de engaños había participado?

Aquella noche la vigilia se convirtió en una tortura para su alma. Su corazón se hizo mil conjeturas, y para cada una de ellas el tebano encontró una respuesta.

—Así son las cosas de la vida, gran Nehebkau; los caminos que la surcan se hallan sembrados de engaños y vilezas. No te atormentes por haberlos descubierto —le había dicho Miu al abandonar aquel lugar.

El truhan tenía mucha razón en lo que decía, y él mismo se había encargado de dejar su propio sello en el Lugar de la Verdad, para escarnio propio y de Neferu, de cuyo amor se había aprovechado. Llegó al convencimiento de que Hathor se había encargado de que fuese pagado de la misma forma, y también que Shepseskaf no dejaba de ser una víctima dentro de lo que él consideraba un fraude colosal. Sin duda todo lo veía sobredimensionado, aunque se preguntó hasta qué punto Heteferes pudo haber albergado algún tipo de sentimiento hacia él. Lo peor de aquella experiencia era que seguía deseando a la princesa, incluso con más avidez que al principio, y cuando cerraba los ojos era capaz de verla ante él, desnuda, voluptuosa, invitándole a que la tomara una y otra vez, como acostumbraba, hasta la extenuación. Tuvo la certeza de que el amor le estaba prohibido, que su *ka* jamás podría encontrar refugio en el corazón de una mujer, que de una u otra forma su senda serpenteaba bajo la sombra del sufrimiento, como si se tratara de una maldición.

22

Su relación con Shepseskaf continuó como de costumbre, entre el afecto y la indiferencia, algo habitual en el comportamiento del príncipe para con quienes le rodeaban. El tebano no tuvo dudas de que aquel desconocía sus encuentros amorosos con Heteferes; que era un invitado más a la obra que, como aseguraba Miu, se representaba a diario en cualquier lugar de la Tierra Negra. Al parecer, en ella participaban todos, y cada uno cumplía con su papel como correspondía.

Así pasaron los meses, durante los cuales los lazos que mantenía el joven con el faraón se estrecharon de tal modo que en verdad parecían hermanos. Ambos pasaban la mayor parte del tiempo juntos, galopando en sus carros por las proximidades de Gizah, en partidas de caza en las que Tut demostraba la gran habilidad que había adquirido como auriga, así como su precisión en el tiro con arco. Esta era su arma favorita, y a diario era alabado por su pericia, ya que al rey le gustaba conducir su biga mientras lanzaba flechas contra sus presas. Una mañana abatió un avestruz, y se sintió tan eufórico que hizo un aparte con su gran amigo para adelantarle una noticia que aún nadie sabía.

—Los dioses no me pueden ser más favorables. Fíjate, Nehebkau, a pesar de mis dolencias he sido capaz de cazar un avestruz sin descender de mi carro. Montu guía mi brazo como haría con cualquier poderoso guerrero, para dar fe de mi fuerza.

—En mi opinión, los arqueros nubios no dispararían mejor —dijo el tebano, que reconocía la maestría que el dios demostraba a diario en el manejo de aquella arma.

—De ellos aprendí, pero a ti te puedo confiar que es el Atón quien me ilumina para aclarar mi vista.

Nehebkau asintió, mientras sonreía, ya que sabía que el rey se cuidaba de exteriorizar su devoción por el Atón, de quien continuaba siendo devoto. Muchas noches había escuchado cómo el soberano le elevaba sus plegarias, y a él le parecía bien, dado su poco apego por los dioses.

—Aún en los tiempos que corren, el Atón siempre velará por mí —continuó el faraón—, y también por mi casa. Él ha decidido bendecirla con la vida que solo poseen sus rayos. Mi esposa, Ankhesenamón, está embarazada.

Nehebkau hizo un gesto de sorpresa, pero al momento regaló a su real amigo la mejor de sus sonrisas.

—Sin duda que el Atón os ha bendecido —exclamó el tebano, exultante—. ¡Cuánta alegría! Por fin tendrás un heredero. No se me ocurre una felicidad mayor.

—Prométeme que guardarás el secreto, pues eres el primero en saberlo. Ni Ay conoce la buena nueva.

—Mis labios quedarán sellados como las tumbas de la Plaza de la Eternidad[53] —le aseguró Nehebkau.

—La luz regresará a mi palacio y desde este iluminará toda la Tierra Negra. Los ambiciosos se postrarán, cegados por el Atón, y mi estirpe gobernará Kemet durante millones de años —sentenció Tut con orgullo.

—Vida, salud y prosperidad sean dadas al señor de las Dos Tierras y a su progenie.

Tutankhamón miró al tebano con afecto, y acto seguido dirigió la vista hacia las grandes pirámides que se alzaban en la lejanía. Estas representaban el verdadero poder en Egipto, el que habían ostentado los dioses que las construyeron. Ese había sido el objetivo que sus ancestros se habían marcado desde el día en que Tutmosis IV, siendo todavía un príncipe, se quedara dormido a la sombra de la Esfinge; volver a ser lo que una vez fueron. Un heredero haría posible continuar en pos de la consecución de aquel sueño, al tiempo que libraría a Egipto de las sombras que lo aprisionaban. El rey se había hecho hombre, y ahora veía con claridad cuál era el camino que debía elegir. A pesar de sus incapacidades físicas, Tut sabía la política que tenía que seguir, y el coraje que necesitaría para llevarla a cabo. Era plenamente consciente de su posición en la corte, y de las poderosas fuerzas que orbitaban alrededor de su persona. No era más que un títere a merced de quienes gobernaban en la sombra. Pero no importaba, pues pronto conocerían cuál sería el lugar que debían ocupar en el futuro. Un hijo era cuanto necesitaba para poner la primera piedra del templo que deseaba construir. En él tendría cabida toda la Tierra Negra, sus dioses y tradiciones, sus ejércitos y sus gentes, para vivir en armonía, tal y como habían prescrito los padres creadores en el principio de los tiempos. Sus fronteras volverían a ensancharse hasta los confines de Retenu y la quinta catarata, para mayor gloria de Egipto. Así era el país sobre el que deseaba gobernar, el que quería dejar a sus herederos, y para ello aprendería de los consejos de Ay y de la astucia de Horemheb, a quienes mantendría a su lado hasta que no los necesitara.

Tut entrecerró los ojos, al tiempo que aspiraba con fruición el aire que le rodeaba. El desierto tenía sus propios olores, que también formaban parte del Valle, y al faraón le gustaba sentirlos correr por sus *metus*, pues una parte de Set, el dios de *deshert*, la Tierra Roja, estaba en ellos, con toda la fuerza que atesoraba el señor del caos.

Al salir de su ensoñación, el faraón miró a su amigo para dedicarle una sonrisa. Lo amaba verdaderamente y sabía que este jamás lo traicionaría. A no mucho tardar los acontecimientos se precipitarían y el dios deseaba confiarle una misión de la mayor importancia.

23

Aquella mañana el dios escuchaba con atención cuanto Horemheb tuviera que decirle. La pequeña estancia en la que se producía la audiencia se encontraba sutilmente perfumada por el incienso de pistacho, al que Tutankhamón no parecía dispuesto a renunciar, casi con seguridad debido a que le traía recuerdos de su infancia en Akhetatón, donde era ampliamente utilizado. La sala regalaba un delicioso frescor a los presentes, pues los altos y estrechos ventanales dejaban entrar al alabado «aliento de Amón», el viento del norte, nombre con el que los egipcios se referían a este. Junto al rey y su preceptor se hallaban dos de sus generales, además de Shepseskaf y Nehebkau, quienes escuchaban con atención al *mer mes*, generalísimo de los ejércitos del norte.

—Por fin, mi señor, ha estallado la rebelión que esperábamos desde hacía tiempo. En el este de Mittani ha habido enfrentamientos contra sus conquistadores hititas, y la guerra es inevitable. El reino de Asiria apoya las revueltas, como preveíamos que iba a suceder.

—Asiria es un gran aliado, ¿verdad? —quiso saber Tut, para imaginar el poderío que aquel Estado comenzaba a fraguar.

—Buscan un espacio vital —intervino Shepseskaf, que escuchaba con atención la conversación.

—Así es —continuó Horemheb—. Algo que resulta muy conveniente para nuestros intereses. Su alianza con los mittanios obligará al rey hitita a enviar sus tropas a aquella región para combatirlos. Suppiluliuma iniciará una guerra de desgaste que nos será muy provechosa para recuperar nuestras posesiones en el territorio de Amki.

—Nuestros embajadores han cerrado acuerdos muy provechosos con Asiria —intervino el faraón, quien de un tiempo a esta parte se hallaba al tanto de lo que ocurría en aquella zona tan sensible para los intereses egipcios.

—Se sienten fuertes, mi señor —aclaró Shepseskaf—, y el cerrar acuerdos con ellos permitirá respirar a Kemet.

—Yo no lo hubiese dicho mejor, príncipe —señaló Horemheb—. Estamos exhaustos, y es el momento de que intentemos acaparar un poco de aire.

—La Casa de la Correspondencia ha hecho un buen trabajo. Tutu, nuestro viejo embajador, ha enseñado bien a sus sucesores el arte de la diplomacia —apuntó el rey.

Hubo murmullos de elogio a las palabras del faraón antes de que Horemheb continuara.

—Es el momento de tomar la ciudad de Kadesh. Esta plaza es la llave que da acceso a Retenu.

—El general tiene razón —dijo Shepseskaf—. Es una buena ocasión para recuperar esa ciudad.

—¿Cómo se hallan nuestras arcas? —quiso saber Tut en tanto parecía reflexionar.

Todos se miraron sorprendidos con la pregunta, pues esta denotaba el buen juicio que poseía el rey, a quien apenas habían tenido en consideración hasta ese momento.

—Me temo que exhaustas, mi señor —puntualizó el generalísimo—. Pero el coste que pueda tener la campaña no debe inquietaros. Todo Retenu sabrá que volvemos dispuestos a reconquistar lo que nos pertenece. Los estados vasallos que todavía nos son fieles se sentirán aliviados y las revueltas cesarán. Además, Suppiluliuma tendrá que preocuparse de atender a dos frentes, lo que debilitará sus fuerzas. El precio no debe importarnos.

—Tienes razón —manifestó el dios, que poco a poco había sentido cómo la sangre se agolpaba en sus *metus*, y el ardor guerrero inflamaba su corazón—. Deberás ocuparte de los preparativos, buen Horemheb.

—Será como el Horus reencarnado desea. Hoy mismo enviaré al superintendente del Tesoro a cobrar cuantos impuestos sean posibles, incluido todo el grano. Aunque necesitaríamos más para mantener una guerra prolongada, esto bastará para la campaña que llevaremos a cabo. El gran Nebkheprura, vida, salud y prosperidad le sean dadas, nos guiará a la batalla.

Los allí presentes hicieron un gesto de sorpresa, pero al punto el faraón se levantó de su sillón dorado como empujado por mil resortes, sin temer ya a su cojera, que día a día iba en aumento.

—¿Iré al frente de mis ejércitos? —preguntó, entusiasmado.

—De dos divisiones. Tú las mandarás sobre tu carro divino, gran rey —precisó Horemheb, que sabía mejor que nadie cómo conseguir el favor de su majestad.

—¡Dos divisiones! —exclamó Tut, eufórico—. Al fin haré saber al «vil asiático» cuál es el poder de mi brazo. Pisotearé a esa chusma y la encadenaré a mi biga, para entrar triunfante en Menfis. Entonces mi tatarabuelo se sentirá orgulloso de mí. Desde las estrellas que no conocen el descanso sonreirá, por fin, al ver que su pueblo vuelve a atemorizar a la tierra de Canaán. Puede que me decida a colgar a sus reyes de la proa de mi nave para recorrer el Nilo hasta Tebas, y dejarlos en los muelles de Karnak. Eso agradará a mi padre Amón.

—Sin duda se sentirá satisfecho por ello. Si se lo pides él guiará tu brazo, como hizo con Amenhotep II, el último rey que sentó la mano sobre esa chusma. Todavía recuerdan su nombre, y amenazan con él a los niños si se portan mal —apuntó Horemheb.

Hubo risas y comentarios jocosos, ya que Amenhotep II había sembrado el terror cuando guerreó en Retenu, y su crueldad se había convertido en proverbial.

—Ja, ja —rio Tutankhamón, enardecido, a la vez que se palmeaba los muslos—. Partiremos hacia la gloria, y todos vosotros me acompañaréis.

Así fue como se desarrolló aquella reunión, y acto seguido el monstruo de la guerra afiló sus garras para volver a despertar de su letargo. El viejo Penbuy, escriba real y superintendente del Tesoro de Tutankhamón durante los últimos años, había sido sustituido por Maya, hombre capaz y muy próximo a Horemheb, quien se encargó de cobrar los impuestos necesarios para poder emprender la campaña con la que tanto soñaban.

Nehebkau asistiría a todos los preparativos sin salir de su perplejidad, pues nunca había podido imaginar que un pobre pescador llegara a acompañar a la guerra al señor de las Dos Tierras. Se figuró la cara que hubiese puesto Akha de haber sido testigo de aquellos hechos, aunque de seguro hubiera terminado por encogerse de hombros y regresar a su barca, para perder su cansada mirada por los bosques de papiro que crecían a orillas del río; absorto en un mundo que no compartía con nadie.

Una tarde Ay hizo llamar al tebano a su presencia. Lo aguardaba sentado en una silla de tijera de ébano con incrustaciones de marfil, con expresión ausente, como si no se hallara allí, carente de toda vida. Sin embargo, al aproximarse el joven, el Divino Padre parpadeó y acto seguido dirigió una mirada inquisidora a su invitado, dispuesto a leerle el alma si tenía oportunidad.

—Te felicito por el título que ostentas —dijo Ay con gravedad—. El dios, vida, salud y prosperidad le sean dadas, te hizo un inmenso regalo al nombrarte su amigo. Seguro que conoces el alcance de su significado, y también el de mi posición. Es por eso que deseo conversar contigo, Nehebkau.

—El Divino Padre siempre podrá contar conmigo, si con ello ayudo al gran Nebkheprura, vida, salud y prosperidad le sean dadas —repitió el joven, pues conocía lo estricto que era Ay con la etiqueta real. Este permaneció unos segundos en silencio antes de continuar.

—Estoy preocupado, como espero que lo estés tú también, ante las noticias que han llegado a mis oídos. Me refiero al encuentro que tuvo lugar hace pocos días con algunos generales, en los que se trataron asuntos de la mayor importancia para el país y la corona; encuentro al que, si no me equivoco, tú asististe.

—El dios me permitió acompañarle, tal y como tú ya sabes, Divino Padre —apuntó el joven, lacónico, pues desconocía cuál era el propósito de aquella cita.

—Por este motivo te encuentras ante mí. No me sorprende el hecho de que Egipto pueda ir a la guerra, pero sí el que el faraón vaya al frente de sus ejércitos. Lo primero me parece inoportuno y descabellado, y lo segundo, una locura. Supongo que estarás de acuerdo conmigo.

—Poco entiendo yo de guerras, Divino Padre, pues bien sabes que soy un simple pescador. El dios me reclamó para que cuidara de él y a ello dedico mi vida. Le sirvo en todo aquello que me demande.

Ay asintió, pues esperaba aquella respuesta.

—Precisamente por ello eres consciente de la gravedad del asunto. Tú mejor que nadie conoces los males que aquejan al faraón, y el peligro que correría si marchara a la cabeza de sus tropas a la batalla. En su actual estado sería difícil que sobreviviera a cualquier ataque enemigo.

—El Horus reencarnado posee el corazón de un león, y arde en deseos de demostrarlo a su pueblo, como corresponde a un gran faraón. Poco puedo yo decidir en tales asuntos, Divino Padre, aunque no dudes que siempre lo protegeré.

—¿Es cierto que fue Horemheb quien hizo esa proposición? —se interesó Ay.

—Así es, mi señor —contestó Nehebkau, al momento, ya que sabía que Ay terminaría por enterarse de aquella circunstancia.

Este soltó un exabrupto, aunque enseguida recompuso su actitud habitual con la que se mostraba inescrutable.

—Por ello recibirá el agradecimiento que solo un insensato merece. Es demasiado pronto para ir a la guerra; y menos contra un enemigo como el Hatti. Sé que Maya ha sido enviado a cobrar cuantos impuestos le sea posible a un país que se siente extenuado —se lamentó Ay—. Supongo que la idea también sería de Horemheb.

—El dios nos sorprendió a todos al preguntar por el estado de las arcas —observó el joven—. Ya es un hombre, mi señor, y de un tiempo a esta parte con gran interés por cuanto ocurre en Kemet.

—Un hombre... —musitó Ay, como para sí—. ¿Sabías que pronto tendrá un heredero?

Nehebkau no supo qué decir, y como en tantas ocasiones se encogió de hombros.

—Yo aseguraría que sí, aunque eso ahora no importe —matizó el Divino Padre—. Es obvio que guardabas el secreto, pues si no te habrías alegrado al oírlo de mis labios.

—Fueron los del faraón los que regocijaron mi corazón, Divino Padre. Sus palabras quedan en él selladas para siempre.

—Ya veo. Olvidaba que estuviste a punto de convertirte en un Servidor de la Tumba. Puede que ese fuera el camino que hubieses debido tomar —dijo Ay con tono enigmático.

Nehebkau se sintió incómodo, ya que el preceptor le insinuaba, a la menor ocasión, que conocía todo acerca de su pasado en el Lugar de la Verdad.

—Sin embargo, tu fidelidad al dios me satisface, y también tu silencio. Este es un bien escaso en esta corte. Si lo guardas como debes, Maat te lo reconocerá, y yo también. No se me ocurre mejor recompensa que esa.

Nehebkau hizo un gesto de agradecimiento y el Divino Padre reflexionó sobre los últimos acontecimientos. Le satisfacía la fidelidad del joven tebano hacia el dios, así como el hecho de que pudiera guardar un secreto como el que Tutankhamón le había confiado. Un heredero cambiaba por completo los planes que Ay había concebido durante los últimos años, pues las repercusiones que ello pudiera provocar se le antojaban sombrías. Nadie mejor que él conocía la idiosincrasia del faraón. Lo había visto nacer, educarse entre sus nietas, crecer al amparo de una revolución que iba más allá de la religión. El mismo Divino Padre era un atonista acérrimo, pero su dilatada experiencia le había enseñado a adaptarse a las circunstancias de manera camaleónica, a fingir cuando era preciso, y a observar con vista certera el horizonte, a fin de adelantarse a los acontecimientos y obtener ventaja. Él ya había advertido los cambios que operaban en el faraón, y este particular no dejaba de preocuparle.

Tutankhamón era todavía un niño cuando había sido elevado al trono de Horus; un joven maleable sin duda, que, no obstante, daba muestras de poseer sus propias ideas, algunas imposibles, y otras capaces de devolver a Egipto a la ruina de la que intentaba salir. A Ay el soberano no podía engañarle, e intuía que este era muy capaz de volver a implantar el culto al Atón como primera religión del Estado. En su bisoñez, el rey pensaba que ello era posible, que el dios de Akhenatón podía convivir en la cúspide del panteón egipcio junto a Amón, Ra o Ptah, pero el viejo canciller sabía muy bien que se equivocaba, que ello no era factible, y que si lo hacía Kemet volvería a sumirse en el caos, pues esta vez las fuerzas fácticas combatirían aquel pensamiento y llevarían al país al borde de la guerra civil. Aquella era una encrucijada que debía evitarse a toda costa, y el Divino Padre tendría que sopesar con sumo cuidado cada paso, cada consejo que diera al dios, pues en Egipto todo se hallaba medido.

Su disputa con Horemheb por el control de los resortes del poder era lo natural. A Ay le parecía bien que el general intentase acaparar preponderancia, pues de este modo se mantenía un equilibrio que interesaba al Divino Padre y también a Kemet. Dada la situación de este, era necesario que Tutankhamón se mantuviese en el trono, pues de lo contrario la Tierra Negra se abocaría a un conflicto que no interesaba a nadie. Estaba convencido de que, a pesar de sus diferencias con Horemheb, ambos pensaban de igual forma, aunque los dos estuviesen dispuestos a aprovechar cualquier ocasión que se presentara para hacerse con el poder supremo.

Nehebkau no era más que un simple peón en aquel juego y, no obstante, cualquier movimiento que hiciese podría tener una significancia mayor de lo imaginable. Era mejor conocerlo de antemano y aprovechar la sincera amistad que este sentía por el faraón en beneficio del astuto Ay. Por ese motivo hacía muchos meses que el Divino Padre le vigilaba. Conocía sus aficiones, gustos y agnosticismo, así como sus amoríos. Estaba al corriente de sus encuentros con Heteferes desde el primer momento, aunque se cuidara de enjuiciarlos. Los juicios a menudo enturbiaban la realidad, y la vida había enseñado a Ay lo poco recomendables que podían llegar a ser. Él miraba y veía, y esto era todo cuanto necesitaba.

Conocía de sobra a Heteferes como para saber que cualquier paso que esta diese obedecía a un propósito. Siempre había sido así, desde el momento en el que Akhenatón la había hecho mujer. El dios Neferkheprura había llegado a sentirse muy atraído por la princesa, y esta había alimentado sus propias expectativas. Pero sus intereses se habían topado con la formidable figura de Nefertiti; un animal político de primera magnitud, de quien Ay siempre se sentiría orgulloso, pues no en vano se trataba de su hija. Nadie en Egipto había podido con ella, y con cada una de sus acciones había llegado a doblegar cualquier poder que osara oponérsele. Convertirse en faraón, como ella hizo, solo estaba al alcance de los elegidos, y Heteferes había tenido que conformarse con calentar el lecho de Shepseskaf, un personaje anacrónico que vivía fuera de su tiempo, a quien el Divino Padre despreciaba como a una reliquia del pasado que no tenía lugar en el Egipto que quería construir. El príncipe se consumiría en su propia insignificancia, y también Heteferes, a quien consideraba capaz de todo por predominar sobre los demás. Los sueños que esta albergara no eran más que humo, y como el humo se disiparían, llevándosela consigo para siempre, pues de la princesa no quedaría recuerdo alguno.

Al despedirse del joven encantador de serpientes, Ay pensó en la conversación que habían mantenido. Pronto habría un heredero, y también una guerra en la que intervendrían dos divisiones. Calibró cuáles serían las consecuencias de una campaña como aquella, y al poco se sonrió. Su hijo, Nakhmin, se mantendría en Tebas como general del Alto Egipto, y podría sacar beneficios de ello. Habría que prepararse para lo que tuviera que venir.

24

Heteferes acariciaba el pecho de Shepseskaf con calculado mimo. Con la yema de sus dedos dibujaba imaginarias figuras mientras le musitaba al oído cuánto le quería. Habían estado amándose durante horas, para al fin caer rendidos, cubiertos por el sudor, exultantes por la buena nueva. No cabía la menor duda: Heteferes estaba embarazada, y al escuchar de sus labios la noticia el príncipe notó cómo su corazón se henchía de gozo, y sus *metus* se llenaban de todo lo bueno que un hombre pudiera desear. Se trataba de un acontecimiento imposible, una hazaña, una proeza mayor de la que pudiera conseguir en el campo de batalla. Después de toda una vida en la que había llegado a sentirse maldito, los dioses le habían sonreído para otorgarle un heredero por cuya sangre correría la esencia divina de los señores de la Tierra Negra. Sin poder evitarlo se veía señalado por el destino, como si en verdad Shai hubiese dispuesto para él un escenario en el que todo era posible. Su figura se agrandaba hasta límites insospechados, pues un hijo de Heteferes podría llevar a su linaje a ocupar el trono de Horus. Existían medios para conseguirlo ya que, dadas las circunstancias en las que gobernaba Tutankhamón, la sangre del príncipe representaría el regreso a las más rancias tradiciones, en las que tanto creía, y que no dudaba serían muy bien vistas por los poderosos cleros, con quienes siempre había mantenido las mejores relaciones. Él era el último representante de los faraones guerreros que tanto habían enriquecido a los templos, y si los dioses le favorecían podría ofrecer un Egipto muy diferente al de los descendientes de Akhenatón, «el rey perverso», como le llamaba Horemheb.

—¿Estás segura de que será un varón? —preguntó el príncipe, quien no podía ocultar su excitación.

—Absolutamente, amor mío —dijo ella, satisfecha por el tono de su amante.

—Pero...

La dama puso un dedo sobre los labios de él, mientras sonreía.

—¿Cómo puedes saberlo?

—Mi padre Amón me ha visitado en sueños para darme la noticia.

—¿El Oculto se te ha manifestado?

—Así es. Igual que lo hiciera a la gran Hatshepsut. ¿Ignoras cuál es la sangre que llevamos? La inmortal Ahmes Nefertari está en mis *metus*. Ella fue la que pactó con Amón para que las reinas de su prosapia se convirtieran en Esposa del Dios. ¿Acaso no lo recuerdas?

—Es cierto —aseveró Shepseskaf, pensativo.

—Siempre deseé convertirme en Divina Adoratriz de Amón para, de alguna forma, consagrarme a él. Conoce cuanto hay en mi corazón y ordenará las circunstancias para sernos favorable, amor mío.

—Quizá llegue el día en que puedas ser su esposa divina.

—Solo su falo puede estar entre mis manos, aparte del tuyo, pues ningún hombre se ha acercado a mí más que tú, desde el día en que el dios Neferkheprura me hiciese mujer en Akhetatón.

Shepseskaf se incorporó levemente para mirar a la princesa, y esta le sonrió de nuevo.

—No podría ser penetrada por nadie más, y en mi sueño El Oculto me hizo ver que tomaba tu forma para plantar en mí su simiente.

El príncipe hizo un gesto de incredulidad.

—¿Me estás hablando de la teogamia? —inquirió él en un tono jocoso.

—¡No te burles, Shepseskaf! —exclamó ella con gravedad—. Mi padre Amón posee el poder sobre la tierra. Él estuvo en ti cuando eyaculaste en mi interior, pues de este modo bendecirá a nuestro vástago. Un hijo que será divino y reconocerá toda la Tierra Negra. Karnak le abrirá un día sus puertas para coronarle. El Oculto me lo adelantó. Será un varón tan poderoso como tú.

Al escuchar aquellas palabras el príncipe se sintió enardecido, pues las creía ciertas.

—El dios pronto tendrá un heredero —le confió a la princesa, pensativo.

—La semilla de Tutankhamón no perdurará —vaticinó Heteferes—. Está maldita. Su linaje morirá con él; muy pronto.

Shepseskaf volvió a inclinarse sobre ella, impresionado por aquellas palabras.

—Sé que amas al faraón —prosiguió la dama—, pero nada puedes hacer por evitar lo que Amón ha escrito. Sus planes nos sobrepasan, y solo nos queda cumplirlos. Con su ayuda, nuestro hijo un día se convertirá en el Horus reencarnado.

—Todo lo tienes dispuesto —señaló él, perplejo.

—Hasta su nombre, pues lo llamaré Amenhotep.

—Amenhotep —balbuceó el príncipe.

—Así es, el nombre que debe llevar el primogénito al trono.

Shepseskaf asintió, admirado por aquella revelación, y satisfecho porque un hijo suyo se llamase así. Luego, tras reflexionar unos instantes, se incorporó de nuevo para observar a la princesa.

—Dentro de poco partiré a la guerra con el dios. Debemos casarnos antes de que emprenda la marcha hacia Retenu —dijo, como si se tratara de una obligación ineludible.

Heteferes clavó sus ojos ambarinos en él un instante, y luego lo acarició con la mirada antes de atraerlo para besarle largamente.

—Eres el único mortal con quien podría desposarme. Siempre estuviste en mi corazón, y ahora ha llegado el momento de que te tome por esposo. Hoy Amón se sentirá satisfecho, amor mío. Juntos cambiaremos la historia de Kemet.

Al día siguiente Shepseskaf se mostró eufórico, como nadie recordaba haberle visto. Hizo público su próximo enlace y la buena nueva a todos aquellos con quienes se encontró, y la noticia corrió por palacio con rapidez inaudita, pues se trataba de un acontecimiento digno de consideración. El dios en persona se apresuró a felicitarle.

—¡Khnum formará dos príncipes en su torno de alfarero! —exclamó Tutankhamón mientras mostraba una sonrisa radiante—. Ambos hemos sido bendecidos al mismo tiempo. Sin duda es una señal de los buenos tiempos que se avecinan.

—Nunca fui tan feliz —reconoció Shepseskaf—. Los dioses me dan un regalo inesperado. El más valioso que pudiera desear: un heredero.

Cuando el anuncio llegó a los oídos de Nehebkau, este se quedó estupefacto, petrificado, como si se hubiese convertido en la estatua de algún templo. No daba crédito, y no por el hecho de que el príncipe esperase descendencia, sino porque él también había visitado a Heteferes durante las fechas en las que podía haberse quedado encinta. De hecho, tanto Shepseskaf como él habían gozado de los favores de la princesa en días alternos, para su sorpresa y abatimiento, por lo que le resultaba inevitable hacerse mil componendas acerca de la paternidad de la futura criatura.

—Es mejor que no caigas en la desesperación, mi señor —trató de consolarle Miu—. Nuestro entendimiento no puede abarcar todo lo que nos envían los dioses. Además, por todos es conocido que la madre siempre sabe de quién es el hijo que lleva en las entrañas. Shepseskaf y Heteferes son primos, y tú no tienes cabida entre ellos.

El tebano permaneció con la mirada perdida, incapaz de articular palabra.

—Tarde o temprano, la vida nos revela cuanto necesitamos saber —matizó Miu, apenado de ver la confusión que embargaba a su señor.

Nehebkau asintió, absorto en sus entelequias, y el truhan

imaginó la desolación en la que caería el joven si sospechara ser hijo de Shepseskaf. Todo parecía ser una broma del destino, y Miu se figuró las carcajadas que debía de soltar Shai, donde fuese que se encontrara.

Para Heteferes, sin embargo, el horizonte no podía ser más luminoso. El cielo se hallaba límpido y Ra se mostraba más vigoroso que nunca, despejando cualquier sombra que pudiese cernirse sobre la princesa. Se encontraba satisfecha del modo en que se habían desarrollado sus planes, orgullosa de sí misma por su agudeza, regocijada por lo sencillo que le había resultado manejar a los dos amantes a su conveniencia; como si se tratara de dos niños. Ahora era dueña de un futuro compartido que administraría con habilidad, y que acabaría por dar forma a sus sueños. Shepseskaf era la piedra fundamental sobre la que edificaría su santuario, y cada día daba las gracias a Thot, el dios de la sabiduría, por haber dado luz a una idea tan brillante en su corazón.

Sobre Nehebkau, la princesa no tenía ningún sentimiento en particular. Estaba segura de que Amón lo había puesto en su camino para cumplir la misión que él había confeccionado. Era un mero instrumento, y como tal había llamado la atención de Heteferes en cuanto percibió la naturaleza de su *ka*. Había sido todo un hallazgo, sin duda, aunque ahora supiese que todo se debía al poder de El Oculto. El joven había cumplido con su cometido a plena satisfacción, pues ella no albergaba la menor duda de que el hijo que llevaba en su vientre era de él. Aquel nacería fuerte, sano y hermoso, igual que lo era su padre, con su porte aristocrático, el mismo que poseía Shepseskaf, quien en realidad sería su abuelo.

La princesa debía darse prisa en celebrar los esponsales, ya que muy pronto el dios partiría al frente de sus ejércitos, y Shepseskaf iría junto a él. Para cuando esto ocurriera ya se habrían convertido en marido y mujer, y su futuro le pertenecería.

Mas en esto último se equivocaba. Al enterarse de la noticia, Ay había hecho sus consideraciones para extraer las consecuencias que se podrían derivar de aquel asunto sin dificultad. Su astucia no tenía parangón, y mientras saboreaba un vino de los oasis, trazó las líneas maestras sobre lo que habría que hacer llegado el momento. En Egipto todo podía cambiar con un simple soplo de aire.

25

Hacía ya seis años que Asiria y el reino de Mittani habían forjado una alianza con la que se oponían al poder de los hititas. Estos, que habían formado un ejército formidable, extendían su influencia por todo Retenu, aprovechando los más de cincuenta años que Egipto llevaba sin intervenir militarmente en Siria. Kemet había perdido una buena parte de sus posesiones, al tiempo que los antiguos príncipes vasallos habían decidido dejar de confiar en el faraón. Las revueltas habían sido algo frecuentes, y muchos señores de la guerra se habían adherido al Hatti ante su creciente influencia en la región. Solo Mittani y Asiria se mantenían dispuestos a desafiar a los hititas; un hecho que Egipto no podía desaprovechar.

Su entrada en escena, no por menos esperada, significó toda una sorpresa para los reyezuelos de Canaán. Sobre todo, porque al frente de las tropas egipcias iba el faraón; un joven con grandes limitaciones físicas cuya insignificancia política era bien conocida en la región. Era un rey títere de naturaleza endeble, de quien el Hatti se mofó en cuanto conoció la noticia de que se había internado en Retenu al mando de dos divisiones.

Para demostrar su poder, Suppiluliuma envió a dos de sus generales: Lupakki y Tarhunta Zalma, para recibir a las tropas de la Tierra Negra como se merecían. Se trataba de un ejército bien organizado y armado, al que resultaría difícil vencer. Horemheb era muy consciente de ello, y decidió que no interesaba en absoluto a sus huestes enfrentarse en un combate abierto contra semejante enemigo. Por ello la campaña se limitó a hacer notar su presencia, y a emprender cualquier escaramuza en la que pudiesen vencer, así como en la toma de algunas ciudades.

Tutankhamón se encontraba insuflado por un ardor patriótico difícil de imaginar. De forma sorprendente su figura se agrandaba con el paso de las semanas ante sus tropas, pues estas no dejaban de reconocer la voluntad de hierro que mostraba su soberano para sobreponerse a sus incapacidades. En más de una ocasión fue necesaria la intervención de sus generales para evitar que el dios se lanzara al galope sobre su carro de electro contra el enemigo, mientras Horemheb calibraba el peligro que le acechaba. Este era un magnífico estratega, y supo situar al faraón en el lugar menos comprometido para que, no obstante, pudiese arrojar sus flechas contra el adversario y arengar a sus hombres. Para Horemheb, aquella campaña representaba una oportunidad única a la hora de despejar el mapa que él mismo se había encargado de dibujar. Allí podía comprobar el verdadero estado en el que se hallaba el dios, así como el ascendiente que tenía sobre sus hombres. Pronto constató que estos le seguirían hasta las mismas puertas del Amenti, si era preciso, algo que le llenó de satisfacción. En Retenu podían quedar resueltas muchas de sus dudas, y una de estas era Shepseskaf.

Por todos era sabido la gran amistad que unía a ambos, unos lazos forjados durante los años que pasaron en la ciudad del Horizonte de Atón. Los dos eran buenos egipcios, furibundos seguidores de las viejas tradiciones, pero, no obstante, los últimos acontecimientos ocurridos en Menfis antes de su partida hacia Siria habían llevado al astuto general a reflexionar con cuidado acerca de todo ello.

La vida de Tutankhamón pendía de un hilo cada vez que este galopaba sobre su carro. Estaba convencido de que una caída del rey podría llevarle a la «otra orilla» sin ninguna dificultad, algo que, por el momento, no interesaba a Horemheb en absoluto. Sin pretenderlo, Shepseskaf se había convertido en un posible problema si ocurría una desgracia, pues un hijo suyo podría complicar todavía más un escenario que no estaba claro para nadie. Él conocía muy bien cuál era la influencia de los cleros, y lo dados que eran estos a desarrollar políticas afines a sus intereses. Con ellos nunca se estaba seguro del todo, y pese a la vieja amistad que el general mantenía con el príncipe, se convenció de que este también albergaba sus propios planes.

Los esponsales de Shepseskaf habían sido magníficos, propios del rey que, Horemheb sabía, el príncipe llevaba en su corazón. Este nunca se había preocupado de ocultarlo, y ahora que Heteferes se había unido a él de forma oficial, dichas ilusiones tomaban un sesgo distinto. De la princesa poco podía decir que no se supiese ya. Había nacido un siglo tarde, y sus sueños de otro tiempo no tenían lugar en el Kemet actual. Sin embargo, era ambiciosa, obstinada y de naturaleza maquiavélica; y más ahora que se hallaba junto a Shepseskaf. Muchas noches, tras departir con su amigo y el dios, Horemheb pensaba en todo ello, al tiempo que daba forma a sus planes con la paciencia de un cocodrilo.

Shepseskaf, por su parte, se había convertido en otro hombre. Por primera vez sentía sobre sus hombros el peso de las responsabilidades. Era un sentimiento desconocido que, no obstante, había estado buscando durante toda su vida. Ahora se había presentado de improviso, de forma inesperada, para hacer prisionero a un corazón que siempre había corrido salvaje, en permanente estampida. Cuanto le rodeaba era motivo de reconsideración, algo que afectaba también a Nehebkau. Las tormentosas emociones que el príncipe experimentaba hacia la figura del tebano se habían convertido en aguas mansas. Incluso su sufrimiento se había diluido, ya que la figura del joven pescador había pasado a un segundo plano, como si se tratase de un simple recuerdo de un pasado del que se había liberado tras casarse con Heteferes. Esta siempre había despertado su pasión, aunque nunca la amara, y, sin embargo, la princesa había terminado por convertirse en el referente que daba sentido a su existencia.

Nitocris no lo visitaría más en la noche, envuelta en la pesadilla, para fustigar su conciencia, y con su desaparición también se marcharía Nehebkau, por quien creía haber hecho más que suficiente. ¿Acaso no lo había sacado del río? ¿No le había liberado de su mísera condena para convertirle en «amigo del rey»? Había hecho por el bastardo mucho más de lo que la mayoría hacía por sus vástagos, y ello le animaba a sentirse en paz consigo mismo. Durante muchos *hentis* se había creído maldito, y ahora los dioses habían decidido levantarle su castigo para colmarle de felicidad.

Nehebkau sacó sus propias conclusiones. Conforme avanzaba la campaña pudo comprobar cómo el príncipe se distanciaba de él de forma paulatina. Por un tiempo se sintió desolado, abrumado por cuestiones a las que no podía dar contestación; abatido al saberse utilizado por un alma perversa. Este era el adjetivo con el que calificaba a la princesa, ante la que se veía como un ser insignificante. Así se debía de haber sentido Neferu —pensaba a menudo—, y la vida se había limitado a recordárselo.

Pasaba la mayor parte del tiempo junto al faraón. Los dos combatían su soledad al abrir sus corazones, como si fuesen hermanos. Muchas tardes jugaban al *senet*, que tanto gustaba al rey, y luego este le hablaba de sus proyectos, del Egipto con el que soñaba, de cómo llegar a liberarse del poder que le encorsetaba y contra el cual su alma ya se había rebelado.

—¿Crees que la historia me recordará como un gran faraón? —le preguntaba el dios antes de conciliar el sueño.

—Estoy seguro de ello, Tut. Los milenios hablarán de ti, y desde las estrellas circumpolares sonreirás cuando rememores esta conversación.

—Los dos sonreiremos, ja, ja. Dentro de poco podré demostrar mi valor ante mi ejército, y me aclamarán.

—Serás el primer dios en conseguirlo desde los tiempos de Amenhotep II.

—Así es, y este me recibirá alborozado cuando pase a la «otra orilla», al reconocer el poder de mi brazo.

—«¡Gloria a Nebkheprura, señor del país de las Dos Tierras!», dirán las gentes, pues estoy seguro de que dentro de miles de años todo el mundo conocido sabrá quién fue Tutankhamón.

—Ja, ja. Tu magia me llena de gozo, Nehebkau. Tienes el poder de la palabra y sé que cuanto dices se cumplirá.

En ocasiones el faraón pedía a su amigo que le hablara del Egipto que este conocía, y durante horas imaginaba el país que el tebano le pintaba, cómo eran las cosas para el pueblo sobre el que gobernaba, sus campos, la vida de los humildes. El dios llegó a sentir verdadera inclinación por la figura de Akha y su existencia consagrada al río.

—Solo era huesos y pellejo —repetía Tut, como si ya lo conociera de toda la vida—, pero sabio a su manera.

—Así es, por ello era parco en palabras. Su mundo solo le pertenecía a él.

—Pero a ti te enseñó todos los secretos del Nilo; a amarlo sobre todas las cosas, a conocer a Hapy para que te mostrara su magia.

—Es cierto, pero también me demostró lo poco que necesita un hombre para poder ser feliz.

—Solo poseía la barca que te dejó, aunque también fuese aficionado al *shedeh*, ja, ja.

—En eso, Tut, me temo que fuese tan débil como la mayoría de nosotros.

—Siento una gran simpatía por él, ¿sabes? Al pronunciar su nombre hacemos que viva eternamente. Mi mayor temor es que el mío pueda llegar a perderse.

—Eso no sucederá. Muy pronto Ankhesenamón te dará un heredero. Tu linaje perdurará en el tiempo.

—Temo por mi esposa. Es dulce como el dátil *ben* y tierna y delicada conmigo, pero también frágil como una flor.

—Los tiempos la recordarán —aseguró Nehebkau en tono alentador—, además, yo repetiré vuestros nombres allá donde me encuentre.

El faraón se sentía emocionado al escuchar las palabras de su amigo, y antes de cerrar los ojos daba gracias al Atón por haberle enviado al tebano, pues lo amaba verdaderamente.

Horemheb también estrechó sus lazos de amistad con el

joven pescador. En su opinión devolvía a la vida a aquel cuerpo maltrecho, cada mañana, cuando el dios se despertaba. El rey se asemejaba al loto, que renacía de las aguas con la llegada del día, y esto era cuanto importaba.

26

Aunque Nehebkau no participara en ningún encuentro con el enemigo, su figura era bien conocida en el campamento. Todos habían oído hablar de aquel pescador convertido en encantador de serpientes, a quien el dios había declarado su amigo. Sin pretenderlo, el joven era una celebridad, pues en los fuegos a cuyo alrededor se reunía la soldadesca a la caída de la tarde, se contaban cientos de historias acerca del tebano, alguna de todo punto inverosímil, que eran muy del gusto de la tropa.

—Habla con ellas como si fuese lo más natural —aseguraban los veteranos—. Por eso el Horus reencarnado le requirió para que le sirviera.

—Podrá dormir tranquilo por las noches. En Menfis muchos decían que su poder sobrepasaba al de cualquier *heka* —apuntaban algunos.

—Yo le vi hacer prodigios con las cobras —señalaba otro—, frente al templo de Ptah. Algo imposible de creer.

Comentarios de este tipo eran habituales, y como a Nehebkau le gustaba pasear a diario por el acuartelamiento, muchos acudían a saludarle, a tocar sus brazos si era posible, ya que pensaban que de este modo les transmitiría una parte de su poder y se inmunizarían contra la picadura de los reptiles. Cada día había alguna baja por este motivo, debido a la mordedura de las víboras cornudas, que eran muy peligrosas. Nehebkau las conocía bien, y sabía que por la noche tenían la costumbre de buscar el calor del cuerpo de los soldados mientras estos descansaban al raso. Si dormían de lado, los ofidios se pegaban a su espalda, y al moverse para cambiar de posición las víboras los picaban al sentirse amenazadas. Los beduinos y gentes del desierto conocían de sobra este detalle, y se cuidaban mucho de no moverse apenas, para no asustarlas. Pero entre los soldados hubo más bajas de las esperadas por esta causa, y muchas tardes el tebano se detenía a explicarles lo que debían hacer para no ser atacados, y cómo alejarse de ellas con seguridad. Un día, incluso se prestó a jugar con uno de aquellos reptiles, ante el general asombro de los presentes, y, como de costumbre, la escena terminó por convertirse en poco menos que una hazaña que iba en aumento a medida que pasaba de boca en boca.

—¡Todo es cierto! —exclamaban—. ¡Habla con ellas! Yo mismo fui testigo de cómo se enroscaba en su cuello, cual si se tratara de un collar *menat*. Creo que es una suerte que Nehebkau se encuentre entre nosotros, pues se trata de una señal.

—Una prueba de que los dioses nos acompañan para vencer al «vil asiático» —manifestaban otros.

—Si ese hombre nos guiara a la batalla, yo le seguiría sin temor —señalaba un veterano, famoso por su arrojo—. Estoy seguro de que es inmune a cualquier mal. Él nos dará suerte, hermanos, ya lo veréis.

Estas palabras llegaron a convertirse en una revelación, como si formaran parte de un oráculo, hasta tomar carta de naturaleza el día en que las tropas del dios se presentaron ante las murallas de Kadesh, una ciudad de gran importancia estratégica. Muy próxima a esta acampaba un contingente de tropas enemigas con el que tuvo lugar un duro enfrentamiento, en el que por fin el faraón pudo mostrar el valor que poseía.

En el fragor de la batalla, Tutankhamón se lanzó contra las huestes hititas sin que pudiesen impedírselo, al tiempo que proclamaba arengas a los suyos y juramentos de la peor especie contra el odiado Hatti. Al verlo atacar de aquel modo, todos los escuadrones de carros y los veteranos corrieron a protegerlo, en tanto Horemheb observaba con espanto cómo el dios disparaba con su arco a diestro y siniestro, mientras su ejército aullaba, enardecido, asombrado ante semejante audacia. Quienes le acompañaban asegurarían que el carro de electro del faraón refulgía bajo los rayos del sol como si se tratase de un mensajero de Ra, enviado para el exterminio. Aquella visión aterrorizó al enemigo —dirían los que lo presenciaron—, que huyó en desbandada bajo una lluvia de flechas que causó innumerables bajas.

Desde el puesto de mando, Nehebkau asistió con perplejidad a aquella proeza, y también al escarnio que tuvo lugar a continuación. Hasta sus oídos llegaban los insultos que Tut dedicaba a los «viles asiáticos», al tiempo que se aplicaba a atropellar con las ruedas de su carro a los caídos mientras sus caballos los pisoteaban una y otra vez.

—Chusma de Retenu; ved hasta dónde llega el poder del señor de las Dos Tierras —clamaba el rey.

Luego, como era habitual, el dios se encargó de que ataran a su biga a algunos prisioneros para, acto seguido, regresar al campamento entre vítores y alabanzas...

—¡Los faraones guerreros han vuelto! —exclamaban los soldados—. Gloria a Nebkheprura, vida, salud y prosperidad le sean dadas.

El joven tebano nunca se explicaría cómo Tut pudo mantenerse en pie sobre el cajón de su carro sin caerse durante el combate, y mucho menos Horemheb, que calificó como un milagro divino el que el rey regresara indemne después de lo acontecido. Este ya tenía lo que tanto ansiaba, una victoria en el campo de batalla, y también el general, que decidió no tentar más a la suerte y enviar al faraón de vuelta a Kemet para evitar una desgracia. Esa misma noche el campamento egipcio fue una fiesta y Horemheb no dudó en proclamar ante sus tropas el poder del dios.

—Hoy el Toro Poderoso ha demostrado la fuerza de su brazo. Todos hemos presenciado cómo Amón lo guiaba en la batalla, y él solo ha hecho huir al enemigo, que ha corrido a esconderse, aterrorizado por el poder de Tutankhamón. Nadie había visto algo semejante desde los tiempos de Amenhotep II. Hoy el Hatti sabe quién es Nebkheprura y lo que les ocurrirá si no le rinden vasallaje. Kemet reclama la presencia del Horus reencarnado para homenajearle.

El campamento se convirtió en un clamor de vítores y alabanzas, y esa noche corrió el *shedeh* como el Nilo en la crecida, pues por fin Egipto se alzaba de nuevo sobre los pueblos incivilizados para aplastarlos como se merecían.

—Sentí cómo el Atón me daba su fuerza, cómo mis *metus* se llenaban con su luz para convertirme en un rayo —confió Tut a su amigo al retirarse a su tienda.

—Es cierto —le confirmó Nehebkau—. Tu carro se convirtió en una bola de fuego contra la que nadie podía oponerse.

El dios asintió mientras se estiraba en su lecho. Parecía agotado; como si el combate que había tenido lugar le hubiera absorbido toda su energía. Su *ka* estaba exhausto y, no obstante, se sentía inmensamente feliz.

—Por fin podré grabar mis hazañas en los muros de los templos, y mi nombre permanecerá para siempre en la memoria de las gentes —musitó Tut en voz queda, pues apenas le quedaban fuerzas.

—Será tal y como te dije una vez que ocurriría.

—Hoy dimos un escarmiento a esa chusma —señaló el dios en tanto hacía esfuerzos por mantener los ojos abiertos—. Tú fuiste testigo de ello.

—Todo el ejército presenció tu gran proeza. Ahora eres un Toro Poderoso, como dijo Horemheb.

—¿Cuántas manos hemos cortado? —apenas pudo preguntar el rey.

—Se cuentan por miles, y también miembros, pues muchos de los caídos estaban sin circuncidar. Conseguiste un gran botín con millares de prisioneros —mintió Nehebkau, ya que era costumbre exagerar las cifras de los vencidos.

El dios no respondió. Sus ojos se habían cerrado y dormía profundamente, quizá soñando con la batalla en la que había tomado parte. Nehebkau suspiró, y durante unos segundos observó a su amigo con cierta tristeza. Su gran corazón no acompañaba a su maltrecho cuerpo, y este se debilitaba con el paso de los días. En aquella ocasión, los dioses habían decidido otorgarle su día de gloria, puede que apesadumbrados por la gran injusticia que Khnum había perpetrado al crearle en su torno de alfarero. Al menos aquel enfrentamiento quedaría en la memoria del rey para siempre, y eso era más de lo que nunca hubiese podido esperar.

A Horemheb le costó convencer al dios para que regresara a Egipto. Tras recuperar en parte sus fuerzas, Tutankhamón porfiaba por continuar en la lucha hasta llegar a las orillas del Éufrates, si era posible, como hiciesen sus ancestros, pero el general manejó la situación con su habitual habilidad, ya que en verdad temía por la vida del faraón después de presenciar lo que había ocurrido.

—La Tierra Negra arde en deseos de recibirte como el dios victorioso que eres, gran Nebkheprura. Tu pueblo necesita empaparse con tu luz, pues de otro modo se hallaría perdido. Sería como si una mañana Ra no apareciera por el este. Las sombras todo lo cubrirían. Por eso debes regresar.

—Quiero grabar mi nombre en las estelas que Tutmosis I dejó junto al Éufrates —porfió el rey.

—Algún día alcanzarás ese río al frente de tu ejército —mintió el general—. Pero antes será necesario tomar Kadesh que, como puedes comprobar, está fuertemente amurallada. Conquistar la ciudad nos llevará meses, por lo que tendremos que acantonar a las tropas aquí para pasar el invierno. Tu lugar, gran faraón, está en Menfis. Desde allí debes gobernar Kemet.

Tutankhamón no tuvo más remedio que considerar las sabias palabras de su preceptor, y de este modo ordenó que se hicieran los preparativos para volver a Egipto donde, no en vano, le esperaba Ankhesenamón, su dulce esposa.

27

Horemheb se sentía satisfecho. Sus planes habían salido tal y como deseaba, o incluso mejor. La demostración de arrojo de la que había hecho gala el rey había sido muy conveniente, pues con ella el general aumentaría su influencia sobre el soberano. Ahora este se sentía parte del ejército, embriagado tras la consecución de un sueño que parecía imposible. El mismo Horemheb se mostraba sorprendido por lo ocurrido, aunque hubiera temido por la vida del faraón. Ignoraba de dónde este había sacado fuerzas para lanzarse al combate, aunque no por ello el general se dejara engañar. Seguía convencido de que el rey estaba condenado, aunque solo Anubis supiese cuándo se presentaría ante él. Su ascendiente sobre Tutankhamón le resultaba muy provechoso, pues no en vano este había llegado a declararle heredero en el caso de no tener descendencia. El general siempre había considerado aquellas palabras como una mera demostración de afecto, y él mismo deseaba que el faraón continuara con vida; al menos durante unos años más. Pronto el soberano tendría un heredero, aunque Horemheb albergara muchas dudas acerca del futuro de la criatura, dados los males que aquejaban a sus progenitores. El tiempo era su verdadero aliado, y a este había confiado el general su estrategia. Su enemigo, Ay, era ya un anciano, y Tutankhamón debía sobrevivirle.

Sin embargo, la inesperada entrada en escena de Shepseskaf se había convertido en un asunto que el general debía atender. No había nada mejor que anticiparse a los problemas antes de que se presentaran, y aquel ya se anunciaba en el horizonte. Sin lugar a duda todo eran conjeturas, pero Horemheb sabía muy bien en lo que estas podían llegar a convertirse; en desagradables realidades. Él, que conocía mejor que nadie al príncipe, se había percatado de su transformación, de la nueva luz de su mirada, del modo diferente con que veía al faraón, de quien inconscientemente se había distanciado. Todo obedecía a una misma causa: la ambición. Por primera vez esta se había despertado en el corazón de Shepseskaf, y Horemheb era capaz de sentirlo con claridad. En este particular superaba con creces a toda la corte, incluso a Ay, y conocía mejor que nadie cómo utilizar los resortes que hiciesen acrecentar su poder. Además de general se consideraba a sí mismo un gran legislador; un maestro de la intriga a quien era difícil engañar.

Durante todas aquellas noches de acampada junto a su ejército, había tenido tiempo para fraguar sus planes con minuciosidad. Ahora que conocía las ambiciones de todos los que celebraban aquella partida no tenía dudas acerca de cuáles serían sus pasos. Estos estarían envueltos en el sigilo, y la noche en la que se festejaba la victoria del dios a las mismas puertas de Kadesh, supo lo que debía hacer.

—Nuestros exploradores han avistado un pequeño contingente de tropas enemigas que se aproxima a la ciudad desde el norte —anunció Horemheb al faraón, en presencia del resto de los oficiales, entre los que se encontraba Shepseskaf—. Es preciso interceptarlos, para que podamos asediar la capital y rendirla en pocos meses. Debemos evitar que reciba cualquier ayuda del exterior.

—¡Ajá! —exclamó Tut, exultante—. Llevaré de nuevo a mi ejército hacia la gloria. Yo mismo lo conduciré para aplastar al «vil asiático».

Hubo algunos murmullos que Horemheb acalló al levantar una de sus manos.

—Mi señor, el dios Nebkheprura, ya consiguió la gloria ante su pueblo. Debemos permitir que sea otro quien mande el escuadrón de carros que salga a su encuentro —insinuó el general.

—Yo los dirigiré —manifestó Shepseskaf antes de que alguno de los allí presentes se le adelantara—. Permitidme honrar a Kemet en esta hora.

Horemheb permaneció pensativo durante unos instantes, y luego cruzó su mirada con la del faraón.

—Pocos valientes pueden comparársete. Todos sabemos que Amón te tutela, Shepseskaf, y también que eres el mejor auriga del ejército —apuntó el general.

—Es cierto —intervino Tut—. El príncipe es el elegido para detener a la chusma hitita. Ese es mi deseo. Que así se cumpla.

Los allí reunidos dieron muestras de aprobación, e incluso acudieron a felicitar a Shepseskaf por tener la oportunidad de demostrar el ardor guerrero que corría por sus *metus*. Llevaba toda una vida esperando ese momento y Horemheb le sonrió abiertamente, como lo haría un buen amigo.

Al día siguiente el príncipe partió al frente de su escuadrón, el mejor que poseía el faraón, altivo y desafiante, seguro de sí mismo, convencido de que al fin los dioses de la guerra le bendecían para que su nombre quedase grabado para la historia. Su gallardía no tenía parangón, y al observarle iniciar la marcha al mando de los *hent-heteri*, muchos asegurarían que era Montu, el antiguo dios de la guerra tebano, quien guiaba a sus hombres al combate. Horemheb vio cómo se alejaba, envuelto en una nube de polvo, y luego regresó a su tienda, con aire circunspecto y la mirada perdida.

Quienes asistieron a aquel enfrentamiento dirían más tarde que los tiempos nunca habían presenciado una carga de caballería semejante. Atacando en una formación cerrada, los carros cortaron por el centro las líneas enemigas para originar una gran confusión que terminaría en masacre. Una carnicería en la que los caballos pisotearon a cuantos encontraron en su camino mientras los *kenyt nisw*, los valientes del rey que los acompañaban, los mejores soldados de infantería, degollaban a diestro y siniestro como si en verdad fuesen genios llegados desde el Amenti.

El contingente enemigo huyó en desbandada, dejando el campo en poder de la muerte y el lamento. Shepseskaf ordenó perseguirle, ya que sabía que el mayor número de bajas del adversario se producía cuando este se retiraba, y él deseaba presentarse ante el faraón con un incontable número de cestos repletos de manos cortadas. Era la ocasión que había estado esperando desde que tuviese uso de razón, y no cejaría hasta ser condecorado con el oro al valor por el mismo dios. La historia de su propio linaje comenzaba en aquel momento pues, en su enajenación, estaba seguro de ser el origen de una nueva saga de grandes guerreros, que terminarían por ocupar el trono de Horus.

Persiguieron a los vencidos hasta casi reventar a los caballos, y al detener a sus tropas y mirar hacia atrás, el príncipe vio el rastro de cadáveres que había dejado a su paso.

—¡Hoy Nekhbet, la diosa buitre, comerá carroña hitita! —gritó a sus hombres—. No se me ocurre una mejor ofrenda.

Los soldados vitorearon al príncipe, en tanto se dedicaban a la tradicional rapiña y al recuento de manos por parte de los *sesh mes*, los escribas militares, que eran muy puntillosos a la hora de apuntar los trofeos, pues de ello dependerían las futuras recompensas que otorgaría el faraón. Amón había guiado el brazo de sus bravos y las tropas le elevaron sus loas, henchidos de orgullo por haber llevado de nuevo a Egipto por el camino de la victoria. Todo eran risas y parabienes cuando, de forma repentina, ocurrió lo inesperado.

El campamento egipcio estalló en aclamaciones al ver regresar a los vencedores. Habían conseguido un gran triunfo, por el cual Kadesh quedaría sitiada sin posibilidades de recibir ninguna ayuda. La noticia había llegado la tarde anterior, y el dios, junto a sus generales, se dispuso a recibir a sus valientes como se merecían.

Sin embargo, no todo eran buenas noticias. Un emisario se adelantó a las tropas para informar de un hecho desafortunado: Shepseskaf se encontraba gravemente herido.

Tras detener el ataque y arengar a los suyos, una flecha perdida fue a clavarse en uno de sus costados, la única zona que no cubría su coraza, astillándose en su interior. Quienquiera que la hubiese lanzado no podía haber tenido un mayor acierto, pues la herida era mortal.

28

Shepseskaf se moría. Él lo sabía y también el dios, sus generales, y los *sunus* que lo atendían. No había nada que hacer, y el príncipe se debatía consumido por la fiebre en tanto trataban de aliviar sus dolores con tisanas de amapola tebana.

—He aquí una enfermedad que no podemos tratar —habían adelantado los médicos del faraón, como era preceptivo ante la ley—. El mal ya corre por sus *metus*. Sus fluidos están emponzoñados.

Durante varios días el príncipe se vio presa del delirio, asaltado por horribles pesadillas. Formaba parte de un escenario atroz, rodeado de sombras, daba igual a dónde dirigiera la mirada. De ellas surgían voces que él ya conocía por haberlas escuchado a lo largo de su vida, así como lamentos de quien soporta un gran padecimiento. Detrás de aquellas tinieblas se ocultaba el sufrimiento, como si un sinfín de ánimas atormentadas lo aguardaran para rendir cuentas. Había verdadera maldad en aquel mundo tenebroso que lo acechaba, una malignidad que era capaz de reconocer y en la cual su alma podía mirarse. Allí no había ni rastro de Maat ni de sus sagradas leyes. Su pluma de la verdad no tenía cabida, y él se sentía indefenso ante aquel coro de voces quejumbrosas que parecían querer acusarle de sus penas. En la oscuridad creía ver cómo lo señalaban mientras él trataba de defenderse de aquella gran injusticia. ¿Acaso no había sido un devoto de los antiguos dioses? Jamás había blasfemado contra ellos, ni siquiera en la época oscura que vivió en Amarna. Siempre había permanecido fiel a los padres creadores, contrario al Atón que tanto daño había infligido a su pueblo; ¿por qué le acusaban?

Una y otra vez se le repetía el mismo sueño, hasta que una tarde en la que su respiración se había vuelto más dificultosa, de entre aquellas sombras insondables apareció una voz que el príncipe recordó al instante. Le llegó tal y como la escuchara por última vez; embaucadora, autoritaria, envuelta en la perversidad. Le hacía responsable de todos los males que la habían aquejado, de las consecuencias de su amor, del terrible precio que había tenido que pagar por él. Shepseskaf era el culpable de todo, y le aseguraba que pronto se verían las caras de nuevo y que, esta vez, ella lo atormentaría por toda la eternidad. Luego lanzó una terrible carcajada en la que mostraba todo el mal que llevaba dentro, para por fin salir de las tinieblas y enseñar su rostro. Era Nitocris.

Al verlo, Shepseskaf despertó entre gemidos para tratar de incorporarse, pero no pudo. Entre jadeos volvió a acostarse a la vez que tomaba conciencia del lugar en el que se encontraba. Entonces hizo una leve señal a uno de sus servidores para que se aproximara.

—Haz venir a Nehebkau. No tardes —apenas balbuceó.

Este se presentó al poco, con la preocupación dibujada en el rostro y un mal presentimiento. Los *sunus* que atendían al príncipe miraron al joven al entrar en la tienda, al tiempo que negaban con la cabeza, pesarosos. Shepseskaf agonizaba, pero no obstante aún le quedaban fuerzas para pedir al tebano que se acercara. Cuando le sintió próximo le tomó una mano, con una fuerza que sorprendió al pescador. Había verdadera desesperación en aquel gesto, pero al momento el príncipe volvió su rostro hacia él, mientras trataba de articular sus palabras.

—Mi fin se aproxima, Nehebkau —acertó a pronunciar con voz trémula—. Puedo oír cómo las puertas de la sala de las Dos Verdades se abren para recibirme. Dentro de poco me encontraré ante Osiris, el señor de occidente, aunque dudo que me declare «justo de voz».

El joven le dirigió unas frases de ánimo para que se calmara, pero Shepseskaf hizo un gesto para que no le interrumpiera.

—La vida se escapa de mis *metus* y nadie podrá hacer nada para que regrese. Mi hora se acerca y siento miedo. Miedo de mis actos, de los cuarenta y dos jueces que me juzgarán de manera implacable, de ver cómo la balanza se desequilibra, pues mis pecados pesarán más que la pluma de Maat. Ammit dará buena cuenta de mí, lo sé, pero antes de que se celebre el pesaje de mi alma, quiero descargarla de todo aquello que la ha envilecido, aunque no sea suficiente para salvarla.

Durante unos instantes se hizo el silencio, mientras el príncipe recobraba sus fuerzas para proseguir.

—Hay algo que ignoras, Nehebkau. Unos hechos que hablan de la oscuridad en la que ha vivido mi corazón durante la mayor parte de mi existencia. Ahora puedo ver con claridad que mi *ba* está podrido, que no existe ofrenda o letanía capaz de salvarlo; pero no importa, es mi deseo partir hacia la «otra orilla» con el ánimo ligero y la esperanza de que Thot se apiade de mí cuando tome nota de las acciones que llevé a cabo en mi vida. Tú formas parte de ella, para bien o para mal, y ha llegado el momento de que sepas quién eres en realidad; por qué te encuentras ante mí en esta hora funesta.

El joven no supo qué responder ya que se hallaba desconcertado.

—Entiendo tu confusión, pero todo resulta sencillo de explicar; tan fácil como lo es la vida, puesto que tú, Nehebkau, eres mi hijo.

Al escuchar aquellas palabras el tebano notó cómo sus *metus* se quedaban sin sangre, y sus piernas apenas lo sostenían; el rostro se le demudó y su corazón se vio asaltado por cuestiones para las que no encontraba contestación. Se trataba de un escenario imposible en el que un príncipe moribundo le requería para explicarle quién era él en realidad.

—¿Tu hijo? —apenas acertó a preguntar el tebano.

El príncipe asintió mientras tragaba saliva con dificultad.

—Por tus *metus* corre sangre de reyes, la misma que mi padre me transmitió a mí.

—Pero... —balbuceó el joven, estupefacto.

—Eres carne de mi carne —continuó Shepseskaf, a duras penas—. ¿Por qué crees que te recibí para ponerte al servicio del dios?

Nehebkau no pudo contestar. Se sentía tan ofuscado que era incapaz de poner orden a sus emociones, de comprender lo que le decía. ¿Qué nueva broma le tenía preparada el taimado destino?

—Lo supe desde el momento en que te vi. Tu *ka* te delató, hijo mío, aunque yo porfiara en mirar hacia otro lado.

—Hijo tuyo —musitó el tebano para sí, en un intento por aceptar lo que le parecía inaudito.

—Así es. Como verás no soy sino un cobarde pretencioso, carcomido por la arrogancia. Un orgullo que ahora comprendo es tan fatuo como la vida que he llevado. Preferí ocultarla entre el lujo y la soberbia antes de vivirla como correspondía. Me dejé llevar por sueños absurdos y una naturaleza desbocada que no me preocupé en refrenar. Para mí el *maat* no ha sido más que una palabra sin significado, pero yo soy el único culpable al engañarme a mí mismo.

—Lo que dices es parte del delirio en el que te encuentras, mi príncipe. Todo se debe a la fiebre —se atrevió a decirle Nehebkau.

—Mírate al espejo y no te traiciones como hice yo —prosiguió Shepseskaf haciendo oídos sordos a las palabras del joven—. El brazalete fue la prueba que confirmó mis sospechas.

—¿El brazalete? —inquirió el tebano, confundido.

—Me perteneció durante muchos años. Yo lo heredé de mi padre, y este a su vez del suyo. Siempre lo llevé con orgullo, hasta que con él pagué el amor que te trajo a este mundo.

Nehebkau negó con la cabeza, ya que se resistía a aceptar aquella historia disparatada. Todo debía de ser producto del desvarío causado por la fiebre —se dijo el tebano—. Pero el príncipe asintió en tanto le apretaba la mano con mayor fuerza. Entonces le contó lo que había ocurrido, la desesperada pasión que había sentido por su madre, la inmensa belleza de esta, el camino a los infiernos que había emprendido en su compañía, el destino que esperaba al brazalete, y lo que este significaba, la maldición que terminó por arrojar a todos al Amenti. Shepseskaf nunca se había podido librar de ella, y ahora que veía próximo su final comprendía que de una u otra forma estaba condenado; que un poder oscuro lo aguardaba para devorarlo.

Nehebkau escuchó con atención al príncipe, y al terminar el relato el joven creyó que el suelo se abría bajo sus pies para engullirle de forma inexorable. Pensó que el Mundo Inferior se lo tragaba, y que pronto debería enfrentarse con los genios que guardaban las doce puertas. Aquel moribundo a quien muy pronto Anubis se llevaría para siempre era su padre, y fue tal el torbellino de sentimientos que se apoderó del joven que en su interior se hizo el vacío, como si fuera un náufrago que lo había perdido todo. Nada de cuanto había vivido tenía explicación, pues había deambulado errante por caminos que en realidad no le correspondían. Era una farsa descomunal, de la que él mismo había sido víctima. Shai, el dios del destino, lo había zarandeado a su antojo para conducirle hasta el despropósito, y el tebano abominó de él una vez más, mientras estaba seguro de oír sus carcajadas. Entonces clavó su vista de nuevo en Shepseskaf, para encontrarse con una mirada tan azul como la suya, con un rostro que era su viva imagen, con una media sonrisa que formaba parte del postrer lamento de aquel hombre. El príncipe no mentía; era su padre, la simiente de la cual él procedía, la luz que esclarecía las sombras que siempre le habían acompañado. De repente todo cobraba sentido, aunque el escenario dibujado resultase tenebroso.

Nitocris; así se llamaba su madre, como Akha le había revelado años atrás, y al conocer quién era en realidad, el corazón de Nehebkau se llenó de congoja, de inmensa tristeza, pues deseaba saber todo acerca de su vida, lo que la llevó hasta los brazos de su padre, el sufrimiento que tuvo que padecer para darle la vida. Él no era nadie para juzgarla, aunque hubiera otorgado sus favores a un príncipe y a un simple pescador por igual. Sabía que Shepseskaf se llevaba a la «otra orilla» aspectos oscuros que nunca contaría a su hijo, pues ya no importaban, y era mejor enterrar para siempre.

—Escucha, hijo mío —dijo de repente Shepseskaf, que hacía ímprobos esfuerzos por agarrarse a la vida—, debes deshacerte del brazalete. Solo trae infortunios y tragedias; está maldito. Si lo guardas para ti serás desgraciado toda tu vida y tu casa se cubrirá de llanto.

Nehebkau se quedó impresionado por aquellas palabras, y de forma inconsciente apretó la mano de su padre. Este le sonrió.

—Antes de partir hacia el reino de Osiris —le señaló Shepseskaf, ahora con voz trémula—, imploro tu perdón. Te quise a mi manera en cuanto supe quién eras, pero mi egoísmo no me dejó hacer lo que debía.

—Yo te perdono, padre mío —dijo el joven con los ojos acuosos.

Al escuchar aquellas palabras por primera vez en su vida, Shepseskaf hizo un gesto de satisfacción.

—Anubis ya llama a mi puerta, y solo quiero pedirte una cosa. No dejes que me entierren aquí. Prométeme que me llevarás a Egipto, y que me darán sepultura en mi tumba; en Saqqara.

—Te lo prometo, padre.

Este suspiró, agradecido, antes de dirigirse por última vez al joven.

—Sé fiel al dios; él te ama verdaderamente, y no olvides nunca una cosa, Nehebkau: eres un príncipe de Egipto.

La muerte de Shepseskaf consternó al campamento egipcio, y en particular a Tutankhamón y Horemheb, aunque de diferente forma. El faraón siempre había sentido un gran cariño hacia el príncipe, a quien había admirado desde la niñez, y del cual había aprendido cuanto sabía acerca de los caballos. Horemheb, por su parte, también experimentaba un sentimiento de pena por lo ocurrido, aunque hubiese sido necesario. La gran amistad que le unía con el aristócrata desde hacía muchos años no había sido suficiente para evitar aquel desenlace. Al general le hubiera gustado que todo hubiese sido de diferente forma, pero los sentimientos no tenían cabida cuando el poder se hallaba en juego, y Shepseskaf estaba condenado de antemano. Los hechos habían tenido lugar tal y como Horemheb deseaba, y ahora solo le quedaba brindar a la memoria del príncipe como el amigo que fue, y honrarlo como a un valiente.

29

Todo Menfis se echó a las calles para recibir al faraón. La noticia de su hazaña frente a la ciudad de Kadesh había sido acogida con un júbilo desmedido, ya que hacía muchos años que un rey no volvía victorioso de Retenu. Por el «camino de Horus», la milenaria carretera que unía el Delta con Canaán, muchos acudieron a vitorear al soberano a su paso, al tiempo que cantaban alabanzas a los dioses, y en particular a Amón por haber guiado el brazo del faraón en la batalla. Por primera vez Tutankhamón se sentía verdaderamente poderoso, orgulloso de su audacia, de su arrojo en el combate, libre de sus impedimentos físicos. Era el Horus reencarnado, capaz de doblegar a la «chusma asiática», para quien la cojera no tenía la menor importancia, pues los dioses se hallaban por encima de cualquier limitación humana. Él protegía a su pueblo de las amenazas, y este salió a reconocérselo en la hora de su triunfo.

El desfile que tuvo lugar en la capital del Bajo Egipto resultaría memorable. Aquellas demostraciones castrenses eran muy del gusto de la ciudadanía y, por tal motivo, esta se había congregado en la avenida que llevaba hasta el palacio real, ansiosa de ver el espectáculo que se le iba a brindar. Siempre había ocurrido así, y en esta ocasión deseaban, de forma particular, ver a los prisioneros amarrados al carro del faraón sufrir las consecuencias de su derrota. Víctimas del escarnio, aquellos desdichados se convertían en auténticos trofeos ante el júbilo general, pues las gentes eran muy aficionadas a proferir todo tipo de insultos y burlas, y hasta les lanzaban objetos. Aquella representación era el sueño ya casi olvidado de todo un pueblo y también el de Tutankhamón, quien por fin hacía realidad lo que parecía una quimera; unos deseos alimentados desde la infancia en el corazón de un guerrero a quien los dioses no le habían proporcionado armadura.

Aquella misma noche hubo una gran celebración en palacio, aunque no todos la festejaran por igual. Tras las loas y parabienes que dedicó al dios después de su llegada, Ay se retiró a sus estancias privadas para considerar lo ocurrido en Retenu. A pesar de estar informado de antemano del desarrollo de aquella campaña, el Divino Padre reflexionó sobre el hecho de que Horemheb hubiese decidido permanecer junto a las tropas en Canaán. En el general todo obedecía a un propósito, y resultaba evidente que prefería estar alejado de la corte, ahora que el faraón se había convertido en su hermano de armas. Ay sabía muy bien cómo eran los lazos que se llegaban a forjar entre la tropa, y en cierto modo Horemheb haría partícipe a Tutankhamón de sus enfrentamientos con los enemigos de Egipto.

El rey había saboreado por primera vez el dulce sabor de la victoria, un elixir que el general no dudaría en emplear en su provecho. Este era ciertamente astuto, y al conocer Ay los detalles del fallecimiento de Shepseskaf, en el transcurso de una refriega, no pudo sino reconocer la habilidad de su oponente por el modo que, estaba seguro, había empleado para eliminar un problema que podía llegar a afectar al trono de Horus. El Divino Padre se sonrió, al tiempo que brindaba a la salud del príncipe, que esperaba se hallara en el Amenti, a la vez que por Horemheb, cuyo buen juicio era justo reconocer.

Para Nehebkau el mundo había cambiado de color. En cierto modo los tonos que pintaban Kemet habían palidecido, y ahora se le mostraban sin brillo, como carentes de vida. La confesión de Shepseskaf había supuesto para el joven un golpe demoledor del que, pensaba, nunca podría recuperarse. Se trataba de un hecho insólito, una historia inaudita para la que nadie estaba preparado. Él era hijo de un príncipe y de una mujer que se empleaba en las Casas de la Cerveza; un argumento más propio de una máxima admonitoria de los tiempos antiguos que de una realidad. El legendario sabio Ptahotep bien hubiese podido firmarla junto al conjunto de sus consejos sapienciales mil años atrás, pues de aquel sórdido asunto podían extraerse cuantas enseñanzas morales se consideraran oportunas. Para Nehebkau, que el hijo adoptivo de Akha se hubiese convertido en príncipe era una cuestión menor. Él siempre sería vástago del río, independientemente de la ascendencia que le quisieran adjudicar. De hecho, todo aquel laberinto de pasiones y actos vituperables se le antojaban indignos de un príncipe de la Tierra Negra, y también de una madre. Esta se le presentaba ahora envuelta en un manto tan tenebroso que al tebano le era imposible albergar sentimientos hacia ella, como si Nitocris no fuese sino un personaje extraído de la leyenda; una imagen difusa que nunca se haría corpórea en su corazón.

Por fin valoraba en su justa medida la figura de Akha. Para Nehebkau este siempre sería su padre, y ahora que podía interpretar el escenario en el que había transcurrido su existencia, el recuerdo del viejo pescador se agigantaba hasta límites insospechados, pues veía en él más grandeza que en su verdadero progenitor y el universo que este representaba. Él, por su parte, guardaría el secreto del moribundo hasta que Anubis viniera a buscarlo, pues nunca revelaría lo que Shepseskaf había sido incapaz de reconocer en vida.

Con respecto al brazalete... El joven se hallaba tan confuso como con todo lo que rodeaba a la joya. Se trataba de una pieza de gran valor, con su propia historia, que al parecer solo había traído desgracias. El príncipe había insistido en su lecho de muerte en que se deshiciera de él, pues aseguraba que estaba maldito; sin embargo, Nehebkau se resistía a hacerlo, cual si una fuerza desconocida se opusiera a ello y le alentara a conservarlo. En él se encontraba lo único verdadero que le ataba a su pasado; de quién era y de dónde procedía en realidad, pues sus progenitores se hallaban en aquel brazalete ornamentado con las más suntuosas filigranas que un maestro pudiera concebir.

Miu había sido un discreto testigo de cuanto había ocurrido, y desde la objetividad que le concedía su posición no albergaba la menor duda de que los dioses habían saldado cuentas pendientes con unos y con otros; desde el faraón, a quien habían enaltecido, hasta Shepseskaf, al que habían enviado a la necrópolis. Tanto Horemheb como Ay habían sacado sus conclusiones de aquella campaña, y Nehebkau se había visto liberado de la venda que le cubría los ojos, para reconocer al fin cuál era su camino. Sin duda a Heteferes le habían reservado la mayor carcajada y, visto como se habían desarrollado los acontecimientos, a Miu se le antojaba de una crueldad asombrosa, muy propia por otra parte de Shai, tan aficionado a las sorpresas.

Cuando la princesa recibió la fatal noticia, todo el edificio que se había encargado de construir con su ambición se derrumbó por completo. Del templo con el que soñaba solo quedaban los cimientos, y el hijo que llevaba en su vientre nacería huérfano. Nehebkau fue el encargado de visitarla para hacerle entrega de los restos del príncipe, pero Heteferes fue incapaz de cruzar con él una sola palabra, como si Thot, el dios del entendimiento, le hubiese retirado el habla. Sin embargo, la dama dirigió una mirada cargada de rencor a quien fuese su amante, en la que también transmitía su propia impotencia. Sus actos eran los que la habían conducido hasta allí, y de nada valía arrepentirse. Solo le quedaba refugiarse en su naturaleza soberbia y volver a cubrirse con la ilusoria manta que ella se había encargado de tejer. Dentro de poco nacería su criatura, y sobre él volvería a cimentar un mundo al que nunca renunciaría. Ella era Heteferes, descendiente de reyes, y jamás se dejaría doblegar por nadie.

—A veces no es fácil comprender lo que Amón guarda en su corazón, ¿no te parece? —dijo Tutankhamón a su amigo una tarde.

—Quizá por ese motivo le llamen El Oculto.

—Me refiero al hecho de que yo haya podido sobrevivir a un gran guerrero como Shepseskaf. Ambos combatimos de igual forma, pero con diferente suerte —señaló el faraón, apenado, ya que había sentido un gran cariño por el príncipe.

—Puede que se trate de una señal.

—¿Tú crees?

—De este modo Amón manifiesta ante todos su predilección hacia ti; que su poder está en tu brazo —apuntó Nehebkau, a sabiendas de lo mucho que le gustaban a Tut aquel tipo de reflexiones.

—Quizá tengas razón —convino el dios—, pues desde aquel glorioso día en el que masacré al «vil asiático», me siento más poderoso que nunca; capaz de llevar a cabo las mayores proezas; de gobernar la Tierra Negra con sabiduría.

—El dios Nebkheprura ha sido reconocido por los padres creadores. Eres el verdadero nexo entre ellos y tu pueblo. Ahora este te aclama y es consciente de que velarás por él, como corresponde al Horus reencarnado. Una nueva luz ilumina Kemet, y tú eres su portador —dijo Nehebkau con solemnidad.

El faraón se quedó boquiabierto al escuchar semejantes palabras, pues era la primera vez que oía a su amigo hablar en tales términos. Mas al poco abrió los brazos para abrazar al tebano, como haría con un hermano. Se sentía tan emocionado que pensó que el corazón se le saldría del pecho, ya que su joven amigo siempre le había hablado con la verdad, y sus juicios resultaban certeros. Le había explicado con exactitud algo que el propio faraón sentía desde que regresara de Retenu. Ya no albergaba la menor duda. De su majestad irradiaba luz, y estaba seguro de que con ella llevaría la vida a toda la Tierra Negra.

30

Cuando Shai daba con una mano, era de esperar que quitara con la otra. Así solía conducirse el dios del destino, pues cuando otorgaba un parabién raramente no lo compensaba con alguna desgracia. Esta no se hizo esperar en la Gran Residencia. Si Amón había favorecido al faraón con la victoria que este siempre había soñado, Osiris dirigía su mirada a la casa del dios para enviar a su mensajero más temido: Anubis. El dios de la necrópolis se presentó en el momento en el que más almas recaudaba, cuando era más temido, durante el parto. Este se le adelantó a Ankhesenamón de manera imprevista a los siete meses de gestación, y las funestas consecuencias cubrieron de llanto el palacio real. La niña nació muerta, y el heredero, que tanto Tutankhamón como su Gran Esposa Real esperaban como principio de un sueño que al fin se materializaría, se convirtió en arena arrastrada por el viento a través de un desierto estéril, en el que no había lugar para la vida. Solo la serpiente y el escorpión podían sobrevivir en semejante escenario, y el faraón cayó en un estado de desolación difícil de imaginar.

Como de costumbre, Ay observaba y leía con facilidad lo que veía. Ese era su don, y sus conclusiones le conducían hacia el camino correcto, el que se adaptaba mejor a las circunstancias. Sus dudas sobre la capacidad de la pareja real a la hora de procrear eran evidentes, y ello le llevaba a extremar todavía más la prudencia de cada uno de sus pasos, pues se convenció de que todo podía ocurrir.

—Por algún motivo los dioses me han castigado, y no acierto a saber el porqué —se lamentó Tutankhamón ante su amigo una tarde, mientras disfrutaban del jardín que tanto les gustaba.

—Yo nunca los he comprendido —apuntó Nehebkau a la vez que se encogía de hombros—. Sus designios esconden enigmas que se escapan a mi entendimiento.

—Son rencorosos —señaló el faraón con pesar—. Nunca olvidan un agravio.

—Pero tú... No acierto a saber en qué hayas podido molestarlos.

—Los motivos pueden ser tan sutiles como ocultos; pero al final su justicia es implacable.

—Sin embargo, tu venida los ha restituido. Yo mismo he sido testigo de cómo restablecías los antiguos cultos y rehabilitabas los templos. Tu imagen ha quedado grabada en la piedra con los atributos de Amón en Karnak, y también en *Ipet Reshut*, el harén meridional, en Tebas, para que perdure durante millones de años. Has devuelto las tierras que les fueron requisadas, y pronto volverán a ser poderosos. ¿Por qué iban a castigarte?

—Tú mejor que nadie conoces los lazos que me unen al Atón. Son indisolubles, como el nudo de Isis. A los dioses no se los puede engañar.

—Pero esta es la tierra de los dos mil dioses. Todos tienen cabida en ella.

—Olvidas algo, buen Nehebkau. Ellos están resentidos y son muy celosos de su culto. El reinado de mi padre, Akhenatón, perdurará en su memoria para siempre.

—La época de Amarna ya pasó —insistió el tebano—. Ahora tú eres el nuevo Horus reencarnado.

—Llevo su sangre; para bien o para mal.

—Volverás a esperar un heredero —le animó Nehebkau—. Muy pronto Ankhesenamón se quedará de nuevo encinta, y la alegría regresará a tu corazón; estoy convencido de ello.

El faraón negó con la cabeza.

—No mientras la ciudad que construyó mi padre continúe con vida —sentenció el dios mientras perdía su mirada.

El tebano se sorprendió de aquellas palabras, y el rey asintió antes de continuar.

—Hace tiempo que lo pienso. Akhetatón es una afrenta a los padres creadores y por ese motivo me han castigado.

Nehebkau observó a Tut con perplejidad, ya que sus palabras le llegaban rotundas, cual si el rey no albergara dudas al respecto.

—Hace años que abandonaste la ciudad del Horizonte de Atón. Aquí, en Menfis, es donde has establecido la corte —señaló el tebano, reacio a aceptar ningún castigo divino por una causa semejante.

—Una parte de la Administración continúa aún en Akhetatón. La Casa de la Correspondencia es una buena prueba de ello. Debo trasladarlo todo de manera definitiva; solo así los dioses se sentirán satisfechos.

Nehebkau guardó silencio, entristecido por aquellos pensamientos.

—Es hora de cerrar la única puerta que todavía me une a mi pasado —dijo el dios—, y tú me ayudarás a hacerlo.

El tebano miró a Tutankhamón sin saber muy bien qué era lo que deseaba de él.

—Se trata de una idea que llevo madurando en mi corazón desde hace meses. Una tarea de la mayor importancia que solo puedo encomendar a un hermano; por eso te he elegido —señaló el rey.

Nehebkau pareció confundido, aunque al poco sonrió a su señor, agradecido por el cariño que le demostraba.

—Sabes que te serviré en cuanto dispongas —dijo al fin.

Tutankhamón le miró, satisfecho.

—Lo que he de encomendarte entraña una gran responsabilidad, pues afecta a la inmortalidad del *ba*. Es mi deseo desenterrar los restos de mi padre para darle sepultura en el Valle de los Reyes, y tú te encargarás de ello.

En realidad, aquella idea de la que hablaba el dios se estaba llevando a la práctica desde hacía algún tiempo con la mayor discreción. Para ello el faraón había ordenado al superintendente del Tesoro y superintendente de las obras de la Plaza de la Eternidad, Maya, a cuyo cargo estaban los Servidores de la Tumba, que organizara los preparativos para aquel traslado, que estaría dispuesto dentro de poco.

Maya y Nehebkau ya se conocían. De hecho, ambos habían empatizado desde el primer momento, y aquella tarea requerida por el dios supondría el inicio de una gran amistad que mantendrían durante toda su vida. Mayor que el tebano, Maya era el estereotipo del funcionario que había escalado posiciones dentro de la Administración gracias a su valía y suma discreción. Su formación era la del escriba tradicional, a la que unía el don natural que poseía para las cifras y cálculos matemáticos, así como unas grandes dotes organizativas. Horemheb había sido el primero en fijarse en su persona, y quien le recomendó al faraón para que sustituyera al viejo Penbuy.

—Todo estará listo a tu llegada a la ciudad del Horizonte de Atón, buen Nehebkau —le dijo Maya, tras explicarle los pormenores de aquella empresa—. Yo, como tú, sirvo al dios Nebkheprura. Él te ha elegido para que abras los caminos de su padre hacia su morada eterna, y yo te ayudaré en tu sagrada misión; es la voluntad del faraón.

Nehebkau nunca entendería el porqué de aquella elección, aunque todo se resumiera al hecho de no inmiscuir a la corte en un sentimiento que afligía al corazón del rey. De forma inesperada los acontecimientos se habían precipitado, y la muerte prematura de su hija le había llevado a tomar aquella decisión. Akhetatón sería definitivamente abandonada por los estamentos del Estado, y en pocos años sus ciudadanos terminarían por convertirla en un lugar sin vida, inhóspito, a merced de los ladrones que, sin duda, saquearían la necrópolis. Él nunca dejaría a su suerte los restos de Neferkheprura, su padre, a pesar de que su memoria fuera aborrecida por su pueblo. Akhenatón encontraría el descanso eterno en el lugar que le correspondía, en el Valle de los Reyes, en la tumba que guardaba los restos de la reina Tiyi, su madre, para dormir juntos un sueño del que se harían eco los milenios.

31

Tal y como esperaba, Heteferes dio a luz un varón, y a pesar de su luto y resentimiento hacia los dioses, se apresuró a dar gracias al divino Ptah por haber escuchado sus ruegos, y a Khnum al crear una criatura hermosa donde las hubiera, de piel blanca, ojos que un día serían azules y el cabello rojizo. Cuando creciera sería la viva imagen de su padre, aunque esto solo lo supiese ella. Aquel niño se llamaría Amenhotep, y nacía príncipe por derecho propio. Ella se encargaría de encauzar su camino de forma adecuada para que, con el beneplácito de Amón, pudiera alcanzar lo que su madre consideraba que le correspondía.

Miu no podía sino sonreírse. En el juego de la vida los dioses eran unos consumados tramposos a quienes resultaba imposible ganar. Un faraón regresaba victorioso para ver cómo su hija le era arrebatada por Anubis al nacer, y Shepseskaf tenía que morir en la batalla para que su vástago viniera al mundo; un nuevo príncipe que en realidad era hijo de otro hombre, el cual jamás sería reconocido como padre. Para un tipo de la calle como él, aquella corte envuelta en oropeles no se diferenciaba mucho en sus miserias de quienes habitaban en las callejas. Había que reconocer que al menos en palacio hambre no se pasaba, aunque de una u otra forma los cortesanos sufrieran por su condición, como le ocurría a cualquier paisano. Necesitaban del brillo que les procuraba el dios para dar sentido a su existencia, pero en el fondo eran frágiles y el ladronzuelo pensaba que no se cambiaría por ellos.

Muchas noches, al observar a su amo, Miu se convencía de que este añoraba su barca, el tumbarse sobre ella para admirar las estrellas, o el ser libre para navegar por el río en busca de las mejores capturas. Nehebkau se había convertido en otro hombre, con grandes responsabilidades, a quien el faraón nunca dejaría marchar. La suerte de ambos corría pareja, como si el destino deseara que los dos amigos se miraran en el espejo que él les procuraba, para comprender lo poco que separaba a un faraón de un simple pescador.

Su existencia como esclavo no habría podido ser más provechosa. De haberlo sabido, incluso se hubiese prestado a ello años atrás, cuando las privaciones reconcomían sus huesos. Engordar, apenas había engordado, puede que debido a que los dioses deseaban verle como si se tratara de una planta de papiro. Junco había nacido y junco moriría, algo que hacía ya muchos años que al truhan había dejado de importarle, pues bastante tenía con sobrellevar su cara de gato. Ahora, una nueva aventura se anunciaba en el horizonte, fascinante, en la que le hubiese gustado participar para descubrir el Egipto más oculto, ser testigo de aquello que solo estaba reservado a los dioses que gobernaban la Tierra Negra. La apertura de sus moradas de eternidad. Sin embargo, Miu permanecería en Menfis, pues así lo había decidido su señor, el gran Nehebkau. ¿Quién, si no, cuidaría de su viejo esquife?

Al despuntar el alba la comitiva ya remontaba las aguas del Nilo. Al mando marchaba Nehebkau, imbuido en toda la majestad que le confería el nombramiento del faraón. Este le había elegido para que diera fiel cumplimiento a sus deseos, y todo Kemet se postraría a sus pies si era preciso. El humilde joven que un día había llegado a Menfis a bordo de una mísera barca de papiros abandonaba la ciudad con un cetro *was* en la mano, símbolo del poder que le habían atribuido, al frente de una pequeña flota rumbo a la ciudad del Horizonte de Atón. Al paso de los barcos, las gentes se arrodillaban al divisar la enseña de Nebkheprura, y no se levantaban hasta que las naves hubieran pasado, como señal de sumisión. El faraón era el garante de toda vida, el que intercedía ante los dioses para que

Ra saliera cada mañana por el este, el que procuraba buenas cosechas, y el ver pasar sus navíos henchía de gozo y esperanza los corazones de los *meret*, los humildes campesinos atados a una tierra que pertenecía al dios por completo.

Nehebkau contemplaba aquel paisaje con la vista perdida en la infinidad de islotes que se formaban en el río. Se hallaban en el periodo de las «aguas bajas», y la corriente era tan inapreciable que los bajeles avanzaban sin apenas dificultad, impulsados por el «aliento de Amón». El tebano se había convertido en un alto dignatario de la corte, y no obstante creía verse a sí mismo en cada recodo del río, en compañía de Akha, que lanzaba las redes con su acostumbrada pericia. En lo más profundo de su corazón seguía sin comprender lo que Shai había dispuesto para él, y aún menos el que Tutankhamón le hubiese ordenado desenterrar a su padre para darle una nueva sepultura, nada menos que en el Valle de los Reyes. Este particular le había despertado sus viejos temores hasta angustiarle de manera irremediable. Un agnóstico recalcitrante como él era enviado a las profundidades del Egipto más sagrado, en el que solo tenía cabida el complejo universo que rodeaba a los dioses y sus ritos místicos. De nuevo una parte de su pasado le mostraba sus garras para atraparle, y él se veía empujado hacia ellas como si una fuerza inexplicable se empeñara en arrojarle en brazos de una fiera a la que temía sobre todo lo demás.

A su manera, Nehebkau intentaba defenderse de aquel pasado. De nuevo se había tonsurado por completo para terminar por adornar su cabeza con una de aquellas pelucas tan en boga, muy elaborada, con profusión de rizos oscuros, al estilo nubio. Sin duda que el pelo postizo cambiaba su aspecto, aunque él supiese que resultaba absurdo enmascarar el *ka* y menos aún su alma.

Cuando llegó a Akhetatón fue recibido como si se tratara del visir. La primera impresión que tuvo el tebano fue la de encontrarse ante una ciudad moribunda, condenada por su irreverencia. A la capital la vida se le escapaba de manera irremediable, puede que por su pasado blasfemo, o simplemente porque formaba parte de un espejismo que había durado demasiado. Su tiempo estaba cumplido y Nehebkau pudo imaginar cómo sería la urbe en unos pocos años; un espectro del que todo Egipto abominaría. Entonces comprendió la premura del dios por trasladar los restos de su padre. Aquel lugar se convertiría en una guarida de ladrones, donde estos camparían a sus anchas por la necrópolis en busca de tesoros. Las tumbas serían violadas, pues no quedarían *medjays* para vigilarlas. Entonces la ciudad del Horizonte de Atón se transformaría en un enclave maldito y con los *hentis* caería en el olvido.

La tumba real se encontraba excavada en los acantilados del este, a una hora a caballo desde la ciudad. En un principio, Akhenatón había comenzado a construir su sepulcro muy cerca del de su padre, Amenhotep III, en el ramal occidental del Valle de los Reyes, que todos conocían como el de los Monos. Sin embargo, el hipogeo no sería terminado y con el posterior proyecto de la ciudad del Horizonte de Atón, el faraón concibió su morada eterna como el verdadero centro desde el cual irradiaría su luz a la nueva capital.

Todo obedecía a un plan urbanístico en el que la ciudad recibiría los rayos del sol naciente desde la tumba del rey hereje, como fuente de toda vida para la nueva metrópoli. De hecho, las quince estelas fronterizas que acotaban la urbe, cinco al oeste, al otro lado del río, y diez en la orilla oriental, formaban el contorno del mapa que delimitaba el poder del Atón. El sepulcro de Amenhotep IV era en realidad un centro de energía desde el cual toda su capital quedaba bañada por su luz, cual si se tratase de un inmenso templo en el que no había lugar más que para el Atón. Toda la fundación de Akhetatón había sido pensada como un grandioso santuario dedicado al dios, alimentado desde la tumba real por los rayos que desde el este Atón expandiría cada mañana cuando el sol surgiera por el horizonte. Esa era la esencia de la religión de Amarna. El sepulcro de Akhenatón se convertía en una máquina de resurrección para todos los reyes que habían gobernado, e incluso que gobernarían la Tierra Negra, para fundirse con el Atón. En realidad, se trataba de una exaltación divina a la realeza con la que se reclamaba el poder absoluto sobre la tierra de Egipto;

el que ostentaron más de mil años atrás los dioses que reinaron en la edad de las pirámides. Eso era todo.

Nehebkau lo comprendió desde el instante en que se vio en la puerta del hipogeo excavado por Akhenatón. Desde aquel acantilado la vista era magnífica, pues la ciudad quedaba claramente delimitada por las estelas de proclamación que el rey hereje se había encargado de instaurar antes de que la capital cobrara vida. Todo había sido estudiado al detalle, como si en aquella nueva ciudad Neferkheprura-Waenra hubiese querido reunir en un mismo lugar los templos de Ra en Heliópolis con el de Karnak. De este modo la metrópolis se convertiría en un enorme santuario en el que el rey y su esposa Nefertiti formarían una tríada divina con el Atón.

Para alguien como Nehebkau, tan alejado de las creencias en los ritos sagrados, el descubrimiento de aquella tumba supuso el encuentro con un mundo oculto, al que muy pocos tenían acceso, cuya complejidad superaba los trabajos que él mismo había visto acometer a los trabajadores del Lugar de la Verdad. Aquel sepulcro era una tumba de tumbas, concebido para guardar los restos de Akhenatón y de toda su familia.

El tebano no pudo dejar de pensar en lo anacrónico de su presencia. Profanar una tumba en Kemet estaba considerado un delito castigado con la pena capital, y en cierta forma se sentía un ladrón, aunque se supiese incapaz de perpetrar ningún robo. Era impensable para cualquier egipcio acceder a la morada eterna de un faraón y, no obstante, al verse frente a la rampa de entrada flanqueada por escalones, Nehebkau se juzgaba un intruso sin derecho a estar allí, una especie de ánima perdida en un submundo de tinieblas en el que solo tenían cabida los dioses que habían gobernado Kemet. Uno de los sacerdotes que lo acompañaban pareció adivinarle el pensamiento, y tras dejar traslucir un gesto piadoso le invitó a continuar en aquel extraño viaje hacia las entrañas de la sepultura donde reposaban los restos de Akhenatón.

Nehebkau se vio frente a un largo corredor descendente con las paredes sin decorar, del que salía, a su derecha, otro corredor que conducía al parecer a tres habitaciones toscamente talladas, concebidas para dar sepultura a Tiyi. Allí se encontraba su sarcófago, aunque sus restos habían sido exhumados hacía años y trasladados al Valle de los Reyes, donde descansaban. Al final del pasillo principal surgían otras tres cámaras que, según le explicaron, pertenecían a Maketatón, y en las cuales se veían escenas de la familia real y también de lamentaciones por la muerte de la segunda hija del rey. Otra rampa, rodeada por una escalinata, descendía hasta un pozo tras el cual se encontraba la cámara sepulcral.

El tebano nunca pudo imaginar que sería testigo de escenas que formaban parte de un imposible, sobre todo para el hijo de un simple pescador que a duras penas había podido dar sepultura a su padre. Él nunca había visto un sarcófago como aquel, de granito rojo, espléndido, cubierto de letanías, de conjuros protectores para la otra vida, en la que el faraón, según la nueva doctrina de la religión atoniana, se convertiría en un *maatyu*, un ser luminoso. En la sala, el nombre de Nefertiti se encontraba por doquier, adornando las paredes bellamente decoradas, las únicas de toda la tumba, pues incluso se hallaba representada en las esquinas del sarcófago del rey para protegerlo, como hacían de ordinario «las cuatro milanas»: Isis, Neftis, Neith y Selkis.

La figura de la que fuese Gran Esposa Real señoreaba en aquella estancia como si en verdad hubiese sido ideada para ella. Su ascendiente sobre Akhenatón era evidente hasta para un advenedizo como Nehebkau, a quien no sorprendió el hecho de que, tras la muerte de su real esposo, aquella reina llegara a acaparar todo el poder para convertirse en faraón. Nefertiti y Smenkhara... dos nombres que confluían en la misma persona cual si todo formase parte de un plan forjado mucho tiempo atrás.

Dentro de aquella cámara mortuoria, el tebano lo comprendió sin dificultad. La familia real de Amarna no había dejado nada al azar aunque, como de costumbre, los dioses se hubiesen encargado de convertir en humo lo que se creía inquebrantable. Ahora Nehebkau veía con claridad el camino en el que se encontraba y, sobre todo, el lugar que Tutankhamón ocupaba en él. Por primera vez tuvo el convencimiento de que su gran amigo no era más que una rémora; un vestigio de una época nacida a espaldas de la esencia del país de las Dos Tierras. En aquel túmulo se hallaban los anhelos de toda una familia. Allí debían descansar sus restos para siempre, y el joven no se sorprendió al saber que el sarcófago de Tiyi, la reina madre, formaba parte de aquella sepultura junto al de su amado hijo.

Sin embargo, aquella exaltación del amor familiar poseía sus propias sombras. Más allá de los magníficos sarcófagos o el espléndido ajuar funerario, se encontraba la prueba de una realidad muy distinta a la que manifestaban las representaciones grabadas en las paredes, y fue uno de los sacerdotes quien hizo que Nehebkau reparara en ella. Se trataba de un rico ataúd de madera revestido de oro y piedras semipreciosas, que descansaba sobre unas andas, próximo al del faraón. Sin duda era soberbio, aunque no hubiera sido pensado para albergar los restos del rey cuando se diseñó. Sin embargo, estos se habían extraído de su ataúd original para introducirlos en aquel féretro que, para asombro del joven tebano, habían pertenecido a... Kiya.

Nehebkau no pudo ocultar su sorpresa al enterarse de algunos detalles.

—Kiya —murmuró el joven, sin comprender, pues recordaba que una vez Tutankhamón se había referido a ella como a una reina secundaria a la que su padre había amado de forma particular.

El sacerdote asintió con gesto grave.

—El dios Nebkheprura, vida, salud y prosperidad le sean dadas, nos dio órdenes para que adecuáramos el ataúd a fin de dar descanso a la momia de su divino progenitor, Akhenatón.

Nehebkau observó con atención el ataúd, en tanto trataba de adivinar el motivo que había llevado a su real amigo a tomar aquella decisión. El sacerdote se hizo cargo de sus cuitas al instante.

—Kiya nunca lo utilizó —aclaró—. Ni tampoco los vasos canopes.

—¿También pertenecieron a la reina? —inquirió el joven, incrédulo.

—Así es, aunque como podrás comprobar han sido redecorados para ser usados por el antiguo faraón.

El tebano fijó su atención en los vasos canopes de fino alabastro con cabeza de mujer, en los que aún podía reconocerse el nombre de Kiya, a pesar de haber sido borrado, a los que se había añadido un *ureus* de bronce sobre la frente. Luego se interesó por el soberbio sarcófago que lucía una exquisita máscara de oro rodeada por una elaborada peluca de estilo nubio, tan de moda en los últimos tiempos. El rostro allí representado era claramente el de una mujer bellísima, Kiya, la reina a quien Akhenatón había amado más que a ninguna otra. Después, Nehebkau se detuvo a estudiar las bandas doradas que cubrían el torso y ambas piernas del ataúd cubiertas de jeroglíficos.

—«El gobernador perfecto, símbolo del sol, rey del Alto y Bajo Egipto, que vive en la verdad. Señor de las Dos Tierras, Neferkheprura-Waenra. El que vive en la perfección del Atón, que vivirá por toda la eternidad, en el cielo y en la tierra» —murmuró el joven con recogimiento.

Al observar la planta de los pies del ataúd vio un texto que era evidente que había sido alterado, ya que originalmente estaba en femenino, para adecuarlo a un hombre. Constaba de siete líneas en las que Akhenatón repudiaba la religión tradicional basada en el mito de Osiris para renacer cada día con el Atón. «Puedo respirar el dulce aire que llega desde tu boca», comenzó a leer el tebano, y cuando terminó diciendo: «puedes pronunciar mi nombre continuamente pues permanece en tus labios», el sacerdote asintió en silencio sin dejar traslucir ninguna emoción.

Nehebkau le miró, pensativo, y entonces entendió el porqué de semejante decisión. Kiya había sido el gran amor de Akhenatón, y su hijo, Tutankhamón, quería que su padre descansara por toda la eternidad en el féretro de aquella reina y que utilizara parte de su ajuar funerario. Sin duda debía de haber sido el amor de su vida, y el tebano se estremeció al pensar en la lucha sin cuartel que debió de mantener Kiya con la Gran Esposa Real, la poderosa Nefertiti.

—Incluso los ladrillos mágicos estaban destinados a Kiya, aunque hayamos cambiado las inscripciones. Ese es el deseo del dios Tutankhamón —señaló el sacerdote.

Nehebkau asintió. La corte de Amarna debió de ser un avispero en el que confluyeron todo tipo de ambiciones e intrigas sin fin. En la ciudad del Horizonte de Atón el aire se convertiría en irrespirable, y sin poder evitarlo volvió a pensar en Tutankhamón y su desdichada infancia, en la que solo pudo encontrar el amor de su nodriza Maia. Muchos aseguraban que ella había sido su verdadera madre al criarlo desde que viniera al mundo, y probablemente fuese cierto. Al cruzar esta a la «otra orilla» el faraón la hizo enterrar en Saqqara, como si se tratase de una reina de las primeras dinastías, muy próxima a las grandes pirámides que desafiaban al tiempo. Un buen lugar en el que renacer para siempre.

32

La primera impresión que tuvo Nehebkau al penetrar en la tumba fue la del abandono. Se trataba de un pequeño túmulo en el Valle de los Reyes, al que se accedía a través de un pasillo de poco más de diez metros carente de la menor decoración y, en todo caso, impropio de albergar los restos del señor de la Tierra Negra. Seguramente en un principio había sido pensado como una tumba privada y, sin embargo, en ella descansaba la reina Tiyi, la que fuese Gran Esposa Real de Amenhotep III. Hacía años que Tutankhamón había ordenado su traslado a dicho sepulcro, y ese era uno de los motivos por los que había decidido usarlo también como nuevo lugar de enterramiento para su padre. Este y su madre se habían amado profundamente en vida, y el dios pensó que en aquel túmulo Akhenatón y Tiyi debían reposar juntos por toda la eternidad.

La cámara mortuoria no podía resultar más lóbrega, ya que albergaba el sepulcro de la reina madre y una serie de objetos pertenecientes a su mobiliario funerario. Las paredes se hallaban enyesadas, y en un lateral el joven había identificado las marcas rojizas con las que se había delimitado el lugar donde excavar una cámara anexa que, finalmente, no se había construido. En el lado sur había un gran nicho en el que se habían depositado los vasos canopes que un día fuesen pensados para Kiya y que ahora pertenecían a Akhenatón, junto a uno de los cuatro ladrillos mágicos —situados en los cuatro puntos cardinales, y que ayudarían a renacer al difunto en la otra vida—, en el que se había grabado el cartucho del faraón. Su ajuar funerario se reducía a unos pocos muebles y arcones que contenían diversos collares, adornos y amuletos de oro, lapislázuli, cornalina y fayenza, así como algunos cuchillos y boomerangs. Un mísero bagaje para quien había gobernado Kemet con mano de hierro.

Nehebkau comprobó que todo quedaba dispuesto como debía, que las vasijas de cerámica azul que llevaban impreso el sello de Sitamón estaban colocadas junto a los cestos que contenían los alimentos para el *ka* del antiguo faraón. Este había amado a su hermana Sitamón antes de que dicha reina cayera en desgracia, y Tutankhamón deseaba que su recuerdo permaneciese junto al del rey hereje. Todo quedaba preparado para recibir el ataúd con los restos de Akhenatón, y al abandonar la tumba, el joven pensó en el modo en que el destino podía llegar a burlarse de los mortales. Nadie estaba libre de su risa; ni siquiera los señores de las Dos Tierras. Sin lugar a duda Neferkheprura-Waenra jamás pensó que terminaría sus días en un lugar como aquel.[54]

A los pocos días el dios llegó a Tebas en compañía de un pequeño séquito. Su nave se había detenido en Akhetatón, la antigua capital, para recoger los restos de su padre y luego había remontado el Nilo enaltecido por los cánticos que su pueblo le dedicaba desde los campos. Los humildes *meret* acudían a las orillas para ver pasar al Horus reencarnado y postrarse ante él. Pensaban que Ra brillaba en el cielo de diferente modo mientras las tierras de labor cobraban nueva vida al haber sido devueltas a los templos. Por fin tenían trabajo, y las cosechas habían sido tan buenas que ya no faltaba el pan en sus casas. Todo eran bendiciones para el joven faraón Nebkheprura, y así se lo manifestaban desde las márgenes del río, felices de que al fin Egipto hubiese regresado a las antiguas tradiciones.

Desde la nave real, Tutankhamón contemplaba su tierra con indisimulada ensoñación; incluso entrecerraba los ojos para disfrutar del paisaje, de los atardeceres pintados con los colores de la magia, de los amaneceres en los que Ra apartaba las sombras con su poder para insuflar vida a su preciado Valle, donde hasta los babuinos se ponían en pie para alabarlo y elevar loas a Ra-Khepri, el sol de la mañana, que de nuevo surgía por el este para darles su calor, aunque fuese a su manera. Respirar aquel aire llevaba al joven faraón a adquirir un profundo conocimiento del país que gobernaba. Este poseía su propio perfume, extraído de infinitas fragancias que los dioses se encargaban de propagar con sus susurros. El tiempo en Kemet se medía por milenios, y Tutankhamón tuvo plena conciencia de ello, de la grandiosidad con la que había sido concebido su reino, de las inmutables leyes que era preciso salvaguardar, de cuál era el lugar que él mismo ocupaba para ser garante de un equilibrio sin el que Egipto perdería su esencia divina, aquella que lo hacía diferente a los demás pueblos.

El faraón niño se había hecho hombre, y en aquella hora comprendió con pesar el daño que su progenitor había causado a su pueblo llevado por su propia megalomanía, o puede que por la irracionalidad de convertirse en parte de un dios que solo podía traer la desgracia al país de las Dos Tierras. Akhenatón la cubrió de oprobio, de feroces persecuciones, de un egoísmo que a la postre se convertiría en odio y rechazo por parte de las generaciones futuras. Su propio pueblo perseguiría la memoria de aquella familia que construyó una ciudad en Amarna, con la intención de convertir Egipto en un país que nada tenía que ver con el que habían gobernado los dioses en el principio de los tiempos.

En las noches perfumadas, mientras la luz rielaba sobre las aguas del sagrado Nilo, Tutankhamón pensaba en todo aquello, a la vez que dirigía su mirada hacia el catafalco sobre el que se encontraba el ataúd con los restos de su progenitor. Él era el causante del horror que había envilecido a Egipto durante diecisiete años, de las cruentas persecuciones que habían tenido lugar en pos de la consecución del poder absoluto, de la ruina que había condenado a su pueblo a la hambruna.

Sin embargo, al observar el magnífico ataúd revestido de oro y piedras semipreciosas, Tutankhamón pensaba que su augusto padre había poseído un corazón bondadoso; que otros se habían aprovechado de la locura en la que había terminado por precipitarse, para intrigar sin descanso a fin de acaparar todo el poder posible. Eran muchos los nombres que venían al corazón del joven faraón, aunque dos destacaran de entre todos los demás: Meritatón y, sobre todo, Nefertiti. La que fuese Gran Esposa Real durante muchos años había terminado por convertirse en la piedra angular sobre la que Akhenatón edificara su pensamiento. Sin Nefertiti nada de lo que él acometió hubiese sido posible, y ella supo dirigir mejor que nadie aquella locura en su beneficio hasta convertirse nada menos que en faraón. Semejante triunfo no tenía parangón en la milenaria historia de Egipto, y ahora que había dejado de ser un niño, Tutankhamón rememoraba su infancia en Amarna para dar fe de la feroz lucha que Nefernefruatón, nombre que la Gran Esposa Real eligió para sí como corregente, mantuvo con todo aquel que osara enfrentarse a ella.

Su odio hacia las reinas menores la llevó a acabar con todas ellas, llegando incluso a perseguir su memoria, y cuando a la muerte de su esposo por fin se coronó como nuevo Horus reencarnado con el nombre de Smenkhara, toda la Tierra Negra se miró incrédula hasta palidecer de vergüenza por lo que luego aconteció. De Meritatón qué podía decir. Esta era una digna hija de su madre, pues poseía su misma ambición, aunque careciese de su fuerza y sentido de Estado. Durante un tiempo se convirtió en su Gran Esposa Real para terminar por requerir al rey del odiado Hatti un príncipe al que sentaría en el trono de Horus. Jamás en Kemet se había visto semejante despropósito y, mientras navegaba río arriba, Tutankhamón intentaba comprender cómo ambas se habían prestado a perpetrar semejante traición. Su relación con Nefertiti siempre había sido inexistente, aunque ignoraba por qué Meritatón había llegado a odiarle. Ahora sabía que su abuela Tiyi lo había protegido durante su niñez, e imaginaba lo que hubiese sido de él sin el refugio que le había proporcionado en Akhmin, donde la vieja reina señoreaba.

En realidad, su hermanastra Meritatón siempre le había demostrado su desprecio, puede que debido a sus incapacidades físicas o quizá por ser el vástago de otra reina. Sin duda, Tutankhamón comprendía que desde el día en el que Hathor le había insuflado el aliento de la vida, él se había convertido en un obstáculo para llevar a cabo los planes que Nefertiti había ido forjando durante años. Ella sabía que no había lugar para él en el Egipto que deseaba construir, así como que más pronto que tarde Anubis se llevaría a la necrópolis a aquel chiquillo enclenque al que consideraba con pocas luces.

Tutankhamón suspiró con pesar al recordar aquellos hechos, en tanto se llevaba una mano a su maltrecho pie. La necrosis avascular que sufría le había llevado a perder uno de sus metatarsianos, y en los últimos tiempos sufría un gran padecimiento que sobrellevaba con encomiable entereza. Le resultaba imposible caminar sin la ayuda de un bastón, y no obstante se mantenía en pie, dispuesto a que su nombre pasara a los anales como el gran faraón que devolvió el esplendor a su pueblo. Su corazón empezaba a rugir y nada le detendría en alcanzar sus propósitos, ni siquiera el que fuese zambo.

Sobre Ay y Horemheb poco podía añadir a lo que ya sabía la Tierra Negra. Ambos la gobernaban de facto, hecho que él mismo había aceptado desde el momento en que recibió su ayuda y protección siendo todavía un niño. Ellos le habían sentado en el trono de Horus, con la intención de alimentar sus propias ambiciones sobre la figura de un joven cuyas incapacidades físicas constituían una rémora para que pudiese ejercer el poder. Su relación con estos dos personajes era sumamente amistosa e incluso próxima, por diferentes motivos. Los conocía desde que naciese, y de ellos había aprendido mucho más de lo que pudiera parecer. Sin duda tenía su valía en gran estima, pues los dos eran hombres de Estado capaces de calibrar hasta las últimas consecuencias de cada paso que daban. Con ellos al frente de las instituciones, Kemet se hallaba seguro, caminando por la senda que correspondía; la mejor posible, dadas las circunstancias.

Sin embargo, el dejar atrás la adolescencia había hecho que Tutankhamón trazase sus propios planes. Por primera vez era capaz de intuir el alcance de las confabulaciones de sus cortesanos y hasta dónde eran capaces de llegar estos para hacerlas realidad. El juego del poder lo invitaba a su mesa, y el joven faraón estaba dispuesto a sentarse a ella para participar con la fuerza que le otorgaba su posición ante los dioses. Él era el nexo entre estos y su amado pueblo, y ahora se percataba de lo que ello representaba, y la trascendencia de sus decisiones. De un tiempo a esta parte su interés por la política se había hecho notorio, así como por cuanto ocurría en su querido Valle. No obstante, debía obrar con cautela ya que él mejor que nadie conocía la jungla en la que vivía, los chacales que merodeaban por ella y lo frágil que podía llegar a ser su posición si daba un paso en falso. Su mejor baza se encontraba, precisamente, en que los demás creyeran en su inutilidad para gobernar. En cierto modo dicha fragilidad le otorgaba un salvoconducto para mantenerse en el trono mientras ganaba tiempo. Este se hallaba a su favor en tanto daba forma a sus sueños. El ser considerado como un mero títere le daba la ocasión de forjarlos en la sombra mientras actuaba con suma prudencia.

El inesperado aborto de su esposa había supuesto una gran decepción. La llegada de un heredero habría sido un espaldarazo a sus planes de futuro, pero no se desanimaba. Estaba convencido de que, muy pronto, Ankhesenamón volvería a quedarse embarazada y, a no mucho tardar, le daría el vástago que tanto deseaba. En su Gran Esposa Real había encontrado el pilar sobre el cual desafiar a las tormentas. La amaba profundamente, hasta el punto de despreciar el cuantioso harén heredado de su padre, el cual no visitaba. La dulce Ankhesenamón representaba el mundo en el que había nacido, la mujer con la que perpetuar su linaje, todo lo bueno que Akhenatón había llevado en su corazón.

El hecho de volver a enterrar a su padre tenía un significado trascendente para Tutankhamón. Con aquel paso, no solo protegía sus restos de la rapiña que, estaba convencido, se produciría cuando la ciudad del Horizonte de Atón quedara abandonada a su suerte, sino que llevaría a cabo un acto simbólico de enorme calado ante los ojos de su pueblo. Al darle nueva sepultura, Tutankhamón se proclamaría como sucesor de Akhenatón y con ello no reconocería el reinado de Nefertiti. De este modo, Smenkhara, nombre con el que se había entronizado la hermosa reina, quedaría en el olvido, como si nunca hubiese existido, al tiempo que saldaba las cuentas pendientes que el joven faraón tenía con su madrastra y satisfacía su rencor. Tutankhamón lo consideraba una jugada maestra, con la que pretendía cerrar para siempre la época de Amarna y borrar cualquier recelo que pudiesen albergar contra él los viejos poderes. Estaba seguro de que el clero de Amón comprendería el alcance de lo que el joven faraón se proponía, y que el resto de los grandes templos bendecirían su nombre.

Tutankhamón se felicitó íntimamente por ello, al tiempo que reconocía el buen trabajo que había llevado a cabo su amigo. Este se había encargado de disponerlo todo con la mayor celeridad y discreción, y mientras navegaba hacia Tebas se congratulaba por la buena decisión que había tomado al elegirle para llevar a cabo aquella empresa. Siempre lo mantendría a su lado, pues sus corazones hablaban por sus muñecas utilizando el mismo lenguaje. Ambos se entendían con la mirada, y a su manera se hacían cargo de las vicisitudes que habían tenido que pasar.

Durante las noches en las que Aah, el dios lunar, se había elevado sobre la bóveda celeste para alumbrar su camino y teñir las aguas de plata, Tutankhamón pensó en la empatía que se había creado entre los dos amigos desde el primer momento. Ahora sabía que en ella había algo más que el poder sobre las cobras que Nehebkau le demostró poseer; que de forma insospechada sus *kas* se habían reconocido al poseer la misma sangre. Este detalle le había hecho sonreír, mientras contemplaba ensimismado los palmerales recortarse bajo la luz de la luna. En Egipto los secretos no llegaban lejos, y el dios estaba al corriente del que tan celosamente guardaba Nehebkau para sí, como de seguro también lo conocerían Ay y Horemheb. Así eran las cosas en la Tierra Negra, aunque en este caso la figura de quien fuese un día pescador quedaba ennoblecida.

Ser hijo de Shepseskaf convertía a Nehebkau en príncipe de Kemet, y este detalle congratulaba al faraón, aunque supiese que su amigo jamás reclamaría semejante título. Nehebkau era un caminante, y de una u otra forma su alma erraría hasta que Anubis viniese a buscarlo.

33

Aquella misma noche Nehebkau escuchaba a los chacales aullar desde los cerros, mientras perdía la mirada en la cercana aldea que tan bien conocía. La luna iluminaba el paisaje con inusitado fulgor, y desde la ventana el joven podía ver el camino que salía de Deir el Medina y serpenteaba colina arriba para adentrarse en la necrópolis. Él sabía muy bien que conducía al campamento en el que vivían los trabajadores durante la semana, e imaginó sin dificultad la atmósfera que lo envolvería después de un arduo día de trabajo. Sus viejos amigos comentarían satisfechos los avatares de la jornada en tanto, en el poblado, sus familias esperarían con anhelo el día de descanso en el que los hombres por fin regresarían junto a ellas. Así era la vida en el Lugar de la Verdad, una comunidad al servicio del dios en el que siempre habría una tumba por construir.

El haber vivido allí durante un tiempo causaba en el joven una cierta añoranza contra la que no había dejado de luchar en los últimos años. Aquella nostalgia no se debía a su labor como *semedet*, como bien sabía, y había terminado por convertirse en una especie de melancolía con la que se había acostumbrado a vivir. En sus visitas a Tebas sentía cómo aquella emoción cobraba vida, cual si permaneciese dormida en su corazón y solo necesitara la luz que envolvía a la ciudad de Waset para despertar de improviso. Desde el palacio de Per Hai, la residencia real cuando el dios visitaba Tebas, Nehebkau no podía dejar de contemplar en la distancia aquel poblado en el que se había entregado al influjo de Hathor por primera vez, para terminar por condenarse. La diosa del amor lo había envenenado con su aliento perfumado, y con el paso del tiempo el joven se había convencido de que no existía antídoto alguno para aquella picadura. Él, que poseía el poder sobre las cobras, había sucumbido ante la mordedura de una divinidad contra la que no se podía luchar.

La primera vez que observó la aldea desde el palacio, sintió el impulso de visitarla, de recorrer de nuevo sus calles, de apostarse junto a la casa de la mujer por quien había perdido la razón y a la que jamás olvidaría. Muchas noches, en la lejana Menfis, la había deseado, aunque terminara por rebelarse contra una naturaleza que no dejaba de producirle quebrantos. Su pasión por Heteferes únicamente había sido un oasis en un desierto en el que solo había lugar para Neferu. Musitar su nombre lo embriagaba, a la vez que le llevaba a cerrar los ojos para revivir las tempestuosas noches de amor que vivió entre sus brazos. Nada podía compararse a los labios de la mujer a quien, sabía, siempre amaría; a sus susurros cuando le declaraba sus sentimientos, a sus piernas cuando lo entrelazaban para que la tomara, una y otra vez, hasta que les faltara el aliento; a aquel cuerpo que le quemaba con el simple roce de sus dedos.

Tales pensamientos le habían acompañado como si se tratase de una maldición de la que nunca podría escapar. Ambos amantes habían creado un conjuro del que jamás se librarían y, a la postre, llevarían sobre sus conciencias por ser contrario al *maat*; las leyes de las que nadie debía escapar.

En cierto modo, estas habían terminado por controlar sus pasos, aunque ello no le eximiera del castigo que los cuarenta y dos dioses le tuvieran reservado cuando le juzgaran. Era el cumplimiento del *maat* lo que le había hecho permanecer en palacio refrenando su deseo de regresar al Lugar de la Verdad, o puede que todo se redujese a un acto de cobardía. El hecho de tonsurarse en un intento por evitar que lo reconocieran era una buena prueba de ello, aunque el joven tratase de convencerse de que era la razón lo que le impulsaba a hacerlo.

Sin embargo, aquella noche se dejó llevar por el ensueño.

Era la penitencia que los dioses le imponían, aunque él no creyera demasiado en ellos, y se dispuso a cumplirla. La luna iluminaba de tal modo el poblado de los Servidores de la Tumba que Nehebkau podía distinguir sin dificultad cada detalle de la aldea. Sin proponérselo buscó la casa de su amada, y al poco la localizó sin dificultad, bañada en resplandeciente plata. Desde lo alto Aah refulgía de forma inusitada, y al joven se le ocurrió que quizá Khonsu y Nefertem, ambos dioses lunares, se habían unido al señor de la noche en aquella hora para alumbrar a la Tierra Negra con el poder de mil luceros.

Bajo su influjo, el Lugar de la Verdad dormía mecido por el silencio, y Nehebkau imaginó el cuerpo desnudo de Neferu tendido sobre las sábanas de lino, esperando que él llamara a su puerta. Luego pensó en cómo sería su vida. Habían pasado los años, y de seguro que su amada había terminado por olvidarle, llevada por el rencor. La traición del joven la habría hecho reparar en el corazón bondadoso de su esposo, y con el tiempo Hathor habría bendecido aquella unión pues, no en vano, Ipu amaba a su esposa profundamente. ¿Tendrían hijos? Aquella pregunta tenía una fácil respuesta. Tueris, la patrona de las embarazadas, se habría encargado de que la semilla de quien fuese su amigo fructificara, y en aquella hora Neferu se encontraría al cuidado de sus retoños a la espera de que su marido regresara del campamento, para disfrutar juntos del décimo día de la semana. Los hijos siempre eran bienvenidos en Egipto, y bajo la protección de Tueris, la diosa hipopótamo, Neferu viviría feliz junto a su familia a la sombra de la necrópolis, en el poblado de Deir el Medina, donde jamás pasaría penurias.

Al pensar en ello, Nehebkau se vio imbuido por la tristeza. Él no había tenido una familia, al menos como la que formaban la mayoría de sus paisanos, y pensaba que nunca la tendría. A su edad, cualquier egipcio ya sería padre de varios retoños, pues lo usual era que las mujeres de Kemet alumbraran cada dos años. Si así estaba escrito poco podía hacer, aunque no sospechaba la descomunal burla que Shai le había preparado.

Tras abstraerse durante un rato en estos pensamientos, Nehebkau dirigió su atención al lugar en el que se encontraba la casa de Kahotep. En su fuero interno temía encontrarse con él, pues sabía que el viejo capataz desnudaría su conciencia con la primera mirada, para llenarle de vergüenza. Siempre había pensado que a él no podría engañarle, y en muchas ocasiones se había convencido de que la forma en la que abandonó la aldea habría hecho que Kahotep adivinara cuanto había pasado. Este siempre sospechó de su actitud, quizá porque a pesar de su corazón bondadoso se trataba de un hombre muy sabio.

Al distinguir su casa, el joven experimentó una cierta desazón. Había algo en ella que atraía su atención, como si existiese una fuerza desconocida que le animara a fijar la vista en aquella casa. La atracción era tan evidente que le resultaba difícil desviar la mirada, como si guardase algún mensaje que era preciso descifrar; entonces, sin saber por qué, oyó su nombre.

34

Las nuevas exequias de Akhenatón no se parecieron en nada a las que tuvieron lugar a su muerte en la ciudad del Horizonte de Atón. Esta vez no hubo una solemne procesión hasta su túmulo, ni se le dedicaron los honores debidos a un dios difunto. Tutankhamón había decidido que el enterramiento se llevara a cabo sin fasto alguno; en la mayor intimidad. El recuerdo de su padre jamás sería bueno para los habitantes de Waset, donde las persecuciones religiosas habían sido particularmente implacables, y el joven faraón no ignoraba que muchos se referían a aquel como «el rey perverso». Su nombre apenas era pronunciado y había quien aseguraba que era hijo de un demonio. En cierto modo, el sepultar a Neferkheprura-Waenra en el Valle de los Reyes no dejaba de suponer una afrenta a los tebanos, y en particular al clero de Amón, pero Tutankhamón opinaba que era una buena forma de regresar a las antiguas tradiciones y demostrar al templo de Karnak que el culto atoniano, por parte del Estado, quedaba olvidado para siempre. Osiris volvería a hacerse cargo de las almas de los difuntos en el Más Allá, y aquel enterramiento suponía un reconocimiento a lo equivocado que había estado Akhenatón en vida.

En cualquier caso, Amenhotep IV no sería el primer miembro de la familia real de Amarna inhumado en la Plaza de la Eternidad. La propia Nefertiti descansaba en el Valle de los Reyes, así como la vieja reina Tiyi, cuyo hipogeo compartiría ahora con su amado hijo. Por todo ello el dios se limitó a dejarse acompañar por un pequeño cortejo en el que figuraban sus dos visires, Useramón y Pentu, la reina Ankhesenamón y algunos de sus más allegados, entre los que figuraban el superintendente de las obras de la necrópolis real, Maya, y su gran amigo Nehebkau. No hubo plañideras que exteriorizaran su dolor con desgarradores gritos y gestos de desconsuelo, ni bailarines *mu* que danzaran frente a la entrada de la tumba. Un sencillo catafalco sobre el que descansaba el ataúd, tirado por una pareja de bueyes, fue suficiente para completar la procesión en la que Tutankhamón vestía con la piel de leopardo propia de los sacerdotes *sem*, la que correspondía llevar al heredero, pues el joven dios realizaría los ritos sagrados de la «apertura de la boca» para devolver al finado todos sus sentidos en la otra vida, como si en realidad Akhenatón fuese enterrado por primera vez. Este era el propósito principal de Nebkheprura, y para ello se hizo acompañar por un *hery sesheta*, un sacerdote lector experto en los ritos funerarios, al interior de la tumba. En esta sería depositado el magnífico ataúd de oro y pedrería fabricado en su día para Kiya, y adaptado ahora para que contuviese los restos del rey hereje, cerca del nicho que guardaba los vasos canopes con sus vísceras, que curiosamente también habían pertenecido a la reina a quien Akhenatón tanto había amado.

Al salir del sepulcro, Tutankhamón lo hacía como el único Horus reencarnado que se había sentado en el trono de Egipto tras la muerte de su padre, y en el brillo de sus ojos, Nehebkau pudo leer la satisfacción del resarcimiento. En aquella tumba no solo quedaba enterrado para siempre Neferkheprura-Waenra, sino también el recuerdo de la odiada Nefertiti y su hija Meritatón; tal y como si nunca hubiesen existido.

No hubo más celebraciones, ni siquiera el habitual banquete funerario, y al regreso a su palacio de Per Hai, Nehebkau tuvo la impresión de que Tutankhamón se sentía un verdadero señor de las Dos Tierras. Su maltrecha figura mostraba ahora una majestad desconocida hasta entonces, cual si aquel día hubiese sido coronado por los dioses por primera vez.

Durante las siguientes jornadas el faraón visitó Tebas revestido de una magnificencia desconocida hasta entonces. La capital en pleno salió a recibirle, para postrarse ante su señor y convertir las calles en una inmensa alfombra de espaldas sudorosas. El dios honraba a Waset con su presencia, y al llegar a Karnak todo su clero rindió la pleitesía debida a aquel que los había restituido después de tantos años de oscuridad y amargura. Wennefer, su primer profeta, le abrió las puertas del sanctasanctórum, el lugar más sagrado de *Ipet Sut*, donde habitaba Amón. Tutankhamón oró ante El Oculto, como su principal acólito, pues no en vano el rey era el sumo sacerdote de todos los dioses de Egipto, para purificarse con su divino aliento y embriagarse con su perfume. En aquel habitáculo, casi en penumbras, escuchó cuanto Amón tuviese que decirle, al tiempo que el rey le manifestaba su devoción y buenos propósitos para que el *maat* imperara en la Tierra Negra. El faraón estaba decidido a embellecer Karnak, a hacer que sus estatuas se mimetizaran con las del dios carnero para perdurar unidos durante millones de años. Ese era su propósito, hacer resplandecer de nuevo a Tebas como la capital espiritual de Kemet, y para ello era su voluntad proseguir con la magna obra que su abuelo había iniciado en el templo de Luxor.

Tutankhamón sentía fascinación por este lugar, *Ipet Reshut*, el harén meridional, nombre con el que era conocido, donde anualmente se celebraba la fiesta Opet durante el segundo mes del verano. El faraón no dejó pasar la oportunidad de atravesar su gran patio para admirar las estatuas de Amenhotep III[55] y las capillas dedicadas a la tríada tebana: Amón, Mut y Khonsu; construidas por la reina Hatshepsut, y que luego usurparía Tutmosis III,[56] aunque lo que de verdad más admiraba era la impresionante columnata erigida por su abuelo, que servía de entrada al templo de Amón de Opet. Sus columnas, de veintiún metros de altura con capiteles papiriformes abiertos, soportarían un techo que haría que la única luz que penetrara en su interior procediese de las pequeñas ventanas con celosías colocadas en la parte superior. Sut y Hor, los arquitectos de Amenhotep III, no habían podido terminar la magna obra, pero Tutankhamón estaba decidido a concluirla para mayor gloria de su abuelo y también de él mismo.[57] Le satisfacía de forma particular verse grabado en los muros de la columnata, encabezando la procesión de las barcas de la tríada tebana mientras saludaba a los dioses de Karnak. El patio del sol, también construido por su abuelo, le invitaba a soñar en convertirse en un dios tan poderoso como lo fuese Amenhotep III, que dejaría su sello en aquel santuario para pasmo de la posteridad.

Sin embargo, su lugar preferido era una pequeña habitación situada en la parte posterior del templo conocida con el nombre de la «habitación del nacimiento». En una de sus paredes se mostraba el nacimiento divino de su abuelo de las manos del dios Khnum quien, con su torno de alfarero, daba forma a Amenhotep III y a su *ka*.

En *Ipet Reshut*, Amón en su forma itifálica cobraba vida para rejuvenecer y revitalizar al faraón durante la ceremonia de Opet, en la cual el monarca reafirmaba su autoridad, así como los lazos que le unían con sus antepasados. Tutankhamón imaginaba cómo sería aquel templo una vez terminadas las obras, con la ceremonia de la fiesta de Opet grabada en los muros junto a su nombre, Nebkheprura, el gran faraón en el que ansiaba convertirse. Antes de abandonar Luxor siempre se detenía un momento ante las grandes estatuas sedentes de sus abuelos, junto a la columnata. Ambos lucían magníficos, aunque sintiera predilección por la figura de Tiyi, que mostraba su majestad y el gran poder que llegó a ostentar. En su corazón, Tutankhamón pensaba que, desde sus tronos de piedra, ambos le alentaban a proseguir por el camino que había tomado, sin más temor que el debido a los dioses, pero con la determinación de quien se había convertido en un Horus reencarnado, el verdadero poder sobre la Tierra Negra, y así debía hacerlo saber a aquellos a quienes gobernaba.

35

—¡Vayamos a pescar a los cañaverales! —exclamó Tutankhamón, exultante, una mañana del mes de *epep*, mediados de mayo.

El genuino perfume de los campos en primavera invitaba al faraón al regocijo, y aquel día hasta bromeó al respecto, pues el palacio en el que se hospedaba era conocido como la Casa del Regocijo. Nehebkau hizo un gesto de cierta desgana ya que aquella no era la mejor época para pescar.

—Estamos en el periodo de las «aguas bajas», y el río se halla repleto de islotes donde, de seguro, sestearán los cocodrilos. De uno u otro modo ellos siempre vigilan su reino y no pierden detalle de cuanto ocurre en sus aguas —advirtió el joven.

—Ja, ja. Ya hice ofrendas a Sobek. ¿Olvidas que puedo hablar como un igual al dios cocodrilo? Será emocionante verlos tomar el sol mientras pescamos desde una barca de papiro.

Al oír aquello Nehebkau pareció sobresaltarse, y al observarlo el rey lanzó una carcajada.

—¿En una barca de papiro? Harías bien en no reírte —se escandalizó el joven, que sabía lo peligrosos que podían llegar a ser los saurios cuando el nivel de las aguas era bajo y había poca corriente.

—¿Ignoras que soy el Horus reencarnado? —inquirió Tut, divertido—. Todo se halla preparado, y hoy te mostraré mi habilidad con el arpón.

Nehebkau miró a su amigo, anonadado, sobre todo porque había visto a muchos pescadores caer presa de los astutos cocodrilos.

—Sabes que siento un especial apego por las barcas de papiro, y hoy iremos a pescar juntos en una de ellas, ja, ja —continuó el rey.

Nehebkau se encogió de hombros, pero no dijo nada, ya que sabía lo poco dado que era el dios para cambiar de opinión cuando deseaba algo.

De este modo ambos amigos se encaramaron a la frágil embarcación para recorrer los bosques de papiro que crecían junto a las orillas, eso sí, acompañados por un nutrido séquito de barcazas que no les quitaban el ojo de encima. Como era usual en aquellos meses, las aguas bajaban mansas, y en el fondo del río se acumulaba una gran cantidad de cieno que las enturbiaba. Sin embargo, Tutankhamón se mostraba entusiasmado mientras blandía su arpón, dispuesto a lanzarlo a la menor oportunidad. Junto a él, su amigo le observaba con atención mientras remaba con cuidado, admirado de cómo el monarca mantenía el equilibrio a pesar de su dificultad para poder andar.

—Siempre envidié tu vida pasada —dijo el rey sin dejar de escudriñar las aguas—. Surcar el Nilo sobre papiros, como un día hiciese la madre Isis cuando buscaba los restos desperdigados de su esposo Osiris, lejos de las intrigas de la corte y los peligros nacidos de las ambiciones. Sobre esta humilde barca eres libre de ir a donde desees, y solo tienes que hablar con Hapy para encontrar el sustento.

Nehebkau no dijo nada, aunque al momento pensó en Akha y la miserable vida que se vio obligado a llevar. De uno u otro modo, en Kemet todos tenían una penitencia que cumplir, aunque nadie estuviera conforme con la que le había correspondido.

Tal y como esperaba el joven, los cocodrilos tomaban el sol plácidamente en un islote de arena situado a cierta distancia, y más próximos a ellos unos hipopótamos chapoteaban cerca de la orilla. Al verlos, el faraón soltó un grito de alegría e hizo señas a su amigo para que se dirigiese hacia ellos.

—Es el hijo de Set —exclamó el monarca, entusiasmado—. Hoy lo arponearé sin compasión, pues Amón guiará mi brazo. Siento su fuerza dentro de mí. Aproxímate antes de que se escapen.

Sin embargo, Nehebkau dejó de remar ya que sabía que si se les acercaban correrían un peligro cierto. En su opinión, el hipopótamo era el animal más peligroso de todo el Valle del Nilo. Era una bestia feroz que causaba innumerables muertes, pues su mal carácter lo convertía en sumamente agresivo. El resto de las especies los evitaban, y hasta los cocodrilos les tenían respeto. Uno de los hipopótamos fijó su atención en ellos. Se bañaba en compañía de su familia, pues entre esta se veían varias crías; si se sintiese amenazado se les enfrentaría con una furia difícil de imaginar.

Nehebkau maniobró para alejarse de ellos cuanto antes, ante el estupor del faraón.

—Pero... —balbuceó este, incrédulo, al tiempo que volvía la cabeza hacia su amigo para recriminarle con la mirada.

—Si nos ataca partirá en dos la barca, y ni Amón ni toda la Enéada hermopolitana podrán evitar una desgracia —aseguró Nehebkau, impasible, mientras dirigía el esquife hacia un lugar del río en el que las aguas eran más profundas.

El faraón pareció herido en su dignidad al cambiar de rumbo ante los ojos de quienes los seguían, y Nehebkau esbozó una media sonrisa.

—Si se lo propusieran también hundirían las barcazas de tu séquito —señaló el joven—. Si deseas arponearlo es mejor que lo hagas desde tu nave. Si retas a Tueris es posible que tu reinado termine hoy.

El dios no fue capaz de responder, aunque al punto se reflejó en su rostro la cólera ante la osadía que le demostraba su amigo. Este le mostró la palma de la mano.

—El dios Nebkheprura muestra su buen juicio ante su pueblo —continuó Nehebkau—. En la historia de la Tierra Negra ya hubo un faraón que pasó a la «otra orilla» a causa del ataque de un hipopótamo.

Tutankhamón se quedó pensativo, ya que su amigo tenía

razón. Hacía más de mil seiscientos años, Aha, segundo faraón de la I Dinastía, fue muerto por un hipopótamo, y al joven rey no se lo ocurría una forma más indigna de acabar sus días que aquella.

—Observa, Tut —dijo el joven, al momento—. Aquí el agua es más clara, y es un buen lugar en el que pescar.

Durante un rato ambos permanecieron en silencio y de repente vieron la sombra de un enorme pez merodear junto a la barca. Entonces Nehebkau hizo una señal al dios...

—Préstame tu anillo —dijo mientras extendía una mano hacia el faraón.

Este pareció sorprendido, pero al punto hizo lo que le pedía, y su amigo lo tomó para atarlo a un cordel y arrojarlo al río, cerca de la superficie. Al momento la luz del sol se reflejó sobre el anillo y el pez se aproximó atraído por los destellos. Nehebkau hizo una seña al soberano, y este lanzó el arpón sobre su presa para atravesarla por completo. Tutankhamón gritó de júbilo.

—¡Es enorme! —exclamó el faraón en tanto observaba cómo la perca daba sus últimos coletazos.

—Mide al menos tres codos —aseguró Nehebkau—. Con ella se podría alimentar a una familia entera. Tendrás que ayudarme a subirla al esquife.

Al ver cómo ambos pescadores mostraban la perca ensartada, el séquito que acompañaba al rey prorrumpió en vítores, y desde sus barcas ensalzaron la habilidad del dios, ya que no era sencillo pescar una perca como aquella.

—¡Fíjate, Tut! —exclamó Nehebkau con evidente entusiasmo—. Yo diría que mide metro y medio. Pocas veces he pescado una perca tan grande como esta —mintió el joven.

—Hoy Hapy, el señor de las aguas, me favoreció. ¿Crees que me reconoció? —preguntó el joven faraón.

—Estoy convencido de ello. Su reino no tiene secretos para él. Observa si no a los hipopótamos cómo te miran con curiosidad, sin aparentar temor; o a los cocodrilos desde los islotes. A su manera Sobek también te saluda y te da la bienvenida.

—¿Estás seguro?

—Por completo —dijo Nehebkau con suficiencia—. Los señores del río te rinden pleitesía al tiempo que te felicitan por tu captura.

—Es verdad —masculló el rey, como para sí—. Reconocen a Nebkheprura.

—Son testigos de tu poder, gran faraón —aseguró su amigo con evidente ironía—, y también de tu habilidad. Pescaste la perca con tu anillo.

—¡Es cierto! —exclamó Tutankhamón con entusiasmo.

—Se lo tragó para picar el señuelo que le pusimos. Es la primera vez que se pesca un pez con el anillo del dios.

—Ja, ja. La perca sucumbió ante mi poder.

Aquel hecho fue muy celebrado, y durante un tiempo Per Hai se hizo eco de la hazaña y hasta dónde podía llegar el poder del señor de las Dos Tierras. Con uno de sus anillos había pescado una enorme perca. Nunca se había visto algo semejante.

Alabanzas aparte, el dios se hallaba eufórico, e incluso veía en todo lo sucedido el concurso de sus ancestros, ya que el susodicho anillo había pertenecido a su abuelo, el gran Amenhotep III, y le había sido regalado por Tiyi, quien había amado a su nieto de forma particular. Aquella aventura dio pie a otras muchas, y durante semanas ambos amigos se dedicaron a recorrer cada rincón de una tierra que Nehebkau conocía como nadie. Este condujo al rey a los mejores lugares donde cazar. Tutankhamón era un apasionado de esta actividad, y se encontraba tan pletórico de ánimo que no quería dejar pasar la oportunidad de demostrar sus habilidades. Era sumamente diestro en el uso del boomerang, y con él abatió infinidad de patos y ánades entre los cañaverales, bajo la atenta mirada de su amigo, que tuvo que reconocer su maestría para la caza.

—Nebkheprura es un gran cazador. Pronto en el Alto Egipto no se hablará de otra cosa —le animó una mañana en la que había conseguido cerca de cien piezas.

A quien un día fuese pescador no le faltaba razón, aunque la verdadera pasión de Tutankhamón fuese el tiro con arco.

Poseía infinidad de ellos, aunque su preferido fuese uno compuesto con el que se empeñó en ir a cazar en compañía de su esposa. Para la ocasión decidió transportar uno de sus sillones, magnífico donde los hubiese, una verdadera obra de arte ornado con la más exquisita orfebrería. Sentado en él junto a Ankhesenamón, Nehebkau fue testigo de cómo el faraón hacía blanco donde se proponía, pues incluso cazó varios oryx, mientras la Gran Esposa Real le ofrecía zumo de granada, una de las bebidas favoritas del dios.

Una tarde Nehebkau le invitó a acompañarle a los palmerales que tan bien conocía.

—Si vienes podré mostrarte la magia que envuelve esta bendita tierra —le dijo el joven en un tono enigmático.

El dios aceptó, y juntos se dirigieron al lugar en el que el tebano acostumbraba a encontrarse con sus amigas.

—Quédate aquí y no te muevas —le advirtió este mientras caminaba hacia la palmera junto a la que antaño se había sentado tantas veces—. Hoy saludaremos a Wadjet.

El faraón tragó saliva, y en compañía de parte de su pequeño séquito hizo lo que le pedían. Vio cómo su amigo se recostaba con parsimonia contra el tronco y acto seguido emitía lo que parecían extraños susurros, cual si orara en voz baja al dios de la magia. Solo a este podían ir dirigidos los rezos pues, a no mucho tardar, apareció Wadjet, reptando con parsimonia, con cierta pereza, como si surgiese de su propio sueño. Pero al poco se aproximó otra, y luego una más, cual si se sintiesen atraídas por una fuerza a la que no podían ignorar. Acto seguido las tres cobras se alzaron como solían, majestuosas, en tanto Nehebkau parecía hablar con ellas y movía con suavidad las manos, invitándolas a que se le acercaran. Las serpientes se balancearon un instante, como acostumbraban antes de atacar, pero en esta ocasión se aproximaron al joven para, al momento, reptar por sus brazos hasta encaramarse sobre los hombros, a la vez que lo miraban fijamente. Sin mover un solo músculo, el dios asistió, petrificado, a una escena que parecía formar parte de un sortilegio; de un conjuro solo al alcance del mago entre los magos de Egipto. Por un instante pensó que su amigo en verdad era un dios, pues no era posible un poder semejante en la Tierra Negra. Las cobras le rendían pleitesía, y todos los allí presentes se sentían tan impresionados que contenían la respiración, temerosos de romper aquel hechizo.

Este terminó como de costumbre, cual si todo se debiese a una representación que tocaba a su fin, y al cabo las cobras se echaron de nuevo sobre la hojarasca para desaparecer zigzagueando entre los matorrales.

De regreso a Per Hai nadie dijo una palabra. El asombro había enmudecido a cuantos habían presenciado la escena, o quizá se debiese a que aquel suceso no era de este mundo.

36

La estancia del dios en Waset no estuvo exenta de inconvenientes, pues su ya de por sí delicada salud se vio afectada por ciertos trastornos intestinales que, por otra parte, eran muy habituales entre los pobladores del Valle. Los parásitos y tenias eran unos habitantes más de la Tierra Negra, y el faraón sufrió una diarrea que hizo necesaria la intervención de un personaje en verdad singular: el *neru pehuyt*, o lo que es lo mismo, «el guardián del ano del faraón».

Su nombre no importaba pues todos le llamaban Medunefer, y dado lo aficionados que eran los egipcios a los apodos, había que reconocer que este había sido bien elegido. Dicho personaje formaba parte de la leyenda pues, durante las primeras dinastías, había ostentado el título de *kherep sunu*, «el que está al cargo de los doctores», la máxima autoridad médica de su tiempo. El susodicho había ejercido como *sunu irty*, especialista en oftalmología, y de esta particularidad había nacido el sobrenombre. La burla no dejaba de ser colosal, pero al personaje no le importaba en absoluto que le llamaran como a su afamado colega, uno de los más renombrados médicos en la historia de Kemet, solo superado por el inmortal Imhotep; qué más podría decirse al respecto. El buen *sunu* había aceptado su apodo desde el primer momento con innegable satisfacción.

Ser comparado con el legendario médico era motivo de orgullo para el galeno, independientemente de la escatológica malicia que encerraba el asunto, pues el apego que sentía hacia sí mismo sobrepasaba todo lo conocido. Podía asegurarse que su ego abarcaba las Dos Tierras, y era tan puntilloso que su trato resultaba difícil hasta para el resto de sus colegas. Y es que Medunefer era sumamente estirado y pomposo, con una grandilocuencia que superaba los límites de lo conocido, y que utilizaba a la menor oportunidad. Hacía ver que sabía de todo, que sus conocimientos se encontraban por encima de los de los demás, y por ende despreciaba al resto de los doctores de la corte.

Al *sunu per aa*, el médico de palacio, le criticaba a la primera oportunidad, y no mostraba la menor consideración hacia el que atendía a la Gran Esposa Real, el *sunu n hemet niswt*, a quien tildaba de torpe en la intimidad. De alguno de los especialistas, como el dedicado al abdomen, el *sunu khet*, aseguraba que mejor debía emplearse como *rekh kau*, «el que sabe de toros», o lo que es lo mismo, como veterinario; incluso se atrevía a aconsejar al *sunu n neb tawy*, el médico personal del faraón, pues no en vano él alegaba conocer en todo momento el funcionamiento de cada *metu* del dios.

Proclamaba que todos confluían en el mismo lugar, el ano, y él era su fiel guardián. ¿Acaso existía algo tan delicado como el ano del faraón? Naturalmente que no, se decía a sí mismo y a cuantos estuviesen dispuestos a escucharle. Se trataba de un orificio sublime, que no guardaba el menor secreto para él, pues con un solo golpe de vista podía diagnosticar cualquier mal que aquejara al intestino real. Poseía remedios para todo, afirmaba, aunque tuviese una destacada afición por los enemas. Las lavativas eran su debilidad, y las recetaba a la primera oportunidad que se le presentaba. Él mismo era un incondicional de ellas, pues se las aplicaba casi a diario, y en la corte aseguraban que ese era el motivo de su extrema delgadez. En esto no andaban descaminados los cortesanos, ya que Medunefer pasaba una buena parte del día evacuando, lo que era motivo de burla y provocaba una gran hilaridad.

Como Medunefer era muy minucioso en su trabajo, prestaba una especial atención a las deposiciones, y sobre todo a su inspección en busca de gusanos. Estos eran harto frecuentes, sobre todo el *hefat*, la ascáride, y el *pened*, la solitaria. Para eliminar ambos utilizaba un vermífugo infalible a base de granada y ajenjo, e insistía al rey en la necesidad de purgar el vientre con frecuencia con uno de sus preparados preferidos a base de leche, higos de sicómoro abiertos a lo largo y miel, el cual cocía y obligaba a beber durante cuatro días.

En realidad, todos los habitantes del Valle tenían que hacer uso de los enemas tarde o temprano. Para ello utilizaban una caña y agua del río que bombeaban por medio de vejigas de animal o pequeñas bolsas de cuero. Era una práctica ancestral que provenía de observar cómo los ibis se purgaban introduciéndose el agua del Nilo con su pico por el ano. Como es fácil de adivinar, los «guardianes del ano real» habían refinado dicho arte, del cual Medunefer se tenía por un verdadero virtuoso. Para la ocasión utilizaba una cánula de oro, que era lo más adecuado para introducir en un ano que se consideraba divino, y tras poner en posición al monarca, el médico soplaba el compuesto que había preparado a fin de irrigar convenientemente el intestino real. Lo hacía con tal destreza que no se desaprovechaba ni una gota del laxante, evitando además cualquier desazón en el soberano.

—¡Cuánta responsabilidad recae en mis manos! —exclamaba, convencido de que la buena marcha del país recaía en parte en la adecuada evacuación diaria del rey.

Allá a donde viajaba el faraón, lo hacía en compañía de su guardián anal, quien no cejaba en transmitirle su obsesión por la necesidad de la limpieza del vientre.

—Creo que esta vez enviaré a Medunefer al Sinaí —dijo el dios a Nehebkau al sentir los primeros síntomas de diarrea—, y haré que lo empalen sobre uno de sus enemas.

Su amigo lanzó una carcajada, ya que conocía el celo que demostraba el susodicho.

—No te rías. Te aseguro que esta vez le castigaré como corresponde. Hoy pensaba ir de caza contigo a los cañaverales, y me temo que no podré salir de mis aposentos. Sekhmet se lleve a ese hombre.

—Ja, ja. Tiene una plena dedicación hacia tu persona, pues solo se ocupa de tu bienestar. Es el único ano que guarda.

—Sí, pero en esta ocasión creo que se le ha ido la mano —se quejó Tut.

Nehebkau volvió a reír, ya que en Kemet las diarreas estaban a la orden del día.

—Te digo que esta vez ha sido debido al ricino que me aplica como laxante —señaló el rey con evidente malestar.

Pero al rato se presentó Medunefer con cierta preocupación por las amenazas que le había dedicado el dios, y al instante se postró a sus pies antes de hablar.

—He examinado las deposiciones con cuidado, mi señor, y no tengo duda. Es una enfermedad que puedo tratar[58] —aseguró con tono temeroso.

—Más te vale —dijo el faraón con evidente disgusto, pues se sentía con poco ánimo para hablar.

—Tu mal, gran señor, no es debido a las lavativas —se defendió Medunefer, sin atreverse a mirar a la cara del rey.

Tut hizo un gesto de contrariedad, y el *sunu* se apresuró a continuar.

—El gran Nebkheprura, vida, salud y prosperidad le sean dadas, tiene el síntoma *wehedu*.[59]

Al oír al médico, Nehebkau enarcó una de sus cejas ya que nunca había escuchado semejante término. Medunefer se envaró y miró con desdén al joven antes de continuar.

—Es *wehedu*, sin lugar a duda, y no es debido a los enemas sino a la comida —advirtió el *sunu* con un ligero tono de recriminación, ya que opinaba que la mayor parte de esta era superflua—. Toda comida termina por producir *wehedu*.

—*Wehedu* —musitó Tut con fastidio.

—Pero es un mal que puedo tratar, mi señor —se apresuró a repetir el médico.

—¿Acaso harás ofrendas a Sekhmet? —inquirió el rey con desdén.

—Mi patrona siempre está en mis oraciones, Horus reencarnado, pero prepararé una receta que curará la enfermedad.

—¿Qué receta es esa? —quiso saber Tut, temeroso de que le fuese a aplicar alguna lavativa.

—Está compuesta por pulpa de vaina de algarrobo, aceite, miel, agua y gachas frescas de avena —señaló el *sunu* con suficiencia.

El faraón se lamentó al escuchar la retahíla de medicamentos que le recetaba Medunefer.

—Es bueno dejar que salga el mal para que los *metus* queden libres de él —explicó el médico—. Si mi señor toma este preparado todas las mañanas, en cuatro días estará curado.

—¡Cuatro días! —masculló el faraón con evidente disgusto, ya que tenía planeado recorrer el Nilo hasta el-Kab para cazar y pescar en compañía de su amigo.

Medunefer se limitó a agachar la cabeza, pues conocía el mal humor del dios cuando se veía postrado, sin posibilidad de disfrutar de su afición favorita: la caza. Pero él era un firme defensor de mantener los *metus* libres de inmundicias, y nunca se doblegaría ante la glotonería. Esta era moneda corriente entre los cortesanos, que defendían la idea de que la obesidad era reflejo de una buena posición social. A más gordura mejor posición social, y no había quien los convenciese de lo contrario.

Afortunadamente la corte poseía sus propios *sunus*, y Medunefer no se veía obligado a prestarle sus servicios. De no ser así, el afamado médico hubiese sufrido muchísimo, sobre todo por el hecho de haber tenido que soportar los desaires y mofas de quienes él consideraba una especie de parásitos y consumados bribones. Medunefer no había nacido para las intrigas, y mucho menos para soportarlas, y en ocasiones se imaginaba cómo hubiese sido su vida de tener que tratar a aquella turba a los que llamaban «cortesanos». Por su parte los rehuía cuanto podía, y a veces había llegado a tener pesadillas por su culpa. Se reían de él en cuanto le veían y, algunas noches, el *sunu* soñaba que lo rodeaban portando lavativas dispuestos a aplicárselas, sin la menor consideración a su alto rango. No quería pensar en cómo hubiese sido su existencia de haber tenido que dedicarse a aliviar los males anales de toda aquella patulea. Él, que era un aventajado discípulo de Imhotep, y había estudiado en la Casa de Vida de Sekhmet en su querida Menfis.

El hecho de haberse tenido que ausentar de su amada ciudad ya representaba una incomodidad para él, pero su misión era acompañar al dios allí a donde se dirigiera, y estaba íntimamente agradecido a la Poderosa por haberle bendecido al otorgarle el don que poseía. No existía en todo Kemet un guardián de anos que se le pudiese comparar, y de ello se vanagloriaba, ya que conocía todo acerca de dicha especialidad médica, y era capaz de reconocer cualquier parásito que anidara en los *metus* intestinales, y cómo combatirlos. Claro que por este motivo había sido elegido para ocuparse del ojete del faraón, por mucho que los demás hiciesen burlas de ello.

Su viaje al Alto Egipto se le había hecho insufrible. Él era un hombre del norte, descendiente de una refinada familia de reputados médicos que huían de los tratamientos mágicos utilizados por muchos de los *sunus* de aquella sagrada tierra. Él solo atendía al método científico, y comprendía que existían innumerables circunstancias desconocidas que llevaban a que muchos galenos terminasen por hacer uso de conjuros para tratar enfermedades que él calificaba como «ocultas». Sus cánulas, enemas o lavativas tenían una razón de ser, y se sentía orgulloso de atenerse a ellas como único medio para aliviar los males del faraón.

Por alguna causa, en el sur dichos males eran proclives a multiplicarse, y por este motivo él aborrecía aquella región en la que la mayoría de sus conciudadanos terminaban por arrojarse en brazos de la brujería para tratar las enfermedades. Contaba las horas que faltaban para regresar al Bajo Egipto, y entretanto procuraba que el dios no se atiborrara de alimentos que él consideraba perjudiciales para su salud.

Como es lógico, el «guardián del ano» del rey estaba al corriente de los males que aquejaban a los cortesanos. Los *sunus* encargados de tratarlos no daban abasto, pues las indigestiones eran cosa de todos los días, así como las diarreas que solían aquejar tanto a las damas como a los caballeros. En algunas ocasiones sus colegas acudían a Medunefer para recabar sus consejos, y él les recomendaba que enviaran a toda aquella chusma al río para que se pusieran lavativas de agua del Nilo los unos a los otros, como hacía el resto de los ciudadanos.

—Recetadles nueces de tigre —terminaba por decirles, después de escuchar sus ruegos—, y si no surten efecto obligadlos a masticar semillas de ricino para que se purguen de una vez por todas.

Durante su estancia en Waset, Medunefer se figuraba las consecuencias que todos aquellos males que aquejaban a los cortesanos terminaban por provocarles, e imaginaba, horrorizado, a los aristocráticos vientres víctimas de la glotonería y excesos sin fin. Ni por mil *deben* de plata se prestaría a tratarlos, y mucho menos a ocuparse de las hemorroides que solían aquejarles.

Tal y como había vaticinado Medunefer, la diarrea del faraón remitió a los cuatro días, hecho que satisfizo al rey en sumo grado, pues no en vano había puesto en juego su credibilidad y el alcance de sus conocimientos. Sin embargo, todo el proceso había dejado secuelas al ya de por sí maltrecho cuerpo del dios, pues a la debilidad que este sentía había que sumar una intensa quemazón anal.

—Todo es debido al *wehedu*, mi señor —aseguró el *sunu*—. Después del calor generado por las incesantes deposiciones, es preciso refrescar el ano.

—Pues date prisa en enfriarlo si no quieres sufrir las consecuencias —le amenazó el rey, quien se hallaba de muy mal humor por todo lo ocurrido.

—Aplicaré al Horus viviente un compuesto infalible: grasa de res con hojas de acacia. Es un remedio tan efectivo como antiguo, pues ya se utilizaba en la edad de las pirámides.

El faraón hizo un gesto con el que se daba por enterado, al tiempo que despedía al *sunu* con evidente displicencia. Mientras Medunefer abandonaba la sala, Nehebkau pensó en el mal que aquejaba a su real amigo, el mismo que padecía una buena parte de la ciudadanía, y que se aliviaban como mejor podían, generalmente con lodo del río y pasta de cebada y aceite, aunque había quien se aplicaba excrementos de ganado ovino.

Nehebkau se encogió de hombros. Los *sunus* de Kemet tenían una bien ganada fama, aunque a él siempre le habían parecido pretenciosos. El «guardián del ano» del faraón era una buena prueba de ello. Lo había visto casi a diario durante los últimos años y, no obstante, jamás había cruzado una palabra con él. Su mirada siempre le había llegado cargada de suficiencia, pues el médico conocía su humilde procedencia. Sin embargo, no dejaba de ser un tipo tan solitario como lo era el joven. No se le conocía esposa ni descendencia y su vida estaba consagrada por entero al ano del señor de las Dos Tierras. Así lo había determinado Shai, el gran tramposo, y Nehebkau recordaría a aquel hombre como alguien a quien nunca hubiera deseado parecerse.

37

Nehebkau había temido aquel momento desde el instante en el que el dios había llegado a Waset. Era de esperar, por mucho que se hubiese convencido a sí mismo de lo contrario, y cuando llegó la hora al joven se le presentaron sus viejos fantasmas, uno por uno, cual si en realidad se encontrase en algún lugar del Inframundo. El mes de *mesore* ya anunciaba la llegada del verano, y muy pronto el río volvería a crecer para iniciar, con la avenida, el ciclo natural que otorgaba la vida al Valle del Nilo desde el principio de los tiempos. Así, las aguas bajarían saturadas de limo benefactor hasta convertirlas en gachas negruzcas que terminarían por alimentar los campos con su sustrato divino, pues no podía entenderse de otra forma. El rey regresaría a Menfis para pasar el estiaje, pero antes de que el periodo de las «aguas altas» llegara a Tebas, quiso visitar la que algún día sería su tumba; ver cómo progresaban los trabajos en el interior de la que estaba destinada a convertirse en su morada eterna.

Este deseo entraba dentro de lo esperado, por mucho que Nehebkau hubiese querido engañarse. Con frecuencia sus irrealidades solo servían para conducirle a la frustración, y terminaban por causarle un sufrimiento del que le era imposible escapar.

Los trabajos en el Valle de los Monos habían continuado durante los años en los que Nehebkau se había ausentado del Lugar de la Verdad. Los Servidores de la Tumba habían seguido con su labor, abriéndose paso a través de la roca viva de la montaña tebana, día a día, a fin de construir para su señor el hipogeo en el que descansaría para siempre cuando Osiris lo llamara a su presencia. Al parecer todas las cámaras habían sido terminadas, y solo faltaba por dar vida a su interior de la mano de los artistas que debían decorarlas.

—Maya asegura que la «casa del oro» lucirá espléndida cuando termine de ser pintada, pero ardo en deseos de verla —dijo Tutankhamón a su amigo aquella mañana.

Este asintió, en tanto disimulaba su zozobra. La última vez que acompañó a los trabajadores estos ya habían comenzado a trazar los primeros bosquejos en una de las paredes de la cámara mortuoria, a la que solían denominar como la «casa del oro». Sin duda allí se encontrarían sus viejos amigos, con Kahotep a la cabeza, y por supuesto Ipu, a quien no había dudado en traicionar sin reparar en las consecuencias. ¿Qué ocurriría cuando sus miradas volvieran a cruzarse? ¿De qué le serviría su disfraz?

Nehebkau había estado tentado de aducir que se sentía indispuesto, para librarse de aquella vergüenza, pero en el último momento comprendió que si lo hacía sería devorado por su cobardía durante el resto de sus días. Aquella visita formaba parte de su propia penitencia, y debía cumplirla si quería verse redimido de su culpa algún día.

El Valle Occidental continuaba tal y como lo recordaba. El Valle de los Monos, como habitualmente lo llamaban, era un lugar solitario, majestuoso, en el que imperaba el silencio. Los altos farallones que lo rodeaban lo hacían único, al tiempo que ayudaban a conformar un paraje de desértica belleza en el que era posible respirar la espiritualidad que emanaba desde lo alto de los cerros, donde habitaba la diosa Meretseguer, «la que ama el silencio». En opinión del joven, aquel cañón superaba en grandeza al Valle de los Reyes, pues poseía magia, y no se le ocurría un lugar mejor donde excavar una tumba real para alcanzar la gloria eterna. El túmulo se encontraba casi al fondo del *wadi*, próximo al de su abuelo, Amenhotep III, y al que su padre había empezado a erigir para luego abandonarlo.

Se trataba de un sepulcro que poco tenía que ver con los anteriores construidos durante la XVIII Dinastía. En realidad, mostraba similitudes con el que Akhenatón se había edificado en Amarna, con un eje recto que terminaba por desviarse al alcanzar la cámara mortuoria. El corredor principal era largo y más ancho de lo acostumbrado, y tras descender los primeros escalones que daban acceso al hipogeo, las paredes se encontraban labradas con ranuras donde se colocarían los listones utilizados para poder bajar el sarcófago de granito.

Después de descender una nueva escalinata, el pasillo penetraba en la montaña hasta llegar a un pozo situado antes de la «casa del oro»; la habitación en la que descansaría el ataúd real.

Quizá influenciado por el pensamiento religioso de su padre, Tutankhamón abandonaba la costumbre de sus ancestros de construirse la última morada con pasillos que giraban hacia la izquierda cuando se enterraba al rey, o hacia la derecha cuando se sepultaba a una reina. El dios Nebkheprura había decidido que los corredores fuesen rectos, iniciando de esta forma una costumbre que, curiosamente, seguirían los soberanos de las dos próximas dinastías.

Durante todo el camino a través de aquel valle, Nehebkau se dejó envolver por el silencio mientras su corazón se aceleraba. Siempre aseguraría que este hablaba por sus *metus* con la fuerza de mil arietes; que sus muñecas latían y su estómago se contraía presa de la angustia. Nadie dijo una sola palabra, y conforme el cortejo real avanzaba, el más absoluto mutismo se apoderó de él, como si en verdad Meretseguer impusiese su ley. Solo las pisadas y el sonido producido por Ipy, el encargado de agitar el abanico del rey, rompían aquella quietud en tanto, en lo alto, un halcón sobrevolaba el Valle para dar la bienvenida al Horus reencarnado.

Un pequeño séquito aguardaba a la entrada de la tumba, y ya en la distancia Nehebkau pudo reconocer al superintendente de la Plaza de la Eternidad, Maya, acompañado por Djehutymose, su inseparable asistente, y junto a ambos una figura que conocía bien: Kahotep. La silueta de este se destacaba sobre las que le rodeaban y, sin saber por qué, se hizo más grande según se acercaban, como si se tratara de la de un gigante. En la puerta de aquel hipogeo el tamaño del viejo capataz se agigantaba ante sus ojos como si se hubiese convertido en un ser superior que aguardaba, impávido, el momento que durante tanto tiempo había esperado, y al hallarse ya próximo, Nehebkau se sintió tan pequeño que no tuvo el valor de mirarle a la cara.

Sin embargo, todo se precipitó ya que, al descender de su palanquín, los presentes cayeron de bruces para postrarse ante el dios que los honraba con su visita. Con ella Nebkheprura reconocía el arduo trabajo que, durante ocho años, habían llevado a cabo sus fieles servidores, los habitantes del Lugar de la Verdad, por quienes sentía una particular consideración. Él los mantenía para que le otorgaran el descanso eterno y se encargaran de guardar para siempre los secretos que encerraría su tumba.

Tutankhamón les ordenó levantarse, y apoyado en su bastón saludó a Maya, a quien apreciaba en gran manera, y luego a Kahotep como responsable de las obras. Al viejo capataz los ojos se le velaron por la emoción, aunque al poco sintió que desfallecía, que no sería capaz de mantenerse sobre sus piernas. ¿Qué tipo de hechizo obraba en aquella hora?

Kahotep lo reconoció con el primer golpe de vista, daba igual que aquel hombre estuviese tonsurado como si fuera un profeta, ni que su atuendo fuese el de una persona principal. Ni todos los disfraces urdidos por la serpiente Apofis podrían ocultar su identidad. Era Nehebkau, el joven que había llevado la desgracia a su casa, el causante de la tragedia que había castigado a su familia, de la vergüenza que estaría obligado a soportar hasta que pasara a la «otra orilla».

Al observar que fijaba su atención en el joven, Djehutymose le susurró de quién se trataba, y al enterarse de que aquel canalla había llegado a convertirse en «amigo del faraón», el viejo creyó que su pecho estallaba. ¿Cómo era posible? ¿Dónde estaba el *maat* que regía el camino recto en aquella tierra? ¿De qué tipo de pasta estaban hechos los dioses para permitir semejante burla? Nehebkau cruzó con él su mirada por primera vez, y al leer en ella su culpa, Kahotep tuvo la certeza de que sus *metus* se llenaban de ira, de un fluido espeso y ponzoñoso que lo devoraba sin remisión. Hubiera querido clamar a la justicia divina, postrarse de nuevo ante Nebkheprura para hacerle saber el alcance de aquella ignominia, para contarle lo ocurrido y quién era en realidad aquel hombre al que había bendecido con su amistad, pero no pudo. Su corazón atribulado le impedía despegar los labios, mas dirigió una vez más su vista a Nehebkau para atravesarle con el poder de mil lanzas, para fustigarle sin misericordia y decirle que estaba condenado, que en la hora de su juicio ningún Horus reencarnado correría a ayudarle, y que Ammit devoraría su alma sin remisión. Todo esto le transmitió el buen capataz, y al ver la luz de sus ojos y su expresión compungida, supo que había entendido hasta la última palabra.

El faraón hizo ver sus deseos de proseguir su visita, y junto a su real séquito descendió los escalones que conducían a las profundidades de la tumba. Nehebkau siguió a su señor sin atreverse a levantar la mirada, incapaz de apartar la vista de aquellos peldaños que llevaban al primer corredor del túmulo. Kahotep vio pasar el cortejo junto a él, y cómo aquel joven sin alma desaparecía en las entrañas de la montaña sagrada, pero no pudo acompañarlos. Sus pies se negaban a moverse en tanto su corazón pugnaba por salirse de su pecho. Entonces tuvo la sensación de que aquel saltaría en pedazos, que sus *metus* reventaban para ocasionarle un dolor insoportable. A duras penas sus manos se aferraron a la roca que él había ordenado horadar al iniciar los trabajos de aquel hipogeo, para terminar por doblarse sobre sí mismo presa de un gran padecimiento. Uno de los trabajadores acudió en su ayuda, y pasados unos minutos el viejo capataz pareció recuperarse e hizo una seña para que se apartaran. Su dignidad le daba fuerzas, y acto seguido abandonó el lugar, casi arrastrando los pies, mientras buscaba un poco de aire que llegara a sus pulmones.

De este modo Kahotep se alejó de la tumba para siempre, con el convencimiento de que el *maat* no era sino una palabra sin significado, y los justos, náufragos a merced de la tormenta. De una u otra forma esta terminaba por engullirlos ante la pasividad de unos dioses ciegos y sordos. No entendía nada. Su mundo se desmoronaba al haber sido fundado sobre cimientos ilusorios. En él no había cabida para nadie, y mientras se alejaba tuvo la certeza de que muy pronto no sería más que arena con la que alimentar el desierto. El Valle de los Monos quedaba atrás, como si formase parte de un sueño del que había despertado, y sus ojos se llenaron de lágrimas, llevados por el desconsuelo. La vida lo había derrotado, y solo le restaba poder llegar hasta su casa.

Para Nehebkau la visita a aquella tumba se convirtió en un descenso al Inframundo. Según se adentraba por el corredor descendente, aumentaba en él la sensación de haberse transformado en un ánima perdida en busca de un lugar en el que poder descansar en paz. Sin duda, aquel túmulo podía convertirse en el emplazamiento perfecto para tal fin, y, no obstante, a cada paso que daba, el joven se sentía más cerca de la perdición eterna. El encuentro con el viejo capataz había sobrepasado sus peores presagios, pues su mirada había tenido el poder de desnudar su corazón para arrojarle a las fauces de la tenebrosa Ammit. La diosa devoradora de los muertos se le había presentado para dar buena cuenta de él, como correspondía al condenado. Ya no era preciso que Osiris lo llamase ante su tribunal; Kahotep se había encargado de dictar su sentencia sin necesidad de que su alma tuviese que ser pesada, ni que el sapientísimo Thot hubiera de tomar nota del resultado. El Amenti lo esperaba, y según avanzaba por el lóbrego pasillo el joven se sintió, por primera vez, abandonado a su suerte. Tuvo la impresión de que su *ka* había quedado atrás, en algún lugar lejano, que había huido de su lado avergonzado por lo que había hecho. Su fuerza vital había desaparecido y él seguía los pasos del faraón cual si se tratase de un animal gregario, quizá un perro, aunque supiese que estos eran incapaces de traicionar a quienes amaban.

Sin saber por qué, la imagen de su padre se le apareció entre las sombras, a la vez que el nombre de su madre resonaba en su corazón, y se le ocurrió que en ellos podía hallarse la respuesta, que lo peor de ambos corría por sus *metus* para hacer de él lo que era. ¿Qué otra cosa podía esperar? No eran fantasmas de quienes huía, sino de sí mismo.

Sin embargo, al llegar a la cámara mortuoria recobró su consciencia. Varios hombres trabajaban en su interior, y al momento buscó con la mirada al que un día fuese su mejor amigo, pero no le encontró. Ipu no se hallaba entre los obreros, aunque sí Neferabu, el maestro pintor a cargo de la decoración de la tumba. Nehebkau recordó los días en los que ayudó al maestro como aprendiz, y también sus enseñanzas, así como la empatía que surgió entre ambos. Por un instante ambos cruzaron sus miradas, aunque Neferabu la apartó enseguida para dirigir su atención al dios, a quien explicaba la escena que pintaría sobre la pared frontal, al oeste de la habitación, que lucía cubierta de cuadrículas sobre las que dibujarían las imágenes.

Dos de los muros de la sala se hallaban ya decorados. En el de la izquierda, Nehebkau reconoció a la diosa Neftis situada entre dos barcas solares. En la situada a su derecha navegaba la Enéada heliopolitana encabezada por Ra-Horakhty, seguida por Shu, Tefnut, Geb, Nut, Osiris y Horus, y bajo ella se encontraban dos textos extraídos de los capítulos ciento treinta y ciento cuarenta y cuatro del Libro de los Muertos, con el fin de asegurar la vida eterna del faraón difunto a la llegada al otro mundo, y a la izquierda de la diosa Neftis se encontraba la otra barca solar que portaba dos estandartes, sobre los que se alzaban sendos halcones.

Al joven los registros de aquella escena le parecieron magníficos, aunque enseguida dirigió su atención a la pared situada frente a la anterior, al otro lado de la sala. Sin duda pensó que estaba llena de magia, ya que en ella se representaban escenas procedentes de la primera hora del *Amduat*, el Libro de la Cámara Secreta, «aquello que está en el Mundo Subterráneo». Entre ellas podía observarse a Khepri, el dios escarabajo, símbolo del renacimiento, que navegaba sobre una barca solar como signo de un nuevo amanecer por el cielo nocturno, mientras a su izquierda lo acompañaban las cinco deidades que se encargaban de recibir a los difuntos en la otra vida: Maat, la señora de la Barca, Horus, el *ka* de Shu y Nehes.

Bajo esta representación la pared se hallaba dividida en doce cuadrículas, dentro de cada una de las cuales se encontraba un babuino que saludaba la reaparición del sol en el nuevo amanecer.

Tutankhamón se mostró satisfecho ante lo que vio y prestó un particular interés por la cámara anexa a la que se acudía desde la sala del sarcófago, y en la que se depositarían en su momento los vasos canopes que contendrían sus vísceras. La tumba distaba de estar terminada, pero el faraón era aún muy joven, y para cuando Anubis acudiera en su busca aquel hipogeo luciría esplendoroso, digno de un gran rey, o al menos eso era lo que todos esperaban.

38

Al regresar a Per Hai, Nehebkau entró en una especie de melancolía que, no obstante, supo disimular. El dios se hallaba eufórico, pues su visita a la que algún día sería su tumba le había llevado a convencerse de que se convertiría en un gran faraón. En su opinión era magnífica, y cuando quedara finalizada no tendría que envidiar a los túmulos construidos por sus ancestros. La última morada era un tema capital para cualquier egipcio, y sobre todo para el señor de las Dos Tierras, quien desde el lugar de su descanso eterno se uniría a los dioses para así velar por su pueblo.

Ya en los aposentos del rey, ambos amigos departieron largamente sobre las particularidades de aquel sepulcro, y cómo sería la decoración de la cámara mortuoria cuando se terminara.

—Sin duda Neferabu hará que pueda disfrutar de todo lo que agrada a mi corazón cuando me encuentre en el Más Allá —aseguró Tut con evidente alegría.

—No podrías haber elegido a un maestro mejor para decorar tu tumba.

—Lo sé. En uno de los muros dibujará mi afición a la caza en los pantanos. Para ello piensa recrear una escena en la que navegaré sobre una barca de papiro junto a un bosque de estas plantas acuáticas, acompañado por otro esquife en el que estará Ankhesenamón. En una de mis manos sujetaré varios pájaros, para que sirvan de reclamo, y en la otra sostendré mi boomerang, listo para lanzarlo, mientras por encima de los macizos de papiro doce patos intentan escapar. La reina recogerá del agua una de las plantas en tanto me aferro a dos tallos para dar impulso a la embarcación. ¿No te parece una idea excelente?

—No se me ocurre otra más acertada —convino Nehebkau, sabedor de la pasión que sentía el faraón por la caza de patos en los marjales.

—Todas las imágenes cobrarán vida, y así podré disfrutar de mis cacerías durante millones de años en compañía de mi esposa —dijo Tut con ensoñación—. En el muro frontal mi imagen se presentará ante Osiris, el señor de la eternidad, y luego seré llevado ante Hathor, junto al *ka* real, para que me insufle la vida. Después me veré frente a la diosa Nut, y más adelante de nuevo junto a Hathor, quien tomará uno de mis brazos.

Nehebkau asintió, ya que la escena no dejaba de ser la habitual; y el rey pareció leerle el pensamiento.

—Sin embargo, Neferabu ha ideado un registro verdaderamente singular, que hará que la cámara mortuoria sea distinta a las demás —se apresuró a decir el soberano—. ¿Recuerdas la situación de la habitación anexa? —Su joven amigo asintió—. Sobre su puerta de acceso, la pared se decorará con una escena única. En ella, los cuatro hijos de Horus que guardarán mis vísceras. Duamutef, Quebesenuef, Amset y Hapy aparecerán sentados alrededor de una mesa con ofrendas, una pareja frente a la otra, con aspecto humano, portando dos de ellos la corona del Alto Egipto, y la otra pareja, la del Bajo. Ellos guardarán la entrada a la sala en la que se depositarán los vasos canopes.

—De este modo cobrarán vida para castigar a quien ose profanar tu tumba —apuntó Nehebkau.

—Siempre permanecerán vigilantes —dijo Tut con gravedad.

Luego hablaron de otros detalles, como los capítulos del Libro de la Salida al Día, también conocido como de los Muertos, hasta que al faraón se le cerraron los ojos y se quedó dormido.

Durante un rato Nehebkau pareció abstraído en las imágenes de la tumba, aunque al cabo los más torvos pensamientos se apoderaron de su ánimo. Su encuentro con Kahotep le había causado una honda impresión. De nada valía engañarse, ambos se habían reconocido al momento y, con el primer cruce de sus miradas, se habían dicho cuanto sentían. La de Nehebkau transmitía su culpabilidad, vagamente disfrazada de un arrepentimiento que aún le envilecía más a los ojos del viejo capataz. En la de este se adivinaba el oprobio; la vergüenza y el rencor de un hombre que, no obstante, no había nacido para odiar. Sin embargo, el joven no había sido capaz de leer su luto, puede que por el hecho de haber desviado la vista, abrumado por su propia culpa. Siempre recordaría el efecto que le causó Kahotep al ver su silueta recortada en la penumbra, justo a la entrada del hipogeo, como si un genio del Amenti aguardara en aquella hora para llevárselo a los infiernos.

Allí sería donde, seguramente, lo enviarían los cuarenta y dos jueces cuando le llegase el momento de ser juzgado en la sala de las Dos Verdades, aunque la mirada que le dirigiese el capataz quedaría grabada a fuego en su corazón durante el resto de sus días.

39

Aquella noche Meresankh observaba el cielo con especial atención. El mensaje era tan claro que la joven pensaba que cualquier tebano que dirigiera su mirada hacia la bóveda celeste podría leerlo. En lo alto, los luceros brillaban con inusitado fulgor, en tanto Shu, el aire, parecía haber tejido un manto de quietud sobre el Valle, bajo el que todos dormían. La calma se había adueñado de Kemet, así como el silencio, un silencio que envolvía de manera particular el Lugar de la Verdad en aquella hora, cual si formase parte de la nada.

A Meresankh aquel símil se le antojó apropiado. Para ella, la línea que separaba lo real de lo irreal era tan difusa que apenas había diferencia. Su mundo se hallaba conformado por la magia, donde lo posible e imposible carecían de importancia, pues formaba parte de aspectos sujetos a una diferente medida. Esta era distinta a la utilizada por el resto de los mortales, y Meresankh se complacía por ello. La Tierra Negra poseía su propio lenguaje: el que nacía de las aguas del Nilo, el que recorría los campos de labor, el que extraía susurros de los palmerales, o levantaba ululantes aullidos entre los angostos valles en los que nada crecía; el viento del desierto también dictaba su ley, así como cada una de las criaturas que llenaban de vida aquella sagrada tierra. Todos alzaban su voz, y la joven entendía cuanto querían decirle; el verdadero alcance de los misterios que hacían de Egipto un lugar que solo podía ser contemplado con los ojos de los dioses.

Sin embargo, la joven se convenció de que, en aquella hora, Nut se hallaba dispuesta a esclarecer cualquier enigma, a mostrar lo que se encontraba oculto. En el vientre de la diosa las estrellas titilaban de tal forma que Meresankh creyó poder atraparlas con sus manos, como si se tratase de un fruto ofrecido por los padres creadores. Todo estaba allí; su historia pasada, la de cuantos la rodeaban, su presente y también lo que estaba por llegar. Las ánimas de los difuntos que habían sido justificados por Osiris se hallaban entre las miríadas de luceros que se asomaban a la noche, y Meresankh recorrió el firmamento en busca de su madre, de su hermana, y ahora también de su padre, convencida de que la observaban desde los cielos. Siempre había pensado que de Neferu surgían las estrellas fugaces, como si su luz quisiera rasgar el firmamento con su pena, y desde que Kahotep se le uniese, la acompañaba en su llanto, aunque fuese a su manera, con la discreción que siempre le había caracterizado, casi sin hacerse notar, para lo cual el buen capataz había elegido el lucero más apagado, pues su tristeza sería infinita.

Meresankh estaba segura de que la sala de las Dos Verdades se había engalanado para recibir a su padre. En pocas ocasiones se juzgaba a un alma tan libre de culpa, y los cuarenta y dos dioses encargados de dar fe de la confesión negativa se ufanaron al ser testigos del fiel cumplimiento del *maat* por parte de aquel hombre en vida. Thot, el incorruptible, se sentiría satisfecho al tomar nota de cómo la pluma de la verdad pesaba más que el corazón del difunto en la balanza en la que tenía lugar la psicostasia, e incluso Osiris, como juez supremo, se levantaría de su trono para recibir alborozado a Kahotep y declararle «justo de voz» y abrirle las puertas de los Campos del Ialú.

No podía ser de otra forma. Los dioses en pleno daban la bienvenida a su hijo más honesto y, sin embargo, este había abandonado la Tierra Negra de la peor manera posible, con el corazón ahogado por la desolación, y sus *metus* saturados por la hiel de la desgracia. No era posible una amargura mayor; la que Kahotep sintió cuando volvió a ver a Nehebkau convertido en «amigo del dios». Si el Amenti existía, todos los genios que lo habitaban se hicieron presentes aquella tarde para burlarse de él con sus carcajadas. Maat había decidido abandonar a su suerte a su pueblo, pues no existía otra explicación. Allí estaba aquel hijo de Apofis, engalanado con las ropas de un visir, tonsurado, como si fuese un sacerdote lector, para ocultar su verdadera naturaleza. Pero al viejo capataz no podía engañarle, y al cruzar con aquel su mirada pudo leer el alcance de su culpa, la vileza de unos actos tamizados a duras penas por el arrepentimiento y también el miedo, un miedo atroz a enfrentarse a su pasado, que le empujaba a esconderse de sí mismo. Nehebkau había emprendido una huida que no tendría fin, impulsado por una mala conciencia a la que jamás podría vencer. Kahotep ignoraba cómo el joven, a quien un día había acogido, se había convertido en un influyente personaje de la corte, nada menos que en «amigo del dios», aunque enseguida lo atribuyera a algún tipo de hechizo descomunal, a la intervención de un poderoso *heka*, ya que no cabía otra explicación. Ser declarado amigo por el faraón era tanto como considerarle su hermano; un gran honor en el que el capataz vio la mayor de las injusticias. Nehebkau había traído la desgracia a su casa antes de que Tutankhamón lo favoreciera en la suya, y fue tal la impresión que ello le causó que Kahotep sintió que el pecho se le partía, que sus *metus* se llenaban de demonios para causarle un dolor insoportable.

A duras penas el viejo abandonó el Valle de los Monos como un ánima desamparada a la que se niega el descanso, por ser incapaz de regresar a su tumba, y al llegar al Lugar de la Verdad los vecinos le ayudaron a entrar en su casa, casi arrastrándole, para llevarlo hasta la cama. La vida se le escapaba y Kahotep fue incapaz de decir una sola palabra antes de expirar. Su viaje al Más Allá se iniciaba de forma imprevista, como suele ocurrir, tras el encuentro con el único hombre al que había maldecido. Lo último que verían sus ojos sería la mirada de su hija, siempre profunda y salpicada de incógnitas. Meresankh parecía hacerse cargo de cuanto le había ocurrido, pues con ella no eran precisas las explicaciones. Su rostro sería el postrer recuerdo que el viejo capataz se llevaría de este mundo, y esto era lo único que importaba.

Para Meresankh el funesto desenlace no fue una sorpresa. Hacía tiempo que conocía la llegada de Nehebkau, pues los cielos así se lo habían pronosticado, y también las consecuencias que se derivarían de ello. Ella jamás se engañaría a sí misma, quizá porque entendía el ritmo al que se movía todo lo que se hallaba bajo la bóveda celeste, las leyes inmutables a las que estaban sujetos los seres vivos que poblaban el Valle. Nadie podía ir contra ellas.

Nehebkau tenía que regresar algún día al Lugar de la Verdad, pues así estaba escrito desde la noche en que abandonase el poblado, y su visita al Valle de los Monos representaba un anuncio de lo que habría de suceder. Volvía convertido en un alto dignatario de la corte, algo que la joven esperaba desde la primera vez que se interesara por él. El destino siempre se cumplía, pues Shai era muy puntilloso al respecto, y las estrellas nunca mentían cuando se les preguntaba en la lengua que entendían. Todas las desgracias acontecidas en su casa estaban escritas, incluso la causa de la muerte de su querido padre. En realidad, no existía culpabilidad alguna en todo lo ocurrido; el llanto y la sonrisa van de la mano del caminante, y Kahotep debía marcharse para que Nehebkau pudiese volver. Ella sabía que el corazón del joven tebano se encontraba sumido en las tinieblas, y que debía deshacerse de estas antes de regresar definitivamente.

Aquella noche, al escrutar los luceros, Meresankh se estremeció, pues los mensajes no eran halagüeños. Estaban escritos con la tinta del infortunio y en ellos se podía leer la fatalidad, la desdicha para toda la tierra de Egipto. Los signos eran tan claros que la joven suspiró resignada ante lo que se avecinaba; pero esa era la voluntad de los dioses. De una u otra forma todos se sometían a ella, del primero al último habitante de aquella bendita tierra, daba igual a dónde condujeran los sueños. Nehebkau nunca los había tenido, pero el destino se había encargado de otorgarle lo que muchos habían soñado: llegar a convertirse en «amigo del dios». Sin embargo, todo formaba parte de un hechizo colosal que terminaba por crear espejismos a los que los hombres se abrazaban para, en muchas ocasiones, acabar por desaparecer junto a ellos de forma repentina, convertidos en polvo que el viento arrastraba hasta los confines del desierto. Entonces sus nombres se perdían, tal y como si no hubiesen existido, y de su memoria no quedaba nada.

Muy pronto Kemet despertaría de su propio ensueño, y con ello Nehebkau seguiría el verdadero camino que Shai tenía trazado para él. Todo ocurriría a su debido tiempo, y Meresankh suspiró satisfecha al poder vislumbrar lo que acontecería.

40

Desde sus estancias en el palacio de Per Hai, Nehebkau veía Egipto de otro color. La aldea en la que moraban los Servidores de la Tumba, la necrópolis o el cercano templo funerario erigido por Tutankhamón cobraban una nueva dimensión, pues ahora comprendía su verdadero significado, lo que se ocultaba detrás de cada decisión tomada por el dios, los porqués de cada uno de sus pasos. El entierro del difunto Neferkheprura-Waenra, en el Valle de los Reyes, le había causado una honda impresión. La tumba, tallada sin la menor decoración, era un papiro en el que podía leerse gran parte de la historia de una familia que acabaría víctima del infortunio. El amor, la pasión y el sufrimiento se daban cita en aquel humilde hipogeo como el postrer recuerdo de una época en la que Egipto cambió su historia. El amor de Akhenatón por su madre, la pasión que sintió por Kiya, el sufrimiento que le produjo el comprender que toda su obra se desmoronaría en apenas unos años... Todo se encontraba allí, dispuesto como símbolos de sentimientos que deberían pervivir eternamente.

El Egipto sagrado le había abierto sus puertas para mostrarle su auténtico significado, lo que en verdad se escondía en el interior de los túmulos excavados en la necrópolis. Todo resultaba complejo al tiempo que sencillo; la historia de una vida que no se resignaba a caer en el olvido, que pugnaba por abrirse paso en el Más Allá para renacer y alcanzar la eternidad.

Desde aquellos aposentos del palacio, Nehebkau perdía la mirada en el río que tan bien conocía y en la ciudad que se levantaba justo en la otra orilla: Waset; su hogar durante muchos años. Tebas formaba parte de su propia historia y también de la de su madre. Su nombre no había dejado de resonar en su corazón desde que lo escuchase por primera vez de labios de Akha, y ahora que se encontraba frente a la ciudad santa de Amón, sintió el impulso de perderse entre sus calles y verse envuelto en un sueño del que surgiese Nitocris.

Así, una mañana, Nehebkau cruzó el Nilo para encontrarse con un pasado que creía haber olvidado por completo. Más allá de la grandiosidad de sus templos, Tebas rezumaba misticismo por sus cuatro costados, y al poner sus pies de nuevo en ella, el joven aspiró con fruición aquel aire perfumado por las manos de los dioses, que no tenía igual en todo Egipto. Captó al momento cada uno de los matices que lo transportaban hacia su recuerdo: las fragancias de la alheña, las adelfillas, los jazmines, el dulzor de los dátiles maduros, el genuino olor de las especias, la proverbial espiritualidad que los enfundaba para crear el hechizo... Esta resultaba una buena palabra, aunque el joven nunca se hubiese detenido a considerarla. Sin embargo, ahora era capaz de entenderla, y por primera vez en su vida percibió su verdadero significado, el embrujo con el que Waset se dejaba abrazar para convertirse en la capital religiosa de Kemet por excelencia. Allí los muros de los templos escuchaban las plegarias de los acólitos, y las enormes columnas elevaban sus cantos piadosos, mientras los formidables obeliscos cubiertos de electro penetraban en el cielo para unirse con los dioses en busca de su luz. Esta se desparramaba como un manto que todo lo cubría para bendecir a Tebas, otorgándole un sello de santidad.

Las avenidas continuaban tal y como Nehebkau las recordaba pero, no obstante, ahora se le antojaban repletas de vida, cual si hubieran recuperado el hálito perdido durante los años oscuros. Hasta los tortuosos callejones, donde solían acumularse los desperdicios, rebosaban de actividad, de bulliciosa alegría, como si hubieran resucitado. Cada cual atendía a su faena, y el joven se dejó embaucar por el pálpito de la vieja urbe en tanto buscaba a Nitocris. Sus pasos lo conducían de acá para allá en pos de un nombre que quedaría grabado en su corazón hasta el fin de los tiempos. La naturaleza que se ocultaba tras él siempre sería una entelequia y, sin embargo, Nehebkau creía poder distinguirla en cada esquina, en cada calle, en cada una de las Casas de la Cerveza que ella frecuentaba.

Él la imaginaba camino de su destino, al tiempo que hacía prisioneros con su belleza. De algún modo la percibía, inmensa, poderosa hasta rendir a sus pies a un príncipe de Egipto. ¿Qué clase de diosa pudo sojuzgar a Shepseskaf? Aquella cuestión iba mucho más allá de lo concebible, sobre todo porque él había conocido a su padre, y sabía el carácter indómito que este poseía. Su *ka* era indomable y, no obstante, había sido doblegado por una mujer por quien estuvo dispuesto a dar cuanto poseía; incluso su alma.

Nehebkau formaba parte de aquella historia, de cada uno de los conjuros que habían precipitado el drama, y eso era algo que le acompañaría hasta que Osiris lo reclamara ante su tribunal para juzgarle. El hecho de que por sus *metus* corriese la sangre de los faraones era algo que le traía sin cuidado. Era biznieto de Menkheprura, Tutmosis IV, el mismo que una tarde se quedara dormido a la sombra de la Esfinge, a la que liberó de la arena para convertirse luego en señor de la Tierra Negra; pero era al viejo Akha a quien llevaba en su corazón, a su estirpe de pescadores, aunque no portara ni una gota de su sangre. Así era la vida. En el fondo se sentía orgulloso de ello, y también de que una mujer de la calle hubiese sido capaz de someter a su voluntad al linaje real del Horus reencarnado.

Al deambular por la ciudad sintió cierta añoranza. Era extraño, pues que él recordara nunca había sido feliz allí, pero el hombre que había regresado poco tenía que ver con el que un día se marchó. Sin embargo, no experimentó ninguna emoción al visitar la casa en la que viviese junto a sus padres adoptivos. Se mantenía tal y como la dejó, pobre y carente de luz, a pesar de que ahora estuviera habitada por una familia repleta de niños. Él sabía lo que ocultaba en su interior, la oscuridad que anidaba en sus paredes, la infelicidad que había cobijado. Los vecinos no le reconocieron, y al abandonar la callejuela supo que no regresaría jamás.

Al adentrarse por entre los palmerales volvió a sentirse feliz. La luz que penetraba desde las copas de los árboles creaba haces de inusitada belleza que conformaban un escenario difuso a la vez que ensoñador. Este era su mundo; acaso un universo paralelo en el que Nehebkau percibía cómo su *ka* corría libre de ataduras, cual si se tratase del lugar que le correspondía, su auténtico espacio vital. El joven entrecerró los ojos para abandonarse a sus sentidos, en tanto los campesinos lo observaban con curiosidad mientras trabajaban en los campos. Eran tantos los recuerdos que Nehebkau se dejó invadir por una euforia en la que las imágenes del pasado se le presentaban evocadoras, para mostrarle los mejores momentos de su infancia. Aquellos parajes habían sido su refugio, el teatro en el que había aprendido a representar su propia obra, donde había encontrado el extraño don que Khnum le había procurado de forma misteriosa.

Tras la caminata se sentó donde antaño solía. Era su lugar preferido, y al punto pensó en sus viejas amigas pues no en vano aquel era su reino. De manera inconsciente las llamó, como había hecho tantas veces, deseoso de encontrarse de nuevo con ellas, y a los pocos minutos oyó el crepitar de la hojarasca; el rumor del zigzagueo.

El verse de nuevo frente a Wadjet le produjo una particular emoción. Su poder le subyugaba, y al observar cómo la cobra se elevaba majestuosa para mirarlo con curiosidad, la atrajo hacia sí, como sabía que a ella le gustaba, para invitarla a participar en un juego en el que la vida y la muerte se encontraban separadas por apenas un suspiro. Sin embargo, el joven se sentía seguro, y al contemplar cómo el ofidio reptaba por sus brazos hasta encaramarse sobre sus hombros, Nehebkau se sintió imbuido de una magia que sobrepasaba todo lo conocido. De alguna forma la cobra le daba la bienvenida, quizá para decirle que lo echaban de menos, que su reino también le pertenecía a él, y que allá a donde Shai, el dios del destino, lo condujera, ellas siempre lo acompañarían para procurarle su fuerza, para protegerle de cualquier mal que lo acechara. Así se había escrito y así se cumpliría.

De regreso por el camino que serpenteaba junto a la orilla del río, el rostro de Ipu se le presentó de improviso. Muchas tardes lo habían recorrido juntos en el pasado, deteniéndose a jugar entre los cañaverales, aunque ahora todo le pareciese un sueño del que había terminado por burlarse. Su amigo le recordaba que tenía cuentas pendientes, con él y consigo mismo, a las que un día tendría que enfrentarse, aunque aún desconociese el verdadero alcance de estas. El corazón de Nehebkau se sintió abrumado y al cruzar de nuevo el río perdió su mirada en aquellas aguas, en busca de alguna palabra que aliviara su pesar, pero Hapy, el señor del Nilo, permaneció mudo.

Era ya noche cerrada cuando el joven llegó a Per Hai, la Casa del Regocijo, el palacio que se hizo construir Amenhotep III con motivo de su primer *Heb Sed*, su primer jubileo. Continuaba siendo grandioso, aunque hubiese sido abandonado durante años a causa de la peste que invadió el lugar. Ahora Tutankhamón lo había devuelto a la vida al residir en él mientras se encontraba en Tebas, aunque nunca llegaría a recuperar el esplendor pasado. El Birket Habu, el lago que el gran Amenhotep había hecho construir en su conmemoración para navegar en compañía de su Gran Esposa Real, Tiyi, no había vuelto a ver surcar sus aguas, y el joven tuvo el presentimiento de que un día toda aquella magnificencia formaría parte de la necrópolis que se alzaba a su espalda, como un inmenso mausoleo más en el reino de Osiris.

41

La flota real descendía por el río, perezosa, mecida por una corriente a la que apenas le quedaban fuerzas. Los campos se encontraban sedientos, y el caudal de agua era tan bajo que la navegación se hacía dificultosa. Por doquier surgían bancos de arena, en donde muchos aseguraban no haberlos visto antes, y era necesario extremar las precauciones para evitar que las naves encallaran. En aquel periodo del calendario el Nilo cambiaba de fisonomía hasta transformarse en un fantasma de sí mismo, en una especie de cautivo a punto de morir de inanición. Sin embargo, muy pronto aquel escenario cambiaría por completo, y así se lo había anunciado Nehebkau a Tut una tarde en Per Hai.

—La avenida se aproxima; ya puedo sentirla.

Aquel tipo de consideraciones impresionaba al faraón, sobre todo si venían de la mano de su amigo, a quien consideraba un mago conocedor de todos los secretos del río. Tras escuchar aquellas palabras el rey asintió, pensativo.

—Los sacerdotes horarios aseguran que pronto aparecerá Sopdet de nuevo por el horizonte —dijo Tutankhamón.

—La estrella Sirio. No existe un lucero que brille más en el vientre de Nut. Muchas noches me dormí mientras la contemplaba tendido en mi viejo esquife.

—Cuando Sirio se eleve sobre la bóveda celeste, Khnum hará que el Nilo se desboque para darnos de nuevo la vida.

—Así es. Si quieres celebrar la llegada del año nuevo en

Menfis, te aconsejo que ordenes a tu flota zarpar lo antes posible —apuntó Nehebkau, quien deseaba abandonar su tierra natal a la menor oportunidad.

Tutankhamón asintió.

—Ya lo había pensado —matizó este—. Además, con la llegada del verano el calor en Waset se me hace insoportable; y luego está Medunefer, quien asegura que en esta época del año los desórdenes intestinales aumentan de forma significativa, y se hace necesario extremar las precauciones.

—Me temo que insistirá en la conveniencia de la aplicación de abundantes enemas; ja, ja.

—El «guardián del ano del faraón» tiene bien ganada su fama —dijo el rey—. Mañana mismo zarparemos hacia el norte.

De este modo, al día siguiente, al poco que Ra-Khepri se alzara sobre el horizonte, la flota real abandonó Tebas empujada por una corriente tan ligera como el murmullo. Desde la cubierta de la nave del soberano, ambos amigos observaron cómo la ciudad santa de Amón quedaba atrás envuelta en su propio misterio. Todo en aquel lugar resultaba mágico, desde la grandiosidad de sus templos hasta la quietud que se respiraba en la necrópolis, y así lo supieron entender al ver cómo Waset desaparecía en la distancia, aunque de diferente forma.

Para el faraón aquel viaje había supuesto un significativo paso para la consecución de su anhelado sueño de convertirse en el verdadero dios de la Tierra Negra, y un espaldarazo al poder que, de manera paulatina, comenzaba a acaparar. El rey niño se había convertido en hombre, y a nadie había pasado inadvertido el mensaje que Tutankhamón había enviado desde la inmortal Tebas. Todos los poderes fácticos, desde los grandes profetas que gobernaban los templos hasta los más altos cargos de la Administración, conocían ahora cuáles eran sus propósitos, así como su determinación para llevarlos a efecto. El rey regresaba a Menfis doblemente legitimado, tanto por sus divinos ancestros, al haber dado sepultura a su padre, como por El Oculto. En Karnak, el dios Amón lo había bendecido ante su pueblo, con gran satisfacción por parte de su poderoso clero. El faraón les había restituido todos los bienes incautados durante el periodo de Amarna, incluida una parte de las catorce toneladas de oro que Karnak había llegado a poseer tras las victoriosas campañas llevadas a cabo por Tutmosis III. Ahora Tutankhamón se sentía eufórico, pleno de fuerzas, como si estas se hubiesen potenciado de forma misteriosa. Era un hombre distinto al que había salido de Menfis, y al ver cómo el paisaje discurría plácidamente conforme su nave avanzaba, río abajo, tuvo la certeza de que el país de las Dos Tierras le rendía pleitesía.

Para Nehebkau el regreso a su tierra había tenido distintas connotaciones. Sin duda el dios le había honrado al encomendarle una misión como aquella, de tan hondo significado, con la que le declaraba ante Kemet como su favorito. Mas el precio que el joven se había visto obligado a pagar por ello, había cubierto cada uno de sus *metus* de una hiel difícil de digerir. La mera visita al que una vez fuese su hogar le había producido un sentimiento de rechazo, como si aquel lugar formase parte de un sueño que estaba dispuesto a enterrar para siempre. Por algún motivo toda su vida se había sentido un extraño en aquella ciudad, y mientras recorría las calles en busca de la memoria de su madre, tuvo la impresión de no ser más que un peregrino en busca de un santuario en el que orar; un ser solitario que no pertenecía a ninguna parte.

Su encuentro con Kahotep había sido el colofón a toda la amargura que, durante los últimos años, había llegado a acumular en su corazón. El cruce de sus miradas había sido suficiente para convertir su culpa en una piedra ciclópea de la que pensaba que jamás podría liberarse. Siempre la llevaría consigo, y al rememorar aquel encuentro el joven tuvo la impresión de que sus actos habían sido peores de lo que hubiera imaginado, que su pecado era aún más monstruoso, que la mirada del viejo capataz lo había fulminado al transmitirle su condena eterna, cual si su crimen fuese todavía mayor del que Nehebkau pensaba que había cometido. Él, por su parte, no había tenido fuerzas para continuar. Sus pies se habían negado a dar un solo paso hacia el Lugar de la Verdad, puede que debido a la vergüenza, o simplemente porque los dioses se lo habían prohibido, aunque él no lo supiese.

Aquel pesar le había acompañado durante la mayor parte del tiempo pasado en Waset. Las celebraciones que habían tenido lugar en Per Hai no le habían complacido. Nehebkau no había sido feliz allí. Había algo en aquel palacio que le incomodaba, hasta el extremo de abandonarlo cuando se presentaba la primera oportunidad. En su opinión, su propio nombre, Per Hai, no dejaba de ser extemporáneo ya que su significado, la Casa del Regocijo, le parecía muy alejado de lo que en realidad sentía el joven en aquel lugar. Nehebkau conocía las historias que circulaban entre los tebanos acerca del palacio que construyera Amenhotep III. Las había oído en infinidad de ocasiones durante su niñez, y siempre con la misma protagonista: Sekhmet. La diosa leona había tomado posesión del palacio para desde allí extender la enfermedad por toda Waset. El joven recordaba los estragos que causó aquella peste entre la población, y cómo Per Hai quedó abandonado por esta causa. Los muertos se contaron por miles, y muchos se preguntaban cómo era posible que Anubis pudiese atender a tantos difuntos para acompañarlos a la necrópolis. Fue una época terrible, de gran dolor y miseria, y en cierto modo el joven pensaba que la Casa del Regocijo había quedado maldita para siempre.

Sin duda había vivido momentos felices junto a Tutankhamón mientras cazaban en los cañaverales. Recorrerlos en su compañía sobre una barca de papiro le había producido una íntima satisfacción; sobre todo al ver cómo el faraón se entregaba con entusiasmo a la pesca de la perca que, finalmente, pudieron capturar. Nehebkau sentía un profundo cariño hacia su real amigo, y en muchas ocasiones se enternecía al observar cómo Tutankhamón trataba de hacer frente a las dificultades que le rodeaban con indudable coraje. Ahora conocía sus más íntimos secretos al haber acompañado al faraón al interior de su tumba, algo impensable para cualquier egipcio, y sabía que con ello Tutankhamón le transmitía el gran amor que le profesaba, al tiempo que lo dignificaba ante la corte. Bien pudiera asegurarse que el rey le nombraba «sus oídos y su boca», su más fiel confidente, el hombre más próximo al corazón del dios.

Nehebkau ya conocía aquella tumba, al haber trabajado en ella junto al maestro Neferabu durante un breve periodo de tiempo. Pero al visitarla de nuevo se sintió cautivado a la vez que conmovido por lo que vio. Ahora el joven entendía cada uno de los registros que decoraban la cámara mortuoria, el significado de cada figura, los textos y el mágico poder que se escondía tras ellos. Por este motivo sintió una íntima emoción al imaginar cómo sería la escena que Tutankhamón le había relatado, en la que su amigo Tut, ya difunto, cazaba entre los cañaverales en compañía de Ankhesenamón, ambos sobre una humilde barca de tallos de papiro. Sin poder evitarlo se vio a sí mismo representado en aquella escena, y tuvo el convencimiento de que una parte de su persona permanecería para siempre junto al faraón cuando ambos hubiesen pasado a la «otra orilla». Así, en los Campos del Ialú, los dos volverían a recorrer los bosques de papiros, navegando por el sagrado Nilo sobre el viejo esquife que le dejase su padre.

Semejantes pensamientos enternecieron al joven, y mientras descendían por el río camino de Menfis percibió más que nunca el apego que tenía por su bendita tierra, por aquellas aguas que jamás dejaría de reverenciar.

Sin embargo, había sido su encuentro con las cobras lo que más le había satisfecho, su momento de mayor felicidad. Más allá de la locura no existía ninguna explicación razonable a semejante hecho, aunque Nehebkau nunca la hubiera buscado. Hacía ya demasiado tiempo que su vida se hallaba unida a la de Wadjet, y quizá fuese este el motivo por el que necesitara de su presencia. La diosa cobra le insuflaba su hálito divino, su enorme poder, y en verdad que el joven se sentía revitalizado tras disfrutar de su compañía, como si en cada uno de aquellos encuentros tuviese lugar un rito de regeneración. Ellas le proporcionaban un elixir del que nunca podría prescindir.

42

La comitiva real se detuvo a su paso por Akhetatón. La ciudad ya era una sombra de lo que llegó a ser y, aunque todavía habitada, sus pobladores se antojaban como peregrinos perdidos en un camino que ya no conducía a ninguna parte. Las grandes avenidas parecían casi desérticas, y los frondosos jardines y espléndidas villas que jalonaban la Vía Real lucían abandonados a su suerte, condenados a un olvido que se presentía próximo. Apenas había actividad en los grandes templos, y los cientos de altares solares dedicados al Atón ya no recibían ofrendas.

Sin embargo, Tutankhamón no pudo resistir la tentación de visitar la que una vez fuese su casa, el palacio de la Ribera Norte, el lugar en el que había nacido hacía ya dieciocho años, y en el que rememoraba su infancia, así como las glorias de una época que nunca regresaría. Sin poder evitarlo recordaba a su padre y las enseñanzas que recibió de él, que siempre guardaría en lo más profundo de su corazón. La llama del Atón aún permanecía prendida en su interior, quizá titilante, y el faraón era consciente de que nunca se apagaría del todo. En la intimidad continuaba invocando al dios de sus padres, aunque supiese que había sido destronado para siempre por los dioses tradicionales que él mismo había animado a regresar. Así debía ser.

A Nehebkau le invadía la tristeza al ver la melancolía en los ojos de su amigo, e intuía sus tribulaciones por ser quien era, y la carga que debía soportar sobre sus hombros. Tutankhamón luchaba por su propia supervivencia, entre una manada de leones presta a devorarlo, a pesar de que nunca hablase de ello.

El único departamento de la Administración en el que aún se trabajaba era el archivo de la Casa de la Correspondencia. Esta se había trasladado el año anterior a Menfis, pero muchos de los documentos que guardaba habían quedado archivados en Akhetatón. Entre ellos destacaban los miles de tablillas de arcilla de escritura cuneiforme, la que se empleaba usualmente en las relaciones diplomáticas entre los países de Oriente Medio, en las que se daba fe de la intensa correspondencia mantenida por Egipto con sus vecinos y reyes vasallos. A Tutankhamón le interesaban sobremanera las escritas en tiempos de su abuelo, en las que se registraban todos los acuerdos a los que había llegado Kemet con otros reinos. El faraón sentía una gran admiración por Amenhotep III, y le divertía mucho leer las epístolas que este mantenía con Tushratta, rey de Mittani, para que le enviase todas las mujeres que pudiera para engrosar su harén, aunque hiciese hincapié en que debían ser jóvenes y sin defecto alguno.

El viejo Amenhotep llegó a tener más de mil esposas, casi todas en su palacio de Mi-Wer, en la región de El Fayum, su preferido, al que le gustaba retirarse a la menor ocasión para su esparcimiento, y donde pasó el final de sus días en compañía de Tawosret y la señorita latigazo, sus preferidas.[60] De aquello no hacía tanto tiempo, apenas treinta años, y no obstante Egipto se había convertido en un país que poco se parecía al de la época dorada en la que gobernó su abuelo.

Al pensar en ello Tutankhamón se lamentaba y perdía su mirada en el pasado, para buscar la causa de todos los males que había sufrido la Tierra Negra desde entonces. En su fuero interno siempre encontraba el mismo culpable, la figura a la que atribuía todas las desdichas que había padecido su pueblo: Nefertiti. Con el paso de los años el faraón había forjado la idea de que ella y solo ella había sido la promotora del odio; la que había contaminado el corazón de su esposo, Akhenatón, a quien Tutankhamón consideraba un hombre bueno.

Nefertiti, Nefernefruatón, Ankheprura Smenkhara, o cualquiera de los nombres que se atribuyó la que fuese Gran Esposa Real de su padre, era la autora del desastre, y estaba convencido de que su desmedida ambición había sido la que despertó finalmente la ira de Sekhmet, la diosa leona, que acabó por extender la terrible enfermedad con la que castigó a toda la tierra de Egipto. Su carácter sanguinario se desbocó, y solo cuando la diosa se sintió ahíta consintió en apaciguar su furia.

Persuadido de que esto era lo que había ocurrido, el faraón terminaba por abandonar su ciudad natal triste y abatido, pues sabía que con el tiempo todos sus buenos recuerdos formarían parte de un lugar solitario que todos evitarían. Él era el dios de Kemet y, no obstante, no podía hacer nada por evitarlo.

Cuando al doblar el último recodo del río apareció Menfis, todos los corazones se inflamaron empujados por el optimismo. Men-Nefer, «la belleza estable», nombre con el que era conocida la ciudad, surgía como por ensalmo para recibir al señor de la Tierra Negra. El sol de principios de verano caía con fuerza y desde lo alto Ra, pletórico, hacía que sus rayos reverberaran sobre la muralla que rodeaba a la urbe para hacerla parecer más blanca que nunca, cual si hubiese sido bruñida para convertirla en un espejo. Era imposible mirarla sin entrecerrar los ojos, y muchos vieron en ello una señal divina, con la que Ptah, Sekhmet y Nefertem, los dioses locales, daban la bienvenida a Nebkheprura después de su largo viaje. El aire se impregnó con el fragor de las trompetas, y el río se llenó de embarcaciones que salían a recibir a la flotilla real para rendirle pleitesía. En las orillas las gentes detenían sus quehaceres para caer de bruces, y en los barcos atracados en los muelles, los marineros se postraban en las cubiertas para mostrar sus sudorosas espaldas en medio de un clamor indescriptible.

El faraón regresaba a la capital del Bajo Egipto, la más antigua del país, y con él venían las bendiciones de todos los dioses de Kemet para su pueblo. Tutankhamón llegaba precediendo a la crecida, ¿no era aquella una señal divina? Así lo entendió la ciudad, y al poco sus habitantes se hicieron eco de ello para asegurar que el dios traía tras de sí la abundancia, que era el heraldo que proclamaba una avenida perfecta en la que las aguas alcanzarían la altura de diecisiete codos, que produciría una cosecha como no se recordaba desde hacía muchos *hentis*.

—¡Gloria al faraón! —gritaban con euforia—. Ya nunca faltará el pan en Egipto.

Nehebkau siempre se sentiría impresionado por los destellos que el sol provocaba sobre aquel muro blanco. Ineb Hedj, como era conocida desde la más remota antigüedad aquella muralla que llegó a dar nombre a la capital, pues muchos la llamaban de esta forma, se presentaba ante sus ojos como una reliquia de un tiempo remoto que, no obstante, continuaba en pie rodeando a la ciudad, para pasmo de los viajeros que llegaban de otras tierras. Ineb Hedj; le gustaba ese nombre, y en su opinión no existía otro más adecuado que pudiese definir mejor a aquella urbe cosmopolita que, no obstante, se sentía bendecida en cada ocasión que el faraón la visitaba. Este regresaba de nuevo a su palacio para, desde allí, gobernar a toda la Tierra Negra, y los menfitas se echaron a la calle para recibir al rey, en tanto elevaban loas a Ptah, su santo patrón.

La vuelta a Menfis no supuso para el joven un regreso a la normalidad. Sin saber por qué, aquel viaje había representado un antes y un después en su vida, y pronto descubriría que también en la del dios. A pesar de su repudio y malas experiencias, Tebas había dejado una huella en su interior que le hacía ver las cosas de otra forma. Ya no experimentaba aquella fobia hacia las divinidades tradicionales, ni despotricaba del destino o la incidencia que el taimado Shai tenía sobre él. De repente todo parecía ocupar el lugar que le correspondía, pues comprendía muchos aspectos que siempre había preferido ignorar. Entendía el auténtico significado que el equilibrio tenía en Kemet, el lugar que ocupaba cada cosa, su simbología y la complejidad de una religión surgida de los tiempos remotos, en los que los dioses gobernaron la Tierra Negra. Sus sabias enseñanzas eran lo que los hacía diferentes a los demás pueblos, lo que les había proporcionado una identidad propia.

Las imágenes grabadas en las tumbas eran una buena prueba de ello y Nehebkau se sentía fascinado tras haberse asomado a un mundo arcano que ahora le sobrecogía.

Por primera vez pensó en el día en que Anubis fuese a buscarlo, y en el lugar en el que descansaría para toda la eternidad. Hacía ya tiempo que Tutankhamón le había autorizado a construirse una mastaba en la necrópolis de Saqqara. Semejante gesto representaba un gran honor al que muy pocos tenían acceso, y que él supiera solo Horemheb tenía un sepulcro aguardándole en aquella necrópolis, donde solo los reyes, príncipes y visires se habían enterrado durante más de mil quinientos años. Ahora consideraba hacer uso de aquel privilegio mientras observaba el ir y venir de Miu, a quien había dejado al cargo de su hacienda durante el tiempo que se había ausentado.

—¡He cuidado de lo tuyo como solo lo haría un padre, gran Nehebkau! —había exclamado Miu tras postrarse a los pies de su amo al verlo llegar—. ¡Tu barca está intacta! —le aseguró con gravedad.

Nehebkau pensó que la desvergüenza de aquel hombre no tenía límites, y no albergó ninguna duda de que Miu había aprovechado aquellos meses para hacer sus acostumbrados trapicheos.

—Así pues, mi barca se encuentra intacta —dijo Nehebkau con evidente ironía.

—Tal y como la dejaste, gran señor. Yo mismo me he cuidado de que así fuese —aseguró el truhan.

—Es una suerte tenerte a mi servicio. Espero que hayas sido igual de cuidadoso con el oro.

Miu abrió los ojos desmesuradamente mientras se arrodillaba ante su señor y mostraba una actitud servil. Durante aquellos años de servicio al dios, este había agasajado al tebano con valiosos regalos entre los que destacaban exquisitas joyas y varios collares *menat* de oro, que el faraón reservaba solo para recompensar a sus favoritos.

—Como te dije antes, gran hijo de Wadjet, tus tesoros se hallan a salvo en el interior de los arcones en los que se depositaron, aunque he de reconocer que he tenido que extremar la vigilancia.

Nehebkau enarcó una de sus cejas para interrogar a su sirviente con la mirada, ya que sabía lo bribón que este podía llegar a ser. En palacio ningún lacayo se atrevería a robar al amigo del rey.

—Has extremado la vigilancia. Eso espero, pues deseo comprobar que no falte ni un anillo.

Al oír aquellas palabras, a Miu se le demudó el rostro, e incluso tuvo dificultad para tragar saliva.

—¿Acaso he de preocuparme? —inquirió Nehebkau al ver la expresión del rostro de su esclavo.

—¿Preocuparte? ¡No! ¡Cómo podrías, gran señor! —exclamó Miu mientras gesticulaba de manera teatral—. Gracias a mis desvelos hoy eres aún más rico que antes.

Al escuchar estas palabras el joven endureció su mirada de tal forma que al momento Miu sintió que se le aflojaba el vientre.

—No me malinterpretes, gran Nehebkau —se apresuró a decir el granuja—. Eres la luz que ha iluminado mi camino, el único guía que he tenido en esta vida, y por ello he querido recompensarte.

El joven entrecerró los ojos en tanto trataba de hacerse una idea de las tropelías que el pícaro se había atrevido a perpetrar durante su ausencia.

—¿Dices que me has recompensado? Nunca vi tal atrevimiento —tronó Nehebkau.

Miu pareció querer encogerse, atemorizado, algo que resultaba difícil dada su esperpéntica complexión. Sin embargo, al poco encontró fuerzas para continuar.

—Se ha obrado un milagro, créeme, poderoso señor, pues todo se ha debido a un sueño en el que se me presentó Maat en persona.

El joven volvió a fulminar a aquel truhan con la mirada, sin dar crédito a lo que este decía.

—¡Imagínate, gran Nehebkau! ¡Cómo no iba a escuchar a la diosa de la justicia! —exclamó Miu.

—¿Y qué te dijo? —preguntó el tebano con fingido interés.

—Que era mi obligación devolverte una parte de lo que tú me has dado, aunque te pueda resultar insignificante.

—En eso no le falta razón a Maat. ¿Y qué se te ocurrió hacer para cumplir los deseos de la diosa? —preguntó Nehebkau con socarronería.

Miu volvió a tragar saliva con dificultad mientras trataba de coger aire para proseguir.

—Sacar un rendimiento apropiado a alguna de tus posesiones —se atrevió a decir, al fin.

—¿A qué posesiones te refieres? —señaló el joven con suavidad.

—A algunos objetos que, aunque valiosos, tenías repetidos y podías vender a muy buen precio.

Nehebkau no salía de su asombro.

—¿Y cuáles son esos objetos?

—Varios anillos, pulseras y otros abalorios, con los que hemos hecho un buen negocio.

—Hemos hecho...

—Sí, mi señor. Ahora posees vinos del Egeo de la mejor calidad, y también de los oasis, de la cuarta vez,[61] y...

—¿Cambiaste los objetos de valor por vino? —le cortó el joven, encolerizado.

Miu hizo un ademán con las manos, cual si quisiese defenderse de lo que se le venía encima.

—Pero... son vinos excelentes, y...

—¡Yo no bebo vino! —exclamó Nehebkau, estupefacto.

—Lo sé, divino hijo de Wadjet, mas eso no tiene importancia. Todo gran señor debe poseer una bodega acorde a su rango, y tú no tenías ninguna.

—¡Vino del Egeo! —se lamentó el joven.

—Un caldo excelso en mi opinión. Lo adquirí en uno de los mercantes procedentes de Creta. Serás la envidia de la corte.

—Muy bien, Miu, veo que eres un esclavo eficiente. Pero dime, ¿con qué pagaste esos vinos?

—Dos anillos fueron suficiente para adquirir esos tesoros. A mi juicio no eran especialmente valiosos, aunque lo pareciesen.

Nehebkau no pudo aguantar más e hizo una seña a su sirviente para que le mostrara el contenido de los cofres y ver lo que faltaba.

—Como decía, gran señor, posees un gran número de anillos, y los que utilicé, aunque de oro, tenían incrustaciones de pasta vidriada, nada que ver con estos otros de cornalina. Con el vino que he adquirido podrías comprar anillos mucho mejores; las ánforas te las quitarían de las manos. También he conseguido aceite de muy buena calidad, del otro lado del Gran Verde, que no encontrarías aquí.

—Aceite... —musitó Nehebkau a la vez que asentía.

—Y también lapislázuli. Procede de los confines de la tierra, de un lugar situado mucho más allá del Hatti. Unas cuantas pulseras fueron suficientes para conseguirlo. Un buen orfebre haría maravillas con el lapislázuli. Joyas que no tendrían rival y podrías luego vender para sacar un beneficio aún mayor —aseguró Miu, entusiasmado.

El joven continuaba asintiendo en tanto escuchaba.

—No veo el vino del que me hablas, ni tampoco el aceite —cuestionó este mientras hacía un gesto con la mano.

—Se trata de productos muy valiosos, de los que hay que ocuparse con sumo cuidado —dijo el truhan en voz baja, como si fuese un secreto—. Es conveniente aislarlos de la luz y mantenerlos en un lugar fresco.

—Veo que pensaste en todo. Pero dime, ¿dónde escondes tales tesoros?

Miu hizo un gesto cómico, y miró a su alrededor para asegurarse de que nadie lo oía.

—Se encuentran en el lugar más seguro de Egipto —señaló, ufano, en tanto que hacía una pausa calculada para añadir emoción al asunto—. Nada menos que en las bodegas del dios.

A Nehebkau se le demudó el rostro.

—Fue más sencillo de lo que te piensas, gran señor —se apresuró a aclarar el truhan—, conozco al bodeguero del faraón desde que llegué al palacio, y me debe algún favor. Al saber que las ánforas te pertenecían, ¿cómo iba a negarse? Eres el gran Nehebkau, amigo del dios, el que vela su sueño. Él cuidará del vino y del aceite como si perteneciese a Nebkheprura.

Nehebkau imaginó sin dificultad los cientos de trapicheos que debía de haber urdido su esclavo, y los beneficios que sin duda sacaría para sí. Para ese tipo de mercadeos no había nadie mejor en todo Menfis, y de seguro que tendría ya apalabradas las comisiones que se llevaría con los joyeros. Mas con todo, fueron los últimos detalles sobre el lugar en el que guardaba el vino y el aceite los que terminaron por exasperar al joven.

—¿Sabes a quién pertenecían las joyas que extrajiste del arcón? —preguntó Nehebkau, encolerizado.

Miu dio un respingo, ya que nunca había visto a su señor enfadado de aquel modo, y acto seguido se tendió en el suelo boca abajo, cuan largo era, y empezó a gimotear.

—Contéstame —le ordenó el tebano, indignado.

—A ti, divino Nehebkau, al hijo de Wadjet —se atrevió el siervo a contestar.

—¡No! —tronó el joven—. Pertenecían al dios, al Horus reencarnado. Él fue quien me las regaló.

—Perdóname, perdóname —se lamentó Miu entre gemidos—. Solo quise favorecerte y...

—¿Favorecerme? —le cortó Nehebkau—. Ya sé lo que haré contigo.

Ahora el tono de voz le llegó a Miu tan gélido como las noches del desierto, y al punto se incorporó levemente para mirar a su amo con los ojos muy abiertos.

—Creo que voy a ordenar que te apaleen —señaló el joven sin dejar traslucir ninguna emoción—, y luego tiraremos tus despojos a los cocodrilos.

Al escuchar aquella sentencia, Miu se sintió morir y sin poder evitarlo se le aflojó el vientre por completo.

—¡Apiádate, apiádate, gran señor! —exclamaba entre el lloriqueo—. Soy escoria, lo sé, pero, aunque nací ladrón, jamás me atrevería a robarte. ¿Cómo osaría? No me apalees, no permitas que me echen a los cocodrilos.

Nehebkau observaba la escena, impertérrito, enojado por lo que había ocurrido durante su ausencia. No era un hombre iracundo, pero por primera vez había permitido que la ira de Set se apoderara de él. Durante un buen rato guardó silencio mientras fustigaba a su esclavo con la mirada. Luego pareció decidido a reconsiderar sus palabras.

—Quizá tengas razón —dijo al fin, como para sí.

Miu pareció sentirse aliviado.

—Como sin duda ya sabrás, el dios tiene dos nuevos leones. Son unos animales espléndidos que el virrey de Kush le ha enviado como regalo, y con los que Nebkheprura se ha encariñado de forma particular. Tiene la intención de llevarlos consigo a la guerra en su próxima campaña; imagínate lo apegado que se siente hacia ellos.

De nuevo se hizo el silencio, en tanto Miu miraba a su amo, embobado, tratando de comprender a dónde quería llegar a parar.

—Supongo que no tendrás dudas acerca de tus ofensas al Horus reencarnado.

El truhan agachó la cabeza y abrió sus brazos, arrepentido.

—Me complace que pienses como yo —puntualizó el joven—. Esas fieras deben ser alimentadas como corresponde. Así pues, te arrojaremos a los leones.

Al oír semejante condena, Miu lanzó un grito lastimero que a Nehebkau le recordó al de las hienas, ya que se asemejaba a su característica risa nerviosa.

—Poco tendrán que comer —se lamentó el ladronzuelo, incrédulo ante lo que escuchaba—. No soy más que huesos; un junco tiene más carne que yo.

A Nehebkau las representaciones de su esclavo nunca le decepcionaban y, bien visto, aquella no dejaba de tener su interés. En realidad, aquel granuja no le había engañado. Sabía que era un ladrón desde la primera noche en la que se cruzaron junto a la orilla del Nilo, donde Miu ya dio muestras de su habilidad para apropiarse de lo ajeno. Durante todos aquellos años le había servido bien, aunque fuese a su manera, pues más allá de haber perpetrado algún hurto de poca monta, se había preocupado por cuidar de sus bienes. Sin embargo, el muy bribón se había aprovechado cuanto había podido de la elevada posición que ocupaba su señor. Este estaba al tanto de los múltiples negocios y turbios manejos que había llevado a cabo con un buen número de cortesanos. El susodicho había estafado y engañado a todo el que había podido, y se rumoreaba que desde su servicio como esclavo había hecho fortuna.

Su desapego por las riquezas había llevado a Nehebkau a desinteresarse por completo por aquellas comidillas. Él era un hombre sencillo, y su vida podría compararse con la de cualquier sacerdote lector encargado de estudiar los textos sagrados en el interior de los templos. En el fondo continuaba siendo un solitario, y solo necesitaba su vieja barca, el río y un horizonte al que poder llegar. En ocasiones pensaba que su vida en el palacio no era sino un sueño, y que algún día volvería a verse con un remo en la mano en busca de la mejor pesca.

Sin embargo, lo ocurrido le hacía darse cuenta de la realidad, y tuvo la certeza de que Miu había cometido todo tipo de baladronadas, y que cuanto se rumoreaba era cierto. A pesar de todo lo anterior, sentía simpatía por aquel pobre diablo, que continuaba escenificando su arrepentimiento entre lloros y la promesa de reconducir su vida.

—Aseguran que has hecho negocios a mis espaldas durante todos estos años, y que te has enriquecido —dijo Nehebkau, tras salir de sus pensamientos—. ¿Es cierto?

Miu hizo un aspaviento y adoptó una de sus habituales poses histriónicas.

—¿Cómo? ¿Quién se atreve a decir tal cosa? Apofis se lo lleve al Mundo Inferior para siempre. No son más que exageraciones. Ya sabes cómo es la gente, gran señor. La envidia fue la que llevó a Set a cortar a su hermano Osiris en catorce pedazos.

Al joven no dejaba de sorprenderle la desvergüenza de aquel hombre.

—Dime la verdad o te arrojaré a las fieras —señaló Nehebkau—. ¿Has hecho negocios en la corte?

Miu se retorció las manos en un gesto ciertamente cómico.

—Soy un canalla de la peor especie —dijo al fin mientras

caía de rodillas como un penitente—. Es cierto, he hecho negocios, pero nunca he robado —quiso aclarar el pillastre—. Esa gente no es mejor que yo. Viven en el engaño y solo me he aprovechado de su ambición para sacar beneficio.

—Así pues, te has convertido en un hombre rico —apuntó el joven con retintín.

—Podríamos decir que sí, para alguien que nació en la más absoluta miseria. El que antes no tenía y ahora posee puede considerarse rico. Tú fuiste el artífice de mi fortuna, gran señor, ¿cómo podría engañarte?

Nehebkau asintió, pensativo.

—¿Qué crees que debo hacer contigo? —preguntó al rufián.

—La corte es mil veces peor que la calle. El Amenti no debe de ser diferente a ella, divino hijo de Wadjet. Los cortesanos no dudan en envenenarse los unos a los otros a la menor ocasión, pues todos tienen cuentas pendientes. Siempre he velado por ti y lo tuyo. Si me perdonas restituiré todo lo que falta; lo juro ante Maat —aseguró Miu, muy digno.

Nehebkau reflexionó unos instantes antes de contestar a su servidor.

—Eres libre de marcharte, pues ya no eres mi esclavo, pero con una condición: deberás devolverme lo que te llevaste, y deshacerte del vino y el aceite que tienes oculto en las bodegas del dios. Tienes de plazo hasta la llegada del periodo de las «aguas bajas». Si tratas de engañarme la justicia del faraón te encontrará, y yo mismo te entregaré a las cobras para que acaben contigo.

Aquellas palabras impresionaron al truhan, que dio un pequeño salto para luego postrarse de nuevo ante el joven, a quien intentó besar la mano.

—¡Cuánta magnanimidad y sapiencia! —exclamó Miu—. No hay duda de que Thot está en ti.

Mas el amigo del faraón se deshizo enseguida del que hasta ese momento había sido su esclavo.

—Vete antes de que me arrepienta —le ordenó—, y recuerda lo que espero de ti.

Miu se incorporó al instante, y tras mirar con temor a su antiguo amo salió de la estancia como si hubiese visto una aparición, para luego perderse por el jardín, casi trastabillando, y echando su vista atrás cual si le persiguiera la temible Ammit. Nehebkau lo vio alejarse, y al volver a cerrar el arcón rio quedamente. El viejo brazalete seguía allí, intacto, y eso le llenó de satisfacción.

43

Lo ocurrido tuvo una repercusión mayor de lo esperado, pues llegó a los oídos del dios. Su buen amigo se lo contó en persona, y los detalles y posteriores revelaciones fueron muy celebrados por el faraón, quien se hallaba eufórico, ya que Ankhesenamón estaba de nuevo embarazada.

Probablemente este fuese el motivo por el que el soberano no había ordenado empalar a su bodeguero, y se había limitado a enviarle a las minas del Sinaí, con la orden expresa de que no regresara jamás. Por fin la Gran Esposa Real se hallaba encinta, y Tutankhamón ya se imaginaba al dios Khnum dando forma al heredero dentro del claustro materno.

—En verdad que tu esclavo es un prodigio de astucia, ja, ja —festejaba Tut—. Tengo entendido que en mi corte era muy conocido.

—Así es. Al parecer hacía negocios.

Este particular no dejaba de hacer gracia al faraón, pues reía con ganas al conocer algunos pormenores del asunto.

—Ja, ja. Nunca me fijé en él —le confió el rey a su amigo—, pero aseguran que tiene cara de gato.

—Por eso le llaman Miu.

—Ja, ja. Ahora entiendo que sea tan listo. En nuestra familia siempre nos han fascinado los gatos. Mi abuela, la reina Tiyi, llegó a reverenciar a su gata Tamiu.

Cuando Nehebkau le contó los castigos que pensaba imponer al truhan, al soberano se le saltaron las lágrimas de risa.

—Ja, ja. Echarlo a mis leones. Pobres criaturas. Sería una crueldad, dado lo delgado que es.

—Parece un junco recién cortado de los cañaverales. Una pena de persona, sin moral alguna, pero hay que reconocer que listo sí que es.

—Ja, ja. ¿Crees que cumplirá lo que le ordenaste?

El joven se encogió de hombros.

—Ese hombre es impredecible, aunque muy proclive a dar sorpresas inesperadas. Solo los dioses lo saben.

—Espero que así sea. Me gustaría conocerle antes de que se lo entregues a las cobras, ja, ja. ¿Lo harías?

—Bien sabes que no podría, gran faraón.

—Ja, ja —volvió a reír Tut—. Me agrada que ya sepas que un día me convertiré en un faraón que será recordado durante millones de años.

—Ya eres un gran dios de la Tierra Negra. En tu corazón se encuentra lo mejor de Kemet, aquello que le hace único. Sé que los dioses te miran con satisfacción, pues ellos no albergan dudas de que has resucitado a un Egipto moribundo.

El dios se sintió conmovido por aquellas palabras y no dudó en abrazar a su amigo, sin importarle que no fuese apropiado que el faraón estrechara a un mortal.

Aquella tarde, como casi todas las del verano, ambos disfrutaban de las delicias del jardín en su rincón favorito. Sin duda era un lugar en el que poder abandonarse a los sentidos, ya que el aire perfumado embriagaba y la vista podía alegrarse con los múltiples colores que regalaban las plantas; algunas tan exóticas que era imposible poder encontrarlas en ningún otro lugar de Kemet. En aquel vergel los amigos departían mientras tomaban zumo de granada, su bebida preferida, e Ipy, el encargado del abanico real, movía las enormes plumas de avestruz para aliviar el calor del ambiente. En aquellas horas, cuando Ra ya descendía de su zénit, el aire se llenaba con el trino de los pájaros que, por miríadas, cantaban alegres en busca de alimento, en tanto desde el río se levantaba una suave brisa que refrescaba el jardín y animaba a los presentes a entrecerrar los ojos y aspirarla con fruición, como si fuese una bendición, pues no en vano se trataba del «aliento de Amón».

A veces pasaban las horas en aquel edén jugando al *senet*, uno de los pasatiempos favoritos de Tutankhamón. Este era un gran jugador que, además, solía tener suerte a la hora de lanzar los palos, todo lo contrario de lo que le ocurría a su buen amigo, que parecía incapaz de poder sacar un seis, o caía invariablemente en la fatídica casilla número veintisiete con alguno de sus peones, lo cual le obligaba a retroceder hasta la línea de salida.

—Ja, ja. Si te viera mi abuela te deportaría al país de Kush. Aseguraba que la mala suerte era contagiosa.

Nehebkau asentía, ya que probablemente el rey tuviese razón, pero por más interés que pusiese en aquel juego, no tenía fortuna. Sin embargo, durante aquellas tardes ambos amigos fueron muy felices sentados frente a la mesa del *senet*, una verdadera obra de arte de la marquetería, realizada con caoba e incrustaciones de marfil, y que había pertenecido a la legendaria reina Tiyi, quien era muy aficionada a dicho juego. Durante las partidas los dos amigos departieron largamente sobre el país de las Dos Tierras. Nehebkau le habló de aquel Egipto al que el dios apenas tendría acceso; el que se encontraba más allá de los poderes que lo gobernaban, y Tut escuchaba con atención cómo era la vida de los humildes pescadores que faenaban en el Alto Egipto, del día a día del alfarero, o de las tertulias que solían producirse mientras los hombres esperaban su turno para que el barbero los afeitase. Sentados en el taburete de tres patas, los clientes contaban cientos de historias, para pintar un escenario que poco tenía que ver con el que veía el dios desde su trono dorado.

Al faraón le fascinaban aquellos relatos, la simplicidad de la vida que llevaba la mayor parte de su pueblo, su apego a las fiestas y tradiciones, el buen ánimo con el que se enfrentaban a su dura existencia, el conocer la capital importancia que para ellos tenía la figura del dios.

Tutankhamón comprendía que, más allá de su ascendencia divina, tenía el sagrado deber de ser el garante de su pueblo ante los dioses, de devolverle la esperanza que le había sido arrebatada.

—Ahora soy capaz de vislumbrar el Kemet que deseo —aseguró Tut a su amigo durante una de aquellas tardes.

Este le miró fijamente, en tanto el dios entrecerraba los ojos como si estuviese a punto de acceder a un sueño.

—Puedo ver la luz que se abre paso a través de los cerros del este —continuó el rey—. Dentro de poco Ra despuntará para pintar Egipto con los colores que deseo; los que son gratos a los padres creadores. Percibo su aliento en mi corazón, la fuerza que me otorga para poder recorrer el camino al que estoy predestinado.

—Hablas como si fueses un nuevo profeta —le advirtió Nehebkau, algo sorprendido.

—Fueron los profetas quienes trajeron la oscuridad a Kemet —se lamentó Tut—, al querer mezclar lo mundano con lo divino; el mensaje de los dioses con la ambición humana.

Nehebkau asintió, cautivado por las reflexiones de su amigo.

—Como te dije —continuó este—, nos encontramos ante el umbral de un nuevo amanecer. Ra regresa victorioso de su viaje por el Mundo Subterráneo para convertirse en Ra-Khepri y elevarse hasta su zénit.

—Tus palabras describen un nuevo renacimiento, gran faraón —señaló Nehebkau animando al soberano a proseguir.

—Tú lo has dicho. Egipto forma parte de un orden cósmico que debe permanecer inmutable. Aquí todo tiene una medida que es preciso mantener. Yo soy su guardián, y a ello tengo que dedicar mi gobierno.

—Ningún sacerdote de la Casa de la Vida lo hubiese expresado mejor —alegó el joven pescador, satisfecho por lo que escuchaba.

—¿Sabes? Al regresar de Tebas comprendí el alcance de cuanto te he dicho. A mi paso se postraban en las orillas, pues el dios Nebkheprura los colmaría de bendiciones. Su viaje tenía un propósito, y este no era otro que el de traer tras él una buena crecida, una avenida perfecta que anegara los campos para obtener la abundancia. Todo debe ser ordenado con la medida correcta, y cada *meret*, cada humilde campesino, forma parte de esa regla de la que a su vez yo también formo parte al ser su garante ante los dioses. Debo procurar que dicha medida sea la que corresponde, no solo en el nivel de las aguas o en la producción de los campos, sino también en la justicia, en el funcionamiento de los templos, en la buena marcha de la Administración o el ejército. Solo en el equilibrio puede existir el santuario de Maat.

—Te confieso que estoy admirado y también gratamente sorprendido por tus palabras. Pero me temo que el deseo de los dioses y la ambición humana sean como agua y aceite.

Tutankhamón perdió la mirada en el río unos instantes para considerar lo que ya sabía que era cierto.

—Así es. Por ello es necesario honrar a los dioses y al faraón.

Nehebkau no pudo evitar un gesto de extrañeza.

—Sé lo que estás pensando —señaló Tut—. Hablo como si fuese Akhenatón. Él quería recuperar todo el poder que durante un milenio habían perdido los reyes de Kemet de manos de la aristocracia y los cleros, para ostentarlo en solitario, pero se equivocó al despreciar a nuestros dioses. Deshizo el equilibrio.

Nehebkau escuchaba con atención a su amigo, asombrado por el alcance de sus juicios. Poco quedaba en Tutankhamón del niño que le tomara a su servicio para protegerle de su temor hacia las cobras, para que velara su sueño; si acaso su espíritu jovial y el entusiasmo que empleaba en todo lo que hacía. Pasada la adolescencia, su estado físico había empeorado hasta el punto de verse postrado a menudo debido a sus dolencias congénitas, o a las fiebres que a veces le consumían durante varios días.[62] Sin embargo, no se rendía ante la adversidad, y dentro de aquel cuerpo enfermizo el rey poseía un coraje que le había llevado a planear el Egipto sobre el que quería gobernar. Claro que el joven pescador pensaba que todo aquello no dejaba de ser una entelequia; quimeras irrealizables; sobre todo en un país en el que existían fuerzas tan poderosas. Mientras en la Tierra Negra se alzaran hombres como Horemheb o Ay, los propósitos de su amigo no dejaban de ser un sueño; el sueño de Tutankhamón.

De forma sorprendente el faraón volvió a leer el pensamiento a su amigo.

—Es cierto —señaló—. Ellos me sentaron en el trono de Horus y me protegieron; aunque en realidad velaran por sus intereses. Mientras fui niño gobernaron bien Egipto, y con el tiempo aprendí de ellos. Ambos me mostraron su valía y también el alcance de su poder. Sin embargo, yo soy el dios, el señor de las Dos Tierras, y habrán de servirme como una medida más a las que me referí con anterioridad. Amón me habló en su sanctasanctórum cuando lo visité en Karnak, y me susurró las palabras precisas, los pasos que debía seguir para que el sapientísimo Thot las grabara en mi corazón. Mis deseos son gratos a los ojos de El Oculto y él guiará mis pasos como corresponda. Su vista es muy larga, y puede vislumbrar lo que depararán los tiempos. Es Amón quien los ordena.

Nehebkau parecía anonadado, y al observar su cara de asombro Tutankhamón lanzó una carcajada.

—¡Parece que has visto algún genio del Amenti! —exclamó el rey, divertido—, o puede que a un guardián de las puertas del Mundo Inferior.

—No me equivoqué al decir que te has convertido en un gran faraón.

—Hoy soy demasiado locuaz. Puede que debido a la paliza que te estoy dando al *senet*; ja, ja. No has ganado ni una sola partida.

—Es verdad. Harías bien en buscarte un oponente mejor, aunque te confieso que me siento admirado por lo que me has contado. Amón ordena el tiempo y sus circunstancias, tal y como aseguras. Recuerdo haber escuchado esa frase muchas veces durante mi infancia; no existe tebano que no esté convencido de ello.

Tutankhamón asintió.

—Creciste en un lugar santo y de algún modo te envidio por ello —apuntó el rey—. No existe un solo habitante en

Waset que no lleve impreso el sello de El Oculto, de una u otra forma.

—Él es quien procura el pan cada día a sus fieles. Sin Karnak, Tebas no existiría.

—Lo sé. Por eso estoy decidido a engalanar el templo, a extenderlo con nuevos pilonos, a glorificar a su divina tríada. En *Ipet Reshut*, el harén meridional del dios, el templo de Luxor, sentí su presencia durante el último festival de Opet. Amón, Mut y Khonsu me hablaron desde sus capillas, y percibí cómo su hálito regenerador entraba en mí para revitalizar mi *ka* e insuflarme su fuerza. En dicho templo contemplé la grandeza de mis ancestros, el alcance de los planes del gran Amenhotep III, lo que mi abuelo deseaba erigir. Yo me convertiré en el continuador de su obra para ofrecer a El Oculto un santuario grandioso, que perdure durante millones de años, para pasmo de las generaciones venideras. Fue Nebkheprura quien lo finalizó, exclamarán, y desde las estrellas circumpolares yo sonreiré satisfecho, pues mi medida quedará en Egipto para siempre.

—Tu memoria irá unida a la de la Tierra Negra —vaticinó el joven de forma enigmática.

—Como el *sema tawy*, la unión de las Dos Tierras —matizó el rey con expresión ensoñadora.

Durante unos minutos se hizo el silencio entre ambos amigos, un silencio repleto de intenciones, con los nuevos proyectos que el faraón había forjado en su corazón.

—Ay y Horemheb han cumplido con su cometido, pero sus propósitos han de terminar donde comiencen los míos, y a estos últimos se deberán —señaló Tut con sorprendente aplomo.

Por un momento Nehebkau se sintió desconcertado, ya que Horemheb poseía el control del ejército y Ay el de la Administración del Estado. De hecho, este último determinaba qué personas podían acercarse al faraón, y el joven pescador imaginó sin dificultad el poder al que se enfrentaría su amigo si se obcecaba en llevar sus planes adelante.

Este asintió antes de proseguir.

—Horemheb es *mer mes* de los ejércitos del norte. Se encuentra acantonado con mis tropas cerca de Amki, y muy pronto volverá de Retenu para informarme en persona sobre cuál es la situación. Es de mi plena confianza, y tú mismo fuiste testigo de cómo combatimos juntos en el asedio de Kadesh. Una vez lo nombré mi heredero, aunque como comprenderás esto no sean más que palabras, pues muy pronto Ankhesenamón me dará un vástago. La Gran Esposa Real ya ha elegido el nombre que le pondrá: Amenhotep; como es natural no podría llamarse de otra manera.

—Es el que corresponde al primogénito del faraón.

—Así es; desde los comienzos de nuestra dinastía honramos a Amón con esta elección. No se me ocurre una forma mejor para que El Oculto reconozca a mi hijo como futuro señor de Kemet.

Nehebkau se limitó a asentir, en cierto modo enternecido por los sueños que albergaba su amigo, en los que no podía dejar de ver grandes impedimentos para hacerlos realidad.

—En cuanto a Ay... Es el *it netjer*, el Divino Padre desde que su hija se casó con mi progenitor. Lo conozco desde que tengo memoria y sé que sirvió a Akhenatón con fidelidad. Este le otorgó un gran poder y reconocimiento ante todo Kemet y fue, junto a Nefertiti, la piedra angular de su pensamiento atoniano. Es un verdadero hombre de Estado que no tiene igual en todo Egipto, y sus consejos me son muy valiosos. Si Ankhesenamón me da un heredero, este será carne de su propia carne, y de nuevo un descendiente suyo podrá sentarse, un día, en el trono de Horus. Ay lleva demasiados años caminando por esta tierra. Es un anciano cuyo pasado corre parejo al de mi padre. El Atón forjó entre ellos unos lazos que nadie podrá desatar, y cuando Ay pase a la «otra orilla», ordenaré que lo entierren en la tumba que se hizo construir en Amarna, en cuyas paredes dejó grabado un himno al Atón. Ese es mi deseo y así se cumplirá.

44

Tal y como Tutankhamón había vaticinado, Horemheb se presentó en Menfis para dar cuenta de cuál era la situación en Retenu.

—Me temo, mi señor, que esta no sea halagüeña, aunque confío en los dioses y en el poder de El Oculto. Desde Karnak, Amón vela por Kemet y su brazo alcanza hasta los confines de la tierra.

—Lo sé, y muy pronto regresaré a Canaán para ponerme al frente de mis tropas y recuperar lo que nos pertenece —aseguró Tut con aplomo.

—Los hititas han formado un poderoso ejército, y no cejan en su ánimo de levantar contra el faraón a nuestros pueblos vasallos. Las escaramuzas son constantes, y solo el temor que les infunde tu nombre consigue que no presenten batalla en campo abierto —añadió el general, lisonjero.

El faraón no tomó en cuenta aquel halago, ya que conocía muy bien el respeto que causaba su general en los reinos de Retenu. La fama de Horemheb llegaba hasta el Hatti, y era su presencia al frente de las tropas la que mantenía a raya a los enemigos de Egipto. El general encontró al rey muy cambiado, y solo necesitó unos minutos para comprobar que se había hecho hombre. El faraón niño que le había acompañado en su anterior campaña había dejado su lugar a un joven que mostraba sus ambiciones con la determinación de un adulto. Sin embargo, su gran perspicacia le llevó a reparar en el lamentable estado en el que se encontraba el dios, y el deterioro físico que de forma paulatina sufría el faraón. Su mal lo devoraba, y su intuición le dijo que no pasaría mucho tiempo antes de que Osiris lo llamase a su lúgubre reino. Estaba informado al detalle de cuanto ocurría en Kemet, de los habituales manejos de Ay y el control que este ejercía sobre la Administración, de la habilidad que el faraón había demostrado al trasladar los restos de su padre al Valle de los Reyes. Había sido una jugada maestra, y en su interior Horemheb se felicitaba por ello, pues apreciaba a Tutankhamón. Su estancia en Tebas le había fortalecido, aunque ello no pudiese evitar el destino que Shai tenía preparado.

Al observar el estado de aquel pie pensaba que pronto los bastones en los que se apoyaba no servirían de nada, y que el dolor que le causaba su enfermedad terminaría por dejarle en brazos del *shepen*, la amapola tebana, o quizá en los de la mandrágora. Horemheb era capaz de leer como nadie en los corazones, e intuía que el rey combatía con denuedo contra aquellos fantasmas que ya vislumbraba en el horizonte. Ankhesenamón se hallaba embarazada de nuevo, y este era motivo más que suficiente para que Tutankhamón luchase con todas sus fuerzas por la consecución de sus sueños.

Para el general resultaba sencillo conocerlos. Eran tan viejos como la propia Tierra Negra, y el mayor anhelo de cualquier dios que hubiese gobernado el país desde la edad de las pirámides. Pero aquellos sueños se desvanecían como el humo empujado por el viento al encontrarse frente a los poderes que aguardaban en la sombra. Estos tenían raíces demasiado profundas, y una buena prueba de ello había sido el reinado de Akhenatón y su revolución atoniana. El «rey perverso» no había conseguido más que estrellarse contra un muro y llevar a la ruina a su pueblo.

Mientras departía con Tutankhamón, Horemheb disimuló su desaliento. Él sabía cómo eran las cosas, lo frágil que podía llegar a ser el hilo del que dependían las esperanzas del dios, la llegada de aquel heredero. El general debía regresar a Retenu cuanto antes, pues allí se encontraba su suerte. Solo

Seshat, la diosa que contaba el paso del tiempo, determinaría lo que habría de ser, y él debía estar preparado. Los dioses habían decidido no darle descendencia. Él se sentía un menfita y por ello creía que no era únicamente Shai el encargado del destino, sino que junto a este, Shepset, Mesjenet y Renenutet decidían la fortuna de cada individuo. La suya no podía haber sido mejor, pues de ser un simple *shes mes*[63] militar, había pasado a convertirse en escriba real, general de los ejércitos del Bajo Egipto y hombre de confianza del faraón, quien le tenía un gran afecto.

A pesar de no haberle dado hijos, Horemheb amaba profundamente a Amenia, su única esposa, a quien, junto a su país, había consagrado su vida. Él, que había vivido de cerca los turbulentos tiempos de Amarna, conocía mejor que nadie la importancia de dar estabilidad al reinado de Tutankhamón. Solo así Egipto podía recuperar el pulso, y a ello se había dedicado durante todos aquellos años sin que esto resultara un obstáculo para acumular poder. El general era sumamente ambicioso, pero también pragmático, y poco dado a emprender aventuras que no conducirían a ninguna parte. Sabía cuál era su posición, así como el papel que le correspondía en cada momento, y siempre se había mantenido fiel a este. Sin embargo, percibía que aquel escenario que, junto con Ay, él mismo se había encargado de diseñar, podía cambiar en cualquier momento, y también el desastre al que Kemet podría verse abocado. El general jamás intrigaría para provocarlo, mas al abandonar Egipto aquella tarde por el milenario «camino de Horus», Horemheb era capaz de leer el futuro con claridad, lo que ocurriría y qué era lo que debía hacer.

Ay, su contrapeso en aquel poder que ambos habían configurado, también cumplía su papel en dicho entramado. En realidad, llevaba interpretándolo durante la mayor parte de su vida. Nadie mejor que él conocía cómo funcionaban los mecanismos del Estado, y en su fuero interno estaba convencido de que este le cabía en el corazón.[64] No existía en Egipto un funcionario que hubiese recibido más reconocimientos que él. Neferkheprura-Waenra, el faraón Akhenatón, su yerno, ya le cubrió de honores desde la «ventana de apariciones» de su palacio en la ciudad del Horizonte de Atón, al hacerle entrega de innumerables collares de oro macizo a la vista de su pueblo.

Ay sabía todo acerca de todos, y ello incluía, naturalmente, al faraón. Lo conocía desde el día de su nacimiento, e incluso se había preocupado de parte de su educación, pues desde muy pronto había intuido la importancia que podría llegar a tener aquel príncipe enfermizo, a pesar de sus discapacidades. Ay comprendía a la perfección el significado del pensamiento atoniano, así como su alcance, y era por eso por lo que no le había sorprendido en absoluto cuanto había ocurrido. Él se había dejado mecer por los tiempos para acomodarse a ellos, hasta sobrevivir a ese pensamiento que él mismo había ayudado a crear. Eran precisas unas buenas dotes para esto, y resultaba innegable que Ay las poseía, algo de lo que se vanagloriaba.

Los cambios obrados en Tutankhamón durante los últimos años no le sorprendían, pues era lo natural cuando se pasaba de la adolescencia a la edad adulta, incluso para un dios. Mas sí había llamado su atención el reciente entierro de Akhenatón en el Valle de los Reyes, en la tumba de su madre. Había dado tantas vueltas al asunto que había llegado a extraer conclusiones de todo tipo, aunque a la postre se convenciera de que, como siempre, el tiempo aclararía el alcance de los motivos que habían impulsado al faraón a hacerlo. Él creía poder conocerlos, pero si algo había aprendido después de pasar toda una vida en la corte era a tener prudencia.

Había sido muy sabio al no participar en aquel traslado, pues muchos habrían pensado que tenía intereses ocultos. El paso dado por su sobrino nieto lo beneficiaba, al tiempo que le ayudaría a adecuar las políticas al nuevo escenario que ya vislumbraba. El que Akhenatón y la reina Tiyi reposaran juntos en la necrópolis tebana era una buena forma de dar por cerrada una época que era preciso olvidar para siempre, y aclarar la buena disposición de Tutankhamón hacia los dioses tradicionales. Pero Ay era capaz de ver algo más en el corazón del faraón; una luz que reconocía sin dificultad, pues no en vano él también la poseía: la ambición. El joven rey ambicionaba el poder absoluto, y por primera vez daba muestras de querer acapararlo. A Ay no podía engañarlo. Había tenido los mejores maestros en el arte de la intriga, y él mismo era un experto en la materia.

Había pensado tanto en ello que había terminado por sonreír para sí. Reconocía en el faraón algunas de las características que había poseído su abuela, como el coraje, la determinación y aquella lucha incansable por recuperar la autoridad total; la que debía corresponder al señor de las Dos Tierras. Tiyi había intrigado toda su vida por conseguirlo, y Ay estaba seguro de que, de vivir la vieja reina, aleccionaría a su nieto de forma sibilina para que continuara la lucha que ya iniciara su bisabuelo, Tutmosis IV, y que ella había mantenido durante todo su reinado. La influencia sobre su hijo, Akhenatón, e incluso sobre Nefertiti, había sido capital, y en ocasiones Ay se había preguntado cómo sería Kemet si su hermana, Tiyi, hubiese nacido varón y hubiera llegado a sentarse en el trono de Horus.

Obviamente aquello no eran sino componendas. Los planes de Tiyi ahora eran irrealizables, pues conducirían a Egipto de nuevo a la ruina. Era preciso que todo se mantuviese tal y como estaba, y vigilar los pasos de Tutankhamón para que no llegara a traspasar una línea que no convenía cruzar. La posible llegada de un heredero era una buena noticia, pues el faraón volcaría en su retoño todas sus ilusiones, a la vez que templaría su ánimo para extremar la prudencia en todo cuanto acometiera. Así, el Divino Padre continuaría gobernando la Tierra Negra desde la sombra en tanto Horemheb se mantenía alejado de la corte, combatiendo contra el odiado Hatti, con el loable propósito de recuperar las viejas fronteras de Egipto.

Aquella tarde se hizo el encontradizo con Nehebkau. Aunque no habían tratado demasiado, Ay lo sabía todo acerca del joven, mucho más de lo que este pudiese conocer de sí mismo. Existían en su vida aspectos ciertamente escabrosos que parecían extraídos de la literatura clásica, de alguno de aquellos cuentos a los que eran tan aficionados en la antigüedad y que proliferaban durante el Imperio Medio. El viejo canciller se abstenía de enjuiciar a quien un día fuese pescador, ya que sabía muy bien que los juicios prematuros nublaban el entendimiento y no dejaban leer en los corazones como correspondía. Resultaba fácil equivocarse, y él no daba un solo paso en falso.

Su encuentro se produjo en uno de los patios, en cuyo centro había un pequeño estanque rodeado por algunos sicómoros; el árbol sagrado por antonomasia de Egipto. Al verlo, Nehebkau se azaró, pues aquel hombre lo intimidaba, como si se tratara de un *heka*. Ay conocía de sobra el efecto que causaba en el joven, pero se mostró amable y le invitó a sentarse a la sombra de uno de aquellos sicómoros, pues de un tiempo a esta parte sentía cierta simpatía por él. El que se hubiese apartado del camino del *maat* no tenía importancia para el Divino Padre. Él mismo lo había transgredido en infinidad de ocasiones durante su vida, y lo seguiría haciendo si ello convenía a sus propósitos.

—Hacía tiempo que deseaba hablar contigo, buen Nehebkau —dijo Ay con cordialidad.

El joven pareció sorprenderse por aquel tono, ya que el Divino Padre siempre se había mostrado particularmente frío y distante con él. El anciano se hizo cargo y sonrió para sí mientras continuaba.

—Tu compañía ha sido muy beneficiosa para el dios, más de lo que yo había supuesto, y me satisface que te haya declarado su amigo ante la corte.

Nehebkau no supo qué contestar. El rostro cubierto de arrugas de aquel hombre era como una máscara imposible de penetrar, casi siempre con la misma expresión adusta, y en ocasiones el joven tenía la impresión de que Ay llevaba en Egipto desde el principio de los tiempos; que hacía ya mucho que los años habían dejado de tener importancia para él, y que no existía nada en Kemet que no conociese. En su presencia se sentía tan empequeñecido que no podía evitar mostrarse retraído.

—Has servido bien a Nebkheprura, y confío en que continúes haciéndolo —prosiguió Ay—. Conozco lo perniciosas que pueden llegar a ser las malas influencias.

—Amo al dios como a un hermano —se atrevió a decir el joven, aunque al momento se arrepintiese por hablar del faraón con aquella familiaridad.

—Me complace que me abras tu corazón, pero ya conozco el cariño que sientes por Tutankhamón. Yo velé por él cuando era un niño, y junto a ti se ha hecho un hombre; así pues, ambos le conocemos bien.

—Mi señor Nebkheprura se ha convertido en un gran faraón, Divino Padre. En su corazón late el rugido del león.

—Sé de lo que me hablas. Ya atisbé esa fuerza en su niñez, aunque luego terminase por disiparse debido a circunstancias que le sobrepasaban. Pero tú le has ayudado a recuperarla, buen Nehebkau. Haz lo posible por ayudarle a mantener la senda que ha tomado. Todo Egipto te lo agradecerá, créeme, y yo también.

Aquellas palabras sonaron extrañas al joven, como si encerraran un mensaje mucho más profundo que no acertaba a comprender en toda su magnitud. Que el hijo del pobre Akha recibiese el agradecimiento de la Tierra Negra era algo que, aunque impensable, podía ser tomado como habitual dentro de un discurso grandilocuente, pero el que lo hiciese Ay resultaba inaudito. El Divino Padre nunca hablaba de más y su gratitud, sin duda, tendría un precio.

—Conozco tu afición a los caballos —dijo Ay mientras parecía distraer su mirada entre los lotos que salpicaban el estanque—. Aseguran que eres un buen jinete, y que posees buenas dotes como auriga.

—Siento un gran amor por los caballos, Divino Padre —contestó el joven con respeto, pues sabía que Ay tenía grandes conocimientos sobre estos animales.

—Como seguramente sabrás me crie entre caballos. Mi padre, el honorable Yuya, fue «maestro de caballos» del gran Amenhotep III, quien reconoció sus servicios a la corona otorgándole una tumba en el Valle de los Reyes, donde reposan sus restos junto a los de mi madre, Tuya. Un extraordinario honor, como comprenderás. Él me inoculó la pasión que siempre he sentido por estas criaturas, a las que durante algún tiempo llegué a considerar por encima de los hombres.

Nehebkau asintió, pues en cierto modo al canciller no le faltaba razón.

—Yo también fui «maestro de caballos» del dios Neferkheprura, aunque mi camino terminara por dirigirse hacia otros derroteros; mira si no en lo que me he convertido.

—He oído hablar acerca de tu maestría, Divino Padre. Me temo que comparado contigo yo solo soy un simple aprendiz.

Ay levantó ligeramente la mano para agradecer la lisonja.

—Nadie llega a conocerlo todo acerca de ellos. Su gran corazón siempre encierra misterios, por eso resultan fascinantes. Sin embargo, tuviste un buen maestro. El príncipe Shepseskaf también fue un magnífico jinete y un arrojado auriga, demasiado osado en mi opinión. Adoraba a los caballos y, en confianza, te diré que se refugiaba en ellos para dar salida a su brioso carácter. Él enseñó a Tutankhamón, a quien transmitió el ardor que sentía cuando conducía su carro.

—Siento un gran cariño por el recuerdo del príncipe —señaló el joven con pesar.

—Me hago cargo —observó Ay, enigmático.

Nehebkau se sobresaltó, y el anciano esbozó una sonrisa antes de continuar.

—Ese ardor lleva al dios, en ocasiones, a conducirse con temeridad. Sin duda domina a sus corceles cuando galopa sobre su biga, pero a veces toma riesgos innecesarios. Tú eres consciente de ello, pues lo acompañas en sus cacerías.

En eso Ay llevaba razón, ya que en muchos momentos Nehebkau trataba de refrenar a su real amigo para evitar que se desbocara.

—Pasas la mayor parte del tiempo con el dios —prosiguió el anciano—, y no solo has de velar su sueño. Conoces mejor que yo el mal que lo aqueja y el peligro que corre cuando se lanza a galopar en su carro. Tarde o temprano hasta el mejor jinete cae de su montura, y Tutankhamón debe evitarlo a toda costa.

—Cuando persigue a los oryx, parece poseído por la furia de Set —se lamentó Nehebkau, quien se las veía y se las deseaba para seguirlo.

—Por este motivo deseaba hablar contigo. Conozco muy bien hasta dónde puede llegar el ímpetu de un corazón joven. Sin embargo, has de hacer ver al dios la gran responsabilidad que recae sobre sus hombros, ahora que espera un heredero. Seguro que eres consciente del alcance de mis palabras.

El joven era plenamente consciente, y aseguró al Divino Padre que haría todo lo posible por atemperar al faraón.

—Sabía que podía contar contigo, buen Nehebkau. Estoy convencido de que el dios escuchará tus buenos juicios.

Con estas palabras Ay dio por concluida la conversación, y tras despedir al tebano, permaneció un rato a la sombra del sicómoro contemplando el atardecer. Le gustaba aquel momento del día, en el que solía encontrarse particularmente lúcido. Pensaba que todo era simple al tiempo que complejo, y la vida le había enseñado la necesidad de considerar cualquier posibilidad que se presentara, pues solo así evitaría verse sorprendido. Odiaba las sorpresas, y por tal motivo había puesto buen cuidado en amarrar cada cabo de la nave que gobernaba. El mismo Nehebkau era digno de su atención, no solo por los motivos de los que habían hablado. Había otras razones que podían convertir al joven en un problema inesperado, y Ay ya había dado pasos para solucionarlo.

Ra-Atum descendía en su camino hacia el horizonte del oeste, y el Divino Padre prestó atención al estanque y los lotos que lo adornaban. Dentro de poco el sol se ocultaría, y las plantas acuáticas se sumergirían bajo las aguas a la espera de la llegada del nuevo día, para renacer otra vez como Ra. Todo era mágico en Egipto, y Ay se sintió satisfecho por haberse convertido en el gran mago de aquella sagrada tierra.

45

Najt disfrutaba de la sombra en su frondoso jardín mientras paladeaba un vino blanco del Delta, procedente de los pagos del mismísimo visir. Era pura ambrosía, o al menos eso le parecía en tanto entrecerraba los ojos de placer. Si la suerte existía, Renenutet en persona lo había apadrinado ante Shai, para que el dios del destino le otorgara su favor y allanara el camino allá a donde se dirigiera; no había otra explicación. Najt era muy consciente de ello, y aquella tarde brindaba a la salud de los dioses, una y otra vez, dichoso de haber alcanzado el lugar que ocupaba. Claro está que, por otra parte, se tenía en gran estima ya que era muy orgulloso, y con los años se había llegado a convencer de que Thot le había dado parte de su divina sapiencia para desarrollar sus innatas habilidades; las mismas que le habían servido para convertirse en juez.

En realidad, nadie sabía de dónde procedía aquel individuo. Su pasado era tan oscuro como su alma, aunque eso a él poco le importara. Aseguraba que descendía de una familia principal de Iunu, Heliópolis, aunque allí nadie hubiese oído hablar de él. Semejante detalle tampoco era de extrañar pues Najt era un mentiroso consumado que había llegado a hacer del embuste algo natural en su persona, sin que esto lo avergonzara en absoluto. El *maat* no era sino una palabra inventada por los corazones cándidos. Si él engañaba a los demás se debía a que era más listo que ellos, y cualquier argucia era válida si con esto alcanzaba sus propósitos.

Podría decirse que Najt era un hombre guapo, de rasgos armoniosos, labios sensuales y mentón bien marcado, que además no dudaba en elevarlo a la primera oportunidad. Su estatura superaba con creces a la media de sus paisanos, estatura que él se encargaba de destacar cuanto podía ayudado por unos andares ciertamente jactanciosos, como de valentón, que habían terminado por darle un sello particular que era de sobra conocido en Menfis. De su mirada poco se podía añadir, ya que era tan mentirosa como el resto de su persona, y los que le conocían bien aseguraban que en ella podía adivinarse una cosa y la contraria, quizá porque solo existiera una palabra a la que estuviese dispuesto a rendir pleitesía: «conveniencia».

Sin embargo, su andadura se había visto sonreída por el éxito, sobre todo entre las mujeres, que caían rendidas a sus pies aun a riesgo de ser engañadas; algo que ocurría de ordinario. Pero esto no parecía ser un problema, ya que Najt coleccionaba amantes a la primera oportunidad, pues el fornicio le gustaba de manera particular, y la naturaleza le había dado unas buenas hechuras para ello. Además, era un buen conversador, maestro en el halago, capaz de decir la palabra justa cuando era preciso, daba igual que fuese o no cierta, y su tono de voz podía ser melodioso, y hasta cautivador, a los oídos de las damas, aunque en realidad no sintiese nada de lo que decía.

Que semejante individuo hubiese llegado de la nada era otro misterio más que añadir a su persona. Algunos aseguraban que había estudiado en la Casa de la Vida de Menfis, y otros que en el templo de Sekhmet, en donde tenía intención de llegar a convertirse en médico, aunque no faltase quien dijese que aquel tipo venía de la calle, y que había aprendido las «palabras de Thot» en una reputada Casa de la Cerveza a la que acudía a diario.

Claro está que dicha idea sonaba a despropósito, mas visto lo mentiroso que era aquel personaje, todo era posible. Pero más allá de tales componendas, lo cierto era que Najt había ejercido como escriba, y que dominaba como cualquier colega los más de ochocientos símbolos jeroglíficos y la escritura de la hierática, la usada habitualmente en la Administración. Tras una adolescencia tan oscura como lo había sido su infancia, Najt ingresó en el funcionariado del Estado de la mano de su suegro, con poco más de veinte años. Aquel día comenzó a labrar su fortuna, aunque su suerte había empezado dos años antes al cruzarse en el camino de Nebedya, una joven dulce y de ademanes delicados que se enamoró perdidamente de Najt desde el momento en que lo vio, una mañana, en Akhenatón, a donde el susodicho había llegado dispuesto a abrirse paso entre los llamados «hombres nuevos», decididos a cambiar la historia de Egipto. La época de Amarna le brindaba una oportunidad, y Najt la aprovechó nada más poner un pie en la capital.

Apenas había desembarcado cuando Nebedya apareció convertida en un rayo de sol desprendido desde el Atón. Eso fue al menos lo que pensó Najt, quien no vaciló un momento en acercarse a la joven, convencido de que allí se encontraba su suerte; y así fue como comenzó a labrar su porvenir. La aparición de Nebedya era una señal, y el recién llegado no se equivocó al tomarla como tal, y utilizar todos los recursos que le había proporcionado Khnum al formarlo en su trono de alfarero, para conquistar la plaza, algo que ocurrió sin que la joven opusiera la menor resistencia, ya que esta cayó rendida a los pies de su enamorado con la primera mirada. Como la susodicha era hija de un funcionario de cierta importancia, Najt no dudó en intentar encaramarse a su carro, convencido de que le llevaría a un lugar mejor del que provenía. En esto no se equivocaba, pues el futuro suegro era un hombre de reputada valía que ya había prestado su servicio al gran Amenhotep III, en la legendaria Casa de la Correspondencia, donde tuvo un papel preponderante en las negociaciones entre el viejo faraón y el rey de Babilonia, para que este enviara a una de sus hijas a la corte del dios.

Amenhotep quedó muy satisfecho de cómo se habían producido dichas conversaciones, ya que la princesa de Babilonia terminó por formar parte de su harén junto a las damas de compañía, que sobrepasaban las doscientas. Cuando Akhenatón sucedió a su padre heredó dicho harén, y decidió mantener a aquel funcionario tan cumplidor al frente de la Casa de la Correspondencia, con la esperanza de que pudiese aumentar el número de sus concubinas. En este particular, el hijo no tenía que envidiar al padre, pues a Akhenatón la coyunda le gustaba una barbaridad, para desesperación de Nefertiti, quien tuvo que soportar los constantes deslices de su esposo durante toda su vida.

Visto aquel escenario, y como es fácil de imaginar, Najt engañó a todos; al suegro, a la suegra y a la única hija que tenían, a la que hizo enloquecer de amor. Para aquel aventurero la cuestión era sencilla y en cada momento se revistió con el disfraz que más le convenía para que la familia lo aceptase con los brazos abiertos, cual si en verdad se tratase de un hijo. Como era de prever, Najt no tardó en formar parte de la Administración, donde iniciaría una carrera coronada por el éxito.

Durante aquellos años Najt se comportó como un yerno modélico, lo que le ayudó a hacer amistades y medrar convenientemente en los estamentos del régimen de Amarna. Allí forjó sus primeras alianzas, al tiempo que daba muestras de sus buenas aptitudes para la política, que no pasaron desapercibidas. Su enlace con Nebedya fue muy celebrado y a él asistieron invitados de postín, entre los que destacaba Perennefer, el copero real, un alto personaje de la corte. Podría asegurarse que el matrimonio fue feliz mientras duró, y ambos cónyuges se entregaron a él con pasión desaforada; sobre todo Nebedya, que descubrió una parte de su naturaleza desconocida hasta ese momento, y que la atrajo de forma sorprendente. Si a Najt le gustaba el fornicio, su esposa no le iba a la zaga, y ambos sucumbieron a una pasión que llegó a consumirlos. La dulzura y delicadas maneras de la joven resultaban un disfraz bajo el que se escondía un volcán en permanente actividad. Esto excitaba a su esposo de manera particular, y Hathor bendijo aquella unión permitiendo que ambos amantes pudiesen saciar su sed a diario. Naturalmente, tales prácticas terminaron por dar sus frutos, y Nebedya se quedó embarazada, para alegría de toda la familia, pues en Kemet los hijos eran un regalo divino.

Durante aquellos meses Najt pareció capaz de reconducir su vida hacia el camino de la luz. Un hijo era un buen motivo para ello, y el joven se hizo ilusiones al respecto, y hasta se detuvo a considerar el significado de la palabra *maat*. Sin embargo, todo se desmoronó cual si se tratase de un espejismo, como si el *Khamsin*, el viento del desierto, se hubiese llevado para siempre aquellas esperanzas para convertirlas en arena. Ocurrió lo que tantas veces. El alumbramiento se complicó desde el principio sin que Tueris, Mesjenet, Renenutet, Hathor o Heket, todas ellas diosas relacionadas con los nacimientos, pudiesen hacer nada para evitar la desgracia. Tanto la madre como el niño murieron durante el parto, y Najt se maldijo a sí mismo por llegar a creer que el seguimiento del *maat* le procuraría una mayor felicidad. El dolor oscureció aún más su alma, y juró no comprometer su corazón para no volver a sufrir jamás.

Su posición en Amarna permaneció incólume, e incluso sacó beneficio de su desgracia. Fue recomendado a Penbuy, superintendente del Tesoro de Akhenatón, que le puso a su servicio animado por los buenos informes que había recibido del joven, y también conmovido por su desventura. Najt le tomó la medida desde el primer momento, y representó la función que debía ante los ojos de Penbuy, para satisfacción de este, que creía ver en aquel joven a un dechado de virtudes y un servidor incondicional del Atón. Acometía con diligencia cualquier quehacer que le era encomendado, y el superintendente del Tesoro se convenció de que poseía las aptitudes idóneas para nombrarle recaudador de impuestos en el nomo V del Alto Egipto, Harui, los Dos Halcones, cuya capital, Gebtu, también conocida como Koptos, era un lugar de paso obligado para las caravanas desde tiempos ancestrales. Aquel destino era como enviar al chacal a un redil repleto de tiernos corderillos, y al ser informado por Penbuy, Najt cayó de bruces a sus pies, cual si lo hubiese fulminado un rayo, para agradecer tanta magnanimidad.

—¡No lo merezco, gran Penbuy! —exclamó el joven—. Pero ten por seguro que Maat permanecerá inalterable en el fiel de la balanza para garantizar mi equidad, y que jamás me desviaré de su camino, ni caeré en prácticas que sean contrarias a los designios de la diosa de la verdad y la justicia.

El superintendente quedó muy satisfecho al oír semejante retahíla, y hasta se felicitó íntimamente por su buen ojo, al haber aceptado a aquel joven para que desempeñara una función tan importante. Su comportamiento había sido ejemplar, y no dudó que cumpliría su cometido con honestidad.

—Que Seshat, la diosa de los números, guíe tu corazón y buen juicio —le había dicho Penbuy al despedirse.

Najt nunca pensó en ser merecedor de tanta suerte. Shai le presentaba una oportunidad con la que jamás había soñado, y él se aprestó a aprovecharla para no desairar al dios del destino, o al menos era lo que aseguraba para sí. Necesitó poco para darse cuenta de las posibilidades que ofrecía el nomo de Harui, uno de los más ricos del Alto Egipto, y al poco de llegar se dispuso a sacar de este el mayor rendimiento. Para ello se hizo acompañar de los funcionarios adecuados, los más corruptos que pudo encontrar, a quienes dio la orden de esquilmar a la ciudadanía en la medida de lo posible, que era mucha. Así, los inspectores del fisco se convirtieron en auténticos sicarios dispuestos a incautar hasta el último *deben*, al precio que fuese. No había transacción que escapara a su control, y si no obtenían lo que creían que correspondía, no dudaban en apalear al desgraciado que tuviese el infortunio de caer en sus manos.

Najt estaba tan satisfecho por su trabajo que los animaba a cometer sus atropellos con suculentas comisiones, muy del agrado de los funcionarios. Su celo sobrepasó lo imaginable y los abusos no tardaron en aparecer, al recaudar más de lo que correspondía. De una u otra forma todos aprovecharon para hacer fortuna, sobre todo Najt, que se quedaba con la mayor parte de lo esquilmado. Como la mayoría de todos aquellos «hombres nuevos», salidos de la nada, al servicio del faraón, Najt tenía prisa por enriquecerse, y Penbuy no se inmutó en absoluto, pues Najt le hacía llegar puntualmente más recaudaciones que el resto de los nomos de Kemet. Los medios de los que se valía para hacerlo poco importaban al superintendente del Tesoro, ya que pasaban por tiempos difíciles en los que el país iba camino de la ruina.

Durante los años transcurridos en Koptos, Najt llegó a instaurar un pequeño reino regido por la tiranía que le proporcionaba su rango, un reino que llegó a sobrevivir a tres faraones: Akhenatón, Smenkhara y los primeros años de Tutankhamón. Es fácil imaginar las servidumbres y clientelismo que llegaron a crearse, de los que también se beneficiaría el monarca, el gobernador de la provincia, cuya esposa, además, fue amante de Najt durante algún tiempo.

Con la llegada al trono de Nebkheprura las cosas empezaron a cambiar, y tras la proclamación del edicto de la Restauración por parte del faraón niño, Najt comprendió que Egipto se disponía a regresar a las antiguas tradiciones y sus años de abusos estaban contados. Había sido una época memorable en la que se había servido a sí mismo a plena satisfacción y que terminaba, para su desgracia, al ser requerido en Amarna por Penbuy, que continuaba ejerciendo su antiguo puesto. Al abandonar Koptos, Najt no pudo sino lamentarse. Allí había hecho fortuna, además de dejar su nombre grabado en la memoria de las gentes del lugar, que sin duda jamás le olvidarían. Muchos asegurarían que a su marcha no había quedado ni una sola espalda sin apalear, y que había embargado tantas tierras que el Estado no sabía qué hacer con ellas, ni quién las trabajaría.

Sin embargo, la suerte continuaría estando de su parte ya que, tras un breve periodo en Akhetatón, la corte se trasladó a Menfis y Penbuy volvió a otorgarle su antigua función en la capital del Bajo Egipto. Pero sus habituales prácticas no podían ser repetidas en aquella ciudad milenaria. Menfis no era Koptos, ni sus ciudadanos se parecían a los *meret* que vivían en los campos del nomo de los Dos Halcones. En Menfis debía obrar con prudencia, aunque tardó poco en percatarse de dónde podía obtener sus beneficios y las ventajas que le proporcionaría el mantener las mejores relaciones posibles con la aristocracia local. El puerto ofrecía buenas posibilidades para enriquecerse, y el hacer la vista gorda en los negocios de los poderosos le abriría las puertas para seguir progresando.

Najt ya era un hombre rico, y se dispuso a vivir como tal. Para ello adquirió una hermosa villa, con todo lo que una persona pudiese desear; los mejores vinos, las mayores comodidades, las esclavas más hermosas. No deseaba privarse de nada, y muy pronto fue admitido en los círculos más exclusivos en los que muchas de las más antiguas familias terminaron por deberle favores que, tarde o temprano, no dejaba de cobrar. Sobre estas prácticas forjó su leyenda, y su inmoralidad llegó a ser tan conocida que a pocos extrañaba la forma de proceder de aquel individuo que solo pensaba en sí mismo. Los demonios del Amenti podían vivir sin dificultad en su corazón, y aunque se conociera su compulsiva afición a la mentira, nadie se atrevía a darle la espalda por temor a las consecuencias. Najt sabía las debilidades de cualquier cortesano y los turbios manejos que muchos trataban de ocultar. De ello se aprovechaba sin el menor escrúpulo, en tanto que continuaba llenando las arcas del Estado como correspondía a un fiel servidor del fisco.

Su poder y apostura le hicieron acumular amantes entre la alta sociedad menfita. Muchas esposas de prebostes pasaron por su lecho, cautivadas por el indudable atractivo que Najt ejercía sobre ellas. Siempre parecía tener la palabra justa, la que más gustaba a los oídos de las damas, a las que hacía desfallecer entre sus brazos con facilidad, una y otra vez, ayudado por su gran vigor. Muchos de los favores debidos se los cobraba de esta forma, sin preocuparse de ocultarlo, ante el beneplácito de buena parte de los maridos, que de este modo esperaban saldar cualquier deuda contraída.

Al alma oscura de aquel hombre parecía no importarle ennegrecerse aún más cada día, quizá porque se supiese condenada de antemano y ya viviera desde hacía mucho tiempo en el Inframundo. Najt seguía su camino favorecido por un destino al que parecía no incomodar su inmoralidad. Pero ocurrió que, en el cuarto año de reinado de Tutankhamón, el dios decidió cambiar a su antiguo superintendente del Tesoro,

Penbuy, por otro muy diferente, que estaba decidido a hacer olvidar la época de Amarna y los abusos cometidos por muchos de los que se hicieron llamar «hombres nuevos». A nadie extrañó por tanto que Maya, el nuevo encargado del Tesoro, destituyese a Najt de su cargo y lo enviase como simple escriba a los astilleros del puerto, a fin de que llevase un minucioso recuento de los materiales que allí se empleaban.

Aquel fue un golpe inesperado, algo inaudito en la vida de Najt. Por primera vez en su vida la suerte lo abandonaba, y el que fuese recaudador de impuestos vio su orgullo tan vilipendiado que dejó de mirar a los demás como antaño, y hasta cambió sus habituales andares por otros que le hacían parecer de menor estatura. Sin embargo, su soberbia se mantuvo incólume, y sus *metus* se llenaron de hiel, y de una ira a la que daba salida a la menor oportunidad. La gente lo evitaba, y el rencor le reconcomía de tal forma que juraba vengarse de todos los que ahora le miraban mal y le demostraban el desprecio que siempre habían sentido hacia él.

Pero Shai se mostró dispuesto a darle una nueva oportunidad. Al dios del destino parecía gustarle aquel tipo tan alejado del *maat*, pues no cabía otra explicación. Una mañana un heraldo llegó de palacio para decir al escriba que debía acompañarlo. Najt se sobresaltó, atemorizado por la posibilidad de que su desgracia fuese aún peor, pero enseguida reparó en que ningún hombre armado acompañaba a aquel enviado que, al ver su expresión de desconfianza, sonrió.

—Debes acompañarme, noble Najt —le dijo—. El Divino Padre te espera.

Al oír semejantes palabras, Najt creyó que el corazón se le salía del pecho, y su natural astucia le hizo ver que si Ay deseaba verlo solo podía ser para favorecerle. Pero ¿cómo era posible?

Al recordar aquella escena Najt rio quedamente. Así era la vida, al menos la suya, llena de sorpresas inesperadas. Con sumo placer volvió a dar un sorbo de aquel vino extraordinario, que era digno de la mesa del dios, mientras rememoraba su encuentro con el Divino Padre y la impresión que este le causó.

Ay parecía saberlo todo acerca de él, cual si hubiese seguido sus pasos desde su infancia, y Najt se sintió insignificante, como si se hallara en presencia de un ser superior. Durante un rato percibió la fuerza interior de aquel hombre, su mirada de halcón, aguda y penetrante, capaz de leerle las entrañas, y se dijo que fuera lo que fuese que Ay deseara de él, lo obtendría sin la menor dificultad.

—¿Sabes quién soy? —le preguntó el Divino Padre en un tono que a Najt le sonó intimidatorio.

—Sí. Eres el poder de Egipto —se atrevió a contestar el escriba.

Ay asintió levemente, sin dejar entrever ninguna emoción, y Najt nunca olvidaría su mirada, ni las consecuencias que aquel encuentro tendría en su existencia. El viejo canciller lo llamaba a su presencia para nombrarle juez, al tiempo que le requería para una empresa en la que estaba en juego el futuro de la Tierra Negra. El Divino Padre le tomaba así bajo su tutela y le advertía que desde ese momento su alma le pertenecía.

46

Desde sus aposentos de palacio, Heteferes veía la vida pasar. Menfis era su ciudad; antigua, abierta, cosmopolita... Un lugar en el que le era posible respirar sin temor a envenenarse. Allí el aire se le antojaba libre de los chismes tan habituales entre la sociedad del sur, de sus cotilleos provincianos, de la falsa moral con la que muchos tebanos solían comportarse. Menfis siempre le daría la bienvenida a lo mundano, y al mirar hacia el puerto se ensimismaba al contemplar las naves llegadas desde el otro lado del Gran Verde, tripuladas por hombres que eran capaces de atravesar el mar guiados por las estrellas. Los capitanes cretenses eran famosos por ello, e imaginó los peligros a los que deberían enfrentarse al surcar unas aguas en las que habitaba Set, el señor de las tormentas.

Heteferes pasaba horas observando el ir y venir de las embarcaciones por el río, y el mundo que representaban. Las rutas comerciales comenzaban a tomar una importancia desconocida hasta entonces, y por el brazo canópico que conectaba con el Mediterráneo, el Nilo era navegado por las embarcaciones de alto bordo cargadas de mercancías, que conectaban Egipto con lugares lejanos, con pensamientos distintos al suyo.

Menfis la había llevado a reflexionar largamente acerca de Kemet, así como de cuál era su situación y lo que le depararía el futuro.

Amenhotep crecía sano, al cobijo que ella misma le dispensaba, mientras trazaba para él innumerables planes. El pequeño era su ilusión, la base sobre la que había edificado sus esperanzas, los sueños de toda una vida. Desde que enviudara, la princesa se había mantenido apartada de la corte, entregada al cuidado de su hijo, pero vigilante de cuanto ocurría a su alrededor y, sobre todo, de los pasos del faraón. Durante los últimos años Heteferes no había parado de tejer. Era la reina de las arañas, y no dejaba de lamentar la desconsideración que le habían demostrado los dioses al no colocarla en el lugar que le correspondía. Ella despreciaba al rey y a toda su casa, a sus visires y superintendentes, a sus cancilleres y demás sanguijuelas dispuestas a acaparar el poder a costa de la debilidad de la corona. En su opinión, la nave del Estado no era más que un cascarón de madera podrida que hacía aguas por todos lados, gobernada por ambiciosos dispuestos a construir sus propias embarcaciones con los restos del naufragio. Sin embargo, en su corazón ella alimentaba la creencia de que era posible evitar aquel hundimiento.

Tutankhamón no duraría mucho en el mundo de los vivos. Heteferes estaba segura de ello, y observaba con malsana satisfacción cómo el maltrecho cuerpo del rey se deterioraba día a día, consumido por un mal que no tardaría en devorarle por completo. Este detalle la hacía sonreír y también el hecho de que el faraón hubiese emprendido una huida que no le conduciría a ninguna parte. Así definía las últimas acciones llevadas a cabo por el dios. Una huida hacia delante que no conseguiría sino acercarle aún más a su final.

La princesa había confeccionado una discreta red de confidentes que le revelaban cualquier hecho digno de mención sucedido en la corte. Se sentía complacida por ello, así como por la cautela con que conducía sus pasos. Supo que la reina se encontraba de nuevo embarazada mucho antes que el resto de los cortesanos, y que las fiebres que habían atacado al monarca en los últimos tiempos lo habían debilitado de manera particular hasta el punto de que Pentju, su médico personal, había pedido a los sacerdotes de Sekhmet que intercediesen por la salud del faraón ante la diosa que traía las enfermedades.

El ver crecer a Amenhotep la llenaba de satisfacción. Este era un niño saludable, cuya fuerte naturaleza no se parecía en nada a la del linaje real. Heteferes no tenía la menor duda de que el heredero que venía en camino sería tan débil como sus padres, y con seguridad nacería con algún defecto que arrastraría durante el resto de sus días; eso si antes no se lo llevaba Anubis, lo que creía probable. En su corazón albergaba la esperanza de que, a no mucho tardar, su hijo sería el único príncipe con sangre divina en Egipto, descendiente directo del gran Tutmosis IV, el legítimo dios llamado a gobernar la Tierra Negra, el único que podría librarla de aquella familia maldita que había ocupado el trono durante dos generaciones.

Heteferes había reflexionado tanto sobre ello que se había convencido a sí misma de la viabilidad de sus planes. De seguro que Maat le sonreiría, pues el orden y la justicia serían restituidos, para satisfacción de los dioses creadores.

Sin embargo, la princesa era plenamente consciente de su fragilidad. Echaba de menos la figura de su esposo, ya que sabía que con Shepseskaf a su lado tendría el triunfo al alcance de la mano. Pero ahora se encontraba sola, y las únicas armas que poseía eran la astucia y la fuerza que le otorgaban sus derechos. Era el momento de cerrar futuras alianzas, y para ello necesitaba un protector.

Durante un tiempo había pensado en Nehebkau. Este se había convertido en un personaje relevante de la corte, muy respetado, y además era el verdadero padre de Amenhotep. Para la princesa hubiese resultado sencillo volver a atraerlo a su lado, pero vislumbraba el peligro que podría llegar a correr al ser también el joven hijo de Shepseskaf. Ella conocía mejor que nadie hasta dónde podía llegar la ambición, y lo volubles que se tornaban los corazones al sentir el poder al alcance de la mano.

También pensó en Nakhmin, general de los ejércitos del Alto Egipto; un hombre muy poderoso que ella sabía que la miraba en cada ocasión que habían coincidido. Además, era hijo de Ay, lo cual podía llevar a acuerdos definitivos, aunque también peligrosos. Los militares no le ofrecían garantías, ya que sabía muy bien lo poco dispuestos que estaban a renunciar al poder una vez que lo habían conquistado. Era necesario encontrar alguien dentro de la Administración capaz de dar seguridad a su casa, con el suficiente poder para protegerlos, y la ambición de prestarse a ser partícipe de sus planes.

Heteferes continuaba siendo hermosa, inalcanzable como una diosa. Sin embargo, había llegado la hora de abandonar su templo para mostrarse al mundo, pues su corazón le decía que había un hombre que aguardaba su llegada.

47

Najt creía formar parte de una fantasía, o puede que de un sueño asombroso que le conducía hacia lo imposible. Este iba mucho más allá de la quimera, y Najt se preguntaba una y otra vez si no se encontraba ante un espejismo de proporciones colosales. No era capaz de hallar ninguna respuesta que le aclarase por qué había sido elegido, aunque no por ello dejase de maravillarse por su meteórica ascensión en los estamentos de la Administración. Ni el *heka* más reputado sería capaz de realizar un hechizo que pudiera compararse a su suerte, una fortuna que procedía, nada menos, que de las manos del canciller que en realidad gobernaba Egipto. Por qué Ay se había fijado en su persona era un enigma difícil de desentrañar, aunque alguna cualidad debía de haber observado en él. Esta reflexión le había hecho sonreír, ya que Najt conocía de sobra su mala fama y el poco aprecio que despertaba entre los demás. Quererle no le quería nadie, algo que por otra parte le importaba poco, como tampoco le importaba a Ay. Estaba seguro de que el Divino Padre sabía todo acerca de él, igual que lo sabía de todo el mundo. No había en Kemet secreto que no conociese, y ello le animaba a confiar en su capacidad para llevar a cabo el servicio para el que había sido reclamado.

Su nombramiento como juez solo había sido el principio. Una mano poderosa lo empujaba hacia lo más alto, y en poco tiempo se vio aupado a la cima de la magistratura hasta pasar a formar parte del grupo de seis hombres que dictaba la ley en

Egipto. Solo el visir del norte, Useramont, estaba por encima de él, y Najt no podía sino admirarse al ver cómo Menfis temblaba ante su mera presencia y se postraba cual si se tratase de un dios.

No había necesitado mucho tiempo para demostrar de lo que era capaz. Su oscuro corazón constituía toda una garantía a la hora de imponer los más duros castigos. Él disfrutaba sobremanera con ello, y sus sentencias se hicieron célebres por su severidad. Sus interrogatorios llegaron a convertirse en famosos, así como su tenacidad a la hora de perseguir a quienes caían en desgracia. Najt conocía las miserias que ocultaban muchas de las familias menfitas, y no dudó en enviar a las minas del lejano Kush a los aristócratas con quienes mantenía cuentas pendientes. Era el momento de resarcirse del oprobio que había soportado al ser enviado por Maya a los astilleros del puerto, y Najt no dejó pasar la oportunidad de utilizar su poder contra aquellos que se habían burlado de él. El superintendente del Tesoro se hallaba fuera de su alcance, pero se juró que un día tomaría cumplida venganza, pues pensaba que tarde o temprano acabaría por ser sustituido de su cargo.

Sin duda Maat debería sentirse horrorizada por los abusos y atropellos perpetrados por el juez, aunque otros se mostraran satisfechos por los métodos empleados por aquel canalla, así como por su absoluta falta de moral. Ay se felicitaba por ello, y también por no haberse equivocado al leer en el alma podrida de semejante individuo. Era el hombre adecuado para llevar a cabo el plan que había diseñado, y una tarde lo llamó a su presencia para darle detalles de lo que debía hacer.

Najt lo escuchó con atención, y al poco se congratuló al conocer la naturaleza del asunto. En un suspiro comprendió qué era lo que había impulsado al Divino Padre a escogerle: su bajeza moral. En este particular no tenía rival, pues aseguró al viejo canciller que cumpliría sus deseos a plena satisfacción.

—Si así lo haces te haré aún más poderoso —dijo Ay con gravedad—. Pero no olvides una cosa. Si me traicionas o tratas de engañarme te destruiré. Yo soy Egipto, y si lo deseo el sol no saldrá por la mañana por los cerros del este. Quedas advertido.

Najt se postró en el suelo cuan largo era, como si se encontrase en presencia del dios, mientras pensaba que su abyecta naturaleza había sido creada con un propósito, y el destino se había encargado de conducirle hasta él.

48

El palacio se había engalanado para la ocasión. La fiesta del año nuevo era una de las más importantes del calendario, y el faraón deseaba celebrarla de manera especial para compartir con la corte la buena nueva del embarazo de su esposa. Había llegado de Tebas con el corazón rebosante de optimismo, y tras las habituales ofrendas a los dioses, decidió conmemorar la fecha con un suntuoso festejo al que acudiría lo más granado de la aristocracia local.

Heteferes se animó a asistir al acto. Hacía mucho que no participaba en las fiestas de palacio, pero aquella en particular le brindaba la oportunidad de calibrar las posibilidades que tenía para llevar a cabo sus planes. El lugar era el idóneo, y el marco incomparable, ya que a aquella celebración asistirían los hombres más poderosos de Kemet. La princesa lucía espléndida en su madurez, y aquella noche su belleza era motivo de conversación, de disimuladas miradas, de deseos inconfesables, pues hasta las jóvenes se veían empequeñecidas ante la rotunda hermosura de una mujer con mayúsculas. A su encanto había que añadir su natural donaire, su elegancia, el sello que la hacía parecer por encima de los demás. La propia Ankhesenamón no pudo evitar mirarla.

Sentada junto a su esposo, en sendos sillones dorados, la Gran Esposa Real observó durante un tiempo los movimientos de la princesa, su porte aristocrático, y el revuelo que originaba a su paso entre las miradas de los hombres. Conocía a

Heteferes desde antiguo, y aunque su antipatía era mutua reconocía en ella la postura de su centenario linaje. Mas aquella conmemoración nacía de sus propias ilusiones, de la semilla que ya germinaba en su vientre. Estaba embarazada de tres meses, y ese era el principal motivo por el que el dios celebraba aquella fiesta junto a su corte. Ankhesenamón era la causa, y mientras los invitados daban cuenta de los más exquisitos manjares, y el vino corría por doquier, la Gran Esposa Real pensó que aquel era su tercer embarazo, el segundo de su vínculo con Tutankhamón, al que estaba convencida de poder dar el vástago que tanto ansiaba. Ella sabía que era capaz de hacerlo, que para ello contaba con el beneplácito de Hathor. Ya había sido madre en una ocasión, al traer al mundo una niña de su padre. Akhenatón la había fecundado años atrás, como a su vez había hecho con Meritatón, su hermana mayor, y ella había dado a luz a una preciosa criatura a la que más tarde se llevaría Anubis a causa de la peste que asoló Amarna. Aunque guardara el secreto, esta vez también llevaba una niña en las entrañas, pues así lo habían predicho las semillas de cebada al germinar con su orina. Aquel método solía ser infalible, pero se había cuidado de comunicárselo a su real esposo, quien ansiaba un varón que pudiese sucederle para así salvaguardar su linaje.

Sobre este particular Ankhesenamón tenía sus propias ideas. Ella descendía de una familia en la que las mujeres habían sido una parte fundamental en la historia reciente de Egipto. Su madre, Nefertiti, había gobernado sobre los hombres de manera incontestable, hasta llegar a acaparar todo el poder en la Tierra Negra, igual que Meritatón, aunque ambas terminaran por caer en desgracia. Daba lo mismo que de su vientre naciera un varón o una hembra. Ankhesenamón haría que se sentara en el trono de Horus cuando llegara el momento de suceder a Nebkheprura, a quien día a día encontraba más debilitado.

Este último disfrutaba de manera particular del festejo, en compañía de sus más allegados. Junto a Maya, el faraón departía alegremente sin observar el menor protocolo, mientras

Nehebkau parecía distraído, contemplando cómo los invitados devoraban las viandas y trasegaban en vino sin la menor moderación, hasta perder la compostura. A la Gran Esposa Real le gustaba aquel joven de manera particular. Siempre se mostraba comedido, un tanto ausente, como si la vida de la corte le trajera sin cuidado. Ankhesenamón se daba cuenta de que Nehebkau nunca formaría parte de ella, y que su presencia allí se debía al cariño que sentía por el dios, y que en cierto modo su vida estaba ligada a la de Tutankhamón.

Para Heteferes el festejo no dejaba de ser una reunión de chacales. Los conocía bien, y al ver cómo se conducían, se congratulaba de no asistir de ordinario a aquellos eventos. No deseaban más que horadar el poder del faraón, morder su mano para conseguir un pedazo, por pequeño que fuese, con el que mantenerse dentro de la jauría. Eso le daba fuerzas, y la princesa se convencía de lo sencillo que resultaría gobernarlos a todos con la ayuda de los dioses creadores, si restituyera el orden establecido en las primeras dinastías. Deseaba devolver la pureza al país de las Dos Tierras, su verdadera identidad, que ella consideraba perdida, y para ello no dejaba de observar con disimulo a los cientos de invitados que se daban cita en el palacio aquella noche. Los hombres la devoraban con la mirada, dispuestos a asaltar la plaza a la menor ocasión, y a Heteferes le parecía bien, al tiempo que reconocía lo poco que le importaba que tuvieran o no esposa si podían ayudarla a llevar adelante sus planes. Estos trascendían lo humano, o al menos eso era lo que ella pensaba en tanto buscaba y buscaba.

Cuando Najt la vio por primera vez sintió cómo sus instintos se exacerbaban para mostrarle lo peor de sí mismo, las ideas más lascivas, los más bajos deseos. Sin proponérselo tuvo una erección, y hubo de hacer verdaderos esfuerzos para que el *sendyit* lo enmascarara. Era una hembra de cuidado, hermosa donde las hubiese, de las que no se veían, y al punto se imaginó devorando cada centímetro de su piel y penetrándola hasta dejarla rendida. Se le antojó que bien pudiese ser una diosa reencarnada, un ser inaccesible que esperaba a ser adorado, y él se dispuso a ello, de nuevo maravillado por la suerte que el destino le tenía preparado. Acerca de la princesa sabía cuanto necesitaba y, sobre todo, que había acudido allí, en aquella hora, dispuesta a buscarlo, aunque ella no lo conociese. Sin embargo, justo era reconocer que semejante ejemplar sobrepasaba cualquier expectativa. Sin duda se trataba de una presa digna de un dios, y tras estudiarla en la distancia supo el modo de atraer su atención, y cómo abordarla.

Heteferes se fijó en él al momento. Aquel hombre parecía tan incómodo como ella dentro de aquella vorágine. La fiesta se hallaba en su punto culminante, envuelta en el atronador sonido de tambores, crótalos y gargaveros, con gran parte de las mujeres sujetando a duras penas los conos perfumados sobre sus cabezas, y la mayoría de los presentes dando traspiés. El desconocido se mostraba ajeno a todo ello, y se mantenía en un aparte absorto en quién sabe qué pensamientos. Sin duda era un hombre apuesto, de buena estatura y elegantemente vestido, pues su faldellín, confeccionado con ribetes dorados, iba sujeto con un primoroso cinturón de piedras semipreciosas, combinadas con otras de lapislázuli que destacaban en el conjunto. Calzaba unas preciosas sandalias, también doradas, con incrustaciones de malaquita, y en uno de sus dedos portaba un anillo de oro que hacía referencia a su rango, el que llevaban los grandes jueces de Egipto.

La princesa solo necesitó de un vistazo para interesarse por él. Aquel hombre tan solitario podía serle útil, y con suma discreción quiso saber de quién se trataba.

—Najt —dijo para sí, al conocer su identidad.

Heteferes había oído hablar de él, y no en los mejores términos, aunque nunca se hubiese cruzado en su camino. Al parecer se trataba de un hombre muy influyente, que formaba parte de la Gran Mansión,[65] y aplicaba justicia con una severidad que llegaba a causar espanto. Decían que la piedad era una palabra desconocida para él, y este detalle llevó a la princesa a interesarse aún más por el personaje. Un hombre poderoso y sin escrúpulos era lo que necesitaba, y Najt se le presentaba como un enviado de los dioses ya que además era viudo, y no tenía descendencia. La cacería daba comienzo, y la princesa solo precisaba que el cervatillo se mostrara como convenía a sus intereses.

Najt necesitó poco tiempo para darse cuenta del interés de la princesa. Sin duda jugaba con ventaja al conocer todo acerca de ella, pero tuvo especial cuidado de no mostrar la menor curiosidad, y de abstenerse de cruzar con ella ninguna mirada. Su amplia experiencia le había convertido en un buen conocedor del alma femenina, aunque siempre hubiese lugar para la sorpresa, e intuía cuáles eran los pasos que dar y lo que ella esperaba que hiciese.

El juez vio a Useramont apoyado en la balaustrada de una de las terrazas que daban al jardín, y se dirigió hacia él para saludarlo, de la forma más casual. Departieron durante un rato, y al cabo observó con disimulo cómo Heteferes salía a la terraza con claros gestos de agobio, en busca de un poco de aire. La noche era calurosa, pero el frondoso jardín desprendía un delicioso frescor al tiempo que perfumaba el ambiente con olores a los que resultaba fácil abandonarse. Najt vio llegada la ocasión y preguntó al visir acerca de aquella dama. Este sonrió con picardía, pero al momento se prestó a hacer las presentaciones, ya que conocía a la princesa desde hacía años.

Los dos entendieron desde el primer momento que ambos participaban de un juego que no sabían hasta dónde podría llevarlos. Allí no había leones ni cervatillos, y desde que cruzaron sus miradas supieron que eran depredadores acostumbrados a devorar hasta el último bocado. La compasión tan solo era una palabra sin sentido, y sus naturalezas habían sido forjadas para alimentarse de todo lo que los ayudara a conseguir sus fines. Ahora ambos se encontraban, como si una fuerza misteriosa los empujara hacia un mismo destino, y aunque Najt hubiese preparado de antemano aquel acercamiento, sintió cómo su corazón rugía y sus *metus* se abrían por completo dispuestos a tragarse a la princesa si era preciso. Era como si el Himno Caníbal que adornaba los muros de la tumba del faraón Unas cobrase vida de nuevo. Si este devorase a los dioses para convertirse en uno de ellos, Najt haría lo mismo con Heteferes para así formar una sola entidad que se situaría por encima de los hombres.

La princesa a su vez percibió lo mismo, al tiempo que visualizaba el *ka* del juez. Era una fuerza vital espantosa, cargada de oscuridad, abyecta, con todo lo peor que pudiese albergar el alma humana, que caminaba hacia ella dispuesta a unírsele para siempre, a engullir y ser engullida, para conformar un nuevo *ka*, inmortal y a la vez indestructible, una energía que haría sucumbir a cuantos se le opusieran. Heteferes se sintió enardecida, y no tuvo dudas de que la suerte de Egipto estaba echada.

Aquella misma noche ambos yacieron juntos, como si se tratase de lo más natural. Todo obedecía a un plan que se hallaba por encima del que ellos hubiesen podido fraguar. El destino así lo había determinado, y los dos eran conscientes de que solo Shai podía haber cruzado sus caminos de aquel modo. Dos mundos distintos confluían para forjar una alianza, en tanto Heteferes trataba de entender lo que siempre le había parecido un imposible. Mientras Najt la penetraba, ella creía vivir un sueño, una quimera a la que, no obstante, se aferraba con todas sus fuerzas. En el fondo era como si un humilde *meret* la tomara, y ella accediera gustosa sin importarle quién era ni la sangre divina que corría por sus *metus*. Solo los príncipes la habían poseído y, sin embargo, ahora se entregaba por completo a un hombre cuya alma estaba condenada, en un acto que iba mucho más allá de la pasión para adentrarse en terrenos desconocidos que la atraían de forma irremediable. ¿Cómo era posible? ¿Por qué estaba dispuesta a descender a los infiernos? Heteferes desconocía la respuesta, algo que terminó por no importarle. Ella estaba preparada para dejarse absorber por aquel *ka* oscuro, poderoso, a la vez que depravado. Lo captaba con claridad y, para su sorpresa, descubrió que le gustaba, que no le importaba convertirse en una especie de sacerdotisa del Amenti, aunque eso significara la eterna perdición de su *ba*.

Aquel hombre había despertado en ella una parte de sí misma que desconocía por completo, sórdida donde las hubiese, y al mismo tiempo tan sombría e incalificable como la de aquel juez. Por un momento llegó a sentirse Apofis reencarnada, en tanto rodeaba con sus piernas el cuerpo de su amante. Una serpiente capaz de retar al mismísimo Ra, que con su abrazo mortal conducía a Najt hacia la locura, hasta inundarla por completo. Nunca había sido amada de aquel modo, y en tanto era transportada al nuevo escenario que en aquella hora le abría sus puertas, Heteferes tuvo la impresión de que una parte de su ser se desprendía para volar libre hacia dimensiones desconocidas, como si se tratase de la «salida al día» en la que el *ba* abandonaba el cuerpo del difunto para ir en busca de los Campos del Ialú. La princesa había alcanzado su propio paraíso, tenebroso sin duda, y no obstante era plenamente consciente de que era el lugar que le correspondía, y al que había llegado de la mano de un demonio contra el que nada podría hacer.

Para Najt aquella mujer representaba la consecución de un sueño inalcanzable, una utopía que jamás se había parado a considerar por inasequible para un hombre como él. Siempre había huido de los mundos ficticios, y para su asombro ahora se convencía de que estos existían, aunque se encontraran ocultos e inaccesibles para la mayoría de los mortales. Para un tipo de la calle como él sobraban las preguntas, ya que nunca hallaría una explicación a todo lo que le había ocurrido en la vida. Heteferes representaba la cima de una montaña por la que no había dejado de ascender; la cumbre desde la que mirar la Tierra Negra con los ojos de un semidiós. Así se sentía mientras tomaba a la princesa, una y otra vez, con un vigor que a él mismo no dejaba de sorprender. Ella era mucho más que una mujer; una criatura divina con sangre de reyes, hermosa como Hathor, pero cuya esencia conocía bien. La había reconocido desde el momento en que aspiró su perfume, el auténtico, el que procedía de lo más íntimo, que supo descifrar sin dificultad. En eso él era un maestro, y se regocijó al descubrir que el *ka* de la princesa era tan oscuro como el suyo, que la depravación corría por sus *metus*, aunque ella lo ignorase, que en su corazón no había lugar para la palabra «clemencia». Solo necesitaba un pequeño empujón para verse arrojada al abismo; y él se lo daría.

Todo había resultado más sencillo de lo que preveía, y se ufanó íntimamente al comprobar que mantenía intactas sus dotes como seductor, su facilidad para embaucar y su innata habilidad para construir un templo a cada mujer que amaba. Ay lo había reclamado a su servicio para conducir a Heteferes a la perdición, para hacerla prisionera de su lado más oscuro, para que llevara la desgracia a su casa; mas tras caer entrelazados en el lecho y desatarse la tormenta, Najt enloqueció por completo al verse a sí mismo reflejado en aquella princesa cuyo *ka* lo atraía con un poder desconocido. Era su naturaleza la que lo llamaba, cual si ambos poseyeran la misma esencia que al fin se fusionaba para formar una sola energía vital en la que quedaban atrapados. Con cada embestida, con cada gemido de placer, él escudriñaba más y más en el corazón de ella para empaparse de toda su perfidia. Aquel mundo tenebroso al que accedía por primera vez le subyugó por completo; en él se escondía el embuste y la traición, el vicio, la depravación y una ambición que sobrepasaba todo lo conocido. El juez se sintió enardecido ante lo que vio, para convencerse de que no eran sino almas gemelas surgidas de mundos diametralmente opuestos, que por fin se habían encontrado para conformar su propio paraíso; el que les estaba reservado desde el día de su nacimiento.

Cuando la luz de Ra-Khepri los despertó por la mañana, ambos se miraron un instante, felices por sentirse completos, antes de entregarse de nuevo en brazos de una vorágine que los arrastraría hasta el Amenti; el único lugar en el que podrían abandonarse a sus más bajos instintos. Para Heteferes, ahora el cielo se mostraba límpido, pues las nubes habían desaparecido como por ensalmo, para revelarle un horizonte que la invitaba a soñar, en tanto que Najt estaba decidido a brindar por su suerte; allá a donde esta quisiera llevarle.

49

Una mañana, un paje se presentó ante Nehebkau para comunicarle que un rico mercader pedía licencia para verle.

—¿Un rico mercader? —El joven se extrañó, ya que no tenía tratos con ninguno.

—Una persona principal, me atrevería a decir. A juzgar por su atuendo parece babilonio. Se ha presentado en un palanquín, a hombros de cuatro fornidos *kushitas.*

—¿Babilonio? ¿Y cuál es su nombre? —preguntó Nehebkau, sorprendido.

—Dice que prefiere no revelarlo, pero que es de suma importancia que lo recibas. Aguarda en el gran patio frente a la entrada del palacio.

—¿Un mercader? Dile que vuelva otro día —señaló el joven, a quien no le gustaban los mercaderes.

—Asegura que no se moverá hasta que pueda hablar contigo —apuntó el paje, incómodo.

Nehebkau miró al heraldo un instante, y tras soltar un exabrupto accedió a acompañarlo. Un comerciante babilonio era lo último que podía esperar, pues que él supiese jamás se había relacionado con ninguno; incluso dudaba que conociera a alguien de ese reino. Sin embargo, siguió al heraldo mientras reflexionaba acerca del humor en el que se encontraba el dios. Este se mostraba eufórico, avasallador, pletórico de ilusiones y, lo que era más preocupante, incontrolable. Tutankhamón había llegado a la conclusión de que el mundo le pertenecía, y aseguraba a su gran amigo que era como si hubiese despertado del sueño de toda una vida para darse cuenta de quién era en realidad, y el camino que debería tomar. Él era Nebkheprura, el Horus reencarnado, señor del país de las Dos Tierras, y el único que podía mirar a los ojos al resto de los dioses.

Durante las últimas semanas había adquirido la costumbre de mostrarse en toda su majestad, ataviado con espléndidos pectorales ornados con las piedras más delicadas; verdaderas obras maestras de los mejores orfebres de Egipto, que recreaban diseños de la más fina joyería, rescatada de modelos que habían estado de moda hacía quinientos años. A Tut le gustaba aquel periodo en el que las artes se habían desarrollado de manera particular, y se interesaba por su joyería y el trabajo de los grandes maestros de la época. El faraón pensaba que, al recuperar aquella moda, hacía revivir a sus ancestros, a los grandes faraones que habían gobernado Kemet. Estaba decidido a convertirse en uno de ellos; que los tiempos lo recordaran como un dios que no había tenido temor a enfrentarse a los fantasmas que atenazaban al Estado. Sobre su carro, Tutankhamón parecía tomar plena conciencia de lo que deseaba hacer, y Nehebkau se las veía para arrojar luz sobre un corazón que no mostraba ningún temor al peligro.

Al llegar al patio situado frente a la entrada del palacio, Nehebkau salió de sus pensamientos para fijarse en el grupo que lo esperaba. Sin duda era variopinto, pues parecía estar compuesto por diferentes etnias, entre las que podía identificar a gentes del sur, de Mesopotamia y también a egipcios. Al joven se le ocurrió que bien pudiera tratarse de una delegación de los pueblos vasallos que deseaban postrarse ante el faraón, aunque para su asombro tardaría poco en percatarse de lo que se trataba.

En efecto, tal y como le había adelantado el paje, había cuatro fornidos nubios junto a un palanquín en el que aguardaba un hombre ataviado a la manera de los babilonios, a quien abanicaba un esclavo, que parecía egipcio, con un extravagante abanico de plumas de avestruz que haría palidecer al utilizado por el mismísimo faraón, pues no podía ser más ostentoso. Sin lugar a duda se trataba de un grupo de lo más heterogéneo, pero al aproximarse, Nehebkau no pudo reprimir una expresión de asombro ni el pronunciar un juramento para sí mismo, empujado por la incredulidad. Al verlo llegar, el mercader descendió de su palanquín con pomposidad, para luego correr hacia el joven con los brazos abiertos antes de postrarse frente a él.

Nehebkau observó la escena atónito, sin creer lo que veía, e incluso se restregó los ojos para convencerse de que no se trataba de una ilusión. Mas al escuchar aquella voz, que tan bien conocía, se convenció de que era testigo de algún milagro, de un prodigio solo al alcance del dios Heka, pues qué otra explicación podía haber.

—Miu —musitó el joven sin salir de su asombro, al reconocer a su antiguo esclavo ahora convertido en babilonio.

—¡Hijo de Wadjet! —exclamó el susodicho con evidente emoción—. Cuánto honor me haces al dignarte a recibirme.

El joven le observó un instante con estupor, para luego detenerse en el séquito que acompañaba al truhan.

—¿Acaso te has convertido en príncipe? —inquirió por fin el tebano sin dar crédito a la escena—. ¿Eres un enviado del rey de Babilonia?

—Tú me conoces bien. Nací plebeyo y plebeyo moriré —dijo Miu, tras levantarse—. Pero eso solo lo sabemos tú y yo.

Nehebkau asintió, pasmado al ver al granuja ataviado de aquella guisa.

—Veo que tu nueva condición no te ha hecho engordar —señaló el joven con ironía.

—Sigo siendo un junco, aunque parezca que haya cambiado el río Nilo por el Éufrates, je, je.

—Sí que fuiste lejos a buscar fortuna.

—Solo se trata de un disfraz con el que poder engañar a los demás. Ahora que soy un hombre libre, y con el respeto que te tengo, te confiaré lo sencillo que resulta hacer creer a la gente lo que deseas.

—Ya veo. Sigues siendo un pícaro redomado. No tienes solución.

—En eso tienes mucha razón, gran señor. Pero una vez que aceptas la realidad, se puede vivir con ella de forma natural, pues tampoco es cuestión de traicionarse a uno mismo.

—Y por lo que parece tú no lo has hecho. Hasta posees tu propio cortejo.

—Siempre soñé con ser dueño de una servidumbre que me hiciese olvidar mis tristes orígenes.

—Según veo, fuiste lejos a conseguirla. Nada menos que hasta Babilonia.

—Je, je. No fue necesario viajar tan lejos, gran Nehebkau. El puerto me proporcionó todo lo necesario. Como te adelanté, mi atuendo solo forma parte de una representación que me es muy provechosa.

—Ahora Miu se ha convertido en un babilonio que, por lo que aparenta, ha hecho fortuna.

—Es lo que deseo que piensen los demás. Desde que cambié de nombre mis negocios han tomado una nueva dimensión. Miu solo me daba para malvivir; pero ahora he regresado a la vida con otra identidad.

Nehebkau arqueó una ceja, atónito por la desvergüenza que mostraba aquel truhan.

—Je, je. Ahora me hago llamar Asaradón.

—¿Asaradón? Inaudito.

—Je, je. Ya sé que suena ampuloso, pero ese nombre causa un gran efecto. Al parecer es muy aristocrático en los reinos situados entre el Tigris y el Éufrates.

—¿Y cómo llegaste a adquirir tan alta condición?

—Tú fuiste el artífice, hijo de Wadjet. La noche que me crucé en tu camino cambió mi suerte.

—Te aprovechaste de mí como un vulgar ladrón. Incluso trataste de engañar al dios. Nunca vi tanta osadía.

—Soy un canalla, qué le vamos a hacer. Sin embargo, te aseguro, gran señor, que nunca estuvo en mi ánimo robarte. Solo me serví de tu posición para hacer algunos negocios.

—Me utilizaste sin el menor escrúpulo.

—¡Tampoco hay que exagerar! —exclamó Miu con teatralidad—. Únicamente me interesé por aumentar tu patrimonio y, de paso, sacar algún rendimiento para mí.

—Ya veo. Has debido de robarme durante años. En unos meses has pasado a convertirte en Asaradón, un prohombre de Babilonia. Ammit te devorará en cuanto te vea aparecer en el tribunal de Osiris.

—En eso debo darte la razón. Estoy condenado de antemano, pero te repito que siempre velé por tus intereses, aunque fuese a mi manera.

—Nunca vi tanto descaro. Incluso tienes el atrevimiento de requerir mi presencia para hacerme testigo de tu farsa.

—Como te dije antes, mi señor, tú fuiste el artífice de mi suerte. Hice tratos provechosos con cortesanos de peor condición que la mía. La corte no es más que una jauría de chacales y no creo que Maat me vaya a castigar por ello.

—¿Ah no?

—Robar a un ladrón es grato a los dioses. Hice negocios ventajosos que me dieron la oportunidad de instalarme en el puerto apropiadamente. Allí es donde están los *deben*, te lo digo yo, siempre fui consciente de ello, y ahora comercio con todo el mundo. Los barcos que atraviesan el Gran Verde me harán ganar una fortuna. Vino, aceite, buena madera, cobre de Alashiya, Chipre... Me he convertido en un respetado mercader, y poseo mis propias oficinas en los muelles de Per Nefer, y una villa en los palmerales del norte de la ciudad, desde la que puedo ver en la distancia la pirámide escalonada.

Nehebkau miró al que fuese su esclavo con estupefacción, pues desconocía que este tuviese el menor interés por las pirámides, y mucho menos por la necrópolis de Saqqara.

—Mi nombre es irrelevante —continuó Miu—. Pero el que crean que soy babilonio da a mi negocio un aire cosmopolita que es muy beneficioso para mis tratos.

—Asaradón —repitió el joven con perplejidad.

—Je, je. Así es como me hago llamar, mi señor. Pero no creas que me he olvidado de mis orígenes, ni tampoco de lo que un día te prometí. Por eso he venido a verte.

—Entiendo. Vas a devolverme lo que una vez te llevaste. Al menos cumplirás tu palabra.

—Me temo, hijo de Wadjet, que no haya podido recuperar las piezas. He de reconocer que eran genuinas, aunque lo haya intentado por todos los medios a mi alcance.

—Me lo temía —señaló el joven con evidente resignación.

—Sin embargo, creo poder resarcirte con creces por tu pérdida, y con ello obtener tu perdón. Espero que lo consideres.

Acto seguido Miu se volvió hacia su pequeño séquito e hizo una seña a sus servidores para que se aproximaran con un fardo de considerables dimensiones, que pusieron a los pies de Nehebkau. Su antiguo esclavo le dedicó una sonrisa y ordenó que abrieran el embalaje con cuidado para, a continuación, extraer su contenido y ofrecérselo al tebano. Cuando este vio de lo que se trataba se quedó sin habla.

El joven jamás había visto nada parecido, pues ni el dios poseía ninguno que se le pudiese comparar. Se trataba de la guarnición para una biga; dos arneses para enjaezar los caballos, tan primorosos que Nehebkau no pudo sino maravillarse, pues en verdad que eran magníficos, dignos de un rey de reyes.

—Provienen de las tierras del este; de más allá del reino de Mittani —le aclaró Miu, satisfecho por la impresión que había causado su presente.

El joven se limitó a asentir, emocionado, mientras estudiaba con más detenimiento los soberbios correajes, ornados con las más exquisitas filigranas. Aquel arnés solo había podido salir de las manos del mejor orfebre, una obra de arte sin parangón, que haría palidecer al propio faraón.

—¡Espléndido! —apenas pudo exclamar el joven, incapaz de sobreponerse a semejante sorpresa.

Entonces, Miu le hizo reparar en uno de los adornos. Era una cobra dorada, y al verla, a Nehebkau se le saltaron las lágrimas. Sin poder evitarlo se fundió en un abrazo con aquel truhan que le había robado el corazón. Sus emociones surgieron de forma espontánea y ambos se dijeron cuanto debían, sin necesidad de las palabras. Cuando al fin se separaron, se miraron un instante para mostrarse el cariño que siempre se habían tenido.

—Tus caballos correrán como el viento —dijo Miu, antes de despedirse.

—Un príncipe de Babilonia los enjaezó para mí.

Miu rio suavemente.

—Nunca te olvidaré —señaló Nehebkau en tanto su antiguo servidor se disponía a subir al palanquín.

—Yo tampoco, gran Nehebkau. Juntos llegamos hasta aquí y esta es ahora tu casa. Pero no olvides que eres un hijo del río, y algún día te reclamará.

El joven asintió mientras observaba cómo Miu se marchaba a hombros de sus fornidos *kushitas*. Jamás volverían a verse.

50

A Nehebkau le gustaba Gizah durante el mes de *hathor*, mediados de octubre. Aunque continuaba haciendo calor, la atmósfera poseía cierta quietud que convertía el aire en respirable después de soportar el ardiente calor del estío. El joven disfrutaba de aquel periodo del año en el que las aguas empezaban a bajar de nivel para acabar por mostrar la verdadera cara de Egipto, la que terminaba por darle nombre: Kemet. El contraste de los campos pintados de negro con el dorado del desierto le parecía evocador. Ambos colores representaban los dos polos opuestos del país de las Dos Tierras, la fertilidad y lo baldío, y cada uno de ellos cumplía una función. Hacía tiempo que se sentía parte de aquel equilibrio eterno, y junto al faraón disfrutaba del regalo que los dioses les habían otorgado, desbocando sus caballos a través de las extensas planicies que rodeaban el pabellón de caza, en persecución de sus presas.

Aquel era uno de los lugares preferidos por Tutankhamón, al que gustaba ir a menudo para guiar su biga por las ardientes arenas que se perdían en el horizonte. En ocasiones, su pasión por la caza los hacía llegar hasta Saqqara, y una vez atravesaron la necrópolis para detenerse al pie de la pirámide roja, que más de mil años antes había levantado Snefru en Dasur. Todo pertenecía al dios, quien acostumbraba a vestirse como si fuese a entrar en batalla, ataviado con un casco *khepresh*, azul como el lapislázuli, y la espada curva que habían puesto de moda tras sus campañas en Retenu los faraones guerreros. Tut los reverenciaba de un modo singular, y muchas mañanas, antes de iniciar la cacería, visitaba el templo que uno de aquellos reyes, Amenhotep II, había construido frente a la Esfinge.

—En mi opinión ningún otro dios se le puede comparar en la batalla —aseguraba Tutankhamón en cuanto había ocasión, ya que reverenciaba la fuerza que había hecho famoso a dicho faraón—. Podía atravesar varias planchas de cobre al lanzar sus flechas, y le gustaba combatir en primera línea, junto a sus veteranos, quienes lo adoraban. ¿Sabes que colgó por los pies de la proa de su nave a uno de los reyes contra los que luchó?

Nehebkau había escuchado aquella historia tantas veces que la sabía de memoria, pero solía negar con la cabeza pues el faraón disfrutaba mucho al volverla a contar.

—De este modo subió por el río, hasta atracar en los muelles de Karnak. Debió de ser un espectáculo memorable —terminó por decir Tut.

En el santuario de Amenhotep II el faraón elevaba sus plegarias para que le fuese propicia la caza, aunque Nehebkau supiera que también pedía por el hijo que venía de camino, para que su ancestro le diera parte de su portentosa fuerza y naciese sano.

Cuando Tutankhamón vio los arneses que le habían regalado a su amigo, se prendó al instante de ellos, y ordenó a sus guarnicioneros que le hiciesen unos similares, en el que debía cambiarse el adorno de la cobra por el de Khepri, el escarabajo que simbolizaba el renacimiento. El dios era más feliz que nunca, y el joven tebano pensaba que todo era demasiado hermoso para que durara; sin saber por qué, tenía un mal presentimiento.

Tutankhamón tenía escrito su camino desde el día de su nacimiento, y por algún motivo Shai había decidido que la suerte no acompañara a aquel faraón débil y enfermo, a quien Khnum había proporcionado el corazón de un león.

En el quinto mes del embarazo, Anubis volvió a presentarse en palacio para cubrirlo de luto. Esta vez no tuvo paciencia, ni se dignó a esperar al parto, pues vino directo a llevarse al ansiado heredero, a quien arrancó del vientre de su madre. Ankhesenamón tuvo un aborto, y las ilusiones de la pareja real volvieron a quebrarse en medio de un dolor indescriptible. ¿Cómo era posible? Ellos, que habían luchado por devolver a los dioses a sus antiguos templos, que habían embellecido sus santuarios y restaurado las antiguas tradiciones, eran castigados de la peor manera posible. ¿Por qué les daban la espalda los padres creadores? Mientras ambos trataban de consolarse, buscaban una explicación, pero no la encontraron.

En la corte surgieron las habladurías, y muchos se convencieron de que aquella familia estaba maldita; que eran parte de una saga que había perseguido con saña a los dioses y que, como era bien sabido, estos tendían a mostrar su rencor y nunca olvidaban las afrentas sufridas; así era su naturaleza.

Tut lloró desconsoladamente la muerte prematura de su hija. Se trataba de una niña, como Ankhesenamón ya había vaticinado, y Nehebkau asistió a un drama personal que traería funestas consecuencias. Ni su aliento ni sus palabras de ánimo hicieron mella en el faraón. Nada ni nadie podía aliviar tanta pena, y el corazón de Tutankhamón terminó por romperse en pedazos. Buscó alguna razón donde no las había, y acabó por convencerse de que, en cierto modo, pagaba por los pecados cometidos por sus ancestros. Maat le había dado la espalda, y el faraón clamó ante aquella injusticia.

Sin embargo, no todo fueron tribulaciones en palacio. Al conocer la funesta noticia, Heteferes brindó con su mejor vino en la intimidad de sus aposentos, convencida de que aquella era una nueva señal que los dioses le enviaban para alumbrar aún más sus propósitos. Las piezas encajaban en aquel rompecabezas para demostrarle que su sueño podía hacerse realidad; que estaba muy lejos de ser una quimera. Su relación con Najt la había fortalecido, tal y como esperaba, a la vez que había endurecido aún más su corazón. Estaba dispuesta a llevar sus planes hasta las últimas consecuencias, y el juez la alentaba a ello, al intrigar como sabía, a fin de preparar el terreno a la espera de que llegase el día en el que Egipto cambiara de manos. Sin duda era un maestro del ardid, y su proverbial suerte le había llevado a confabular en su propio beneficio. La misión que Ay le había encomendado había pasado a un segundo plano, pues era capaz de ver las posibilidades que se le abrían en aquel asunto, y la gloria que esperaba al final del camino.

Intuía que el fin de aquella dinastía podía estar próximo, y era capaz de vislumbrar las luchas por el poder que se desatarían si Tutankhamón muriese sin descendencia. Habría desórdenes, y ese sería el momento de reclamar el trono para el único príncipe de sangre real que quedaba con vida. Entonces, a la sombra de la princesa, él gobernaría Egipto con puño de hierro y se convertiría en el hombre más poderoso de Kemet. Sin embargo, debía actuar con suma astucia, y forjar alianzas cuando llegase el momento.

La princesa le fascinaba. Ella era su *alter ego*, la mujer que le conducía al paraíso con el que siempre había soñado. Entre ellos apenas eran necesarias las palabras; sus *kas* se lo decían todo, y también sus miradas, que leían con facilidad. Heteferes le había abierto las puertas a su mundo; un lugar tan oscuro como deseara, donde poder abandonarse a sus bajos instintos, a la búsqueda del placer que ambos se procuraban, en compañía de las amantes a las que ella nunca renunciaría. Ambos poseían la misma naturaleza perversa, y ello los ayudaría a conseguir sus fines, pues Najt estaba convencido de que al final el mal siempre triunfaba.

Mientras tanto Ay se lamentaba por la tragedia, al tiempo que reflexionaba sobre sus posibles consecuencias. Conocía mejor que nadie a la pareja real, y ahora dudaba seriamente que algún día pudiesen procrear. Tutankhamón era un rey débil, y él sabía los impedimentos que podría tener para mantenerse en el trono ante un enemigo poderoso. Era el momento de extremar su vigilancia, de prestar atención a la empresa que Najt debía llevar a cabo, de velar por sus propios intereses.

Pese a ser un anciano, Ay conservaba la ambición por el poder. Lo había acariciado toda su vida y ahora que se encontraba en su vejez conocía cada mecanismo de su maquinaria. Había servido a grandes faraones. Amenhotep III y Akhenatón le habían enseñado lo mejor y lo peor de la realeza, así como la importancia de mantener a los nobles y los templos unidos en favor del dios. Controlar dichas fuerzas era todo un arte del que el canciller se creía un virtuoso. Sin duda su aprendizaje le había llevado toda una vida, y por este motivo podía vanagloriarse de ver con claridad cuanto ocurría a su alrededor, y hacia dónde se encaminaba el país de las Dos Tierras. Con veinte años menos a sus espaldas sus pasos habrían sido distintos, y también su determinación, pero él sabía como nadie el terreno que pisaba y hacia dónde dirigir su ambición.

Aunque muchos hubiesen intrigado contra él y le despreciaran en secreto, amaba Kemet sobre todo lo demás, y a su manera le había servido con su mejor ánimo, adecuándose a los tiempos que le habían tocado vivir. La época de Amarna había sido un periodo controvertido, en su opinión con luces y sombras, independientemente de que hubiese llevado a la ruina al país. Él había sido un furibundo seguidor del Atón, y lo continuaría siendo en lo más profundo de su corazón, pero era consciente del daño producido por el cambio religioso llevado a cabo por su hija Nefertiti y por Akhenatón, que había terminado por quebrar Kemet y sumirlo en la desolación.

Aquellos años le habían servido para profundizar en el conocimiento del alma humana, para saber lo que se escondía en los corazones de quienes se hicieron llamar «hombres nuevos», en general una verdadera escoria que se aprovechó de la oportunidad que les daba aquel régimen para medrar y enriquecerse a costa de lo que fuese. Así era la política. Sin embargo, él había logrado sobrevivir a aquellos tiempos convulsos, quizá porque comprendió antes que los demás que no conducían a ninguna parte. El reinado de Smenkhara estaba condenado de antemano, y fue doloroso como padre ver a su hija sucumbir, devorada por el monstruo que ella misma había alimentado.

Ay suspiraba al recordar con pesar la gran traición fraguada desde el trono, al pedir un príncipe al odiado Hatti, en la que él participó, sabedor de que de este modo acabaría definitivamente con un pensamiento que ya estaba muerto. Egipto era lo primero, y su nave debía navegar por aguas tranquilas para poder restañar sus heridas, para que cada cosa volviese a su lugar. Tutankhamón se había presentado como un regalo de los dioses, y durante aquellos últimos años Kemet había vuelto a respirar mientras recobraba su pulso perdido. Ay sentía gran afecto por el joven faraón mas, sin embargo, sabía que este no podría reinar solo. A su manera, Ay siempre lo había protegido, aunque se aprovechase de su posición para tomar las decisiones de Estado y gobernar junto a Horemheb, su eterno rival, al que no obstante consideraba beneficioso para la buena marcha del país.

El aborto de su nieta, Ankhesenamón, le invitaba a ver con mayor claridad hacia dónde debía dirigirse la nave del país, y se congratuló por su intuición al elegir a Najt para realizar aquel servicio. Había conocido a otros como él durante su larga existencia, aunque este pareciese superarlos a todos en degradación moral y ambición sin escrúpulos. En su opinión se trataba de un psicópata, el tipo perfecto para destruir a quien se le opusiera a la hora de conseguir sus fines. El pertenecer a las seis Grandes Mansiones era un bocado demasiado exquisito para quien se había criado en los arrabales de Menfis, un empleo irrechazable que, obviamente, no había dudado en aceptar. Ay comprendía que semejante nombramiento era un insulto a la judicatura, una burla a Maat, aunque esperaba que la diosa de la justicia pudiese perdonar su atrevimiento, pues todo lo hacía por el bien de Egipto. Najt era el veneno que el Divino Padre había preparado para acabar con Heteferes y sus sueños. Unos sueños que podían ser peligrosos, y con los que Ay terminaría de la forma más natural; para ello, ¿qué mejor que el amor?

51

Tutankhamón se encontraba sumido en el desaliento, postrado en brazos de la melancolía, sin hallar consuelo en las palabras de ánimo de su amigo. Nehebkau trataba de hacerle ver que apenas se había abierto a la vida, que con solo diecinueve años tenía un proyecto por delante que construir; que era el señor de la Tierra Negra, el dios que gobernaba sobre los hombres, y que llegaría el día en el que tendría muchos hijos, como les había ocurrido a sus antepasados; que la tragedia que acababa de sufrir solo sería un mal recuerdo.

El faraón escuchaba aquellas razones mientras negaba una y otra vez con la cabeza. Al parecer, Ankhesenamón se había recluido en la soledad de sus habitaciones, presa del llanto, y se resistía a ver a su esposo, pues se sentía responsable de lo que había ocurrido. Por algún motivo que no acertaba a comprender, Heket la había abandonado. La diosa rana encargada de formar al niño en el seno materno después de que su esposo, Khnum, lo moldeara en su torno de alfarero, había decidido castigarla de nuevo tras cinco meses de embarazo, cual si de este modo le hiciese saber que no contaba con sus bendiciones, que su vientre estaba maldito. ¿Acaso la reina no le había hecho ofrendas en su santuario de Abydos? ¿Por qué la condenaba de aquel modo? Heket era «la que hacía respirar», ¿por qué razón no había escuchado sus plegarias?

Tutankhamón había tratado de convencerla en vano de lo contrario. En cierto modo él debía ser el único culpable de lo ocurrido, pues no podía olvidar que su Gran Esposa Real ya había concebido en una ocasión de Akhenatón. A pesar de su devoción hacia los antiguos dioses, estos no olvidaban su linaje y le mostraban rencor. No había otra explicación, y ello produjo en el corazón del faraón una gran desesperanza, que le hizo preguntarse cuál era el verdadero lugar que ocupaba en aquella sagrada tierra.

—Mírame bien, Nehebkau —se lamentó el rey una tarde—. No soy sino un despojo. Hasta el más humilde *meret* que labra los campos de sol a sol es más feliz que yo. Nadie lo vigila, y al llegar cada tarde a su casa es recibido por las risas de los niños. ¿Sabes? Creo que me cambiaría por uno de ellos.

El joven tebano se apenaba mucho al escucharlo. Ya no albergaba dudas de que su destino iba unido al del faraón, que ambos dependían de una misma suerte. Nehebkau apenas se reconocía a sí mismo. ¿Cuánto quedaba en él del joven pescador que una vez había acompañado a Akha? Seguramente poco, pues sus recuerdos habían terminado por convertirse en parte de un sueño del que había despertado hacía tiempo. Fuera de su relación con Tutankhamón seguía siendo un tipo solitario, que apenas se relacionaba. Maya era uno de sus pocos amigos, al margen de sus caballos, con quienes mantenía largas conversaciones, y de manera inconsciente rehuía a las mujeres, como si Neferu hubiese terminado por encadenarlo a su corazón para siempre.

A Heteferes la evitaba, y también al pequeño Amenhotep, a quien prefería no ver. Esto, en particular, le había llegado a remover la conciencia, ya que aquel niño no dejaba de ser su hermano, un hijo póstumo de Shepseskaf. Sin embargo, el joven no sentía nada por él, lo que le hacía pensar que era un desnaturalizado, un tipo extraño a quien le resultaba difícil amar a nadie que no fuese el faraón. Al parecer la princesa tenía un nuevo amante. Un hombre incalificable que impartía justicia en los tribunales de Menfis y ostentaba un gran poder. Probablemente era la pareja que le correspondía a la hermosa dama, y se imaginó sin dificultad cómo serían sus encuentros, y el pérfido escenario que ambos debían de dibujar; oscuro como el Amenti.

No era casual que Nehebkau escapara de palacio en cuanto tenía ocasión para conducir su carro hasta agotar a los caballos, o bien para detenerse en los fértiles campos situados en los palmerales próximos a Saqqara donde, de forma inconsciente, buscaba la compañía de sus viejas amigas, con las que a veces pasaba las horas, ensimismado en pensamientos que solo él podía comprender.

En cuanto vio la posibilidad convenció a Tutankhamón para que volvieran a salir de caza, como antaño, en un intento por devolverlo a la vida. Así, juntos regresaron al pabellón de caza para galopar por las planicies de Gizah en persecución de sus presas. Sin embargo...

Algo había cambiado en el faraón. Este se abstuvo de volver a visitar el pequeño templo de Amenhotep II, como acostumbraba a hacer, y al subirse a su carro se transformaba en un ser enajenado, incapaz de escuchar a la razón, que fustigaba con furia a sus caballos hasta perderse en la lejanía. Al observarlo, Nehebkau tuvo la convicción de que su amigo huía de cuanto le rodeaba, incluso de sí mismo, sin importarle desafiar a la suerte. Conducía de forma temeraria, y mientras el joven tebano trataba de seguirlo tenía la certeza de que el faraón corría en pos de aquel sueño que amenazaba con escapársele, hacia un mundo desconocido, quizá más allá del horizonte por donde Ra desaparecía cada atardecer; un lugar en el que fuesen posibles las entelequias o, simplemente, donde poder librarse de ellas.

Cuando por fin, jadeantes, regresaban a palacio, Tut se tornaba taciturno, ausente de cuanto le rodeaba, como si una parte de su persona hubiese decidido quedarse en las áridas planicies para siempre. Ni siquiera el *senet*, al que era tan aficionado, parecía sacarlo de su aflicción, y algunas noches Nehebkau habría jurado oírle sollozar en el lecho.

El tebano siempre recordaría aquel día del mes de *tobe*, finales de noviembre. Era una mañana fría y brumosa, como correspondía a aquella época, en la que una ligera neblina procedente del río cubría los campos y palmerales hasta la cercana Gizah, en donde arropaba a las gigantescas moles de piedra hasta convertirlas en seres fantasmales, surgidos de la megalomanía de dioses de otro tiempo. Así, la Gran Pirámide parecía una ilusión, una suerte de espectro que vigilaba la planicie, embozada, junto a sus dos hermanas, desafiando a los milenios como si perteneciesen a un mundo irreal.

Todo parecía suspendido por hilos imaginarios que creaban un ambiente difuso en el que Ra pugnaba por abrirse camino, y de este modo la meseta aparentaba estar pintada de pálido amarillo, mientras las arenas se perdían en un horizonte tan próximo que todo aquel escenario surgía como parte de un mismo espejismo.

Tefnut, la diosa de la humedad, saturaba la atmósfera con su particular perfume para abrazarse a su esposo Shu, el aire, y así poder volver a amarse, como ya había ocurrido desde el principio de los tiempos. En aquella hora se unían sobre la tierra de Egipto para continuar dando la vida a todas las criaturas y crear para ellas mil cuadros concebidos con su magia.

A Tutankhamón le gustaban aquellas mañanas. Aunque era friolero, disfrutaba al respirar el aire fresco, y ver cómo la neblina terminaba por disiparse ante el poder de Ra-Horakhty. Durante aquella estación, el faraón solía utilizar polainas, pero ese día decidió volver a mostrarse como un dios guerrero que partía a la batalla, ataviado con un simple *sendyit*, su casco *khepresh* y un espléndido pectoral de oro y piedras semipreciosas que representaba a Nekhbet, la diosa buitre del Alto Egipto. También portaba una daga con empuñadura de oro y cuya hoja era de hierro meteórico, por la que el rey sentía veneración, y, cómo no, su arco preferido junto a un carcaj repleto de flechas.

—Ningún cazador de leones lleva polainas —dijo a su amigo cuando, muy temprano, se dirigieron a las caballerizas—. Hoy abatiré a más de cien, como hizo mi abuelo en un solo día.

A Nehebkau aquello le pareció bien, aunque dudaba que pudiera encontrarse con algún león en Saqqara, pero se alegró de ver al rey más animado con deseos de volver a cazar como antaño.

Sin embargo, mientras se dirigían al pabellón de caza acompañados por el séquito habitual, el tebano reparó en el gesto adusto del monarca, en su mirada, tan fría como la mañana, que mantenía fija en algún punto situado entre la bruma; en las molestias que debía de sentir en su maltrecha pierna, la cual se frotaba de vez en cuando de forma mecánica, como acostumbraba cuando le dolía. Durante todo el trayecto el dios apenas separó los labios, y al llegar a Gizah hizo una mueca de satisfacción, ya que la neblina empezaba a disiparse. Entonces, uno de los ojeadores se aproximó para decir al rey que habían divisado a un grupo de oryx hacia el oeste, más allá de los bancos de niebla.

—Dentro de poco Ra se hará presente e iluminará toda la planicie. Es mejor que esperemos —advirtió Nehebkau, que no tenía ningún deseo de cabalgar en penumbras.

—¿Desde cuándo te has convertido en una vieja miedosa? Cuando los oryx nos vean aparecer de entre la bruma creerán que somos genios del Amenti, y se quedarán paralizados por el terror. Los abatiremos a todos —señaló el faraón en un tono que a su amigo le pareció crispado—. Sígueme si puedes.

Dicho esto, Tutankhamón azuzó a sus caballos para ponerlos al trote y sumergirse en la bruma. Todos se miraron temerosos, y Nehebkau hizo un gesto de disgusto para, acto seguido, marchar en pos de su señor acompañado por parte del séquito.

Tal y como habían asegurado, la visibilidad mejoraba hacia el oeste, y al salir de uno de aquellos bancos el dios localizó a los oryx, quienes, por un instante, parecieron sorprendidos al ver surgir aquel carro de entre la neblina. El faraón se sintió tan enardecido que percibió cómo sus *metus* se inflamaban por el arrebato hasta ofuscarle por completo. Su corazón cayó en poder del delirio, y en verdad creyó que Montu guiaba su brazo, como ya ocurrió en la batalla, y que toda la fuerza de sus ancestros guerreros le empujaba como si se tratase de un ariete de proporciones gigantescas. Entonces, todo su pesar por las desgracias pasadas se convirtió en rabia, en una ira como nunca antes había sentido, que de improviso se apoderaba de él hasta anularle cualquier juicio.

Al momento el dios emitió un grito desgarrador, y lanzó a sus caballos al galope mientras los oryx huían despavoridos. El rey eligió a uno de ellos, dispuesto a perseguirlo hasta los confines de la tierra si era preciso, en tanto clamaba a los dioses, al irascible Set, señor de los desiertos, al padre Amón, cuyo poder sobrepasaba todo lo humano, a Astarté, la diosa llegada desde Canaán y protectora del faraón en las batallas, conocida como la «soberana de los caballos y carros»; a todos los emplazaba en aquella hora en la que Nebkheprura había decidido rebelarse contra su funesto destino.

Entonces tuvo lugar una escena que parecía formar parte del ensueño, en la que lo real y lo irreal se fundían en una atmósfera difusa donde cualquier espejismo era posible. En ella las formas se movían de manera aleatoria, como si fuesen manejadas por unos hilos invisibles que las hacían ir y venir de forma caprichosa, cual si danzaran al compás de la ilusión. Esta palabra definía a la perfección aquel cuadro en el que perseguidor y perseguido corrían alocadamente, entre constantes quiebros, por las arenas cercanas a Saqqara. Los caballos del faraón corrían como el viento, en tanto su presa escapaba por su vida empleando todos los recursos a su alcance. Fintas, amagos, regates... el oryx trataba de deshacerse del cazador, pero este parecía saber bien lo que hacía; seguiría a su presa hasta cansarla, daba igual hacia dónde se dirigiese.

Tutankhamón no perdía el rastro de la pieza. Ver a su biga correr entre la bruma era un espectáculo que causaba temor. A veces, los pequeños girones de una neblina que ya se disipaba parecían desprenderse de su carro para hacerle emerger de la nada, cual si viniera del Inframundo. El dios se había transformado en un demonio que no cejaría de acosar al animal. Este daba muestras de empezar a agotarse, y el faraón se preparó para cobrar su presa. Tutankhamón tenía buena vista, y observó cómo el oryx hizo un nuevo quiebro para intentar huir por un pequeño *wadi*. El dios sonrió para sí, y al momento se ató las riendas a la cintura para, acto seguido, empuñar su arco y tomar una de las flechas. Era un arma magnífica y el faraón un buen tirador, y al entrar con su carro en el angosto *wadi* supo que el oryx no tendría escapatoria. El animal hizo un desesperado regate, y cuando el rey se disponía a abatirlo con su dardo, ocurrió lo inesperado; los cielos se abrieron y Shai se aprestó a jugar su última mano, la baza ganadora, la que siempre tenía preparada, pues el destino jamás perdía una partida.

Todo ocurrió tan deprisa que el faraón no tuvo tiempo de ver la piedra que obstaculizaba su marcha. Surgió de improviso, como si hubiese permanecido oculta por la bruma y de repente apareciera de la nada para causar la tragedia. El carro iba a tal velocidad, que cuando una de sus ruedas colisionó con el pedrusco Tutankhamón salió lanzado desde el cajón para caer de mala manera sobre una parte del *wadi* cubierta de guijarros. El faraón notó cómo su ya maltrecha pierna se partía en dos y su mundo se cubría de sombras, al comprender que el destino jamás le sería propicio.

52

Nehebkau fue testigo preferente de lo que ocurrió. Después de que Tut iniciara su impetuosa salida, el tebano trató de seguirle de la mejor manera posible, dadas las circunstancias. Hacía mucho que no veía sobre el pabellón de caza una niebla tan pertinaz, aunque celebró que hacia el oeste los bancos se disiparan y mejorara la visibilidad. Aun así, las formas parecían difuminarse por efecto de la bruma y cuando, al fin, localizó el carro del faraón tuvo la impresión de que se trataba de una visión engañosa, como si en realidad todo formase parte de la fantasía.

Sin embargo, los gritos con los que el dios animaba a los caballos eran reales, y tan nítidos que el tebano podía imaginarse sin dificultad el semblante del rey llevado por el arrebato. Lo había visto tantas veces que podría dibujarlo con facilidad en una ostraca. El *ka* de Tutankhamón mostraba en aquella hora su verdadera esencia y el soberano lo seguía, embargado en la emoción que le producía encontrarse consigo mismo, tal y como era en realidad.

El joven siempre aseguraría que había asistido a una especie de danza macabra, tamizada por los elementos. La tenue neblina iba y venía para terminar por dejar el ambiente bañado en vapor. Las figuras cobraban así una nueva dimensión, como si se tratara de uno de aquellos cuentos, tan en boga cinco siglos atrás, de los que se extraían máximas sapienciales que eran muy del gusto de la sociedad de aquel tiempo. Todo era posible, y al ver el tebano la forma temeraria en que conducía el faraón, tuvo la certeza de que este desafiaba a la suerte. Él mejor que nadie sabía lo caprichoso que podía ser Shai, y al instante azuzó a las caballerías para detener aquel baile que podía conducir a la desgracia.

Resultaba evidente que a Tutankhamón no le preocupaban los riesgos que corría y, ya más próximo al rey, el tebano pudo observar los botes que aquel daba sobre el cajón de su carro, y lo poco que parecía importarle su discapacidad. Por motivos que no alcanzaba a comprender, Nehebkau tuvo la impresión de que en aquel oryx se hallaban representados todos los males y desgracias que habían acuciado al faraón durante su corta existencia, y que en su alocada persecución se encontraba la posibilidad de acabar con ellos para siempre; el enterrar sus desventuras en lo más profundo de la inmensa necrópolis de Saqqara para, de este modo, convertirse en un hombre nuevo, liberado de su infortunio, cual si la sangre de la presa que se aprestaba a cobrar pudiese limpiar su propia maldición.

Ya próximo a la escena el tebano vio cómo, en su persecución, el dios maniobraba para dirigirse a un cercano *wadi* en el que la bruma se hacía más persistente, al tiempo que tomaba su arco para finiquitar la caza. Entonces, de improviso, el carro se desestabilizó por completo y el dios salió despedido a una distancia considerable, mientras su biga terminaba por volcar con gran estrépito. La representación que había tenido lugar terminaba súbitamente de forma espantosa, y Nehebkau tuvo el convencimiento de que estaba a punto de asistir al final de un drama en el que él mismo había participado; escrito desde el día en el que el faraón había venido al mundo.

Lo primero que oyó el joven fue el relincho de los caballos, aunque enseguida llegaran hasta sus oídos los gritos de dolor proferidos por su amigo. Había verdadera desesperación en ellos, cual si el rey lamentara terminar de aquella manera, impropia del soberano que siempre había soñado ser.

Nehebkau bajó de su carro presto a socorrer al dios, que gemía mientras se llevaba ambas manos a su pierna. El joven trató de calmarle, y no sin dificultad le hizo apartar las manos para comprobar el alcance de la lesión, en tanto el rey se agitaba presa del dolor. Al ver la herida al tebano se le demudó el rostro, y tuvo que hacer un gran esfuerzo por disimular la impresión que le causó. La pierna de Tutankhamón se había roto por completo, y su fémur sobresalía en parte por encima de la rodilla izquierda, que se encontraba cubierta de sangre. Por unos instantes al joven le abandonaron los juicios, consciente de la gravedad, pero enseguida trató de reponerse para animar a su señor.

—No es para tanto —disimuló como mejor pudo—. Los *sunus* de palacio te curarán antes de lo que te piensas y muy pronto volveremos a cazar. Aguanta, amigo. No olvides que en tu corazón ruge el león.

Al poco llegó una parte del séquito que los acompañaba, y entre todos colocaron al faraón en el carro de su amigo como mejor pudieron.

—Yo lo llevaré —señaló este con gravedad—. Adelantaos a palacio para que vengan a prestarnos ayuda.

Nehebkau condujo su biga de vuelta al pabellón con el mayor cuidado, pues cada irregularidad del terreno causaba un gran dolor al faraón, quien yacía sobre el cajón hecho un guiñapo. El sol había terminado por abrirse paso, y el cielo lucía límpido, sin una sola nube, para confundir su intenso azul con las amarillentas arenas que se perdían en el horizonte. La extensa planicie volvía a la vida, en tanto el dios se lamentaba ante el temor de poder perder la suya.

Aquel trayecto al joven se le hizo eterno y no pudo dejar de pensar en la crueldad que, a veces, los padres creadores demostraban a sus hijos. Tutankhamón tenía una pierna destrozada, la misma que a través de los años se había ido deteriorando de forma paulatina. Al tebano no se le ocurría una suerte peor, aunque hacía ya demasiado tiempo que pensaba que las casualidades no existían. Todo había estado en contra de aquel faraón desde el principio, y dudaba que en aquella hora los dioses fuesen a favorecerlo. Se le antojó que sería un final demasiado triste, injusto para alguien que había aceptado el hecho de que Khnum lo desproporcionara al darle forma en el viente materno. Sus anchas caderas, propias de una mujer, y su maltrecha pierna no habían supuesto ningún impedimento para que el rey hubiese luchado por convertirse en el hombre que deseaba ser. Cualquier otro en sus circunstancias se hubiese hecho acompañar por un auriga durante las cacerías, pero Tutankhamón nunca lo permitió y, a pesar de la tragedia sufrida, esa sería su grandeza.

Ya próximos a las pirámides de Gizah, los médicos salieron a su encuentro. Pentju, el *sunu* personal del dios, fue el primero en atenderle, y al observar el alcance del traumatismo dirigió una discreta mirada a sus colegas, sombría donde las hubiera, en la que Nehebkau pudo leer el pesimismo.

Los *sunus* hicieron cuanto pudieron. Eran los mejores de la Tierra Negra, cuyos conocimientos alcanzaban hasta donde los dioses lo permitían. Enseguida trataron de calmar el dolor con tisanas de amapola tebana en las que Pentju incluía el cáliz, pues sabía que por algún motivo ello aumentaba considerablemente los efectos de aquel narcótico. Ningún médico de Egipto se hubiera atrevido a tratar un mal semejante. Pero era el dios quien se encontraba postrado, y sus *sunus* al unísono pronunciaron la consabida frase: «he aquí una enfermedad que trataré», sin importarles que no fuesen capaces de salvarle la vida.

La fama de los médicos egipcios al tratar todo tipo de heridas y fracturas era proverbial, y Pentju, junto a sus colegas, redujeron la del faraón con una habilidad asombrosa. Hacía muchos años que los *sunus* conocían las tracciones para colocar adecuadamente los huesos, y en aquel caso hicieron gala de una gran pericia para no dañar más el resto de la pierna, ya de por sí en malas condiciones, y evitar que la fuerza de los poderosos músculos hubiese superpuesto los fragmentos del hueso unos sobre otros. El fémur quedó alineado, pero la rotura abierta había provocado destrozos junto a la rodilla que, sin duda, causarían complicaciones. Era seguro que se produciría una infección, y para evitarla Pentju cubrió la herida con la mejor miel de Egipto, al tiempo que inmovilizaba la pierna con cuatro tablillas de madera forradas con lino, que luego vendaron y aseguraron con un nudo de rizo.[66]

—Quizá deberíamos haber aplicado grasa de buey para ensuciar un poco la herida y hacer que aparezca el «pus loable» —apuntó uno de los *sunus*.

Pero Pentju negó con la cabeza, pues dada la mala salud del rey era fácil excederse en el cálculo de la cantidad apropiada.

—Trataremos el mal cada día, pero me temo que estamos en manos de los dioses —se lamentó el médico real, que parecía pesimista—. Es preciso que los sacerdotes de Sekhmet apacigüen a la diosa con sus ofrendas, y pidan su favor. El dios lo va a necesitar.

53

La noche cayó sobre Egipto más oscura que nunca. Era como una gigantesca piedra de diorita, negra como el Amenti, que todo lo cubría, hasta los confines de aquella sagrada tierra. No había estrellas en aquel cielo pues Nut, su diosa, había abandonado a su pueblo para dejar la bóveda celeste huérfana de toda vida ya que, de forma misteriosa, no se veía ningún lucero; ni una sola luz titilante que se anunciara desde el espacio infinito.

Tutankhamón se moría, y Nut se había marchado a ahogar su pena a algún lugar remoto en el que poder derramar sus lágrimas sin ser vista. Un dios de Kemet se aprestaba a pasar a la «otra orilla» y ella se negaba a presenciar cómo el inefable Anubis se lo llevaba camino de occidente, para transformarlo en un Osiris. Cada dios cumplía una función, aunque Nut era demasiado grandiosa para entender el papel que llevaban a cabo muchos de ellos. Ella era la vida misma, y desde el cielo unía la Tierra Negra con el resto del universo; con el cosmos en el que habían nacido las leyes que todo lo regían. Sentía una profunda tristeza por la apresurada marcha del señor de las Dos Tierras; un joven, para muchos insignificante, que se había visto obligado a llevar sobre sus hombros una carga que no le correspondía, demasiado voluminosa para sus méritos. Sus ancestros se habían encargado de llenar aquel fardo con sus peores actos, tan pesados como los obeliscos que se alzaban en Karnak. Sin duda se trataba de una injusticia de la que Nebkheprura no era merecedor, pero así eran las cosas entre los hombres; unos seres capaces de lo mejor y de lo peor, cuya mezquindad podía llegar a hacer enrojecer de vergüenza a todo el panteón de Kemet.

Desde su aventajada situación los dioses habían visto de todo, y era por eso que Nut lloraba desconsoladamente en aquella funesta hora, al dar fe de la tropelía en la que también había participado el dios del destino. Nut lo aborrecía, pues en su opinión Shai era un redomado tramposo, capaz de cualquier cosa con tal de salirse con la suya. Bien era cierto que en aquel drama había participado mucha gente, casi desde el día en el que Tutankhamón había venido al mundo. Su propio padre lo había tratado como a un príncipe segundón, sin importancia, a pesar de que por sus *metus* corriera la sangre de su abuelo, Amenhotep III, con toda su pureza. De sus hermanastras era mejor no hablar, aunque el joven hubiese terminado por desposarse con la dulce Ankhesenamón, y en cuanto a su madrastra, la cruel Nefertiti, poco se podía añadir que no supiera ya todo Egipto.

Sin embargo, otros muchos habían continuado los pasos de la bella Nefertiti, donde esta los había dejado, para hacerse grandes en un lugar que no les correspondía; para acumular un poder que arrebataban a un niño ante los ojos de unos dioses que habían preferido mirar hacia otro lado. No obstante, desde su privilegiada posición, Nut había sido testigo de todo, tal y como había ocurrido, y era por eso que abandonaba Kemet aquella noche, para no presenciar el colofón de una historia desgraciada en la que un faraón de Egipto había sido abandonado a su suerte por los mismos dioses que él se había encargado de rehabilitar. Por eso se había marchado; para llorar lejos, avergonzada de todo lo que había ocurrido.

Tutankhamón había estado agonizando durante casi un mes, demasiado para quien ya estaba condenado de antemano, y en todo caso una crueldad más que añadir a su desgraciada existencia. A lo largo de todo ese tiempo, el palacio se había convertido en un campo de batalla en el que cada cual tomaba posiciones, la que más le convenía, en tanto los sacerdotes llenaban las salas de volutas de humo, de oraciones a los dioses, de conjuros en todas sus formas, de ofrendas destinadas a aplacar la furia de Sekhmet, la sanguinaria diosa leona poco proclive a escuchar ninguna plegaria.

Los *sunus* habían hecho cuanto habían podido, pero todo había resultado en vano. En un principio las cataplasmas de cera, grasa, aceite de moringa, miel y pulpa de algarrobo habían podido contener la hemorragia, pero las hojas de acacia no habían sido capaces de calmar el dolor del hueso roto ni las de hachís de detener la inflamación, y al final habían tenido que recurrir a la raíz de la mandrágora y al loto blanco, ambos poderosos narcóticos. Lucharon por eliminar la infección provocada por la terrible herida, pero los peores demonios habían entrado ya en la sangre y solo la intervención divina podría salvar al faraón.

Durante todo aquel tiempo Nehebkau apenas se separó del lecho donde yacía su amigo. Tras administrarle los calmantes, Tutankhamón entró en una especie de somnolencia permanente de la que apenas era capaz de despertar, mientras los *webs*, sacerdotes purificadores, quemaban pastillas de incienso con miel en los pebeteros, en tanto recitaban sus oraciones. Incluso el *hery sesheta* del templo de Ptah, el sacerdote jefe encargado de las ceremonias rituales de este dios, elevó sus preces para hacer huir a los demonios del cuerpo del Horus reencarnado; pero todo resultó inútil.

—El mal ya corre por sus *metus* —se lamentó Pentju—. Los *sunus* ya nada podemos hacer.

Al tebano se le ocurrió que aquello no era más que una pesadilla de la que pronto despertarían. Que no era posible semejante sufrimiento. A veces tomaba una mano del dios entre las suyas para insuflarle su fuerza, y la notaba sudorosa debido a la fiebre que poco a poco le consumía.

Muchas tardes Maya acudía a hacerle compañía y rezar por el dios. El superintendente lo amaba verdaderamente, y Nehebkau pudo leer en sus ojos la inmensa pena que lo embargaba, y cómo luchaba contra las lágrimas.

Ankhesenamón no pudo soportar ver la agonía de su esposo, y en su desesperación los *sunus* tuvieron que hacerse cargo de ella, pues se negaba a levantarse de su lecho, mientras su mundo se desmoronaba por completo.

Apofis, la terrible serpiente que cada noche se enfrentaba a Ra durante su viaje por el Mundo Subterráneo, reía a carcajadas, pues de Retenu llegaban malas noticias, como si los peores presagios se hubiesen juramentado para hacerse realidad y castigar a la Tierra Negra. Al parecer, los hititas habían infringido una severa derrota a las tropas egipcias en Amqa, una localidad cercana a Kadesh, y Horemheb había tenido que retirarse para reagrupar su ejército y poder mantener sus posiciones a toda costa. El general era un hombre duro, conocedor de la importancia de su presencia junto a sus soldados. Permanecería en el frente para intentar recuperar el terreno perdido.

Entretanto Ay no perdía el tiempo. Sentía que aquel accidente significaba una gran desgracia, no solo para Tutankhamón, sino también para Kemet. Si, como parecía, el dios pasaba a la «otra orilla», Egipto quedaría expuesto en el peor momento posible, pues sin heredero las ambiciones mal medidas podrían conducir al país de nuevo al caos. Por este motivo, mientras el faraón agonizaba, y aprovechando la ausencia de Horemheb, se hizo nombrar Hijo del Rey, de forma que no existieran dudas acerca de la importancia que había tenido su corregencia durante los últimos años. De este modo viajó hasta Karnak, donde se entrevistó con sus sacerdotes. Wennefer, el primer profeta, escuchó con atención sus razones y las consecuencias que traerían a su clero. Satisfecho, consintió que Ay inscribiera su nombre junto al de Tutankhamón en algunos arquitrabes del templo para, de esta manera, formalizar su control sobre el país de las Dos Tierras. Así, el Divino Padre obtenía el poder antes incluso de que muriese su antecesor, con el beneplácito de Amón y todo su clero. A cambio de su apoyo, Ay se comprometía a abandonar definitivamente Akhetatón, tal y como si la capital de Amarna nunca hubiese existido. Ahora se convertiría por ley en el heredero y nadie en la Tierra Negra se atrevería a disputarle el poder.

Sin embargo, no todos pensaban igual. A veces la codicia era capaz de pintar mundos paralelos tan engañosos como las pretensiones que la alimentan. Para Najt dichos mundos ahora se le antojaban posibles y sobre ellos había cimentado sus propias ambiciones. El destino volvía a sorprenderle para hacerle creer que todo era posible. No tenía dudas de que su suerte se convertiría en proverbial, pues de nuevo se le presentaba de improviso para regalarle la mejor de sus sonrisas. ¿De qué otro modo podría si no calificarlo?

Varios meses antes de que ocurriera el fatal accidente, la princesa y el juez habían empezado a dar forma a sus planes con el sigilo propio de un felino. Debían estar preparados, ya que se habían convencido de que los dioses les ofrecerían una única oportunidad que no podían desaprovechar. Ahora debían esperar a que dicho momento llegara, aunque les llevara el resto de sus días. En todo aquel asunto Najt se había conducido con suma cautela. El Divino Padre no era alguien con quien pudiese jugar, pero no obstante había dejado una puerta abierta a su ambición, encubierta bajo su mejor disfraz. En esto el juez era todo un maestro, y con gran habilidad y disimulo había dado los pasos oportunos para situarse junto a aquella puerta, a la espera de que Shai le invitara a traspasarla.

Su relación con Heteferes había sido un verdadero regalo de los dioses. No le cabía duda de que ambos eran almas gemelas, pues habían llegado a avenirse hasta en su gusto por las perversiones. Corromper el corazón de la princesa no tenía ningún sentido, pues ya lo tenía podrido, y él se había congratulado mucho por ello, mas había llevado adelante el servicio para el que había sido propuesto, hasta asegurar el cumplimiento de sus objetivos. Ahora podría destruir a Heteferes cuando quisiese, pues conocía hasta el último detalle de cuanto ella se proponía, sus anhelos más íntimos, y su determinación de alcanzarlos. Solo necesitaba la orden del Divino Padre para condenar a la princesa para siempre, y arrojar a los chacales al pequeño Amenhotep. Le resultaría sumamente sencillo hacerlo, pues no en vano su palabra era la ley. Convertirse en un grande de Egipto le había proporcionado tal poder que sentía cómo en ocasiones Heteferes llegaba a atemorizarse ante la idea de haber hecho cómplice de sus aspiraciones a aquel hombre sin alma. Pero así era el juego en el que él había decidido participar, en el que el peligro se presuponía de antemano. Solo habría un vencedor y para ello era necesario arriesgarse.

Para la princesa había supuesto todo un hallazgo comprobar hasta dónde podría llegar la ambición de aquel juez, y en su fuero interno se felicitaba al haberlo encontrado, aunque estuviese convencida de que habían sido los dioses quienes lo habían cruzado en su camino. Sus plegarias habían sido escuchadas, pues con singular astucia ella había sabido alimentar su codicia para atraerlo definitivamente a su lado y hacerle partícipe de sus intereses. El que Najt infundiese temor no dejaba de ser una virtud necesaria a la hora de alcanzar el poder, y el alto cargo que ocupaba le facilitaba el camino para poder buscar alianzas que respaldaran su causa.

En realidad, Najt había tardado poco en comenzar a mover sus hilos. Para un tipo tan taimado como él, resultaba algo natural dar pasos sigilosos para poder empezar a tejer la red que necesitaba. Con prudencia examinó el terreno e hizo los primeros sondeos. Las razones del príncipe Amenhotep bien podrían ser tomadas como justas, pero para llevarlas a buen fin necesitaría el apoyo del clero, así como el de al menos una parte del ejército. Para ello sondeó a los sacerdotes de Ra, durante uno de sus habituales viajes a Heliópolis, sin llegar a comprometerse. Él sabía de sobra el malestar de este clero desde que había sido desbancado como el principal del país por el templo de Karnak. Ahora había pasado a un segundo plano, y su antigua gloria no era suficiente para que Ra volviese a convertirse en el rey de los dioses.

La animadversión que se tenían ambos cleros podía ser de interés para el juez en aquel caso, y de manera coloquial alabó los ritos solares, a la vez que recordaba los buenos tiempos en los que Tutmosis IV se sentó en el trono de Horus. Sin duda estos comentarios eran toda una revelación, ya que dicho faraón ocupaba el noveno lugar en la línea hereditaria y difícilmente hubiese podido acceder al poder. En aquella ocasión fueron los sacerdotes de Ra quienes, con gran habilidad, lo ayudaron a convertirse en faraón, aunque luego se adornara la intriga con el famoso pasaje en el que Tutmosis desenterró a la Esfinge para liberarla de la arena que casi la cubría por completo. Si el príncipe se quedó dormido a su sombra, y en sueños se le presentó Armakis para prometerle el trono si la liberaba, no fue sino una parte más de la representación. Con Tutmosis como nuevo Horus reencarnado, Heliópolis recuperó una gran parte de su perdida preponderancia, al tiempo que hacía resurgir la importancia de los ritos solares que años más tarde desembocarían en la llegada del Atón.

La «estela del sueño» erigida por Tutmosis como agradecimiento entre las patas de la Esfinge era solo un velado recuerdo de lo que ocurrió, pero allí continuaba como aviso de hasta dónde podía llegar el poder de los dioses.

Los sacerdotes de Ra escucharon satisfechos las palabras de Najt, quien se declaraba un ferviente adorador del dios sol, a la vez que comentaba, de forma anecdótica, que el gran Tutmosis IV tenía un descendiente, el último que quedaba con vida, lo cual no dejaba de ser una circunstancia que de seguro a todos alegraba. Los profetas de Heliópolis asintieron sin dejar entrever la menor emoción, siempre revestidos de su habitual máscara, pero cuando Najt se marchó, este estaba convencido de que sus palabras habían sido escuchadas en su justa medida, y serían consideradas en el mayor de los secretos.

Respecto al ejército, Najt poco podía hacer. Horemheb era un general muy respetado y sus tropas lo seguirían hasta el final. Sin embargo, podría pasar a un segundo plano si obraban con presteza cuando llegara el momento. Shai jamás había dado la espalda al juez, y para la ocasión este encontró a la persona idónea en la figura de un hombre cuya ambición corría pareja a la suya, un individuo fiero y sin entrañas al que supo enviar con facilidad hasta la entrada a los infiernos.

El personaje en cuestión se hacía llamar Sequenenre, no porque este fuese su verdadero nombre, sino por su arrojo y valentía. Estos los había demostrado con creces en las pasadas campañas contra el Hatti, así como su falta de compasión para con los vencidos. Por sus acciones había sido nombrado *kenyt nisw*, valiente del rey, y por ende perteneciente a los soldados de élite. Sin embargo, Horemheb lo había propuesto como jefe de la guardia de palacio, un cargo de gran responsabilidad, que a la vez le otorgaba un evidente poder por encontrarse a las órdenes directas del dios. Con particular sutileza, Najt se acercó a él para tratarle durante un tiempo, el justo para adivinar lo que escondía aquel hombre en su corazón. Este era un pozo de vicio que corría parejo a su coraje, y con la habilidad que le caracterizaba, el juez maquinó para presentarle un señuelo al que no podría resistirse.

A Heteferes el plan le pareció muy apropiado, y se dispuso a ponerlo en marcha sin dilación. Ella conocía a Sequenenre, a quien había tratado con su altivez habitual. Al parecer lo llamaban así en recuerdo del príncipe tebano de la XVII Dinastía que había combatido con fiereza contra los reyes hicksos, y muerto a consecuencia de las terribles heridas que sufrió en la batalla. Era un hombre fornido, cubierto de cicatrices, y al parecer de pocas palabras. Todavía joven, poseía un cierto atractivo, aunque este detalle importara poco. Su presencia no dejaba de causar cierto temor en la corte, y los soldados de palacio lo reverenciaban, ya que era famoso por su habilidad en la lucha y el número de manos que llegó a cortar al enemigo cuando sirvió en Retenu. Sin duda se trataba de un buen ejemplar, idóneo para llevar a cabo sus propósitos, y todo un acicate para hacer valer sus encantos.

Sequenenre era un tipo solitario; un soldado que se encontraba más a gusto junto al fuego de campamento que en palacio. Sin embargo, su estancia en este último lo había refinado en parte, pues no en vano trataba con el dios y los grandes de Egipto. Estaba acostumbrado a asistir a las celebraciones cortesanas, aunque no por ello dejase de sorprenderse cuando Najt le invitó a la que pensaba dar en su villa, y a la que asistirían personas principales.

—Desde que he tenido la oportunidad de tratarte, pienso que no se te hace la justicia debida —dijo Najt con gravedad—. Un *kenyt nisw* como tú merecería ser considerado como un *imira mes*, pues al fin y al cabo eres el comandante de las fuerzas de palacio. No dejes de acudir.

Sequenenre se quedó sorprendido, no solo por la invitación o los halagos, sino porque estos venían de labios de un grande de la Tierra Negra. Como era natural el oficial acudió a la cita, ya que negarse hubiese supuesto una gran desconsideración, y con cierta timidez se presentó en casa del juez, que se hallaba concurrida, donde pudo reconocer a lo más granado de la sociedad menfita. Había buen vino, exquisitas viandas y músicos y bailarinas que alegraban el ambiente. Najt le dio la bienvenida, y luego Sequenenre se dispuso a disfrutar de aquel festín inesperado, y sobre todo del excelente vino de los oasis, su preferido.

Heteferes no le quitó ojo desde su llegada. Con suma discreción lo observó en la distancia con atención, para calibrar a su presa. Sabía muy bien lo que debía hacer, y cómo tenía que discurrir el encuentro. Este se produjo en el momento oportuno, apartado de las miradas de los invitados. Como también ocurriese cuando conoció a Najt, la princesa eligió el hermoso jardín que poseía la villa, un escenario de ensueño, envuelto en mil fragancias, bajo un cielo tachonado de estrellas.

Sequenenre se encontraba en un aparte, solo, como acostumbraba, absorto en sus pensamientos mientras mantenía una copa en su mano, y todo fue tan sencillo como Heteferes esperaba. La conversación apenas tenía importancia y surgió como por casualidad, sin que la altivez de la princesa sufriera menoscabo. Ella era así por naturaleza y esto le daba un atractivo añadido a su belleza. Aquella noche lucía espléndida, y como de costumbre los hombres la habían devorado con sus miradas desde que llegase a la casa. Ambos mantuvieron las distancias, aunque no por eso la princesa dejara de mirarlo, de vez en cuando, con calculada coquetería. Sequenenre se sorprendió de que alguien como Heteferes conversara con él como con un igual, y no salió de su perplejidad al enterarse de que la princesa ya se había fijado en él con anterioridad y le guardaba simpatía. Heteferes también disfrutaba de un buen vino, y según avanzaba la charla le confió que se sentía muy feliz de que se encontrara en palacio al mando de la guardia, y que estaba segura de que un hombre como él siempre la protegería.

Semejante comentario enardeció al oficial, aunque tuvo buen cuidado de contener su bravura, y ella aprovechó la ocasión para hacerle comprender lo agradable que había sido aquella conversación, y lo segura que se sentía su casa al saber que él velaba por ella.

Sequenenre casi tuvo que pellizcarse para creer lo que estaba escuchando, y tragó saliva varias veces antes de tener fuerzas para despedirse. Por primera vez no pudo reprimir una mirada de macho encelado, pues no daba pábulo a lo ocurrido. Al verla alejarse la observó con verdadera lascivia, recorriendo cada detalle de su figura, la cadencia de sus caderas, el movimiento de sus glúteos, que se anunciaban provocadores bajo el etéreo vestido de lino. El oficial se dijo que nunca había visto una hembra semejante, y se juró que nadie mejor que él para protegerla, que así se lo haría saber cada noche, que Sequenenre en persona cuidaría de su casa.

Así fue como el oficial de la guardia empezó a rondar a la princesa, al principio con timidez, para paulatinamente ir cerrando el círculo más y más, hasta que Heteferes terminó por convertirse en una obsesión. Sequenenre soñaba con poseerla; con tomarla hasta perder el aliento; con desbocarse juntos hasta precipitarse a un pozo oscuro del que ya no fuese posible salir, donde poder satisfacer las más bajas inclinaciones. Su delirio terminó por convertirse en imágenes que lo atormentaban, y muchas noches se apostaba en el jardín que daba a una de las habitaciones de la dama para observarla.

Ella sabía lo que estaba ocurriendo, al tiempo que disfrutaba del sufrimiento del soldado. Imaginaba la pasión que lo devoraba, los pensamientos lascivos que corroían su corazón, las ansias por poseerla. Todo se hallaba donde la princesa quería, y solo fue preciso un soplo para que los acontecimientos se precipitaran.

Heteferes alargó la desazón de Sequenenre cuanto pudo. Ella disfrutaba de manera particular con aquel tipo de sufrimiento, con el padecimiento de las almas lascivas cuando no podían satisfacer sus deseos. Con sumo placer hubiese jugado con el oficial hasta conducirle a la misma entrada del Inframundo, pero no le convenía. Tenía un presentimiento, y su intuición le advertía que era el momento de prepararse, de dar los últimos pasos que la separaban de aquella puerta con la que llevaba soñando toda su vida; que al fin se entreabría para invitarla a traspasarla en busca de la gloria.

Najt la alentó a emprender aquella aventura, y con astucia calculada decidió que era mejor evitar sus visitas a la dama durante un tiempo. Esto no solo facilitaría los encuentros entre los futuros amantes, sino que le ayudaría a que Ay no sospechara acerca de su relación con la princesa, y le animara a pensar que era el juez quien controlaba la situación.

Heteferes solo necesitó susurrar el nombre del oficial de la guardia para que este entrase en sus aposentos sin dilación, como si llevase esperando ese momento durante toda su vida. En realidad, podía asegurarse que así era, ya que en aquella hora Sequenenre se convencía de que, por fin, alcanzaba los soñados Campos del Ialú. Era una noche cerrada, oscura como pocas, y en la habitación, débilmente iluminada por algunas lamparillas, el ambiente se hallaba saturado con el perfume de la canela. Todo se encontraba en penumbra, salvo el diván sobre el que se reclinaba Heteferes, ligeramente recostada en unos almohadones, con aire ausente, como si su verdadero lugar no se encontrase allí, puede que porque fuese una diosa. Lucía tan hermosa que a Sequenenre se le nubló el entendimiento, incapaz de albergar ninguna otra idea que no fuese la de devorarla; saciar su sed en aquella fuente hasta agotarla. La princesa lo vio avanzar hacia ella, y se convenció de que tendría que lidiar con una bestia, aunque al momento sonrió para sí, pues sabía muy bien cómo debería tratarle.

Ya próximo a ella, pudo oír la respiración acelerada de aquel hombre, sentir la desazón que le consumía, el ansia que reconcomía sus entrañas, la sangre que corría por sus *metus* hasta abotagarle. Entonces, con un gesto imperioso de su mano, le ordenó postrarse ante ella, caer de rodillas, y sin mediar palabra le indicó sus pies para que la venerara, como si se tratase de Hathor reencarnada.

Sequenenre creyó volverse loco, y con sus grandes manos de guerrero tomó aquellos pies delicados que le ofrecían para besarlos, para lamerlos, para devorarlos si ello fuese posible. Heteferes hizo un gesto de satisfacción y acto seguido se dirigió al soldado con la autoridad propia de una reina.

—¿Me adorarías? ¿Estás dispuesto a hacerlo, Sequenenre?

Este apenas acertó a soltar un bufido y, por un momento, observó embobado a aquella diosa mientras sostenía uno de sus pies entre las manos

—Dime, Sequenenre, ¿lo harías?

El oficial ahogó un lamento, pues se hallaba enardecido.

—Sabes muy bien que sí —respondió al fin—. Que haría cuanto me pidieses.

Heteferes rio con suavidad.

—En tal caso tu recompensa sería grande —indicó ella.

—Si lo deseas te haré ofrendas a diario. Por ti sería capaz de conquistar Retenu —aseguró el soldado casi atropellándose.

—Ja, ja. Nunca pediría a un mortal algo que resultara imposible. Sirves a las órdenes del dios, vida, salud y prosperidad le sean dadas, y así debe ser. Lo que quiero de ti es tu alma, para esclavizarla a mis deseos. Solo así permitiría que me adoraras, que saciaras mi pasión, que unieras tu *ka* al mío.

Sequenenre gimió con desesperación y al momento mordisqueó el pie de la dama con verdadera lascivia. Esta se dejó hacer y apartó el lino que la cubría para mostrar su desnudez. Al verla, el oficial se deshizo de aquel pie para despojarse del *kilt* con nerviosismo y exhibir su delirio. Al observar su erección Heteferes puso su pie sobre aquel miembro que parecía a punto de estallar, para acariciarlo con habilidad, hasta conducir al soldado al paroxismo. Este llevaba mucho tiempo alimentando los pensamientos más escabrosos, imaginando escenas que nunca tendrían lugar y a las que, no obstante, él se había aferrado con desesperada lujuria, sin importarle formar parte de una irrealidad. Se había masturbado tantas veces que al ver cómo de manera inesperada se abría aquella puerta que daba vida a un sueño, emitió un gruñido desesperado, cual si le hubieran marcado con un metal candente.

La princesa no tuvo dudas de que iba a unirse a un bruto, a una verdadera fuerza de la naturaleza cuyo corazón percibía más oscuro que el suyo; un genio del Amenti dispuesto a arrojarse en sus brazos, al pozo donde poder abandonarse a sus instintos, y esto la satisfizo de forma particular. Sin proponérselo se sintió excitada, y cuando notó por primera vez el granítico miembro de Sequenenre en sus entrañas tuvo la seguridad de que aquel hombre era invencible, que en verdad sería capaz de conquistar Retenu si así se lo pedía, que a lomos de aquella bestia cabalgaría hacia los horizontes que tanto ansiaba. Ahora su causa tenía un brazo capaz de velar por ella, aunque Sequenenre no lo supiese todavía. La princesa se encargaría de hacérselo saber tras amarrarlo con el lazo de la concupiscencia. No existía maroma tan poderosa, y mientras conducía a su amante a la locura lo ató con el primer nudo en tanto lo oía bramar, desesperado, suplicando que lo esclavizara para siempre.

54

El accidente sufrido por el faraón hizo que todos los planes de Heteferes tomaran una nueva medida. Los acontecimientos se precipitaron pues, al parecer, los *sunus* no podían hacer nada por salvarlo. Llegaba el momento de tomar una decisión y Najt no dudó ni por un instante sobre cuál era el camino que debía tomar. Confiaba más que nunca en su buena fortuna, y pensaba que la muerte del dios traería la inestabilidad a Kemet al enfrentar a los dos corregentes.

Sin duda Ay era muy poderoso, pero a la vez un anciano a quien no tardaría en visitar Anubis. Su causa duraría poco, y el juez estaba seguro de que sucumbiría si se alzaba en Egipto un heredero de sangre real. En su opinión era una apuesta segura, ante la que no cabía ninguna duda acerca de su legitimidad. El futuro pertenecía al príncipe Amenhotep, cuyo linaje era divino, y Horemheb no tendría otra opción que reconocer al nuevo faraón, ya que no osaría levantar al ejército contra un descendiente directo de Tutmosis IV. De hacerlo, el *maat* dejaría de existir en Egipto, y los grandes templos nunca se prestarían a coronarlo.

Ante la actual situación se había convencido de que el clero de Ra lo apoyaría, y había sondeado con suma prudencia a alguno de los grandes de Kemet, para terminar por despejar sus dudas. Para Najt, el doble juego pronto finalizaría, pues su traición a Ay se consumaría en cuanto Anubis se llevase a Tutankhamón a la necrópolis. El Divino Padre sería ajusticiado de inmediato por la guardia de palacio, junto con todos los que se opusieran, y Sequenenre sería el primero en proclamar al príncipe Amenhotep como nuevo Horus reencarnado. La historia de Egipto estaba plagada de intrigas y confabulaciones, y esta no sería sino una más en la que se daría legitimidad a quien correspondía, o al menos eso era lo que Najt pensaba.

Las circunstancias apremiaban, y el juez viajó hasta la cercana Heliópolis para entrevistarse con el sumo sacerdote de Ra, «el jefe de los observadores», en el mayor secreto. Este, que se encontraba sobre aviso, escuchó con atención las razones de Estado que invitaban a considerar el contemplar un regreso a los tiempos de Tutmosis IV. Todo se trató dentro de la más pura hipótesis, como es natural, en un lenguaje que no comprometía a nadie, pero en el que a su vez se sobreentendía la finalidad de aquella reunión. La desgracia se cernía de nuevo sobre Kemet, y el príncipe Amenhotep garantizaba una continuidad pacífica, al tiempo que legítima, que sería muy beneficiosa para la Tierra Negra y, de forma particular, para Ra. Con Amenhotep en el trono de Egipto, el regreso a los ritos solares estaría asegurado y Amón pasaría a ocupar un segundo plano, en opinión del juez el que le correspondía.

El Oculto se había aprovechado de la nobleza tebana para adquirir protagonismo. Mil años atrás no era nadie; si acaso una divinidad de segundo orden que había terminado por verse aupada a lo más alto del panteón por medio de los numerosos sincretismos que, con evidente habilidad, su clero había sido capaz de llevar a cabo; su unión con Ra era una buena prueba de ello y ahora El Oculto se hacía acompañar por el padre de los dioses para mostrarse como Amón-Ra; sin duda una afrenta que Heliópolis había tenido que soportar.

Al terminar aquel encuentro, Najt regresó a Menfis convencido de que el sumo sacerdote de Ra había comprendido el alcance de su conversación, y también lo que se hallaba en juego. El «jefe de los observadores» se despidió de él con las mejores palabras, y mientras lo veía alejarse reflexionó sobre cuanto habían hablado; acto seguido se dirigió al sanctasanctórum del templo para orar en silencio y preguntar a Ra su opinión sobre un asunto tan delicado como aquel. Los ojos de los hombres no eran capaces de profundizar lo suficiente en la naturaleza de las cosas. Su visión era limitada, y solo los dioses podían saber qué era lo más conveniente para Kemet. Ellos eran los que debían dar la última palabra.

Por su parte, Heteferes se encontraba nerviosa, como nunca recordaba haber estado, a la vez que henchida de ilusiones. Se mostraba más autoritaria que de costumbre, puede que por el hecho de que muy pronto se viese convertida en regente. Dicho término significaba un triunfo absoluto, la culminación de unos sueños que habían comenzado el mismo día en que adquirió el uso de la razón. La justicia divina existía, y muy pronto esta se haría presente para poner a cada cual en el lugar que le correspondía. Sin duda, desde las estrellas imperecederas Shepseskaf sonreiría complacido al saber que un príncipe de su linaje se sentaría por fin en el trono de Horus. El que no fuese hijo suyo apenas tenía importancia, pues no en vano se trataba de su nieto. Aquella particularidad no dejaba de regocijar a la princesa, ya que llegaba a ser retorcida, y muy de su gusto.

Nehebkau desconocía este detalle, y resultaba obvio que jamás lo sabría. Hacía ya tiempo que Heteferes sentía verdadera animadversión por aquel joven; un *meret* que se había convertido en aristócrata sin el menor mérito. Sin embargo, había cumplido su función, y esto era todo cuanto interesaba. Heteferes tenía planes para él, como los tenía para casi todos, y se regodeaba al imaginarlo de nuevo sobre su barca, pescando en el lejano sur durante el resto de sus días. Allí pensaba enviarlo en breve, en compañía de su esquife de papiro, para que se perdiera en el río para siempre; el Nilo se lo tragaría junto a sus recuerdos.

En realidad, la mayoría de sus aliados seguirían el mismo camino, pues así era la política. Ella regresaría a su vida pasada, a disfrutar de su soledad y también de sus esclavas; pero esta vez lo haría como reina corregente, ostentando el poder hasta que Amenhotep se convirtiese en hombre. La princesa despejaría su camino de manera conveniente, y con el tiempo Ay,

Horemheb y otros muchos grandes de Egipto no serían más que anécdotas de un pasado que ella se encargaría de hacer desaparecer. El horizonte de Najt también se hallaba cercano, ya que lo alcanzaría en cuanto hubiese cumplido su función, y respecto al de Sequenenre...

Su relación con el oficial de la guardia había terminado por convertirse en una experiencia que no era capaz de calificar. Despreciaba profundamente a aquel hombre, que representaba todo lo que aborrecía. Su zafiedad la repelía, más su brutalidad le hacía experimentar emociones contrapuestas. Por una parte, esta la ofendía, más por otra se sentía profundamente atraída hacia ella. Cuando copulaban era como si un animal la tomara para transmitirle su propia bestialidad, la parte más salvaje de su naturaleza, y a ella le gustaba. Sequenenre se mostraba insaciable, y Heteferes jugaba a su antojo con aquella ferocidad a la que hacía partícipe de sus perversiones. No se había equivocado con aquel hombre. El oficial era un pozo de vicio del que la princesa gozaba hasta caer exhausta. Lo había esclavizado a sus deseos, y se excitaba al pensar que su voluntad le pertenecía. Tal y como ella le había advertido el primer día, la princesa se había apoderado de su alma, y Sequenenre debía prepararse para cumplir el servicio para el que había sido reclutado. Luego sería inmolado como todos los demás.

Cuando Heteferes le dijo lo que esperaba de él, Sequenenre la miró confundido, pues su corazón no era capaz de comprender el verdadero alcance del plan, las divinas implicaciones que se escondían en él, el que los dioses lo hubiesen elegido para hacer justicia y sentar en el trono de Horus a quien legítimamente correspondía. El oficial pareció aturdido, ya que no tenía aptitudes para razonar, y puso cara de atolondrado mientras se rascaba la cabeza.

—Por desgracia, Tutankhamón pronto pasará a la «otra orilla» —le advirtió la princesa—. ¿Has olvidado tu juramento?

Sequenenre negó con la cabeza.

—Me aseguraste que conquistarías Retenu si así te lo pidiera. ¿Lo recuerdas?

—Lo recuerdo, mi señora —musitó él, embobado.

—Lo que te encomiendo te resultará más sencillo y, como te adelanté en su día, tu recompensa será grande.

El oficial volvió a mirar a Heteferes con evidente confusión, cual si se hallara ante un ser superior que le requería para llevar a cabo una empresa cuya magnitud se le escapaba. Sin duda se trataba de una diosa a la que siempre adoraría, y sin cuya presencia creía que no podría vivir. Se encontraba preso de sus propios sentidos, de sus más bajos instintos, en una cárcel de la que ya nunca sería capaz de salir; un infierno en el que deseaba permanecer para siempre. Su entendimiento había quedado atrás, en algún lugar del camino que había emprendido atado al carro que conducía aquella mujer, y Sequenenre terminó por asentir de forma mecánica, como si lo que le pedían fuese lo más natural del mundo.

—Estoy a tu servicio para adorarte —dijo él al fin.

Heteferes esbozó una sonrisa y luego le animó a que se aproximara, para que la tomara de nuevo con las mismas fuerzas que de costumbre. Él la devoró una vez más, hambriento como siempre, y ella lo llevó hasta el paroxismo para terminar por dejarlo extenuado sobre el lecho, empapado en sudor, apenas sin aire que enviar a los pulmones, con el corazón confuso ante la tarea que debía llevar a cabo.

55

Una fría mañana del mes de *meshir*, finales de diciembre, se consumó la tragedia. Durante todo un mes el dios había luchado de manera infructuosa contra la infección que corría por sus *metus*. Su corazón había combatido al mal con gran coraje, pero su sino estaba sellado desde hacía demasiado tiempo, y a su delicado estado vino a sumarse la llegada de una nueva enfermedad que le debilitó por completo. Ya la había sufrido en más ocasiones, como otros miembros de su familia, y aunque siempre terminara por vencerla, en aquella ocasión lo dejó extenuado, empapado por el sudor, víctima de convulsiones y una fiebre que lo consumía. Sekhmet se ensañaba en aquella hora con el faraón como si tuviera cuentas pendientes que saldar con él, pues parecía imposible apaciguar su ira. Los sacerdotes de la diosa leona trataron de aplacarla con sus oraciones y ofrendas, mientras todos los *hekas* de Egipto elaboraban poderosos conjuros para ahuyentar a los demonios que se cernían sobre el rey. Pero todo resultó en vano.

La noche anterior al deceso Tutankhamón experimentó una leve mejoría, y abrió los ojos para ver el mundo por última vez. Su mirada se encontró con la de Nehebkau, que permanecía sentado junto a su lecho, y, al reconocerlo, el dios esbozó un leve gesto de alegría al tiempo que tomaba la mano de su amigo.

—Pronto escribiré las últimas palabras en el papiro de mi vida —balbuceó el faraón.

El joven tebano le animó a guardar silencio para conservar sus fuerzas.

—Las palabras son ya lo único que me queda —se quejó el rey—. Mira si no lo que ha hecho de mí el destino.

Nehebkau asintió en silencio, apesadumbrado.

—Tenías mucha razón al desconfiar de Shai —prosiguió Tutankhamón—. Es un dios tramposo.

—Luchaste por alcanzar tus propósitos dentro de las leyes de Maat. Sin duda, los dioses estarán satisfechos.

—Los dioses... no me lo pusieron fácil. Dispusieron para mí un camino engañoso.

—En él mostraste tu valía. Dudo que se alce en Egipto un faraón que se te pueda comparar.

—Mira el final que prepararon para mí —se lamentó Tut.

—No digas eso. ¿Acaso olvidas que eres un dios? —le alentó el tebano.

—Mi fin se aproxima, lo sé. Solo espero que Osiris me declare «justo de voz» —murmuró el rey con pesar.

—Cuando llegue el momento te convertirás en un Osiris, y seguirás velando por tu pueblo por toda la eternidad.

—Viajaré a las estrellas circumpolares, las que no conocen el descanso —señaló Tut con ensoñación.

—Quizá para transformarte en polvo de estrellas y llenar el vientre de Nut con millones de luceros.

—Qué bueno eres, Nehebkau. Nunca tuve mejor amigo que tú. Apenas nos hemos separado desde el día en que te presentaste a mí para mostrarme tu don.

—Tu amistad ha sido mi privilegio. Hiciste de este pescador un hombre diferente.

—Acuérdate de mí cuando vayas a cazar a los cañaverales.

—Te llevaré en mi corazón durante el resto de mis días, y en la noche te buscaré en el cielo para que me regales tu luz.

—Desde allí te sonreiré, a la espera de que volvamos a vernos para ir a cazar juntos, como en tantas ocasiones —dijo Tutankhamón en tanto trataba de esbozar una sonrisa—. Ahora quiero pedirte algo —prosiguió el dios—. Prométeme que te ocuparás de mi entierro. Junto a mi fiel Maya te encargarás de mi sepultura; de aprovisionarla con todo lo necesario para la otra vida; de que mi ajuar funerario sea el que corresponde a un rey. No te olvides de mis arcos, ni tampoco de los carros, aunque estos hayan sido la causa de mi infortunio. Tú mejor que nadie conoces lo que necesitaré en los Campos del Ialú. Recuerda cuál ha sido mi sueño, y aunque dentro de poco duerma junto a mí en el interior de mi tumba durante toda la eternidad, no permitas que borren mi nombre, ni se pierda mi memoria. Si esto ocurriera sería como si nunca hubiese existido.

—Te lo prometo —respondió el tebano, desconcertado por la petición de su amigo.

Este entrecerró un instante los ojos para luego volver a mirar al joven y continuar.

—Antes de decirte adiós debo pedirte perdón.

Nehebkau hizo un gesto de extrañeza.

—¿Pedirme perdón? No hay nada que perdonar al señor de las Dos Tierras.

—Pero sí a tu amigo Tut. Conozco tu secreto, pero nunca me atreví a hablar de ello contigo.

Nehebkau se mostró sorprendido.

—Sé de quién eres hijo, y no debes avergonzarte de ello. Yo amaba a Shepseskaf y, aunque no lo creas, una parte de él está en ti.

El tebano no supo qué contestar.

—Siempre pensé que mi silencio formaba parte de ese secreto que tan celosamente guardas —señaló el dios—. Hiciste bien al encubrirlo.

—Sería yo quien debería pedirte perdón por ocultártelo —se disculpó el joven.

—Solo quería que lo supieras porque, allá a donde vayas, siempre serás un príncipe de Egipto. Da igual el lugar en el que habites; de algún modo los demás te reconocerán, pues lo llevas impreso en tu persona. Enorgullécete de ello.

Nehebkau asintió en tanto luchaba por contener las lágrimas, y Tut suspiró aliviado al haberse podido despedir de su buen amigo.

—Ahora he de darte algo que espero que guardes durante toda tu vida —señaló el faraón con gravedad.

Acto seguido se quitó un anillo de oro de uno de sus dedos para entregárselo al tebano.

—Tómalo, es para ti.

—Es tu sello —señaló el joven sin dar crédito a lo que ocurría.

—Cuando lo mires me recordarás: Nebkheprura. Es tuyo. Que así se escriba y así se cumpla.

Nehebkau ahogó un sollozo mientras apretaba el anillo en el interior de su mano. Luego se llevó esta al corazón para que quedara en él grabado el nombre del faraón: Nebkheprura, «el señor de las manifestaciones es Ra». Al dirigir la mirada de nuevo hacia el dios, vio cómo este cerraba sus ojos con pesar en tanto Ankhesenamón entraba en la estancia.

—Anubis ya se aproxima y debo despedirme de mi dulce esposa. Aquí nos separamos, amigo. Te esperaré junto a las estrellas.

EL LIBRO
DE LA TUMBA

1

La Tierra Negra se cubrió de luto, y en sus cuarenta y dos nomos las gentes se miraron apesadumbradas, sin saber qué sería de ellas, qué desgracias se cernirían sobre Kemet. Aunque el trágico final fuese esperado, el faraón era el punto de unión entre los dioses y su pueblo, y al morir el rey Egipto quedaba expuesto a todo tipo de desventuras y calamidades, que solo podrían evitarse con la llegada al trono de un nuevo soberano. El país entero aguardaba al dios que sucedería a Nebkheprura, en tanto trataban de comprender el infortunio al que se enfrentaba la Tierra Negra desde hacía demasiados años. Muchos aseguraban que todo se debía a la herejía, que Egipto estaría maldito hasta que no desapareciera el último descendiente de Akhenatón, «el rey perverso». Solo entonces se librarían de los demonios, los cuales no se marcharían hasta que no quedara ningún vestigio del apóstata.

—El halcón ha volado —dijo Maya a Nehebkau cuando le dio la noticia.

El tebano llevaba aguardándola demasiado tiempo y, no obstante, al oírla de labios del superintendente del Tesoro, sintió cómo una parte de sí mismo también moría en aquel momento; que su gran amigo le tendía la mano para que lo acompañase y velara su sueño, como había hecho durante años. Un inmenso vacío se apoderó de él, y tuvo la impresión de que, con la marcha de Tutankhamón, su vida carecía de sentido, que el camino en el que se encontraba no conducía a ninguna parte, que se hallaba perdido y tan solo como cuando antaño pescaba en su barca de papiro. Shai volvía a ganarlos a todos.

En palacio las sombras se alargaron en tanto los protagonistas se aprestaban a escribir el final de aquel drama. Las espadas se hallaban dispuestas, y sus hojas afiladas, y desde su posición Ay era capaz de atravesar los muros con la mirada. Era su momento, pues las fichas que durante años había colocado sobre el tablero se hallaban al fin bien dispuestas. La partida era suya, y mientras reflexionaba preveía cuanto iba a ocurrir, cómo se desarrollarían los acontecimientos, hacia dónde conducirían las ambiciones.

Todo se hallaba preparado, pues aquella misma noche las aspiraciones de un pequeño príncipe debían tomar carta de naturaleza, fuesen o no legítimas. Este particular apenas tenía importancia, pues sus pretensiones, al final, habrían de ser escuchadas por la fuerza. El poder no entiende de tibiezas, y solo el que arriesga lo consigue. Heteferes era consciente de todo ello, y recluida en sus aposentos aguardaba la llegada de Sequenenre para comunicarle que el magnicidio estaba consumado. La intriga había sido bien pensada, y urdida con el mayor cuidado. Era el momento de llevarla a cabo, y el oficial de la guardia sabía lo que tenía que hacer. La princesa había percibido en él cierto rechazo a perpetrar aquel crimen, aunque sus escrúpulos se desmoronaran como un dique de barro ante la llegada de la crecida. Estaba entregado a ella, a sus deseos, a sus caricias, por las que suplicaba como un condenado al sufrimiento eterno. Heteferes le daba la vida al proporcionarle lo que el soldado tanto ansiaba; sofocar su lascivia por unos momentos para luego volver a esclavizarle a sus instintos. Se trataba de un juego que no tenía fin, como si se tratara de una llama que, a punto de apagarse, cobraba vida de nuevo para no morir jamás. Ella se sentía satisfecha de su obra, de lo que había sido capaz de hacer con el corazón de aquel hombre, y ahora llegaba la hora de recoger lo que tanto le había costado sembrar.

Najt también aguardaba el devenir de los acontecimientos. A solas en su villa de Menfis bebía con nerviosismo el mejor vino de su bodega. Era el instante de hacerlo, tanto para bien como para mal. Conocía como nadie cuáles serían las consecuencias si el plan no tuviese éxito, y en tal caso no era cuestión de que un caldo tan excelso como aquel terminara en manos ajenas. Sin embargo, tenía la seguridad de que el destino estaba de su lado, y por ello celebraba su triunfo de forma anticipada, y al hacerlo entrecerraba los ojos de placer, pues después de todos aquellos años en los que la fortuna le había sonreído, se había convertido en un sibarita. Por los mismos motivos se le ocurrió que era una buena ocasión para entregarse a los placeres de la carne. De la mano de la princesa se había aficionado a determinadas prácticas que, a él, le parecían refinadas, y por este motivo se hizo acompañar por dos de sus esclavas, las más proclives al vicio, y junto a estas pasaría la noche hasta que llamaran a su puerta para avisarle de que los hechos se habían consumado y así, por la mañana, se convertiría en el hombre más poderoso de Egipto; no se le ocurría un prodigio mayor que aquel.

Las horas fueron pasando, y Heteferes observaba cómo el agua continuaba cayendo en la clepsidra, ajena a lo que se encontraba en juego. Los nervios comenzaron a acuciarla, aunque trataba de convencerse de que nada podía salir mal. Todo estaba atado y bien atado, pues los padres creadores se hallaban de su lado. ¿Quién osaría oponerse a Ra? Nadie —se decía a sí misma—, pues no había poder sobre Kemet capaz de enfrentarse al padre de los dioses. Por la mañana su clero legitimaría a Amenhotep, y no existiría hombre en Egipto que se atreviera a contradecirle.

Sin embargo, la noche continuó su camino sin el menor sobresalto. El palacio dormía plácidamente, arropado por una extraña quietud. Todo se encontraba en silencio, como si la vida hubiese desaparecido de la residencia del dios. Este había partido hacia el tribunal de Osiris, y la princesa imaginó que ya habría sido juzgado por los cuarenta y dos jueces. El que fuese declarado, o no, «justificado», era algo que le traía sin cuidado. Siempre había aborrecido a Tutankhamón, como al resto de su familia, y si a la postre era entregado a Ammit, la «devoradora de la carne», a ella le parecería un justo castigo por la apostasía de unos reyes que habían llevado a la Tierra Negra a la ruina. Pensó que el luto había impuesto su silencio en el palacio, y que Sequenenre se había conducido con la mayor discreción, tal y como habían planeado, pero las gotas de agua continuaban cayendo, y en el corazón de Heteferes aparecieron las dudas. ¿Y si habían sido descubiertos? ¿Y si el oficial había fracasado en el intento? Las preguntas comenzaron a surgir de inmediato, y la princesa sintió cómo dichas dudas caían sobre su ánimo igual que losas de granito de Asuán, sin que pudiese remediarlo.

Próximos a la madrugada se oyeron pasos; eran pisadas de soldados, y al punto el corazón de la dama se inflamó, y por sus *metus* volvió a circular la esperanza. No había duda, alguien se acercaba, y cuando vio que Sequenenre entraba en la estancia al frente de la guardia con la espada en la mano, todo su ser se llenó de gozo, y no pudo reprimir un grito de placer al tiempo que corría al encuentro de su amante.

Al verla avanzar hacia él, este se detuvo para mirarla como acostumbraba cuando se disponía a cortar la mano del enemigo vencido, mientras movía de un lado a otro su *khepesh*, de forma casi imperceptible. Al momento ella se quedó petrificada, y al observar aquellos ojos sin vida que se clavaban en los suyos, se sintió desfallecer, cual si se encontrara indefensa ante un cocodrilo. Sobek había llegado para llevársela, y no podría hacer nada por evitarlo.

Para Sequenenre no había lugar para la disyuntiva. Durante un tiempo había sostenido una lucha feroz consigo mismo; un combate encarnizado entre el deber y su lado más oscuro. El pozo al que él mismo se había arrojado para encadenarse al desenfreno no había evitado que un tenue rayo de luz le hubiese hecho tomar conciencia de su envilecimiento. Su depravación no era suficiente. Quizá porque en su alma de soldado llevara grabado a fuego el compromiso contraído con su persona, así como con la Tierra Negra. Todo era tan sencillo como complejo, ya que a la obediencia debida a sus superiores había que añadir las consecuencias de unos actos que era capaz de vislumbrar. Aquella mujer por la que había enloquecido le pedía no solo cambiar el orden establecido al dar muerte al Divino Padre, sino también traicionar los códigos que habían dado sentido a su existencia. Él era un hombre a las órdenes de Horemheb, por quien sentía verdadera veneración, quien a su vez le había puesto al servicio del dios, al frente de su guardia. No experimentaba la menor simpatía por Ay, pero eliminarlo para instalar a un pequeño príncipe en el poder provocaría el caos en Kemet y, estaba convencido, una respuesta inmediata del general al frente de su ejército.

Heteferes lo hechizaba por completo hasta apoderarse de su voluntad. Pero a la postre, el oficial terminó por comprender que si se plegaba a sus propósitos vagaría el resto de sus días como un criminal a quien, tarde o temprano, Maat castigaría de la peor forma posible, al hacerle mirarse a sí mismo cada mañana, para que contemplara la negrura de su *ba* y se emponzoñara su hálito.

Así, antes de que el dios pasara a la «otra orilla», mandó un mensaje a Horemheb, a la vez que ponía en conocimiento de Ay lo que se había planeado. Nunca olvidaría la mirada que este le dirigió, inexpresiva donde las hubiera, como si lo que escuchaba no tuviese la menor importancia, cual si el Divino Padre se hallara por encima de lo mundano. Pero durante un rato pareció reflexionar, para luego volver a mirar al oficial; esta vez con una agudeza que atravesó al soldado por completo.

—Has hecho un gran servicio a Kemet —dijo al fin Ay con gravedad—. Ahora te diré cómo has de actuar.

Estas fueron sus palabras, y tras oír al Divino Padre, Sequenenre se marchó con la conciencia tranquila y el ánimo quebrantado por las órdenes recibidas. No había vuelta atrás, y el soldado tuvo la certeza de que los dioses le castigaban por su vileza.

Al oír llamar a su puerta, Najt alzó de nuevo su copa para brindar, y acto seguido la apuró de un trago, mientras apartaba a sus amantes. Shai le tenía preparada una sorpresa que haría palidecer a la buena suerte que siempre le había procurado, y con inmejorable humor se dispuso a recibir al mensajero que traía la buena nueva. Tras repetidos golpes, uno de sus esclavos abrió la puerta, y al punto un grupo de soldados entró en la casa con las armas en la mano, mostrando muy malas maneras. En un principio Najt se sorprendió, pero enseguida se envaró para hacer valer su jerarquía, y amenazar a los recién llegados con el desprecio acostumbrado.

—¿Cómo os atrevéis? ¿Acaso ignoráis quién soy? Salid de inmediato u os aseguro que mañana mismo os encontraréis maniatados y camino de la quinta catarata, donde no crece ni un árbol —vociferó el juez.

Pero los aludidos no se inmutaron y, tras lanzar una carcajada, se miraron, divertidos, ante las amenazas que acababan de recibir. El que iba al mando asintió en tanto que esbozaba una expresión jocosa.

—Allí iremos si el dios nos lo ordena —dijo el extraño—. Pero ahora has de acompañarnos.

—¿Acompañaros? —rugió el juez con su habitual prepotencia—. Salid de mi casa, os digo. ¡Soy un grande de Egipto!

—Sabemos muy bien quién eres. Por eso hemos venido a buscarte —apuntó el que iba al mando, lacónico.

Najt sintió cómo las piernas le flojeaban al comprender que algo había salido mal, y al punto cambió su disfraz por otro más conciliador, para hacer uso del embuste.

—Creo, buenos soldados, que habéis sido víctimas de alguna broma, y ahora me doy cuenta de ello, por eso no os castigaré; es más, abogaré por vosotros para que seáis recompensados.

Los soldados rieron con ganas, y Najt alzó una mano, como para hacerse cargo de la escena.

—Sí, ya sé que lo que os digo suena gracioso, pero seguro que ignoráis un hecho de la mayor trascendencia.

Los presentes volvieron a mirarse, ya que aquel tipo les parecía sumamente presuntuoso, a la par que estúpido.

—Os confiaré algo que desconocéis. Mañana mismo seré nombrado visir —señaló Najt, categórico.

De nuevo se elevaron las risas, en tanto el juez intentaba hacerse oír.

—Seré *Ti aty* —apuntó—, ¿sabéis lo que eso significa? Podré determinar lo que desee en el Bajo Egipto.

—¿Qué harías con nosotros? —preguntó el oficial con socarronería.

—Enriqueceros, sin duda —aseguró el juez.

Ahora las carcajadas fueron escandalosas, y a alguno hasta se le saltaron las lágrimas.

—¿Por qué os reís? Soy un hombre inmensamente rico.

—¿Y qué hemos de hacer para que nos enriquezcas?

Najt se relamió al ver que podía comprar a los soldados. Les daría cuanto le pidieran, y luego huiría de Menfis, pues no tenía dudas de que su plan había fracasado.

—Solo tenéis que marcharos de mi casa. A cambio os daré lo que me pidáis.

—Ja, ja. El *Ti aty* quiere hacer negocios con nosotros. No creas que nos parece mal, pero me temo que en esta ocasión tenemos las manos atadas.

—Pero... —balbuceó el juez con incredulidad—. No sabéis lo que decís. ¡Os haré ricos!

—Te agradecemos tu magnanimidad, pero preferimos continuar con vida, aunque seamos pobres.

Todos volvieron a reír, pero enseguida el oficial hizo una señal y varios soldados agarraron al juez por los brazos para atarle los codos a la espalda. Najt forcejeó, pero al momento recibió un golpe en el estómago que le dejó sin aire.

—Sabía que nos acompañarías —dijo el oficial, con sorna.

—¿A dónde me lleváis? ¿Qué queréis hacer conmigo? —suplicó Najt.

—Eso ya lo verás, *Ti aty*. Solo has de tener un poco de paciencia.

Se lo llevaron entre risas, a empellones, mientras algunos se burlaban del juez y de su aspecto poco honorable, ya que, con las prisas de Najt por recibir la buena noticia, iba desnudo, al estar solazándose con sus amantes.

—No te preocupes —apuntó el oficial—, a donde vamos no necesitarás ropa.

2

Heteferes esperaba la muerte con su hijo entre los brazos. Esta caminaba hacia ellos con paso lento, sin la menor prisa, pues su llegada era segura. Apenas le quedaban lágrimas y mucho menos motivos para la esperanza. Ya todo estaba perdido; las ilusiones de toda una vida; el descomunal templo que había edificado sobre ellas, irreal donde los hubiere, y tan etéreo como el humo. Había vivido en una quimera monstruosa, y en su fuero interno se preguntaba cómo era posible haber forjado sus planes en pos de una entelequia. Ella, que siempre se había considerado poseedora de un entendimiento preclaro, no había hecho sino engañarse a sí misma, como el *meret* más ignorante. Su linaje, a la postre, no había conseguido más que confundirla; crear espejismos en su corazón desde su más tierna infancia. Cuanto le había ocurrido era consecuencia de ello y, al final, no había disfrutado de la vida que le había correspondido. Su mundo se hallaba distorsionado desde el principio, y ahora que se acercaba su final se daba cuenta de su candidez, de lo lejos que se encontraba de entender lo que significaba el poder; las mil artimañas que se escondían tras aquella palabra; la complejidad de su juego; el tipo de jugadores que participaban en él.

Había llegado a pensar que el triunfo se le había escapado justo cuando lo veía entre las manos y, sin embargo, ahora se percataba de que nunca lo había tenido cerca y que, al final, ella misma solo había sido una pieza más en manos de avezados tahúres. Toda su casa había sido utilizada por esas mismas manos como simples juguetes, incluido Najt o Sequenenre. Este último había cumplido su papel de la forma más atroz, pues ella estaba convencida del sufrimiento de su alma, que sabía le pertenecía por completo, al tener que dar fin a la representación de aquel drama. Él era el actor elegido para ello, aunque el oficial ignorara lo que el destino había dispuesto para él, pues en aquella obra todos perdían ante la habilidad del gran maestro.

La princesa suspiró con pesar en tanto recordaba aquella espada curva balanceándose en manos de su amante, y lo que ocurrió a continuación. Durante un tiempo que a ella le pareció eterno ambos se miraron, sin dar la menor opción a las emociones. Ella era una princesa de Egipto, y él un soldado cuyas decisiones no contaban, ya que se hallaban impuestas. Al cabo, Heteferes rompió el silencio, revestida con la dignidad que nunca la abandonaría.

—Guarda tu espada, oficial. ¿Ignoras que por mis *metus* corre sangre divina?

Sequenenre parpadeó repetidamente al escuchar las palabras de su amada, y al punto envainó la *khepesh*, a la vez que sus ojos parecían volver a la vida. Ella tenía razón, y por un momento no pudo evitar volver a mirarla como solía, cual si se hallase en presencia de una diosa; la mujer a la que había entregado su alma y, no obstante, había traicionado. Sequenenre tuvo que hacer acopio de todas sus fuerzas para poder responder.

—El dios Kheperkheprura, vida, salud y prosperidad le sean dadas, conoce tu linaje y por tanto tus derechos, mi señora.

Heteferes no pudo sino esbozar una sonrisa mordaz al escuchar aquel nombre. Al parecer Ay ya había pensado en su prenombre, con el que sería coronado, y la princesa no tuvo dudas de que, al igual que ella, el Divino Padre llevaba muchos años ambicionando el sentarse en el trono de Horus.

—¿Acaso ya ha sido coronado? —preguntó la dama con desdén, sabedora de que ello no podía ocurrir hasta que Tutankhamón fuese sepultado.

El oficial vaciló unos instantes, antes de responder.

—Aseguran que es como se hará llamar. Yo solo vengo ante ti en su nombre.

—Ya veo, aunque para eso no hubieses necesitado tantos soldados.

Sequenenre bajó la vista, avergonzado por aquel comentario.

—Es cierto —señaló el oficial—. El Divino Padre me aseguró que sabrías lo que has de hacer, y por ello te da su beneplácito para que seas tú quien abras la puerta a Anubis. Ese es tu privilegio.

—Ningún príncipe de la Tierra Negra debe ser ejecutado como un vulgar criminal —musitó Heteferes para sí.

Sequenenre volvió a desviar la mirada, y acto seguido hizo una señal a uno de los soldados, quien se aproximó con un cesto entre las manos. Al verlo, la princesa ahogó un sollozo, ya que sabía lo que le esperaba.

—Entiendo —dijo con pesar—. Wadjet me conducirá a la «otra orilla».

—Es una víbora del desierto —matizó el oficial con la voz quebrada—. Apenas sufriréis.

La princesa sintió un escalofrío, y al momento pensó en su pequeño.

—Permíteme que sea yo quien me ocupe del príncipe. Él poca culpa tiene de todo lo ocurrido.

Sequenenre pareció indeciso, pero terminó por dar su consentimiento. Entonces la princesa hizo venir a uno de sus servidores, a quien susurró unas palabras al oído. El conocimiento que los egipcios tenían sobre los venenos era proverbial, y al poco rato el mismo lacayo, acompañado por el príncipe Amenhotep, se presentó ante su señora con una copa en la mano. Este miró a los presentes con curiosidad y al momento corrió hacia su madre. Ella lo abrazó, y luego le pidió que bebiera de la copa.

—Apúrala hasta el final, hijo mío. Siempre serás un príncipe y mañana verás tu reino desde las estrellas.

El niño hizo lo que le pedían, y al terminar de beber mostró un gesto de desagrado, ya que la poción era amarga, y luego se marchó con el esclavo.

—Ahora escribamos la última línea de mi papiro, y prométeme que seremos enterrados como corresponde.

—El Divino Padre os promete que seréis sepultados con arreglo a vuestra dignidad, en Saqqara. Él dispondrá lo necesario para que descanséis junto a tu esposo, el príncipe Shepseskaf, en su mastaba. Así está escrito y así se cumplirá.

Heteferes asintió, y acto seguido el soldado que portaba el cesto se aproximó a ella.

—Estoy preparada —dijo la princesa sin que le temblara la voz.

Sequenenre hizo un gesto de asentimiento y el guardia abrió la tapa del cesto con cuidado para, acto seguido, coger el áspid con gran habilidad; al verlo, a la princesa se le presentó el rostro de Nehebkau, el señor de las cobras, y no pudo evitar pensar en la descomunal burla que Shai le dedicaba en aquella hora. El joven era el verdadero padre del príncipe, y ella iba a morir a causa de la picadura de una serpiente. Aquella obra era digna de pasar a los anales de la mejor literatura egipcia.

Heteferes miró por última vez a su amante antes de ofrecer su cuello a la muerte. Esta no se haría esperar, y tras sentir la aguda mordedura de la víbora, se retiró bien envarada, con paso sereno, solemne, como lo haría una reina de Egipto. Sequenenre la vio partir y sin poder evitarlo las lágrimas se escaparon de sus ojos de guerrero. Una diosa se marchaba al lugar que le correspondía, la bóveda celeste, donde brillaría por toda la eternidad.

La princesa observó al hijo que yacía entre sus brazos. Amenhotep ya había pasado a la «otra orilla», y ella se alegró de poder seguirle en su viaje al más allá. No temía a Osiris ni a su tribunal, y se imaginó junto a su pequeño en los Campos del Ialú, donde le mostraría el Egipto que había deseado para él. Allí podrían ser felices durante millones de años, ocupando el lugar que les correspondía y los hombres les habían negado. Era mejor así, pues habían nacido en una época en la que no tenían cabida. Intentó suspirar, pero le resultó imposible.

Ya no podía mover los párpados, y al fin perdió la mirada para tomar la mano que le tendía el dios de la necrópolis. Todo había acabado.

Najt no paraba de prometer inmensas riquezas a sus captores, mientras estos le conducían, imperturbables, a través de las arenas de Saqqara. Ra aún no había regresado de su viaje por el Mundo Subterráneo, y la pequeña comitiva serpenteaba por la milenaria necrópolis alumbrada por sus antorchas. Era una visión tétrica, que parecía surgida del Amenti, cual si unos genios maléficos peregrinaran en aquella hora intempestiva a lo más recóndito del cementerio.

—¿Por qué me traéis aquí? —se quejaba Najt, una y otra vez—. No hay ninguna necesidad.

Mas nadie le contestaba. La comitiva continuaba su camino sin inmutarse, como si desearan terminar con aquello cuanto antes.

—¡Parad os digo! ¡Soy juez de Egipto! —clamaba este—. Al menos dadme una frazada; estoy aterido de frío. ¿No veis que estoy desnudo?

Aquel comentario provocó la hilaridad de la soldadesca, que aprovechó para hacer algunos comentarios procaces, muy del gusto de la tropa.

—Sé que sois buenos de corazón. No os condenéis sin motivo. Os aseguro que todo puede arreglarse. Recapacitad.

La tropa volvió a reír.

—Tienes bien ganada tu fama —dijo alguien con sorna.

Estas palabras fueron muy celebradas por los soldados, que aprovecharon para hacer más comentarios.

Por fin el séquito se detuvo, y el que iba al mando ordenó que trajeran al prisionero.

—Este es el lugar —dijo mientras movía su antorcha de un lado a otro.

—¿El lugar? —inquirió el juez, quien creía estar viviendo una pesadilla.

—Nos encontramos próximos a la tumba de Ptahotep, tal y como nos ordenaron —aseguró el oficial.

—¿Ptahotep? —repitió Najt, incrédulo.

De nuevo la tropa estalló en carcajadas.

—Sí, Ptahotep. Tú mejor que nadie deberías saber quién fue.

—Claro que sé quién fue Ptahotep —apuntó el prisionero, indignado por aquel atropello—. Pero no acierto a comprender qué tengo que ver con él.

—Nada —dijo el oficial, lacónico—. Por eso te hemos traído aquí.

La tropa volvió a celebrar aquellas palabras, pues la escena no dejaba de resultar cómica.

—Ptahotep fue visir del dios Djedkare Isesi, hace más de mil años, durante la V Dinastía —señaló el juez con prepotencia.

—Además, fue autor de unas máximas sapienciales que invitaban al buen comportamiento y fiel seguimiento del *maat*. Eso todos lo sabemos, aunque a veces no lo cumplamos —observó el oficial.

Alguno de los presentes rio malévolamente.

—Dejémonos de acertijos. Dadme una manta para que me arrope y hablemos de negocios —dijo Najt con exasperación.

Los soldados se partían de risa, pues aquel cuadro les parecía muy divertido.

—Harás buenos negocios con Ptahotep, ya lo verás. Por fin te convertirás en un juez incorruptible. Ptahotep te enseñará las máximas que no quisiste aprender. Ahora no perdamos más el tiempo.

Acto seguido pusieron a Najt de rodillas, y una sombra pasó corriendo entre la penumbra.

—Son los chacales, que se preparan para la pitanza —señaló el jefe mientras desenvainaba su espada.

Al verlo, Najt soltó un grito lastimero.

—Pero... ¿Estáis locos? Os juro que mandaré que os empalen a todos y...

—Hoy jurarás ante Osiris —aclaró el oficial, y acto seguido cortó la cabeza del juez de un solo tajo. Su cuerpo cayó sobre la fría arena envuelto en un charco de sangre, y la tropa lo miró unos instantes con cierta curiosidad.

—Ya es hora de irse —dijo el que iba al mando mientras miraba en rededor—. Hoy los chacales comerán carroña de juez.

A la mañana siguiente el «jefe de los observadores» se dispuso a saludar el regreso de Ra de su proceloso viaje. En el patio del templo de Heliópolis hizo ofrendas al padre de los dioses que devolvía otra vez la luz a la Tierra Negra. El ciclo natural se mantenía incólume, y muy pronto un nuevo dios gobernaría Kemet. Se trataba del faraón indicado, con quien el sumo sacerdote hacía ya semanas que se había entrevistado. Con Ay sus intereses estarían a salvo, y eso era cuanto importaba. Después de mil quinientos años su clero era poco proclive a las aventuras, y aquella mañana Ra le había hecho saber que bendecía su decisión.

Ese mismo día hubo un gran revuelo en palacio. Al parecer, los demonios se habían conjurado para traer el luto a la residencia del dios, pues Anubis había trabajado a destajo. En los aposentos de la princesa Hetefers había tenido lugar una tragedia, pues la dama había amanecido muerta junto con su hijo, el pequeño Amenhotep. Por palacio corrieron todo tipo de rumores, aunque nadie se atrevió a asegurar los que ya imaginaban. Hetefers y el príncipe habían pasado a la «otra orilla», y eso era cuanto les importaba.

Más comentarios desató la muerte de Sequenenre, quien apareció en uno de los jardines con una daga clavada en las entrañas y el cuerpo empapado en *shedeh*. Todos aseguraron que la bebida lo había conducido a la locura y por eso se había quitado la vida. Era lo más natural.

3

Cuando la noticia de la muerte de Tutankhamón llegó a Retenu, todos miraron hacia su general, consternados. El fallecimiento de un dios siempre era un suceso funesto ya que muchos pensaban que Kemet quedaba abandonado a su suerte. El ver a Horemheb acompañando a sus soldados en aquellas desgraciadas horas daba seguridad a las tropas, al tiempo que pensaban en el gran faraón que sería su oficial al mando, y las posibilidades que este tenía por conseguirlo, dado que Nebkheprura había pasado a la «otra orilla» sin descendencia.

Horemheb conocía muy bien la opinión de sus hombres, y la fidelidad que le guardaban. Podría ir con ellos hasta los confines de la tierra en busca de fortuna y gloria y, no obstante, cuando le comunicaron el deceso del rey, se abstuvo de manifestar públicamente sus ambiciones. Hacía ya varios *hentis* que el rumbo de su nave estaba trazado, y no lo variaría ni un solo grado. Aquel invierno se había presentado particularmente frío. Las noches en Canaán eran desapacibles, y en toda la frontera se estableció una especie de tregua que, sin embargo, nadie había pactado. No era necesario, pues resultaba mejor esperar a la primavera para seguir combatiendo.

En el interior de su tienda, Horemheb tuvo tiempo suficiente para reflexionar sobre lo que debía hacer. Había llegado el momento de pensar seriamente en sus intereses, y cuál sería su estrategia para hacerlos valer. La muerte de Tutankhamón le había entristecido de forma particular. Conocía al rey desde su más tierna infancia, y siempre había sentido hacia él un cariño sincero, independientemente de todo lo demás. Sin duda que para conquistar el poder era necesario huir de los sentimentalismos, pero en el caso de Tutankhamón no había precisado abandonarlos del todo. Desde el primer momento había sentido pena del faraón niño, como muchos le habían llamado, quizá porque quedara patente que este no era enemigo para nadie, y que si se sentaba en el trono de Horus era porque así lo habían decidido las verdaderas fuerzas que gobernaban Kemet. En el fondo había significado una magnífica elección que había permitido que Egipto volviese a respirar después de tantas desgracias. Las cosas estaban bien como estaban hasta la llegada de la luctuosa noticia, pues ahora la Tierra Negra emprendía un nuevo camino al que era preciso prestar toda la atención.

Al parecer habían ocurrido otra serie de hechos desagradables que, no obstante, poco habían sorprendido al general. Era la historia del mundo, y así continuaría siendo, aunque pasaran los milenios, o al menos eso pensaba Horemheb. Tutankhamón se había marchado para siempre, y otros habían urdido sus planes para sucederle, empezando por la hermosa Heteferes. La princesa siempre le había recordado a la difunta Tiyi; una reina muy por encima de su esposo, el bueno de Amenhotep III, a quien había manejado como nadie, para hacer salvaguardar sus intereses y llevar a cabo unos planes tramados durante toda su vida. Sin duda había sido una gran estadista, con amplitud de miras, algo de lo que carecía Heteferes. Su ambición, cimentada en parte en su soberbia, no le había permitido ver la irrealidad del escenario en el que se encontraba. Ni la muerte de su esposo le había hecho reparar en la fragilidad de su posición en la corte, y lo ocurrido después solo había sido una consecuencia de ello.

Sin embargo, Horemheb tenía plena conciencia de cuál era su situación. Se hallaba en el lugar que le correspondía, junto a su ejército, en el lejano Retenu, y de allí no se movería durante un tiempo. No era el momento de disputar el trono a Ay, y el conflicto que Egipto mantenía con el odiado Hatti le daba una excusa inmejorable para permanecer alejado del Divino Padre, sin que ello supusiera un menoscabo para su poder. Conocía bien a Ay, y sabía que este no le desafiaría, pues a su edad solo desearía disfrutar de un reinado tranquilo, después de toda una vida de incesantes intrigas. El viejo canciller nunca pondría en juego su trono contra un enemigo tan poderoso como el general, y comprendía mejor que nadie que en aquella hora Horemheb se hacía a un lado para dejarle gobernar en paz. Sin lugar a duda, el anciano haría lo mismo en su lugar, y aguardaría a que su oponente pasara a la «otra orilla» para reclamar sus derechos.

En el interior de su confortable tienda, a resguardo de los elementos, Horemheb estudió con atención la posición de las fichas de aquel juego. Muchas habían desaparecido, y comprendió que si jugaba como debía, la partida terminaría por ser suya. Resultaba obvio que no se presentaría al entierro de Tutankhamón, pues de hacerlo se vería obligado a reconocer públicamente a Ay como su legítimo sucesor, si no quería enfrentarse a él. Quien le diera sepultura sería declarado su heredero por ley, y con el Divino Padre ya en la setentena era mejor dejar el futuro en manos de Anubis, pues de seguro que aquel reinado sería corto. A su edad, el nuevo dios no tendría descendencia, y ello llevaba al general a pensar en el único escollo que tendría que salvar a la muerte de este: Nakhmin.

Horemheb no albergaba la menor duda de que tendría que enfrentarse a él. Nakhmin era general del ejército del sur, y el único hijo varón que había tenido el viejo canciller con su honorable esposa Ty. A nadie se le escapaba que Nakhmin sería favorecido por su augusto padre para que le sucediera a su muerte, pero aquel no poseía un linaje divino, y Horemheb nunca permitiría que llegase a ocupar un trono que no le correspondía. Había sido previsor, y hacía años que había llegado a acuerdos con el poderoso clero de Amón. El general tenía su favor, pues Karnak deseaba que aquella familia maldita desapareciera para siempre de la Tierra Negra. El Oculto la aborrecía tanto como él, y sabía que en Horemheb se hallaba el paladín que borraría el recuerdo de Amarna de la faz de Kemet. Para Amón el tiempo carecía de importancia; solo quedaba esperar.

Horemheb tuvo la certeza de que el rompecabezas tomaba forma, y brindó por ello con su mejor vino, junto a Paramesu,[67] su lugarteniente y hombre de confianza, un valiente oficial perteneciente a una familia del Delta, a la salud de Nebkheprura, a quien confiaba que Osiris hubiese declarado «justificado de voz».

En Menfis, Ay hizo valer sus derechos sin que nadie osara rebatirlos. En realidad, él mismo se había encargado de atribuírselos, aunque tal detalle ahora careciese de importancia. En su momento se había hecho nombrar Hijo del Rey, y los grandes templos de Kemet le daban su bendición, como también se la daba Horemheb de forma implícita.

Nehebkau vagaba por el palacio sin rumbo fijo, como un ánima perdida, sin saber a ciencia cierta qué sería de él. La muerte de Heteferes le había impresionado, sobre todo por el modo como había ocurrido. Los chismes habían corrido por los pasillos como caballos desbocados, hasta alcanzar tintes en verdad truculentos. Pero en lo que todos coincidían era en que la princesa había fallecido como consecuencia de una mordedura de serpiente. Este particular le había apesadumbrado, aunque al conocer más detalles no pudo dejar de extrañarse, ya que al parecer el ofidio la había picado en el cuello. Que él supiese, no recordaba a nadie que hubiera sido mordido en el cuello por una serpiente, y menos tratándose de una víbora cornuda. Sin duda hablaban de una especie muy peligrosa, sobre todo porque solían enterrarse en la arena para camuflarse a la espera de atacar a sus presas. Lo usual era que te picara en la pierna, si se veía amenazada, o en la espalda mientras dormías en el desierto, pues como era sabido acostumbraban a acurrucarse junto al cuerpo humano en busca de calor, y al moverse este durante el sueño se asustaban y solían atacar de improviso. Nunca había visto a uno de estos reptiles en palacio, y no tuvo dudas de que había algo oscuro detrás de aquella muerte, y más al saber que el príncipe Amenhotep había fallecido en extrañas circunstancias.

Esa noche los demonios andaban sueltos por la Gran Residencia, aseguraban algunos; y al joven le pareció que no les faltaba razón, aunque imaginó que la naturaleza de aquellos demonios era de carne y hueso, y poco tenía que ver con el Amenti.

A veces el tebano se dirigía a las caballerizas para ver a sus animales, con quienes hablaba durante horas, y otras conversaba con Maya, el único amigo que le quedaba, para recordar los buenos momentos que pasaron junto a Tutankhamón.

Una mañana, a los pocos días de la muerte del dios, Ay los llamó a su presencia, lo cual agradeció el joven, pues no sabía lo que se esperaba de él. El Divino Padre los miró con gesto serio antes de hablar.

—El halcón ha volado. Su cuerpo ya está en el *wabet*, el «lugar limpio», la divina sala de Anubis, donde el supervisor de los Secretos se encargará de embalsamarlo. Dentro de setenta días Tutankhamón será enterrado, y vosotros os ocuparéis de que todo se encuentre dispuesto para su sepultura como corresponde a un dios.

Ambos amigos se miraron de soslayo, pero al punto Ay prosiguió:

—Es mi deseo que tú, noble Maya, continúes como superintendente del Tesoro y al frente de la Plaza de la Eternidad; y en cuanto a ti, Nehebkau, he de decirte que serviste bien a Nebkheprura en vida, y que este ahora te demanda un último servicio, pues te amaba como a un hermano. Ayudarás a Maya para tener preparada la tumba con todo su ajuar funerario. Los trabajadores del Lugar de la Verdad estarán a tus órdenes. Tenéis setenta días. Ese es mi deseo y así debe cumplirse. Mañana mismo saldréis para Tebas.

Mientras se alejaban, Ay pensó en el nuevo mapa que se dibujaba ante él, y cuál sería su protagonismo. Muy pronto se convertiría en dios, y nadie en toda la Tierra Negra se atrevería a impedírselo. La hora de su triunfo se hallaba próxima, y el Divino Padre no pudo sino felicitarse por la carrera de toda una vida. El que en su día fuese «maestro de carros», había sobrevivido a todos y a todo, para terminar por sentarse en el trono de Horus. No existía un sueño capaz de contemplar semejante escenario, dentro de setenta días enterraría a Nebkheprura, y este pasaría a la historia como un niño débil e insignificante que se había mantenido en el trono gracias a él. Ay había gobernado en la sombra, y ahora lo haría de facto.

Durante los últimos días había pensado en Nehebkau. La figura del joven siempre le había parecido singular, y desde luego anacrónica en aquella corte. El Divino Padre estaba convencido de conocerlo todo de él, e incluso se sonrió ante el hecho de saber mucho más que el joven acerca de su vida. El tebano desconocía por completo cuanto había ocurrido en el Lugar de la Verdad después de su precipitada marcha, y a lo que tarde o temprano tendría que enfrentarse. Ay disfrutaba con aquel tipo de historias, y ese era uno de los motivos por los que había elegido al tebano para que acompañase a Maya; aunque no el único.

El Divino Padre no podía olvidar que Nehebkau era hijo de Shepseskaf. Lo sabía desde mucho antes de que su padre se lo confiara en su lecho de muerte. Era por tanto príncipe de Egipto y, dadas las circunstancias y los desagradables acontecimientos que se habían vivido tras el fallecimiento de Tutankhamón, era mejor no tentar al destino y desembarazarse del joven de una vez por todas. Solo el gran cariño que le había demostrado el faraón niño y la fidelidad del tebano hacia aquel durante todos aquellos años, habían evitado que siguiera los pasos de Heteferes. Pero Ay sabía que no era necesario, pues Nehebkau jamás regresaría a palacio. Su sitio estaba en Deir el Medina, desde donde le serviría, pues tenía planes para él.

Al reflexionar sobre ello, Ay rio quedamente. Sabía muy bien que no había tiempo suficiente para enterrar al rey como correspondía, y por ello, antes de partir, Maya recibiría nuevas instrucciones por parte del Divino Padre. La tumba de Tutankhamón en el Valle de los Monos no estaba terminada, y por tal motivo sería sepultado en otro lugar. Con ello salvaguardaría la memoria de alguien que le era muy querido, para toda la eternidad.

4

En realidad, la cuestión resultaba sencilla de entender y tan antigua como la propia historia del país de las Dos Tierras. Con el inmenso poder que le confería su nueva posición, Ay había decidido apropiarse de la tumba que su antecesor, Tutankhamón, se estaba construyendo en el ramal occidental de la necrópolis tebana, más conocido como el Valle de los Monos. Al Divino Padre le gustaba aquel lugar de modo significativo por varias razones. Se trataba de un paraje particularmente solitario, alejado del Valle donde se habían hecho enterrar los antecesores de ideas más recalcitrantes y muy próximos al clero de Amón. Él siempre llevaría al Atón en su corazón, aunque lo disimulara por razones obvias. Aquel ramal, silencioso y sobrecogedor, era perfecto para ver discurrir los milenios. En él se había sepultado el gran Amenhotep III, un faraón por quien había sentido un particular cariño, y que había ennoblecido a su familia hasta el punto de conceder a sus padres, Yuya y Tuya, una tumba en el Valle de los Reyes; un hecho insólito que quedaría grabado en los anales de la historia. Además, su sucesor, Akhenatón, había comenzado a erigirse su propio hipogeo en ese mismo lugar, y aunque no lo finalizara al decidir trasladarse a la ciudad de Akhetatón para excavar allí un nuevo sepulcro, una parte de este rey quedaría para siempre en aquella zona de la necrópolis tebana. De este modo Ay descansaría muy cerca de los dos soberanos que habían dado significado a su vida, y sobre los que había levantado el edificio en el que ahora se encontraba; su propia pirámide. Desde su vértice contemplaría Egipto con la sabiduría que le otorgaba toda una vida de servicio a su país, con los ojos de quien es capaz de medir el tempo de los acontecimientos.

Respecto a su disposición moral a adueñarse de la tumba de su antecesor, esta apenas tenía importancia. Se trataba de algo que ya había ocurrido con anterioridad y que, estaba convencido, seguiría ocurriendo. Él terminaría lo que Tutankhamón no pudo en vida, y a este lo ubicarían en un lugar mucho más adecuado, que estaría en consonancia con la insignificancia de su reinado.

Siempre recordaría el gesto de extrañeza de Maya al conocer sus órdenes, y el íntimo placer que Ay experimentó al concebir tal idea; con la que demostraba que siempre iría diez pasos por delante de los demás.

Cuando ya de camino a Tebas Maya se lo comunicó a Nehebkau, este no pudo evitar escandalizarse.

—¡Arrebatará la tumba a Nebkheprura! —exclamó el joven.

Maya se encogió de hombros, pues poco podía hacer por cambiar aquella decisión, aunque en su opinión aquello no fuese lo peor.

—El Divino Padre ha decidido que el Valle de los Monos no es un lugar apropiado para Tutankhamón —señaló el superintendente con evidente pesar, ya que conocía el inmenso cariño que Nehebkau había profesado al anterior faraón.

»Es deseo del nuevo dios, Kheperkheprura, que Tutankhamón sea enterrado en el Valle de los Reyes —dijo el encargado del Tesoro.

—Pero... No disponemos de tiempo para excavar otro sepulcro —se alarmó el tebano.

—No será necesario. Ocupará su lugar en un hipogeo que ya está construido.

—¡Un lugar en un hipogeo! —repitió Nehebkau sin comprender—. Pero... yo mismo trabajé durante un tiempo en las obras de la sepultura de Nebkheprura.

Maya asintió e hizo un gesto elocuente, pues se hacía cargo del pesar de su amigo.

—¿Y dónde lo enterraremos? —preguntó este, extrañado.

—En la tumba de Nefertiti.

Nehebkau abrió los ojos desmesuradamente, sin dar crédito a lo que escuchaba.

—En la tumba de Nefertiti —repitió con incredulidad.

—Así es. Claro que habrá que adecuarla, y para ello me temo que no disponemos de demasiado tiempo.

—Será enterrado junto a Nefernefruatón —murmuró el joven, espantado, ya que sabía mejor que nadie el rencor que Tutankhamón había guardado hacia su madrastra. No se le ocurría un castigo peor.

Maya le adivinó el pensamiento.

—Obviamente habrá que adaptar la tumba para que ambos tengan cabida, pero creo tener una idea de cómo hacerlo, y sé que me ayudarás. Sobre todo con la elección del ajuar funerario.

Nehebkau no supo qué responder. Ignoraba por completo la ubicación de aquella sepultura, así como los detalles de su arquitectura; algo que no le ocurría a Maya, ya que, como superintendente de la Plaza de la Eternidad, conocía la situación de todas las tumbas reales, y también sus características.

—Pondremos a trabajar de inmediato a los Servidores de la Tumba; trataremos de que nuestro viejo amigo Tut descanse para siempre de la mejor forma posible. Confío en que Neferabu pueda decorar la tumba a tiempo.

Al escuchar aquel nombre, Nehebkau dio un respingo. Había trabajado a sus órdenes como simple aprendiz, y recordaba la maestría de aquel artista, que era muy respetado en el Lugar de la Verdad. Sin poder evitarlo una cosa le llevó a la otra, pues ambas estaban unidas de manera inevitable. De nuevo sus viejos fantasmas volvieron a presentársele, y esta vez más amenazadores que nunca. No tenía escapatoria. Sabía que algún día debería enfrentarse a ellos y, al parecer, ese momento se hallaba próximo, para su desgracia.

Hacía ya tiempo que había cogido la costumbre de tonsurarse con frecuencia. Su abundante cabellera rojiza había quedado atrás y, mientras observaba cómo la vela de la embarcación se hinchaba con el «aliento de Amón», el viento del norte, se le ocurrió que la lucha que mantenía con su pasado no terminaría jamás. Neferu continuaba en su corazón, de manera perenne, como si se tratase de un estigma del que no se podría librar. Habían pasado ya cinco años, y se preguntó si ella seguiría tan hermosa; si sería feliz junto a Ipu; cuántos hijos tendrían. Pero enseguida discurrió en la forma de evitarlos; en volver a huir.

—Deberás preparar el ajuar funerario más rico posible —señaló Maya, para sacarle de sus cavilaciones—. Tú conoces mejor que nadie al dios Nebkheprura, y sabrás elegir todo aquello que le era grato, para que pueda seguir disfrutando de ello durante toda la eternidad. Haremos uso de todos nuestros recursos, y si es necesario utilizaremos el ajuar de sus antecesores.

El joven miró al superintendente con estupefacción.

—Es una práctica habitual, que se ha hecho en más ocasiones de las que piensas —le aclaró este, divertido—. Ay desea que estés al frente de los Servidores de la Tumba, por motivos que desconozco. Quizá vea en ti al *ka* de Tutankhamón, ya que estabais muy unidos, y en cualquier caso hiciste una buena labor al enterrar de nuevo a Akhenatón. Las razones del Divino Padre a veces no parecen pertenecer a este mundo.

Durante unos minutos ambos permanecieron en silencio, observando cómo el navío se deslizaba con pereza, río arriba.

—Ellos te proporcionarán lo necesario. Guardan con inestimable celo el ajuar sobrante de otros enterramientos. Te aseguro que tendrás donde elegir, y no olvides que tu palabra será la del dios y todos deberán obedecerla.

Nehebkau asintió, todavía confundido ante la empresa que tenía por delante.

—La tumba de Nefertiti —repitió el joven con voz queda.

Maya rio entre dientes.

—Muy pronto comprenderás por qué Ay la eligió.

5

Meresankh se hallaba particularmente agitada. Como muchas noches, observaba el cielo para perderse en su misterio. Esa era su naturaleza, y la joven se dejaba llevar por ella, allá a donde quisiera conducirla, pues jamás la traicionaría. Nut, la diosa a quien reverenciaba, la había invitado a contemplar su reino, y ella navegaba a través de la inmensidad de su manto eterno. En su pequeña barca no había espacio para lo mundano, pues solo de este modo podía perderse entre los luceros, reconocer el alma de los difuntos y entender los mensajes por medio de su espíritu. Los astros se encontraban inquietos, seguramente por la llegada del dios que acababa de morir. Sin duda le harían un sitio, y ella trataba de localizarlo para que velara por su casa ante lo que había de venir. Era probable que Nut ya lo hubiera recibido para darle la bienvenida, para ofrecerle la vida durante toda la eternidad, y Meresankh se inflamaba de esperanza, ya que muy pronto la larga espera tocaría a su fin.

En el poblado había corrido la noticia. Del norte venían unos hombres para encargarse del sueño eterno de Tutankhamón, y Meresankh podía adivinar sus nombres. Los cielos poseían sus propias leyes, difíciles de comprender para los mortales, pues habían sido escritas por los dioses en una lengua que no era de este mundo. Eran textos fascinantes, repletos de enigmas que parecían indescifrables; sin embargo, ella era capaz de leerlos, quizá porque había nacido apadrinada por Aah y Khonsu, ambas entidades lunares, bajo las bendiciones de

Thot, el más sabio entre los sabios. De alguna manera Meresankh era parte de aquel misterio, y por ello recorría la bóveda celeste, el lugar en el que su *ba* se sentía feliz, envuelta en su misticismo.

Sin embargo, esa noche no pudo evitar sentirse inquieta pues Seshat, la diosa encargada de medir el tiempo, le había susurrado que este se había cumplido; que los hechos se precipitarían con arreglo a la voluntad de los dioses. La joven escudriñó el vientre de Nut con su corazón de maga, y la señora del cielo le permitió ver un rostro dibujado entre las estrellas. Meresankh lo reconoció al instante, pues lo llevaba impreso en su alma desde mucho antes de conocerle, y la joven se estremeció al sentir su presencia. Nehebkau la miraba con sus intensos ojos azules, y Meresankh tuvo el convencimiento de que desde la profundidad de la noche él la buscaba, aunque no lo supiese todavía.

6

La primera impresión que tuvo Nehebkau al penetrar en la tumba fue la del estupor, al que luego se le uniría el desconcierto. Tal y como había vaticinado Meresankh, había llegado de Menfis en compañía de Maya para preparar la sepultura del difunto dios. En el Lugar de la Verdad se encontraban expectantes ante las obras que, de seguro, les esperaban. Los días previos a la llegada de los enviados del dios, el poblado era un hervidero de conjeturas, así como de preocupaciones, ya que la tumba de Tutankhamón se hallaba lejos de ser terminada. «¿Qué haremos?», se preguntaban los obreros, sabedores de que solo disponían de setenta días para dejar el hipogeo listo para recibir a la momia del rey.

Se debatió hasta bien entrada la noche, aunque los más veteranos terminaron por encogerse de hombros. «Maya proveerá», dijeron, para quitarse el problema de encima.

No cabía duda de que en eso tenían razón, y ello quedó demostrado en cuanto la embarcación del superintendente de la Plaza de la Eternidad atracó en el pequeño muelle situado cerca de Per Hai, el palacio en el que se instalarían aquellos personajes tan principales. Una pequeña representación local había acudido a recibirlos, y nada más poner un pie en el malecón Maya dio las primeras órdenes a uno de los capataces para que enviasen a sus hombres al sepulcro de Ankheprura Smenkhara, ante el asombro de los allí presentes, que se miraron sin comprender el porqué de aquella decisión.

Sin embargo, todo se dispuso tal y como había decretado el superintendente, y ese mismo día se rompieron los sellos de la entrada de la tumba de quien, una vez, fuera conocida como Nefertiti.

Abrir la sepultura de un dios no era un tema menor, sobre todo para los trabajadores del Lugar de la Verdad, quienes llevaban marcado a fuego en sus corazones lo que suponía violar una tumba real.

—Es deseo del Divino Padre que así se cumpla —les comunicó Maya con el tono autoritario que solía emplear, y tras mirarse un momento con velado temor, los obreros derribaron la puerta que daba acceso al hipogeo donde Nefertiti había sido enterrada.

Durante un rato el pequeño séquito permaneció junto a la entrada del túmulo, a la espera de que este se aireara; luego, Maya y Nehebkau penetraron en el sepulcro, acompañados por el capataz y Neferabu, a quien el superintendente había hecho llamar.

Alumbrado por las antorchas, Nehebkau no salía de su perplejidad. Aquella tumba le pareció sumamente extraña y, sin duda, impropia para albergar la momia de ningún faraón. Tras descender los dieciséis escalones que daban acceso a ella, se encontraba un pasillo de toscas paredes sin decorar que luego giraba a la derecha, donde conectaba con otro pasadizo parecido al anterior, con una pequeña salida en uno de sus laterales que, el joven imaginó, comunicaba con algún pequeño almacén, el cual iba a desembocar a una cámara cuya pared frontal se hallaba adornada con las únicas pinturas de toda la tumba. Por lo demás, esta se encontraba completamente vacía, sin el menor indicio de que alguien hubiese sido sepultado allí con anterioridad.

Estupefacto, Nehebkau miró a Maya, sin comprender lo que ocurría, y este esbozó una leve sonrisa al hacerse cargo del asombro de su amigo. Sin embargo, no dijo nada, y se limitó a señalar el único muro decorado donde finalizaba el pequeño túmulo, al tiempo que le invitó a que se fijara en las dos primeras figuras pintadas a la derecha de la pared. Una representaba al faraón con la corona *khepresh*, ataviado con una piel de leopardo, como si se tratara de un sacerdote *sem*. En una mano portaba una azuela, con la que devolver los sentidos al finado al celebrar el ritual de la «apertura de la boca». Frente a este se hallaba el difunto vestido de Osiris, y entre ambos se encontraba representada una mesa con otra azuela junto a la pata izquierda de un ternero y cinco vasos con bolitas de incienso. Nehebkau arrugó el entrecejo, y Maya le animó a leer los textos escritos sobre ambas figuras, así como sus cartuchos.

El joven prestó atención a los jeroglíficos situados sobre el faraón y los tradujo con gravedad.

—«El buen dios. Señor de las Dos Tierras. Señor de los rituales. Rey del Alto y Bajo Egipto. Nebkheprura. Hijo de Ra. Que viva eternamente y para siempre como Ra».

Nehebkau no pudo eludir otro gesto de asombro, ya que aquella figura representaba a Tutankhamón como oficiante en el ritual de la apertura de la boca ante su antecesor fallecido, y por ello heredero al trono.

Maya asintió, y le pidió que continuara con la lectura del texto situado sobre la otra figura que representaba a Osiris.

—«El buen dios —dijo el joven—. Señor de las Dos Tierras. Señor del horizonte. Rey del Alto y Bajo Egipto. Ankheprura Smenkhara. Dado en vida. Hijo de Ra. Nefernefruatón Nefertiti. Señor de Heliópolis del Sur.[68] Eternamente».

Nehebkau no salía de su sorpresa. En aquel mural Tutankhamón daba sepultura a Nefertiti, su antecesor en el trono y, no obstante, aquel pequeño hipogeo se encontraba sin el menor indicio de que hubiese contenido alguna vez ningún ajuar funerario. Al momento el joven prestó atención al resto de las figuras que decoraban aquella pared. No había duda. En el registro se hallaba representada una mujer, primero frente a la diosa Nut, quien daba la bienvenida a la difunta para concederle la vida para toda la eternidad, al tiempo que le ofrecía agua de sus manos, y luego podía verse al *ka* de Nefertiti frente a Osiris, quien la recibía en el reino de las sombras.

Resultaba evidente que allí se hallaba simbolizada Nefertiti; ataviada con una falda de lino ribeteada con una orla dorada que le llegaba casi a los pies.

—Pero... —balbuceó el tebano—. ¿Cómo es posible? La tumba se encuentra vacía —dijo haciendo un gesto con las manos.

—Es cierto —contestó Maya en un tono calmado—. Aquí jamás hubo nada.

—¿Entonces?

El superintendente señaló hacia las dos primeras figuras, y tras encender una lámpara de aceite la aproximó a la pared.

—Fíjate bien —le dijo a su amigo.

Este estudió el muro con atención, y al punto reparó en lo que parecía una minúscula grieta, casi imperceptible, que se intuía en algunas partes de la escena, hábilmente disimulada por la pintura.

Extrañado, Nehebkau volvió a mirar al superintendente.

—El pasillo continúa —dijo al fin como para sí.

Maya rio quedamente.

—Así es. Conduce a la cámara mortuoria donde descansa Nefertiti, en las entrañas de la montaña tebana, con una parte de su ajuar funerario, aunque lo haga con el nombre con el que se coronó: Ankheprura Smenkhara.

—¡Es una falsa pared!

—Levantada una vez que se introdujeron las capillas y la reina quedó sepultada en su sarcófago. Al terminar el entierro Ay ordenó que se tapiara el pasillo para evitar que la tumba fuese profanada, y salvaguardar de este modo la memoria de su hija. El Divino Padre sabe muy bien que algún día esta será perseguida.

—Comprendo —apuntó el joven en tanto echaba un vistazo en rededor.

La cámara en la que se hallaban solo había sido decorada en aquel muro para disimular el engaño y confundir a los ladrones, que no hallarían nada, y con el paso de los años supondrían que aquel hipogeo ya había sido saqueado. El joven reparó en otras dos salidas situadas en los laterales de aquella sala, similares a la que había visto en la entrada, y supo que daban acceso a pequeñas habitaciones anexas, donde se solían depositar enseres del difunto. Sin embargo, todo le resultaba extraño, y recordó cómo en una ocasión Kahotep había hecho mención de una singularidad interesante, y era que los pasillos de las entradas a las tumbas de los reyes siempre giraban hacia la izquierda, mientras que los de las reinas lo hacían a la derecha. Al punto reflexionó acerca de ello en voz alta.

—Todo tiene su porqué —matizó Maya, para quien no existía ningún secreto en la necrópolis tebana—. Antes de que Akhenatón trasladara la corte a Amarna, su Gran Esposa Real se hizo construir esta tumba, que ella misma ordenó agrandar posteriormente al convertirse en corregente, cuando su divino esposo perdió el interés por lo mundano.

—Pero el dios Neferkheprura excavó un túmulo para que toda su familia fuese sepultada junto a él. Yo mismo vi su decoración.

—Sin embargo, Smenkhara falleció en Tebas, en extrañas circunstancias como es fácil de entender. Fueron tiempos oscuros que terminaron devorados por las mismas sombras que los alimentaron. Nadie podrá decirte nunca lo que ocurrió, aunque sí puedo asegurarte que Nefertiti fue enterrada con la esperanza, para muchos, de que su nombre cayera en el olvido. Una buena parte de su ajuar funerario no pudo ser depositado a tiempo en su tumba, y ahora lo podremos utilizar.

—Entiendo —se lamentó el joven, que nunca sería capaz de olvidar cómo Ay se había adueñado de una sepultura que no le correspondía. En la Tierra Negra hasta la vida de ultratumba se adaptaba a las necesidades.

—Nuestros maestros orfebres ofrecerán lo mejor de sí mismos. Ellos se ocuparán como corresponde. Tutankhamón dispondrá de todo lo que necesitará un gran faraón en la otra vida.

Nehebkau hizo un gesto elocuente, al señalar aquel habitáculo, impropio a todas luces para albergar a un rey.

—Este lugar no es digno de un dios —dijo el joven con pesar.

Maya bajó la cabeza, ya que su amigo tenía mucha razón.

—Ay así lo ha dispuesto —señaló el superintendente, cariacontecido.

—¡Pero apenas habrá espacio para el sarcófago! —se quejó el tebano.

—Neferabu decorará la cámara funeraria lo mejor posible, y cambiará los nombres de los cartuchos reales —apuntó Maya, haciendo caso omiso de los lamentos del joven, pues la suerte de Tutankhamón estaba echada y el Divino Padre no cambiaría de opinión.

Durante un rato ambos amigos guardaron silencio, cada cual inmerso en sus propios pensamientos. Para Nehebkau aquella sepultura representaba la última traición a su difunto amigo, la postrera burla de un destino que no había hecho más que ensañarse con un rey a quien había despreciado desde el momento en que nació. Ahora Shai lanzaba una nueva carcajada, al consentir que Nebkheprura descansara durante toda la eternidad en un túmulo que no era sino el despojo de un sepulcro real. Al contemplar de nuevo aquel humilde hipogeo, el joven hizo un esfuerzo para tragarse las lágrimas, e imaginó la tristeza que embargaría a su viejo amigo cuando contemplara desde las estrellas lo que su funesto sino le había deparado.

Maya también lamentaba el desgraciado final de aquella historia. Sin embargo, era un hombre práctico, curtido en las maquinaciones de la Administración, en las intrigas de la corte, en los ardides que solían ocultar las decisiones de los poderosos. Este era uno de ellos, sin duda, y tuvo que admitir que la astucia de Ay no tenía límites, y que detrás de cualquier determinación que este tomara se escondían motivos que él nunca podría adivinar.

Mas en aquella ocasión, Maya había sabido leer con claridad en el corazón del Divino Padre, y cuál era la verdadera razón de enterrar a Tutankhamón en un lugar tan inadecuado, independientemente de haberse apropiado de su tumba. Al sepultar a Nebkheprura en aquel pequeño túmulo protegería a su bienamada hija por toda la eternidad, pues si con el paso de los siglos los ladrones entraran en el hipogeo, saquearían el ajuar de Tutankhamón, y a nadie se le ocurriría ir más allá de aquel muro que, con tanta sagacidad, él había ordenado disimular. Jamás molestarían el descanso eterno de la bella Nefertiti, ni borrarían su nombre de las paredes de su tumba. Ella no moriría nunca, pues había nacido para ser admirada.

7

Aquella noche Nehebkau no pudo conciliar el sueño, y desde su terraza en la Casa del Regocijo vio pasar las horas mientras contemplaba el cielo de su tierra. En su opinión no existía otro que se le pudiese comparar, y al observarlo con detenimiento el joven estaba convencido de que todas las ánimas se daban cita en Teba para tejer conjuntamente el manto de espiritualidad que arropaba a la ciudad. Ahora entendía el porqué de aquella fama, así como lo incierta que podía ser la andadura para quienes habitaban aquella sagrada tierra. La decisión de Ay le había afectado sobremanera, y en ella no solo veía la injusticia sino también la iniquidad. Una ruindad monstruosa que hablaba bien a las claras de lo poco que importaban las personas, ya fueran humildes o poderosas, reinas o faraones; al final todo se adecuaba a un poder egoísta sin más horizonte que el de un mañana cercano.

En la soledad de su habitáculo, el joven se había dejado llevar por las emociones para descargar su pena. Nadie en Egipto parecía haber entendido la grandeza que Tutankhamón guardaba en su corazón, y a la postre tampoco les importaba. El tebano no albergaba la menor duda de que en otras circunstancias su real amigo hubiese sido un gran faraón, y no obstante se temía que los tiempos lo recordaran como un rey títere en manos de chacales, a quien habían terminado por dar sepultura de la peor forma posible. Así eran las cosas.

A la mañana siguiente acudió de nuevo a la tumba en compañía de Maya, justo cuando Ra-Khepri se anunciaba en el horizonte del este. Allí les aguardaban los dos grandes de la Tripulación, los capataces encargados de los «remeros del lado derecho» y del «izquierdo», pues así eran conocidos los trabajadores que se cuidarían de cada una de las partes del sepulcro. Junto a ellos se hallaba el maestro que se ocuparía de la decoración final del hipogeo, Neferabu, un artista sublime a quien, como era sabido, Nehebkau conocía desde hacía años. Entre ellos había existido una evidente empatía ya desde el lejano día que coincidieran en el Valle de los Monos, y el joven se alegró de poder conversar con él mientras atendía a sus explicaciones. Neferabu le mostró un gran respeto, ya que Nehebkau era considerado un destacado personaje de la corte, nada menos que amigo del difunto faraón.

—Será necesario retocar la mayoría de las figuras representadas en la pared por razones obvias, e incluso añadir alguna más a la escena —explicó el artista.

El joven asintió, ya que la imagen de Nefertiti debía ser sustituida por la de un hombre, y variar los contornos de algunos dibujos. Nuevas siluetas para un mural que cambiaría de protagonistas.

—Los textos apenas se modificarán, aunque sí los cartuchos reales. El resto de la habitación también será decorada. Había pensado en distintas representaciones para cada pared. Creo que el traslado del catafalco con la momia real por parte de un séquito de altos dignatarios sería muy oportuno en el muro este, y enfrente, la primera hora del *duat*, con el fin de dar la bienvenida al difunto en su travesía por el Mundo Subterráneo. En el otro muro quizá coloque a Hathor en compañía de Anubis, para que reciba al finado, y tras ellos retrataría a Isis para que otorgue su luz al dios Nebkheprura en el Más Allá. Hoy mismo enluciremos las paredes, y espero que sequen a tiempo para poder llevar a cabo el trabajo, gran Nehebkau.

—¿Y el resto de la tumba? —preguntó el joven con fundada preocupación.

—Me temo que no hay tiempo para más. Al menos la cámara funeraria quedará lista para recibir a Tutankhamón.

Nehebkau hizo un gesto de contrariedad.

—Todos los muros del hipogeo quedarán enyesados —se apresuró a decir el maestro—. Como seguramente sabes, gran Nehebkau, muchas tumbas no pueden ser terminadas a tiempo.

El tebano miró en rededor, para comprobar el poco espacio del que disponían en aquella habitación para dar cabida al sarcófago y las capillas funerarias que, esperaba, acompañarían al féretro.

—Ya sé que la sala es pequeña —se disculpó Neferabu—, pero confío en que la cámara mortuoria cumpla su propósito y Tutankhamón disfrute del descanso eterno junto a los dioses.

Luego, Neferabu le explicó algunos detalles, como por ejemplo que condenarían una de las pequeñas puertas, que comunicaba con un almacén anexo en la pared oeste de la cámara, por lo que solo quedarían utilizables dos de esas habitaciones en el hipogeo, pues al parecer Maya consideraba que serían suficientes para albergar los enseres personales que el rey pudiese necesitar en la otra vida.

Nehebkau se lamentó en silencio al percatarse de lo precipitado que sería aquel entierro, pero siguió atendiendo a las explicaciones del artista. Cuando este finalizó, el joven no pudo evitar preguntarle por Kahotep, pues le extrañaba no haberlo visto a su llegada. Neferabu hizo un gesto de disgusto.

—El viejo capataz pasó a la «otra orilla» hace años —dijo con pesar.

Nehebkau bajó la vista, entristecido, ya que siempre recordaría su último encuentro con él y la vergüenza que le hizo sentir.

—Sin duda Osiris lo justificó nada más verlo aparecer en su tribunal.

—De eso nadie tiene duda en el Lugar de la Verdad. Hubo luto en la aldea durante muchos días. Anubis se lo llevó sin avisar.

Nehebkau hizo un ademán de sorpresa.

—Todo sucedió con una celeridad asombrosa —aclaró el maestro—. Ocurrió la tarde en la que Tutankhamón visitó la morada eterna que estábamos construyéndole en el Valle de los Monos y, si no recuerdo mal, tú lo acompañabas.

El joven no pudo disimular su sorpresa, ya que nunca olvidaría aquel día ni la mala conciencia con la que cargaba desde entonces.

—Aquella misma tarde llegó al poblado casi arrastrándose, y tuvieron que ayudarle a llevarlo hasta su lecho, donde falleció al poco. Los *sunus* del Lugar de la Verdad aseguraron que sus *metus* se quedaron vacíos, y su corazón dejó de hablar por las muñecas. Como te decía, todos lloramos su pérdida. Kahotep siempre fue un fiel cumplidor del *maat*, y no comprendemos cómo Sekhmet pudo ensañarse con su casa de aquella forma —apuntó Neferabu con disgusto.

—¿Por qué dices eso? —inquirió Nehebkau frunciendo el entrecejo.

—Kahotep fue víctima de grandes tribulaciones. Nadie sabe cómo pudo soportar tantas desgracias.

—¿A qué desgracias te refieres? —preguntó el joven en tanto notaba cómo su pulso se aceleraba.

—Anubis se llevó a una de sus hijas y...

A Nehebkau se le demudó el rostro.

—¿A cuál de ellas? —le interrumpió este casi atropellándose.

Neferabu se sorprendió al ver aquella reacción, pero luego recordó que el joven había convivido durante un tiempo con aquella familia, e incluso había dado pie a ciertas habladurías.

—Me refiero a Neferu —señaló con aflicción.

A duras penas el joven pudo ahogar un grito de dolor, y al punto musitó el nombre de su amada, como si tratara de comprender lo que le resultaba imposible.

—Neferu... pero... ¡Cuéntame lo que ocurrió! —quiso saber haciendo un esfuerzo por mantener la compostura.

—Fue durante el parto. Las diosas del alumbramiento la abandonaron, aunque muchos opinan que fue por salvar a su hijo.

—Un hijo... —volvió a musitar el joven—. Pero dime, ¿cuándo sucedió esta desgracia?

—Hace ya cinco años de la tragedia.

—¡Cinco años! —dijo el tebano como para sí.

—Claro que esa no fue la única desventura que sobrevino a la familia, pues más tarde Anubis decidió llevarse también al esposo de la joven.

—¿Te refieres a Ipu? —preguntó el tebano con incredulidad, espantado por lo que estaba escuchando.

—El mismo. No pudo soportar la muerte de su esposa y durante un tiempo cayó en manos del *shedeh*, que terminó por abotagarle los sentidos, aunque a nadie le extrañara.

—El *shedeh* acabó con el bueno de Ipu —repitió Nehebkau, atónito por lo que escuchaba.

—En realidad, no falleció a causa de la bebida. Pasó a la «otra orilla» desde el campamento de los trabajadores. Mientras dormía la borrachera una cobra lo picó.

El joven no pudo evitar llevarse las manos a la cabeza ante tantas desgracias. Neferabu lo miró un momento, comprensivo, ya que había que reconocer que aquella tragedia parecía cosa de *hekas*.

—¿Entonces? Dices que Neferu tuvo un hijo. ¿Qué ha sido de él? —se interesó el tebano.

—Bueno, tras la desaparición de toda la familia, Meresankh se hizo cargo del chiquillo, como si se tratara de su hijo.

—Meresankh —repitió el joven, ya que casi se había olvidado de ella.

—Es muy querida por la comunidad. Ella se ocupa de su casa y de ayudar al vecindario en lo que necesite.

Ahora Nehebkau la recordó como una adolescente de carácter reservado, que poseía un cierto aire de misticismo.

—¿Acaso es curandera? —quiso saber el joven.

—En cierto modo. Conoce remedios para casi todo, aunque en el Lugar de la Verdad la tengan por maga.

—Una *heka* —apuntó Nehebkau, ahora con la mirada perdida.

—Es mucho más que eso. Aseguran que posee la magia de Isis. Muchas noches escudriña los cielos para averiguar lo que ha de venir.

El joven hizo un gesto de desdén, ya que siempre había huido de aquel tipo de creencias.

—No se trata de ninguna superchería, gran Nehebkau —apuntó el maestro al observar la reacción del joven—. Ella bien podría pertenecer al *unuty*, la hermandad que agrupa a los sacerdotes horarios. Estos leen el vientre de Nut desde las terrazas de Karnak, y Meresankh lo hace en el Lugar de la Verdad. Los escribas le muestran un gran respeto.

—¿Cómo se llama el niño? —preguntó de pronto el tebano.

—Ranefer. No me negarás que es un buen nombre.

—¿Por qué le llaman así? —quiso saber el joven.

—Al nacer su cabello era ya rojizo como Ra cuando despunta en el horizonte del este. Fue Meresankh quien lo eligió.

Nehebkau asintió y, tras despedirse, salió apresuradamente de la tumba. De pronto sus *metus* se hallaban en poder de los demonios, como si todo el Amenti en pleno hubiese abierto sus puertas para devorarlo, para arrojarlo a lo más profundo del Inframundo, allí donde solo había lugar para el dolor y el llanto, donde los condenados deberían sufrir por toda la eternidad. Ya no albergaba la menor duda de que su corazón sería devorado; que cuando le llegara la hora su alma con todos sus pecados desequilibraría la balanza donde se hallaba la pluma de Maat en el contrapeso; que Ammit, el terrible monstruo, se encargaría de su corazón, podrido por sus malas acciones.

Sin detenerse siquiera a mirar hacia atrás, Nehebkau tomó uno de los senderos que ascendían desde el valle hasta los farallones que envolvían la necrópolis. Subió y subió hasta solo escuchar el murmullo del viento que le azotaba el rostro. Llegaba impregnado de arena, y el joven se llevó ambas manos a los ojos para cubrirlas con sus lágrimas. De lo más profundo de su ser surgió un grito desgarrador, cargado con todo lo bueno y lo malo que sentía, con el amor verdadero que durante todos aquellos años había permanecido incólume en su corazón, y con todas las malas acciones que había cometido. Se había equivocado de la peor manera posible, y las terribles consecuencias de sus actos habían conducido a la tragedia; la peor que pudiese imaginar. Sí, él había sido el causante y no habría suficiente castigo para pagar por sus culpas.

Mientras agitaba la cabeza entre sus manos, Nehebkau gritaba desconsolado bajo el susurro del viento, en tanto se preguntaba cómo podía haber vivido todos aquellos años de espaldas a tanta desgracia. Mil conjeturas surgieron de su corazón, como potros desbocados, en busca de respuestas que solo formaban parte de la quimera.

¿Y si hubiese permanecido a su lado? ¿Y si hubiéramos huido juntos, tal y como habíamos planeado? ¿Y si hubiésemos viajado al mundo que ambos deseábamos, para vivir nuestro amor durante el resto de nuestros días? ¿Por qué me marché? ¿Por qué la abandoné en manos de la infelicidad?

En su desesperación, Nehebkau creyó ver con claridad cómo era en realidad; un ser egoísta, tan monstruoso como lo fuese Ammit, pues igual que hiciese la diosa con los condenados, él se había encargado de devorar los corazones de aquellos que le querían, sin importarle lo que fuese de ellos. Por un instante fijó la mirada en la necrópolis, desde lo alto, y la visión le pareció tan atroz que al punto volvió a gemir como si fuera un ánima perdida. Allí era a donde habían ido a parar sus seres queridos, sus buenos amigos, como Ipu, el virtuoso Kahotep o la hermosa Neferu, la mujer a quien había amado desde el momento en que la viera. Todos se encontraban en las entrañas de aquellas montañas, y en poco tiempo se les uniría Tutankhamón, a quien había querido como un hermano, para darle el golpe de gracia y dejarle desnudo ante la realidad, un espejo terrible al que nunca podría dejar de mirar para que no olvidara quién era en verdad; cuál era su auténtica naturaleza.

Durante un rato continuó perdido por senderos que no llevaban a ninguna parte. Se trataba de un laberinto donde sus emociones iban y venían sin orden alguno, de las que terminaban por surgir nuevas reprobaciones que eran motivo de humillación y deshonra.

¿Por qué había traicionado a Ipu?

Aquella pregunta se la había hecho tantas veces que había

terminado por convencerse de que el amor que había sentido por Neferu era causa suficiente para perpetrar mil traiciones si así fuese necesario. Sin embargo, al conocer los pormenores de lo ocurrido, la cuestión había vuelto a presentarse como si se tratara de un fantasma del que jamás se podría librar. Al parecer Anubis se lo había llevado del peor modo posible: embriagado y picado por una serpiente. Este último detalle le hizo estremecer, y sin poder remediarlo pensó hasta dónde podía llegar la maldición que, al parecer, portaba consigo. Se le ocurrió que la cobra había sido un brazo ejecutor dispuesto a dar fin a la agonía que él sentía por lo que había hecho; que de este modo hacía desaparecer un escenario en el que ya no había lugar para él, pues Nehebkau debía vivir su propia vida. Las serpientes eran sabias y no obstante...

Sin embargo, había nuevos personajes que obligaban a esas emociones a permanecer en aquel laberinto, sin que pudiesen escapar de él. Neferu había traído al mundo un niño, al parecer con el cabello rojizo, próximo a cumplir cinco años, y al que habían puesto por nombre Ranefer. Al enterarse de aquello, Nehebkau había sentido una punzada en el estómago. Cabía la posibilidad de que el pequeño fuese hijo suyo, aunque esta idea terminó por atormentarle al pensar que Neferu hubiese fallecido a causa de su amor. Un amor que había traído las peores desgracias, y del que ya no valía arrepentirse.

Desde la cumbre de la montaña tebana observó los *wadis* que serpenteaban a sus pies, y el infecundo reino que se extendía a su alrededor. En las entrañas de aquellas tierras baldías habitaba Hathor, la gran madre encargada de dar de nuevo la vida a los difuntos, la que los amamantaba con su leche regeneradora. Sin embargo, ella era también la diosa del amor, y sin poder contenerse Nehebkau abominó de esta, por permitir que un sentimiento tan hermoso como el amor pudiese desembocar en tragedia.

Durante un buen rato pensó en aquel niño de cabello rojizo que su amada había traído al mundo. Experimentaba emociones encontradas, pues al impulso de ir de inmediato a conocerle se le oponía el de huir; escapar de aquel drama para siempre sin importarle lo que pudiese dejar tras de sí. Su egoísmo continuaba presente, firme como el primer día, y este le animaba a buscar mil subterfugios si era preciso para seguir el camino que un día se había trazado. Se agarró a la posibilidad de que la criatura no fuese suya. En Kemet nacían niños con aquel color de cabello todos los días, y este pensamiento le sirvió para apaciguar su conciencia, aunque supiese que no hacía otra cosa que engañarse a sí mismo. Meresankh lo había prohijado y, según decían, la joven era muy bien considerada en el Lugar de la Verdad.

Semejante reflexión alumbró sus esperanzas, pues se convenció de que el pequeño sería educado en el *maat*, que aprendería las buenas enseñanzas que Kahotep inculcó a los suyos, y que algún día el niño seguiría los pasos de su abuelo para convertirse en un grande de la Tripulación. No pasaría necesidades, y esto fue suficiente para que, en aquella hora, el joven dejara de atormentarse. Su alma estaba perdida, y no tenía solución.

Las sombras comenzaban a asomarse entre los riscos cuando Nehebkau salió de sus entelequias. Era el momento de marcharse de aquel paraje inhóspito en el que señoreaba el silencio. Si Ra-Atum se disponía a iniciar su habitual recorrido nocturno a través del Mundo Subterráneo, él regresaría a Menfis a ocuparse de que el sueño de Tutankhamón no se perdiera para siempre. Esa misma noche, Maya le ayudó a hacer un inventario para que, al menos, su real amigo pudiese continuar cazando en los Campos del Ialú, o conducir sus carros bajo los eternos rayos del sol. Se hartaría de comer pichones asados, que tanto le gustaban, y no le faltarían las semillas que los *sunus* le administraban para aliviar sus padecimientos, ni los bastones que le ayudarían a caminar. Si su tumba era insignificante, Nehebkau la llenaría con todo lo bueno a los ojos del dios Nebkheprura, sabedor de que este se lo agradecería durante toda la eternidad.

8

Para Nehebkau, llevar a cabo aquella empresa le supuso un gran dolor. Poco tardó en percatarse de que sus intereses apenas tenían que ver con los de los demás. El tiempo corría en su contra, y era preciso tener todo listo para la fecha del entierro, de la mejor forma posible. Aquella última frase se convirtió en toda una pesadilla para el joven, que terminó por claudicar ante la magnitud de los acontecimientos. Los mejores orfebres de Egipto trabajarían día y noche para crear un ajuar funerario propio de un dios, hasta donde pudiesen llegar, y el resto sería completado con una verdadera avalancha de objetos que nunca pertenecieron a Tutankhamón. Mientras la momia de este se desecaba en natrón, el joven hizo acopio de todos los enseres personales que sabía habían sido gratos a su amigo. Un sinfín de piezas que llenaron de recuerdos el corazón de Nehebkau. Estas se acumularon por miles,[69] y en cada una de ellas el tebano pudo ver una parte de sí mismo, de un pasado que quedaría olvidado para siempre en lo más profundo de una tumba. Entonces tuvo la certeza de que todas ellas conformaban su propio luto; que este ya había comenzado hacía años sin que hubiese sido capaz de darse cuenta de ello, y que quizá tendría que llevar durante el resto de su vida. Tutankhamón se encargaba de decírselo desde las estrellas en las que se encontraba, y el joven imaginó su mirada, cargada de tristeza, al verle padecer de aquel modo. El tebano jamás le olvidaría, y Nebkheprura se lamentaría ante los padres creadores por el hecho de que Shai hubiese decidido convertir a su amigo en un peregrino, que había errado por caminos que no le correspondían.

Años más tarde Nehebkau recordaría aquellos momentos, convencido de que llegó a quedarse sin lágrimas. Tutankhamón, Neferu, Ipu, Kahotep, el pequeño Ranefer... Los dioses lo habían empujado hacia la tormenta, aunque puede que fuese él quien se hubiese introducido en ella sin ayuda de nadie. En su soledad todo se magnificaba, aunque esto formara parte de su penitencia.

Nehebkau terminó por refugiarse en su tarea y puso especial atención en las armas, que tanto le habían gustado a Tutankhamón. Se encargó de que no se olvidaran de sus cuarenta y cinco arcos, de las dos *khepesh* de bronce, de las espléndidas dagas de hierro con empuñaduras de oro, que luego introducirían entre los vendajes de la momia, de sus escudos, palos y boomerangs y, cómo no, de la coraza con escamas de cuero que el faraón había llevado durante el combate que sostuvo frente a las murallas de Kadesh. Los más de sesenta arcones y cajas de delicada factura que se cuidó de elegir le hicieron rememorar los días felices que pasó junto al dios y, en particular, la espléndida mesa de *senet*, de ébano y marfil, en la que ambos solían jugar por las tardes en uno de los jardines del palacio.

Gran parte de la vida de su real amigo se hallaba en cada uno de aquellos objetos, y así debía continuar, aunque estos terminaran olvidados en el interior de su tumba. De alguna forma, el joven estaba seguro de que Tut disfrutaría de ellos, y puso un especial interés en que no le faltara de nada; allá a donde quisiera que fuese. Todo un universo mágico y arcano cobraba vida en aquel sepulcro para garantizar la eternidad del faraón, y Nehebkau tuvo la impresión de que por primera vez se asomaba al verdadero mundo en el que habitaban los dioses, un lugar lejano en el que cada objeto cobraba vida, a fin de cumplir de nuevo la función para la que había sido creado. Cada uno de los enseres formaba parte de un gigantesco hechizo que conducía al renacimiento.

Las cajas de madera enyesada donde se guardarían los alimentos; las cerca de cincuenta ánforas de vino de distintos cosecheros, entre las que no podían faltar nueve procedentes de los dominios de Atón, a quien Tutankhamón nunca podría renunciar; los cestos de hojas de palmera datilera con frutos, legumbres, trigo o cebada; la inacabable colección de figuras rituales y objetos mágicos; las maquetas de madera, entre las que destacaban las treinta y cinco embarcaciones diseñadas para llevar a cabo los más diversos empleos, prácticos y ceremoniales; las espléndidas joyas e insignias que acompañarían a Tut al Más Allá, junto con los cerca de ciento cincuenta amuletos que llevaría su momia ocultos entre los trece metros de vendajes que la envolverían o la multitud de reliquias de todo tipo, algunas pertenecientes a sus hermanastras, a su padre y a muchos de sus ancestros, entre las que destacaba un mechón de pelo trenzado de su abuela Tiyi depositado en un ataúd en miniatura. Los cosméticos, instrumentos musicales y el material de escritura no podían ser olvidados, y Nehebkau eligió doce paletas y una elaborada caja de plumas, pues al morir el faraón este se convertía en escriba del dios Ra.

Los *ushebtis* fueron motivo de especial atención para el tebano. Su nombre significaba «los que responden», y eran estatuillas, habitualmente momiformes, que se depositaban en las tumbas para realizar cualquier trabajo del difunto en el Más Allá. Tutankhamón estaría acompañado por cuatrocientos trece *ushebtis*, el número que correspondía a todo un año de trabajo. Así, trescientos sesenta y cinco desarrollarían su labor como obreros, uno por cada día del año, a los que habría que añadir treinta y seis capataces, uno por cada semana de diez días, más otros doce capataces de refuerzo, uno por mes. De este modo Nehebkau se aseguraba de que su amigo no tuviera que realizar ningún trabajo en la otra vida, y no pudo por menos que sonreírse al pensar que en los enterramientos privados no se empleaban más de dos *ushebtis*.

Con el guardarropa del rey también fue generoso. Nehebkau eligió los vestidos de lino de mejor calidad, sin olvidar los taparrabos, las polainas y veintisiete pares de guantes, pues nadie había regresado del otro mundo para comunicar si se pasaba frío. Para el calzado ocurrió lo mismo, y el joven ordenó que se añadieran al ajuar las mejores chanclas y sandalias del dios, algunas suntuosamente adornadas con oro y pedrería, cuyas suelas se decoraban con las figuras de los nueve cautivos que representaban a los tradicionales enemigos de Kemet. También puso especial atención en las sillas, taburetes y tronos, símbolos de la autoridad real, así como en las camas apropiadas para el eterno descanso, las seis que Tut solía emplear para el uso cotidiano y tres que cumplían funciones rituales, cuyas patas terminaban en cabezas de león, de vaca, o representaban a la diosa Mehetweret, e incluso a la monstruosa imagen de Ammit; sin olvidar la cama plegable que tanto gustaba a Tutankhamón, junto con ocho reposacabezas.

Durante cincuenta días Nehebkau sintió cómo sus *metus* caían en poder de la amargura. Detrás de cada objeto aparecía un recuerdo que no hacía sino afligir todavía más a su atribulado corazón, y por las noches permanecía en una especie de duermevela, en el dormitorio que tantas veces había compartido con Tutankhamón. A la sombra del dios había terminado por convertirse en la persona que era ahora, y una parte del faraón niño siempre lo acompañaría adondequiera que fuese.

En ocasiones se le presentaba el rostro de Neferu, tal y como la recordaba. No había ninguna reprobación o reproche en su mirada y sí una cierta expresión de quietud, como si de algún modo ella ahora descansara al saber que su amado conocía su desgracia. Era como si quisiera despedirse de él, pero aún no pudiera, e invariablemente solía desaparecer tras una última mirada cargada de dulzura. Sin poder evitarlo, Nehebkau terminaba por llevarse las manos a la cabeza, apesadumbrado, pero de poco servían sus lamentos pues estaba condenado a vivir su propia pesadilla.

Ipy, el que fuese portador del abanico del rey, le resultó de gran ayuda, sobre todo a la hora de incluirlos en el ajuar, así como para determinar cuáles eran los bastones que resultarían más apropiados al faraón en su nueva vida.

—Creo que con ciento treinta tendrá suficiente —señaló Ipy, categórico.

Al joven este número le pareció bien, aunque en su fuero

interno pensase que quizá en el Más Allá no serían necesarios los bastones, y Tutankhamón podría caminar sin su ayuda, e incluso llegar a correr.

Una mañana tuvo que regresar al sur. Muy pronto se celebraría el entierro y él debía supervisar el estado de la tumba. Allí lo aguardaba Neferabu; y también Maya, que se había encargado del resto del ajuar funerario. La pequeña cámara mortuoria se hallaba recién pintada, aunque el resto del sepulcro no tendría ninguna decoración.

—Es todo lo que podemos hacer, gran Nehebkau —se disculpó el maestro—. Nos hemos visto obligados a pintar sobre una base que aún no estaba seca. Me temo que con el tiempo las paredes se llenarán de moho.

El joven asintió, al tiempo que agradeció a Neferabu el buen trabajo realizado. Enseguida se fijó en los cartuchos reales, donde se habían cambiado los nombres, así como los textos que los acompañaban. La figura que en su día había representado a Nefertiti había sido suplantada por otra de Tutankhamón, aunque su faldellín distara de parecerse a los que llevase el faraón.

—He retocado el vestido de Nefertiti lo mejor que he podido —se disculpó el maestro—, y como verás se ha introducido una nueva figura entre el *ka* y Osiris, en el lugar en el que se hallaba una mesa de ofrendas.

—Lo recuerdo —dijo el joven mientras leía el nuevo texto que acompañaba a dicha figura: «El buen dios. Señor de las Dos Tierras. Señor de los horizontes. Nebkheprura. Dado en vida eterna para siempre».

Luego fijó su atención en la pared situada al oeste. La pequeña puerta que daba a un almacén había sido tapiada, y en la pared se encontraba representada la primera hora del *duat*, el comienzo del viaje al Inframundo, tal y como Neferabu ya le adelantara en su día. El tebano observó el texto superior pintado en rojo y se sorprendió, ya que estaba encriptado.

—Hay que leerlo de forma inversa —apuntó Neferabu con picardía.

El joven asintió mientras leía para sí: «Los dos Maat que

remolcan a este dios en el *mesektet*[70] que navega con los miembros de la asamblea de esta ciudad, entre los que este dios entra en forma de carnero».

Justo debajo, Nehebkau vio a los cinco dioses que aguardaban a Tutankhamón para iniciar su viaje: Maat, la señora de la barca, Horus, el *ka* de Shu y Nejes; y en el siguiente registro Khepri, símbolo del renacimiento, esperaba sobre la barca solar acompañado por dos figuras que representaban a Osiris. El mural se completaba con una escena que mostraba a doce babuinos, cada uno con su epíteto, que simbolizaban las doce horas de la noche.

El joven hizo un gesto de conformidad y Neferabu le señaló el muro situado justo enfrente.

—Quiero que observes algo, noble Nehebkau.

—Es tal y como me adelantaste —dijo este con evidente satisfacción, ya que se trataba de un trabajo espléndido.

El tebano estudió la escena en la que doce hombres tiraban de un catafalco, montado sobre una barca, en cuyo interior se hallaba la momia del dios. Al examinar el séquito, pudo distinguir con facilidad a los dos visires, con la vestimenta propia de su rango, y cómo en la proa de la nave se identificaba a la diosa Neftis, mientras que Isis ocupaba la popa.

—Tú eres uno de los hombres que tiran de la cuerda para transportar el catafalco —señaló Neferabu con indisimulado respeto.

Nehebkau hizo un gesto de sorpresa, y enseguida esbozó una sonrisa, ya que el resto de los personajes no se diferenciaban los unos de los otros.

—Créeme, gran Nehebkau —dijo el maestro con un tono que estremeció al joven—. Tú eres uno de ellos. El primero de todos.

Durante un buen rato ambos permanecieron en silencio. El tebano se sentía emocionado, aunque no dejara traslucir sus sentimientos, en tanto leía el comienzo de aquel texto que quedaría grabado en su corazón para siempre: «palabras para ser dichas por los cortesanos...».

Cuando terminó, miró una vez más al maestro, esta vez

con profundo agradecimiento. Todavía faltaba una pared por decorar en la cámara, y Neferabu abrió los brazos en señal de impotencia.

—Falta construir el muro de separación entre la antecámara y esta sala, pero como es fácil entender no podremos hacerlo hasta que introduzcamos el sarcófago y, sobre todo, las capillas, pues de otro modo no cabrían por la entrada a esta sala.

—Habrá que esperar a que se dé sepultura al dios para terminar la decoración de su tumba —se lamentó el tebano—, y almacenar de forma definitiva su ajuar.

Neferabu hizo un gesto compungido.

—Me temo, gran Nehebkau, que todo resulte demasiado apresurado.

—Demasiado apresurado —repitió el joven en tanto fruncía los labios con pesar—. Parece que el destino tiene prisa por que todo acabe cuanto antes.

9

Desgraciadamente ambos tenían razón. Existía un interés general por finiquitar de una vez por todas aquella representación. Ya nadie parecía estar interesado en Tutankhamón, y lo mejor era enterrarlo lo antes posible para que Kemet recobrara su ritmo habitual. Dentro de muy poco Nebkheprura no sería más que un recuerdo, y eran muchos los que deseaban pasar página y olvidar el reinado de un niño cuya importancia en la historia de Egipto se les antojaba insignificante.

A la mañana siguiente Maya hizo introducir el sarcófago en el *pr-nbw*, la «casa del oro», nombre con el que se solía denominar a la cámara funeraria. Se trataba de un ejemplar espléndido, de cuarcita amarilla, tallado en una sola pieza, en cuyas esquinas se encontraban representados los Cuatro Milanos: Isis, Neftis, Neith y Selkis, las cuatro diosas que, con sus alas extendidas, protegerían la momia del faraón hasta el fin de los tiempos. Se trataba de una obra anterior al periodo de Amarna, pues la escala utilizada para tallar las figuras era de dieciocho cuadros, canon que se empleaba desde los pies hasta el final del cabello, y no de veinte, como había sido usual durante el reinado de Akhenatón. En la parte superior, el sarcófago estaba rematado por una cornisa en forma de mediacaña, y su base poseía un rodapié con los amuletos *tyed* y *djed*; el nudo de Isis y la estabilidad. Los textos jeroglíficos grabados en sus caras eran los habituales, aunque en uno de los laterales había un ojo de Horus. Sin embargo, la colosal pieza era una muestra más de la premura que encerraba aquel sepelio, ya que la tapa del sarcófago no correspondía a este.

—No había tiempo suficiente para tallar una obra semejante —se disculpó Djehutymose, el asistente que solía acompañar a Maya allá a donde fuese—, y ha sido necesario improvisar una tapa nueva.

Nehebkau no supo qué responder, anonadado como estaba, ya que para tapar el sarcófago se había dispuesto una gigantesca losa de granito rojo de una tonelada y cuarto de peso. Resultaba evidente que aquel sarcófago había sido tallado para otra persona, aunque el joven se abstuvo de preguntar a quién había pertenecido, para no sentirse aún más afligido.

—El rojo del granito combinaba muy bien con el amarillo de la calcita —oyó que le explicaba Djehutymose—, pero decidimos pintarla del mismo color que el sarcófago. No me negarás, noble Nehebkau, que las inscripciones lucen como si la obra hubiese sido trabajada desde un principio para el dios Nebkheprura. Me atrevería a decir que se trata de una composición deliciosa.

Con gusto el joven hubiese arrojado a aquel escriba a los cocodrilos, pero se abstuvo de abrir la boca, convencido de que aquello solo era el principio. Todo en aquella tumba era un remiendo, como muy pronto comprobaría por sí mismo.

El día del entierro toda Tebas se acercó a la orilla del río para despedir al faraón niño con respeto, mientras en la margen occidental tenía lugar una representación difícil de imaginar. Un asombroso séquito, que a Nehebkau le pareció interminable, desfilaba por el camino que conducía desde el embarcadero hasta el Valle de los Reyes, acompañado por los desgarradores gritos de cientos de plañideras. El joven pensó que todas las de Kemet se hallaban allí para expresar sus muestras de dolor, mientras un verdadero gentío escoltaba a una comitiva en la que no faltaba ni un cortesano. Per Hai se había quedado pequeño para acogerlos a todos, y quien más quien menos trataba de ocupar el lugar que creía le correspondía por su rango dentro del cortejo.

A la cabeza marchaba Ay, ataviado con una piel de leopardo, distintivo de los sacerdotes *sem*, quienes solían sustituir a Horus durante las ceremonias. El Divino Padre era el heredero, y su posición era la que correspondía al hijo mayor del difunto, título este que él mismo se había arrogado mientras Tutankhamón se encontraba en coma. Le acompañaba la viuda, Ankhesenamón, y los primeros profetas de los grandes cleros y, tras ellos, los bueyes que tiraban del catafalco junto a los más allegados al difunto. A su cabeza iban los dos visires, a los que seguían Maya y Neferabu, junto a otros ocho elegidos, tal y como Neferabu había dibujado en la sala mortuoria. Estaban a comienzos del mes de *pashons*, mediados de marzo, y Ra-Horakhty se alzaba en lo alto para, a su manera, dar la bienvenida a aquel faraón a quien muchos habían ignorado en vida.

La caminata se hizo larga, y a su llegada al hipogeo los bailarines *mu* danzaron como era habitual, ante la mirada de los capataces, quienes tenían todo dispuesto para introducir el enorme ataúd con los restos del dios. A una señal, lo descargaron del catafalco, y al punto descendieron los dieciséis escalones que los separaban de la entrada del túmulo. Ay, en compañía de algunos sacerdotes, los siguió para celebrar el sagrado rito de la «apertura de la boca», a fin de devolver todos los sentidos al finado en la otra vida, y proclamarse sucesor de facto al trono de Horus.

Con la mirada velada, Nehebkau observó cómo Ankhesenamón se adelantaba para depositar alrededor de la cabeza del féretro antropomorfo una guirnalda de hojas de olivo y flores de aciano azul, atadas con una tira confeccionada con médula de papiro, en tanto sollozaba desconsoladamente. Luego Ay desapareció en el interior del hipogeo con la azuela de hierro meteórico con el que completaría su ritual. Al finalizar este, los más allegados lo siguieron al interior de la tumba, y Nehebkau fue entonces testigo del comienzo de lo que terminaría por convertirse en una pesadilla.

El ataúd con el cadáver de Tutankhamón era enorme, de madera de ciprés revestido con yeso y una lámina de oro, que contenía otros dos ataúdes más en su interior, todos encajados, en el último de los cuales, de oro macizo de ciento diez kilos de peso, reposaba la momia del rey cubierta por una máscara también de oro. No sin dificultad, los trabajadores consiguieron introducir el féretro dentro del sarcófago, y al ir a depositar la tapa esta se rompió, pues resultaba evidente que el tamaño de aquel ataúd no estaba calculado correctamente para ocupar el espacio interior, y la tapa no encajaba. El joven no daba crédito a lo que veía, y el enorme ataúd tuvo que ser extraído del sarcófago y depositado sobre unas andas para que los obreros rebajaran los pies del féretro lo suficiente, y así se pudiese cerrar posteriormente el sarcófago.

Nehebkau miró a su amigo Maya, desconcertado, pero este permaneció impertérrito, como si aquellos problemas de última hora fuesen cosa de todos los días.

Allí finalizó el entierro, pues hasta el día siguiente no quedaron subsanados los remiendos. El ataúd por fin sería encajado en el interior del sarcófago, y la rotura de su tapa de granito, disimulada con una capa de yeso entre las dos partes, que luego se pintó de amarillo.

Nehebkau se sintió avergonzado, aunque el resto de los asistentes pareció no darle la misma importancia, pues acto seguido se celebró un banquete funerario al que asistieron ocho comensales para dar buena cuenta de una excelente carne de vaca, costillas de cordero, nueve patos y cuatro gansos; eso sí, regado con el mejor vino que se podía esperar para la ocasión.[71] Luego, todos regresaron a Per Hai, uno de ellos convertido ya en faraón.

Los días posteriores se tradujeron en una concatenación de hechos que venían a demostrar la poca consideración que, en el fondo, Ay sentía por su antecesor. El tiempo corría en contra del nuevo dios, al que no importaba demasiado el ajuar funerario que acompañaría a Tutankhamón al Más Allá. La mayor parte de este había pertenecido a su padre, su hermanastra Meritatón, y sobre todo a Nefertiti. Buena prueba de ello era la capilla canópica montada en la habitación anexa a la cámara funeraria. Se trataba de un santuario soberbio, de madera dorada, flanqueado por las cuatro diosas protectoras: Isis,

Neftis, Neith y Selkis, y coronado por un friso de cobras de vivos colores. Era evidente que había sido diseñado hacía muchos años, en la época de Amarna, y en su interior se encontraba un catafalco de alabastro translúcido montado sobre un trineo, que guardaba en su interior los cuatro vasos canopes. Estos tenían un tapón con forma de cabeza humana de exquisita ejecución, también de alabastro, que contenían cuatro pequeños ataúdes antropomorfos de oro con las vísceras del difunto. Sin duda se trataba de una obra maestra, aunque al punto Nehebkau supiera que no habían sido realizados para su viejo amigo. Los rostros de las figuras eran claramente los de una mujer, y en el interior de los pequeños ataúdes los orfebres se habían visto obligados a cambiar el nombre original, que no era otro que el de Ankheprura, por el del difunto. Todo el conjunto formaba parte de un ajuar sobrante de su predecesor, como tuvo que admitir Maya con pesar.

—Me temo que no es lo único que perteneció a Nefertiti, como muy pronto podrás comprobar —se lamentó el superintendente—. Pero te aseguro que me he ocupado de que sus nombres quedasen borrados o sustituidos por el de nuestro real amigo.

Al escuchar aquello, Nehebkau sacudió la cabeza con pesar.

—Permanecerá junto a Ankheprura Nefernefruatón por toda la eternidad. No se me ocurre una ironía mayor —apuntó el joven.

—Sin embargo, se trata del ajuar propio de un dios. Será su nombre el que cobre vida y no el de su madrastra. Quedará sepultado envuelto en oro, la piel de los dioses, y eso es lo que importa.

Entonces le confió que el segundo ataúd, de los tres que habían depositado en el interior del sarcófago, había pertenecido a Nefertiti, así como la máscara mortuoria.

—También la máscara mortuoria —masculló el tebano, cariacontecido.

—Es espléndida, digna de un gran faraón, y los orfebres tuvieron buen cuidado a la hora de recomponerla, pues el rostro sí es de Tutankhamón.

Nehebkau hizo un gesto de extrañeza.

—Todo el tocado del *nemes* y los hombros eran de Nefertiti, pero no así el semblante. El nuevo rostro fue superpuesto por delante de las orejas para crear la máscara mortuoria. Luego borraron el nombre de Ankheprura de uno de los hombros, y añadieron unos tapones a las orejas para ocultar los agujeros de los lóbulos.[72]

Nehebkau asintió, ya que al menos Maya había tenido un especial cuidado a la hora de que el ajuar terminara por parecer que había pertenecido a Nebkheprura, y sobre todo que estuviese preocupado de tapar los agujeros de los lóbulos, ya que ningún faraón adulto llevaba pendientes.[73]

—En los próximos días se terminará de llenar la tumba con las pertenencias del dios, las que tú elegiste. Sé muy bien que es todo lo que Tutankhamón necesitará para ser feliz en el Más Allá.

Maya poco se equivocaba, ya que las siguientes jornadas constituyeron un ir y venir incesante de hombres portando los más variados objetos, que terminaron por ser amontonados en la antecámara y habitaciones anexas. Nehebkau hizo hincapié en que los enseres personales del rey fuesen depositados con el mayor cuidado y siguiendo un orden, pero al final su deseo se convirtió en una pesadilla más, pues eran tantos los objetos que no había espacio suficiente para todo en aquella pequeña tumba.

De este modo terminaron por quedar amontonados, los unos sobre los otros, de la mejor manera posible, para gran disgusto del joven, que vio cómo los carros desmontados se apilaban junto a los lechos funerarios y las camas, sobre un revoltijo de muebles y otros objetos tan variopintos como las cajas con comida preparada, aceites, vino, ungüentos y algunos *ushebtis*.

El tebano se emocionó cuando depositaron los pequeños ataúdes con los fetos momificados de las hijas del rey, de cinco y siete meses, en el anexo a la cámara funeraria, pues recordaba muy bien el gran drama que vivió su amigo a raíz de los abortos sufridos por su Gran Esposa Real. En la entrada de aquel pequeño almacén se dispuso una figura de Anubis, echado sobre un cofre, como guardián de las capillas canópicas. El chacal estaba cubierto por un lienzo de lino que había pertenecido al ajuar de Akhenatón, pues llevaba impreso el año siete de su reinado, y Nehebkau siempre recordaría su estampa y el misterio que envolvía a aquella figura que en verdad parecía proceder del Más Allá.

En total se apilaron seis carros en el interior del hipogeo, de los cuales solo cuatro pertenecían a Tutankhamón. Al parecer el resto habían sido utilizados por Nefertiti, para disgusto de Nehebkau, quien había puesto un gran cuidado al elegir el ajuar personal de su viejo amigo. Ahora se daba cuenta de que su celo había valido de poco, pues entre los casi cinco mil cuatrocientos objetos depositados en la tumba, solo una quinta parte eran propiedad de Tutankhamón. Resultaba obvio que el sueño de este no había sido más que una ilusión, aunque el verdadero asombro del joven tebano llegaría con el montaje de los santuarios que cubrirían el sarcófago del rey.

Había una gran premura para instalarlos, pues solo después se podría levantar la pared que faltaba en la cámara mortuoria. Se trataba de cuatro capillas que irían dispuestas unas dentro de las otras, como si formaran un nido, y que ocuparían la mayor parte de la sala. Los sepulcros eran de madera de cedro unida con tendones de buey, bronce y espina santa, y cubiertos por láminas de oro exquisitamente trabajadas. Cada uno de dichos sepulcros tenía una puerta de doble hoja que quedaría cerrada mediante un pasador de ébano que corría en un enganche de cobre forrado de plata, y luego asegurado mediante cuerdas selladas. Sin duda eran magníficas, y cargadas de simbolismo, como el que representaba el enorme lienzo oscuro que cubriría el armazón de la segunda capilla. En él llevaba bordados pequeños rosetones de bronce, que encarnaban a las estrellas sobre el cielo nocturno que el difunto Tutankhamón podría divisar desde el interior de su ataúd.

Los obreros se afanaron en el montaje ante la decepción de Nehebkau, pues ninguno de aquellos sepulcros había sido construido para el faraón niño. El segundo de ellos había pertenecido a Akhenatón, y los tres restantes a la ínclita Nefertiti, o al menos eso le habían asegurado. Para mayor disgusto los paños fueron mal instalados al hacer los trabajadores caso omiso de las marcas que indicaban dónde debían ser colocados, y al ver el error que habían cometido decidieron ajustar las planchas a martillazos y a toda prisa, como si en verdad tuviesen miedo a que los dejaran encerrados en el interior de la tumba para siempre.

Cuando Nehebkau advirtió lo ocurrido ya era tarde. Ay deseaba que el hipogeo se cerrara lo antes posible, sin importarle las chapuzas de última hora. Al menos el joven tuvo tiempo de colocar dos espléndidos arcos entre la tercera y la cuarta capilla, y once remos mágicos entre la primera y el muro norte de la cámara, para que su amigo pudiese remar en la barca sagrada y recorrer el cielo infinito.

La decepción se apoderó por completo del tebano al comprobar que la mayoría de las figuras rituales poco tenían que ver con su buen amigo. Casi todas estaban envueltas en chales fechados en el año tres de Akhenatón, y el joven pensó que seguramente habían sido desechadas por el faraón hereje al abandonar la construcción de su primera tumba en el Valle de los Monos, antes de decidir trasladarse a Amarna, a Akhetatón, la ciudad que edificó de la nada.

Allá donde se encontrara Tutankhamón, seguro que se sentiría humillado ante semejante desvergüenza, aunque para el joven el mayor agravio llegó al ver cómo almacenaban una de aquellas figuras rituales, colocada de pie sobre un leopardo, cuyos pechos evidenciaban que se trataba de una mujer, o la de un maniquí con rasgos femeninos que no había visto antes.

Nehebkau sintió deseos de que todo terminara cuanto antes, y experimentó un gran alivio al ver cómo las obras de la pared que faltaba por levantar quedaban finalizadas. Neferabu se había visto obligado a decorarla sin que el enlucido estuviese seco, aunque ya poco importaba. Al menos el artista había hecho bien su trabajo, y el tebano pudo admirarlo en silencio. Para la representación había utilizado el tradicional canon de dieciocho casillas, que contrastaba con claridad con algunas de las otras figuras que en su día habían quedado dibujadas siguiendo la moda de Amarna, de veinte cuadrículas.

Sin duda las figuras eran menos estilizadas, pero Neferabu las había ejecutado con evidente maestría. Como ya le adelantara en su día, había dispuesto a Hathor en actitud de dar la bienvenida a Tutankhamón, esta vez representado con sus habituales atributos, seguido por Anubis, el señor de occidente, tras el cual esperaba Isis, la señora del cielo, dispuesta a darle la vida.[74]

—Al menos la diosa madre lo recibirá para darle la luz durante toda la eternidad —dijo de repente Neferabu, claramente apenado por todo lo ocurrido.

—Es una sala espléndida. Una verdadera *pr-nbw*, una «casa del oro» digna de un dios gracias a ti, amigo mío —le animó Nehebkau, al tiempo que se aseguraba de que los nichos de las paredes contuviesen los ladrillos mágicos como correspondía: Osiris en el muro norte, Anubis en el oeste, un pilar *djed* en el sur y un *ushebti* del difunto en el este.

El maestro hizo un gesto de resignación y se dispuso a abandonar la habitación.

—Es hora de tapiar el acceso a la cámara mortuoria, gran Nehebkau. Los obreros esperan con impaciencia.

Este asintió y pidió al artista que lo dejara solo unos momentos. Deseaba despedirse de su buen amigo a su manera, y para ello extrajo una pequeña figura de su zurrón y la depositó a la entrada de la habitación anexa. Se trataba de una cobra de madera dorada, erguida en toda su majestad, primorosamente trabajada.

—Ella continuará velando tu sueño, Tut, como yo tuve el privilegio de hacer. Vigilará tu descanso durante toda la eternidad. Adiós, amigo, algún día nos volveremos a ver.

Acto seguido salió de la sala, y durante un rato vio cómo los trabajadores levantaban el pequeño muro que condenaba aquella cámara funeraria al olvido. Tras enlucirlo, colocaron dos grandes estatuas del rey, talladas en madera barnizada con resina negra brillante, envueltas en chales, enfrentadas, una con el tocado *khat* y la otra con el habitual *nemes*, para que guardaran al buen dios Nebkheprura durante millones de años. La antecámara se disponía a dormir el sueño eterno, y todos los presentes se prepararon prestos a abandonar aquel lugar para siempre.

Maya lo esperaba a la salida. El superintendente también había dejado una muestra del amor que había sentido por Nebkheprura al depositar un precioso *ushebti* como recuerdo. Sin embargo, Nehebkau fue el último en salir, y antes de tomar el pasillo que conducía al exterior, volvió su vista atrás unos instantes. Allí quedaba Tutankhamón, apenas separado por un muro de quien fuese su madrastra, cuyo rastro se perdería para siempre. Entonces, Nehebkau tuvo la impresión de que, desde lo más profundo de la tumba, Nefertiti lanzaba una carcajada, pues el misterio que la envolvía perduraría eternamente.

10

Egipto continuó el curso de su historia y, en poco tiempo, el nombre de Tutankhamón apenas significó algo. Ay se coronó como nuevo Horus reencarnado con el prenombre de Kheperkheprura, algo así como «perpetuas son las manifestaciones de Ra», al que gustaba añadir el epíteto Iry Maat, «aquel que practica el *maat*», muy apropiado para los nuevos tiempos que venían. Los acontecimientos se habían precipitado de forma inesperada, y era preciso adecuarse a la época que estaba por llegar. Así al menos pensaban en Karnak. Para su clero los faraones iban y venían, y solo el divino Amón permanecía inamovible. Por fin los años oscuros quedaban atrás, y sus recién restituidas posesiones comenzaban a dar los beneficios esperados; eso era cuanto importaba.

Para su primer profeta, Wennefer, la situación resultaba cristalina. El Oculto se encontraba por encima de cualquier comprensión humana, y sus juicios siempre terminaban por cumplirse, tarde o temprano. El dios de Karnak conocía a Ay como nadie, y si le apoyaba en aquella hora era porque convenía a sus intereses. El templo había aprendido de los tiempos oscuros en los que había quedado relegado de sus funciones; proscrito por mandato del rey hereje. Ahora obraría con suma cautela, pues conocía el alcance de su verdadero poder y cuál debía ser su estrategia. Por todo ello su clero abrazó al nuevo faraón, a quien no dudaron en reconocer, aun a sabiendas de que en el corazón de Ay su fe en el Atón no moriría jamás. Dicho detalle apenas importaba en aquel momento. Amón, en su infinita omnisciencia, sabía que el reinado de aquel anciano no duraría mucho, y que aquel debía convertirse en un periodo de paz y regreso a las costumbres tradicionales, algo que a todos favorecería. Las razones de Amón eran a veces difíciles de entender, pero convenía escucharlas, pues solo El Oculto conocía lo que depararían los tiempos.

Todo se desarrolló con arreglo a las leyes tradicionales, y para llevarlas a efecto Ankhesenamón se vio obligada a cumplir con su cometido. En cierto modo su vida había finalizado con la muerte de su esposo. Aun sin proponérselo, ella formaba parte de su sueño ya desde la infancia, y ahora que había enviudado se daba cuenta de las convulsiones políticas e intrigas que había compartido con su real marido. En su fuero interno, la reina se hallaba tan perdida como horrorizada por lo que el destino le deparaba, mas, no obstante, no dudó en avenirse a él, sabedora de que su vida se había marchado ya de la mano de Tutankhamón.

Como era de esperar Ay la tomó por esposa, pues solo así quien fuera canciller podría ratificar sus derechos al trono. Ankhesenamón era de linaje real, y al Divino Padre le pareció que aquel detalle era una prueba más de que los dioses le daban su beneplácito para que ocupase el trono de Horus. Ankhesenamón era su nieta, y el hecho de que llevara en sus *metus* sangre de reyes le otorgaría la divinidad.

En realidad, Ay no tenía el menor interés en que su Gran Esposa Real le diera ningún vástago. Él había estado casado durante cerca de cincuenta años con la dama Ty, a quien había amado profundamente, hasta que Anubis decidió llevársela a su sombrío reino. De ella le quedaba una hija, Mutnodjemet, y también un varón, Nakhmin, en quien había depositado todas sus ilusiones futuras. Este le sucedería algún día, y emplearía todo el poder que le otorgaba el gobierno de las Dos Tierras para dejar sus planes bien atados.

Para Ankhesenamón la situación era diferente. Tras la muerte de Tutankhamón se sentía perdida, descorazonada, y su carácter sensible terminó por sumirla en un estado de abatimiento del que no fue capaz de salir. Su destino se hallaba unido al del Nebkheprura, y poco a poco se alejó por un camino que no conducía a ninguna parte. Solo le quedaba abandonarse a su infortunio, hasta que su luz se apagó para siempre, quizá debido a la melancolía.

Ay se dispuso a cumplir con lo pactado desde el primer día, y su política estuvo encaminada a favorecer a los grandes templos y conseguir que Kemet viviera sin sobresaltos. Tal y como había prometido, clausuró las últimas oficinas de la Administración que quedaban en Akhetatón, y abandonó a su suerte a una metrópoli que él mismo había contribuido a crear. Los *medjays* que custodiaban la capital fueron retirados, y a no mucho tardar la ciudad del Horizonte de Atón se convirtió en un mal recuerdo que pronto cayó en el olvido. Allí no había sitio más que para los ladrones y saqueadores de tumbas y, desde Karnak, Wennefer se regocijó por ello, al tiempo que reafirmaba la preponderancia que Amón se iba a encargar de recuperar. La edad oscura pasaba a la historia, y Ay se aplicó a gobernar sin sobresaltos hasta sumir a Kemet en una calma que, no obstante, resultaba engañosa.

Parecía evidente que el faraón estaba dispuesto a realzar la figura de su hijo, y pronto lo envió a Retenu para hacerse cargo de las fronteras del este. Horemheb vio en ello su oportunidad, y regresó a Menfis con parte de sus tropas a la espera de poder llevar a cabo sus propios planes. En Retenu había poca gloria que ganar, y en su opinión Ay había cometido una equivocación al colocar a Nakhmin en un lugar en el que se producían permanentes pillajes alentados por el Hatti, que nunca olvidaría la afrenta que había sufrido con la muerte del príncipe Zannanza. El general ya no se movería de Egipto, y desde Menfis esperaría la llegada de su momento.

Mutnodjemet cobró una gran relevancia en la corte. Ahora se había convertido en *sat nisw*, hija del rey, y se encargaba de recordárselo a todo aquel que se cruzara en su camino. Aunque se hallara cercana a la cuarentena, edad avanzada para la época, se mostraba pletórica, y dueña de unas formas que para sí hubiese deseado su hermana, la legendaria Nefertiti. Sin lugar a duda, Mutnodjemet no poseía su proverbial belleza, pero a su paso las miradas concupiscentes no se hacían esperar, y muchas de las damas de la corte aseguraban que aquella mujer estaba en tratos con Heka, el dios de la magia, pues se mantenía sorprendentemente lozana. Nunca se había casado, ni tenía hijos, y las malas lenguas aseguraban que ello era debido al carácter de la señora; autoritario y sumamente caprichoso. Sin embargo, no había fiesta o celebración a la que dejase de asistir, y en cuanto al número de sus amantes, se había perdido la cuenta, aunque ahora que se había convertido en princesa era menos accesible, pues no en vano por sus *metus* corría sangre divina, hecho este que no dejaba de ser relevante y que la había conducido a ser nombrada «cantora de Amón», nada menos, un título singular, sin duda, para quien había pasado gran parte de su vida comulgando con las herejías de Amarna; así era el Egipto que dejaba Tutankhamón.

Nehebkau siguió la senda que el destino había dibujado para él. La vida continuaba y, para su sorpresa, el joven fue reclamado a presencia del dios Kheperkheprura en el palacio de Per Hai. Maya lo acompañó hasta la sala donde se encontraba Ay, quien los mantuvo postrados durante un rato, para su regocijo. Cuando los autorizó a levantarse, el faraón les habló con el tono cavernoso que solía emplear en ocasiones.

—El buen Maya ha sido ratificado en sus cargos —dijo el Divino Padre—, como otros muchos que han servido bien durante los últimos años. Todos ellos son gratos a mi corazón, y tú también, Nehebkau.

Este se inclinó levemente, sin saber qué decir.

—Cuidaste de Nebkheprura como de un hermano —prosiguió el rey—, e hiciste lo posible por procurarle un ajuar funerario digno de él. Tu labor en su tumba ha sido encomiable. Mis ojos lo vieron desde la Gran Residencia, y mis oídos escucharon tus palabras piadosas, y estoy satisfecho por ello.

El joven volvió a inclinarse, respetuoso, mientras continuaba en silencio.

—Por este motivo te he hecho hoy llamar a mi presencia, Nehebkau, pues eres merecedor de mayores empresas.

Estupefacto, el tebano apenas se atrevió a mirar al dios.

—Tras años alejado —continuó Ay—, por fin has vuelto al lugar que te corresponde; la tierra que te vio nacer, y es aquí donde el Horus reencarnado quiere que permanezcas.

Sin poder evitarlo, Nehebkau sintió cómo un escalofrío lo recorría por completo, y al punto tuvo el presentimiento de que volverían a condenarlo a formar parte de un pasado del que solo quería huir.

—He decidido tomar posesión de la tumba inacabada que Nebkheprura empezó a construir en el Valle de los Monos. Si no me equivoco trabajaste un tiempo en ella, y sé que la conoces bien.

—El dios Kheperkheprura, vida, salud y prosperidad le sean dadas, habla con la palabra justa —se atrevió a decir Nehebkau.

Ay asintió complacido.

—Es mi deseo que te pongas al frente de los trabajos para que mi tumba quede finalizada a la mayor brevedad posible.

El joven se mostró sorprendido, pero el faraón levantó una mano antes de continuar.

—Por ello te nombro, buen Nehebkau, capataz de las obras del señor de las Dos Tierras en el Lugar de la Verdad.

Al escuchar aquellas palabras, el tebano tragó saliva con dificultad.

—Solo yo y Maya —dijo el faraón con tono autoritario— estaremos por encima de ti; solo a nosotros rendirás cuentas. Tu palabra será la del dios Kheperkherura, y nadie podrá ir contra ella. Así quedará escrito y así se cumplirá.

Nehebkau no pudo sino postrarse junto al superintendente ante el Divino Padre, cuando este dio por finalizada la audiencia, y al retirarse, el corazón del joven se llenó de congoja en tanto sintió correr la angustia por sus *metus*. De nuevo era objeto de una burla, y en esta ocasión de proporciones colosales, y mientras abandonaba las estancias reales, a Nehebkau se le presentó la imagen de Ipu, tan vívida como si compartiesen de nuevo sus juegos cerca de los cañaverales. Aún recordaba sus palabras, y el tono festivo y cargado de ilusiones con el que su amigo hacía referencia al Lugar de la Verdad.

—Te darán una casa, una vaca y un asno —decía Ipu—, y una buena tierra para que la cultives, cerca del río. Nunca pasarás necesidades, y al morir te concederán una tumba.

11

El Lugar de la Verdad se presentó ante sus ojos como una montaña gigantesca que nunca podría ascender. Esa fue su primera impresión mientras saludaba a los notables de la aldea, sin atreverse apenas a mirarlos a los ojos, atenazado por la penitencia que le había impuesto su propia conciencia. Desviar la mirada era la forma elegida para emprender la huida; el modo que había escogido hacía ya mucho tiempo para escapar de sí mismo. Él conocía a la mayoría de los presentes y, no obstante, deseaba con todas sus fuerzas que no lo reconocieran; que su aspecto de sacerdote le hiciese parecer lo que nunca sería: un hombre santo.

Para la ocasión, Maya lo acompañaba, como superintendente que era de la Plaza de la Eternidad, y a su llegada las autoridades del poblado se postraron, cual si en verdad fuese el dios quien los visitara aquella mañana. Maya era un gran personaje, la más alta jerarquía para quienes vivían en aquella aldea. Era el encargado de suministrar a los aldeanos cuanto necesitaran, el interlocutor de estos ante el visir y el faraón, y llegaba en compañía de un hombre al que toda la comunidad conocía, un pescador a quien los dioses habían favorecido de forma extraña para convertirle en amigo de Tutankhamón.

Muchos le recordaban vendiendo pescado, con su abundante cabello rojizo brillando bajo el sol, domesticando a las cobras, adondequiera que fuese, y también como blanco de ciertas habladurías que nadie se atrevía ahora a proclamar en voz alta. Un día había abandonado el poblado como un simple *semedet*, y años después había regresado convertido en capataz de todos los trabajadores que vivían en Deir el Medina. El difunto Nebkheprura lo había dignificado con su amistad, y Kheperkheprura había ratificado aquella confianza para otorgarle el poder sobre todos los secretos que escondía la necrópolis. Los jueces que aplicaban la ley en la aldea, los escribas y *medjays* se inclinarían a su paso, y los grandes de la Tripulación al mando de sus remeros obedecerían sus palabras como si el faraón en persona se las dictara. Ay hablaría por su boca, y todo el Lugar de la Verdad agacharía la cerviz. Se trataba, sin duda, de una entrada triunfal para un hombre que hubiese deseado no regresar jamás.

Maya dejó claro ante los presentes la gran amistad que le unía con aquel joven, así como lo que esperaba de los trabajadores de la aldea. Kheperkheprura había determinado que la tumba que un día se construyera para Tutankhamón fuese ahora de su propiedad y, dada su edad avanzada, esperaba que quedase terminada lo antes posible. Las vidas de cuantos habitaban el poblado le pertenecían, y todos le servirían para mayor gloria del Horus reencarnado.

Tal y como Ipu le había asegurado hacía ya muchos *hentis*, a Nehebkau le adjudicaron un asno, una vaca, una parcela con la mejor tierra y una casa en el Barrio Norte de la aldea, similar a la que poseían los demás, y en todo caso suficiente para quien había pasado la mayor parte de su vida sobre una barca.

¿Cuánto quedaba en Nehebkau del joven que, una noche, había abandonado aquel poblado para huir, río abajo, en busca de su destino? Probablemente nada. El hombre que ahora regresaba era un personaje cultivado, conocedor de las «palabras de Thot», versado en el mundo oculto de los dioses en quienes antes no creía, cuya alma había penado por la fatídica pérdida de Tutankhamón y los errores que él mismo había cometido.

Sin embargo, Nehebkau no pudo evitar sentirse confundido ante semejante recibimiento. Había verdadero respeto detrás de aquellas miradas, incluida la de Menkheperreseneb, el presuntuoso escriba que un día le iniciara en la escritura y que continuaba formando parte de la comunidad; pero era su propia conciencia la que lo azoraba, al tiempo que le advertía que su camino terminaba en aquella aldea, pues los dioses así lo habían decidido.

Durante un tiempo el joven se parapetó detrás de su trabajo. Antes de que Ra apareciese por las cumbres ya se encontraba en el Valle de los Monos, dispuesto a recibir a los primeros obreros. La decoración de la cámara mortuoria todavía no había sido finalizada y, dada la avanzada edad de Ay, pensó que debía quedar lista lo antes posible, sabedor de las dificultades que solían presentarse a última hora, después de su desagradable experiencia en la tumba de Tutankhamón. La primera vez que entró en aquel hipogeo no pudo evitar acordarse de su real amigo. La última visita la había realizado en su compañía, y ahora comprendía lo frágiles que podían llegar a ser las ilusiones, incluso para el señor de las Dos Tierras. Ay no solo se había apoderado del túmulo de su sobrino nieto, sino que también había decidido apropiarse de su templo funerario, situado muy cerca del palacio de Per Hai, al tiempo que había sustituido el nombre de Nebkheprura por el suyo en algunos lugares del templo de Karnak. Ahora sabía que era algo habitual, pero no obstante se entristeció al volver a admirar las pinturas de la cámara funeraria, en las que Neferabu había representado a Tutankhamón cazando en los cañaverales, en compañía de Ankhesenamón. El maestro pintor se hizo cargo de sus tribulaciones y trató de animar al capataz, a quien ya no se dirigía como gran Nehebkau, pues habían terminado por convertirse en buenos amigos.

—Los dioses no son como nosotros —le dijo—, aunque nos atrevamos a representarlos con formas humanas. En el Más Allá no hay lugar para las mezquindades y ellos conocen cuál es la verdad. Tutankhamón recorrerá los cañaverales en compañía de su esposa, tal y como se encuentra representado en la pared, y de seguro te sonreirá a la espera de verte de nuevo algún día. Además, no olvides que a Ay no le gusta cazar.

Nehebkau dio unas palmaditas a su amigo, pues siempre

había pensado que en los Campos del Ialú las cosas no eran como se creía; que todo resultaría más sencillo.

Durante un tiempo apenas permaneció en la aldea, y tomó la costumbre de hacer compañía a los trabajadores en el campamento en el que pasaban la mayor parte de la semana. Este también le traía recuerdos, aunque en esta ocasión no tuviese que librarse de ninguna plaga de serpientes. Su don no había sido olvidado, y el joven sabía que corrían historias de todo tipo acerca del poder que ejercía sobre las cobras. Algunas veces buscaba su compañía, y las esperaba a la caída de la tarde, cuando solían aparecer, para contarles sus tribulaciones. Wadjet siempre le escucharía, aunque el lenguaje empleado no pareciese de este mundo. Todo era mágico en la Tierra Negra, y Nehebkau pudo sentir de nuevo el poder que parecía envolverlo todo. Se notaba vivo entre los agrestes farallones en los que no crecía nada, al tiempo que admiraba una belleza que no había percibido con anterioridad en aquellos parajes. Había mucho más que muerte y desolación en ellos, y ahora comprendía por qué los faraones lo habían elegido para su eterno descanso.

El silencio que arropaba a la necrópolis también poseía su propio lenguaje, y el joven llegó a entenderlo, aunque lo escuchara envuelto en el susurro. Le decía que aquel era el reino de Anubis, y que su sitio estaba entre los vivos, que era en este donde debía habitar, pues la soledad llevaba al olvido, y su camino distaba mucho de haber terminado. Debía seguirlo hasta el final; sin miedo a lo que pudiera encontrarse.

Un día, por fin, decidió habitar la casa que le había otorgado el faraón. No tenía muebles, aunque ello poco le importara. De Menfis había traído sus pertenencias: un viejo arcón con sus enseres personales y otro con objetos que Tutankhamón le había regalado en vida, y le eran muy preciados. También poseía una cama, una silla de ébano y una pequeña mesa, y eso era todo cuanto necesitaba. No se había olvidado de su vieja barca, y en cuanto tuvo oportunidad volvió a recorrer con ella las márgenes del río, a respirar de nuevo el aliento del Nilo, a saludar a Hapy, el señor de las aguas, su viejo conocido quien le aseguró haberle echado de menos durante todos aquellos años. Sin querer se sintió como aquel adolescente que había hecho del río su hogar, y tuvo el convencimiento de que al fin se encontraba en casa.

Una noche no pudo evitar dirigirse al lugar en que habitase su amada. Nadie había vuelto a vivir allí, y Nehebkau tuvo la impresión de hallarse a la entrada de una tumba. Anubis se había encargado de convertirlo en un túmulo, aunque él supiese muy bien que una vez estuvo repleto de vida, ocupado por el sentimiento más puro.

En aquella casa las pasiones se habían desbocado, y el joven terminó por verse invadido por la tristeza y también por la melancolía. Como le ocurriese a Neferu, la morada había pasado a la «otra orilla». Allí ya no había sitio para el recuerdo, pues las sombras habían terminado por devorar todo lo bueno que un día hubiese en su interior, y al punto se prometió no volver jamás.

Nehebkau nunca olvidaría el día que conoció a Ranefer. Fue durante la jornada de descanso, la décima de la semana, y ocurrió por casualidad, aunque en realidad esta no sea más que una palabra hueca. El capataz casi tropezó con él, ya que el chiquillo llegaba corriendo, perseguido por otros niños de su edad, y al punto lo sujetó por los hombros antes de que se cayese.

—¿De quién huyes? —le preguntó el joven, divertido.

El rapaz lo miró un instante, sorprendido por el inesperado encuentro, pero enseguida señaló hacia sus perseguidores.

—Es el Hatti —dijo con su vocecilla—. Debo avisar al faraón.

Nehebkau lanzó una carcajada.

—Ya veo. Los hititas son unos temibles enemigos.

—Pero el dios los derrotará; nadie es más poderoso que él —aseguró el pequeño mientras recuperaba el aliento.

El joven asintió en tanto fijaba su atención en el niño, y al momento sintió un hormigueo en el estómago, ya que el chiquillo llevaba la cabeza tonsurada y de uno de sus lados colgaba un mechón de pelo rojizo.

—¿Cómo es que llevas la trenza de los príncipes? —le preguntó.

El niño hizo un gesto elocuente, como si aquel hecho fuese lo más natural.

—Porque soy un príncipe.

—Ya veo. Esa es una buena razón.

El rapaz se encogió de hombros.

—Mi madre dice que mi padre es un príncipe, y por eso debo llevar la trenza de la realeza.

Nehebkau notó un nudo en la garganta y reparó en sus ojos, de un azul tan intenso como el cielo de verano.

—¿Y dónde está tu padre?

—En Menfis, junto al faraón.

El joven sintió cómo una emoción desconocida para él le laceraba las entrañas.

—Bueno —dijo este sobreponiéndose—. Dime al menos cómo te llamas.

El niño clavó su mirada un instante en aquel extraño.

—Mi nombre es Ranefer —dijo con orgullo, y acto seguido le sonrió para salir corriendo de nuevo junto a sus amigos, en busca del faraón.

12

Tenía la mirada de plata, e igual que la luna ejercía su poder sobre las mareas, ella lo hacía sobre las conciencias.

Eso aseguraban en la aldea al referirse a la joven, y cuando Nehebkau la vio aparecer, calle arriba, no le extrañó en absoluto. Era día festivo y, como era habitual en estos casos, reinaba una gran alegría en la comunidad. Los hombres habían regresado de su arduo trabajo semanal, bendecidos por la diosa Meretseguer, patrona de la necrópolis, y también por el faraón, quien, a través de Maya, les había hecho llegar nuevos alimentos en abundancia, así como cerveza, vino y aceite. Aquella noche las mujeres, por fin, habían podido dormir abrazadas, y al despuntar el nuevo día todo eran sonrisas y semblantes felices, pues en verdad que se trataba de una jornada de celebración. Muchas familias aprovechaban para dirigirse al río, a las parcelas que poseían en los campos de labor, donde disfrutaban de todo lo bueno que aquel vergel quisiera regalarles. Algunos se aventuraban hasta los bosques de papiro para cazar, y otros pasaban las horas pescando, o simplemente dormitando a la sombra de los frondosos palmerales, mientras los niños jugaban y alegraban el ambiente con sus risas. Pocas cosas hacían más feliz a un egipcio que disfrutar junto a su familia de todo lo bueno que los dioses les habían concedido, y aquella mañana estaban dispuestos a aprovechar hasta el último rayo de Ra, pues a no mucho tardar el Nilo comenzaría a crecer, y sus aguas cubrirían aquellos campos durante meses.

El año nuevo se encontraba próximo, y otra vez se iniciaría un nuevo ciclo vital, para alegría de los habitantes del Valle, quienes deseaban fervientemente que dichos ciclos fuesen inmutables.

También había quien aprovechaba el día para hacer ofrendas a los dioses, o visitar la capilla de Hathor, divinidad que tenía muchos devotos en la aldea. Hacia allí se dirigía Meresankh esa mañana en compañía de Ranefer, a quien llevaba cogido de la mano, pues era muy revoltoso. Al cruzarse con ella, los vecinos la saludaban afectuosamente, ya que era muy querida por la comunidad, y algunos se detenían a departir con la joven, quien no en vano se ocupaba de remediar no pocos males, al conocer fármacos caseros para casi todo; o al menos eso aseguraban en el poblado.

Ya próximo a ellos, Nehebkau experimentó una sensación extraña, como de temor, que le hizo detenerse sin proponérselo. De pronto se vio ante un muro infranqueable en mitad del camino, y tuvo la impresión de que su huida terminaba de forma abrupta; que le sería imposible dar un paso más; que había llegado el momento de enfrentarse a sus fantasmas; a abandonar la irrealidad a la que durante años se había aferrado; a despojarse de las falsas ilusiones que él mismo había concebido a su alrededor para seguir viviendo; a ser consciente de la ligereza con la que había juzgado a los demás para evitar sus propias responsabilidades. Notó cómo su pulso se detenía, y cuando Meresankh le habló por primera vez comprendió que no era sino un náufrago a merced de la tormenta.

—Por fin el hombre del río regresa a *Ta Set Mat* —le saludó ella con su habitual tono embaucador, en el que no había lugar para la prisa.

Nehebkau lo recordaba bien, y también que la joven lo había llamado de la misma forma hacía años, cuando él ya era amante de su hermana: «el hombre del río».

El joven se estremeció, y al momento pensó que no existía una frase mejor que aquella para definirlo. Eso era; un tipo surgido de las aguas que se había encargado de cubrir de luto la casa de Kahotep, para luego seguir su camino. Un faraón había llegado a encumbrarlo, pero en el fondo no era más que un simple pescador que había convertido su vida en una aventura.

Pero a Meresankh no podía engañarla. Como antaño, continuaba siendo dueña de la palabra precisa, y su antiguo magnetismo se había convertido en una fuerza avasalladora ante la que resultaba inútil resistirse.

Nehebkau pestañeó repetidamente en tanto se reponía de su impresión, y durante unos instantes pudo observarla con atención. La joven que conociese un día se había convertido en una mujer que parecía salir de un hechizo. Era hermosa, sin duda, aunque su verdadera belleza radicara en el misterio con el que parecía estar conformada; su esencia. Esta la acompañaba adondequiera que fuese, como una fragancia poderosa ante la cual era sencillo claudicar; abandonarse de manera natural a un perfume que él ya había percibido con anterioridad.

El sol de la mañana orlaba su esbelta figura, y de su oscuro cabello surgían destellos de lapislázuli, que lo hacía brillar de forma inusitada. Sin embargo, su piel parecía haber sido pintada por la luna, pálida y suavemente lustrada, envuelta en magia, como todo lo demás. A Nehebkau se le ocurrió que la joven se parecía a las estilizadas imágenes de la época de Amarna grabadas en las tumbas que él tan bien conocía, y al momento pensó que Meresankh bien podría pasar por una reina.

Ella captó sin dificultad las emociones del joven y descifró aquellos sentimientos, pues le resultaba sencillo leer en el corazón de aquel hombre. Aunque lo disimulara, también se estremeció, y como la primera vez que lo viera notó el poder que guardaba en su interior, su misteriosa naturaleza, y aquella oscuridad que subyacía en él y que a ella tanto la había fascinado desde el primer momento. Ahora podía percibirla con mayor claridad, para sentirse aún más atraída que antes. Había una lucha permanente en el corazón de Nehebkau de la que era incapaz de librarse. Una fuerza tenebrosa que habitaba en lo más profundo de su ser, como si Khnum, el alfarero, la hubiese moldeado cuando dio forma al joven en el vientre materno.

Merersankh se agitó, pues no tuvo dudas de que aquel hombre estaba maldito. Al punto atisbó hasta descubrir su *ka*, que se ocultaba temeroso de mostrarse. Había verdadero sufrimiento, y al momento se sintió cautivada por aquella naturaleza; seducida por un hombre del que se hallaba prendada desde su adolescencia.

Meresankh salió de sus reflexiones, y regaló al tebano una de sus sonrisas, mientras le hablaba con voz melodiosa.

—Como te dije una vez, Meretseguer te muestra el camino que has de seguir.

Nehebkau asintió, en tanto que recobraba la compostura.

—Es cierto, me ha devuelto a un lugar al que pensé que nunca regresaría.

—La diosa te reclamó.

—Para encontrar un Lugar de la Verdad distinto al que dejé, y una Meresankh convertida en toda una mujer.

Luego miró a Ranefer, que lo observaba con atención, y le sonrió.

—Ranefer y yo ya nos conocemos. Al parecer es un príncipe que lucha contra el temido Hatti.

—Sí —dijo el chiquillo con su vocecilla—. Estoy a las órdenes del faraón.

El tebano se abstrajo durante unos segundos en tanto examinaba al pequeño con detenimiento. Era un niño fuerte, de piel clara y hermosas facciones, con un cabello tan rojizo como el suyo. Al cabo, el silencio se hizo incómodo, y Nehebkau salió de sus reflexiones para encontrarse con la mirada de Meresankh, una mirada profunda ante la que experimentó cierto desasosiego, como si a través de esta la joven fuese capaz de averiguar hasta el último de sus secretos.

—Debemos continuar nuestro camino —dijo ella, al darse cuenta de que aquel encuentro debía concluir—. Hathor nos aguarda, y no me gusta hacer esperar a los dioses. Que Meretseguer te guarde, Nehebkau.

Y dicho esto Meresankh continuó su andadura, calle arriba, en compañía de Ranefer, quien no pudo evitar mirar hacia atrás en un par de ocasiones. El tebano le hizo un gesto de despedida con la mano, mientras veía cómo la joven se alejaba bien envarada, altiva, como si se tratase de una de aquellas princesas de la corte que él había conocido en Menfis. Había verdadera magia en su persona, y el tebano sintió un estremecimiento, ya que le había producido una honda impresión. Resultaba imposible no fijarse en ella, no dejarse influenciar por su magnetismo, no adormecerse bajo el influjo de aquella esencia sutil y totalmente desconocida. Saltaba a la vista que Meresankh no era como el resto de las mujeres con las que había tratado, y no le extrañó saber que, a pesar de hallarse próxima a cumplir veinte años, no se había casado, pues en verdad que parecía inalcanzable.

Como la mayoría de los aldeanos, él también había decidido pasar la jornada disfrutando de la belleza del Nilo. Sobre su vieja barca surcó las aguas que tan bien conocía para saborear la suave brisa y dejarse envolver por los recuerdos. El río había sido su hogar durante la mayor parte de su vida, y tras buscar un remanso se tendió sobre el vetusto esquife de papiro, con las manos entrelazadas bajo la nuca, para rememorar escenas que ahora se le antojaban pertenecer a un pasado lejano. Un sinfín de imágenes desfilaron por su corazón, y por un momento se convenció de que el viejo Akha había acudido a saludarlo con su rostro surcado de arrugas, feliz de verle de nuevo en la vieja barca con la que el pescador se había ganado la vida.

Sin embargo, esta había cambiado para el joven, y al pensar en ello se convenció de que al abandonar Tebas había cerrado una puerta que era imposible abrir de nuevo. Ahora su existencia era otra, y mecido por las aguas no tuvo dudas de que aquel muchacho había quedado atrapado en el pasado para siempre, y que allí debía continuar. Nehebkau era otro hombre a quien la vida se había encargado de forjar sin que él se hubiese dado cuenta. Las heridas habían moldeado su carácter, y también las penitencias que él mismo había terminado por imponerse. Su andadura por la vida no era sino un curso que estaba obligado a seguir, como lo hacía el Nilo hasta morir en el Gran Verde. Lo que dejaba atrás no era más que un aprendizaje que no podía oponerse a su avance, pues al terminar su viaje debía ser más sabio que cuando lo empezó.

Nehebkau suspiró, satisfecho. Se notaba distendido, libre de agobios, como si el pesado equipaje con el que había cargado hubiese sido arrojado al fondo del río. Era una sensación nueva, y sin comprender por qué, experimentaba un optimismo que le era completamente desconocido y no sabía a qué atribuirlo.

Al incorporarse, la imagen de Ranefer se le presentó tan diáfana como si el pequeño se encontrase allí. Había pensado en él durante los últimos días, y sus reflexiones habían terminado por llenarlo de dudas. No había pesar en ellas, aunque sí confusión, y mientras perdía la mirada por entre los cañaverales supo que su permanente éxodo había terminado, y que fuera lo que fuese lo que Shai hubiese determinado, jamás volvería a engañarse a sí mismo.

Al tomar de nuevo el remo, el tebano tuvo una idea, y al punto dirigió la barca hacia una zona en la que sabía que abundaban las percas. Luego tomó el arpón que había pertenecido al viejo Akha, y cuando se presentó la ocasión lo lanzó con gran habilidad sobre su presa. Se trataba de un buen ejemplar, y Nehebkau se ufanó al comprobar que seguía siendo un buen pescador. A la caída de la tarde, poco antes de que Ra-Atum se pusiera, el tebano se presentó con la pieza recién pescada en la que fuese casa de Kahotep, para entregársela a Meresankh, quien no pareció sorprenderse.

—Se trata de una buena captura —aclaró Nehebkau mientras sonreía, pues medía casi dos codos, un metro.

—El hombre del río nos abruma con su generosidad —dijo ella con voz cálida, a la vez que hacía un gesto de agradecimiento.

—Aseguran que Neith puede tomar su apariencia —apuntó el tebano, que conocía el especial apego que la joven tenía hacia los dioses.

—Es una diosa de difícil comprensión —dijo Meresankh en tono misterioso—. Puede dar vida a los seres con solo mencionarlos.

Nehebkau no supo qué contestar, y aprovechó para depositar en el suelo el cesto donde llevaba la perca que él mismo se había encargado de despiezar. Luego rechazó la oferta que le hizo la joven para que cenase con ellos, y se marchó presuroso, ya que debería levantarse antes del alba para dirigirse al Valle de los Monos, a fin de proseguir con los trabajos en la tumba del dios Kheperkheprura.

Aquella misma noche Meresankh subió a la azotea para hablar con las estrellas. Eran tantas las cosas que tenían que decirse que la joven vagó sin rumbo durante un buen rato, para extasiarse con la contemplación del cielo de verano. El firmamento nunca se equivocaba, y todo había ocurrido tal y como los luceros habían predicho. Pensó en Nehebkau. Aquel hombre había traído la desgracia a su familia y, no obstante, Meretseguer lo había hecho regresar para que acabase de cumplir su penitencia. Así eran los dioses; incomprensibles e injustos para los humanos, ya que tenían otra medida de las cosas.

El verle de nuevo le había provocado emociones difíciles de calibrar, aunque ella las conociese de sobra. Las había alimentado durante años, y ahora amenazaban con escapar de su corazón para desbordarse por cada uno de sus *metus*. Se sentía fascinada por su aspecto tonsurado, que bien pudiese hacerle pasar por un sacerdote, aunque en realidad se tratara de un príncipe. Lo había presentido la primera vez que le vio, y ahora estaba segura de ello. La luna se lo había dicho, como tantas otras cosas, y al observar cómo esta aparecía sobre los cerros en su cuarto creciente, se dispuso a escuchar cuanto tuviese que contarle; los secretos que ella sabía que Nehebkau guardaba en su corazón. Deseaba asomarse a su lugar más oscuro, pues solo de este modo ella podría dar luz a las tinieblas en las que él había vivido. Al preguntar acerca de ello, Aah, el dios lunar, le susurraba palabras que llegaban desde el Amenti, para pintarle un paisaje tenebroso que no parecía de este mundo. Al hablarle de ello, la luna se afligía, y sus lágrimas de plata inundaban el corazón de la joven para convertirla en su sacerdotisa. Meresankh quedaba así bañada en magia, y con esta forjaría la llave con la que poder acceder a lo más profundo del alma de aquel hombre. Ella estaba destinada a devolverle la luz; así estaba escrito, y así debía cumplirse.

Era aún noche cerrada cuando Nehebkau se dispuso a salir de su casa, camino de la necrópolis, y al abrir la puerta se encontró con un pequeño cesto en el suelo. En él había pan, queso, dátiles y un poco de pescado asado. El joven introdujo los alimentos en su zurrón y sonrió. Había un buen trecho hasta llegar al Valle de los Monos, y él tendría en lo que pensar.

13

Aquella tumba solo podía producirle melancolía. De algún modo, Nehebkau había participado en su construcción durante los primeros años de Tutankhamón, y ahora que se encontraba a cargo de las obras experimentaba emociones contra las que le resultaba difícil luchar. Sin duda, el hipogeo tenía su propia historia, de la que él mismo formaba parte, en la que habían participado intrigas, traiciones y también el robo. A la postre esto era lo que había ocurrido, un desfalco en toda regla, pues como nuevo faraón Ay estaba obligado a cuidar de las tumbas de los ancestros que se hallaban a su cargo. Sin embargo, no había tenido el menor miramiento con su antecesor, y no solo le había procurado un entierro indigno para un señor de las Dos Tierras, sino que además se había apoderado de su morada eterna, enviándole a la antecámara de la tumba en la que descansaba su amada hija, con las más oscuras intenciones.

Para el tebano era inevitable pensar en ello, así como recordar la visita en la que él mismo acompañó a su difunto amigo al interior de aquel túmulo. Todo le parecía lejano y cercano a la vez, sobre todo al contemplar el muro en el que Neferabu había representado la idílica escena del paseo por los marjales. Allí quedaría para el resto de la eternidad, formando parte de un infame episodio, aunque ahora el joven pensase que a los dioses no se los podía engañar.

No le cabía la menor duda de que Neferabu era un genio, además de un profundo conocedor de los textos sagrados y las complejas liturgias en las que se hallaban involucrados los dioses de la Tierra Negra. Se trataba de un universo en sí mismo en el que, no obstante, el gran maestro era capaz de navegar en compañía de la luz. El muro principal era una buena prueba de ello. Con evidente destreza había cambiado la personalidad de las imágenes que lo decoraban, aunque al verlas, Nehebkau las identificara con las que adornaban las paredes del hipogeo de Tutankhamón. Resultaba obvio, para cualquiera que contemplara ambas, que habían sido pintadas por el mismo artista, aunque ese detalle jamás se conocería; oculto para siempre en las entrañas de la montaña tebana.

Mientras atendía a su trabajo, Nehebkau pensó en ello, así como en su relación con el resto de los trabajadores. Infundía un gran respeto, y muchos le consideraban una especie de reliquia que Tutankhamón había dejado para que se ocupase de finalizar aquella tumba. De alguna manera, el joven formaba parte del difunto faraón, quien al proclamarlo su amigo le había abierto las puertas de su corazón, a sus pensamientos y deseos, a dejar que se impregnara con la esencia de su propio *ka*. Una porción de este se hallaba en él, y a nadie extrañaba que Ay hubiese decidido nombrarle capataz; situarle al mando de los grandes de la Tripulación, los mayores expertos constructores de tumbas. Nehebkau los escuchaba y atendía sus consejos, pues en el fondo no era más que un *semedet* a quien los dioses habían decidido favorecer.

En realidad, muchos le consideraban un *heka*; una especie de semidiós ungido por la magia cuyo poder sobre las serpientes no podían olvidar. Solo un elegido era capaz de hacer lo que él, y por ello se habían cuidado de juzgarle, aunque sospecharan de su participación en la tragedia que asoló la casa de Kahotep. La muerte de este ya había sido motivo de reflexión para los Servidores de la Tumba, y muchos creían que la magia del joven se había encargado de llevar al viejo capataz hasta la «otra orilla»; eso por no hablar del sórdido final de Ipu, en el que, no tenían duda, había participado Wadjet en persona.

Ante semejante poder poco tenían que decir, y los obreros se limitaban a trabajar lo mejor posible, y a guardar la compostura. Entre sus esposas la cosa era diferente, pues no albergaban dudas de que el pequeño Ranefer era el recuerdo que Nehebkau había dejado en el vientre de Neferu. En la intimidad aseguraban que el niño era su vivo retrato, pues hasta tenía su mismo color de ojos y cabello, amén del tono de su piel, ya que todos recordaban a Neferu como a una belleza tostada por el sol, y a Ipu como a un digno estereotipo de las gentes del sur; moreno donde los hubiese. Los hombres se encogían de hombros al oír aquello, aunque ahora que el joven había regresado todos se preguntaban qué era lo que Shai había decidido que ocurriera.

El propio Nehebkau no dejaba de formularse aquella pregunta y, muchas noches, mientras dormía al raso acampado junto al resto de los trabajadores, pensaba en el chiquillo, y en la impresión que Meresankh le había causado. Como hiciese ella, él también observaba el vientre de Nut salpicado de luceros, aunque le fuese imposible hablar con ellos, y mucho menos con la luna, que siempre le había causado respeto y le parecía cargada de enigmas que no acertaba a comprender.

Asimismo, recordaba a Ipu en aquel túmulo, y la verdadera amistad que le demostró al recomendarle para que cambiase de vida, y a veces creía escuchar sus palabras de ánimo para que algún día pudiese convertirse en un vecino más del Lugar de la Verdad. El resto era algo bien conocido, aunque antes de cerrar los ojos, cada noche, Nehebkau tratase de despojarse para siempre de las culpas que pesaban sobre su conciencia. Si el amor lo había condenado, solo Hathor era responsable de cuanto había ocurrido.

El joven capataz pensaba que aquel hipogeo nunca sería terminado. Se trataba de una tumba enorme, de cerca de sesenta metros de longitud, que se adentraba en las entrañas de la tierra hasta una profundidad de veinte metros. Con suerte solo la cámara funeraria quedaría lista para recibir a la momia de Ay, quien contaba con una edad muy avanzada. Al menos se enlucirían las paredes del largo corredor de la entrada que conducía hasta la «casa del oro» y que, resultaba obvio, estaba inspirado en las tumbas de Amarna. Sin duda se trataba de un buen lugar para el eterno descanso de Ay, aunque esto ya lo hubiese pensado el viejo canciller mientras Tutankhamón se debatía entre la vida y la muerte. La cámara en la que se depositaría la capilla canópica aún estaba sin decorar, aunque sí lo estuviese el muro situado sobre la puerta que daba acceso a ella. Sobre este, Neferabu había vuelto a dar muestras de su genio, al representar a los cuatro hijos de Horus como guardianes de las vísceras del faraón fallecido, al tiempo que simbolizaban los vientos y los cuatro puntos cardinales. Los había situado sentados por parejas, una frente a la otra, separados por una elaborada mesa de ofrendas repleta de alimentos. A la izquierda se encontraba Duamutef, encargado de guardar el estómago, junto a Kebesenuf, responsable del intestino, ambos con la corona blanca del Alto Egipto; y en el lado opuesto se hallaban Amset, guardián del hígado, y Hapy, que se ocupaba de los pulmones, estos con la corona roja del Bajo Egipto. Se trataba de una escena cargada de misticismo en la que cada uno de los guardianes se asociaba a las Plañideras Divinas, los Cuatro Milanos: Isis, Neftis, Neith y Selkis, quienes protegerían al difunto.

Ay podría dormir en paz por toda la eternidad bajo la tutela mágica, y Nehebkau imaginó su expresión de satisfacción cuando viese aquellas pinturas por primera vez. La figura del dios no dejaba de producirle sentimientos contradictorios. Por un lado, deploraba el trato que había procurado a Tutankhamón, y por otro, debía estarle agradecido al nombrarle capataz de todos los trabajos en la Plaza de la Eternidad. Ya nunca tendría que preocuparse de su futuro, aunque el joven sospechase que existían otros motivos para haberlo enviado de regreso al Lugar de la Verdad; lejos de la corte.

Todo era posible en aquel escenario repleto de intrigas y traiciones, y Nehebkau terminó por agradecer el haber abandonado Menfis para regresar a Waset. Ahora pertenecía a una comunidad distinta, que nada tenía que ver con el palacio del faraón, en el que sus habitantes eran devotos de una diosa que amaba el silencio, y conocían los secretos que guardaba Anubis en su sombrío reino. La necrópolis era su mundo y hasta esta había sido enviado el joven para mayor gloria del faraón. Al final todos los caminos llevaban al mismo lugar, cual si cada papiro de la vida estuviese escrito de antemano. El suyo terminaba allí, y ahora se daba cuenta de que cualquier otro que hubiese tomado habría acabado por confluir en aquella necrópolis sagrada. Solo las circunstancias hacían que cada senda resultase diferente, y cuanto le había ocurrido no era sino una preparación para el final de la obra. Tanto el buen Tutankhamón como su propia penitencia formaban parte de un guion que solo Shai era capaz de escribir, y Nehebkau figuraba en él, quisiera o no.

Su historia continuaba, y mientras por las noches observaba las estrellas desde el campamento, pensaba que quizá el destino, a quien tanto había aborrecido, estaba dispuesto a darle otra oportunidad en aquella pequeña aldea a la que había sido enviado, sumido en el abatimiento. Ahora percibía una luz desconocida que le invitaba a abandonar la oscuridad en la que siempre había vivido, y antes de cerrar los ojos invocaba a Nut, como hiciese tantas veces en el pasado desde su vieja barca, convencido de que, desde los cielos, la diosa le sonreía.

14

Meresankh vivía entregada por completo a la comunidad. Ese era su propósito pues, de una u otra forma, había nacido para ayudar a los demás. Los dioses la habían favorecido con su magia, y ella poseía el don de canalizarla, allá donde deseara, de manera natural, como si se tratase de algo sin importancia. Siempre había sido distinta a los demás, desde su más tierna infancia, y los más viejos de la aldea aseguraban que ya había nacido con aquella mirada profunda, capaz de desnudar los corazones, y que el halo de magia que todos veían en ella lo llevaba pegado a su piel, cual si formase parte de esta. Quizá ese fuese el motivo de su tez de pálida luna, o del misterio que parecía acompañarla adondequiera que fuese. Todo eran conjeturas, aunque a nadie le extrañaba su enigmática personalidad, y el poder que demostraba tener para combatir muchas de las dolencias que Sekhmet se encargaba de repartir entre el vecindario.

Sin duda, este la adoraba, y desde hacía años la visitaban o requerían su consejo para las cuestiones más peregrinas, que iban desde eliminar el mal de ojo hasta aliviar un constipado.

Una buena prueba del carisma de la joven sobre los habitantes del Lugar de la Verdad era que, a pesar de haber perdido a su familia, continuara ocupando la casa que había pertenecido a su padre, e incluso conservara una *arura*[75] de terreno de la mejor calidad, y el burro y la vaca que le habían correspondido a su familia por ley. Al haberla perdido, ya no había ningún miembro que trabajase como Servidor de la Tumba mas, no obstante, sus convecinos se alegraban de que Meretseguer hubiese hecho justicia al susurrar en el oído de Maya lo que, por conciencia, había de hacer. El propio visir había tenido que ver en el asunto al otorgar su beneplácito para que la joven continuara perteneciendo a aquella comunidad, y Maya, que siempre había sentido un gran respeto por Kahotep, había determinado que Meresankh siguiese ocupando la casa paterna, aunque su labor no tuviese nada que ver con las construcciones de tumbas. Así había sido decidido, y la joven podría pasar el resto de sus días en la aldea de los habitantes del Lugar de la Verdad, e incluso enterrarse en el sepulcro en el que descansaba su padre; justo al pie de los farallones que limitaban con el poblado. Para ella esto era más que suficiente, pues allí se encontraba su vida, y no tenía la menor intención de abandonar aquel lugar hasta que Anubis viniese en su busca.

A nadie le extrañaba que permaneciese soltera. Todos la consideraban parte de su familia, y entendían que los dioses así lo habían querido pues no se imaginaban la vida en el poblado sin ella. No guardaba el menor parecido con su difunta hermana, aunque sí con su madre, de quien había heredado su misticismo, aseguraban quienes la habían conocido. Llegados a la exageración había quien la comparaba con Isis, ya que intuían en ella rasgos de la gran madre; remedos de una época en la que la magia gobernaba la tierra de Egipto. Meresankh muy bien podría haber vivido en ella, y a nadie se le escapaba que la joven representaba la quintaesencia de los valores que los dioses habían sembrado en el principio de los tiempos, y que constituían la auténtica identidad de un pueblo que no se parecía a ningún otro; algo de lo que los habitantes del Valle del Nilo se sentían orgullosos.

Nadie en el Lugar de la Verdad dudaba que Meresankh había nacido para ayudar a los demás. Había quien aseguraba que la joven no había tenido infancia, que desde que poseían memoria la habían visto dando consejos a quienes se lo pedían. Sus particulares oráculos eran venerados al tiempo que temidos, ya que solían cumplirse, y por tal motivo la comunidad tomaba muy en serio sus palabras, aunque en ocasiones no las entendiesen.

—Su lenguaje a veces no es de este mundo —aseguraban algunas de sus convecinas.

—¿Qué puedes esperar? Muchas noches ve en el mensaje de las estrellas lo que está por venir. Somos afortunadas de tenerla por vecina.

Aquello de que descifrara los mensajes del cielo era algo archiconocido en la aldea, y muy alabado, pues los hacía sentirse protegidos ante cualquier demonio que osara entrar en el poblado; así era la superstición entre aquellas gentes.

No había día en el que Meresankh no fuese reclamada por algún aldeano en busca de su ayuda. Por lo general se ocupaba de cuestiones menores y las enfermedades comunes, aunque a veces tuviese que echar mano de la brujería. Lo más usual es que acudieran a ella para el tratamiento de las arrugas, ya que al parecer sus ungüentos obraban prodigios, y se hacían lenguas al respecto.

—Invoca a Hathor para que le ayude a hacerlos. Ahí reside su secreto, pues dicen que la diosa de la belleza la tutela —aseguraban en la aldea.

Quién sabe si llegaban a tener razón, pero lo cierto era que los ungüentos de la joven eran poco menos que infalibles, y por ello tenían ganada una justa fama. En realidad, todo lo producía aquella bendita tierra, aunque Meresankh se encargara de mezclar los ingredientes en las proporciones adecuadas, según dictaban los viejos papiros médicos, por los que ella sentía verdadera veneración.

—Cuéntame tu fórmula —le rogaba a menudo una vecina que sentía un vivo interés por conocer sus secretos—. Tus bálsamos me hacen rejuvenecer, y anhelo que mi esposo me vea hermosa cuando regrese del campamento el último día de la semana.

Meresankh sonreía mientras le daba un pequeño frasco de cosmética y le explicaba cómo debía aplicárselo.

—Dímelo. Prometo guardarte el secreto —insistía la señora—. Sabes que ardo en deseos de quedarme embarazada de nuevo, y no quiero que mi marido deje de verme deseable.

—Si te lo dijese los dioses me castigarían —le aseguraba la joven, enigmática, pues era muy reacia a dar a conocer sus preparados—. Si te aplicas esto cada noche tu piel se mantendrá tersa, y tu marido no podrá dejar de mirarte —insistía Meresankh con una sonrisa mientras señalaba el frasco que contenía incienso, cera, aceite fresco de moringa y jugo de planta de papiro fermentada, en proporciones que solo ella conocía.

—No tengo duda de que andas en tratos con Hathor —apuntaba la dama, zalamera—. Desde que me aplico este remedio mis arrugas han desaparecido. Claro que, en confianza, te diré que me sería muy útil algún exfoliante.

Meresankh, que conocía sobradamente la naturaleza de sus convecinos, se sonreía a la vez que se hacía cargo de sus preocupaciones, y siempre estaba dispuesta a aliviarlas en lo posible.

—Esta pasta te será de gran ayuda. Deberás frotarte con ella con energía; verás que da muy buenos resultados.

La fórmula contenía calcita, natrón rojo, sal del Bajo Egipto y miel, y la vecina quedó muy complacida con ella, aunque su mal uso podía llegar a causar irritaciones; algo a lo que también estaba acostumbrada Meresankh.

— Se trata de tu piel, no de la de un babuino —la reprendió la joven semanas más tarde—. Si continúas frotándote con saña te producirás quemaduras.

—Esto fue lo que le llegó a ocurrir a la susodicha, quien andaba obsesionada con la idea de que su esposo ya no le prestaba la atención debida.

—Si sigues por este camino tu piel terminará por parecerse a la del culo de un mandril —le advirtió Meresankh, visiblemente molesta.

—Es que no sé qué hacer. No me mira como quisiese.

La joven suspiró, contrariada, pues aquella señora era de naturaleza ansiosa, de las más latosas de la comunidad, y le dio un remedio para calmar su irritación a base de ocre rojo y *khol* molido, mezclado con jugo de sicómoro.

Este era uno de los muchos ejemplos que se le presentaban a diario a Meresankh, quien tenía en las mujeres de la aldea una parte fundamental de su clientela. Estas raramente acudían al *sunu* del poblado, que debía ocuparse a diario de los acostumbrados accidentes laborales que solían sufrir los trabajadores. Las contusiones, torceduras y fracturas de huesos eran habituales, y el médico bastante tenía con tratarlas, pues algunas eran tan complicadas que el *sunu* se veía obligado a acudir al campamento para aliviar a los accidentados en su mismo lugar de trabajo.

Por este motivo, la joven era de gran ayuda para las mujeres de la comunidad, que pasaban nueve días de la semana solas en la aldea, cada una con diferentes problemas.

Los desarreglos menstruales eran habituales, y Meresankh intentaba solucionarlos con un compuesto que ya se utilizaba desde tiempos inmemoriales y que los papiros médicos denominaban *mꜣtt hꜣst*, a base de perejil y apio de las montañas. Entre el pueblo había otros remedios que eran muy utilizados, como la agripalma combinada con miel y aceite de oliva, por no hablar de los que usaban para detener la menstruación: una pasta elaborada con vino y cebolla, que se introducía en la vagina, y que a la joven le parecía verdaderamente repugnante.

Los días anteriores al regreso de los hombres del campamento, a Meresankh se le acumulaba el trabajo. Sus recetas de cosmética causaban furor, sobre todo las utilizadas para la depilación, cuyos ingredientes principales eran el aceite, jugo de sicómoro, goma y pepino que, tras calentarlo y aplicarlo sobre la piel, había que dejar enfriar antes de tirar de él para que desapareciese el vello. Había quien deseaba que sus ojos se mantuviesen pintados durante toda la noche, y en lugar del habitual *khol* mezclado con grasa de ganso, Meresankh le recomendaba un empaste a base de *khol*, miel y lapislázuli, cuyo resultado le parecía mucho más efectivo; y para los labios nada como el ocre rojo con grasa, aplicado con las pequeñas espátulas creadas al efecto.

Cuando, pasada la jornada festiva, los hombres volvían al trabajo, los trastornos solían ser de otra índole. Esos días los excesos eran habituales y la joven remediaba los dolores de estómago con comino tostado, molido con apio y clara de huevo; eso por no hablar de los consabidos desórdenes intestinales, que eran cosa de todos los días, bien para tratar el estreñimiento o para detener la diarrea.

La flatulencia era un problema generalizado, y para hacerle frente Meresankh tenía una receta que consistía en una mezcla de comino, ruda, mostaza, natrón arábico y miel, que era muy alabada por la comunidad; así como las dolencias oculares, de las que pocos se libraban, y para las que había un sinfín de remedios. La joven solía prescribir lavados de apio y hachís machacados y dejados al rocío de la noche hasta la mañana, aunque si se hallaban inflamados o enrojecidos era más oportuno aplicar sobre los párpados una pasta que contenía pulpa de vaina de algarrobo, hojas de acacia y malaquita, a la que se añadía un poco de leche.

Esta era parte de la vida cotidiana de Meresankh, a la que había que añadir los embarazos, partos y casos particulares como el perteneciente a la dama que se sentía abandonada por su esposo.

—No sé qué hacer —se quejaba, un día, desesperada—. Creo que se trata de un hechizo; un mal de origen demoniaco.

—¿Por qué dices eso? —inquirió la joven, a la que no gustaba hablar con ligereza de hechicerías.

—¿Qué otra cosa puede ser? —se lamentó la señora—. A la llegada de mi esposo le recibí más amorosa que nunca; maquillada y perfumada como una princesa de Per Hai, insinuante, y luego le serví una cena digna del visir, con todo lo bueno que se pueda desear, pues incluso le ofrecí vino.

—¿Y no le gustó?

—Todo lo contrario. Devoró las viandas como si se tratara de una mesa de ofrendas, y trasegó el vino con una avidez que causaba espanto, cual si hubiese atravesado el desierto occidental.

—Al menos quedó satisfecho —apuntó la joven con ironía.

—¡Ya lo creo que quedó satisfecho! —exclamó la dama, escandalizada—. Acto seguido cayó en la cama como si Set, el señor de las tormentas, lo hubiese fulminado. Roncaba como un hipopótamo, y no se despertó hasta bien entrada la tarde del día siguiente.

Meresankh asintió, haciéndose cargo de la situación. Ella conocía muy bien cómo era la vida de los Servidores de la Tumba, y lo duro que podía llegar a resultar su trabajo. Cuando regresaban del campamento lo hacían extenuados; aunque entendía el disgusto de aquella mujer.

—Dime la verdad, Meresankh, ¿acaso no soy deseable? —se lamentó.

—Eres hermosa, y estoy convencida de que tu marido te ama —la animó la joven.

—Entonces aconséjame. Los años se me echan encima, y deseo fervientemente tener otro hijo —señaló la señora con desesperación.

Meresankh sintió lástima por ella, ya que había perdido dos retoños durante la infancia, algo que no dejaba de ser habitual.

—Te diré lo que has de hacer. En el próximo día festivo no le prepares una cena suculenta ni le dejes beber demasiado. Ofrécele algún plato que le satisfaga. ¿Le gustan las lentejas?

—¿A quién no le gustan? —dijo la mujer haciendo un aspaviento.

—Sírveselas especiadas, y añádeles unas semillas de amapola, pues es un afrodisiaco infalible. Verás que no dormirá en toda la noche.

La dama hizo un gesto cómico, como si hubiese descubierto el Tesoro del faraón, y, tras despedirse, se marchó más que animada, pues incluso tarareaba una cancioncilla.

La semana transcurrió como de costumbre, pero pasado el día de asueto la dama volvió a presentarse en casa de Meresankh, esta vez muy agitada.

—Hathor nos asista —dijo aquella, en cuanto fue recibida—. Creo que he sido causante de una desgracia.

La joven, sorprendida, la invitó a calmarse en tanto le tomaba las manos.

—¿Qué ha ocurrido? —quiso saber—. ¿Seguiste mis consejos?

—Los seguí, noble Meresankh, al pie de la letra.

—¿Entonces?

—Tal y como me recomendaste, cociné unas lentejas a las que añadí las semillas de amapola. El guiso estaba exquisito, y no dejamos ni una cucharada.

—¿Tú también comiste? —preguntó la joven pensando en las consecuencias que se podían derivar de ello.

—Tanto como él, ya que las lentejas me gustan a rabiar.

Meresankh asintió, en tanto se imaginaba la escena.

—Los remedios no tienen secretos para ti, y no hay duda de que conoces bien las hierbas que crecen en la Tierra Negra. Esas semillas surtieron efecto, pues yo misma lo pude comprobar, ya que pasada una hora creí que los demonios se desataban en mi interior azuzados por mil diosas Hathor, que me incitaban al amor como nunca en mi vida; estaba desatada.

—Comprendo. ¿Y tu esposo?

La dama se lamentó con la cabeza, antes de proseguir.

—Fue mi culpa, me dejé llevar por el ansia, y en la bebida le eché una cocción de raíz de mandrágora, que había oído resultaba muy eficaz para esos casos.

—¿Añadiste mandrágora? —señaló Meresankh, horrorizada.

—Tal y como te lo cuento, Ammit devore mi alma.

La joven se llevó una mano a la cabeza, e imaginó lo que había pasado.

—Así es —continuó la señora, como haciéndose cargo—. De repente el pobre se transformó.

—¿Cómo que se transformó?

—Todo él, de arriba abajo. Como si el Inframundo hubiese abierto sus puertas y los peores genios hubieran salido en desbandada para apoderarse de su cuerpo. Genios lascivos, claro está.

—Genios lascivos —murmuró la joven, asombrada.

—De la peor condición. Nunca vi semejante poder. Una furia inaudita que se desató sobre mí como si se tratase del mismísimo Set. Claro que, dado mi estado, yo lo agradecí mucho, y al momento me dispuse a participar de aquella bendición enviada por Hathor, quien por fin había tenido a bien escuchar mis plegarias. No existen palabras para definir lo que ocurrió, aunque seguro que te lo puedes imaginar.

—Me lo imagino.

—Las ánimas parecían estar sueltas por la casa, pues ambos gemíamos como condenados al Amenti. Aquello no tenía fin, pues no parecía que pudiésemos quedar satisfechos. Al cabo de las horas yo ya me sentí colmada, pero mi esposo no atendía a razones y parecía que le fuese la vida en ello, ya que empezó a gruñir en tanto continuaba embistiendo, como si nada. Ni los mandriles podían igualarle, y él siguió toda la noche, desafiando a los dioses, ya que en verdad se había convertido en un ser enajenado; un verdadero demonio.

Meresankh se llevó ambas manos a la cara, estupefacta.

—Ya por la mañana —prosiguió la señora—, el pobre pareció entrar en razón, y desistir de sus empellones, y al cabo se quedó rígido, y tras mirarme con los ojos muy abiertos se desplomó en tanto que emitía unos sonidos lastimeros que daba pena escuchar. Yo le ayudé a tumbarse a mi lado, y le pregunté si se sentía bien, pero él me miró como si estuviese delante de Apofis y acto seguido se llevó las manos a los *inesewey*.

—A los testículos —aclaró Meresankh, que atendía a la historia sin dar crédito a lo que escuchaba.

—Pobre Tutu —que era como se llamaba el marido—, me temo que sus *inesewey* se hayan secado para siempre —dijo ella, muy compungida.

—Espero que al menos te hayas quedado embarazada —señaló la joven con mordacidad, ya que el ansia de aquella mujer podía conducir a la tragedia.

—No me cabe duda, noble Meresankh. Siento mis *metus* repletos del elixir de la vida. Pero... ¿Y Tutu? ¿Cómo aliviar el mal que le aqueja? Qué vergüenza.

La joven suspiró a la vez que le daba unas ramas de sauce y un poco de ruda fresca.

—Machácalas y mézclalo todo con vino. Dáselo a beber y esta noche se encontrará más aliviado. Será mejor que mañana no acuda al trabajo —añadió Meresankh, sarcástica—, dudo que pueda llegar al campamento.

15

Más allá de su contribución a la comunidad, Meresankh poseía un mundo interior que solo le pertenecía a ella. Ese era su refugio, la fuente de donde procedía su magia, el lugar donde se alimentaba su *ka*. Este era quien en realidad daba luz a su persona; el que se encargaba de hacerla brillar a los ojos de los demás; quien dibujaba el aura que siempre la acompañaría, de una intensidad que todos percibían, de una u otra forma, como si se tratase de una parte más del misterio que envolvía a la joven. Sus artes adivinatorias eran una característica más de su enigmática personalidad, y muchos aldeanos acudían a ella en busca de explicaciones para las cuestiones más extravagantes, aunque hiciesen hincapié en el significado de los sueños.

Todas las clases sociales creían firmemente que los sueños eran mensajes que, correctamente interpretados, permitirían adivinar el futuro. El mismo Tutankhamón había sido muy aficionado a escuchar de labios de sus magos el significado de los suyos, y en el Lugar de la Verdad sus habitantes no iban a ser menos. Claro que Meresankh se negaba a formar parte de ello, sabedora de las consecuencias que esto podría provocar, y también de lo hilarantes que llegaban a ser muchos de aquellos sueños. Velaba por la comunidad a su manera, y solo atendía a las palabras que, desde el cielo, el reino de Nut tuviese a bien comunicarle. No existía una magia mayor que la que habitaba entre las estrellas, la única con la que comulgaba, y de la que se empapaba cada noche como si necesitara de ello para seguir existiendo. Gracias a esta había podido leer con facilidad lo que para el resto resultaba imposible; comprender lo que se escondía detrás de su tragedia; interpretar aquel oscuro lenguaje que en tantas ocasiones llenaba de dolor a los habitantes del Valle.

Muchos pagaban injustamente por las traiciones de otros, y la joven no tenía dudas de que dichos dramas formaban parte de otros propósitos que se nos escapaban; que eran necesarios para cumplir con leyes que procedían del cosmos; incomprensibles a nuestros corazones. Con ello los dioses se cobraban deudas del pasado, al tiempo que abrían caminos insospechados que un día traerían la felicidad, o cerraban otros que no conducían a ningún lugar. Todo formaba parte de un inconmensurable misterio que todo lo ordenaba, imposible de desentrañar para las gentes, y que nadie podía cambiar.

Meresankh sabía que el enigmático Shai solo era un instrumento encargado de colocar a cada individuo en la senda que correspondía para hacer cumplir los dictámenes de los padres creadores, y todo lo demás se quedaba resumido en una palabra que a ella le gustaba de forma particular: «circunstancias».

Nehebkau había sido víctima de ellas, así como su padre, hermana y el bueno de Ipu. Las circunstancias los habían encadenado a todos por deseo de los dioses, sin que ningún corazón fuese culpable de ello. El tebano sufría porque pensaba que no era así. Él no comprendía aquellas leyes impenetrables que solo buscaban el equilibrio de todo lo creado, y mucho menos que su destino estaba escrito desde hacía muchos años, para que los hechos ocurriesen tal y como habían ocurrido. No era posible hacérselo comprender, y ella lo sabía, como también adivinara hacía años que Nehebkau un día regresaría para ocupar el lugar para el que, en realidad, había sido creado. Todas las desgracias y desventuras habían sido necesarias para convertir al tebano en el hombre que ahora era; el que los dioses necesitaban que fuese para poder cumplir su voluntad.

Ella lo amaba desde el primer momento, y lo seguiría amando hasta el día en que Osiris decidiese separarlos, pues su *ka* había sido forjado para que caminasen juntos, aunque él hubiera sido incapaz de percibirlo. La relación que el joven había tenido con su hermana había sido una circunstancia necesaria. Él la había amado apasionadamente con la medida del hombre, aunque sus esencias vitales jamás hubieran podido llegar a juntarse. El drama era inevitable, así como las trágicas consecuencias que se derivarían de él. Todos debían desaparecer para que el *ka* del joven y el de Meresankh se fundiesen en una sola esencia. Neferu, Ipu e, incluso, el buen Kahotep tenían que cruzar a la «otra orilla» para que ello fuese posible, y así lo entendió ella desde el principio, pues todo había ocurrido por designio divino.

Resultaba absurdo buscar culpables. No los había, y durante las últimas noches Meresankh había escrutado el vientre de Nut en busca de otro tipo de respuestas. Aquella oscuridad que atisbaba en el corazón de su amado la inquietaba, pues procedía de la semilla del mal. La tarde en que Nehebkau los obsequió con una perca ella lo volvió a percibir con más claridad, y ahora no albergaba dudas de que aquellas sombras tenebrosas existían en realidad. La luna se lo había confirmado entre susurros, pues conoce los secretos de la noche y cuanto esta arropa con su manto. El tebano llevaba un hechizo desde su nacimiento, capaz de provocar sufrimiento a quienes le rodeaban.

Para la joven, Ranefer había sido causa de felicidad. Era la viva imagen de su verdadero padre, aunque esto supusiese un motivo más para la desventura familiar. Ipu lo sospechó hasta el extremo de dejarse vencer por la desesperación que terminó con su vida, y Kahotep no albergó la menor duda, aunque su inmensa bondad jamás dejara traslucir ninguna reprobación. Entre el vecindario las sospechas se hicieron inevitables, sobre todo cuando al pequeño le creció un cabello tan rojizo como el del iracundo Set. Todos recordaban al joven pescador que había trabajado durante un tiempo junto a los Servidores de la Tumba y poseía poder sobre las cobras. Quien más quien menos había echado sus cálculos, y estos coincidían con el tiempo de gestación; además, algunas vecinas aseguraban haber visto tontear a la pareja tras los roquedales, e incluso hacerse arrumacos. Sin embargo, el Lugar de la Verdad terminó por considerar a Ranefer como hijo de Meresankh. En Kemet se recogían niños abandonados todos los días, y siempre como motivo de alegría. Que la tía se hiciese cargo del chiquillo era lo más natural y, pasados unos años, la aldea se avino a considerarlo como hijo natural; y como tal fue educado.

Desde que cumpliera los cuatro años el pequeño asistió al *kap* del Lugar de la Verdad, una escuela ciertamente reputada que poco tenía que envidiar a la de los príncipes y aristócratas. Allí los maestros eran experimentados, y versados en las liturgias sagradas que un día debían conocer los trabajadores especializados para poder decorar las tumbas reales. Esta era una labor de la mayor importancia, ya que en manos de estos obreros se ponía la vida del difunto dios en el Más Allá. Cualquier error o conjuro equivocado podría suponer que el finado no lograse superar su viaje por el Inframundo, por ello los preceptores solían ser inflexibles con los alumnos, a quienes mostraban el poder de sus varas a la menor oportunidad.

—«Los alumnos tienen las orejas en sus espaldas» —recitaban cuando hacían uso de las varas, parafraseando los textos admonitorios de los sabios de la antigüedad.

El pequeño era un buen estudiante, aunque travieso, y su particular peinado era motivo de peleas con otros niños que se burlaban de su apariencia principesca.

Nehebkau rondó al chiquillo durante un tiempo, observándole en sus juegos, para terminar por hacerse el encontradizo e interesarse por él. Siempre que se lo permitían sus obligaciones, el joven aguardaba a que el niño saliese de la escuela para saludarle, y a no mucho tardar se creó una clara empatía entre ambos que despertó sentimientos desconocidos en el tebano.

—Algún día seré capataz al servicio del señor de las Dos Tierras; igual que tú —aseguraba el pequeño una tarde, pues sentía un gran respeto por Nehebkau.

—Serás mucho más que eso —apuntaba el joven sin dejar de sonreír.

—Me gustaría convertirme en un gran personaje; a las órdenes del faraón.

—Seguro que lo lograrás, e incluso combatirás al Hatti. Creo que eso es lo que deseas.

Ranefer se encogió de hombros.

—Me gustaría llegar a ser un valiente del rey, aunque mi madre dice que pertenezco a este lugar, y aquí es donde he de servir al dios.

—Tu madre tiene razón. En esta aldea podrás ocuparte de que el faraón tenga lo que necesite durante millones de años.

—Pero combatir al lado del rey es lo que más deseo. Entonces sería famoso y el faraón me impondría el oro al valor —afirmó el rapaz con mirada ensoñadora—. Dicen que tú luchaste en Retenu.

—¿Dónde has oído eso? —inquirió el tebano con curiosidad.

—Es lo que cuentan en la aldea; y también que el dios era tu amigo.

Nehebkau volvió a sonreír al pequeño.

—¿Es cierto que conociste a Nebkheprura? —preguntó el niño con admiración.

—Es verdad.

—¿Y fuiste muy amigo suyo?

—Casi como si fuésemos hermanos. Dormíamos en la misma habitación.

Ranefer hizo un gesto de asombro.

—¿Cómo podías soportar su luz? El maestro asegura que los dioses poseen una luz tan poderosa que no les podemos mantener la mirada.

—Tutankhamón tenía esa luz de la que habla tu maestro, pero a mí no me dañaba porque era su amigo —aclaró el joven, divertido.

—¿Y hablaba contigo?

—Así es. Muchos días salíamos a cazar juntos.

El niño abrió los ojos desmesuradamente, asombrado por lo que escuchaba.

—Cazabais en el desierto —dijo como para sí, deslumbrado.

—Era un gran auriga y un excelente arquero.

—¿Tú también tenías un carro? —se interesó el rapaz, a quien fascinaban aquellas historias.

Nehebkau asintió.

—Y dos caballos, a los que quería mucho.

—Entonces eras como un príncipe —señaló el chiquillo, maravillado.

—Algo parecido —apuntó el tebano, en tono misterioso.

—Cuánto me gustaría poder conducir un carro. Tú podrías enseñarme a guiarlos.

—En el Lugar de la Verdad eso no sería posible, pero si quieres te enseñaré a pescar, y a cazar patos en los cañaverales.

Ranefer se mostró entusiasmado de nuevo.

—Esa sí es una buena aventura —dijo el chiquillo mientras batía palmas con sus manos—. Pero no sé si me dejará mi madre.

—Le pediremos permiso.

—No sé —apuntó el niño, preocupado—. Solo me permite abandonar la aldea en su compañía. Dice que afuera hay muchos peligros acechando.

—En eso tiene razón; pero trataremos de convencerla.

—Bueno... si voy contigo quizá acepte. Tú eres poderoso, y no tendría que temer a las serpientes —señaló Ranefer, rotundo.

Ahora el sorprendido fue Nehebkau.

—¿Eso dice? —inquirió este con curiosidad.

El niño hizo un gesto elocuente.

—Todos los vecinos saben que eres el hijo de Wadjet; que las cobras son tus mejores amigas. Ellas no tienen secretos que tú no conozcas.

—Por eso te digo que las evites. Nunca te acerques a ellas, ¿me entiendes?

Ranefer asintió, impresionado por el tono de aquellas palabras.

—Ellas no son de este mundo —continuó el tebano—. Si no las molestas te dejarán en paz.

El pequeño miró al capataz con fascinación, pues le parecía que poseía un poder inalcanzable.

—¿Puedo ser tu amigo? —quiso saber el pequeño.

—Ja, ja. Naturalmente. Eres el mejor que tengo.

—¿Como lo eras de Tutankhamón?

—Incluso más. El dios también hubiese sido tu amigo si te hubiera conocido.

Ranefer dio un salto de alegría.

—Cuando lo sepan en la escuela todos me envidiarán, y el maestro dejará de amenazarme con su vara.

—Debes obedecerle, y «aprender las palabras de Thot». En ellas radica el verdadero poder.

—Eso me dice mi madre.

—Ella es muy sabia.

Ranefer asintió, y acto seguido se despidió de su nuevo amigo.

—Tengo que irme, si no mi madre se enfadará. ¿Cuándo podremos volver a vernos?

—Siempre que quieras. Cuando no trabaje en la tumba te esperaré a la salida de la escuela.

El niño volvió a asentir muy a su pesar, ya que había olvidado que aquel hombre era el jefe de los trabajos en la tumba del dios Kheperkheprura, y que todos los obreros dependían de él.

Sin embargo, no tardaron en volver a encontrarse, y para sorpresa de Nehebkau el chiquillo le tenía preparadas un sinfín de preguntas acerca de Tutankhamón, de sus gustos y aficiones, incluso lo que comía.

—Le gustaban mucho los dátiles. Tenía siempre a mano una cesta repleta de ellos, todos sin hueso.

—¡Dátiles sin hueso! —exclamó Ranefer con incredulidad—. No sabía que existieran ese tipo de dátiles.

—Ja, ja. Se los quitaban antes de servírselos. No olvides que se trataba de un dios.

—Claro —dijo el rapaz, pensativo.

—También se deleitaba con las granadas y era muy aficionado a los ajos, puerros y pichones asados. En su mesa no faltaba de nada.

—¿Y tú comías lo mismo que él?

—Así es, y por las tardes, en los jardines del palacio, disfrutábamos de su juego preferido: el *senet*.

Ranefer pareció entusiasmarse.

—¡El *senet*! —exclamó de nuevo—. Mi madre me ha enseñado a jugar. Es su pasatiempo favorito. Dice que es un juego de príncipes.

—Lo es. ¿Por eso llevas la trenza de la niñez, como es costumbre entre la realeza? —preguntó Nehebkau con interés.

—Puede —dijo el chiquillo sin saber muy bien qué contestar, aunque al poco pareció reconsiderar la cuestión—. Aunque ella asegura que desciendo de príncipes.

—Entonces eres un gran personaje. ¿Dónde está tu padre?

—Se encuentra en Menfis. A veces mi madre me habla de él.

—¿Y qué te dice?

—Que era muy amigo de Tutankhamón, igual que tú. Él también es muy importante, ¿sabes?

Nehebkau notó una punzada en el estómago, y al momento sintió cómo una extraña sensación recorría sus *metus*.

—En ese caso quizá lo conozca. ¿Cuál es su nombre?

—Mi madre me ha asegurado que se trata de un secreto que no me puede revelar.

—Vaya —respondió el joven mientras disimulaba su desazón—. Meresankh es muy misteriosa.

—Ella dice que he de descubrirlo por mí mismo.

—¿Cómo ocurrirá eso?

—Él regresará al Lugar de la Verdad. Muy pronto estará junto a nosotros.

El tebano no pudo evitar estremecerse.

—Al parecer solo tu madre conoce el enigma —señaló este, impresionado por lo que escuchaba.

—Ella es muy sabia. Los vecinos de la aldea piden su consejo. Por las noches habla con las estrellas.

—¿Acaso es una *heka*? —preguntó el joven, sorprendido.

El pequeño de nuevo se encogió de hombros.

—Puede leer lo que está escrito en el cielo. Los mensajes que Nut le deja en su vientre. Conoce lo que ha de venir.

—Entonces no hay secretos para ella —afirmó el tebano con evidente ironía.

Ranefer captó al momento aquel tono de sarcasmo, y miró a Nehebkau muy serio, con una expresión que más se parecía a la de un adulto que a la de un niño, para seguidamente hablarle como si se tratase de un oráculo.

—Mi madre nunca se equivoca. Todo lo que le cuentan los cielos termina por cumplirse. Ese es su don.

16

En la soledad de su habitáculo, Nehebkau pensaba en Ranefer y en las conversaciones que ambos habían mantenido. Rememoraba cada frase, la expresión en el rostro del pequeño al escucharle, los rasgos que le eran tan familiares. En él había una verdad oculta a la que se resistía a enfrentarse, una sospecha que se negaba a considerar por miedo a conocer una realidad que formaba parte de sus propios fantasmas. Estos se presentaban reacios a desaparecer, siempre dispuestos a mostrarle su cara en el momento más inesperado, como si disfrutaran al acecharle. Lo llevaban haciendo desde que el joven tenía memoria, por uno u otro motivo, cual si tuviese que cumplir un servicio ordenado por fuerzas oscuras. Se trataba de una empresa que nada tenía que ver con Heka y su magia; que nacía de su propia alma, de lo más profundo de su ser. De ahí surgían aquellos genios tenebrosos, y al percibir su presencia el tebano emprendía una huida desesperada, sin detenerse a mirar atrás, daba igual el camino que tomara.

En ocasiones creía oír sus carcajadas, estridentes donde las hubiese, en tanto unos dedos acusadores surgían de la nada para señalarle como a un condenado. Por algún motivo era un convicto, y en los instantes de mayor desesperación pensaba que cargaba con las penas de otras vidas, pues no encontraba otra explicación. Las pesadas piedras de las que se creía haber librado al lanzarlas al río, tan solo formaban parte de un espejismo. Había más culpas en su corazón de las que no se había desembarazado, que ahora le atormentaban de una forma atroz. A veces le gritaban, pero él se tapaba los oídos antes de iniciar su carrera, pues solo quería escapar.

Pero por alguna causa extraña ahora no podía. Sus pies se negaban a obedecerle, en tanto su *ka* sufría ante el hecho de hallarse perdido. Por primera vez Nehebkau se hacía preguntas que nunca se había formulado, aunque no fuese consciente de ello.

Su estancia en aquella casa se le hizo insufrible, y durante un tiempo el joven se refugió en su trabajo, en el interior de aquella tumba maldita que había sido expoliada de la forma más ruin. Al observar el progreso de las obras no podía dejar de entristecerse, aunque a la postre se animara al pensar que una buena parte de Tutankhamón permanecería allí para siempre. A veces creía sentir su presencia, y en ocasiones se extasiaba al contemplar el mural en el que Tut navegaba sobre su esquife entre los cañaverales.

Mientras atendía a su trabajo, Neferabu se lamentaba al verle sumido en sus tribulaciones, pero no decía nada. En su opinión estas no tenían cabida en el mundo de los dioses, daba igual donde fuesen enterrados.

A Nehebkau le pareció que dormir al raso era mejor que hacerlo en su nuevo hogar. En el campamento al menos miraría a las estrellas y se arroparía con su manto, como hiciese antaño. Pero se equivocaba, y pasadas las semanas el rostro de Ranefer volvió a presentársele sin previo aviso, con más claridad que antes. Era una imagen contra la que no podía luchar, y que una noche terminó por recitar su nombre: Nehebkau.

¿Cómo era posible? El tebano estaba seguro de que el pequeño lo llamaba, con aquella vocecilla que ahora le resultaba inconfundible. No había duda, y no obstante el joven se encontraba solo, envuelto en la oscuridad de la noche, sin más compañía que los luceros y el distante ronquido de los obreros. Sin embargo, por motivos que no acertaba a comprender, Ranefer parecía dispuesto a hacérsele presente, pues las siguientes noches regresó para hablarle de nuevo con mayor claridad si cabe. Su nombre resonó en su corazón con una fuerza asombrosa, e incluso tuvo el convencimiento de que aquella voz estaba dispuesta a conversar, a formularle las más diversas cuestiones; a preguntarle acerca de su propia vida. ¿Qué suerte de prodigio era aquel?

Por fin, una noche tuvo la certeza de poder desentrañar el enigma. La misteriosa voz procedía de sí mismo, de su interior. Corría por cada uno de sus *metus* hasta llegar al corazón, donde retumbaba de forma clamorosa para que no albergara la menor duda de que nunca podría engañar a su conciencia. La verdad era soberana y había llegado la hora de que la mirase a la cara. Cuando al día siguiente regresó a la aldea, fue a encontrarse con el chiquillo. Al reconocerle, Ranefer corrió hacia el joven, alborozado, muy contento de volver a verle.

—Creí que te habías marchado a Menfis, y ya no regresarías —se quejó el pequeño.

—Menfis se encuentra demasiado lejos para mí. Pero me parece que has crecido desde la última vez que nos vimos.

—Mi madre dice que un día seré tan fuerte con Sejemjet.

—Vaya, sí que serás fuerte. No ha existido un guerrero más poderoso que él.

—¿Lo conociste? —quiso saber el niño, admirado.

—Ja, ja. Me temo que Sejemjet vivió hace ya muchos *hentis*; cerca de cien. ¿Sabes cuánto es eso?

—Claro. El maestro dice que ya sé contar, y pronto me enseñará a utilizar las fracciones. Pero quien me gusta es Sejemjet.

—Ja, ja. Ese nombre forma parte de la leyenda.

—¿La conoces? ¿Sabes su historia? —se interesó el rapaz.

—La conozco. Si quieres te la cuento.

Ranefer dio un brinco de alegría, y acto seguido el tebano relató la historia de aquel héroe de los tiempos del gran Tutmosis III, mientras acompañaba al chiquillo hasta su casa. Cuando terminó la narración, Ranefer lo miraba, boquiabierto, asombrado por las hazañas de aquel personaje.

—Él solo hubiera conquistado todo Retenu si hubiese querido —dijo el chiquillo, admirado—. Era invencible.

—Ja, ja. Estoy seguro de que sí.

Ya próximos a la casa, Ranefer miró a su nuevo amigo con evidente ansiedad.

—¿Cuándo me llevarás a pescar? —le preguntó.

Inconscientemente, Nehebkau dirigió su vista hacia donde se encontraba el río, aunque desde allí no pudiese verse.

—Habrá que esperar hasta que se retiren las aguas de los campos. Pero ya falta poco. Antes de que llegue la estación de las «aguas bajas» podremos ir a pescar; aunque primero tendrá que darte permiso tu madre.

Ranefer batió las palmas, convencido de que eso no supondría ningún problema.

Así fue como se separaron, y aquella noche Nehebkau durmió en su casa plácidamente, sin oír ninguna voz que agitara su corazón.

Mientras, Meresankh volvía a escudriñar los cielos y escuchar cuanto estos tuviesen que decirle. El verano ya terminaba, y aquella época del año le gustaba de forma particular. Estaban en el mes de *hathor*, tercero de la estación de *akhet*, la inundación, principios de octubre, su preferido. En aquella hora la joven percibía el aire perfumado por las adelfillas y los arbustos de alheña, al tiempo que cargado de misterio. Los astros parecían confluir de forma enigmática sobre el Valle, y un extraño manto de silencio cubría la necrópolis para sumirla en el olvido, como correspondía a un lugar que no era de este mundo. Desde lo más alto de los farallones Meretseguer observaba, al tiempo que bendecía a aquel poblado levantado para servirla. La diosa era su patrona, y en aquella hora enviaba su poderosa magia para dar luz a los corazones de las buenas gentes que la adoraban.

Meresankh la percibió con claridad y se dejó iluminar por ella, pues rebosaba sabiduría. Hathor hablaba por su boca, y le hacía llegar palabras de difícil interpretación. Era un mensaje de esperanza, pero al mismo tiempo le advertía de que el *ba* del hombre a quien amaba se encontraba preso en una cárcel de tinieblas, a la que resultaba difícil acceder. No era debido a ningún conjuro; llevaba allí toda su vida, desde el día en que Nehebkau había venido al mundo.

La joven se estremeció. Ella había captado aquella oscuridad con mayor intensidad el día en que volvió a coincidir con el tebano. Se encontraba en su mirada, que ella notaba turbia, y sobre todo en su *ka*, que parecía incapaz de mostrarse en toda su magnitud ante ella; como si la presencia de la joven lo retrajera. Aquella fuerza vital se parapetaba; quizá por temor a que Meresankh descubriese la prisión a la que había sido condenada.

Los cielos le hablaban con claridad meridiana, y en aquel momento ella comprendió todo lo que deseaban comunicarle. Se trataba de un lenguaje arcano en el que no había lugar para el engaño, que le decía que había llegado su momento, lo que el cosmos esperaba que hiciese. Había nacido para eso, pues solo Meresankh podría liberar el alma cautiva del hombre para el que estaba predestinada. Ella siempre lo había sabido, desde el lejano día en que recibiese el hálito de la diosa del amor en su corazón. La medida del tiempo era distinta para los dioses, y por fin esta se cumplía para la joven, a quien Hathor siempre tutelaría.

17

Nehebkau nunca supo en realidad cómo ocurrió, mas sin pretenderlo se vio en casa de Meresankh sin ofrecer la menor resistencia, cual si la corriente lo hubiera arrastrado, calle abajo, y él se hubiese dejado llevar como si fuese algo natural. Ranefer había sido la fuerza impulsora, ya que lo había tomado de la mano para conducirle hasta su vivienda con una presteza ante la que el joven no pudo sino claudicar, al tiempo que sonreía al escuchar al chiquillo.

—Vamos, tienes que venir. Hoy jugaremos al *senet*.

Esas habían sido las palabras, más o menos, aunque mientras jugaban el tebano se convenciese de que había caído en una especie de hechizo para el que no encontraba respuesta.

—Ja. Vuelvo a ocupar tu casilla, y tendrás que retroceder cuatro puestos, hasta el que yo tenía antes de lanzar los palos —gritaba el pequeño, alborozado.

Nehebkau sonreía con condescendencia, aunque el niño jugara mejor que él. En el juego del *senet* siempre había sido un perdedor, sobre todo por la mala suerte que tenía a la hora de lanzar aquellos palos, lisos por uno de sus lados y redondeados por el otro, que le parecían verdaderos inventos diabólicos. Que él recordara jamás sacaba un seis, el número más alto de casillas que se podían avanzar, y en las ocasiones en que se encontraba cerca de coronar el último cuadro, la casilla treinta, caía en la temida trampa de la veintisiete, que le devolvía al principio de la partida.

—Como he ocupado tu escaque tienes que retroceder hasta el número quince —volvía a gritar el chiquillo, entusiasmado.

El tebano asentía, pues poca cosa podía hacer, mientras desviaba su mirada de vez en cuando hacia donde se encontraba Meresankh. No había dejado de hacerlo desde que llegase a la casa, sin saber por qué era motivo de su atención. Él nunca se había fijado en ella con anterioridad y, no obstante, no dejaba de dirigir su vista hacia la joven en cuanto tenía oportunidad.

Su figura era como un imán que le atraía de forma desconocida, pues no se parecía en nada a la atracción que una vez había llegado a sentir por su hermana, que surgía de la más pura pasión. Ahora era diferente. Se trataba de algo sutil, etéreo, que poco tenía que ver con sus formas y que, sin embargo, resultaba mucho más poderoso. Era una fuerza extraña, que parecía provenir de lo más profundo de la joven, y que irradiaba a su alrededor de manera prodigiosa hasta captar el interés de cuantos se hallaban cerca de ella. Era fácil abandonarse a aquella luz avasalladora, ya que invitaba a la quietud, al sosiego, cual si repeliera cualquier pesar que atribulara a los corazones. Había verdadera magia en Meresankh, en sus movimientos, como si con ellos diera vida a hechizos capaces de penetrar hasta el interior de los *metus*.

Entre ambos apenas habían sido necesarias las palabras, y tras saludarse con cortesía él había sentido cómo su mirada le había atravesado por completo, hasta alcanzar el alma. Nehebkau no albergaba dudas al respecto y, mientras jugaba al *senet*, notaba cómo algo desconocido removía sus entrañas, y su *ka* cobraba un brillo especial, desconocido por él hasta ese momento. Era como si su fuerza vital se desperezara después de un largo letargo y se le presentara renovada, dispuesta a insuflarle optimismo.

Resultaba curioso, pero mientras lanzaba los palos pensaba que nunca había conocido una mirada como aquella, profunda, perturbadora y al tiempo cargada de misterio; cautivadora. Así era como se sentía, cautivado por unos ojos oscuros como la noche, a la vez que repletos de una luz cegadora, como la de Ra en el mediodía. Al tebano se le ocurrió que quizá ella hubiese atrapado uno de sus rayos para guardarlo muy dentro, en su corazón, y en tanto movía las piezas pensó que todo era posible pues estaba convencido de encontrarse ante una maga.

Por un momento recordó a Neferu, los tiempos en los que ambos se habían amado, y se dijo que aquella atracción por su hermana era el último ultraje hacia la difunta, uno más que añadir a su condena. Sin embargo, no podía hacer nada por evitarlo. Meresankh lo había hechizado con su mera presencia, sin que apenas fuesen necesarias las palabras.

Aquella casa le pareció una especie de templo para el espíritu, en el que podían hacerse ofrendas a la calma y la reflexión pausada. En el Lugar de la Verdad todas las viviendas eran iguales, pero, no obstante, poco tenía que ver la suya, vacía y ciertamente abandonada, con la de la joven. Las paredes, enyesadas, estaban pintadas de un blanco inmaculado y los suelos, de arcilla prensada, se hallaban recubiertos por alfombras de junco, que hacían pasar el polvo y proporcionaban un agradable frescor. Olía a natrita, utilizada para ahuyentar a las pulgas y chinches y, sobre todo, a aceite de oropéndola, muy eficaz a la hora de espantar a las moscas. Junto a las ventanas había pequeños cuencos que contenían un bálsamo hecho con dátiles del desierto, eficaz contra los mosquitos, que eran habituales en aquella época del año, y para alejar a las ratas bastaban los tres gatos que, plantados en el centro de la estancia, observaban con curiosidad a aquel extraño que había acudido a visitarlos.

Nehebkau reparó en tres hornacinas que contenían sendas figuras votivas. Se sonrió al ver en una de ellas la inconfundible imagen de Meretseguer, representada con cuerpo de cobra y cabeza de mujer, mientras que en las otras se reconocía a Hathor e Isis, la gran madre, la maga entre las magas de Egipto. Junto a ellas había pequeños candiles encendidos, similares a los que se utilizaban para trabajar en el interior de las tumbas, confeccionados con mechas de lona envueltas en tiras de lienzo impregnado en aceite, a los que se añadía sal para que no mancharan las paredes de humo. Sin duda se trataba de un hogar acogedor, mucho mejor que las frías salas de los palacios en los que él había vivido, y se le ocurrió que su amigo Tutankhamón se hubiese encontrado muy a gusto allí, jugando al *senet* con Ranefer.

Al salir de sus reflexiones, el tebano volvió a buscar a Meresankh con la mirada. Esta se hallaba muy atareada haciendo la cena, pues había insistido mucho en que el joven los acompañara en aquel día festivo a compartir la comida más importante del día para un egipcio.

—He vuelto a vencer —gritó el rapaz, exultante por su éxito—. He metido todos mis *ibai*[76] en la casilla treinta.

—Buena paliza me has dado. No he conseguido ganarte ni una sola vez.

—Ja, ja. Soy invencible como Sejemjet.

—Ya lo creo. Al dios Nebkheprura le hubiese gustado jugar contigo.

El niño hizo un gesto de admiración.

—¿Tú crees? —preguntó este, desconcertado.

—Estoy convencido de ello.

—Pero él era el señor de las Dos Tierras, y no un Servidor de la Tumba.

—Eso no tenía importancia para él. Mírame a mí. Yo era pescador y el dios me nombró su amigo.

—Cuánto me hubiese gustado jugar al *senet* con el faraón. A lo mejor le hubiese vencido.

—En mi opinión, la partida hubiera estado muy igualada.

—¿Tenía mucha suerte?

—Tanta como tú. Sacaba seis cuando se lo proponía.

El chiquillo dio un silbido de asombro.

—Claro, por eso era el dios —dijo a continuación.

Nehebkau rio la ocurrencia, justo para ver cómo Meresankh colocaba un buen número de platos sobre una mesa baja, e invitaba a que se sentaran en el suelo a su alrededor. Como era costumbre la comida fría se encontraba en recipientes de piedra, y la caliente, en los de cerámica. Al joven le pareció que habían preparado un festín.

—¡Lentejas! —exclamó con evidente satisfacción, ya que era su plato favorito.

Meresankh esbozó una sonrisa a la vez que hacía un ademán con la mano para mostrar el resto de los platos.

—Tus alimentos son dignos del Horus reencarnado —señaló el joven mientras paseaba la vista por los manjares que le ofrecían—. Pepinos, espárragos, guisantes y lechugas —alabó el tebano, a quien gustaban mucho las hortalizas, y a los que había que añadir dátiles e higos de sicómoro, que la joven reverenciaba por proceder del árbol sagrado. También había pan blanco recién horneado y pastas de anís endulzadas con miel; y para beber: cerveza y zumo de granada, la bebida más apreciada en el Alto Egipto.

—Todo lo ha hecho mi madre —se apresuró a decir Ranefer, feliz de que su amigo los acompañara a la mesa.

—Me temo que no sea capaz de comérmelo todo —apuntó el tebano, agradecido por semejante agasajo. Al probar las lentejas entrecerró los ojos de placer. Estaban deliciosas, y en el guiso pudo apreciar el ajo, la cebolla y los puerros, además de la pimienta y otras especias que no supo identificar, pero que le aportaban un toque muy sabroso—. Son las mejores que he comido nunca —repitió con satisfacción.

—El condimento forma parte del secreto de la receta —dijo ella, satisfecha de que a su invitado le gustaran tanto.

Nehebkau hizo un esfuerzo por probar el resto de los platos, e incluso tomó un poco de cerveza, algo que no acostumbraba a hacer ya que no le agradaban las bebidas alcohólicas. No obstante, tuvo que reconocer que estaba muy buena. En la Tierra Negra se conocían hasta diecisiete tipos diferentes de cerveza, de cebada y también de trigo, y la solían elaborar las mujeres.

—No había cenado así desde los tiempos de Nebkheprura —exclamó el tebano, visiblemente complacido—, aunque os aseguro que él nunca comió unas lentejas mejores que estas.

Meresankh hizo un gesto de agradecimiento, en tanto fijaba en él su mirada, y sin poder evitarlo el joven volvió a sentir aquel poder cargado de magia. Ella la desvió con discreción para reprender a Ranefer por comer tantas pastas de anís, y Nehebkau aprovechó para observarla por primera vez con los ojos del hombre.

Poco tenía que ver Meresankh con Neferu. La belleza de esta entraba por la vista, mientras que la de su hermana penetraba hasta el alma. Lo carnal y lo espiritual se habían dado cita en ellas como si se tratara de dos seres tan diferentes como el día lo era de la noche; o mejor, el sol de la luna, pues ambos astros parecían haber llegado a mimetizarse en aquellas hermanas, a pesar de ser hijas de los mismos padres.

Al igual que le ocurriera cuando se encontró por primera vez con la joven en la aldea, Nehebkau tuvo la sensación de hallarse ante una figura extraída de los muros de una tumba. Se le antojó como una de aquellas diosas que Neferabu se encargaba de plasmar con maestría, que terminarían por tomar vida al recitar la palabra justa. Poseía la serenidad de dichas figuras y un porte que, de seguro, recabaría la atención de la mismísima Nefertiti.

Llevaba un ligero vestido de lino, que ajustaba a su cintura con un elaborado cinturón de cuentas, y unas sandalias blancas de piel, como las que acostumbraban a calzar los sacerdotes, lo cual no dejaba de resultar inusual. Una cinta sobre la frente rodeaba su abundante cabellera, a la vez que la ayudaba a mostrar su rostro, de serena belleza; unas facciones que al tebano le parecieron intemporales, cual si formasen parte de la idiosincrasia de las mujeres de aquella tierra desde el principio de los tiempos. Él ya las había visto en Saqqara, en los milenarios templos de Menfis, y al recordar el mural que separaba la tumba de Tutankhamón de la de Nefertiti, en la que esta se hallaba representada antes de que Neferabu decorara de nuevo aquella pared, no tuvo ninguna duda de que Meresankh bien podría haber servido de modelo a la que fuese reina de Egipto. Sus formas eran idénticas, con la misma proporción, incluso poseían la misma barbilla que llegaba a hacerlas parecer altivas en cuanto ellas se lo propusieran.

Su parecido resultaba asombroso, pues hasta el maquillaje era similar, al pintar sus rostros de una suave palidez que contrastaba con el rojo de los labios y el enigmático *khol* que perfilaba unos ojos que parecían perder la mirada en algún lugar lejano; puede que en el Más Allá. Por todo adorno, Meresankh llevaba un brazalete en el que se hallaban representadas unas cabezas hathóricas, y un discreto collar de cornalina. Ella no necesitaba más para mostrar su esencia, y a Nehebkau le pareció que no existían alhajas que pudiesen compararse con aquella magia que se desbordaba por cada poro de la piel de la joven. Por primera vez la percibía en toda su plenitud, formidable, como las inexpugnables murallas de Kadesh, y se le ocurrió que ni Horemheb con todo su ejército podrían vencerla.

Al salir de su abstracción Nehebkau tragó saliva con dificultad, justo para encontrarse de nuevo con la mirada de la maga, que penetraba hasta lo más profundo de su ser. Entonces se sintió indefenso, desvalido, y tuvo la seguridad de que le leían hasta el último de sus pensamientos, sus más recónditos secretos, sus vergüenzas y aflicciones; toda su vida.

A duras penas el tebano logró sobreponerse para encontrarse con la sonrisa de Meresankh, y una expresión de condescendencia que le hizo sentirse insignificante. Pensó que a su lado él no era nada; que los títulos grandilocuentes que le había dado Nebkheprura no eran sino humo arrastrado por el viento del norte, vacuos, como lo había sido su vida, en la que se había visto incapaz de crear algo por sí mismo. Todo cuanto le había ocurrido le había llegado impuesto por otras manos, desde el día en que viniera al mundo y Akha se apiadara de él. Había nacido para no existir, y todo lo demás no había sido más que una burla colosal.

Meresankh se percató al instante de lo que le ocurría. Era lo natural. Por primera vez el *ka* de Nehebkau se había atrevido a mostrarse tal y como era en realidad, para verse desnudo ante sus propios ojos. Se trataba de un escenario tenebroso al que resultaba difícil enfrentarse. Sin embargo, debía hacerlo.

La joven no albergaba dudas. Durante la cena se había empapado con la esencia de aquel hombre. Era una energía poderosa, en cuyo interior todavía mantenía un débil candil que la alumbraba, pero rodeada de sombras que amenazaban con estrangularla. Se trataba de fuerzas oscuras donde las hubiese, y ella imaginó el terrible sufrimiento que debía de sentir aquella alma atribulada. Esta era la palabra que mejor lo definía, pues Nehebkau había pasado la vida abandonado a su suerte; una suerte que le era esquiva desde que Khnum lo había formado en el vientre de su madre.

Sin embargo, no todos los dioses le habían resultado poco propicios. Mesjenet se había apiadado de la criatura. Ella le había proporcionado el sustento al cruzar a Akha en su camino, y también le había dado el poder sobre las cobras, y Renenutet se había encargado de que su destino le condujera un día hasta su casa, ante aquel plato de lentejas en el que habían terminado por confluir sus caminos. Los dioses nunca nos abandonaban del todo, y al comprender la complejidad que podían encerrar sus decisiones la joven se estremeció, y al punto rememoró los mensajes que, durante años, había leído en el vientre de Nut: lo que hoy está arriba, mañana estará abajo. Qué gran verdad era aquello, y al entender el alcance de dicha frase, Meresankh se convenció de que toda la vida era un misterio que nos sobrepasaba, por el que terminábamos por caminar sordos y ciegos, aunque no nos diésemos cuenta de ello.

Muchos dirían que Shai era el culpable de aquella burla, pero ella sabía que no era así. Todo estaba escrito, y a Nehebkau le había sido predestinado, aunque él nunca lo hubiese imaginado. Desde hacía *hentis* ella lo había amado cada noche, y ahora que su *ka* se le había aproximado, la joven había leído su magnetismo, lo que algún día él podía llegar a sentir por ella, el obstáculo que evitaba que el tebano le abriera su corazón y se entregara para siempre. Como bien sabía, dicho impedimento se hallaba en la naturaleza del joven. Nehebkau había nacido para sufrir, pues estaba maldito, y solo ella podría ayudarle.

Ra-Atum se ocultó por los cerros del oeste tan rápido como de costumbre, como si tuviese prisa por iniciar su proceloso viaje por el Mundo Subterráneo. La cena había sido copiosa y Ranefer empezó a dar las primeras cabezadas, mientras Nehebkau contaba a su madre algunas particularidades de la ciudad de Menfis, por las que ella parecía interesada. Prestaba mucha atención a cuanto le decían, y se sintió fascinada por aquella capital tan cosmopolita.

—No sé si podría vivir en un lugar en el que hubiese tanta gente —señaló ella, pensativa.

Él le dio la razón, pues no en vano siempre sería un solitario. Sin embargo, a Meresankh le subyugaron las explicaciones del joven sobre las pirámides, la grandiosidad del templo de Ptah, y la inmensa necrópolis que se extendía bajo las arenas de Saqqara.

—Me temo que ya es la hora de acostar a Ranefer —dijo ella, al ver cómo el chiquillo se había quedado dormido.

Él se disculpó, y se ofreció a llevarlo hasta un pequeño camastro en cuyo cabecero había grabadas sendas imágenes de Bes y Tueris, ambas divinidades protectoras del sueño de los infantes, para acto seguido disponerse a marchar.

—Antes de que te vayas quisiera mostrarte algo —le pidió la joven.

Él hizo un gesto de conformidad y ambos subieron a la azotea. Era una noche magnífica y, como de costumbre, el cielo resplandecía cuajado de estrellas, que en aquella hora se asomaban para contemplar Egipto por miríadas. El espectáculo resultaba sobrecogedor, y a Nehebkau le pareció que nunca en su vida había visto tantos luceros.

—Han salido para saludarnos —apuntó ella con aquel tono enigmático que solía emplear en ocasiones.

El tebano no supo qué decir, pero le pareció que aquella noche se habían dado cita en el vientre de Nut todas las estrellas conocidas.

—Allí está la «estrella de fuego»[77] —dijo ella señalando hacia un lucero de color anaranjado—; aquel triángulo es «el ave»,[78] y aquel cúmulo es la «Miríada».[79] Si miras hacia el norte verás «las mandíbulas», Casiopea, pues es fácil de identificar, próximo a ella está Meskhetyu, «la pierna de toro»,[80] con sus siete estrellas.

Nehebkau observaba admirado cuanto le mostraba la joven, al tiempo que contento por poder identificar por primera vez en su vida muchos de los luceros que había visto en múltiples ocasiones desde su barca, pero de los que ignoraba sus nombres. El vientre de Nut parecía no poseer secretos para Meresankh, pues daba muestras de conocer todos los astros que tachonaban el firmamento en aquella hora.

—¿Cuál es aquella estrella que brilla como si sangrara? —quiso saber el tebano.

Ella sonrió complacida.

—Se trata de Horus el Rojo, Marte. Un lucero que siempre está dispuesto a mostrar su poder aunque, si te fijas, aquella otra es mucho más brillante.

—Es cierto, brilla de forma singular.

—Por eso la llaman «la Estrella Brillante», Júpiter; más a la derecha se encuentra «Horus el Toro», Saturno, y todavía podemos ver a «la Estrella de la Noche» que también es visible por la mañana.[81]

Nehebkau atendía, boquiabierto, a cuanto le explicaba Meresankh, convencido de que aquella joven era mucho más que una maga, y que quizá formase parte de aquel cielo infinito; incluso se le ocurrió que podía haber nacido de una estrella caída del cielo.

—Hoy no puedo localizar a Sebegu, Mercurio —oyó que le decía la joven—, pero sí a la «Roja de la Proa», Antares, y a las estrellas de Sah, el cinturón de Orión.

Nehebkau asintió, fascinado al poder recorrer el cielo de Kemet de aquel modo.

—¡Es magnífico! —exclamó como para sí.

—Es mucho más que eso. Nut nos recuerda cada noche el equilibrio ordenado por los padres creadores. Un equilibrio que el hombre no puede transgredir.

El tebano sintió un estremecimiento, pues en verdad que todo parecía ocupar el lugar que le correspondía, y que en aquella inmensidad existían unas leyes inmutables que también eran aplicables al país de las Dos Tierras.

Durante un rato ambos permanecieron en silencio, dejándose envolver por una magia que parecía cubrir toda la tierra de Egipto. Al cabo, Meresankh señaló hacia una estrella que destacaba sobre el resto, pues brillaba con un fulgor inusitado, un poco más abajo de donde se encontraba Orión.

—Supongo que esa sí la conocerás —dijo ella, convencida de que el tebano sabía su nombre.

Este asintió, pues todo Kemet esperaba verla después de que se hubiese mantenido oculta durante setenta días, para anunciar el año nuevo.

—Es Sopdet[82] —musitó él con cierto recogimiento.

—Sirio; la más fulgurante de todas las estrellas. No existe ninguna otra que se la pueda igualar. En ella se encuentra Isis,[83] la gran madre. No hay poder en los cielos capaz de enfrentársele —señaló Meresankh con evidente devoción.

—La noche es tan oscura que hoy me parece que brilla más que nunca.

—Estamos en el novilunio. Aah no saldrá hoy a saludarnos.

Nehebkau miró un instante a la joven, pues en verdad su tono resultaba enigmático. Esta se percató, y esbozó una sonrisa.

—Si la luna apareciera nos susurraría al oído —dijo Meresankh.

Nehebkau hizo un gesto de escepticismo y ella rio con suavidad.

—Conoce todos nuestros secretos. Por eso a veces parece mirarnos con tristeza. Pero solo es parte de su magia.

El tebano perdió su vista por la bóveda celeste, impresionado por los conocimientos de la joven.

—Nuestros ancestros también se encuentran ahí —continuó esta al tiempo que señalaba con el dedo—. Es difícil distinguirlos, pues algunos se hallan más allá de los luceros.

Nehebkau pensó en Akha, y en las noches en las que creía haberlo visto desde su barca, aunque supiese que todo era producto de su imaginación. Meresankh pareció leerle el pensamiento.

—A veces mi padre y mi hermana se asoman al firmamento —señaló la joven.

—¿Cómo puedes saberlo? —preguntó el tebano con incredulidad.

Ella sonrió.

—Son *akh*, espíritus beneficiosos que se convierten en estrellas. Al poco de pasar a la «otra orilla» ambos surgieron por el horizonte del sur, uno después del otro, pero ahora permanecen juntos y me transmiten su luz y también sus bendiciones. Velan por su familia, así como por el Lugar de la Verdad.

Nehebkau hizo un gesto de escepticismo y Meresankh rio, divertida.

—En las noches de invierno se los puede ver con claridad —matizó.

—¿Y qué te dicen?

Ahora la joven miró a su acompañante de manera enigmática.

—Ambos fueron justificados en su momento por Osiris, y solo hay amor en sus mensajes. En el sitio en el que se encuentran no cabe el rencor. Forman parte del todo que ordena cuanto nos rodea, y entienden las leyes que nos rigen; los porqués de todo lo que les ocurrió en vida.

El tebano no supo qué decir, pues se sentía sobrecogido por aquellas palabras, al tiempo que confundido ante la posibilidad de que Neferu y Kahotep lo hubiesen perdonado, aunque él no lo supiera. Meresankh desbordaba magia por cada poro de su piel, y tuvo la sensación de que esta lo envolvía por completo, como si se tratase de una tela de araña de la que resultaba imposible liberarse. Se hallaba atrapado en ella, y a pesar de la oscuridad reinante le pareció que los ojos de la maga brillaban como ascuas, y su luz penetraba de nuevo hasta su *ba* para escudriñar sin que nada pudiese oponérsele. Entonces percibió un malestar en sus entrañas, una angustia que recorría cada uno de sus *metus*; aflicciones que removían su conciencia. Era prisionero de una fascinación que se había apoderado de su espíritu, contra la que no podía luchar, que le provocaba una atracción hacia la joven que trascendía lo físico, en la que su *ka* corría desbocado en pos de aquella enigmática fuerza que lo hechizaba sin remisión.

Nehebkau nunca sabría el tiempo que tardó en recobrar el aliento. Tras recuperar la consciencia notó cierto amargor en la boca, como si tuviese hiel en las entrañas. Entonces un chacal aulló en los cerros de la necrópolis, era Upuaut, el dios «abridor de caminos», que en aquella hora preparaba la nueva senda que debería seguir el joven, aunque este todavía no lo supiese.

18

Aquella misma noche Meresankh invocó al dios Heka, la fuerza divina de la magia, el «señor de los *kas*», que acompañaba a Ra en su barca solar en su viaje nocturno y combatía a la pérfida serpiente Apofis. Todo el poder mágico del universo se encontraba en aquel dios, y a él dirigió su encantamiento, pues para la joven el amor no era sino una ofrenda de la magia.

La compañía de aquel hombre había sido reveladora, y tras su marcha vio llegado el momento de convocar al supremo poder de la magia para que librara a su amado de la maldición a la que había sido condenado. Ahora la veía con claridad pues el *ka* de Nehebkau se había manifestado para hablarle de algo aterrador. No había duda; y mientras se dejaba envolver por las volutas del humo del incienso y la mirra quemados en el pebetero, tuvo una manifestación en la que el llanto del recién nacido se mezclaba con los lamentos del moribundo, y la exasperación de una madre que maldecía al hijo que acababa de traer al mundo.

Era imposible no estremecerse ante aquella visión, una escena que iba contra el *maat* y trasgredía las leyes sobre las que se fundamentaba la esencia de la Tierra Negra. Maldecir a una criatura era una abominación, y Meresankh estaba segura de que los dioses habían dejado escapar sus lágrimas al presenciar el acto; incluido Khnum, arrepentido por haberse avenido a escuchar en el seno materno semejante monstruosidad. A veces los dioses también se equivocaban, y ahora la joven entendía todo cuanto había ocurrido, las sombras que habían desvirtuado el camino que debía recorrer el tebano.

En cierto modo, las divinidades se habían apiadado de él, y lo habían ayudado a llegar allí, al conferirle un poder que él irradiaba de forma natural y que a todos infundía respeto. Tutankhamón lo percibió desde el primer momento, y ese fue el motivo por el que Nehebkau llegaría a formar parte de su historia.

Meresankh invocó a los genios del Amenti, a las fuerzas tenebrosas que habitaban en el Inframundo, para desafiarlos con su hechicería. Una magia que nacía de la pureza, forjada por las manos de Ra; una luz capaz de barrer las tinieblas, de convertir lo oscuro en inmaculado, de llevar la vida hasta la tierra más yerma y hacerla florecer. En aquella hora los astros se conjuraban para ayudarla y enviarle todo su poder, pues era el momento de remediar tanta injusticia, y la joven se vio a bordo de la *Mesektet*, la barca nocturna de Ra, a quien acompañaba para derrotar a los demonios del Mundo Inferior.

Cuando por fin salió de su trance, Meresankh se encontraba exhausta, como si hubiese sido sometida a un esfuerzo sobrehumano. Regresaba de un mundo de tinieblas, y al recuperar sus percepciones naturales volvió a dirigir la mirada hacia las estrellas, respirando satisfecha.

Así permaneció un tiempo, pensativa, pues había algo más que debía hacer para que el amor ocupase el lugar que correspondía en el corazón del tebano. Con una media sonrisa tomó el papiro entre sus manos, y acto seguido se dispuso a leer aquel encantamiento copiado de los textos antiguos, símbolo del amor divino:

Yo invoco a las siete Hathor, a Ra-Horakhty,
el padre de los dioses, los señores del cielo y
la tierra. Les dirijo esta petición: que Nehebkau,
el hombre a quien amo, me busque desesperadamente,
como una vaca la hierba, como la madre a sus hijos
y el pastor a su rebaño.[84]

Dicho esto, la joven grabó sus nombres en una figura de cera que representaba a Hathor, diosa del amor, la cual enterraría al día siguiente cerca de la capilla de esta divinidad, a las afueras de la aldea. Luego se fue a descansar, y antes de cerrar los ojos se le presentó el rostro de su amado que le sonreía de un modo diferente, como si al fin hubiese encontrado la paz.

Aquella misma noche Nehebkau apenas pudo dormir. Sus *metus* se hallaban repletos de emociones desconocidas, que su corazón no era capaz de ordenar. El joven se encontraba perdido, a la vez que deslumbrado por el poder de Meresankh. Había verdadera magia en la joven, hasta el punto de haberse visto invadido por una fascinación difícil de explicar. Los cielos parecían no poseer secretos para ella, y su mirada profunda y enigmática le habían llevado a pensar que Meresankh muy bien podría tratarse de una Isis reencarnada, ya que nunca había conocido a una mujer tan misteriosa como ella.

Sin pretenderlo dio vueltas y más vueltas sobre la esterilla que le servía de cama, mientras rememoraba la cálida acogida de sus anfitriones, la espléndida cena y todo lo que ocurrió en la azotea. Nunca olvidaría aquella velada ni la atracción que llegó a sentir hacia la joven. Por algún motivo no podía apartar su imagen del corazón, ni aquel tono de voz que había llegado a hechizarle. Estaba seguro de que esa era la palabra que mejor lo definía, pues resultaba sencillo abandonarse a ella para terminar por caer en el embeleso.

Casi de madrugada sintió aquella angustia que ya había experimentado la noche anterior en la terraza. Era una percepción desagradable que fue aumentando de intensidad hasta producirle un gran padecimiento; un dolor que retorcía sus entrañas a la vez que le inducía a la náusea. Quería vomitar, pero no podía, y al poco sintió cómo respiraba con dificultad en tanto se veía presa de una gran agonía. Nunca en su vida se había encontrado tan mal, y sin poder remediarlo se llevó las manos al abdomen, encogido como un guiñapo, en tanto buscaba aire desesperadamente. Entonces ocurrió algo inaudito, pues notó cómo un gran pesar se unía a su dolor para acto seguido verse en poder de una pesadilla atroz, en la que todos sus seres conocidos desfilaban ante su vista para mirarle de forma siniestra.

Akha, Reret, Ipu, Neferu, Shepseskaf, Kahotep... y hasta Tutankhamón surgían desde las profundidades del pasado para decirle que era un infame que solo les había traído la desgracia; un ser malvado que nunca debería haber nacido. Uno por uno así se lo hicieron saber, y Nehebkau sintió un gran sufrimiento, como si en verdad fuese el responsable de todos los males que habían acuciado a aquellos personajes durante su existencia. Entonces el tebano entró en una especie de desesperación difícil de definir. Padecía de una forma tan insoportable que terminó por verse arrojado a un abismo oscuro del que surgían rostros perversos, seres monstruosos que reían a carcajadas y le señalaban para mofarse de su infortunio. Se había convertido en uno de ellos, y en su descenso creyó escuchar como él también participaba de las risas y extendía su dedo para acusar a los demás.

Mas de repente su caída cesó, y un pesado silencio se apoderó de la escena, como si el tebano se hallara en el *Nun*, el océano primordial del que surgió toda vida al emerger de él la primera colina. Se trataba de un mundo caótico situado en los límites del universo, en el que habitaban las almas de los condenados y los niños que no habían llegado a nacer. Todas las fuerzas negativas se hallaban allí, y Nehebkau perdió la conciencia de quién era, como le ocurriera a Atum antes de emerger de aquellas aguas y convertirse en el dios creador, al formar la primera pareja por medio de la masturbación.

Sin embargo, ocurrió algo extraño que poco tenía que ver con aquel dios demiurgo. De forma súbita el joven recobró los sentidos, justo para percibir un sonido que se abría paso entre la nada, y una tenue luz que parecía proceder del mismo lugar. Nehebkau se dirigió hacia la claridad y escuchó lo que parecía ser el ruido de una carraca; al poco las sombras se despejaron y el joven vio un montículo en el que se hallaba un hombre con cabeza de carnero y cuernos ondulados. Entonces comprendió que el ruido no procedía de una carraca, sino del torno de alfarero en el que trabajaba aquella extraña figura. Esta le miró con curiosidad, y el tebano se aproximó sin sentir ningún temor, hasta situarse a su lado. Nehebkau lo reconoció al instante, pues aquel alfarero no era otro que Khnum, el dios encargado de dar forma a los infantes y sus *kas* en el vientre materno. Khnum prosiguió con su trabajo y, de repente, extendió uno de sus brazos para tocar con la mano la frente del joven. Entonces el sueño se desvaneció como por ensalmo, y Nehebkau se incorporó sin poder reprimir las arcadas. Esta vez las náuseas eran mucho mayores, y al momento el tebano comenzó a vomitar de manera descontrolada en medio de una angustia como jamás había experimentado. Parecía que la vida se le escapaba por la boca, y en su desesperación creyó ver a Anubis junto a la puerta, dispuesto a llevárselo a su reino de sombras.

Nehebkau se vio morir, pero al cabo dejó de vomitar, y tras recuperar el aliento se sintió mucho mejor, como si se hubiese despojado de un peso colosal. La angustia había desaparecido por completo y sus *metus* parecían libres de los malos humores. Se notó extenuado y al momento se tendió sobre la estera para caer en un sueño profundo, como nunca en su vida, en el que las sombras ya no tenían cabida.

19

Para Nehebkau el mundo cambió de color. El día se le antojaba más luminoso, los rayos del sol más brillantes, y los cerros ofrecían colores más vivos al recortarse sobre el azul intenso del cielo. Veía a sus hombres bajo una óptica distinta, e incluso se interesaba por ellos mientras trabajaban en el interior de la tumba. Por primera vez se percató de que cantaban de regreso al campamento, y que reían y bromeaban durante la cena o al compartir su ocio junto al fuego, antes de irse a dormir. Descubrió alegría en aquellos corazones entregados por completo a los deseos del faraón. A este debían su sustento, y a cambio los obreros entregarían su vida, horadando la roca hasta las entrañas de la montaña, enyesándola, pintándola, decorándola para que en su momento Kheperkheprura pudiese convertirse en una estrella que acompañase a las circumpolares, las que no conocían el descanso.

El tebano se sentía plenamente satisfecho, contento de haberse convertido en un auténtico Servidor de la Tumba. No albergaba la menor duda de que allí se encontraba su vida, que aquel era el sitio que debía ocupar hasta que se viese las caras con Anubis. Nunca había experimentado el menor temor hacia él, y ahora que conocía mejor que nadie cuál era su verdadera función, pensaba que se trataba de una figura necesaria a la hora de asegurar el orden cósmico preestablecido.

Antes de dormirse, tumbado al raso sobre su ligera esterilla, Nehebkau pensaba en todos aquellos matices que antes no era capaz de ver y, mientras observaba el cielo cuajado de estrellas, le parecía que cuanto le había acontecido con anterioridad quedaba muy lejos, cual si en verdad hubiese tenido lugar en otra vida en la que había estado perdido por completo. Había vagado sin rumbo, y ahora se preguntaba cómo era posible que hubiese sido capaz de sobrevivir en aquel escenario repleto de tinieblas. En su corazón ya no había lugar para su existencia pasada. Esta pertenecía a otro hombre que ya nada tenía que ver con él, y a la que, en cualquier caso, no estaba dispuesto a regresar jamás. Solo Tutankhamón permanecía incólume en su corazón, pues en cierto modo ahora sabía que sus *kas* siempre caminarían juntos, aunque sus sendas se hallaran separadas por voluntad de Anubis. Algún día volverían a encontrarse, y eso era cuanto importaba.

Antes de cerrar sus ojos pensaba en Ranefer, para recrearse en cada una de sus facciones, en su pelo rojizo que tan bien conocía, o en el sonido de su voz. El pequeño continuaba siendo un misterio para él, aunque por alguna extraña razón este detalle no le importara en absoluto.

A su manera, Nehebkau también escudriñaba el vientre de Nut, aunque ahora lo hiciese de forma diferente. Antaño lo observaba con la mirada del ciego, pero por fin estaba seguro de poder ver, de convencerse sobre cuál era el verdadero poder que emanaba de los cielos. Por eso había elegido un lucero que destacaba sobre los demás. Desconocía cuál era su nombre, aunque ello apenas tuviese importancia. Él lo había bautizado con el nombre de Meresankh, y no se le ocurría otro mejor que ese, pues estaba seguro de que, de alguna forma, ella se encontraba allí.

A veces recitaba su nombre sin ser consciente de ello, como si aquella palabra fuese la única que le importara pronunciar. No se imaginaba que existiese otra más adecuada para definir el universo que tenía ante sus ojos. En ella se hallaban todos los porqués, y también la luz que había hecho que su camino fuese bien diferente. Meresankh lo había recogido en mitad de la tormenta para depositarlo en una tierra en la que la noche no existía; un lugar que invitaba a la vida, a respirar un aire perfumado por la esperanza, en el que no cabía la tristeza. Al pensar en ella su corazón saltaba de gozo y sus *metus* se inundaban con un resplandor cegador, libres de toda pena. Él se daba cuenta de que no podía prescindir de la maga; que la joven no solo era el principio, sino también el final de su andadura, a donde fuera que sus pies quisiesen llevarle. No existía lugar para la duda, ni tampoco estaba dispuesto a buscarlo; Nehebkau la amaba y eso era todo cuanto importaba.

Durante aquellas noches en el campamento, el tebano reflexionó sobre todo ello. La pasión que en su día sintiese por Neferu no procedía de su alma. Ahora lo veía con claridad, aunque para ello hubiera sido necesario atravesar un desierto que había terminado por cargarle con un peso que llegó a convertirse en insoportable. Se había equivocado, como también lo hiciese al amar a Heteferes. Sin embargo, ya no existían penas que cumplir. Sus equivocaciones formaban parte de la condena que había sufrido, y esta quedaba sepultada bajo las arenas de aquel desierto por el que había deambulado durante toda su vida. Ahora contaba los días, las horas que faltaban para regresar con el resto de los trabajadores al Lugar de la Verdad, pues estaba seguro de que Meresankh lo esperaba, con el corazón abierto y aquella mirada en la que cabía todo el misterio de la Tierra Negra.

Cuando por fin se encontraron apenas fueron necesarias las palabras. Ella se hallaba preparada desde hacía muchos años, quizá toda la vida, ya que la joven siempre había conocido cuál sería su destino. Aguardaba junto a la puerta de la casa del capataz y, al verla, este exhibió una sonrisa que nacía desde lo más profundo de su alma. No existían las oposiciones para que ellos se amaran, y solo tuvo que tomarla de la mano y entrar juntos en aquella casa para que fuese suya para siempre. Allí, sobre una humilde estera, fundieron sus cuerpos por primera vez para viajar, por fin, hacia las estrellas que los habían alumbrado. Estas habían esperado aquel momento durante demasiado tiempo, y ahora se miraban satisfechas en tanto Nut les susurraba sus bendiciones. En su vientre Hathor hizo llegar el sagrado sonido de sus sistros, mientras los dioses se felicitaban y brindaban con el mejor vino de aquella tierra que ellos mismos habían creado. La luna también salió a felicitarlos, a inundarlos con su enigmática sonrisa y bañarlos con su magia. Todo estaba donde debía y hasta Maat se sonrió al ver cómo aquel hijo pródigo, agnóstico por naturaleza, había terminado por comprender las leyes que regían en Kemet y cuál era su auténtica esencia, pues sin los dioses Egipto no era nada.

Cuando sus labios se unieron, Nehebkau pensó que el mundo daba vueltas a su alrededor, que ambos ascendían de forma vertiginosa hasta los confines del cosmos. Ese era el lugar que los padres creadores habían elegido para ellos; el único posible en el que convertir aquel acto en algo sublime. Los dos se entregaban con una pasión que poco tenía que ver con lo terrenal, pues no eran sus cuerpos los que se amaban, sino sus esencias inmortales. Sus *kas* tiraban de ellos para conducirlos a un escenario en el que el placer tenía una medida diferente. Era como si este escapase de los sentidos para suspender a los amantes con infinitos hilos tejidos por la propia Hathor; un goce que no conocía el final, pues eran sus propias almas las que participaban de él para convertir aquel encuentro en intemporal.

Para Meresankh era su primera vez. Nunca se había entregado a ningún hombre, pues su cuerpo solo era el vehículo en el que poder iniciar aquel viaje. Lo había esperado durante toda su vida, y al sentir a su amado dentro de sí, lo amarró en sus entrañas, con la fuerza de mil maromas, para que jamás pudiese soltarse. Su magia no era de este mundo, y ella se la hizo llegar a través de su miembro hasta hacerle enloquecer. Lo notaba duro y enhiesto, como los obeliscos de Karnak, e imaginó que Ra había convertido en carne uno de sus rayos, para inundarlos con la luz y subirlos en su barca sagrada a fin de que recorrieran el firmamento mientras se amaban. Ella se dejó llevar, acompañada por espasmos que parecían no tener fin, hasta creer que la vida se le escapaba por sus *metus*, entre oleadas de un placer de naturaleza desconocida, imposible de contener, ante el que ambos amantes terminaron por rendirse. Estaban condenados a amarse durante toda la vida, a viajar más allá de las estrellas, donde dejarían escritos sus nombres para toda la eternidad.

Cuando regresaron, ambos permanecieron en silencio durante un tiempo, acariciándose tiernamente en tanto recuperaban el aliento. Luego se dijeron cuánto se amaban, lo que sus corazones sentían, aunque ellos ya lo supieran, para terminar por quedarse dormidos, abrazados, arropados por su felicidad.

Al entrar el primer rayo de luz por la ventana, ambos despertaron para volver a declararse su amor. Sabían que su vínculo era para siempre, y que para ellos había nacido una nueva vida, un camino que debían recorrer juntos.

Nehebkau se incorporó levemente y miró fijamente a su amada un instante, pues había llegado el momento de formularle una pregunta; una cuestión que durante un tiempo había llegado a atormentarle. Ella apenas se inmutó, ya que sabía muy bien de lo que se trataba.

—He de conocer la verdad —dijo el tebano con cierto temor.

—¿La verdad? ¿A cuál te refieres?

—La que me ha angustiado desde que supe que Neferu había muerto durante el parto.

Meresankh suspiró con pesar, y se levantó para regresar a su casa.

—Dime de quién es hijo Ranefer —le preguntó el tebano con un nudo en la garganta.

La joven se ajustó el vestido y luego dedicó a su amado una de aquellas miradas capaces de agitar las conciencias.

—Si quieres saber si eres su padre —señaló la joven con gravedad—, deberás preguntárselo a tu corazón. Él te lo dirá.

20

En realidad, aquella pregunta había sido contestada hacía ya mucho tiempo. Él conocía la respuesta desde el día que se cruzó con Ranefer por primera vez, aunque no hubiese tenido el valor de reconocerlo. Había caminado a ciegas durante toda su vida, y ahora que las sombras que lo encorsetaban habían desaparecido no había lugar para el engaño, pues su corazón veía con claridad donde antaño no podía. Aquella cuestión carecía de sentido, como Meresankh se lo había hecho comprender muy acertadamente con sus sabias palabras.

Nehebkau había vuelto de nuevo al trabajo, a ocuparse de la buena marcha de las obras en la tumba del dios, a compartir junto a sus hombres la vida en el campamento durante los siguientes nueve días; a volver a perder su mirada entre las estrellas antes de cerrar los ojos. Sin embargo, ahora sabía que, más allá de su rutina diaria, su vida había cambiado para siempre. Sin pretenderlo, Hathor le había concedido una familia, un inmenso tesoro que por fin era capaz de valorar. Las cosas no eran como había pensado, y el ser consciente de sus equivocaciones pasadas le daba aún más valor a lo que poseía. No existía un bien mayor que aquel en todo Egipto, y entonces pudo comprender el sufrimiento que padeció Tutankhamón al haber perdido a sus dos retoños.

No había nada que se pudiese comparar con aquel castigo, y eso le llevaba a pensar que quizá Isis estuviese detrás del regalo que le habían otorgado. Solo la gran madre poseía semejante poder, y se le ocurrió que al igual que Horus se reencarnaba en el señor de las Dos Tierras, Isis lo hubiese hecho en la persona de Meresankh, pues no encontraba otra explicación. La joven era magia en movimiento, y con esta había conformado un universo que Nehebkau ya nunca podría abandonar.

La figura de Shai había tomado un nuevo significado, y el tebano se arrepintió de haber abominado del dios del destino. Sus burlas pasadas no eran tales, sino un medio para reconducir su camino a fin de que un día el joven pudiese hallarse donde se encontraba ahora.

Aquel cielo sin nubes le permitía ver los confines de su propio horizonte. Era un paisaje luminoso en el que Meresankh y Ranefer brillaban de forma inusitada, cual si Ra hubiese accedido a desdoblarse y existieran dos soles en el firmamento. Sus rostros formaban ya parte de él, y en el corazón del joven sus voces impulsaban cada uno de sus latidos, para que pudiese escucharlas durante el resto de sus días. Meresankh tenía razón, y él no tenía más preguntas que hacer.

Un día, a la caída de la tarde, perdió sus pasos entre los roquedales del Valle de los Monos, en busca de sus viejas amigas. Hacía mucho tiempo que no las visitaba, y por ello terminó por sentarse en uno de los riscos a donde antaño solían acudir a saludarlo. Desde allí podía admirar la belleza del paisaje y, mientras esperaba, impregnarse del majestuoso silencio que señoreaba en aquel lugar perdido en el reino de las sombras.

Al rato apareció Wadjet, y como de costumbre se le aproximó, zigzagueando, hasta alzarse frente a él. Nehebkau parecía haberse olvidado de ellas, pero estas no se habían olvidado de él, y al observar la frialdad de su mirada, el tebano estuvo seguro de leer en aquellos ojos un mensaje de reproche. Durante años las cobras habían sido sus únicas amigas, los únicos habitantes de Kemet dispuestos a transmitirle su poder, a velar por su persona, incluso a acompañarle en su desgracia. Sin ellas su camino hubiese sido distinto, y el tebano así se lo hizo saber al ofidio, en el lenguaje que sabía que entendería. La cobra pareció sentirse satisfecha, pues al poco trepó por un brazo del joven para encaramarse sobre sus hombros, como tantas veces ocurriese en el pasado. Así permanecieron durante un tiempo, hasta que Wadjet decidió deslizarse de nuevo hasta el suelo para alejarse de forma sinuosa, complacida de que Nehebkau hubiese regresado.

Al volver de nuevo al Lugar de la Verdad la alegría inundó los corazones de sus moradores, pues no había nada tan importante para un egipcio como la familia. La aldea se llenó de risas, y en casa de Meresankh tuvo lugar una gran celebración, pues no en vano Nehebkau la tomaba por esposa a los ojos de los vecinos, y esto era suficiente para que quedasen bendecidos. De una u otra forma todo el poblado participó de la fiesta, y se comió y bebió sin la menor moderación, como era habitual en dichas conmemoraciones.

Al verle llegar, Ranefer corrió a abrazarse a las piernas del tebano, en tanto Meresankh les sonreía. Luego, el pequeño se separó un instante para mirar a los ojos del joven.

—Siempre supe que eras mi padre —le dijo el chiquillo.

Nehebkau se emocionó tanto que tomó a su hijo entre los brazos para estrecharlo y cubrirle de besos. Sobraban las palabras, pues todo quedaba dicho ante los ojos de los dioses.

Aquella misma noche Nehebkau llevó a su esposa a su casa para tomarla de nuevo. Juntos volvieron a recorrer los cielos, a viajar hasta donde nadie más podía, a tocar las estrellas con los dedos del amor. Desde lo alto vieron la Tierra Negra, y todo lo bueno que los dioses habían creado en ella. Se hallaba envuelta por la magia y ambos comprendieron por qué en Egipto eran posibles los milagros.

Tras despertar, Nehebkau se dispuso a trasladar sus pertenencias a casa de Meresankh, donde establecerían su hogar. Estas no eran muchas, aunque enseguida el joven tomó su viejo arcón en el que guardaba sus recuerdos y los presentes que Tutankhamón le había regalado en vida. La joven quedó fascinada ante alguno de ellos, pero al reparar en el viejo brazalete su rostro se transformó. El tebano la invitó a que lo cogiera, y Meresankh lo examinó con atención, para reparar en las figuras de Set. Al poco tuvo la impresión de que el brazalete le quemaba, y al punto se lo devolvió a su esposo, a la vez que lo miraba con evidente temor.

—Set —murmuró ella—. El dios del caos. ¿Cómo ha llegado a tus manos? —preguntó con evidente desasosiego.

Nehebkau pareció sorprendido, pero al momento le contó la historia de aquella joya, el único recuerdo que tenía de una madre a la que nunca había conocido. Meresankh le escuchó sin perder detalle, y al terminar el relato la joven parecía aterrada, como si se hallase ante las puertas del Inframundo. Ahora conocía el origen de la oscuridad; la fuente de la que habían surgido las sombras. En aquella joya habitaba el mal.

—Debes deshacerte de él —dijo la joven sin disimular la angustia que sentía—. Si no lo haces nos destruirá a todos.

Nehebkau miró a su esposa, confundido, al tiempo que atónito ante aquella reacción.

—Está maldito —repitió ella, ahora en un tono en el que se adivinaba la desesperación.

El tebano observó un instante la joya y enseguida vio cómo su esposa se apresuraba a salir de la casa, como si en verdad la persiguiesen los demonios.

—¡Deshazte de él! —volvió a advertir ella mientras se marchaba.

Nehebkau repasó las filigranas que adornaban la alhaja. Las conocía de memoria, pues le era muy querida. Sin embargo, de repente resonaron en su corazón las últimas palabras de su padre en su lecho de muerte:

«El brazalete está maldito. Debes deshacerte de él. Si lo guardas tu casa se cubrirá de llanto».

Shepseskaf se lo había aconsejado, aunque él no hiciese demasiado caso a sus palabras. De hecho, no había vuelto a acordarse del brazalete, como si hubiese quedado olvidado con el resto de sus recuerdos.

Durante un buen rato el joven pareció pensativo. La reacción de su esposa lo había impresionado, así como el tono de sus advertencias. Aquella pieza siempre le había parecido misteriosa, y sin saber por qué, comenzaron a aparecer en su corazón las imágenes de las personas con las que había tenido relación en su vida. Sin pretenderlo musitó sus nombres.

Akha, Reret, Shepseskaf, Hefereres, Ipu, Neferu, Amenhotep, Kahotep, Tutankhamón...

Todos ellos habían muerto de la peor manera, y sin poder evitarlo pensó que quizá él fuese el verdadero origen de sus desgracias, que en él radicaba el mal que había terminado por hacerlos cruzar a la «otra orilla», como si en verdad se hubiese convertido en un heraldo de Anubis que se adelantaba para conducirlos hasta la antesala del reino de las sombras.

El tebano sintió que le fallaban las fuerzas, y se tendió sobre la estera en tanto se llevaba ambas manos a la cabeza. ¿Cómo era posible? ¿Sería él el artífice de tanto dolor? ¿Habría sido la causa de la muerte de todos ellos?

Durante un tiempo se debatió entre sus pensamientos, hasta terminar por entablar una lucha feroz contra algo imposible de aceptar. Él nunca había deseado el mal a nadie; jamás.

Entonces resonó de nuevo aquella palabra: «maldición». Se repetía una y otra vez, y al cerrar los ojos creía ver el rostro de Meresankh que le avisaba sobre lo que ocurría.

—Si no te deshaces de él, nos destruirá a todos.

Y al momento le pareció como Ranefer se unía a ella con sus súplicas.

Al pensar en su hijo el ensalmo se desvaneció por completo, como si la luz volviera a entrar a raudales en su corazón para devolverle el juicio. Durante unos instantes reflexionó sobre lo ocurrido, y acto seguido tomó el brazalete y abandonó la casa, pues sabía lo que debía hacer.

21

Nehebkau remaba sobre su vieja barca hacia el corazón del río, allí donde la corriente era más fuerte. Era mediodía, y Ra-Horakhty invitaba a disfrutar del final del otoño, después de que las aguas hubiesen abandonado los campos para dejarlos pintados de negro; cubiertos por el limo benefactor que fecundaría la tierra. Sin embargo, el joven bogaba absorto en sus pensamientos, sin reparar en el magnífico espectáculo que ese día brindaba la naturaleza. Era portador del mal, y ahora comprendía cuál era el origen de todas las desgracias que, de una u otra forma, habían salpicado su camino. Muchos habían sufrido por esta causa, pues no tenía dudas de que la sabiduría de Meresankh sobrepasaba el entendimiento de aquel pobre pescador. En el fondo siempre sería el hombre del río, como muchas veces le llamaba su esposa, aunque ahora fuese capaz de construir una tumba para el dios. Esa era la realidad.

Al fin llegó a donde quería. Aunque conocía bien el río dejó de remar, ya que la corriente en ese lugar podía llegar a ser peligrosa. Era el sitio adecuado, y de inmediato se dispuso a hablar con Hapy, el único dios con el que había tenido tratos durante su juventud, para contarle lo que ocurría y hacerle partícipe del final de aquella historia. Debía pedirle permiso, a pesar de que estaba seguro de que el señor del Nilo le ayudaría a cerrar el último capítulo de un papiro escrito con sangre inocente. Los genios del Amenti se habían encargado de ello; aunque fuese su propia madre la que les hubiese proporcionado el cálamo.

Le habló de Meresankh, y también de Ranefer, y al escudriñar bajo las aguas estuvo seguro de que Hapy le observaba con gesto compasivo, y le animaba a terminar con tanta desgracia. Nehebkau asintió, y acto seguido tomó el brazalete para mirarlo unos instantes. En él estaba la mayor parte de su vida, el por qué se encontraba allí. Sin embargo, había llegado la hora de romper su vínculo, de hacerlo desaparecer para siempre de la memoria de los hombres, pues jamás debía adornar ningún otro brazo. El tebano suspiró, y acto seguido lanzó el brazalete al río, allí donde la corriente pudiese llevarlo lejos, quizá hasta el Gran Verde, el reino que gobernaba el iracundo Set, pues no en vano era a este a quien pertenecía.

Aquella misma noche volvieron a admirar los luceros. En realidad, lo harían durante toda su vida, aunque siempre recordarían la hora en que por fin las cuentas contraídas con los dioses habían quedado saldadas para siempre. El Nilo había terminado por convertirse en juez supremo, para exonerar a Nehebkau de toda culpa y condenar a aquel brazalete al olvido eterno. Todo lo ocurrido formaba parte del pasado y, al observar el cielo, el tebano fue capaz de leer por primera vez los mensajes escritos en el firmamento. En ellos se hallaba su futuro, lo que habría de venir, y el joven se sintió tan impresionado que no pudo evitar volver a mirar dentro de sí mismo para lamentar su ceguera. Había caminado a oscuras durante toda su vida y, no obstante, los dioses de los que tanto había abominado le habían enseñado una lección que jamás olvidaría.

Ahora sabía que las cosas no ocurrían porque sí, que todo tenía un propósito, y que la suerte no era sino una palabra a la que muchos se aferraban para tratar de explicar lo inexplicable. Sin embargo, la explicación resultaba sencilla: todo obedecía a un orden establecido que había que mantener; un orden que los hombres trataban de transgredir a la menor oportunidad, llevados por su compleja naturaleza. Pero al final todo volvía a su equilibrio, pues existía una armonía inmutable sujeta a leyes que eran inalcanzables, al haber sido transcritas por el cálamo de Thot, el más sabio de todos los dioses.

Nehebkau por fin las comprendía, así como que los padres creadores habían terminado por ser magnánimos con su persona, al otorgarle los bienes más preciados para cualquier habitante del Valle: el amor y una senda recta que seguir. Ellos le habían perdonado, y con cada una de las ofrendas que él les hiciera a lo largo de su vida, purgaría el recalcitrante agnosticismo del que el tebano había hecho gala durante su anterior existencia.

Lo que hoy está arriba, mañana estará abajo. Esta frase que tantas veces oiría repetir a su esposa se convertiría para él en una verdad absoluta. Formaba parte de la vida, y se congratulaba de poder comprenderla en toda su magnitud. Ya no tenía duda de que los astros les hablaban, aunque su lenguaje solo pudiese ser entendido por los iniciados. De alguna forma Meresankh era capaz de comunicarse con ellos, como él lo hiciese con las cobras. Así era la Tierra Negra, un país edificado sobre la magia. Sin esta, nada de cuanto le había ocurrido hubiese sido posible. Nehebkau tenía veinticinco años, pero parecía que hubiese vivido cien. Demasiados, según su criterio, aunque Meresankh le asegurara que llegaría a alcanzar los ciento diez; la «edad perfecta», según los textos sapienciales.

Al contemplar el vientre de Nut junto a su esposa, él también creía ver a Kahotep y Neferu sonreírles desde lo alto, e incluso al viejo Akha, al que nunca había visto reír. Seguramente este se sentiría orgulloso al ver el resultado de su buena acción al haberlo recogido, y el tebano imaginaba que brindaría por ello cada noche en compañía del resto de los luceros, complacido por haber seguido a su corazón como debía.

Meresankh estaba embarazada, y la joven maga aseguraba que Hathor les enviaría una niña que se convertiría en la luz de sus ojos. Ella ya había pensado en cuál sería su nombre, y Nehebkau no se sorprendió al saber que se llamaría Neferu. Así debía ser, pues de este modo su recuerdo los acompañaría durante toda la vida, aunque ahora ocuparía el lugar que le correspondía.

Nebkheprura también poseía su propia estrella. Nehebkau la había buscado entre las circumpolares, las que no conocían el descanso, hasta encontrarla. Allí estaba Tutankhamón, pues era la que correspondía a un dios, para velar por Kemet como siempre había deseado. El tebano lo amaría toda su vida como a un hermano, y cada noche le diría que a pesar de sus desventuras el joven faraón las había vencido, aunque fuese a su manera, y que sus buenos propósitos alcanzarían la eternidad. El sueño de Tutankhamón no moriría jamás.

22

Nehebkau nunca abandonaría Deir el Medina; este sería su hogar, y en verdad que al tebano no se le ocurría un sitio mejor que aquel desde donde ver transcurrir los *hentis*. Allí tenía cuanto necesitaba: la mágica luz de Waset y el Nilo; pues siempre se había caracterizado por no precisar de riquezas para poder vivir. Su familia se convertiría en su mayor tesoro y junto a esta pasaría el resto de su vida, sin apartarse un ápice de la senda del *maat*, hasta el extremo de llegar a transformarse en un hombre devoto y sumamente piadoso, para regocijo de su esposa, sin la cual su existencia carecía de sentido. Él estaba convencido de que, de alguna forma, ella alimentaba su *ka*, su fuerza vital, cada mañana, al despertar y mirarle por primera vez a los ojos.

Sin embargo, la Tierra Negra continuó su andadura por la historia, y ellos fueron testigos de cuanto sucedió. Al poco de tomar Ay a su nieta por esposa, esta pasó a la «otra orilla». Muchos dijeron que verse casada con su abuelo había supuesto para la reina un duro golpe del que no se había podido recobrar, aunque Nehebkau supiese cuál era la verdad.

Ankhesenamón había muerto de melancolía y, al conocer la desgraciada noticia, al tebano se le velaron los ojos, pues él mejor que nadie había sido testigo del profundo amor que en su día Tutankhamón había profesado a su Gran Esposa Real, su hermanastra, Ankhesenamón. Al menos ahora la joven reina iría a reunirse con Nebkheprura, para disfrutar juntos en el paraíso de todo lo bueno que este les tuviese reservado. Sin duda, Tutankhamón se alegraría de ello.

Para el viejo Ay su reinado resultó relativamente efímero, aunque a nadie le extrañó dada su avanzada edad. Apenas habían pasado cuatro años desde su coronación cuando Anubis fue a buscarlo una mañana hasta su lecho, pues allí lo encontraron sin vida, sumido en un profundo sueño del que ya no despertaría. Los *sunus* de palacio acudieron al momento, aunque nada pudiesen hacer. Los médicos se miraron, consternados, pero a ninguno le extrañó lo ocurrido pues el faraón había muerto de vejez. Eso fue lo que dictaminaron, y quien más quien menos concluyó que el anciano había tenido una buena vida, en la que había sido capaz de sobrevivir a, nada menos que, cuatro reyes, para terminar por convertirse él mismo en señor de la Tierra Negra. Sin duda se trataba de un logro que pasaría a los anales, y a nadie se le escapaba la habilidad que había demostrado Ay para perdurar en el tiempo, primero como Divino Padre, y luego como Kheperkheprura, faraón de Egipto.

En realidad, el anciano era una reliquia de una época convulsa; el último eslabón que quedaba del periodo de Amarna. Con su desaparición este se rompía de forma definitiva para liberar a Kemet de la apostasía; un mal sueño que debía ser enterrado para siempre; olvidado para que no volviese a repetirse jamás. Su tumba distaba mucho de haber sido terminada, aunque al menos la cámara mortuoria se hallase decorada para recibir los restos del dios. Nehebkau no sintió ninguna lástima al recibir la luctuosa noticia. El Divino Padre nunca le había sido simpático, y su única pena era que fuese a descansar durante toda la eternidad en una tumba que no le pertenecía.

Sin embargo, Kemet estaba de luto, pues la pérdida del Horus reencarnado significaba una gran desgracia para el país, y el llanto se extendió por el Valle como era costumbre en estos casos. Había que coronar a un nuevo rey, y Egipto contuvo el aliento, temeroso de verse abocado a una guerra civil. Ay había obrado con astucia a fin de perpetuar su linaje en la figura de su vástago. Había declarado a Nakhmin «Hijo del Rey», y por tanto este sería su sucesor. La sangre de la legendaria reina Tiyi corría por sus *metus*, así como su pensamiento, con lo que la llama del Atón continuaría viva, y con ella los intereses de aquella familia quedarían salvaguardados.

Nakhmin reclamaba el trono, y todas las ambiciones y resentimientos acumulados a lo largo de los años despertaron como genios surgidos de las profundidades del Inframundo, dispuestos a devorar cuanto encontraran a su paso.

El cuerpo de Kheperkheprura se hallaba aún en manos de los embalsamadores cuando Horemheb salió de Menfis al frente del ejército del norte, dispuesto a tomar lo que debía haber sido suyo hacía ya cuatro años. Con paciencia y perspicacia, el general había esperado el momento adecuado para llevar a cabo sus planes y, ahora que por fin había llegado, nada ni nadie evitaría que los pusiese en marcha. Hacía mucho tiempo que los grandes templos los conocían, y Horemheb había sellado con ellos pactos atados con el nudo del vencedor. Resultaba imposible soltarlos, y al salir de la vieja capital del Bajo Egipto, toda la ciudad acudió a despedirle como si se tratara del nuevo Horus reencarnado, entre vítores y loas a los dioses por haberles enviado, al fin, un faraón poderoso capaz de devolver a Kemet su antigua grandeza.

De este modo Horemheb abandonó triunfante Menfis, en compañía de su segundo al mando, Paramesu, jefe de los arqueros, a la cabeza de un ejército deseoso de avanzar hacia el sur para entrar en combate con las tropas del odiado Nakhmin; dispuesto a llevar en brazos a su amado general hasta el mismísimo trono de Horus.

La noticia corrió Nilo arriba, y desde el Lugar de la Verdad Nehebkau se imaginó a Horemheb en su carro de electro, seguido de sus *menefyt*, los temidos veteranos con quienes había compartido penalidades sin fin durante las últimas campañas en Retenu, que darían su vida por él sin rechistar, y cuál sería el resultado del enfrentamiento que se avecinaba. Recordaba a Horemheb con simpatía, pues el general siempre se había mostrado amistoso con él. Su ambición estaba fuera de toda duda, aunque no por ello dejase de apreciar a Tutankhamón. En cierto modo se había preocupado por este, y dado buenos consejos, y el faraón niño le había correspondido mostrándole un cariño que el tebano sabía que era verdadero. Muchas veces había pensado en Horemheb, y el joven había llegado a la conclusión de que el general había sentido pena por aquel desventurado rey que apenas podía andar. Ahora todo era diferente, y Nehebkau no tuvo ninguna duda de quién sería el próximo Horus reencarnado.

En la aldea, los Servidores de la Tumba anduvieron inquietos. Sobre todo, por el hecho de que la fecha del entierro de Ay estuviese ya cercana y no se supiera quien sería su heredero, ni lo que les depararía el futuro si el nuevo faraón deseara hacerse enterrar en otro lugar, lejos del Valle de los Reyes. Nehebkau los tranquilizó, asegurándoles que muy pronto volverían a construir la tumba de un dios, y no se equivocó.

Horemheb derrotó a Nakhmin casi sin combatir. Al verle al frente de su ejército, la mayor parte de las tropas de su oponente se pasaron al enemigo, y Nakhmin acabó muerto, pues así lo había determinado Shai, el destino que tarde o temprano nos alcanza.

Ay fue enterrado en su hipogeo del Valle de los Monos, en un sarcófago de granito gris, rodeado de imágenes que siempre representarían a Tutankhamón. Al menos eso fue lo que pensó Nehebkau, quizá para consolarse de lo que él consideraba como un ignominioso robo durante toda su vida. Al sellar la entrada de la tumba con la habitual marca del chacal y los nueve cautivos,[85] el tebano tuvo la impresión de que con Ay terminaba una época, y que otra muy diferente se abría paso bajo el imparable empuje de Horemheb. Aprovechando la celebración de la fiesta de Opet en el mes de *paope*, segundo de la estación de la inundación, sobre el quince de agosto, el general se hizo coronar en el templo de Karnak, entre el júbilo y la devoción de una ciudad que se echó a la calle para presenciar un espectáculo grandioso. Opet era la festividad tebana por excelencia, y Horemheb tuvo la sagacidad de elegir dicha fecha para su entronización, y de este modo dar fe de su veneración por el dios Amón, al postrarse a sus pies para ser reconocido como un hijo suyo a quien El Oculto otorgaba la divinidad.

Así fue como otro plebeyo, como era Horemheb, se convertiría en el señor de las Dos Tierras, con el nombre de Djoserkheprura-Setepenra, «sublimes son las manifestaciones de Ra-elegido de Ra». Un nuevo dios gobernaba la Tierra Negra, y al poco el Lugar de la Verdad se dispuso a construir su tumba.

Para legitimar sus derechos al trono, Horemheb tomó por esposa a una princesa de sangre divina, la única que quedaba con vida de la familia que había ocupado el poder con anterioridad. Esta no era otra que la hija de Ay, Mutnodjemet, la hermana de Nefertiti, que se había mantenido soltera a través de los años, hecho este del que siempre había presumido. Claro que llegar a convertirse en Gran Esposa Real eran palabras mayores, y no puso el menor obstáculo para desempeñar el papel que Kemet le requería, aunque no sintiera la menor estima por Horemheb.

Este detalle era lo de menos. El general había amado profundamente a Amira durante toda su vida, y ahora que había enviudado, no tenía interés en suplantar al que había sido su gran amor con el que pudiese proporcionarle Mutnodjemet. Esta solo le era de utilidad para desempeñar su papel y otorgarle la divinidad por medio de su enlace. Conocía a la princesa desde su infancia y, por tanto, había sido testigo en múltiples ocasiones de su caprichoso comportamiento, difícil carácter e, incluso, tendencia a la cólera. Aún la recordaba en compañía de sus dos enanas, haciendo la vida imposible a cuantos tenían la desgracia de cruzarse con ella en palacio.

Claro que a Horemheb todo aquello le traía sin cuidado; gracias a la princesa él gobernaría la Tierra Negra, y haría uso de sus derechos conyugales, pues tenía que reconocer que Mutnodjemet seguía siendo una hembra de cuidado, rotunda en sus formas, y sumamente fiera. Para un viudo como Horemheb, ya en la madurez, semejantes atributos eran dignos de consideración, y durante todo su reinado se dedicó a atender a su Gran Esposa Real como correspondía, empleando la mayor parte de su tiempo en el buen gobierno del país de las Dos Tierras, al que reorganizó por completo.

Maya continuó al frente de sus anteriores puestos, pues no existía nadie mejor que él para ejercerlos. El superintendente del Tesoro y de la Plaza de la Eternidad tardó poco en reunirse con Nehebkau para encargarle la construcción de una tumba para el nuevo dios. Horemheb, al parecer, tenía al tebano en gran estima, y le confirmó como capataz para todas las obras del faraón en el Lugar de la Verdad. Así fue como Nehebkau ordenó iniciar los trabajos para un nuevo sepulcro en el Valle de los Reyes, en un lugar cercano a la tumba de su viejo amigo Tutankhamón.

Ocurrió que, al poco de reinar Horemheb, los ladrones hicieron una visita al hipogeo del faraón niño. Hubo un gran revuelo en la aldea, pues los saqueadores habían penetrado en la sepultura real con cierta facilidad y saqueado parte del ajuar funerario situado en la antecámara y la habitación anexa, aunque por fortuna no habían llegado más allá. Sin embargo, se llevaron cuanto pudieron, dejando dichas cámaras en un gran desorden. Nehebkau no tuvo dudas de que alguno de los obreros que habían trabajado en la obra estaba implicado en el pillaje, aunque no pudieran encontrar a los responsables. El tebano se sintió entristecido por ello, y no pudo evitar pensar que las desventuras perseguirían a Tutankhamón aun después de muerto.

La tumba volvió a sellarse, no sin antes llenar el pasadizo de la entrada con cascotes, para que aquellos sucesos no volvieran a repetirse. Durante un tiempo la necrópolis pareció recobrar su habitual calma, aunque solo se tratase de un espejismo. Un día vinieron a avisar que la tumba de Tutmosis IV había sido expoliada, y solo unos meses después volvieron a violar el sepulcro de Tutankhamón, y esta vez con mayor fortuna.

Hubo un gran escándalo ya que, al parecer, los ladrones habían estado robando en el interior del túmulo durante días; los suficientes para penetrar en la cámara funeraria y romper los sellos de la primera capilla, de las cuatro que daban cobijo al sarcófago. Más tarde se calculó que habían expoliado más de la mitad de las joyas, aunque algunas pudieron ser recuperadas al detener a los implicados en el robo. Se trataba de una banda bien organizada a la que pertenecían algunos de los vigilantes de la necrópolis y varios trabajadores, tal y como se había sospechado. En esta ocasión habían entrado por la parte superior izquierda del acceso a la tumba, para excavar un pequeño túnel entre los cascotes que obstruían el pasillo que llevaba hasta la antecámara. La justicia del faraón no se hizo esperar, y todos los saqueadores fueron empalados, y sus restos entregados a los chacales.

Tras los destrozos causados, la tumba de Tutankhamón volvió a ser sellada, y Nehebkau ordenó que los dieciséis escalones que daban acceso a la entrada fuesen cubiertos de arena, hasta que el túmulo quedó sepultado en las entrañas del Valle de los Reyes, donde esperaba que su viejo amigo durmiese en paz el sueño eterno.

La obra de la tumba de Horemheb resultó colosal, pues los Servidores del Lugar de la Verdad penetraron en la montaña tebana ciento veintiocho metros, para construir un hipogeo cuya decoración introduciría nuevos conceptos que servirían de base a las futuras sepulturas edificadas por las dinastías de los ramésidas. En ellas, las paredes rezumarían magia, y Nehebkau llegaría a convertirse en un profundo conocedor del mundo que esperaba al difunto, de sus peligros, así como del modo en que sortearlos para poder renacer a la nueva vida y disfrutar de los Campos del Ialú.

Con los años Meresankh alumbró tres hijos, pues a la pequeña Neferu le seguirían dos varones con el pelo tan rojizo como el de su padre. Este siempre se sentiría orgulloso de ello, aunque continuara tonsurándose durante el resto de su vida. A todos les enseñó a pescar, y juntos recorrieron los cañaverales sobre la vieja barca que todavía conservaba como uno de sus bienes más preciados. Nehebkau llegaría a ser un buen contador de historias y, antes de dormir, sus hijos escuchaban boquiabiertos los relatos de su padre, sus aventuras, la amistad que un día compartió nada menos que con el dios Tutankhamón. Todos serían unos buenos hijos, aunque en su fuero interno el tebano siempre sintiese predilección por Neferu, algo que a Meresankh le pareció bien.

Horemheb reinó durante veintiocho años y, como hiciesen algunos de sus antecesores, él también usurpó monumentos que no le pertenecían, como por ejemplo el templo funerario de Ay, del que se apropió, como ya había hecho en su momento el Divino Padre, pues aquel santuario había pertenecido en realidad a Tutankhamón.

A este último terminó por perseguirlo, en un intento por borrar su memoria y hacer que cayera en el olvido. Con los años Horemheb llegaría a evidenciar un profundo rencor hacia Akhenatón y su familia, a la que responsabilizaba de todos los males que habían aquejado a Kemet durante las últimas generaciones.

Sin embargo, el antiguo general fue un buen legislador, que acabó con los viejos abusos y condujo a Egipto a una época de bienestar. Cuando murió lo hizo sin descendencia, por lo que al pasar a la «otra orilla» no tuvo ningún vástago que pudiese sucederle. Su herencia divina recayó en su fiel compañero de fatigas, y antiguo jefe de los arqueros, Paramesu, quien ocupó el trono de Horus con el nombre de Menpehtyra, «la fuerza de Ra es duradera», aunque sería conocido como Ramsés I. Con él se iniciaba una nueva dinastía, la decimonovena, y una época dorada para los Servidores de la Tumba.

Dada su avanzada edad al subir al trono, Ramsés I solo gobernó durante dieciséis meses, mas aun así se le pudo excavar un pequeño túmulo con los mínimos requisitos para que pudiese ser enterrado como correspondía a un rey. Su hijo ya estaba preparado para sucederle; un nuevo Horus reencarnado que se convertiría en uno de los grandes faraones de Egipto: Seti I.

Para cuando Seti se alzó como señor de las Dos Tierras, Nehebkau contaba con cincuenta y ocho años. Una edad avanzada, sin duda, que no obstante no representaba en absoluto, hecho este que, por otra parte, era motivo de conversación en la aldea. Algunos aseguraban que ello era debido a la misteriosa naturaleza de la que siempre había hecho gala el tebano, aunque la mayoría lo atribuyera a la magia de Meresankh. Su esposa era la artífice del embrujo, y probablemente esa fuese la causa, ya que Meresankh se mantenía tan lozana que era la envidia del vecindario. Sus hijos varones trabajaban como Servidores de la Tumba a las órdenes de su marido, mientras Neferu había decidido permanecer soltera, según decía para cuidar de sus padres en su vejez, pues se sentía muy apegada a ellos. Meresankh ya tenía nueve nietos, y seguramente llegarían más; toda una bendición que Hathor les otorgaba y la llenaban de felicidad. De una u otra forma todos estarían vinculados al Lugar de la Verdad, y los hombres seguirían la tradición familiar como constructores de tumbas para los dioses de la Tierra Negra durante generaciones.

La fama de Nehebkau llegaría a ser legendaria, y tras la llegada del gran Seti al poder, se encargaría de excavar para este la tumba más grandiosa jamás construida; un hipogeo de ciento setenta y seis metros de longitud que llegaría a ser pasmo de todo aquel que tuviese la oportunidad de verlo, y que nunca sería igualado por ningún otro. Pasaría a la historia como la primera tumba en ser decorada por completo, con un trabajo sublime, repleto de elaborados detalles y cuyos muros rezumaban toda la magia del saber oculto de la Tierra Negra, con escenas de las letanías de Ra, el *Amduat*, el Libro de las Puertas y el de la Vaca Celeste, y en la que la cámara funeraria sería ornada con un techo cuajado de textos astronómicos, con las constelaciones del cielo nocturno tebano presentadas junto a varios decanatos.

Una obra extraordinaria, rematada con un sarcófago antropomorfo de alabastro translúcido, decorado con textos del Libro de las Puertas de color azul, llevada de la mano de un pescador que había terminado por convertirse en capataz, por decisión de unos dioses en los que antaño nunca había creído. De algún modo Shai volvía a burlarse de él, aunque en esta ocasión Nehebkau se alegrara de ello.

Seti quedó tan impresionado que honró públicamente la figura de aquel capataz cuya historia conocía bien. Se trataba de un superviviente que había nacido príncipe sin saberlo. Había tenido una buena vida, sin duda, y al faraón siempre le habían gustado aquel tipo de relatos. En agradecimiento por su trabajo, el señor de las Dos Tierras le dio licencia para descansar, durante el resto de sus días, en su hogar del Lugar de la Verdad, al tiempo que le animaba a que se construyera su propia sepultura en los acantilados del oeste; muy cerca de la aldea.

Seti I gobernaría durante dieciséis años, y a su muerte su hijo, Ramsés II, seguiría honrando a la familia de Nehebkau, al ordenarle que excavara su sepultura, y años después, la de todos sus hijos.

Nehebkau hizo retroceder el reloj del tiempo. Por algún motivo se sentía joven, y de esta forma volvió a aventurarse por los caminos que recorriera antaño. Siempre que podía salía a pescar en su amada barca, y a encaminarse por los campos que tan bien conocía, y al cerrar los ojos creía sentir de nuevo la presencia del viejo Akha, con su característico gesto inexpresivo, o la de su amigo Ipu, de infausto recuerdo, que le advertía del peligro que corría al acercarse a las cobras.

Estas siempre formarían parte de su naturaleza, por motivos que no era capaz de comprender. Existía un vínculo inquebrantable, y durante años se dejó acompañar por los ofidios siempre que le fue posible, aunque supiese que a Meresankh no le gustaba. Ella era su razón de ser, y tras excavar su pequeña tumba, ambos se dedicaron a decorarla, pues algún día la compartirían. Pintaron las paredes con todo lo bueno que la vida les había ofrecido, con los innumerables dones que el Nilo regalaba a su pueblo. En los Campos del Ialú no les faltaría de nada, y Nehebkau no pudo evitar hacer una referencia a su viejo amigo, al plasmarle junto a él sobre la vieja barca, con los arpones en la mano, pescando entre los cañaverales. En la parte superior se tomó la libertad de representar un friso de cobras reales, para que Tutankhamón se sintiese protegido, pues sabía que eso le complacería, y al otro extremo de la cámara pintó dos figuras negras de Anubis, el chacal guardián de la necrópolis, custodiando un ramillete de flores de loto, símbolo del renacer de la vida.

En ocasiones se sorprendía a sí mismo absorto en pensamientos que evocaban un pasado que jamás olvidaría. Mientras perdía su mirada en el río, rememoraba los tiempos en los que él y Tutankhamón fueron inseparables. Desde la perspectiva que le daba el paso de los años no albergaba dudas de que había sido feliz al lado del dios, que su figura le había convertido en otro hombre, y que todo lo que era en la actualidad se lo debía a él. A veces, mientras remaba con parsimonia cerca de la orilla, se sobrecogía al comprender la enorme influencia que el joven faraón había ejercido sobre él, y que todas las desgracias e incapacidades a las que Tutankhamón había tenido que enfrentarse habían supuesto para el tebano un aprendizaje para su vida. Nebkheprura les había dado una gran lección a todos, aunque la mayoría le hubiesen vuelto la espalda y se negaran a reconocer la auténtica valía de un Horus reencarnado a quien, en el fondo, despreciaban.

Sin embargo, Nehebkau había sabido sacar sus conclusiones; las suficientes para valorar al difunto faraón en su justa medida. Esta siempre le parecería enorme, y al reflexionar acerca de su persona, se convenció de que él mismo formaba parte del sueño de su real amigo, y que al pronunciar su nombre cada día, Tutankhamón nunca moriría.

Su memoria había terminado por ser mancillada, no solo por Horemheb, a quien curiosamente Nebkheprura siempre había amado, sino también por aquella nueva dinastía que se mostraba decidida a que el nombre de Tutankhamón quedase borrado de las listas reales, tal y como si nunca hubiese existido. Los ramésidas lo consideraban un rey maldito, y harían todo lo posible para que Egipto lo olvidara, pues por su divina sangre había corrido la apostasía. Abominaban de él, como también lo hacían los dioses; o al menos eso era lo que aseguraban.

Nehebkau se lamentó durante el resto de su vida de aquella injusticia, sin sospechar que, casi tres mil trescientos años después, la tumba de su viejo amigo sería descubierta de forma inesperada para la historia, y que la figura de aquel joven desventurado, cuyo sueño no había podido hacer realidad, cobraría una nueva dimensión que le llevaría a convertirse en el faraón más conocido de la milenaria historia de Egipto; hasta el punto de que no existiría ningún habitante sobre la faz de la tierra que no hubiese escuchado su nombre. Shai volvería a reír a carcajadas, para hacer valer de nuevo la frase que tanto gustaba decir a Meresankh: lo que hoy está arriba, mañana estará abajo. Los padres creadores le devolverían el hálito de la vida, pues su fama haría palidecer el recuerdo de los grandes dioses de la Tierra Negra. Reyes como Keops, Ramsés II, Tutmosis III o la misma Hatshepsut quedarían eclipsados por un faraón al que habían considerado insignificante. Al final Tutankhamón reinaría sobre todos ellos para conseguir que su viejo sueño se convirtiera en inmortal.

Tal y como le había asegurado Meresankh, Nehebkau alcanzaría la «edad perfecta», y hasta el último día ambos subirían cada noche a la azotea de su casa para admirar el cielo de Egipto; el mismo que una vez los había unido para que no se separaran jamás. Poco después el tebano formaría parte de la bóveda celeste, convertido en una estrella, y desde lo alto sonreiría a su esposa, a la vez que velaría por todos los suyos.

El tiempo se cumplió, y cuando el inefable Anubis vino a buscarle para conducirle al reino de las sombras, el tebano no dudó en tenderle la mano. Al tomarla, el dios de la necrópolis le sonrió, pues aquella misma noche estaría en los Campos del Ialú en compañía de Tutankhamón, quien lo esperaba ansioso para ir a cazar juntos de nuevo, como hiciesen tantas veces en los buenos tiempos.

Meresankh lo despidió con su acostumbrado misticismo, pues con su inmensa magia sabía que la muerte tan solo era el principio para alcanzar una nueva vida, que ya nadie le podría arrebatar. Algún día ella volvería a encontrarlo, tal y como lo recordaba la primera vez que le vio, con su abundante cabellera rojiza, su mirada teñida de azul, y aquel misterio que lo envolvía, por el que la joven se sintió subyugada al instante.

Hubo lamentos y una gran consternación en la aldea, ya que el Lugar de la Verdad no sería el mismo sin el viejo capataz. Meresankh se ocupó de que todo quedase dispuesto en la tumba, para cumplir los deseos de su esposo. De este modo, Nehebkau fue enterrado junto a la vieja barca de papiro que le había acompañado durante toda su vida, así como con su preciado arcón, en el que atesoraba sus recuerdos; los presentes que su gran amigo le había hecho en vida y que con tanto celo había guardado. El tebano fue embalsamado con arreglo a su rango, pues no en vano siempre sería un príncipe de Egipto allá a donde le llevaran sus pasos, con el sello del señor del país de las Dos Tierras, Nebkheprura, a quien los tiempos conocerían como Tutankhamón, en uno de sus dedos, ya que nadie más tendría derecho a llevarlo. Nehebkau era «amigo del rey», y como tal se presentaría ante Osiris, el dios del Más Allá, quien de seguro se complacería en declararle «justo de voz», fiel seguidor del *maat*, camino que a la postre había decidido seguir, y que le conduciría hasta los ansiados Campos del Ialú, donde permanecería por toda la eternidad.

En el Lugar de la Verdad la vida seguiría su curso, aunque el nombre de Nehebkau quedaría grabado para siempre en la memoria de los aldeanos. Con el paso de los años nacerían leyendas en torno al viejo capataz; historias prodigiosas que vendrían a ensalzar su figura como si se tratase de un gigante de otro tiempo, con poderes que iban más allá de cualquier comprensión. El tebano había nacido maldito, y, no obstante, la diosa Wadjet había acudido en su ayuda para tomarle bajo su protección. Ella le había otorgado su don, y aseguraban que muchas mañanas, cuando el sol ascendía hacia su zénit, una cobra se aventuraba hasta la entrada de su tumba para permanecer allí vigilante, durante horas, puede que para decir a Nehebkau que nunca lo olvidarían.

Nota del autor

Esta es la historia de un sueño, no solo el de un faraón sino también el de toda una dinastía, la XVIII, que se acerca hacia su ocaso. Una época evocadora que ha quedado grabada con letras de oro en la memoria de la historia del Antiguo Egipto, en la que la gloria de los faraones guerreros terminó por dejar paso a un periodo de convulsión social, en el que muchos asegurarían que Egipto había sido abandonado por sus dioses.

Hablar sobre Tutankhamón no es sencillo. Sobre él se han escrito innumerables obras, aunque su persona continúe hoy en día envuelta en el misterio. ¿Cómo era Tutankhamón? ¿Cómo fue su reinado? ¿Hasta qué punto fue manejado por los poderes fácticos? ¿Cómo murió?

Sin duda son preguntas de difícil contestación, que han dado lugar a las más diversas teorías por parte de los estudiosos durante años. De los cinco mil trescientos noventa y ocho objetos hallados en su tumba, no existe un solo documento que nos hable del faraón niño, de cuál pudo ser su personalidad o, simplemente, de conocer cómo era su vida diaria.

Sin embargo, con el paso del tiempo, el estudio de los objetos que componían su ajuar funerario y las nuevas técnicas empleadas por los investigadores han arrojado una nueva luz sobre un reinado que siempre se había calificado como insignificante, y al que hoy se le reconoce una indudable importancia. Con él finaliza la denominada «época de Amarna», un periodo de la historia fascinante, al que con razón el egiptólogo británico J. D. S. Pendlebury calificó en 1935 como de una «complejidad asombrosa».

No obstante, resulta sencillo imaginar cómo pudo ser la llegada de un niño de apenas nueve años, con evidentes discapacidades, a una corte en la que las intrigas eran moneda común, y las ambiciones habían iniciado ya una lucha soterrada por el poder. Hoy en día, figuras como Ay u Horemheb se nos presentan como gigantes de su tiempo, que no dudaron en tomar el testigo que dejaban personajes de la magnitud de Akhenatón o la misteriosa Nefertiti, cuya talla política estaba muy por encima de su belleza.

Tutankhamón tuvo que enfrentarse a todos ellos, a su propia realidad y a la alargada sombra que habían dejado sus ancestros. Hoy sabemos que, al llegar a la adolescencia, acompañó a Horemheb en una de sus campañas a Retenu, que era un buen arquero, que sentía pasión por los caballos y la caza en los marjales y que, más allá de sus limitaciones físicas, en él rugía el corazón de un león que le animaba a llegar a convertirse algún día en un gran faraón. Este era su sueño, un sueño que el autor ha tratado de novelar para plasmar un Tutankhamón consciente de los obstáculos que lo rodeaban, pero que no dudó en intentar sobreponerse a ellos y luchar por hacer realidad la ilusión de gobernar, algún día, un país próspero y en paz.

Para la posteridad dejó grabado su amor por Ankhesenamón, así como una tumba impropia a todas luces de un faraón que, no obstante, se convertiría con el paso de los milenios en el mayor hallazgo arqueológico de todos los tiempos; un sepulcro envuelto en el misterio que posee su propia historia.

Como ya se ha plasmado en esta obra, el autor cree posible la teoría del egiptólogo británico N. Reeves, quien asegura que la tumba de Tutankhamón solo es una parte de otra mayor en la que reposan los restos de la mítica reina Nefertiti. El interesante estudio de Reeves ha creado una indudable polémica entre los egiptólogos y, por ello, nada mejor que una obra de ficción como esta para hacerse eco de él, y darlo a conocer al lector al cumplirse el centenario del descubrimiento del sepulcro de Tutankhamón por Howard Carter.

Nehebkau es el hilo conductor de esta historia. Un humilde pescador, con sus luces y sombras, impregnado por la magia de la Tierra Negra, que nos acerca a la figura de Tutankhamón para que nos hable del Egipto sobre el que reinó, para mostrarnos la cara más humana de un joven que era considerado dios. Todo el misterio del Antiguo Egipto gravita sobre ambos personajes para invitar al lector a vivir una aventura en la que la ficción y un riguroso marco histórico se dan la mano a fin de hacer realidad un sueño: el que el dios Shai hace posible al unir a un faraón con un simple pescador ya que, tal y como se relata en esta obra, el destino siempre juega la baza ganadora en la última mano, pues nunca pierde una partida.

Estancias sin descubrir anexas a la tumba de Tutankhamón y posible ubicación de la tumba de Nefertiti, según hipótesis de N. Reeves

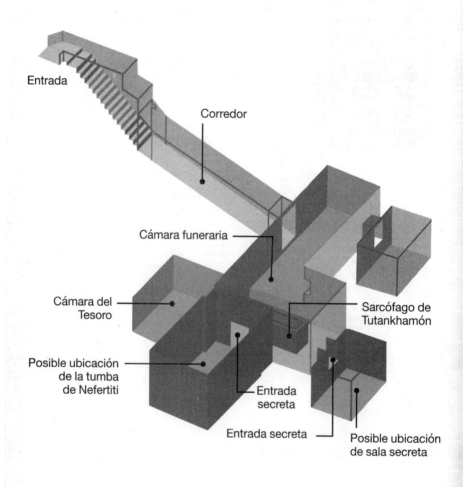

Entrada

Corredor

Cámara funeraria

Cámara del Tesoro

Sarcófago de Tutankhamón

Posible ubicación de la tumba de Nefertiti

Entrada secreta

Entrada secreta

Posible ubicación de sala secreta

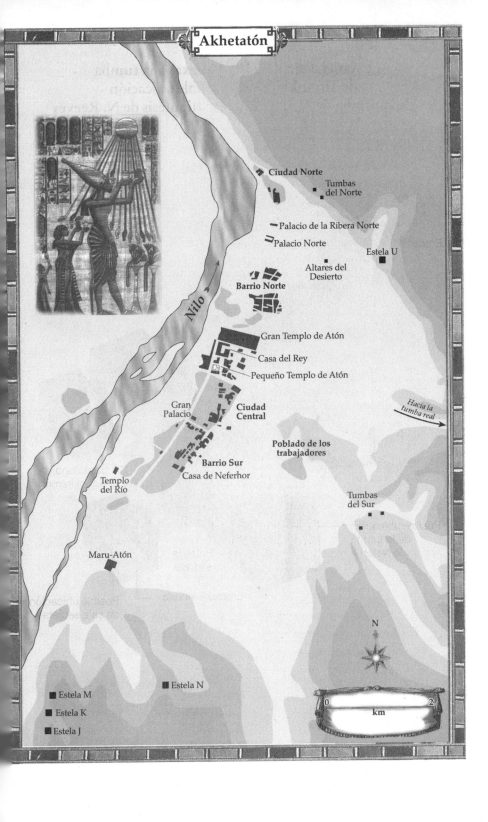

Akhetatón

Ciudad Norte

Tumbas del Norte

Palacio de la Ribera Norte

Palacio Norte

Estela U

Altares del Desierto

Barrio Norte

Nilo

Gran Templo de Atón

Casa del Rey

Pequeño Templo de Atón

Gran Palacio

Ciudad Central

Hacia la tumba real

Poblado de los trabajadores

Barrio Sur

Casa de Neferhor

Templo del Río

Tumbas del Sur

Maru-Atón

N

Estela N

Estela M

Estela K

Estela J

0   km   2

Tebas

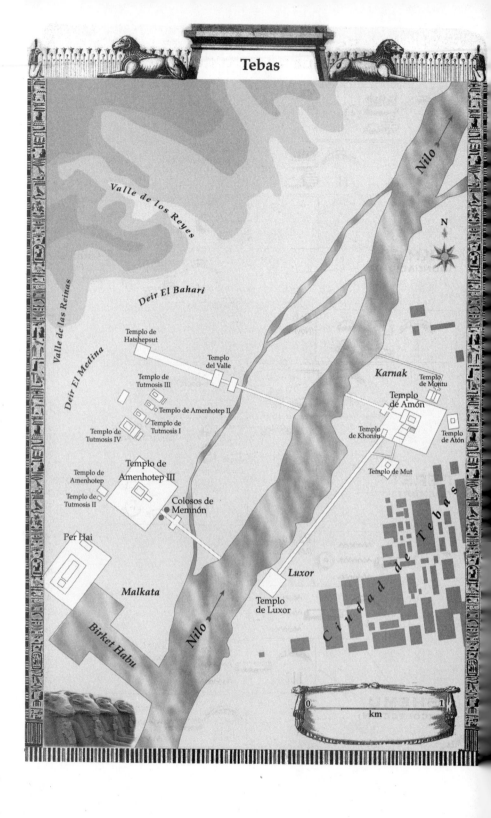

Nilo

N

Valle de los Reyes

Valle de las Reinas

Deir El Bahari

Deir El Medina

Templo de Hatshepsut

Templo del Valle

Templo de Tutmosis III

Templo de Amenhotep II

Templo de Tutmosis IV

Templo de Tutmosis I

Templo de Amenhotep

Templo de Amenhotep III

Templo de Tutmosis II

Colosos de Memnón

Per Hai

Malkata

Birket Habu

Nilo

Karnak

Templo de Montu

Templo de Amón

Templo de Khonsu

Templo de Atón

Templo de Mut

Ciudad de Tebas

Luxor

Templo de Luxor

0   km   1

ESTACIONES Y MESES DEL CALENDARIO EGIPCIO

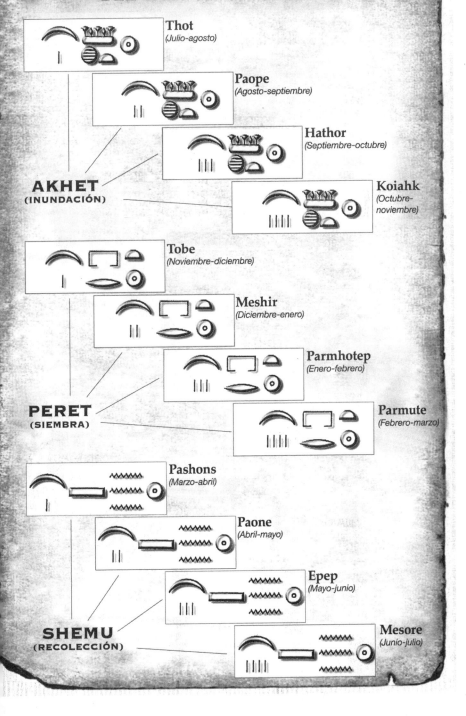

Thot
(Julio-agosto)

Paope
(Agosto-septiembre)

Hathor
(Septiembre-octubre)

Koiahk
(Octubre-noviembre)

AKHET
(INUNDACIÓN)

Tobe
(Noviembre-diciembre)

Meshir
(Diciembre-enero)

Parmhotep
(Enero-febrero)

Parmute
(Febrero-marzo)

PERET
(SIEMBRA)

Pashons
(Marzo-abril)

Paone
(Abril-mayo)

Epep
(Mayo-junio)

Mesore
(Junio-julio)

SHEMU
(RECOLECCIÓN)

EGIPTO
IMPERIO NUEVO
1560-1085 A. C.

0   100   200 km

M A

D E S I E R T O

DESIERTO LIBIO

D E L

S Á H A R A

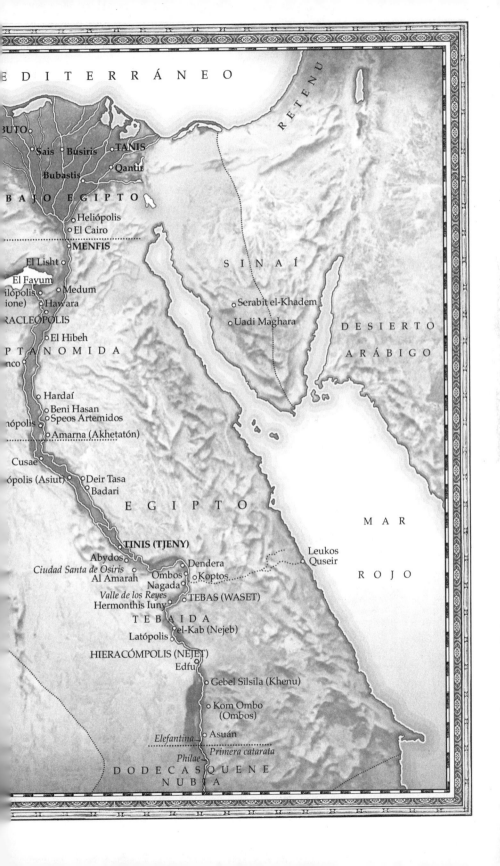

Notas

1. Mediados de enero.

2. Tiene un significado complejo que podríamos traducir como «la energía vital del individuo».

3. El codo real, *meh*, era una medida de longitud que equivalía a 0,523 metros, y se dividía en 7 palmos y 28 dedos.

4. Así se referían al mundo de los muertos.

5. Licor embriagador que poseía efectos afrodisiacos.

6. Así llamaban los antiguos egipcios al alma.

7. De esta forma denominaban a los magos y hechiceros. También se llamaba así el cetro que simbolizaba el poder de gobernar del faraón.

8. Con este nombre denominaban los antiguos egipcios a su país, «la Tierra Negra», en referencia al color de la tierra al ser anegada por el limo que arrastraba el Nilo durante la inundación.

9. Serpiente de gran tamaño que simbolizaba a las fuerzas del mal que, desde el Más Allá, amenazaban a la barca solar en su periplo para llegar al nuevo día.

10. Antigua estrella polar en torno a la cual giraban las estrellas circumpolares.

11. De este modo se referían los antiguos egipcios a la región de Canaán.

12. Símbolo característico de la realeza que puede verse en el tocado del faraón, en el que se representa una cobra erguida.

13. Los antiguos egipcios creían que el cuerpo se hallaba repleto de canales llamados *metus*, que comunicaban todos los órganos entre sí. Por ellos circulaban todo tipo de fluidos.

14. Se trata de un alimento espiritual que se ofrenda en dos vasos que, en este caso, lleva en sus manos el dios Nehebkau. Véase: Elisa Castel, *Diccionario de mitología egipcia*, Madrid, Alderabán, 1995, p. 218.

15. Así designaban los antiguos egipcios a los años.

16. Soldados que cumplían labores de policía.

17. Se refiere a lo que nosotros llamaríamos «almas errantes que no conocen el descanso».

18. El caso al que se refiere la obra está perfectamente documentado.

19. De este modo denominaban los antiguos egipcios al miembro viril sin circuncidar.

20. Así llamaban los antiguos egipcios al paraíso.

21. Los antiguos egipcios consideraban que la personalidad humana constaba de cinco partes: el *ba*, el *akh*, el *ka*, el nombre y la sombra. El *ka* tiene, como se ha indicado, un significado complejo que podríamos traducir como «la energía vital del individuo». La sombra era considerada como una entidad dotada de un gran poder, pues tenía la capacidad de transferir su energía.

22. De alguna forma todas estas divinidades estaban relacionadas con el destino del individuo.

23. Fragmentos de cerámica empleados para aprender a escribir y dibujar.

24. Se trata de la tumba denominada TT86.

25. En este caso se ha empleado el plural tal y como nosotros lo utilizamos. Los antiguos egipcios se hubiesen referido a los *kas* con la palabra *kau*.

26. El calendario egipcio se dividía en doce meses de treinta días. Utilizaban semanas de diez días, y el último descansaban. A los cinco días que sobraban anualmente los llamaban «los añadidos», también conocidos como «epagómenos».

27. Se refiere a la estrella Sirio, a la que los antiguos egipcios llamaban Sopdet, y en el periodo grecorromano fue conocida como Sothis.

28. Este nomo tuvo una gran importancia comercial durante toda la historia del Antiguo Egipto, pues fue punto de confluencia de las caravanas que entraban y salían de la Tierra Negra.

29. Iunet es la actual ciudad de Dendera.

30. Los antiguos egipcios no conocían el dinero, por lo que las transacciones las hacían por medio de intercambios. Para ello utilizaban un valor de referencia en forma de peso, el *deben*. Así, por ejemplo, si alguien quería comprar un asno, ofrecía diversas mercancías que en su conjunto sumaran el precio del pollino. A su vez, el *deben* se subdividía en *quites*. El peso del *deben* varió a lo largo de la historia de Egipto, pero durante la XVIII Dinastía, la relación de pesos era como sigue:

1 *quite* = 9 g

10 *quites* = 90 g

1 *deben* = 10 *quites*

A su vez, el *deben* podía ser de cobre, plata u oro.

31. Nebmaatra fue el nombre con el que se entronizó Amenhotep III.

32. De este modo llamaban los antiguos egipcios a los siervos y campesinos.

33. *Speos* es una palabra griega utilizada para referirse a un templo tallado en la roca. El *speos* excavado por Hatshepsut es conocido como Speos Artemidos y se encuentra a unos 3 km de Beni Hassan, en el Egipto Medio.

34. Era una medida de longitud equivalente a 10,5 km.

35. Se refiere a las pirámides de Amenemhat I y su hijo Sesostris I.

36. De este modo se referían los antiguos egipcios al visir.

37. De esta forma llamaban los antiguos egipcios a los escultores.

38. Este personaje ostentaba el título de «favorito del rey» y «jefe de los trabajos». Suyo es el mundialmente famoso busto de la reina Nefertiti.

39. Así se llamaba a los médicos en el Antiguo Egipto.

40. De ahí deriva el nombre de este dios, ya que Nefertem significa «el Loto».

41. Se le llamaba así por ser originario de Ombos, localidad situada a unos 30 km al norte de Luxor.

42. Mediados de mayo. *Epep* era el tercer mes de la estación de *shemu*, la recolección.

43. De esta forma despectiva solían referirse los antiguos egipcios a los habitantes de Retenu; Canaán.

44. Se refiere a la diosa Sekhmet. Su nombre significa «la Poderosa».

45. El *senet* fue un juego muy popular entre los antiguos egipcios. Se jugaba en un tablero de treinta casillas, y generalmente cada jugador disponía de siete fichas, que hacían avanzar al lanzar palos que tenían una parte roma y otras redondeadas, o también por medio de astrágalos. No usaban los dados.

46. El número de bastones que debió de llegar a poseer Tutankhamón tuvo que ser considerable. En su tumba se contabilizaron cerca de ciento treinta.

47. Este es uno de los misterios aún por resolver. ¿Quién fue la madre de Tutankhamón? Han sido varias las candidatas, desde Nefertiti hasta Kiya, pasando incluso por la posibilidad de que fuese Meritatón. Se sabe que el padre de Tutankhamón fue Akhenatón, y que la madre, hoy conocida como «la joven dama», era hermana de este faraón. Quizá fuese la princesa Sitamón, que también se desposó con su padre Amenhotep III. Ello explicaría el gran amor que Tiyi sintió por su nieto, aunque hoy por hoy el nombre de la dama continúe siendo un misterio.

48. Estas cartas deben su nombre al lugar en el que se encontraron, Amarna (Akhetanón), enclave actual de la antigua ciudad de Akhetatón. Dichas cartas hacen referencia a 382 tablillas de arcilla grabadas en escritura cuneiforme, la mayoría en lengua acadia. Abarcaban un periodo comprendido entre el año 30 de Amenhotep III y el abandono de la ciudad de Akhetatón durante el gobierno de Tutankhamón.

Salvo treinta y dos de dichas cartas, los documentos se dividen en dos grupos: la correspondencia propiamente dicha del faraón, y las misivas a los vasallos, y juntas proporcionan una información inapreciable acerca de las relaciones diplomáticas durante aquella época, así como de la situación política en Oriente Próximo y Mesopotamia.

49. De este modo llamaban los antiguos egipcios al país de los hititas.

50. Con este símil, los antiguos egipcios hacían referencia a la muerte del faraón.

51. En el tribunal de Osiris, además de pesar el alma, había cuarenta y dos jueces que representaban el orden divino. El difunto debía invocar a cada uno de estos jueces por su nombre, a la vez que hacía una «confesión negativa». Si el finado era absuelto se le declaraba «justo de voz» o «justificado» y podría acceder a los Campos del Ialú.

52. Alude a la malaria trópica, una de las múltiples dolencias que padeció Tutankhamón y pudo causarle la muerte.

53. De este modo se referían los antiguos egipcios a la necrópolis real.

54. Esta tumba, impropia de un enterramiento real, se la conoce como la KV55 (King Valley 55), y se encuentra próxima a la de Tutankhamón.

55. Estas estatuas de Amenhotep III serían usurpadas posteriormente por Ramsés II.

56. Estas capillas serían usurpadas, a su vez, por Ramsés II.

57. Dichas obras continuarían durante los reinados de Tutankhamón, Ay y Horemheb.

58. Los médicos egipcios administraban sus tratamientos de acuerdo con una ley escrita en la antigüedad. A ella debían atenerse, pues si iban contra sus prescripciones y el paciente no se salvaba, podían ser condenados a muerte. Los casos médicos se dividían en tres categorías: «una enfermedad que voy a tratar», «una enfermedad con la que voy a luchar» y «una enfermedad que no puede ser tratada». Al reconocer al paciente, el médico debía decir el tipo de caso al que se enfrentaba.

59. Así denominaban los antiguos egipcios a las sustancias dañinas que circulaban por los *metus* y terminaban por causar enfermedades.

60. Amenhotep III era sexualmente activo. Le gustaban las tendencias especiales. La dama Tawosret tenía un excesivo celo sexual y la dama Sati era aficionada al sadomasoquismo, y era conocida como la «señorita latigazo».

61. Se refiere al cuarto trasiego. Las jarras de vino solían ir etiquetadas con el año del rey que gobernaba, su calidad (número de trasiegos) y la procedencia del viñedo.

62. Tutankhamón sufrió malaria. En su momia se encontraron evidencias de haberla padecido en la forma más severa.

63. Así se llamaban los escribas del ejército.

64. Los antiguos egipcios creían que el conocimiento se encontraba en el corazón, y el cerebro era un simple productor de mucosidad.

65. En el Antiguo Egipto la carrera judicial se hallaba jerarquizada. Así, de simple escriba en un tribunal se podía ascender hasta convertirse en grande del Bajo y Alto Egipto, y llegar a formar parte colegiada de la Gran Mansión, que otorgaba el derecho a ocupar un escaño en una de las seis grandes mansiones en las que se administraba justicia.

66. Para más detalles al respecto véase John F. Nunn, *La medicina del Antiguo Egipto*, Ciudad de México, Fondo de Cultura Económica, 2002, pp. 211-212.

67. Este personaje sería el futuro Ramsés I.

68. Así era también conocida la ciudad de Tebas.

69. En la tumba de Tutankhamón se contabilizaron 5.398 objetos.

70. De este modo se llamaba a la barca solar en la que Ra navegaba.

71. Estos restos fueron sacados de la tumba después del primer robo, y depositados en un pozo junto a los desechos del embalsamamiento. Al pozo se lo conoce como KV54.

72. Dichos tapones se encontraron en el ataúd junto a la máscara mortuoria.

73. Esta moda cambió a partir del reinado de los ramésidas.

74. Estas imágenes ya no existen porque H. Carter tuvo que tirar un trozo de pared para sacar las capillas de la cámara funeraria. En teoría se colocaron en una caja para mandarlas posteriormente a El Cairo, aunque hoy están perdidas. H. Burton las pudo fotografiar.

75. También conocida como *seshat*. Equivalía a 2.753 m².

76. De este modo se llamaban las fichas del *senet*. Su nombre significa «las que avanzan».

77. Esta estrella se refiere a Capella.

78. Se refiere a Persel.

79. Se refiere a El Cúmulo de las Pléyades.

80. Se refiere a la Osa Mayor, o El Carro.

81. Se refiere a Venus.

82. A Sirio los griegos la llamaron Sothis.

83. En época grecorromana estuvo asimilada a Hathor.

84. Para más detalle véase Christian Jacq, *El saber mágico en el Antiguo Egipto*, Madrid, Edaf, 1998, p. 159.

85. La representación de un chacal y nueve cautivos atados era el sello de la necrópolis del Valle de los Reyes. Su función consistía en proteger de cualquier peligro las tumbas reales.